小島憲之

上代日本文學と中國文學 補篇

―出典論を中心とする比較文学的考察―

塙書房刊

『國風暗黑時代の文學 補篇』所収

「小島憲之博士述作目録」補訂表

〈頁、上・下〉	誤植・脱落箇所等	補訂
・五二七下	（昭和三十七年）	（補入）旅人・知奴麻呂・柘枝・満誓・万葉の作品と時代・三方沙弥・宅嗣・陽春・余明軍・宜・類聚歌林（『和歌文学大辞典』項目） 明治書院 十一月
・五三〇下	『書紀集解』（補訂）	『書紀集解』（補注）
・五三二下	朝日古典全書	日本古典全書
・五三三上	（昭和四十八年） 春の雁 十二月（十日）	（補入）「万葉集から古今集へ」（『萬葉集講座』第四巻） 有精堂 十二月（十五日）
・五三三上	第29回国際東洋学者会議発表報告要旨	（当時の英文要旨は昭和五十一年『古今集以前』附録）
・五三六上	『現代鳥取の百人』	『現代鳥取の百人』上
・五三七上	『國風暗黑時代の文學 中（中）』	『國風暗黑時代の文學 中（上）』
・五三九下	『神田本白氏文集の研究』に寄せて	（副題）―太田次男・小林芳規博士の偉業―
・五四一下	解説	解題
・五四一下	『三教指帰』の訓詁私見	『三教指帰』訓詁私見
・五四三下	家持の養鷹の歌を中心として	家持の蒼鷹の歌を中心として
・五四五上	上代に於ける詩と歌 五月	上代に於ける詩と歌 四月
・五四九上	『國風暗黑時代の文學 下Ⅲ』 九月	『國風暗黑時代の文學 下Ⅲ』 十一月

凡例

一　本書は、著者の『上代日本文學と中國文學―出典論を中心とする比較文學的考察―』に関連する論文をもって構成した。既刊の『國風暗黑時代の文學　補篇』と一対を成すものである。

一　所収論文については、既発表論文をもとにした著者の手に成る単行書との重複は極力これを避け、また『上代日本文學と中國文學』『國風暗黑時代の文學』に、補訂の上で大半が組み込まれていると認められるものも割愛した。

一　所収論文は、その内容によって類別し、必ずしも年代順には従わなかった。

一　所収論文は、掲載誌などによって、字体・仮名遣いを異にするため、原則として通行の字体・現代仮名遣いに統一した。引用・異文表示などの場合は、その限りではない。

一　所収論文の〔附記〕に、その初出を示すとともに、著者の関連論文などにも言及すべく努めた。及ばなかった点は、『國風暗黑時代の文學　補篇』所収の「小島憲之博士述作目録」に従って補完されたい。

一　著者は、「訂正用」「保存用」などと記した、既発表の論文の抜刷・掲載誌を数多く残しており、誤記・誤植はこれを参照して訂した。本書の校正段階で気付いた誤記・誤植もまた訂した。

一　著者の「訂正用」「保存用」の抜刷等には、用例の書き込みが多いが、確実に加えられる箇所に限って補うにとどめた。また不審な箇所については、その前後の論文等に従いつつ、論旨を損なわない範囲で最小限の加筆・補訂を行った。

本書の企画および刊行に際しては、川端善明氏・内田賢德氏の助言を仰いだ。校正には、初校の段階で、白井伊津子・西一夫・奥田俊博三氏の助力を得た。記して謝意を表する。

平成三十一年二月十一日

受業　芳　賀　紀　雄

追記　本書の編者芳賀紀雄先生は、編者校了から六日後の五月二十五日、逝去されました。

協力者代表　白井伊津子

目次

凡　例

國風暗黑時代の文學　補篇

上代日本文學と中國文學　補篇

上代文献解釈への小さき径

一

わが上代諸作品を解するに際し、我々は時代を遠くへだてているだけに、理解し難い点に逢着することが屢々ある。それは只に上代文献が箸にも棒にもかからない難語難訓に富んでいるばかりではない。所謂難語と称するものも既に先達によって鍬を下され、ほぼ開拓すべき或はそのあるべき予想の道へはどうにか辿りついている今日である。それよりも寧ろ上代人がその古典——殆んどすべてが海表の彼方の典籍であるが——を自ら味読し、更に自己の作品に潤色し、述作したその間の消息が曖昧模糊としてぼんやりしている為に、理解しにくい点が多いのではなかろうか。「思ひつきの一私見を捨て、現代的な考へを一掃し、ひたすら上代人の心になれ」とは、先人ならば誰でも教えてくれる我々の如き若輩への送り物であるが、さて上代人の心になってその文献を同じ程度に解することは、そう簡単にゆくものではない。江戸の国学者が云った如く、古事記、萬葉集のように「すなほ」一点ばりならばそれでよかろうが、書紀や風土記や懐風藻などの諸作品——萬葉集も——の中に片鱗をみせた、曲りくねりのむつかしい文筆力を思えば、今の我々としては、上代人と覇を争うには、まだまだその間に大きな力量の差のあることを見逃す事は出来ない。「ひたすら上代人の心へ」とは、云うは易く行うは至難な我々の力である。

上代文献を解釈する径は幾通りもあろう。しかしどこ迄も、「まづ一語一句を正しく理解する事からはじめねばならぬ」（澤瀉久孝先生「そらごとたはごと」文藝道場第三号）。その為には、厳《きび》しい本文批評の上に立ち、広く用例を求めつつ正しい訓詁へと進まねばなるまい。たんに「単文孤証」によって文献が解されると思ったら大きな間違いで、それは徒らな印象的な解釈になりがちであり、あくまでも博く旁証を求めつつ帰納的に——清朝の恵棟などの説いた如く——行わねばならない。しかもこの方法が文献にのみその例を求め、それに依々としていることは、不覚にも民俗学者たちに隙を与え、例えば柳田國男氏によって、書紀反正紀の「多遅花」と「虎杖花」（「虎杖と土筆」昭和三年七月号「民族」）、或は記紀の「そにどり」と「かはせみ」（「鳥の名と昔話」昭和九年六月号「野鳥」）との関係がそれぞれ明かにされた如き、文献を越えた口誦の世界にも解釈への径があり、そこにも例を求めて行く必要がある。胡樸安氏の云う「推測法」は、文献に広く用例を求める方法即ち訓詁学の正道とも云うべき方法と道を等しくするものであるが、「不可僅頼此一方法、而随便用之耳」（「中国訓詁学史」第六章）と洩らしたのは、たしかにこの方法に対する一つの反省を与えたものと云えよう。それには、文献を基調とする文献学は勿論のこと、伝誦の生きた語をも取扱う民俗学などの方法にも例を仰ぐことが必要であろう。このように用例——それは「語」ばかりではない——を求めるにも、幾多の方法がある。そこが問題なのである。

二

上代諸作品の正しい解釈を求めてかえって上代人の心にそむいた例も尠くない。例えば書紀の歌謡の解釈については、夙に津田左右吉博士の御説があり（「日本上代史研究」第一篇参照）、その歌謡を本文より取り放して自由潑剌とした態度で解き、学界に新しい影を投ぜられた。また高木市之助氏も記紀歌謡の一部をその諸伝説から解放して生気ある説を出された（「吉野の鮎」所収の「古代民族史論」「上代歌謡に於ける童謡の痕跡」など）。しかしそれらは果してすべてが編者の意にそうものであろうか。皇極紀の謡歌を例にしよう。

波魯々儞。渠騰曾枳挙喩屢。之麻能野父播羅。

烏智可挖能。阿娑努能枳々始。騰余謀佐儒。倭例播禰始柯騰。比騰曾騰余謀須。

烏麼野始儞。倭例烏比岐以例底。制始比騰能。於謀提母始羅孺。伊弊母始羅孺母。（岩崎本）

この三首は勿論書紀の本文を離れて民謡としても十分に解し得るものであり、詩歌の性質上当然のことであろう。しかし推古紀より巻末の持統紀にかけての著しい特色は、所謂天文志、五行志に関する記事が各巻到る処に見えることであって、しかもそれらの記事は出典を漢書（若くは後漢書）に求めねばならない。（別の機会をまつ）従って三首の謡歌も五行志の思想より潤色したことが明かな上は、やはり漢書の童謡歌の解の如く、撰者の云う兆を示す歌として解釈すべきであって、第一の歌の意は「此即宮殿接起於嶋大臣家、而中大兄与中臣鎌子連、密図大義、謀戮入鹿之兆也」、第二は「此即上宮王等性順、都無有罪、而為入鹿見害、雖不自報、天使人誅之兆也」、第三の歌意は「此即入鹿臣、忽於宮中、為佐伯連子麻呂、稚犬養連網田所誅之兆也」の如く「或人」をもって説かせたのが撰者の述作であった。（「かまししのをぢ」の童謡、三輪山の猿の歌なども同様に解すべきである）また書紀が巻末に近づくにつれ推古紀の「三十四年春正月、桃李華之」、「三十五年春二月、陸奥国有狢、化人、以歌之」、舒明紀の「七年秋七月是月、瑞蓮生於剣池、一茎二花」、「九年春二月、……非流星、是天狗也、其吠声似雷耳」、「十年秋七月、……大風之、折木発屋」、天武紀の「五年夏四月、……雌鶏化雄」、持統紀の「六年秋七月、……熒惑与歳星、於一歩内、乍光乍没、相近相避四遍」など異変に関する記事も多いが、これらの例も何れも基づく処によって例を求め、作品を解釈しなければ撰者の意が理解される筈がない。すなわち謡歌も上の諸例も旧典の五行志に模して潤色した撰者の心に思い至ることこそ、上代人と云う編者の心に触れる一助となるのではなかろうか。この点、高木市之助氏の「倭建命と浪漫精神」（「吉野の鮎」所収）、岡崎義恵氏の「古事記の国しぬひ歌」（「日本文藝学」所収）が歌謡の意味をあえてその所伝との関連に於いて説いてあるのは、より撰者に近づいた正しい見解とみなければなるまい。しかも、萬葉集の詠物歌、寄物陳思、譬喩歌にみる如く、詩の六義のうちの「比」、「興」（「比」「興」の解釈については朱熹の「詩経集伝」の説が注意される。）にも比すべき歌も多く見え、正述心緒歌にさえも寄託物的なものがあり、外来典の籌型と云うきずなを脱しきれない点の多い上代人には、古事記の

　佐韋賀波用。久毛多知和多理。宇泥備夜麻。許能波佐夜藝奴。加是布加牟登須。
　宇泥備夜麻。比流波久毛登韋。由布佐礼婆。加是布加牟登曾。許能波佐夜牙流。（中巻）

の如きも始めより「以歌、令知其御子」した意味であって、比喩の極致が遂に後世の我々が云う叙景歌にも解釈せられるのではなかろうか。清の魏源の「詩古微」（皇清経解続編一二九二）にも

　夫詩、有作詩者之心、而又有采詩編詩者之心焉、有説詩者之義、而又有賦詩引詩者之義焉（斉魯韓毛異同論、中）

とある通り、詩歌の解釈にもいろいろの態度があり、又作品の解釈には直観と検証との二方面何れよりも可能であって一方的にのみは解せられないが、（澤瀉久孝先生の「上代歌謡鑑賞の態度」国語国文の研究・第十七号もある）さきに挙げた童謡の解は五行志を離れては理解することは出来ない。津田博士が書紀が史籍の模倣であることを説かれながら、猶その歌謡の原型が民謡であることをとかれたのは、前者の解で終るべきではなかろうか。（述異記などに見える洛中童謡、江淮間童謡など皆この思想で解せられる）それが撰者の心でもある。

詩歌の解釈については毛詩などをめぐっても同様である。毛詩、広く云って詩経はいろいろとわが上代文学に

影響を及ぼした。大伴家持が締緒を展べた「春日遅々、鶬鶊正啼」（巻十九）も、豳風七月章の「春日載陽、有鳴倉庚」「春日遅々、采蘩祁々」、小雅鹿鳴之什の「春日遅々、卉木萋々、倉庚喈々、采蘩祁々」などを熟読した結果であろうし、神武紀（即位前紀戊午年九月）の「陟彼菟田高倉山之巓、瞻望域中」も魏風陟岵章の「陟彼岵兮、瞻望父兮」を思い浮べて述作したものであろうし、「其秋垂穎、八握莫々然、甚快也」（神代上）「普天率土、莫不王臣」（成務紀、四年春二月）、「将満荇菜之数」（安康紀、元年春二月）「率土之下、莫匪王封」（安閑紀、元年閏十二月）も確かに毛詩を研究した結果であろう。一体詩経の解釈については、毛伝の系統を引く鄭玄の毛伝鄭箋、初唐の毛詩正義（注1）が詩を道徳的に解釈し、これに対して宋の朱熹一派が見解を異にし、近くはマーセル・グラネー氏（Marcel Granet）の如く、詩の世界を長らく支配していた道徳的解釈を捨てて民謡として眺める、即ち道徳的且つ象徴的な見解を捨てて、歌謡の原始的な意義を探求する説も出ているが（グラネー原著「支那古代の祭礼と歌謡」内田智雄氏訳）（注2）、わが上代に於いては勿論鄭箋と云う一つの型によって毛詩を解釈し、学令にも

凡教授正業、周易鄭玄王弼注、尚書孔安国鄭玄注、三礼毛詩鄭玄注

とあるのは周知の事である。（毛詩正義も時代的にみて伝来していたものと推定される）安康紀の「荇菜」にしても、その出典は毛伝によれば、后妃の徳をうたったと云う周南関雎章の

関々雎鳩。在河之洲。窈窕淑女。君子好逑。参差荇菜。左右流之。窈窕淑女。寤寐求之。（以下略）

である（注3）。グラネー氏は「河岸の邂逅——草摘み競争」（内田氏訳本一六一頁）と解し、謝晉青氏も「為男性依恋女性底作品」（「詩経之女性的研究」国学小叢書本）と解しているが、書紀の用例「妾所掌后宮之事、宜授好仇」「当納掖庭、以盈后宮之数」（垂仁紀、五年十月）——「将満荇菜之数」（安康紀）を眺めると、やはり

箋云、左右助也、言后妃将共荇菜之葅、必有助而求之者、言三夫人九嬪以下、皆楽后妃之事。

の如く進んで后妃と解せられるのであって（箋に「怨耦曰仇」とあり）それは鄭箋に影響され、学令に「経」として取扱われてきた毛詩についての理解力でもあった。勿論鄭玄が「美刺」の説を濫用して毛詩を道義的に解したことは、王逸の「楚辞」注などと共に確に詩の本質とはなれた点をも含むであろうが、かかる古典を仰いだわが上代人がその流を汲み、また五行志をまなび、それによって童謡の意味を解するのは当然であり、同時にわれわれもこの立場に立ってそれを眺めるのは、正しい一つの径ではあるまいか。書紀の撰者は藝文類聚を除けば、漢書、後漢書、三国志（魏志、呉志のみ）、文選を最もよく利用し、しかもその原典は、漢書が顔師古注本、後漢書が賢太子注本、三国志が裴松之注本、文選が李善注本であった。（拙稿「書紀と渡来書」日本史研究第四号所収）従って撰者がかかる古典の「文辞」をそのまま潤色する場合、辞書的な役目をもっている注本を通じてそれを解していたに違いない。例えば、崇神紀十二年（三月）の詔も、

　寒暑失序師古曰序次也……百姓蒙辜師古曰蒙被也……下無逸民師古曰逸遁也（漢書、成帝紀）

の顔注により、また仁賢紀八年（是歳）の「五穀登衍、蚕麦善収」云々も賢注の「鄭玄注周礼云、五穀、黍稷麦麻豆也。登成也。衍饒也、音以戦反」（後漢書明帝紀）によって理解していたに違いない。また書紀人は文選を李善注を通して理解していた事は明かであるが、初唐開元年間に撰せられた所謂五臣注本は、書紀人は別としても（注4）、萬葉人はこれを読んでいたかも知れない。この五臣注本は平安期の日本国見在書目録にも見えず、やはり萬葉人は主として李注を参考したと思われるが、若し渡来していたとすれば（尤も九条家本の如き無注のものもあるが）、萬葉人の文選の理解は五臣注本をも通じて行われていたものと思われ、大伴旅人の梧桐日本琴の「余託根遙嶋之崇巒、晞幹九陽之休光」（巻五）も潤色に際して李善注本と五臣注本とを夫々参照したのであろう。しかも我々はこれを解するには、二注本を混合した宋代に出版された所謂六臣注本によるべきでなく、旅人と同じく二注本

各々を通してそれを理解して始めて旅人と同じ地位に立てよう。黒田亮博士の「朝鮮旧書考」によれば、李注本、五臣注本を加えても猶六臣注本との間にはひらきがある故、出ずる処に例を求めて文献を解釈しなければならない。（新美寛氏の「新獲文選集注断簡」三一二頁をも参考すべし）即ち上代人はその述作に際して外つ国の古典を鄭箋なり、李善注なり(注5)、顔師古注なり、裴松之注なりを通して作品を解した以上、我々はその間の消息を知り、そこに例を求むれば、一先ず上代人と同じ立場に立つ事が出来、まずまず作品解釈の一歩へ入り得るのではあるまいか。

三

わが国と一衣帯水の海表の国との間には、漢字と称する同一文字が横たわっている。しかも共通した文字の表わす意味が必ずしも二国の間に於いて同じ意味ばかりを示すのではなく、遂に誤解に誤解を重ねた実例は、吉川幸次郎先生によっていろいろと挙げられている。（同氏著「支那学の問題」「支那について」）上代語の研究に於いても、同じ文字を示す語が果して初唐期までのかの国のものと同じ意味であったか、若し相違があるならば、上代人は如何なる原因で、如何に理解したか、こんな問題は在来案外かえりみられることが少なかった。さすが、宣長が

凡て言の意は同じきも、置処用ひざまなどの此方と彼国と差あることをよく弁へて、萬の詞は用ふべきものぞ（古事記伝一之巻「訓法の事」）

と云ったのは、この場合にも考うべき卓見である。成程わが上代語と中古語以下との国語史的研究は着々と進捗しつつあるが、漢典語と上代語との間にもかかる比較研究が必要であり、この問題の解決によって、上代人の考えた上代語の意味をさぐる鍵を見出すことも或は可能かと思われる。これを上代語「あかとき」についてしばら

く考えてみる。これについては既に三矢重松博士（「あかつき（暁）とは何時頃か」「国語の新研究」所収）、澤瀉久孝先生の御説（「玄米の味」五三頁）があるが、これらを参考にしつつ別の方面から考えてみよう。

この語は別に問題ありげにも見えない。上代人と違って文選を愛読しない我々は、出雲風土記嶋根郡の朝酌促戸渡から前原崎へかけての記事の中に「駱駭」「澶漫」「蓊鬱」なる語に続々と出あえば一寸たじろぐが（文選巻二西京賦より出たものと推定する）、萬葉集巻七の

暁《あかとき》跡《と》、夜烏雖鳴、此山上之、木末之於者、未静之（一二六三）

に対しては得々として直ちに印象的な鑑賞をするものもあろう。しかし「暁」のもつ意味がはっきりしない以上は、「未静之」もはっきりしないのではないか。難語難訓に専ら身をささげ、上代学者といえば四角四面の人とさえ思わせるような先入観を与えるに至ったその弊はどこにあったか。後世振りの見解で一見平易に見える語がそのままにされていたのもかかる原因の一つであろう。しかし、たとえかかる点に気付いても狭い上代文献で果して理解し得るものはどれだけあろうか。ここに於いて我々は他に用例を求めてゆく必要があり、上代人の古典即ち渡来して来た典籍——漢典——にも例を求めねばならない。漢典の利用については次の如く異議が起るかも知れない——葉徳輝の云った「以㆑経解㆑経」（「経学通詁」）風の方法にあらずして、旁証的な「以㆑子解㆑経」風であると。しかし上代人の古典こそ海表の典籍類であって、決して「以㆑子解㆑経」ではない。わが中古語を以って上代語を解釈することこそ、かえって、「以㆑子解㆑経」ものであると答えよう。

萬葉集に見える「あかとき」は仮名書の例の外に、「暁」がその主位をしめ、「五更」がこれにつぎ更に「旭時」もあるが、露と複合して「鶏鳴露」（巻二、一〇五）の例もみえ、何れも「あかとき」と訓ずべきものと思われる。即ち巻二の「鶏鳴露」は、ほかに「五更露」、「暁露」の如き例もあって、「五更」、「鶏鳴」何れも「暁」に従っ

て、「あかとき」とよむことには問題はない。一体「鶏鳴」は、毛詩鄭風女曰雞鳴章にも「女曰雞鳴、士曰昧旦」云々とあり、また斉風雞鳴章、文選、などにもある如く鶏が鳴いて晨となると云うような考えがもとで（注6）、鶏の鳴く頃が「鶏鳴」という熟字であらわされ、やがてほぼ一定の時刻をさすようになったのではないかと思われるが、

至雞鳴時罷（漢書、六三武五子伝）

扁鵲曰、其死何如時、曰鶏鳴（史記、一〇五扁鵲伝）

潜夜勒兵、雞鳴馳赴（後漢書、一〇一皇甫嵩伝）

は何れも一番鶏のなき出した頃とみてよい。わが上代文献に例を求めると、仁徳紀（三十八年九月）の悲しい菟餓野の一俗話の中に、

二鹿臥傍、将及鶏鳴、……未及昧爽、有猟人、以射牡鹿而殺

と見え、また

夏五月五日、薬猟於菟田野、取鶏鳴時、集于藤原池上、以会明乃往之（推古紀十九年）

以八日鶏鳴之時、順西南風、放船大海（斉明紀七年五月条伊吉連博得書四月）

の例もあり、書紀人の読んだ訓の如何に拘らず、夜のあけ方を示す昧爽や会明よりも一歩前の時刻を示すことがわかる。

「会明」は推古紀の例にも見る如く、また

通夜固守、凌晨起見、曠野之中、覆如青山、旌旗充満、会明有着頸鎧者一騎云々（欽明紀十四年十月）

会明臨見西方、自大津丹比両道、軍衆多至、顕見旗幟（天武紀上元年七月）

のごとく物色の見え出した頃であり、また書紀語の用例を求むれば、親子関係に立つ資料と見て安心出来る魏志（巻一、武帝紀）を殆んどそのままとった雄略紀の

乃夜鑿険、為地道、悉過輜重、設奇兵、会明、高麗謂云々（八年二月）

の例や、

会明、至莿萩野、暫停駕而進食（天武紀上元年六月）

をみればやはり、「鶏鳴」との間に時のひらきがあることが感ぜられ、史書の

自将歩騎五千人、夜往、会明至、瓊等望見（魏志巻一）

晨夜守城、至期日、夜半、令軍皆食、会明求乞、攻西安（東観漢記巻八）

と同様である（注8）。また「鶏鳴」を他の時と共に最も簡明に表わした例は漢書張良伝で、

平明良往、父已先在、怒曰、与老人期、後何也、去後五日鶏会、五日鶏鳴往、父又先在、復怒曰、後何也、去後五日復蚤来、五日良夜半往、有頃父亦来、喜曰、当如是、出一編書（巻四〇）

即ち平明に往って一老父に叱られ、鶏鳴に往って又叱られ、夜半に行って遂に成功したと云う有名な文であるが、これを逆に考えると、夜半→鶏鳴→平明と云う関係が成立し、「鶏鳴」の時が次第に明かになってくる。萬葉集巻十九の「于是諸人酒酣、更深、鶏鳴」（四二三三題）なども、作者の夜ふけてまだくらいあかときを催す鶏の声をきいての作歌であろう。（遊仙窟醍醐寺本に夜久《フカク》《フケ》更《アカツキ》深《フケ》ともある）「鶏鳴《あかとき》」、「五更《あかとき》」などの用字が萬葉集の巻中に散布する状態から考えると、二つの間には、用字上時代の差がないものと見られ、鶏が鳴くことから夜半をすぎた漠然とした時刻をあらわす「鶏鳴」が漢典と等しく作られ、これが

織女之、袖続三更《よひ》之、五更《あかとき》者、河瀬之鶴者、不鳴友吉（巻八、一五四五、湯原王七夕歌）

の如く三更、五更と云う字のたわむれも手伝って五更（寅刻）を即ち「あかとき」と云う時刻に考えるものもあり、それは常陸風土記の「晡時《くれ》臥山」（那賀郡、茨城里）の「晡時」が夕の申の刻をあらわすのと同じ上代人の一つの考えであろう。しかしながら平安期に出た新撰字鏡に「鶏鳴丑時」（巻一天部）とあるのは、「あかとき」が「五更」以前をも示し（新撰字鏡の素材は上代的とみてよい）萬葉人すべてが湯原王の如く厳密に「五更」とのみ解していたとは思われない（注9）。書紀の「鶏鳴」は昧爽、会明以前を示すばかりで、丑刻とか五更（寅刻）とかはっきりしたものは見えないが、斉明紀の伊吉連博徳書の「以十四日寅時、二船相従、放出大海」（五年七月条、九月）と前にあげた「以八日鶏鳴之時、順西南風、放船大海」（七年五月条、四月）とを比較すれば、ある程度時間的なものを考えていたのではなかろうか。そしてこれに関連して天武紀（下）に「取平旦時、警蹕既動」（七年四月）「是日平旦有虹、当于天中央、以向日」（十一年八月）など「平旦」の語がみえるが、北野本書紀（この巻は平安朝末の書写といわれている）には「トラノトキ」と訓じている。勿論漢典には、その例として、

平旦、信建大将旗鼓、鼓行（漢書三四韓信伝）

明日大戦、平旦遼被甲、持戟、先登（魏志十七張遼伝）

などとあって会明、昧爽、平明などと同様に解すべきであり、また萬葉集十九の「平旦上道」（四二五一題）なども時間を云っているのではないが、上の書紀の平旦の例はその文中より推察して、北野本の如くほぼ一定した時刻を示すのではないかと思われ、新撰字鏡の「平旦寅時」（巻一天部）とあるのは、何かそれを裏付けるようにも思われる。とすれば「鶏鳴」も萬葉集と同様に、書紀でも一定の時刻をさすこともあったのではないか。しかしながら山田孝雄博士の萬葉集講義の如く巻二の歌の「鶏鳴」を「丑時」をさす熟字なりとは云いきれない。会明、昧爽以前を漠然とさしている場合もあるから。

次に問題となるのは「暁《あかとき》」である。「鶏鳴」即ち「暁」と認めるにしても果してすべてがそう解し得られるであろうか。「暁」の例を同じ文選など詩歌の世界に求めると、（数ヶ所見える）

暁月発雲陽、落日次朱方（巻二三、廬陵王墓下作一首）

夕慮暁月流、朝忌曛日馳（巻二五、酬従弟恵連一首）

の如きものがあり、懐風藻の

夕鴬迷霧裏、暁雁苦雲垂（石上乙麻呂贈旧識）

と同じく、これらの例でははっきりした意味は示さないように思われる。一体「あかとき」以後と思われる「会明」は雄略紀、天武紀などの荒々しい争いの場面に多く用いられ、宛も史書類と軌を等しくするが（注10）、詩歌の世界にはこれにかわって「曙」が用いられる傾向が多く、憶良（か?）の作にも「曙嶺移雲」（萬葉集巻五、梅花歌序）とか、或は文選、玉臺新詠にも、

明発曙而不寐兮、心遅々而有違（巻九、東征賦）

秋河曙耿々、寒渚夜蒼々（巻二六、暫使下都夜発新林至京邑、贈西府同僚一首）

暁鳴動遙怨、夕唳感孀眠（但し呉兆宜箋註本新詠巻五、詠鶴。藝文類聚巻九〇「玄鵠」、梁江洪詩）

などがみえる。しかし前からの理を押し進めると、「暁」と「曙」との間に相当の開きがあることになるが、萬葉人の愛読した遊仙窟の例「薄媚狂鶏、三更《マタアケサルニ》唱暁」（醍醐寺本）や、また別国洞冥記の「三更、聞野鶏鳴、忽如曙」（巻二）また「至三更……及将曙《ウカレトリ》……及暁」（捜神記巻十八、張奮の条）や「鶏鳴外欲曙」（玉臺新詠、巻一古詩為焦仲卿妻作）などを見れば、「暁」が「明也」（説文）、「曙也」（大広益会玉篇）、また「曙」が「暁也」「旦明也」（説文）、「東方明也」（大広益会玉篇）とある如く同じ意味をさすもののように思われる。（新撰字鏡の例は三矢博士もあげられた。）「暁」を動詞に

した例として、

月夜清談、不覚天暁。（継体紀七年九月）

天暁、始求、有虎連跡（欽明紀六年十一月）

雞鳴狗吠、天暁、日明（常陸風土記、香島郡）

などがあり、また西大寺本金光明最勝王経に「天暁」を「アケ」とよみ（巻六、四天護国品 巻九、善生王品など）遊仙窟にも「夜深《フケ》、天暁《アケヌ》」（醍醐寺本のみとされる本文）とあるので、諸例もそうよめ、また萬葉集にも「暁去者《あけゆけば》」（巻七、一一九八）「公矣思爾、暁《あけ》来鴨」（巻十一、二三六九或本歌）とあって、「朝署《アサケ》」（古事記中）「夜既曙訖《アケヌ》」（下）などと比較して訓の方からも同じようになる。「旭時《あかとき》等、鶏鳴成、縦恵也思、独宿夜者、開者雖明」（巻十一、二八〇〇）をみてもやはりそうしたことが考えられ、文選の

星翻漢廻、暁月将落、感寒雞之早晨（巻十四舞鶴賦）

を、

猨鳴誠知曙、谷幽光未顕（説文曰、曙旦明也）（巻二二、従斤竹澗越嶺渓行一首）

と比較しても「暁」と「曙」との間には大差がないものとみられよう。玉臺新詠の「冬暁」「暁思」（巻七）の詩にしても、また書紀の潤色の種本の一つとなった藝文類聚にも、

（梁庾肩吾）冬暁詩曰、隣雞声已伝、愁人竟不眠、月光侵曙後、霜明落暁前（巻三二閨情）（玉臺新詠巻八にも）

とあって、同様のことが云える。しかも大伴家持の「聞暁鳴雉歌」の

足引之、八峰之雉、鳴響、朝開《あさけ》之霞、見者可奈之母（巻十九、四一四九）

をみれば「暁」の意が更に「あさけ」へも次第に接近してくる。しかし萬葉集を眺むれば、全体として

今夜乃、暁降《あかときくだち》、鳴鶴之、念不過、恋許増益也（巻十、二二六九）
安吉能欲波《あきのよは》、阿加登吉《あかとき》左牟之、思路多倍乃、妹之衣袖、伎牟餘之母我毛（巻十七、三九四五）
阿加等伎乃《あかときの》、加波多例等枳《かはたれどき》爾、之麻加枳乎、己枳爾之布禰乃、他都枳之良須母（巻二〇、四三八四）

の如く「曙」以前を示すのが一般である。

以上まとめると、「あかとき」（鶏鳴、五更、暁）は夜の明ける前であり、昧爽、会明、曙などよりは一歩前の頃を示す。そのうち萬葉集の「五更」などの文字の如くほぼ時刻を示すものもあり、書紀などに於いても時刻をさすものもあるが、すべてが必ずしも五更を示すわけでもなく、新撰字鏡の如く丑刻（四更）の頃をも考えていたらしく、上代語全体として時間を限定することは出来ない。ただ漠然と四更から五更あたり迄を「あかとき」と考えていたであろう。また萬葉集の「あかとき」には時代の差はないが、文選などの詩歌書と同じく「曙」に通ずるものも多少は見えるが、書紀には見えない。やはり書紀が史書の系統を受け、萬葉集が詩書の系統をうけていることによってもほぼ諾われることであって、漫然と用例を求めるだけに終始すべきものではない。

四

かつて遠藤嘉基先生は「風流攷」（国語・国文第十巻四号）のなかでわが国語の「風流」を考察するにあたって、同時に彼の国に於ける「風流」の国語史的考察の必要をも力説された。これはあらゆる上代語に於いても当然行うべきことであり、文運の世となっては、少くとも大言海を越える如く、辞源、辞海等の辞書をも越えて自ら開拓すべきであり、「文字のことなどしらむためには、漢籍をも、いとまあらば学びつべし」（古事記伝、直毘霊）の如く消極的であってはいけない。しかも特に上代に於いては当然のことであって、「足荘厳」（萬葉集巻十一、二三六一。人麻呂歌集）を示されれば金光明最勝王経など仏典語を思い出し、鴨足人のごとく文選、楚辞などの詩歌語を思い浮べて「池浪颸《たち》」（巻三、二六〇）と筆をもてあそび、また爾雅で頭をかためた書紀の潤色者の如く「逮、及、曁」（釈詁巻一参照）「迺、乃」（同上）「如、適、之、往」（同上）「僉、咸、皆」（同上）「靡、無」（釈言巻二参照）「式、用」（同上）などの同じ意味の語を同じ巻にいろいろと書いた上代人の力を思えば、なおさら徒らに空しく手を拱いているべき時ではあるまい。

今迄上代文献解釈の一助として、用例を求めることを説きもし、また実際にもやって来たが、まず一作品内に用例を求め一つの結果を出すことは勿論、更に他の作品へと外証——漢典へも——を求めてゆく必要がある。しかし如何に理想とはいえ初唐以前までの文献にすべての用例を求めることは困難といわざるを得ない。しかし我々はここに文献の選択がかなり容易に出来ることである。尤もその選択は決して始めより自由なものではなく、先ず厳密な考証、基礎工事をなして始めて出来るのであるが、書紀語の解釈についての文献の利用は前にのべた通りであるし、常陸や出雲の風土記研究には文選の賦が必要であり、天平歌壇に於ける萬葉人の作を知ろうとすれば、まず文選、遊仙窟を利用すれば、また懐風藻は文選、玉臺新詠と比較すれば、比較的理解がはやくなる。そして上代作品の原拠をさぐり得た上は、それらの原典を傍に置いてひもとけば、それを述作した上代人と同じ立場に立つことが出来、海表にあるが故に一見異質的に考えられる彼の典籍も同質的なものとして自由に安心して利用できる。そして考課令に「皆挙経文及注、為問」とあり、また学令にも「凡教授正業、周易鄭玄王弼注、尚書孔安国鄭玄注、三礼毛詩鄭玄注、左伝服虔杜預注、孝経孔安国鄭玄注、論語鄭玄何晏注」と見え、古典の注と云う型にはまった上代人なるが故に、上代語の解釈は上代人の場合とひとしく、それらの注疏からも発足しなければならない。しかも上代人はその注を漠然とよんでいたのではなかった。例えば神代紀下の「其宮也雉堞整頓、台宇玲瓏」を「玲瓏明見貌」（文選李注。巻七、甘泉賦。巻十一、遊天台山賦）と解した頭には「手玉玲瓏、織紝之少女者」云々（神代紀下）の玲瓏は解けないが、顔師古注漢書揚雄伝の「孟康曰、以和氏璧、為梁璧帯、其声玲瓏也」を見ればとけるし（注11）、また神代紀上の「素戔嗚尊、乃轠轤然、解其左髻所纏五百箇統之瓊綸」云々の「轠轤」も文選の「繽紛往来、轠轤不絶孟康曰、轠轤、連属貌也」（巻八羽猟賦）では解きにくいが、同じ漢書揚雄伝（文選の羽猟賦はここより採取す）を見れば「師古曰、繽紛、衆疾也、轠轤、環転也」とあって氷解出来、書紀撰者と同じ訓詁の立場に立つ事が出来る。また古事記序文の「愷悌帰於華夏」景行紀「愷悌還之」（四十年是歳）の「愷悌」は毛詩伝その他の「楽易也」から理解しようとするために、在来よりいろいろと解けなかったのであるが、爾雅の釈言「愷悌、発也」（毛詩鄭箋には「豈弟言発夕也」とある）によって上代人は理解していたのではあるまいか。また斉明紀二年（是歳）の「宮材爛矣、山椒埋矣」の「山椒」は漢書、楚辞などに類句の「椒丘」が見出されるが、

菊散、芳於山椒――王逸楚辞注曰、土高四堕曰椒、漢書武帝傷李夫人賦曰、釈予馬於山椒、山椒山頂也（文選巻十三、月賦）

悲猨響山椒漢武帝李夫人賦曰、釈予馬於山椒、孟康曰、山椒、山陵名、広雅曰、土高四堕曰椒丘（文選巻二二、泛湖帰出楼中翫月）

のうち撰者は前者の注を利用し潤色したものであり、語注に対する採決力は簡単ではなかった。しかも上代人は注と云う鋳型にはまった素朴一点ばりの人達であったと思ってはならない。渡来の古典に接すれば接するだけ疑問も起る筈であり、それを抜け出さんとする努力は当然のことである。同じ語の諸注に対する正否の判断も生れてくる筈である。人麻呂の如く旧説を捨てて新しい意味の枕詞を作ったり、また家持の如く古歌の意味を誤解して別の意にとったものもあり、（澤瀉久孝先生著「萬葉集の作品と時代」参照）――結局これをいちいち見分けて解釈することが今の我々を悩ませるのであるが――自由に自力で解をすすめて行ったのも当然の事実である。神武紀の「大伴氏之遠祖日臣

命、帥大来目、督将元戎、蹈山啓行」（即位前紀戊午年六月）は書紀集解の如く必ずしも毛詩よりとったものではなく、文選にもその例を二、三見出すが（巻五六、封燕然山銘一首。巻五八、褚淵碑文一首など）閑居賦（巻十六）の注にも「元戎兵車也」とあり、書紀の元戎は少し意味を変えて潤色し（注12）、また垂仁紀の「綢繆機衡、礼祭神」（二五年二月）も毛詩唐風の綢繆章などの注、或は文選の注（巻二五、贈劉琨一首。巻五八、斉敬皇后哀策文一首など）などによってはやや意味がとりにくい。即ち我々は上代人と共に先典より出発し、更に彼等独自の解を行ったその間の消息を知らねばならない。

総じて上代人の古典解釈は形式的に表面の語の意味を注によって知れば、それを転じてそのまま利用した所が多い。出雲風土記に「中央鹵、灠磷々《キヨラカニシテ》」（嶋根郡、邑美冷水、平出鏗二郎氏旧蔵本）と云う文があるが、「磷々」は文選にも「磷々爛々采色澔汗（郭璞曰、皆玉石符采映耀也）」（巻八、上林賦）「汎々東流水、磷々水中石（毛詩曰、楊之水白石磷々、毛萇伝曰、清徹也）」（巻二三、贈従弟、第一首）などとあって石の形容であるが、それを灠の形容にもつかい、また常陸人の歌垣をみた常陸風土記の撰者はこれを嬥歌之会（香島郡）とあてたのもその一例である。嬥歌之会については倉野憲司氏の論考に詳しいが（「歌垣の再検討」文学第八巻ノ五）「嬥歌」そのものについては宣長の説の発展は見られない。これは常陸風土記が出雲風土記と同じく文選の賦の語句を多く採ったことをしれば、撰者は魏都賦（巻六）李善注に「嬥謳歌、巴土人歌也、何晏曰、巴子謳歌、相引牽、連手而跳歌也」とあるのによって（萬葉集新考はここをひく）嬥歌の意味を知り、更に風土記の本文へと潤色したと云うべきであろう。継体紀の「西戎之奸猾」（二一年六月）も文選其の他に見える別の意味の語の「西戎」（文選巻三一、袁淑効古一首には匈奴也と見える）をかりて潤色したまでである。我々の解釈はここへもゆかねばならない。この上代人の潤色が発展すると遂に述作と云うことまでも問題となる。即ち漢典語の用例をもってそのままでは上代語が解せられないようにもなり、書紀の資料をさえ疑う人もでたわけである。（津田左右吉博士の「古事記及び日本書紀の新研究」、「日本上代史研究」など参照）

例えば垂仁紀（後紀）に常世の国に時じくの香菓を求めに行った田道間守をえがいて、「遠往絶域、萬里踏波、遙度弱水」とあるが、弱水も史書や詩書にみえる弱水そのものではなく、絶域にゆくことを意味した撰者の潤色である。神代紀下の「膂宍之空国、自頓丘、覓国行去」は在来より問題になっているが（古事記伝「頓使」の条参照）これは出典を毛詩衛風氓章の「送子渉淇、至于頓丘（丘一成為頓丘、箋云――乃送渉淇水、至此頓丘――）」に求むべきであり、しかも鄭箋の如く地名をあらわし、それは弱水と同じく実際的な場合を示さない撰者の潤色ではなかろうか。（因みに書紀の頓丘の訓注は毛伝の注を思わしめる）また雄略紀二年（十月）の「凌重巘、赴長莽」云々は文選西京賦より直接とったものであるが、李善注「莽草、長謂深且遠也、方言曰、草南楚之間、謂之莽」のままでは解せられない。また景行紀（四十年七月）には蝦夷を「冬則宿穴、夏則住樔、衣毛飲血」と描写しているが、礼記礼運に類句があり、文選序文にも「冬穴夏巣之時、茹毛飲血之世」とあって明かに潤色であるが、「茹毛」を「衣毛」と改色したのは、その改作の奥に撰者の解釈力を汲取らねばならない（注13）。即ちもとづく所によってその意を知ると共に上代人の態度を通じ更に正しい径へと解釈をすすめるべきである。彼の国の文献をそのままこちらへ無理に潤色した態度は宛も「削ㇾ足合ㇾ履」（王力氏著「中国文法初探」第八章）の如き観を与えるが、宣長の如く「古学の害となりぬべき」（古事記伝一之巻「書紀の論ひ」）とは餘りにも軽々しい言であって、潤色こそ、上代人の学力と共にその創作力をも考える上に最も必要なことであり、上代文献を出典のままに解したり、また無批評に用例をのみ求めることへの警告ともなる。――要はそれを解する人の問題ともなろう。――

以上いろいろと述べたが、上代語広く云えば上代文献を解釈するには、平凡な言葉であるが広く用例を求めることが正道であり、その資料はわが上代文献にのみ終ってはならない。「あかとき」の如き一見簡単な語も書紀の場合、萬葉の場合などと、夫々その用例を求める古典の範囲、その種類にも吟味を要し、いろいろと問題が起ってくる。用例を求めるには種々の径があろうが、それが上代人と同じ立場に立つことを眼目としなければならない。家持の注した「越俗語」（巻十七、四〇一七）、懐風藻の「遊龍門山一首」（葛野王）など、勿論前者は越中のことであり、後者は吉野の龍門のことであるが、その潤色の際には漢典例えば文選（巻十八、琴賦。李善注「史記曰、龍門有桐樹、高百尺、無枝堪為琴」）、遊仙窟などに見える龍門、述異記、周処風土記（藝文類聚引用）などに見える越俗が思出され、楽しみつつ潤色したものと思われ、かかる上代人の創作の心境を知るのも漢典に例を求めて解することによって始めて可能である。萬葉集の歌の如きは、その集の性質よりみてそれ自身の内証によっても解することが出来る歌も多いが、特に書紀の如きは本づく所を知りそこに例を求めてゆく、即ち上代人がその古典を理解し、更に述作したその間の消息を知るには、その古典の例を先ずさがすことであり、その意味に於いて原拠を知ることが必要である。（それには多く注が附されている）しかしその原拠たるや同一語の多い漢典では上代人がその何れよりとったかを厳密に知ることがなかなか困難であり、長らく書紀語の出典が谷川士清、河村秀根以来今日迄誤まられていたものの多かったのは、類句、類語があちらこちらの漢典に散在するからでもあった。播磨風土記の土の区分が「土惟上中」（揖保郡石海里）の如く記されていて、これは禹貢よりでたもののように言われているが（井上通泰氏、藤田元春氏など）恐らく直接にとったものではなく、（史記、漢書、後漢書、文選などにもある）この原拠問題については更に吟味を要する。在来原拠不明であった巻十七の「潘江陸海」にしても「潘岳、陸機が才を江海に喩ふるなり」（代匠記）ではまだ満足した解は得られない。即ち「陸才如海、潘才如江」（詩品）なる六朝人の心が萬葉人たる池主によってそのまま書かれたことを知らねばならない。それは彼が潘、陸の才を認める前に一つの型を注入されたのであって、江海にたとえたのは萬葉人固有の考えではなかった。即ち上代人が原拠として重んじた古典の例がほぼ明かになれば、その古典によって明確な解釈ができよう。上代語に於ける「風流」など、恐らく文選、玉臺新詠、遊仙窟、詩品などの一連のものによって先ず考察すべきではあるまいか。そして原拠を知りそこを出発として他に用例を求むれば、その改意、潤色その他の消息が判明され、上代人と等しい解が生れよう。上代人の、渡来した古典に対する文献解釈は同時に我々のそれらの文献に対する解釈でもある。原拠に就いて更に一言すれば、萬葉集の分類の上に挽歌、雑歌、相聞往来歌などが問題となり、その出典について色々と論議されているが、それは李注文選の（注14）「挽歌、挽歌詩」、「雑詩、雑歌」、「相聞、往来」すなわち、

挽歌 譙周法訓曰、挽歌者、高帝召田横、至戸郷自殺、従者不敢哭而不勝哀、故為此歌、以寄哀音焉 （巻二八）

雑詩一首 五言雑者、不拘流例遇物即言、故云雑也 （巻二九、王粲）

適対嘉賓、口授、不悉往来、数相聞 （巻四二、与呉季重書一首）

に求むべきであり、それが萬葉歌人によって内容の拡充が行われたものであろう。即ち文選の内容と萬葉のそれとが異なるを以って、出典を他に求めるのは逆であって（山田孝雄博士に「相聞考」などあるが。）萬葉人が日頃親んだ同じ詩歌書の文選より名称をかり、云わば「支那名目の日本化」（五味智英氏「萬葉集の分類と支那文学」国語と国文学一六八号、昭和十三年四月）とも称すべきであって、「凡進士、試時務策二条、帖所読、文選七帖、爾雅二帖」（考課令）を思えば、少くとも原拠は文選に求めねばならない。それと共に如何なる内容を包含させたか、その解釈が我々の考察すべき問題の一つでもある。

上代文献の解釈には更に上代人の資料批判にも関係し、記紀人が史書編纂に関し如何なる資料を如何に解釈し、また注したか、萬葉集の撰者達のその左注にみる如き文献批判は如何なる程度で如何に行われたか。これらの問題に関しては広く「注」一般の性質について精察しなければならない。顔師古の注記の方法、裴松之の方法などが最も必要となってくるし、またかかる高次の解釈を史的に眺めることも必要となってくる。これらはすべて他日を期し、嘒星なる故に朝陽に継ぐことのできない小稿をここで一先ず止めよう。諸先生の御叱正をまつ。

注1　毛詩正義の成立は永徽末年乃至顕慶年間即ちわが斉明天皇の御代に当るといふ（太田兵三郎（青丘）氏「日本歌学に於ける支那詩論の影響」国語と国文学一六八号、昭和十三年四月）

注2　外人のものとしてほかにレッグ氏（James Legge）の詩経（The Book of Poetry, Chinese Text with English Translation. 商務印書館印行）があるが、これは鄭玄的な見解をもちながらなお所々自由な説をものしている。

注3　青木正児博士の本文批評によれば、「参差荇菜」の章句の前に別の二章が挿入される。（「支那文学藝術考」の「詩経章法独是」）

注4　五臣注の成立を呂延祚の上表により開元六年九月とすれば、書紀の撰までに約二年あり、その間に入唐使が一回朝見している事実があるので（続日本紀養老三年の条）、必ずしも撰者は五臣注本をみていないと断定は出来ないが。

注5　奈良朝古写本として和田氏所蔵のものが残存する。

注6　雞既鳴矣、朝既盈矣（斉風雞鳴章）、雞鳴関吏起、伐鼓早通晨（文選巻二二、行薬至城東橋一首）などいろいろの例があり。またわが歌経標式、琴歌譜の歌にもかかる考が見える。

注7　東観漢記は書紀の撰者に少し利用された。

注8　「会明」と同じ頃をさすと思われるものに、昧旦、昧爽（以上、上代文献）未明、黎明、天明、遅明、平明、平旦、曶爽（漢書、後漢書、三国志、文選等）がある。

注9　「五更」に関連して「有司夜鶏、随鼓節、而鳴不息、従夜至暁、一更為一声、五更為五声、亦曰五時鶏」（別国洞冥記巻三）など参考になる。なお、顔氏家訓（書証「五更」）をも参照。

注10　史書には単独で「暁」と用いられる例が少いが、詩歌書には「暁」「曙」が多い。史書には「会明」が多いのに対し、詩歌書には少い。

注11　李注文選東都賦にも「埤蒼曰、玲瓏玉声也」と見える。

注12　五臣注に「元戎、大兵也」と見え、この場合の解釈にはよいが、撰者はこの注は見ていないと思われる。

注13　礼記巻七礼運に「冬則居営窟、夏則居橧巣、未有火化、食草木之実、鳥獣之肉、飲其血、茹其毛、未有麻糸、衣其羽皮」とあるが、「衣毛」もかかるものの誤解よりでたのではあるまいか。五臣注文選には「済曰、茹蘊也」とあって「衣毛」と関連するが、書紀の撰者は五臣注を見ず「茹」の意を「衣」と誤釈したのであろう。猶九条家本に「茹毛《シキ》」と訓んでいる。

注14　挽歌の出典は古今注に一般に求めているが、これは李注文選にも引用し類書や捜神記巻十六などにも見える。

〔附記〕「国語・国文」第十五巻第十号（昭和二十一年十一月）所収。末尾に、「二一、八、二五　初秋風の伊予野々市にて初稿了」との附記がある。二・三・四各節末尾に付された注は、本書の体裁上、通し番号を付し、論文の末尾に一括した。以下同じ。

本論文は、著者の主著『上代日本文學と中國文學』に至る径を拓いた画期的な論考である。本論文と一対を成すべく執筆されていたのが、第二節に引かれる「書紀と渡来書」（「日本史研究」第四号、昭和二十二年四月。附記「昭和二二年六月二九日、於龍安寺畔寓居、浄書了」）だが、後者は、『上代日本文學と中國文學　上』において、大きな補訂が加えられ、おおよそ二つの章に分けられている（第一篇第四章　類書の利用、第三篇第三章　出典考）ため、これを割愛した。

なお、本論文第二節における垂仁紀（五年十月）の「好仇」の考察については、本書所収「『日本書紀』三則――その本文に即して――」の「一則」を参照。

中国文学と万葉集

一

師走の某日、ある友人から次のような趣旨の絵葉書をもらった――絵葉書は合掌造りの内部を描いた緑と茶色の大胆な配色――。

今、白川郷の雪の家で論文（?）を書いています。とても御指導いただいたようには書けません。だけど、『万葉語はそれぞれ出生の秘密を背負って登場し、その表現の層は見掛け上より複雑で厚い』によって、僕は言葉というものを日々の生活においても大切にすることを覚えました。僕にはもうそれで十分すぎるくらいです……ボクはそれで十分過ぎるくらいです。（取要。責任稿者）

合掌造りの家外には、山峡の雪が霏々として飛散していることであろう。私はここでゆくりなくも、懐風藻詩人紀古《きの》麻呂の「望ㇾ雪」の詩、

垂拱《すいきょう》端坐歳暮を惜しみ、披軒《ひけん》褰簾《けんれん》遙岑《えうしん》を望む。浮雲靉靆《あいたい》巌岫《がんしう》を縈《めぐ》り、驚飈《きやうへう》蕭瑟《せうしつ》庭林に響く。落雪霏々《ひひ》一嶺白く、斜日黯々《あんあん》半山金《くがね》なり……（一二）

を思い出した。「垂拱端坐」という天子の動作を、論文執筆中の彼のそれに改めると、情景の場面は、必ずしも大差があるとはいえまい。

友人の葉書の中にみえる、「万葉語はそれぞれ出生の秘密を背負って登場し」云々は、近ごろ私のよく説《と》くところである。右の詩の「浮雲」（浮かべる雲）は、平安初期弘仁期の詩、

天涯馬は踏む浮雲の影、山裡猿は啼く朗月の光（文華秀麗集。巨勢識人、春日餞三野柱史奉レ使存二問渤海客一）

や、「故郷何処にか在る、天際白雲浮かぶ」（凌雲集。淡海福良満、被レ譴別二豊後藤太守一）などの、天空にポッカリと浮かんだ雲というよりは、同じ浮き雲ながら、たなびいて巌穴（或は峯）にまつわっている雲であり、それは雪もよいの雲靄である。しかし多少の詩意の差はあるにしても、これらの詩語の出生地は、まず中国詩にあることには間違いがない。

浮雲蔽二白日一、遊子不二顧返一（文選。古詩十九首・其二）

龍欲レ升レ天須《マツ》二浮雲一、人之仕進待二中人一（魏曹植、当二牆欲レ高行一）

などは、浮雲を比喩的に使用してはいるが、もとは同じく空に浮かんだ雲、ちぎれ雲をさす——その一例、梁簡文帝「詠レ雲」の「浮雲舒二五色一、馬瑙映二霜天一」——。しかし他方において、元来は空に浮かぶ雲でありながら、別系語「浮雲」の存在を忘れてはならない。万葉歌人山上憶良の、「俗道の仮合即離し、去り易く留まり難きことを悲歎する詩」（巻五）にみえる、

空与二浮雲一行二大虚一、心力共尽無レ所レ寄（「空しきことは浮雲と大虚を行き、心力共に尽きて寄る所なし」）

の「浮雲」はその一例。これは転義として、定めのない、はかないものをさし、しかもその出生地は「仏典語」とみなければならない——なお右の「空」は諸注ムナシクと訓むが、これは「与」の用法からみて、名詞として解すべきであろう——。その仏典語の一例、

然仮体如二浮雲一、草命似二電光一（法隆寺蔵、瑜伽師地論巻十三）

時代は更に降るが、白居易の詩（贈二韋錬師一）の第二句「身似二浮雲一心似レ灰」も仏典語に基づく一例である。僧空海の「宗秘論」にみえる「祇為二浮雲障一」や、「遺二告諸弟子等一」にみえる「亦是浮雲之類」もそれである。紀古麻呂の詩の「浮雲」と、憶良の詩のそれとは、もとは同じ「浮雲」ながら、各自生誕地を異にする言葉とみるべきである。これらの峻別がまずなされない限り、作品解釈の道へ一歩入ったものとはいえまい。

また他の例を採ると、万葉集巻七の、

天の海に雲の波たち月の船星の林に漕ぎ隠る見ゆ（一〇六八）

に、「月の船」の語がみえる。これは右の歌の、「天の海」「雲の波」「星の林」などに照らして、「月」を天の海に浮かぶ船にたとえたとみなすことは確かな一聯の文法である。しかも懐風藻所収、文武天皇の詩に、

月舟霧渚に移り、楓檝《ふうしふ》霞浜に泛《う》かぶ。台上に流耀澄み、酒中に去輪沈む……独り星間の鏡を以ちて、還《また》雲漢の津《わたり》に浮かぶ。（詠レ月）

ともみえる以上、その出典、その出生地はまず漢籍であるとみるべきである。しかし「月の船」も「月舟」の用例もともに漢籍の中に寡聞にしてなかなか発見できないのは、これをどのように解すべきであろうか。

「月船」（「月舟」。以下同じ）の例については、林古渓『懐風藻新註』に文選の例、

叩二栧親月船一、臨レ流別二友生一（巻二六、陶淵明「辛丑歳七月、赴レ仮還二江陵一、夜行二塗口一」）

を挙げる。しかしこれは六臣本（李善本と五臣本との合刻本）の本文であり——寛文版による訓読文「栧《フナバタ》ヲ親月（ノ）船ニ叩ク」——、その注に、「親月船」に対して、「善《李善》作二新秋月一」とみえる。現に李善本の代表的テキスト胡氏刻本にも「新秋月」とみえる。正倉院文書に李善本文選書写の記事がみえ、またその李善本抜萃も現存することは、上代においては、五臣本（開元六年七一八）よりも、李善本の通行が一般であったと推定される。また、

もとの陶淵明の詩についてみても、善本である陶澍本その他に、文選李善本と同じく、

　叩レ栧新秋月（新秋の月のもとに舟を漕ぎ出すの意）

とみえ、やはり上代人のみた文選所載の詩はこの本文と同じものであったとみるべきであろう。「親月船」の本文はここでは採用すべきではなく、万葉集の「月の船」や、懐風藻の「月舟」の用例の根拠とはならないことになる。

　六臣本の「親月船」は、その注に、「親愛《ハナリ》」とみえ、これによれば、「愛スベキ月ニ照ラサレタ月下ノ船」という意であろう。但し「親」は、月に掛かるのではなく、作者の乗った月下の「船」にかかる——“my dear boat shining in the moonlight”——。六臣本の本文によれば、「月」を「船」の比喩として用いたのではなく、「月」は文字通り「月」であり、全体として「船」が中心である。これは、中西進氏の「『月舟』小論」（『万葉集の比較文学的研究』）に関聯する。

　中西説は、上述の文武天皇御製「詠レ月」の第一句「月舟」について、『洞冥記』の記事によって、「池月の遊宴の船」「観月の船」などの意に解する。しかし『洞冥記』の記事の中には、

　影娥池中有二遊月船・触月船・鴻毛船・遠見船一

などとみえはするが、果してこの場合の用例となるか否かは疑わしい。またこの傍証として挙げた同じ文武天皇の詩の、「詠レ雪」などに故事出典をもつ語句の多いことは確かではあるが、そのままこの「詠レ月」の詩の「月舟」の語も故事出典（漢武月遊の故事）をもつことにはならない。またこの詩の第三句「台上に流耀《りうえう》澄み」の「台《うてな》」の意に漢武の俯月台・眺蟾台などを果して聯想すべきか、問題であろう。むしろ月に関する六朝詩、

　影麗高台端、光入長門殿（斉虞羲、詠二秋月一）

流輝入画堂、初照上梅梁（梁簡文帝、望レ月）
今夜月光来、正上相思台（同、望レ月）
楼上徘徊月、窓中愁思人（梁庾肩吾、和二徐主簿望レ月一詩）
秋月光如レ練、照耀三爵台、徘徊九華殿、九華瑇瑁梁（梁沈約、八詠、望二秋月一）

などによれば、月の詩の中に点出された「台」の内容は、高台高楼の女人を背景とするものが多い。たとえば最後の沈約の八詠の例にしても、省略したその全体の詩を見れば、この高楼の月は、やがて趙飛燕や班婕妤《しょうよ》の閨《ねや》などを照らし、作者は匈奴に嫁した王昭君へと聯想をはせる。月は高楼にひとり歎く哀恨の女人と結ばれることが多く、やはり御製の「台」に、漢武故事を聯想したものとは思われない。しかしさればといって、これに六朝的女人を聯想することは不可能である。御製の第四句の「酒中に去輪沈む」に照らして、むしろ高楼の月宴を聯想すべきである。この点において、御製は六朝詩の一般的傾向をそれるが、同時に漢武故事の池宴の月をさしてはいない。このようにみれば、万葉集巻七の、

春日なる三笠の山に月の船出づ遊士《みやびを》の飲む酒杯に影に見えつつ（一二九五）

も、風流韻事である月の宴である。この「月の船」も単に月の意であり、何ら故事出典はもたないとみるべきである。

懐風藻には、「舟」に関して、「仙舟」（四〇）、「彩舟」（五三）などの例をみる。これらは「舟」の修飾語であり、「月舟」とは構造を異にする。「月舟」の「月」は「舟」の比喩であり、「月」と「舟」とは等式によって結ばれたものである。「月」を「舟」にたとえる比喩の面からいえば、「月舟」はむしろ「月弓」（五）と同じ類の構造をもつ。しかも御製の第七句に、「月」を「鏡」にたとえた「星間鏡」の語もあり、同じ詩の中の「月舟」

も同じ文法によって解釈すべきであろう。月の比喩に「鏡」を使用することは、六朝詩以来例をみ、梁簡文帝の「望レ月」の、

形同二七子鏡一、影類二九秋霜一。

は、その一例。類書『北堂書鈔』（月）の中にも、「如レ鏡」の項目がみえる。懐風藻の「月鏡一たび逢ふ秋」（三三、七夕）も同様に解すべきである。

然らば、「月」を「舟」（「船」）にたとえた中国詩の例があるかといえば、前述の如く、貧弱な知識しかもたない私にとっては、なかなか例が見出せない。しかし万葉集と古今集との橋渡しの役を演じる『新撰万葉集』に、

滝河起レ浪穿二月舟一、湖浦湍湖折二星槍一（下巻、冬歌。元禄版本）（注1）

とみえるのはその例となる――但し、寛文七年版に、「滝河起レ浪穿《ヲ》レ月舟」（「……月ヲ穿ツ舟」）と訓むが、下句の「折二星槍一」と比較して、元禄版によるべきである――。この例は恐らく中国詩によるものとみてよかろう。上代の万葉集の「月の船」、懐風藻の「月舟」も同様に考えるべきではなかろうか。一歩譲って、この語が上代人の発案とかりにみなしても、この種の比喩の方法が詩のそれによる以上、「月の船」及び「月舟」は、その誕生を「半《セミ》中国詩語」とみることは許されはしないか。この二つの語はそれぞれ違った出生地ではない。中西説は、懐風藻の「月舟」と万葉集の「月船」とを別途のものと解するが（前掲書、八〇三頁）、私にはそうとは思えない。

二

詩語の積み重ねは、やがてひとまとまりの句を成立させる。更に句の集合は一首の詩を成立させる。その一首

と万葉集の歌一首との比較によって、詩と歌との表現関係が成立することもあり得る。在来このたぐいの研究は一つの語よりも全体によりかかる場合が多い。ひとつびとつの詩語よりもその一首全体の気分が万葉集のそれに類似することの度合によって、両者の関係を云々する。これは確かに正しい方法である。しかし詩や歌などという韻文は、共に人の心を種とするために、表現の上で同想（類想）も偶然生れ、「外来もの」か、「固有もの」か、判別に困難を覚える。日本書紀の如き散文は、かなり長文長句を連続させるために、出典の上で、その判別は比較的容易な部分が多い。しかし韻文の場合は必ずしもそうはゆかない。つまり歌の場合には、確実な出典の指摘はなかなかむつかしく、契沖以来のこの類の研究はやはり再検討を要する。しかもとどのつまりは、全体の出典よりもその中の言葉が中国的誕生か否かが推定できれば上々である。偶然披覧した漢籍によって、すぐ歌に結びつけるようなかなりルースな方法が跡を断たないのは、この際、何としても反省を要する。たとえば、憶良の日本挽歌序の、

　泉門一掩、無レ由二再見一（巻五）

は、文選、陸士衡「挽歌詩」の「送レ子長夜台」の六臣注に、「謂、墳墓一閉、無二復見一レ明、故云二長夜台一」とみえ、同じく文選、陶淵明「挽歌詩」にも、「幽室一已閉、千年不二復朝一」などの類句をみる。しかも特に前者の六臣注文選は、憶良当時には伝来していない。やはり類似句といっても、簡単に出典はきめられない。「コレコレシカジカニ出典ヲモツ」と断定するためには、「コレ以外ニハ出典ヲモタナイ（……モタナイデアロウ）」ということを、その裏面では既に証明していなければならない。小心翼々、これにはかなりの時間を要する。

　その方法は甚だ多く、実演はあちこちの拙文に試みたことがある。その一つとしては、出典文をもつと推定される原典の伝来の問題なども、甚だ重要である。藤原佐世《すけよ》撰の『日本国見在《げんざい》書目録』は、平安時代の伝来書を知

る上には必須書ではあるが、これを上代に当てはめる場合には参考程度にしかならない。これに関して、既に挙げた紀古麻呂の「望レ雪」(二二)の詩を再び例にしよう。この詩は、その詩題・詩語詩句などの表現よりみて、唐太宗の詩群によること、嘗て述べた(注2)。「望レ雪」の詩には、太宗のよく使用する詩句のみえること、また太宗の詩を集めた『太宗文皇帝集四十巻』の名が正倉院文書(大日本古文書三)にみえること、更に太宗の詩語詩句を他の懐風藻詩人たちもあちこちに使用すること、などによって証明される。また勅撰詩集『凌雲集』にみえる、平城天皇の「詠二桃花一」の詩にも、太宗の詩句の投影がみられるのは、秘府にこの外来詩集が収蔵されていたことの証明ともなる。「望レ雪」の詩句が偶然太宗のそれに一致するのではない。一詩人としての太宗の詩が上代人の詩に集合的囲繞的(collective, circulaire)に姿をみせることから、「望レ雪」の詩句の出典が確実にそれと指摘されるわけである。

正倉院文書の楽書(落書)の一つ、

田園迷二経路一、帰去欲二何従一(「田園経《(径)》路に迷《まと》ふ、帰去何《いづ》くに従はむとする」)

の詩句が、初唐に成立した唐人選唐詩集『捜玉小集』所収の、劉幽求の「書レ懐」、

心為二明時一尽、君門尚不レ容。田園迷二径路一、帰去路何従。

によること、嘗て指摘した。しかしこれのみで、この詩によること、及びその詩集の伝来を指摘することはやや安易な態度であり、更に他に傍証を求めねばならない。この詩集をひらけば——原本は『捜玉集』(十巻本)——例の名高い劉希夷の「代白頭吟」がみえることである。これは、洛陽城東に咲きほこる桃李の花を冒頭に置き、白頭鶴髪の翁の過ぎ去った青春を思う歎きの詩である。その中の、

年々歳々花相似、歳々年々人不レ同。

は、唐人の口誦に耐えた名句であり、これを学んだ唐詩の類似句は甚だ多い。万葉集の、

年のはに梅は咲けどもうつせみの世の人われし春なかりけり（一八五七、詠レ花）

冬過ぎて春の来たれば年月はあらたなれども人は旧《ふ》りゆく（一八八四、歎レ旧）

なども、恐らくこれを参考にしたものであろう（拙稿）（注3）。「代白頭吟」の類句が平安初期の三大勅撰集のあちこちにみえることは、この『捜玉小集』の伝来を溯って推定することができる。また『文華秀麗集』の中で珍しい詩題をもつ、巨勢《こせ》識人の「和下滋内史奉レ使遠行、観二野焼一之作上」（巻下）も、その全体が『捜玉小集』所収の唐人王泠然の「夜光篇」（山野を焼く火を見て作ったもの）によるものである——注2拙著、日本古典文学大系69には指摘せず——。つまり『捜玉小集』或は『捜玉集』が当時伝来し、囲繞的に奈良・平安人に投影したことがわかる。正倉院文書の前述の楽書もこれによって証明されるであろう。同時に、ものは年ごとに繰返されるが、人生は再び帰らないという、「代白頭吟」、それに関する上の歌も——古今集にも数例みえる——、その出処が明らかにされるであろう。

万葉集巻四の坂上郎女の相聞歌、

相見ずは恋ひざらましを妹を見てもとなかくのみ恋ひば如何にせむ（五八六）

を、唐代小説『遊仙窟』の、

元来不レ見、他自尋常、無レ事相逢、却交煩悩

（試訳「相見ずはよそにこそあれたまさかに逢ひ見し後はもとな乱るる」）

に求める私見については、契沖以下指摘をみなかった。これも突然『遊仙窟』の例をあげても納得がゆくまい。しかし巻四の男女の相聞歌群には虚構《フィクション》が多く、「あそび」の要素を含むものが少なくない。天平人は『遊仙窟』

の主人公と女主人公の関係を自らと相手に当てて虚構を楽しんだ形跡がみえる。やはり万葉集への『遊仙窟』の囲繞的投射を考えるならば、右の歌もこれに基づくものと推定してよい。『遊仙窟』が大伴旅人父子や山上憶良の愛読書の一つであることも、その傍証となるであろう。

なお原典の伝来については、困難ではあるにしても、万葉学者にとっても、その書誌的文献学的研究は必要である。たとえば、平安朝文学に著しい影響を及ぼした『白氏文集』を例にしてみても、その何れによったか、詳しく知る必要がある。白氏文集については、

白氏長慶集五十巻（八二四）　東林寺白氏文集六十巻（八三五）　聖善寺白氏文集六十五巻（八三六）

蘇州南禅院白氏文集六十七巻（八三九）　白氏文集七十巻（八四二）　白氏文集七十五巻（八四五）

などがある。しかも白詩の製作年時がほぼ明らかにされている以上（注4）、平安朝の詩のなかで、白詩に基づくといわれる出典の箇処も、文集の何れによったか、出来得れば指摘の必要がある。これは、平安人の詩の成立時によって、白氏文集の何本によるのか、多少明らかになる場合もある（近刊拙著）（注5）。出典の確実性を期するためには、伝来本の文献学的研究にもかなり神経質に考える必要がある。この類の問題に関して、かかる反省が果して十二分であったかどうか、思いつきの説も中国学者の側にさえもみられる。中国詩と万葉集との関係は、まず出典の指摘より開始されるが、ことは必ずしも容易ではない。

三

編集子から与えられた題は、「中国詩と万葉集」である。恐らくその原案は、前者と後者の史的交流の関係に

関するものであったかと思われる。しかしこれに関しては、既に拙稿の多くの中に述べたので、ここでは繰返さない。また上代詩である懐風藻の詩と万葉集の歌についての、図表的な時代的交流についても述べたことがある（注6）。従って、本稿においては、それを捨てて自戒をこめて感想を述べようとした。その一つとして、冒頭の一友人の葉書の言葉を受け止め、万葉語が如何なる性格をもって生れたか、その出生の問題に多少の「重み」をかけようとした。この方面は未開拓の部分が多い。

更に一例として、「雁」について考えてみよう。雁の歌は、北より飛来する秋の雁を詠むものが一般である。巻十の秋雑歌の中の、「詠レ雁」の歌群のそれもその一例。しかし稀には春と共に北方へ帰る「帰雁」の歌も見受けられる。神亀四年春正月作の長歌、

ま葛はふ　春日の山は　うちなびく　春さりゆくと　山の上に　霞たなびき　高円に　鶯鳴きぬ　もののふの　八十とものをは　雁がねの　来つぐこのころ　かくつぎて　常にありせば、……（作者未詳、九四八）

の雁は、北へ帰る春の雁である。また大伴家持の、「帰雁を見る歌」（天平勝宝二年三月）、

燕来る時になりぬと雁がねは国しのひつつ雲隠り鳴く（四一四四）

春まけてかく帰るとも秋風にもみたむ山を越え来ざらめや。一云、春されば帰るこの雁（四一四五）

も、珍しい帰雁の歌である。万葉人が春雁即ち帰雁を題材とするとき、その出処は中国にあるのではないかと思わずにはいられない。天平二年正月十三日、大宰府の長官大伴旅人邸における梅花の宴の三二首の歌、その序に、

庭に新蝶舞ひ、空に故雁帰る（巻五）

とみえるのは、その傍証となるであろう。雁に関する中国詩は、

(1)秋雁の例――「天月広レ夜輝、遊鴈犯レ霜飛」（梁蕭子範、夜聴レ鴈）

⑵春雁（帰雁）の例――「洞庭春水緑、衡陽旅鴈帰」（梁劉孝綽、賦得始帰鴈）
など、両方の場合がみえる――尤も⑵は⑴に比して、例が多くない――。万葉集の歌に⑵の帰雁の歌が極めて少ないのは、中国と日本との風土、地域の差などに基づき、去りゆく春の雁は、万葉人の表現意識に殆ど残らなかったかも知れない。そこに中国詩の、帰る春雁の入り込む余地もあろう。秋雁を詠む以上、春雁の詠まれるのも自然のなりゆきだといえばいえようが、少なくとも家持の歌題にみえる「帰雁」は、中国詩に暗示を得たものとみるべきであろう。万葉集の「雁」の歌の出処にも、異国的要素、即ち詩的要素をはらむ部分のあることは、同じ雁の歌にしてもひとしなみに列べるわけにはゆかないことを意味する。万葉時代と古今時代の間には、「国風の暗黒」というべき文学溝帯が横たわる。その終焉と共に誕生した新撰万葉集や古今集の春の部にそれぞれ、

　春霞たちて雲路に鳴き帰る雁のたむけと花の散るかも（新撰万葉集、春歌）
　春来れば雁帰るなり白雲の道行きぶりに言や伝《つ》てまし（古今集、春上）
　春霞たつを見すてて行く雁は花なき里に住みやならへる（同）

などと、堂々と春の帰雁が出現するのは何故であろうか。その一つは、数十年にわたる「国風の暗黒期」、即ち「漢風の讃美期」の成果に原因する。秋雁は勿論のこと、春雁も帰雁の「詩」に学んだ結果が姿をかえて「歌」に自ら表現されたのである。前述の万葉集の稀少な例、特に大伴家持の巻十九の「帰雁を見る歌」は、歌題そのものよりみても、漢風のさきがけとみなすべきであろう。万葉集の素材、即ち鳥虫草木など自然物を対象とする在来の研究では、たとえば「雁」を例にするならば、すべて「雁」群を同上線上に配列して、考察するのが一般であるが、春雁と秋雁とを区別しなければ、文学としての表現材の研究には不十分である。

　万葉語のいちいちの例はすべて大切に取扱うべきである。前述の「月」に関する表現にしても、どこが異国的

か、どこが上代的か、まず基本的な問題から出発する必要がある。また「羇旅《たび》」を例にしてみても、詩のそれとの間に差があるかどうか、捕え方によって幾多の問題も提出される。旅による自己の文学形成をなした例は、唐代詩人に多くの例をみる。この点において、万葉集の旅の歌、遊覧の歌は如何。これは一般に余りにも風雅的平安的な行楽といえよう——いわば、十八世紀英国小説家、ロレンス・スターンの『感情旅行』(Sentimental Journey は「風雅旅行」に当る)に近い部分をも含む——。その原因は何か、これに対する中国詩、引いては懐風藻などの上代詩は如何、問題は決して少なくない。また広くこれを展開すれば、ドイツの旅の文学とどの点に差があるのか、即ち「遍歴すること」(Wanderung)によって、作者或は作中の人物が自己を形成してゆくといわれるその文学——ここに「教養小説」(Bildungsroman)の栄えた一つの原因がある——、そこには万葉の単純な羇旅の歌と大きな落差が存在もしよう。このように「旅」という語の周辺に例を採ってみても、問題は簡単ではない。万葉集にみえる「森《もり》」の概念にしても、現代人の想像を遙かに越えるものがあろう。嘗て南バイエルン地方の「森」に接したとき、ゆくりなくもわが古代の「森」へと聯想の糸を走らせたことがある。深い漆の如きドイツのトーヒの類の生えた深林は、人を神秘の世界へといざなう。東山魁夷画伯の「森の幻想」などを実地に鑑賞することによって、少なくとも万葉集の「森」即「社《もり》」の概念を捕えねばなるまい。「山林ニ神存ス」は、国木田独歩の換え句として成立するであろう。

同じ語の間において、作者のことばに対する表現の仕方によって異なるものが生れる。更に時代による場合もあり、また国を異にする場合もある。しかしこの類の広義の所謂「比較文学」は一人の能力に限界がある。せめてバン・ティーゲム的な狭義の方法、即ち中国文学に眼を向けるべきこと、前述の諸例によって多少なりとも明らかになったものと思われる。

万葉語は、その生立ちの背景を辿らないでは、完全な理解とはいえまい。「生立《おいた》ち」の問題の追求には、まず中国詩のからむことを指摘して、すでに予定の紙幅を越えた本稿——実は「中国文学と万葉集の問題に寄せて」——の結びとする。

注1　「湖浦遄湖」の「遄湖」は名詞ではなく、「遄レ湖」（「湖」は「潮」か）と訓むべきか。
注2　拙著『日本古典文学大系69 懐風藻 文華秀麗集 本朝文粋』参照。
注3　詳しくは、拙稿「万葉語の表現——そのあとさきと——」（「文学」第三九巻二号、昭和四十六年二月）参照。
注4　花房英樹氏『白氏文集の批判的研究』、陳寅恪『元白詩箋証稿』参照。
注5　近刊『国風暗黒時代の文学 中(上)』参照。
注6　その一例、『図説 日本文化史大系 3』（奈良時代）所収、拙稿「韻文」参照。

〔附記〕「国文学 解釈と教材の研究」第十七巻六号（昭和四十七年五月）所収。本論文における「月の船」と「月舟」の問題については、『古今集以前』（第一章三(一) 万葉語の諸層）にて、相補うべく論じられている。さらに本書所収「反省一則——『懐風藻』の詩——」参照。

大陸文学と日本古代文学

一

与えられた題目「大陸文学と日本古代文学」は、両者の交流関係をその主題とすべきであろう。もし両者をそれぞれ独立させて、平行線を保ちつつ説くならば、まったく無意味なことになる。ここにいう「交流」は、むしろ一方的な流れであって、しかも古代日本より大陸への流れではない。日本はあくまでも受け身であり、大陸文学を摂取し享受する立場にある。「大陸文学」は、中国文学を中心とする。当時の朝鮮半島の文学に関する資料は、史学のそれにくらべて、期待すべきものは残らない。というよりは、その資料が古代文学へ何らかの形で投影していると仮定しても、表面的にはそれが現われていない現状である。また「日本古代文学」は、本講座の趣旨に従って、七世紀より九世紀末までの日本の文学に限定される。つまり七世紀以来三百年にわたるわが国の文学が、大陸の大国、中国の文学をどのように摂取し享受したか、その実例が本稿の中心点となるであろう。

この三世紀の間といえば、長い年月にわたる。両国の間には、それぞれ歴史の上にも、文学の上にも、山もあり、谷もある。一気に説明しきれないものが横たわる。まず中国においては、隋の文帝より始まる。北朝より起って中国を統一した隋の時代は、三十年にも満たない。その文学は前代の六朝《りくちょう》的なものをほぼ守るというよりほかはない。六朝文学は、中国学者の通説によれば、声律《リズム》を重んじ、華美絢麗を誇るという。隋代文学は、その余波を受けたまま、次の唐代への橋渡しの役割を務める。平安中期の儒家、大江匡房がその「詩境記」(『朝野群載』巻三)の中で、中国詩賦の文体の展開を概説した条に、隋人の例として薛道衡《せつどうこう》のみをあげたのは、六朝・唐代にくらべて、その中間に立つ隋代の文学的地位を物語る例といえるであろう。隋代の文学的性格を特徴付けるには、あまりにも短命な時代であった。

唐代(六一八~九〇七)は約三百年、ほぼ七世紀から九世紀末まで長い歳月にわたるすぐれた文学を誇る。その文学の花は、何といっても「詩」である。唐詩の展開を通説によって標示し、更に前述の「詩境記」にあげる詩人名を加えると、ほぼ次の如くなる。

初唐(高祖六一八年より約九十五年間)……王勃・楊炯《ようけい》・盧照隣・駱賓王
盛唐(玄宗七一三年より五十三年間)……杜甫・陳子昂《ちんすごう》
中唐(代宗七六六年より六十一年間)……白楽天(白居易)・元微之(元稹)・章孝標
晩唐(文宗八二七年より約八十年間)……許渾・杜荀鶴・温庭筠《おんていいん》

もっともこの分け方には、多少の異説もある。しかし、詩の推移を何年より何年までと限定することはできない。ともかくも四期に分けるという右の大勢はほぼ誤りではない。また下段の詩人の名前にしても、盛唐の李白・王維など、加えるべきものも少なくないが、平安人の一家言としては十分通用できる(注1)。この三世紀にわたる文学期をわが古代のそれに当てはめてみると、上限は漸く推古朝の遺文がみえ始めたころであり、下限は、『古今集』の撰上されたころ(延喜五年・九〇五)に当る。その文学的展開は、萌芽期より、「歌」の隆勢へ、更にその凋落につれて抬頭した「詩」の時代を経て、ふたたび平安朝の新しい「歌」の完成期へと移ってゆく。その流れは長く続き、時には高まり、時には静まり、その表現も単純ではない。

これをやや詳しくいえば、七世紀の初葉は女帝推古の世。憲法十七条、金石文類の散文が残る。以来、八世紀末までには、

散文……『古事記』・『日本書紀』・『風土記』類

韻文……『万葉集』（歌）　『懐風藻』（詩）

の作品が生れた。このうち、とくに文学を意識したものは、韻文である。『万葉集』の約四千五百首の歌はそれである。これに対する官人某の集めた私撰詩集『懐風藻』百二十首は、ほんの試作的で、歌にはとても太刀打ちできない。歌は「記紀《きき》」の歌謡を承《う》けて、自己の心を率直に歌いあげる古代人のもつ本格的なものであった。九世紀に入って、都は奈良京より山城の長岡京へ、更に平安京に移る。平安第三代目に当る嵯峨《さが》帝の唐文化に対するあこがれ、その熱気は、やがて「文章は経国の大業」というスローガンをかかげしめた。ここにいう「文章」は「詩文」をさし、特に「詩」（漢詩）をさす。国家的スローガンが作詩にある以上、「詩」が「歌」を圧倒するのは自然の理である。ここに嵯峨・淳和の二十数年間は、「漢風讃美時代」となる。これを裏返せば、「国風暗黒時代」ということができ、「歌」は「詩」ほどに公宴の席には現われない。その歌は男女相互の「相聞《そうもん》」の世界にひそかに命を保っていたのである。しかしその底流の間にも次なる「歌」の再生へと準備は進められていたのである。「詩」の存在は生れるべき「歌」の肯定ともなる。

仁明承和のころ（九世紀前半の後期）に白居易（白楽天）の詩集が伝来する。それは「漢風讃美時代」の詩風を少しずつ新しい方向へと導く。やがて平安人の在来の作詩の方向は、「白詩《はくし》」へ「白詩」へとなびいてゆく。更にその白詩的表現もやがては姿を変えて、歌の表現の方にも移ってゆく。ここにひそかに詩の陰に隠れていのちを保ってきた歌が、晴れて勅撰歌集『古今集』、それに先行する「寛平御時后宮歌合《かんぴょうのおおんときのきさいのみやのうたあわせ》」（寛平后宮歌合）、

『新撰万葉集』などに現われるとき、その表現の姿は白詩的な装いに改まった部分が甚だ多い。

ここに注意すべきは、年代的にみて、中国の某時代が日本古代の某時代に当るにしても、文学の面においては、前者のそれがそのまま後者のそれに必ずしも影響しないということである。たとえば、『日本書紀』（養老四年・七二〇）は初唐歐陽詢《おうようじゅん》撰の『藝文類聚《げいもんるいじゅう》』所収の語句をあまた利用してはいるが、この類書の成立は初唐武徳七年（六二四）、推古三十二年に当る。その「ずれ」は百年近くの差がある。またわが最古の詩集、『懐風藻』（天平勝宝三年・七五一）の詩は、時代からいえば、初唐より盛唐玄宗のころに当るが、六朝・初唐詩の語句の利用はあっても、盛唐詩のそれは見当らない。いわば、時代の影響を受けるというよりはたまたま伝来していた漢籍によって、その語句を学ぶといった方が正しいであろう。そこにはあまり選択はない。摂取の仕方は、「来れば餌に飛びつく」といった傾向が強い。前述の如く、承和以後、白居易の詩は平安官人の間に急速的に広まる。これは彼の死没以前（承和十三年・八四六に当る）のことであり、享受関係はむしろ唐人にあまりおとらぬほど早い。しかもそれは平安人の「初物食《はつものぐ》い」というよりは、むしろ偶然それが伝来したことにもよる。もっとも「長恨歌《ちょうごんか》」などを読むうちに、『白氏文集』に酔い痴れて心からそれを愛読するようになったことも疑いがないが、もとはやはり伝来の偶然性に関係することが大であった。つまり伝来書によって、わが古代人の表現はかなり左右されたものとみてよかろう。

二

文学として表現するためには、まず訓詁《くんこ》の学《がく》を学ぶ必要がある。漢籍を学ぶことは官人への近道であり、同時に立身出世という生活《パン》の道にもつらなる。古代官人の経書の学、その訓詁の学は、彼らの教養のためというよりは、出世の官吏道が強くからむ。経学は一般庶民にとってむしろ無縁のものといっても過言ではなかろう。官人(官界へ進む学生をも含めて)の学は、経学である。その学ぶべき必読の経書の基準は、「学令」(『令集解』巻十五)に規定する。

周易　鄭玄・王弼注　　尚書　孔安国・鄭玄注
三礼　鄭玄注　　　　　毛詩　鄭玄注
左伝　服虔・杜預注　　孝経　孔安国・鄭玄注
論語　鄭玄・何晏注

この規定は、『周易』を例にすれば、

周易の注ははなはだ多いが、ただ鄭玄《じょうげん》と王弼《おうひつ》の注のテキストだけを読め(「周易注者巨多、雖レ然只読二鄭玄・王弼注一、不レ習二余注一也」)

ということを意味する。しかしこの学令の規定は規定として受止めるべきであって、実施に際しては、必ずしも厳密ではなかったかと思われる。これは唐令を適用したまでのことであり、特に『周易』・『尚書』・『孝経』・『論語』などにみえる「鄭玄注」がはたして読まれたか、テキストの問題と共に疑わしい。これは、漢人鄭玄の注を基とする北朝系の経学――『毛詩』や「三礼《さんらい》」(『周礼』・『儀礼』・『礼記』)は規定通り「鄭玄注」による――よりも、南朝系の経学の方がより盛んに行なわれたことを意味する。しかしこれは見かけ上のことである。官人が、江左南朝系の経学と河洛北朝系のそれとの差などについての認識があったかどうか、むしろ伝来テキストによって、学問の方向が左右されたとみなしてよかろう。

これらの注を学んで、経書の学を身につけることは、はなはだ努力と労力を要する。しかも彼等は、更に官吏登用や昇降のために試問に応じなければならなかった。そのためには、前述の経書のほかに、六朝の詞華集『文選《もんぜん》』や、訓詁の書『爾雅《じが》』なども学ばねばならない。『文選』の一行三字を板（「帖」という）で隠しておいて、これを読ませるなど、その句の暗記も要求される。この学令の規定をそのまま信じるならば——多少の裏道もあったか——、官人にとってあまりにも残酷過ぎる。たとえば、『毛詩』にしても、毛伝あり鄭箋《ていせん》あり、両者の注を学習することは容易ではない。まして分量の多い「三礼」、『左伝』などを学ぶとすれば、現代と違って、視覚・聴覚上の見るもの聞くものの少ない当時といっても、やはり多くの日時を要するであろう。一体、彼等の「応試」の実際はどのようであったか。現代の種々の試験と同じく、何かそこに手取り早い、「サボル」方法も隠されていたのではなかったか。経書や『文選』などに関して、出題の確率性の高い箇処や、出題傾向もかなり方向付けられていたのではなかったか。彼等の間に流行する「サボリ本」がここに予想されもする。『玉篇《ぎょくへん》』（ゴクヘンとも読む）はその一端を満たす最尖端の字書であった。

『玉篇』は、六世紀の梁人、顧野王《こやおう》撰の字書であり、訓詁の書である。現行の『玉篇』は、十一世紀宋代の増補本の『大広益会玉篇』をさすが、古代のそれは、顧野王撰の原本系『玉篇』であった。この『玉篇』が当時盛行したと推定される事実は——最近知られたことであるが（注2）——、『令集解』に引用する訓詁の一部、あるいは『日本書紀』の原注の一部などによって、表面的にもそれがわかる。しかも『日本書紀』に散在するかなり衒学的《ペダンティック》な文字も、原本系『玉篇』をひもといたとみられるふしが随処に推定される。また隋吉蔵撰『浄名玄論』を注した八世紀の奈良元興寺の僧、釈智光撰の『浄名玄論略述』にも『玉篇』を諸処に引用することは、その価値を認めたためである。

『説文』・『爾雅』など名高い小学類に比して、『玉篇』が何故によく利用されたか。その大きな理由は、この字書に、出典文と共にその中の主要な文字の訓詁が示されていることである。たとえば、「方」の文字については、多数の引用文とその訓詁を引用する。その一部を示せば、

(一)「方」――甫芒反。……左氏伝、官脩二其方一、杜預曰、方、法術也……。儀礼、履物不レ足(不レ方)レ方、鄭玄曰、方猶併也。論語、凡(可)レ謂二仁之方一也、孔安国曰、方、道也……。国語又曰、不レ可レ方レ物、賈逵曰、方、別也……。礼記、変成レ方、謂二之音一、鄭玄曰、方猶文章也……。広雅、方、所也、始也、方、正也、方、義也、方、類也……。

となる。右の出典文を詳しく示せば、

左氏伝（昭公二十九年伝）・儀礼（郷射礼）・論語（雍也篇）・国語（楚語下）・礼記（楽記）・広雅（釈詁。「所也」は釈言の部分）

となる。これによって、「方」に関する経書その他の短文の佳句及び訓詁は、労せずしてひと時に知ることができるであろう。選叙令（『令集解』巻十七）の、

釈云……方、甫芒反。左氏伝、官脩二其方一、杜預曰、方、法術也。方、正也……。或釈云……方則也、始也、義也、且(宜?)也（秀才進士条「方正清循」）

も、『玉篇』という字書名の指摘はなくても、その引用であることが推定できる。また「潦」の字を例にすれば、『玉篇』に、

「潦」――良道反。毛詩、干(酌)被(彼)行潦、伝曰、行潦、流潦也。説文、雨水也。野王案、礼記、季夏水潦盛昌是也。

とみえる。右の『毛詩』は大雅（洞酌《けいしゃく》）、『礼記』は月令からの引用文である。これによれば『古事記』（仁徳）の、

水潦至レ腰……故水潦払二紅紐一、青皆変二紅色一。

や、安閑紀（元年七月）の、「天旱難レ漑、水潦易レ浸」、あるいは『万葉集』の、枕詞「潦《にはたづみ》かはゆきわたり」（三三三九）などにみえる「潦」の字の訓詁は、単なる溜り水でないことがわかるであろう。彼等にとって、『毛詩』や『説文』にわざわざ当らなくても、『玉篇』をひらくことによって、「潦」に関する佳句とその訓詁をたやすく知ることができる。ここに多くの手間がはぶける。また逆に既知の『毛詩』などの佳句も再認識されよう。

経書の佳句とその訓詁は、字書『玉篇』によれば、実に便利で実用的である。令の規定には、これを読めとは命じてないが、これを使用することは官人にとって公然の秘密であった。しかしこれは特に経学の勉強には役立つが、作文作詩のためにはあまりにもこま切れで短い。詩を作り文章を作るためには、経書以外の漢籍をも読まねばならなかった。しかし漢籍の数は九世紀末までに山なす幾万巻にも及ぶ。たとえそのいくばくかが伝来していたとしても、なかなか読み通せるものではない。学令にみえる前述の指定書の一部を読むにも多くの時間を要するであろう。とすれば、訓詁用の字書である原本系『玉篇』に対して、作詩作文用のダイジェスト版も要求される。運よくも中国には、「類書」と称する文学百科辞典があり、早くもわが国にもそれが伝来したのである。

「類書」の現存する代表的なものは、前述の唐代類書『藝文類聚』（六二四）であり、これについで徐堅の『初学記』（七二七）である。また隋人虞世南撰の『北堂書鈔』もその例である。『初学記』の伝来については、天平九年（七三七）を下らないものとみる説がある（注3）。これらのほかに、祖孝徴の佚書『修文殿御覧』、張楚金の『翰苑』などを初めとして、敦煌石窟遺書として残る佚名類書のたぐいも、かず多く伝来していたものと推定される。しかしその内容などからみて、現存本としては、『藝文類聚』百巻に指を屈するほかはない。『日本書紀』

の撰者が早くもこの佳句佳文を抽出して、その文章を綴ったのも無理からぬことであった。「類書」は、同じ項目の中に漢籍より抽出した佳句佳文、あるいは故事を類聚する。天部をひらけば（『藝文類聚』を例とする）、

天・日・月・星・雲・風（巻一、天部上）　雪・雨・霽・雷・電・霧・虹（巻二、天部下）

に関する故事その他が一目のうちにわかる。また官人たちが「梅」や「桃」の詩を試みようとすれば、その「菓部」（巻八十六）には、それに関する漢以来六朝までの名高い記事を載せる。更に『初学記』には初唐の詩賦をも加える。

しかし九世紀平安時代に入るや、渡唐僧空海などによる新しい漢籍の伝来も多く、『藝文類聚』などにみえない記事も含む。ここにすでに伝来していたかず多くの「類書」を網羅し、もっとも多くの記事を加えた類書が強く要求される。東宮学士滋野《しげの》貞主によって撰上された『秘府略』一千巻は、その一つのあらわれである。但し現存本はわずか二巻（百穀部中・布帛部三）、淳和天長八年（八三一）の撰。宋代の一大類書『太平御覧』一千巻に溯ること約百五十年前である。「類書」と『玉篇』とは、古代官人の表現力を豊かにする。後者は漢籍読破のための基本的字書、訓詁の書、前者はその応用篇ともいうべき文学表現の辞典である。両者は律令の如き表立った法令の規定の中にはその姿を見せない——但し『令集解』の注の部分には『玉篇』の引用をみる——。しかも両者は、『文選』や辞書『爾雅《じが》』などの陰に隠れた必須書であり、これらをともに利用することは、「鬼に金棒」ともいうべきであった。『玉篇』の一例は前述の如し。「類書」の例を一つあげよう。

「対策文」は官人の生命ともいうべき応試の作文であり、その及第如何が将来を約束する。四六の文体をまね、対句《ついく》をその中に多く加え、均斉のとれた文章、しかも策問《さくもん》の内容にふさわしいものを作ることは容易ではない。

例は、『経国集』（巻二十）にみえる百済倭麻呂《くだらのやまとまろ》作の対句の一部。彼は神亀のころの官人、「文雅」の名があり（『家伝』下）、『懐風藻』にも三首の詩を残す。

水を飲み犢《ことひうし》を留むる輩《やから》は経に疎《おろそ》かにして史に少なく（「[6]飲レ水留レ犢之輩、[4]経疎史少」）、星に駕《の》り虎を去らしむる徒《やから》は、古《いにしへ》に満ち今に多し（「[6]駕レ星去レ虎之徒、[4]古満今多」）。

これは、「精勤」と「清倹」のどちらを先にすべきか、の策問に応じた対策文の一部である。この対句に含まれた故事の出典は何か、これをすぐに指摘できる人は、きわめて物知りの部類に属するであろう。しかしそれはむしろ不要であり、「類書」によれば事は済む。対策者倭麻呂もこの便利な「類書」を利用する。

前の句は清倹の士の例としてあげたものである。「飲レ水」の故事は、広州刺史となった呉隠之（呉処黙）が水を飲んだ故事（『藝文類聚』巻五十「刺史」、『北堂書鈔』巻三十八、廉潔「酌レ泉而飲」など）。「留レ犢」の故事は、犢を留めた青州の刺史羊暨《ようき》の故事である（『藝文類聚』同上、『北堂書鈔』同上「牛産レ犢以遺《のこす》」など）。

後の句は精勤の例である。「駕レ星」は、星をいただいて外に出て星と共に入った県令巫馬期《ふばき》精勤の故事（『藝文類聚』巻五十「令長」）。「去レ虎」は、弘農の太守劉昆の徳化に感じて虎も去ったという故事をさす（『北堂書鈔』巻七十五、太守「虎負レ子渡レ河」）。これらの故事は、敦煌出土唐写本佚名類書（P.2524）にも、

「飲レ泉」（呉隠（ママ）の故事）　「留レ犢」（羊暨の故事）——以上「刺史」の条——

「乗レ星」（巫馬期の故事）　「虎度レ河」（劉昆の故事）——以上「県令」の条——

とみえる。対策者がどの「類書」を参照したかは別として、ともかくも「類書」の一群をひらくことによってこの故事を引用したことは疑いがない。

これは、対策文の場合のみに限らない。『懐風藻』にみえる、藤原宇合《うまかい》の詩序の一部を例にすれば（養老五年・

七二一頃の作）――これについては、のちに発表した拙稿「上代官人の『あや』――（『石井庄司博士喜寿記念論集 上代文学考究』昭和五十三年」）に詳しい――、

義は伐木に存《あ》り、　君が千里の駕を待つこと、今に三年、
道は採葵に叶《かな》ふ。　我が一箇の榻を懸《か》くること、是に九秋。……。
公 潔きこと氷壺に等しく、
明らかなること水鏡に逾《こ》ゆ。……（八九、序）

とみえる。これは京に留まる友人に贈った序の一部である。前述の敦煌佚名類書によれば、その「朋友」の条に、

伐木（毛詩）・採葵《さいき》（古詩）・千里（先賢伝）・一榻《たう》（陳蕃の故事、書名は載せず）

とみえる。またこの条に続く「人才」の条に、

氷壺《ひょうこ》（古詩）・水鏡（楽広の故事）

と連続してみえる。これらの故事は、宇合の序の語句の出典となる。もっともそれがこの敦煌本類書によったというのではないが、この種の某「類書」――その一書に限るわけではない――を参考にした結果であることは確かである。敦煌本類書の一つである『略出籯金《えいきん》』の、残簡にみえる「朋友篇」にも、「伐木採葵千里」の記事がみえる。「類書」は、『藝文類聚』・『初学記』・『北堂書鈔』など現存するもの以外にも当時多く伝来し、官人たちは、その表現のためにこれを活用したのである。『懐風藻』の詩句にみえる出典の注の仕方については、もとの原文を引用するのが一般の方法である。これは中国の注の一般的方法による。拙著『日本古典文学大系69 懐風藻 文華秀麗集 本朝文粋』もその例に洩れない。しかし当時の詩句が「類書」による点の多いことが指摘できる以上、やはり直接の指摘は、「類書」引用の本文を示すべきである。それは詩人の作詩態度を追体験するともい

うべき態度、古代人の態度に即したものといえるであろう。このように考えると、古代文献の出典に関する在来の注の仕方は、再検討を要することになる。「直接」の指摘は、作者の表現に迫る。

古代人の使用した難訓の文字、その訓詁、あるいは数限りのない故事なども、実は八世紀ごろには、『玉篇』あり、「類書」ありの状態であった。これによる限りは、簡単な文章や作詩くらいならば、彼らにとってそれほど困難ではなかったであろう。われわれは古代官人の「学《がく》」に驚く前に、まず多少の割引きをしなければなるまい。

以上は、本稿の採る基本的な見方である。これはそのまま古代人にも通じる方法でもあると信じる。以下、時代を逐って、七世紀より九世紀末までの古代文学について、大陸文学との関係を意識しながら、紙幅の許す限り述べてみたい。

三

推古十二年（六〇四）、太子聖徳によって、憲法十七条の撰定をみる。時に隋文帝仁寿四年のことである。十七条は、四言を中心とし、対句を駆使し、その内容はよく条理を尽す。しかもそれがかえって太子撰に対する疑問を投げかけたのである。「七世紀初葉にこのようなすぐれた文章が作れるのか……」云々と。しかし古代人といえば多くの渡来者、帰化人を含む。来朝した知識人たちが太子を助けて憲法の草案をものし、太子自身これに責任の印を押せば、太子の撰ということになる。よいブレーンをもつ限り、時代の新古を問わず、優れた文章をもつ憲法は生れる。日本人及び渡来人を一体とする古代においては、文章の巧拙によって、作製時代を決定することはできない。書く人によって、山ある文章も生れ、また谷ある文章も生れる。やはり憲法十七条は、少なくとも推古朝の撰とみなすべきである――これは伊予道後の湯岡《ゆのおか》碑文についても同様である(注4)――。今試みに一例として、第五条をあげよう(形式は便宜上、改める)。

五曰、絶レ饕棄レ欲、明二辨訴訟一。其百姓之訟、一日千事。一日尚爾、况乎累レ歳。頃治レ訟者、

（得レ利為レ常、
見レ賄聴レ讞。

便（有レ財之訟、如二石投一レ水、
乏者之訴、似二水投一レ石。

是以、貧民則不レ知二所由一、臣道亦於焉闕。

(試訓)五に曰はく、饕《むさぼり》を絶ち欲《ほり》することを棄て、訴訟《うたへ》を明らかに弁《さだ》めよ。其れ百姓の訟《うたへ》、一日《ひとひ》に千事《ちこと》あり。一日すら尚《なほ》し爾《しか》にあり、况《いは》むや歳を累《かさ》ぬるをは。頃《このころ》訟を治むる者《ひと》、

（利《くほさ》を得ては常となす、
賄《まひ》を見ては讞《うたへ》を聴く。

便《すなは》ち（財有るものの訟は、石を水に投《な》ぐるが如し、
乏《とも》しきものの訴は、水を石に投ぐるが似《ごと》し。

是《ここ》を以《も》ちて、貧しき民は則ち所由《せむすべ》を知らず、臣《やつこ》が道も亦《また》ここに闕《か》けぬと。

整然として教戒的な内容は、その文字の配置と共に格調が高い。これを訓詁に限定して眺めると、現代人にとってむつかしい文字の使用が目立つ。まず「饕」は、原本系『玉篇』に(以下『玉篇』はすべて原本系古本系を示す)、

「饕」――亦餮字也。 「餮」――説文、貪也。

とみえ、「饕」は「餮」に同じ。これは、河村秀根の『書紀集解』の指摘する如く、『左伝』(文公十八年)の「饕餮《タウテツ》」に関係する。『玉篇』にこれを引用して、

「饕」――左氏伝……天下之民謂二之饕食(餮)一也、杜預曰、貪レ財為レ饕、食貪(貪食)為レ餮也……(括弧は私案、以下同じ)

と注する。食物を貪ることが「飻」、即ち「饕」である。これに対する「欲」は、右の「貪レ財為レ饕」に当てて簡単な文字に改めたものであろう。「欲」は『玉篇』に、「欲、貪也」（尚書孔安国伝）とみえ、「財を貪る」という訓詁はない。しかしここはこれを包括する一般的な「欲」を使用したまでで、「饕」の意に解すべきである。古訓に「饕」を「アヂハヒノムサボリ」（「飻」）と訓み、「欲」を「タカラノホシミ」（「饕」）と訓んだのはそれなりに正しい。

「訴訟」は現代語のそれとは少し内容を異にする。まず「訴」については、『玉篇』に、

説文、訴、告也。野王案、訴者所三以告二冤柱（枉）一也。

とみえ、さばきを願う、告げる意。次に「訟」は、『玉篇』に、

周礼、凡万民有二獄訟一者、聴而断レ之、鄭玄曰、争レ罪曰レ獄、争レ財曰レ訟。

とみえ、「罪」を争うのではなく、「財産」について争うのが「訟」である。これによって、以下に続く、

治レ訟者、得レ利為レ常……有レ財之訟、如二石投一レ水……。

の「訟」は、財産に関するものであることが明瞭になる。つまり「訟」は正しい訓詁によることがわかる。また「財有るものの訟」に対して、「乏しきものの訴」とあるのも、財をもたぬ貧者には「訟」ではなく、やはり「訴」である。現代人の一般的に使用する「訴訟」の文字も、十七条においては、漢籍の正しい用法に基づく。次に「聴レ讞《うたへ》」の「讞」については、『玉篇』に、「今亦以為レ議レ罪之」とみえ、これは罪を議することである。碩学内藤湖南「古写本日本書紀に就きて」（『日本文化史研究』）が、

『礼記』（文王世子）、鄭玄注「讞之言、白也」『漢書』（景帝紀）、顔師古注「讞、平議也」

の例をあげたのはもちろん正しいが、『玉篇』による方が手取り早く、この方がむしろ撰者の述作態度に添うも

のというべきである。

この第五条を例として更に十七条全体を眺めると、『玉篇』（梁の大同九年・五四三の撰）による限り、その使用した文字の訓詁も予想外にわかりやすくなる。これを逆にいえば、この十七条の文章の文字は、『玉篇』に多くのものを得たと推定できるであろう。既述の如く、『玉篇』には、名高い出典文とその訓詁を載せる。推古朝の官人たちがこの便利な字書によったのも無理からぬことである。

推古期の遺文には、湯岡碑文（法興六年・五九六）を除けば、法隆寺の「金銅薬師仏造像記」（推古十五年・六〇七）など金石文の類も残るが、文章としてはつたない。しかもこの造像記が漢文体の中に和文体を交えることは、固有の日本人の試みとみられ、その意味では貴重である。しかしやはり中国的な文章として眺めると、それほど価値のあるものではない。因みに八世紀末までに金石文の類は、数十篇もある（『寧楽遺文』参照）。その中に注意すべき文章として、

薬師寺東塔擦銘《とうとうさつ》（慶雲四年・七〇七。天平以後説もある）　威《い》奈真《なのま》人《ひと》大村墓誌（同じく七〇七年）　大安寺碑文（宝亀六年・七七五）

などがある。第一例は「唐西明寺鐘銘」（『広弘明集』巻三十五）に、第二例は六朝の「庾信《ゆしん》集」に、第三例は「頭《ず》陁《だ》寺《じ》碑文」（『文選』巻五十九所収、王簡棲作）による点が多く、やはりよりどころは漢籍にある——『広弘明集』・『庾信集』・『文選』、何れも正倉院文書にその書名をみる——。模倣することが古代人の文学表現への第一歩であった。

なお第二例の大村墓誌銘の銘の部分（四言二十句）のうち、

製錦蕃維、令望攸《アタルトコロ》レ屬、鳴絃露冤（「冕《ベン》」に当る）、安レ民静レ俗……。

の条の「製錦」と「露冕」の故事について、かつてその出典を探しあぐんだことがあった。しかしこれは、鳴沙石室古籍叢残の唐写本佚名類書（『羅雪堂先生全集』三編八所収）に、

「製錦」（「県令」の条）　「露冕」（「刺史」の条）

とみえる如く、大村の地方官としての善政を子産及び郭賀にたとえたものである（注5）。これなども恐らくそれぞれ原典によるとみるよりも、「類書」によるものであろう――『藝文類聚』の「錦」「刺史」の条にも、それぞれみえる――。やはり古代人には、憲法十七条の訓詁といい、これらの例といい、『玉篇』や「類書」が必須書であったことが証明される。

推古朝については、八世紀中期『懐風藻』の序に、

聖徳太子に逮《およ》びて、爵を設け官を分《わ》かち、肇《はじ》めて礼義を制《さだ》めたまふ。然《しか》すがに専《もは》らに釈教を崇《たふと》み、篇章に遑《いとま》なかりき。

と述べる。「未ㇾ遑二篇章一」はよく言い得た言である。文学作品は、未だ現われず、憲法十七条や湯岡碑文が実用的な文学性をもつというに過ぎない。このころ古代人の本格的な作はまだ誕生しないとみなすべきである。

四

七世紀後半に入って、天智の近江朝に至る。初唐高宗の頃に当り、遣唐使の往来、唐人の来日をみる。『懐風藻』の序に、

淡海先帝《あふみのみかど》の命を受けたまふに及至《およ》びて、帝業を恢開《くわいかい》し、皇猷《くわういう》を弘闡《こうせん》したまふ……。爰《ここ》に則ち庠序《しやうじよ》を建て、

茂才《もさい》を徴《め》し、五礼を定め、百度を興したまふ……。旋《しばしば》文学の士を招《を》き、時《ときどき》に置醴《ちれい》の遊《あそび》を開きたまふ。この際に当りて、宸翰《しんかん》文を垂らし、賢臣頌《しょう》を献《たてまつ》る。雕章《てうしゃう》麗筆、唯《ただ》に百篇のみにあらず。但し時に乱離を経、悉《ことごと》くに煨燼《わいじん》に従ふ……。

とみえ、近江朝の盛大な文運を述べる。「君臣唱和の美しい詩文は、百篇以上を越えるが、いまわしい壬申の乱(六七二)のために、すべて灰に帰した」と結ぶ。近江朝文学の特色は、この序に述べる如く、公的な文学のつどいの際のものが大部分を占める。『懐風藻』に、

大友皇子・河島皇子・大津皇子・葛野王《かどの》

など、天智・天武の皇子皇孫の作九首を載せるが、その大部分は公宴の際の作と推定される。大津皇子の「遊猟」の詩にしても、おそらく遊猟後の宴席の詩であろう。その第五句「月弓谷裏に輝き、雲旌《うんせい》嶺前に張る」の中に、皇子の「叛逆の孤愁がひらめく」、などという三島由紀夫の発言もあるが、これは単に狩猟後のうたげの詩であって、穿ちすぎである。また近江朝の歌、『万葉集』(巻一)にみえる、天智・皇太子天武・額田三者の艶情関係を示すといわれる歌、

あかねさす紫野行き標野《しめの》行き野守は見ずや君が袖振る　(二〇、額田王)

紫のにほへる妹をにくくあらば人妻故にあれ恋ひめやも　(二一、皇太子)

も、左注を拡大的に眺めると、遊猟後の皇族群臣合同の宴の歌とも解することができる。もしそうとすれば、この贈答歌は、私的な場面でなく公的な席に詠まれたものであり、むしろ戯れ的な要素が濃いとみるべきであろう。

また近江帝臨御のもと、内大臣藤原鎌足をして、同席の者に春山万花の艶と秋山千葉の彩《あや》を歌によって判定させた公席の歌も残る。参加者の一人、額田王が、春を捨てて、

秋山の、木の葉を見ては、黄葉《もみち》をば、取りてぞしのふ、青きをば、置きてぞなげく、そこしうらめし、秋山ぞあれは（一六）

と判じたことは、名高いが、これもあまたの官人参加の席の歌である。しかも秋山讃美の背後には、秋の悲哀を述べた六朝詩人潘安仁の「秋興賦」（『文選』巻十三）が存在する。「秋のあはれ」は万葉人一般には流行せず、むしろその流行は、九世紀に始まる（後述）。この歌の中に早くも「秋のあはれ」を認識することは、やはり漢籍を学んだためである。近江朝のころ伝来書の少なくなかったことは、『家伝下』（『藤原武智麻呂伝』）の、

先づ壬申の乱離より已来《このかた》、官書或は巻軸零落し、或は部帙欠少す。公爰《ここ》に奏請し、民間を尋訪し、写取満足《たら》ふ。此《ここ》に由《よ》りて、官書髣髴にして備《たら》ふこと得たり。

によっても、溯って推定できる。

しかし近江朝の文学には、「晴《は》れ」的、公的なものばかりではない。時代は天武の朱鳥元年（六八六）に降るが、謀反を図って死を賜った大津皇子の「臨終」の詩（『懐風藻』）、

金烏《きんう》西舎に臨《て》らひ、鼓声短命を催《うなが》す。泉路に賓主なし、此の夕へ家を離《さか》りて向かふ（一本「誰が家にか向かはむ」）。

は、死に臨んだ辞世の詩、思いつめた私的な心情をよく表現する。また大友皇子の「述懐」の詩も、自分の思いを堂々と述べる。前者大津皇子のこの哀れな臨終の詩は、恐らく今は現存しない初唐以前の臨終詩を参考にしたものと推定される（注6）。しかもそのもとの詩は、類似のパターンをもつ詩群の一つであったと想像される。現に前述の『浄名玄論略述』引用の、隋の軍のために囚われの身となった陳後主叔宝の詩にも（注7）、

鼓声推《（催？）》命役《（？）》、日光西に向かひて斜なり。黄泉に客主なし、今夜《こよひ》誰が家にか向かはむ（巻一）

という類似の詩がみえる——皇子の詩もこのパターンの詩を某人が皇子に仮託したのではなかったか——。次に後者の「述懐」という詩題は、初唐に入って例が多く見え始める。中国学者は、初唐魏徴の詩に始まるともいうが、これは正確ではなく、六朝の詩にも稀ではあるが、二、三の例をみる。この詩題がかりに初唐詩によるとすれば、時代的にもあまりへだたりがなく、近江朝ごろの古代人の「早もの食い」の例となるであろう。また近江朝に渡唐した釈智蔵の詩の、

友を求めて鶯《うぐひす》樹に嫣《わら》ひ、香を含みて花叢《くさむら》に笑《ゑ》まふ（翫㆓花鶯㆒）

は、花や鶯を擬人化した点に意を払うべきである。この擬人法が唐人に好まれたことは、初唐の史学者劉知幾《りゅうちき》の『史通』（雑説上）の中に述べる。試みに一例をあげると、初唐駱賓王《らくひんおう》の「蕩子《とうし》従軍賦」にも、

花は情《こころ》有りて独り笑《ゑ》み、鳥は事なくして恒《つね》に啼く。

とみえる。渡唐した智蔵は、初唐詩を学んだものであろう。近江朝前後の詩には、同じ当時のいち早き初唐詩の投影をみる。

しかし時代が降るにつれて、古代人は、一世紀前の六朝文学も当時の唐代文学も混合して無差別に享受するようになる。これはかえってその外来文学摂取の盛行を意味するともいえる。壬申の乱を経て、七世紀末までに、朝廷は天武・持統・文武朝へと続く。『懐風藻』の序に、「茲《こ》れより以降《のち》に、詞人間出す」と述べ、近江朝以後の多くの詩人の輩出を述べる。歌の方面においても、『万葉集』にみる如く、宮廷や官人集団の歌人が相続いて誕生した。中でも七世紀末ごろの下級官人柿本人麻呂は、伝統的な歌を採用して、新しい自己の歌に改め、あるいは心情を吐露して強く訴えるなど、その叫びは今もなお人の心を打つ。特にその長歌は、空前絶後の格調をかなでる。しかしその中国的要素は少ない。

文武朝は七世紀末より八世紀初葉（六九七〜七〇七年）に位置する。ここで注目すべきは、第七次遣唐使の派遣である。文武の慶雲元年（七〇四）に帰朝した粟田真人の一行はあまたの漢籍を将来した。一行のうちに加わった遣唐少録山上憶良の、その作品にみえる漢籍引用の状態からみても、それは立証できる。たとえば、その「沈《ちん》痾《あ》自哀文」（『万葉集』巻五）にみえる、

抱朴子《ほうぼくし》（子部、道家）　遊仙窟（同、小説家）

は、直接にその本文を引用する。また正倉院に残る『王勃集』（「詩序一巻」現存、奥書は慶雲四年・七〇七）、「文書」に書名をみる、

太宗文皇帝集（唐太宗）　駱賓王集

なども、おそらくその時の伝来書の一つであろう。

伝来書はそのまま七・八世紀の古代人の表現の種となる。唐太宗の詩句の採用は、文武ごろの官人紀古麻呂《きのこまろ》の「望レ雪」の詩にもみられる。また初唐の『王勃集』や『駱賓王集』の「詩序」は、『懐風藻』にみえる「詩序」の形式にも強く投影する。しかもそれが表面的に現われるのは、八世紀に入ってからのことである。「詩序」のもっとも古いものは、山田三方《みかた》の「秋日於二長王宅一宴二新羅客一」である。これは、私見によれば、養老三年（七一九）の作と推定される。しかし他の、同じ題の「新羅の客を宴す」の詩序群は、むしろ少し時代が降るとみるべきであろう（注8）。これらの詩序群が必ずしも同時の作ではないにしても、ともに共通する詩風をもち、王勃（あるいは駱賓王）の詩句をあちこちにちりばめる。『万葉集』（巻五）にみえる、天平二年（七三〇）大宰帥大伴旅人邸の梅花の歌席、その「梅花歌三二首」の歌序も、この形式を学んだものである。初唐の詩序の投射は、『懐風藻』はもちろんのこと、『万葉集』にも及ぶ。

山上憶良は晩年に至って、「沈痾自哀文」をものした（天平五年・七三三、彼の七十四歳の作）。その中で、伝来書『抱朴子』を愛読したふしがみられることは、それなりに理由がある。『抱朴子』は、六朝の晉代の人、葛洪《かっこう》の撰。この書の中に、神仙思想に基づき、不老長寿の法を説く。十余年も持病に悩む憶良がその回復を望み、長生を求めて、本書を絶えず手にしたのは無理からぬことである。また彼は、『遊仙窟』を引用して、

九泉下の人、一銭にだに直《あたひ》せぬ（死んだら、一銭のねうちもない）

という。前述の如く慶雲元年に伝来したと推定される唐代小説『遊仙窟』は、二十年あまりもひそかに読まれていたものであろう。この性的場面の多い小説が表面的に現われるのは、八世紀も中葉、天平ごろに降る（後述）。

八世紀の初期、元明和銅三年（七一〇）、都は大和平野の「まほろば」から更に奈良へと移る。そのころ唐朝は玄宗の時に当り、華やかな「盛唐」が始まる。詩の方面からいえば、大臣長屋王が政治的にも、文雅のパトロンとして活躍する。その死は実に痛ましいが（神亀六年二月、天平元年・七二九自決）、自邸佐保《さほ》楼に幾多の官人詩人をまねいて、春秋の折節につけて詩宴を開いたことは、自ら官人たちに作詩をうながす結果となった。特に前述の如く、「詩序」の類には佳作が多く、その文学的系譜は八世紀末まで流れてゆく。彼等の詩風は、王勃・駱賓王など初唐詩のほかに、当然のことながら『文選』や前代の六朝詩の模倣も多く、中には盗作に近いものも少なくない。しかも全体としてみれば、やはり試作的であり、韻法に従った近体（今体）詩はきわめて少ない。

八世紀の前半において、本格的な散文が生れたことは注目に値する。すなわち、

『古事記』（元明和銅五年・七一二）

『日本書紀』（元正養老四年・七二〇）

は、それであり、また諸国の「風土記《ふどき》」撰上の詔も和銅六年（七一三）に降る。これらの書の編纂目的は本講座

の他の稿に譲るべきである。ここでは、少しこれを文章表現の面より眺めよう。

『古事記』は、「口承体」（和文体）の中に「漢文体」を交えるいわゆる「和漢混合体」である。語るままに書こうとする口承体の部分と、語順を異にする漢文体に近い部分との混合によって成立する。漢文体といっても、四六駢儷《べんれい》風のものではない。それは比較的やさしい漢文体に近いものであり、古代人としては、むしろ書きやすい。しかし口承体即ち語物風《かたりものふう》の和文体は、漢字で書くにはかえって不便である。語るままをそのまま文字に移そうとすれば、あまりにも長たらしくなる。このような悩みは、撰者太安万侶《おおのやすまろ》の序文にまざまざとみられる。彼はいう、

然《しか》れども、上古の時に、言《こと》と意《こころ》並びに朴にして、文を敷き句を構《かま》ふること、字に於きて即ち難し。已《すで》に訓《くん》に因《よ》りて述ぶるには、詞《こと》心に逮《およ》ばず、全く音《おん》を以ちて連《つら》ぬるには、事の趣《おもぶき》更に長し。

と。従ってそこに出現した文章は、語順を異にする中国人には理解しにくい部分が少なくない。しかし古くから語られて来た口承体の「旧辞」の部分をなるべくそのまま他人にも誤読を起させないように文字化に務め、文字表記に努力したことは、やはり安万侶の功績をほめるべきである。諸国の風土記類も、旧辞という神話伝説を含む部分は、『古事記』のそれに近い文体を採る。しかもこの部分が漢文体のそれとちぐはぐであるのは、やはり日本語のもつ膠着的な性格によるところが多い。しかも日本語を漢文体になるべく近づけようとした点に、古代人の表現力をみる。『古事記』は、四六文的な語の配列に苦心した序文——それは、『尚書正義』（「上五経正義表」「尚書正義序」を含む）、『故唐律疏議』（「進律疏議表」を含む）、『文選』その他の語句を利用する——を除けば、本文にはあまり華美な語句を使用しない。その代り、当時一般的《ポピュラー》であった漢訳仏典語がかなり目立つ。たとえば、

本土・本国・国土・他国・童女・女人・一時・遊行・趺坐・恋慕・歓喜・貧窮・思惟

などは、その一例である。また仏典語と共に、会話の結びの手法、あるいは理由の結論をまず示し、その後にその理由を溯って述べる手法なども、仏典体のスタイルによるものといえる。このような点は、『日本書紀』と甚だ違う。『記』・『紀』ともに全体としては和漢混合体でありながら、やはり細部にわたっては両書の間に差がみられる。「和漢混合体」は、一般に国語学者の間に「変体漢文」といわれる。しかし漢文体にも種々のスタイルがあって、一律には言い切れない面をもつ。

『日本書紀』は、その書名に「日本」を冠する以上、中国及び朝鮮など、外国を意識する。まず異国人がみてもよく理解ができ、且つ恥かしからぬ文章をなるべく書こうと意図する。しかし旧辞の部分などなかなか漢文体で書けない部分もあり、やはり混合体を採らざるを得なかったのである。その外来の素現材は、今日の研究によれば、およそ、

（史部）漢書・後漢書・魏志・呉志・梁書・隋書
（子部）淮南子・藝文類聚
（集部）文選

などであり、更に仏典として『金光明最勝王経』（義浄訳）が加わる。これらは直接原典に当ってその文章を利用するが、梁書・隋書・淮南子などは、必ずしも多くを引用しない。しかし類書『藝文類聚』を利用することは甚だ多く、雄略紀（巻十四）以下の数巻には特にその投影が著しい。また史書類はそれぞれの帝紀を、『文選』は「賦」の文章語句をよく利用し、撰者達の素現材の取捨傾向がかなりよくわかる。これらの漢籍の利用については、『日本書紀』の各巻はそれぞれ利用した原典の文体に似通う。各巻各部分が同じく漢文体といっても、単一ではない。ここに竹に木を接《つ》いだような「接木式《つぎき》」の文体が『日本書紀』の中にみられる。その文章の特色はこ

の接木風であり、文章のリズムも流れが等しくない。同一の巻でさえもこのような種々の色調をもつ。まして三十巻全体は複雑な様相を帯びる。筆者あるいは内容によって、極めて素朴な文章をもつ巻もあり、これと反対に漢籍の語句をちりばめた華麗さを誇る巻もある。中には神代紀の如く、中国の口頭語である「俗語」的用法を交えたところもあって、渡来人系の筆の参加を予想させるような巻もある。しかし全体としてみると、ほぼ数人の筆癖を思わせ、実地に文章としてまとめあげた筆者たちは、数人の編集委員であったと推定される。

『日本書紀』の文章は、装飾性と非装飾性の二面をもつ。独自なものは未だ十分には書けず、むしろ漢籍の文章に表現材を求めねばならなかった当時として、起伏のある表現が生れるのは自然のなりゆきである。これは和銅六年（七一三）以降に撰進された風土記類の文章についても同様である。潤色の多い『常陸風土記』や『出雲風土記』もあり、その反対に、装飾性の少ない『播磨風土記』も残る。しかも各風土記の中においても、それぞれの中に種々雑多な文章を含むこと、『日本書紀』の場合に同じ。中国人からみれば、見掛上は漢文らしい文章の中に雑多なものを含むことは、つたない文章とみえるであろう。しかしそれはかえって八世紀ごろの古代人の書く文章の方向であり、自らそこに大きな特色をなす。

『万葉集』にみる如く、七世紀後半より八世紀末までの歌は古代文学の華を代表する。これは、彼等の心情をよく表出し、伝統的古代的なものを率直に表現する。しかも異国文化の摂取は多少なりとも歌の中にその影を反映する。万葉人は、歌の中に僅かながらも中国的な表現を採用する方法を案出した。たとえば、前述の『遊仙窟』もその表現材となる。初唐の官人張文成撰の、この唐代小説の投影については、既に学僧契沖の指摘するところである。その指摘は更に現在までも続く。たとえば、坂上郎女の相聞歌、

相見ずは恋ひざらましを妹を見てもとなかくのみ恋ひば如何にせむ（五八六）

を、『遊仙窟』の主人公のことば、

元来不レ見、他自尋常、無レ事相逢、却《かへりて》交《こもごも》煩悩（試訳「相見ずはよそにこそあれたまさかに妹を相見てもとな乱るる」）

に求める私見は、契沖以下の指摘をみない。また大伴家持の某娘子に贈る歌、

思はぬに妹が笑《ゑ》まひを夢《いめ》に見て心のうちに燃えつつぞをる（七一八）

や、無名歌人の、

わぎも子が夜戸出《よとで》の光儀《すがた》見てしより心そらなり地《つち》はふめども（二九五〇）

などの歌も、『遊仙窟』の、

今朝忽見二渠《きみ》姿首一、不レ覚慇懃着二心口一（試訳「思はぬに朝《あした》の姿首《すがた》見てしより慇懃《ねもころ》妹に燃えつつぞをる」）

に、暗示をもつ。また恋の乱れの激しさを述べた無名歌人の、

聞きしよりものを思へばわが胸は破《わ》れて摧けて利心《とごころ》もなし（二八九四）

の「摧《くだ》く」の語も、

心肝恰欲レ摧、踊躍不レ能レ裁（試訳「心肝《こころぎも》あたかも摧けなむとし、踊躍《たちをど》りて裁《おさ》ふることあたはず」）

によるものであろう。このように例は今後も新しく発掘できる可能性がある。

大伴家の書殿には相伝の『遊仙窟』を収蔵する。恐らく山上憶良所持本を転写したものであろう。これを愛読した旅人もこの『遊仙窟』をよく利用する。巻五にみえる「梧桐日本琴」につけて贈った藤原房前あての書翰には、夢に娘子が現われるといった小説的趣向をこらす。これは「遊仙窟的趣味」の一つである。また「遊二於松浦河一序」——作者については憶良説もある——にみえる、主人公と魚釣る女人たちの問答もこの趣味の現われ

である。筑紫在住の官人たちは、未だ見ぬ神仙境の洞窟を筑紫の松浦河畔に求める。これらの文章は、『遊仙窟』と共に『文選』の賦をも加えた虚構《フィクション》である。旅人の子、家持もこの舶載小説をよく利用する。それについては、かつて述べたので繰返さない。なお新しい一例を加えよう。それは、巻十七にみえる天平十九年（七四七）三月三日付の大伴池主の家持宛の書翰である。その中に、「春楽しむべし、暮春の風景最も怜《あはれ》ぶべし」云々の一部があり、更に、

紅桃灼々《しやくしやく》、戯蝶花を廻《めぐ》りて儛《ま》ふ、翠柳依々、嬌鶯葉に隠りて歌ふ。

の対句が続く。これは『遊仙窟』の女主人公の別離の詩の後半の部分、

翠柳眉《まよ》の色を開き、紅桃瞼《まなぶた》の新しきを乱る。此の時に君在らずは、嬌鶯人を弄殺《もてあそ》ばむ。

によることは明らかである。なお「戯蝶」は、『遊仙窟』の「戯蝶丹萼に扶《あつま》る」に、また「依々」は、しなやかな柳を形容した「依々弱柳」による。更にまた『遊仙窟』の右の詩の「此の時に……」云々は、「柳の眉が開き、柳の花の艶をこらすこの春の時に、もし君がいまさぬならば、愛らしい鶯もかえって私の心をもてあそびものにするだろう」の意をもつが、これは同じ池主の書翰の後半の部分にみえる、

空《むな》しく令節《れいせつ》を過ぐせば、物色も人を軽《いるか》せにせむ。

に多少の暗示を与えたものであろう。もっともこの句は、初唐王勃の、「相逢ひて今し酔はずは、物色も自らに人を軽《いるか》せにせむ」（林泉独飲）によるが、この句を想起するはずみは、『遊仙窟』の、「此の時に」云々の句に原因があるとみてよかろう。『遊仙窟』といえば、儒教思想の許にある中国人にとっては、下《げ》の下の書物である。ひそかに夜の燭火に咲く小説であった。しかし万葉人が堂々と自己の歌や散文の中にその語句を採用したことは、それを偶然入手したためである。必ずしも漢籍の価値の判断によるのではなかった。

伝来書は、古代人に今までに持たない新しい詩想を与えた。その一つ、『捜玉小集《そうぎょく》』は（原本は『捜玉集』）、盛唐玄宗の開元の頃の総集、開元十八年（七三〇・天平二）を降らないという。これが八世紀に伝来したことは、正倉院文書の落書に残る劉幽求の「書レ懐」によって推定できる。この詩集の中でもっとも注意すべきは、初唐劉希夷の「代白頭吟」である。その中の、

年々歳々《ねんねんさいさい》花相似《あひに》たり、歳々年々人同じからず。

は、花と人とを対比させ、人生のはかなさを詠んだものとして当時唐人の間にすでにもてはやされていたのである（『唐才子伝』参照）。恐らく万葉人もこれを愛誦したものであろう。ここにこの類の歌が生れるのは自然のことである。無名歌人の、

年のはに梅は咲けどもうつせみの世の人われし春なかりけり（一八五七）

冬過ぎて春の来れば年月は新《あらた》なれども人は旧《ふ》りゆく（一八八四）

なども、これに暗示をえたのではなかったか。第一例の「春なかりけり」は、めぐり来る毎年の春に咲く花に対して、作者にはめぐり来る春のないことを歎いた作である。「春のない」ことは、春のある梅に対して、作者には春がなくて年ごとにふりゆくことを意味する。この点、諸注は明確でない。

しかし歌の中に漢籍の影がそれほど多くないのは当然のことでもある。『万葉集』の歌が大胆にその心情を表現したのは、何物にも制御されない自由をもつからである。作歌することはやがて作歌の法、歌の批評などを論ずる歌論書の出現をうながす。宝亀三年（七七二）参議藤原浜成が『歌式』、即ち『歌経標式』を撰し、作歌の法式を述べたのはその例である。これは六朝唐代の詩論を歌に適用したもので、詩と歌の本質からみても、最初から失敗に終わる運命にあった。しかし詩論の「古事」（故事）・「用事」（故事を用いること）を慣用的修辞の「枕詞」

に当てるなど、万葉人の好んで用いる「枕詞」を理論的に説明しようとした努力は認むべきである。また家持や池主などが（巻十七参照）、「文《あや》」に対する「理《ことわり》」を、六朝詩論書の『文心雕龍《ちょうりゅう》』『詩品』などより見出したのは、確かに実作を理論付けようとしたものといえる。「考課令」の「進士条」（『令集解』巻二十二）にみえる「文詞・詞句と義理・事義」の論もこれと同じ方向にある。しかし理論と実作は必ずしも両立しない。八世紀後半にみる如く、公宴の席にその姿を示す歌群は、個性味が少なくなり始め、自己の心情を失いがちになる。歌という文学の花も次第に平板になり、かつての人麻呂・赤人・旅人・憶良らの影さえも踏むものはなくなった。歌の凋落は、そのまま九世紀初葉の公宴の歌の場合につながってゆく。

なお八世紀末には、僧延慶撰の『藤原武智麻呂伝』（『藤氏家伝』下、天平宝字四年・七六〇ごろ）、中国僧鑑真《がんじん》の来朝をものした淡海《おうみ》三船撰の『唐大和上《だいわじょう》東征伝』（宝亀十年・七七九）などの人物伝、即ち散文類も現われた。これはそれぞれ同一の筆者によるために、『記』・『紀』の文章とは違って、文体に統一性がある。しかも特に後者の鑑真ら一行が風波の難を凌いで滄海に漂うあたりの描写には生き生きとした巧みさがある。これは、古代人の至り得た散文の限界であろう。なおその巻尾に、遷化した大和上鑑真を哀悼する七首の仏教詩は、ほぼ平仄の韻法を守る。この点、『懐風藻』（天平勝宝三年・七五一成立）の詩の大半が平仄の韻法を考慮しないのに比して、唐詩の韻法に接近するといえる。しかし詩の韻法の正確さは、九世紀の詩を待たねばならなかった。

五

九世紀は桓武朝より始まり、醍醐朝に終わる。次の十世紀初葉に、勅撰歌集『古今集』（延喜五年・九〇五）の成立をみることは、この九世紀の間に「古今集的」な歌の萌芽とその誕生を意味する。

桓武・平城朝に始まる九世紀の文学は、その中心を依然として朝廷にもつ。公宴あるいは内宴においては歌も詩も献上されたが、今日残る資料からみれば、詩がその殆んどを占める。これは単に資料の問題によるのではなく、中国文学流入を反映する朝廷の作詩の試みによる。嵯峨朝に入るや、漢風讃美、国風暗黒へと移るが、その芽生えは既に平安初頭の桓武・平城両朝にみられる。両朝の詩は、『日本後紀』、『類聚国史』などの国史類にはみあたらない。しかし後出の勅撰集、『凌雲集』・『経国集』などの詩より摘出すれば、少なくとも二十数首はその頃の作と推定できる（注9）。他にもかなり多くの詩も生れたと推測されるが、『経国集』が完本でない現在としては致し方がない。『日本詩史』に、平城・嵯峨・淳和朝に関して、

花晨月夕、讌楽相接、宸章往復、幾《ホトホトニ》靡《ナシ》二虚日一（巻一）

と述べるが、多少これを拡大して考えると、少なくとも平城東宮時代にはこれに近いものがあったと思われる。

作詩が朝廷を中心とする以上、詩の生れる「場」は、「君臣唱和」の方法を採る。そこに朝廷讃美の応製詩、応令詩が生れる。それらの内容を残存二十数首を通じてみれば、主として梅花桃花などの春花や雪など眼前の物に思いをやる。しかもその表現材は、『文選』など六朝詩的なものもあり、また初唐詩的なものもある。但し詩風というよりは、詩の語句を学んだというべきであり、『藝文類聚』・『初学記』などの「類書」を直接学んだ点が著しい。その中で特に注意すべきは、六朝宋の田園詩人といわれる陶淵明（陶潜）的境地を詠んだものが二、三ある。たとえば、延暦ごろの作と推定される、淡海福良満《ふくらまろ》の「早春田園」の五言詩、

寒牖《かんいう》五出《ごしゅつ》の花、空厨一罇《くうちゅういっそん》の酒。……口分一頃《くぶんいっけい》の田、門外五株《ごしゅ》の柳。差《やや》に貧興《ひんきょう》を助くるに堪《た》へぬ、何ぞ富有を貪《むさぼ》ることを事とせむ（『凌雲集』）

は、淡々たる淵明的な生活を描く。中国学者の側からいえば、陶淵明の詩の本格的な理解は、唐代を過ぎて宋代に下るという。平安初頭詩人の淵明に対する理解は、むしろ表面的である。山水を慕い田居を好み、琴酒に耽る隠逸詩人としてのみ淵明を捕える。平安人がその詩を十分に理解できなかったにしても、当時として無理からぬことといえるであろう。溯って、すでに八世紀の歌人山上憶良の作に淵明的なものがあると説くのは、国文学者の側である。これに対して、たとえば、憶良の「貧窮問答歌」には、陶淵明の「詠㆓貧士㆒」の影響はないと反対する中国学者の説もある。その当否はここでは説かないとしても、少なくとも九世紀初頭にはその影のあることは否定できない。但し淵明の詩といっても、『文選』や「類書」にみえる断片的な知識によってえた彼等の淵明観であって、それはそれとして正しい一面を捕えたものといえる。

二十数首の詩形は、五言七句の今体（近体）の律詩が主流を占める。平仄の詩法を破るものは極めて少ないが、五言七言の排律、雑言体などの試みは次の嵯峨弘仁期を待たねばならない。この桓武・平城のひと続きの流れは、そのまま弘仁期という大海へ流れる源流であった。

嵯峨・淳和二帝の弘仁・天長の世は（八一〇～八三三）、わずか二十数年に過ぎない。しかし「文章は経国の大業にして、不朽の盛事なり」をスローガンとしたこの期は、文学史上注目すべき時代である。それは、漢風讃美の時代であり、逆にいえば、国風である和歌はすでに暗黒の状態にあった。いわゆる「国風暗黒時代」と呼ばれるが、その底に国風復活のきざしをもつことから考えると、むしろ「漢風讃美時代」（「漢風謳歌《おうか》時代」）という方が誤解を起さないで済む。このスローガンは、魏文帝の『典論』の「論文」にみえることば。『文選』（巻五十二）にみえ――『藝文類聚』（巻五十六、賦）にもその一部を載せる――、平安官人も熟知の章句であった。それは「文章」、狭義の「文学」は、国を経営する大業で、不朽の盛事であることをいう。文学の不朽性とは、この世の富貴名誉などの俗なる物は人の一代に限り、永遠に続く文学には遠く及ばないことを意味する。不朽性を保つためには、その収集を急務とする。そこに勅撰集の続出する原因の一つがひそむ。

　このスローガンは、国家的なそれとはいえ、やはり実際は文学上のそれである。「経国の大業」といっても、政治とはあまり関係がない。やはり「不朽の盛事」に重点がある。特に『凌雲集』・『文華秀麗集』はその書名からいっても、政治詩的なものを含まない。また『経国集』といっても、政治的な部分は「対策」（巻十九・二十）の巻であり、詩によって自己の心情を写すことが主であった。スローガンの原拠である『典論』は、経国の大業をその内容の中心とするのではなく、当時の文人たちの批評が中心である。ここに、嵯峨弘仁期のスローガンは、『典論』の変形化《デフォルメ》であり、そこに巧みな適用があり、改変がある。

　その漢風讃美の文学的成果は、次にあげる三大勅撰集にみられる（各数はそれぞれの序文による）。

勅撰集＼各項目	撰上時	作者数	作品数	代表者
凌雲集	嵯峨弘仁五年八一四	23	詩90	小野岑守
文華秀麗集	同・弘仁九年八一八	26	詩148	仲雄王
経国集	淳和天長四年八二七	178	賦17 詩917 序51 対策文38	滋野貞主

　これらの集は、現存本に佚巻佚詩があり、その詩数は下廻る。しかし現存本による詩の表現内容はもとのそれと大差ないものとみてよかろう。これらの三集を眺めると、前述の如く、弘仁以前に溯る詩を含むこと、あるいは詩数が『凌雲集』の十倍以上、『文華秀麗集』の六倍以上もあること、更に賦・序・対策文をも含むなど、やはり第三の『経国集』は、平安初期文学の集大成といえる。詩においても、雑言体、特に中唐張志和の作をもと

とする「漁歌」詩群の如き塡詞《てんし》体を含み、種々の詩体の詩を試みる。第一集『凌雲集』が、御製・令製を冒頭に配し、以下爵次に従って配列したことは、詩の内容が入り乱れ、詩集としてはむしろ上々ではない。第二・三の集がこの方針を改めて、内容によって詩を分類したのは——もっとも各部門の冒頭には御製を置く方針を採る——、適切である。この二集は、『文選』の部門（部立て、分類）を参考にする。しかし仏寺仏家に関する「梵門《ぼんもん》」の部や、「情」に関する「艶情《えんじょう》」の部を設けたのは——但し『文選』の「賦」の中に「情」の部あり——、きわめて新しい。また『文選』にみえない「対策」の部を更に第三集『経国集』に設けたのも同様である。「艶情」や「対策」の部門を設けたのは八世紀に伝来していた『駱賓王（文）集』によるのではないかと思われ、特に「艶情」は、その語の出典からみて、それによるものと推定される。

詩の内容は、第二集『文華秀麗集』によれば、

遊覧・宴集・餞別・贈答・詠史・詠懐・艶情・楽府《がふ》・梵門・哀傷・雑詠

に及ぶ。平安人は詩という声律《リズム》の規約をもつ中国的表現に左右されながらも、四季の折りふしにつけて歌ならぬ詩によって自己の「あや」を表現する。春秋の閨《ねや》の女人の嘆きといい、「秋の悲哀」といい、それは何れも詩の享受による新しい見方といえる。彼等は中国の詩、六朝詩以来、中唐の詩の表現をも混合的に学び、その詩風は雑煮的である。その詩に表現された場面は、もちろん中国的である。戦場に駆り出されたまま帰らぬ夫を待ち、夜ごとの空閨を悲しむ艶情の詩といい、秋の夜の清らかな月や揺れ落ちる落葉を詠むあわれさも、規定された中国詩のわくをはみ出ることはできなかった。これらの艶情的悲哀的な詩は特に第二集『文華秀麗集』の中に優れた表現を示す。また、これらの詩想はひろく平安人の詩想へと移植される。やがてそれが蘇生するはずの国風の歌の中に現われることは、まず予想される。それはこの漢風讃美時代の作詩の中に徐々に育ちつつあった。

なお平城帝大同元年（八〇六）に帰朝した僧空海は、弘仁・天長期の文学の代表者でもある。そのすぐれた詩文は『性霊集』に残る。その詩の数首は『経国集』（梵門）にもみえる。彼の詩文は、小説的手法を採用した『三教指帰《さんごうしいき》』などと共に当時として驚嘆すべき優れたものをもつ。弘仁期に生れた仏教説話集『日本霊異記』（僧景戒撰）を『三教指帰』と比較するとき、その文章表現は、後者の足許にも及ばない。空海の作品は特異で、天才的なものをもつ。当時一般のレベルは遺憾ながら到底ここまでには至らなかった。

しかし弘仁期の詩は、今までになかった幾多の佳作を生んだ。嵯峨帝を始めとして、その内親王有智子《うちし》の如き宮廷詩人も生れ、官人を中心として、僧家・閨秀詩人なども輩出する。外来詩の模倣表現は、次第に平安朝的なものへと同化して行く。この作詩訓練期が「あや」の問題を考えさせ、在来の日本的なものに反省を加え始める。しかも、次の仁明承和期に入るや、当時中唐の詩壇に名を轟かせていた白居易（白楽天）の詩が、その友人の元稹《げんじん》の詩と共に偶然大唐貨物の中に伝来した。ここに平安人の詩は、六朝、盛唐までの唐代的なもののほかに、白居易という一個人の詩集に目を向けることになったのである。九世紀後半の平安人の詩は、前半期とやや違った方向へと新しく展開する。

六

承和五年（八三八）大宰少弐藤原岳守が唐人貨物より、中唐の詩人、元稹・白居易の、「元白詩筆《げんぱく》」を得て、これを献上したことは、正史『文徳実録』にみえる（注10）。これによって、中唐詩人の代表者である元・白の詩に平安人が接したことになる。白居易は当時六十七歳、まだその残年を楽しんでいた頃である。かりに「詩筆」をそれぞれの集とすれば、前者は『元氏長慶集』（二十五巻か）であり、後者は、『白氏長慶集』（五十巻）・『東林寺白氏文集』（六十巻）・『聖善寺白氏文集』（六十五巻）の何れかであり、また『元白唱和因継集』（十六巻）かとも想像される。

もっとも、それら両詩人の集の一部かも知れず、詳細は定かでない。

承和五年以後においては、『蘇州南禅院白氏文集』（六十七巻。唐の開成四年・八三九）・『香山寺洛中集』（十巻。開成五年）・『白氏文集』（七十巻。会昌二年・八四二）・『白氏文集』（七十五巻。会昌五年）など、種々の『白氏文集』が九世紀末までには、時に応じて伝来した。殊に『香山寺洛中集』・『白氏文集』七十巻本・蘇州南禅院本などは、その伝来が確証される。

しかし承和五年以前において、平安人は果して「白詩」（白居易の詩）に接しなかったかどうか。これは、承和四年、当時の政治家文人である小野篁《たかむら》と友人惟良《これなが》春道との唱和詩（『扶桑集』）の詩句が白詩によるものと推定できる以上（注11）、やはり正史以前にもその白詩の伝来をみることは明らかである。大江匡房の談話を編輯した『江談抄《ごうだんしょう》』（群書類従本）にみえる、嵯峨帝と篁との白詩引用問答を単なる伝説とみる説が有力ではあるが、嵯峨帝を上皇時代とみればこの記事は正しい。つまり少なくともその在世中（承和九年・八四二崩）に、上皇も白詩の一部を披覧する機会があったといえる。

承和の初期、白詩が平安人に認識され始めたのは、それが偶然伝来したという理由ばかりではない。白詩、特に玄宗と楊貴妃との永遠の悲恋を歌った「長恨歌《ちょうごんか》」や、あるいは「琵琶行」が唐代のちまたの歌妓幼童たちの間にも流行し歌われたことは、そのまま唐人との往来によって伝えられ、その歌詞の一部は平安人の耳と口とに入る。中唐の詩壇をリードした白居易の詩が時を移さず平安人に観賞されるようになる。七・八世紀、あるいは承和以前の九世紀に於ける詩の摂取は、前述の如く六朝詩も唐詩も手当り次第に学ぶという風であり、むしろ平安人の無造作な摂取といえる。しかし白詩に対する場合は、中唐人にあまり後れることもなく受け容れられたのである。これは中唐の詩壇にあまり後れをとらず、その後塵を拝するといった状態である。この摂取は、白詩が「平俗」の詩風を帯びるために、比較的学びやすいといったことにも原因の一つがある。以後平安人の詩は、白詩の影を蒙らぬものはないといっても過言ではない。ここに、九世紀後半以降は、「白詩圏文学」の時代といえる。漢風讃美を歌った弘仁・天長期の詩人たち、嵯峨帝以下既にこの世にはいない。しかもその大部分の詩人たちは白詩に接する機会もなく、六朝及び唐詩の一部を謳歌したままこの世を去ったのであった。

「白詩語」即ち白居易の詩語、詩句をいち早く享受した詩人小野篁は、文徳の仁寿二年（八五二）に没した。以後仁明・文徳両朝の九世紀前半は終りを告げ、清和・陽成・光孝・宇多朝へとその後半が続く。しかしその頃はもはや詩を「経国の大業」とみなすスローガンもなく、詩の方向の中心は白詩（元稹詩を含めて）へと静かなあゆみを運ぶ。ここで特に注意すべきは、平仮名の発明及びその使用は、漢字よりも表現を容易にさせ、表現のたやすい歌の方に目を向けさせる。天長・承和の詩人小野篁も、詩よりは数段と劣りはするものの、やはり歌をもかなり試みたのである。歌の復活は、宇多朝に於ける「寛平御時后宮歌合」ともなり、公席という「晴れ」の舞台にその姿を現わす。この歌合の歌群は、多少の改変を経ながら『新撰万葉集』（上巻の序に寛平五年・八九三の秋九月二十五日の日付がある）の歌として採用された。これらの歌の中には、十世紀の初葉、『古今集』という勅撰歌集へと挿入されるものも生れる。それらの歌は、白詩的なものを多く含む。九世紀後半の「白詩圏文学」には、詩も歌も共存する。

小野篁没後の詩人として、

（都良香）　834（承和元年）――879（元慶三年）
（島田忠臣）　828（天長五年）――892（寛平四年？）
（菅原道真）　845（承和十二年）――903（延喜三年）
（紀長谷雄）　845（同）――912（延喜十二年）

などを挙げることができる。これらの詩と白詩との関係を一々取りあげることは紙幅のゆとりがない。そのうち便宜上、島田忠臣の『田氏《でんし》家集』の一例を示そう。たとえば、「就二花枝一応製」（巻下）の詩は、女婿菅原道真の同題の詩（『菅家文草』巻五）と共に、寛平四年（八九二）ごろの作といわれる。まず詩題「花枝に就く」は、白詩（『白香山後集』巻一）の同題の詩に基づく。首聯第一・二句の、

　非レ暖非レ寒陪二月砌一、如レ蜂如レ蝶就二花枝一（「暖くもあらず寒くもあらず月砌《げっせい》に陪《はべ》り、蜂の如く蝶の如く花枝に就《つ》く」）

は、白詩の「非レ暖非レ寒慢々風」（『白香山詩集』巻十四、嘉陵夜有レ懐）による（第二句は前述の詩題参照）。この「非……非……」の句法は、白詩（元詩にも）にかなりの例をみる。道真の詩にもこの句法がみられることは、忠臣と共にこの白詩圏の句法を採用したためである。月光のさす砌《みぎり》「月砌」は、『菅家文草』（巻五「重陽後朝、同賦二秋雁櫓声来一、応製」）にもみえるが、おそらく白詩（巻十九、春夜宿直）の「月砌漏二幽影一」によるものであろう。また第五・六句の頸聯には誤字脱字があって全体が明らかでないが、

　半綻二春粧一……、初融二氷銑（鏡）一……。

の「半……初……」（「初」ははやっと……し始める意）の句法も、白詩に十例近くもみえる。『田氏家集』は、道真の

『菅家文草』と共通語、共通句法を多くもつ。この例もその一例であるが（巻五「早春侍二内宴一、同賦二開春楽一、応製」）、両詩集の共通する表現の源泉には白居易の詩が厳然として存在する。

白詩の句法は、平安詩、更には歌にも採用される。在原業平《なりひら》の歌、

起きもせず寝もせで夜を明かしては春の物とて眺めくらしつ（『古今集』恋歌六一六）

の第一・二句は、前述の「非……非……」の応用であろう。つまり、白詩圏に属する平安朝の文学は、詩は勿論のこと、更に白詩による作詩の訓練がやがて歌の表現へとつらなる。従って九世紀後半に現われ始めた歌には、かなり多くの白詩的表現がみられる。『新撰万葉集』の歌を例にしよう。その一例として、

白雪の八重ふり敷ける還《かへ》る山還《かへ》る還《がへ》るも老いにけるかな（上巻、冬歌）

がある。これは寛平后宮歌合によるものであり（第四句「かへすがへすも」）、『古今集』（雑歌九〇二）にも在原棟梁《むねやな》の作として収める。この歌の第一句「白雪の」は序の一部をなすと共に、白雪の如き頭髪をもつ「老い」とひびき合う。それはこの歌の一つの解釈を示す並列の詩が証明する。

白雪干レ頭八十翁
（白雪頭《かしら》を干《をか》す八十《やそぢ》の翁、）
誰知屈レ指歳猶豊
（誰か知らむ指を屈《を》りて歳の猶《なほ》し豊けきことを。）
星霜如レ箭居諸積
（星霜箭《や》の如くして居諸《つきひ》積り、）
独出二人寰一欲二数冬一

（独り人寰《じんくわん》を出でて数冬にならむとす。）

この五言詩は、歌の「還る還るも老いにけるかな」を強調するために、翁の描写を詩全体にわたって説明する。第一句の「白雪頭《かしら》を干《をか》す」にみえる「頭の雪」は、もとは日本的表現ではない。これは、盛唐詩人杜甫《とほ》などにも例は二、三あるが、やはりここはかなり多くの例をもつ白詩によるとみるべきであろう。その一例、

有レ叟《おきな》頭似レ雪、婆二娑乎其間一（『後集』巻四、問題二家池一寄二王屋張道士一）

不レ愁陌上春光尽……面黒眼昏頭雪白（『後集』巻十一、任老）

この「頭は雪の似《ごと》し」「頭雪《とうせつ》白し」などによって、『新撰万葉集』の詩の第一句は生れたものであろう。なお第二句の「屈レ指」は白詩語である。また第四句の「人寰」（人間世界）も、白詩に二、三みえ、特に「長恨歌」の「回レ頭望二人寰一処」（巻十二）の例は名高い。つまりこの詩には白詩語をあまた利用する。これは『新撰万葉集』全体の傾向であって、白居易の詩心というよりもその語句をよく利用するというべきであろう。「頭が雪の如く白い」ことは、他の歌にもみえる。『古今集』にみえる文屋康秀の歌、

春の日の光にあたるわれなれどかしらの雪となるぞわびしき（春歌八）

も、白詩による歌句といえる。この出典について、契沖以下の古注にはみえないが、金子彦二郎『平安時代文学と白氏文集――句題和歌・千載佳句研究篇――』（第二第一章第一節二(2)千里以前諸歌人の白詩関係和歌）が、白詩の、

雪散因二和気一、氷開得二暖光一。春銷不レ得レ処、唯有二鬢辺霜一（巻十四、早春）

を指摘したのは一考に値する。しかしこの詩の結句「鬢のあたりの白い霜」がこの歌の「かしらの雪」となるにはやや表現の上に間隔がある。やはりこれは前述の「頭似レ雪」「頭雪白」を始めとして、

不レ嫌二頭似一レ雪（巻六、聞二哭者一）

身著二白衣一頭似レ雪（『後集』巻十五、西楼独立）

などの白詩の句によるとみるのが正しい。

漢風讃美時代の詩が中国の詩を学んだことは前述の如し。しかしそれが九世紀後半の歌の面にも影を投げたことはそれほど多くはない。歌の中に、秋のあわれや春雁を詠んだり、また七夕の織女星が渡河することを詠むなどは、その多くない詩の影の一つである――もっともこれらは八世紀の歌にも例はあるが――。しかし承和初葉に白居易の『文集』が伝来するや、平安人の詩はその方に傾き始める。やがてそれは復活した歌の方にも盛んに流れ始める。中唐に於て、白居易・元稹・劉禹錫《りゅううしゃく》をめぐる「白詩文学集団」の文学が、詩語詩想などに関して共通するものを多くもつと同じく、それがそのまま九世紀後半の平安詩に摂取され、平安和歌にもその影を見る。ここにわが国の「白詩文学圏」の文学が誕生する。この点に於て、十世紀初葉に勅撰された『古今集』は、白詩的要素を多くもつ。それは『古今集』の歌を含む『新撰万葉集』の歌及び詩が実証するであろう。これらの歌は、『万葉集』に比して、純粋性、率直性が少なく、その代りに表現の技巧《あや》が著しい。しかしその歌風は生れるべくして生れたそれであり、形態こそ違え、その詩と共通する部分を甚だ多くもつ。この時代の歌の本質を摑むには、白詩の詩語との比較から開始すべく、在来の指摘は、契沖の『古今余材抄』を以ってしても、未だ不十分である。しかしそれは本稿の問題をそれる。紙数の限定は、すみやかに「まとめ」へと進まねばならない。

七世紀から九世紀末までのわが古代文学は、凡そ三百年にわたるために、その表現も一律には進行しない。まず隋代に当る七世紀初葉の推古朝文学、その遺文は、筆者渡来人がむしろ主役であり、当時の古代人の書けそうにないかなり高度のものを表現する。古代人が筆にする部分は、和文体の中に漢文体を交えるよりほかはなく、文章という一般の物指しからみてやはりつたない。「文《あや》」と「理《すじ》」とをよく調和させ、文章として優れた教戒文、すなわち「憲法十七条」が当時生れたのは、やはり聖徳太子を取巻く渡来人系のブレーンが存在するためと推定される。以後、舒明・皇極・孝徳・斉明の諸帝を経て、七世紀後半、天智の近江朝に入る——初唐高宗の時代に当る——。近江朝の詩歌は君臣唱和の結果として生れたものが多い。この期には、「秋を哀しむ」など多少の詩想も導入された。壬申の乱（六七二年）を経て、文学は天武・持統・文武へと続くが、その生れる「場」は朝廷が中心である。持統・文武ごろの歌人、柿本人麻呂が活躍したのもこの頃であるが、その歌の中に詩的表現を使用した部分は少ない。以後八世紀末までは歌が文学の中心であり、その佳品は『万葉集』にみられる。

八世紀の文学は女帝元明の奈良遷都後に始まる。これよりさき、文武の派遣した第七次遣唐使の帰朝は（慶雲元年・七〇四）、多数の漢籍をもたらした。「類書」のたぐいを始めとして、初唐詩、たとえば、王勃の詩集や初唐小説『遊仙窟』なども、本土とあまり時を経ないで舶載されたのである。『王勃集』（王子安集）の影響は天平前後のわが詩に及び、また『万葉集』の詩歌の序にもその影をみる。『遊仙窟』は歌序や歌の中にも投射し、その句は『万葉集』の歌句歌想となって出現する。『古事記』に仏典の影が、また『日本書紀』に「類書」の一つ『藝文類聚』のそれがみえるのも、この遣唐使の文化的成果である。また官人の登龍門である「対策文」は美辞麗句を交えたコンパクトな文章であるが、その故事出典の使用は「類書」のたぐいを利用した結果である。

九世紀の文学は平安京遷都後に始まる。その第三代の嵯峨は帝としてまた上皇として、仁明承和九年（八四二）まで在世。その御製詩にはみるべき佳作が多い。これにみならって臣下にも詩人が輩出し、弘仁・天長期は漢風の讃美時代となる。従って、歌は相互間の私的な贈答となり、公的な面に現われることは極めて稀である。この漢風を称賛することは、詩を学ぶことであり、盛唐詩以前の詩は入手できる限り際限なく採用しようと試みたのである。むしろ一定した詩風のないところに九世紀前半の平安朝詩の特色がある。これに続く承和期以降に於ては、詩の傾向は新しく変わる。それは当時中唐の詩壇に名をなしていた白居易の詩の伝来であった。その頃の詩には、この詩語を利用しないものは皆無といってよく、「ふみは文集《もんじゅう》」を如実に示す。白詩によって詩人は文学をあらたに学ぶと共に、歌人もその詩語を歌語化して用いる。七・八世紀の歌の結晶『万葉集』と、九世紀の結晶『古今集』を比較するとき、語句の問題、比喩の仕方など、あまたの表現の上に相違がみえるのも、専ら白詩の力が甚だ大きくのしかかるためでもある。元来、古代人が中国文学を摂取する仕方は、むしろ手当り次第といってもよい。八世紀の万葉人の間に、「遊仙窟趣味」が流行したのも、中国人ならば、「晴れ」の世界に拒否すべき小説『遊仙窟』を何のためらいもなく利用したからである。しかし『白氏文集』に至っては、その詩の風格から次第に九世紀後半の平安人の詩心を捕え始める。そして九世紀末までには、当時の詩人は勿論のこと、歌人の心にまでも入り込んだのである。ここに平安朝の詩は九世紀初葉の嵯峨・淳和時代とは違った部分をも含み、歌に於ては、前代の万葉時代とは一変した新しい表現をもつようになる。十世紀もほぼこれと同じ方向を保つものといえる。それはそれとして、古代文学の本来の花である歌、その歌集『万葉集』と『古今集』とを区別するものは、白居易の詩の表現がその主要な原因の一つであった。ここに日本古代文学史の中に、中国文学の存在意義が見出される。

注1　中唐晩唐詩人の名は、『千載佳句』（大江維時撰）にみえる詩数の多いものからほぼ採用したかと思われる。

注2　小島憲之「上代に於ける学問の一面——原本系『玉篇』の周辺——」（『文学』三九巻十二号　一九七一年）参照。

注3　これに賛成しない東野治之「玉来の詩賦——藤原宇合「棗賦」に関連して——」（『続日本紀研究』一六七号　一九七二年）の説は、注意すべきである。

注4　湯岡碑文についての訓詁は、小島憲之『国風暗黒時代の文学　上』（第一篇第一章二　推古朝の遺文）参照。なお碑文は作られたにしても、実地に碑は未建立に終わったか。

注5　「製錦」は、『左伝』（襄公三十一年）にみえる子産の故事。美錦を製することを人に学ばせた話。なお敦煌本『略出籯金』（県令子男之篇）にも、この故事がみえる。「露冕」は『華陽国志』にみえる後漢の郭賀が冕《べん》（冠の類）をあらわに示して有徳のあることを示した故事。

注6　小島憲之『上代日本文学と中国文学　上』の補注（第二版。塙書房　一九七一年）参照。

注7　『浄名玄論略述』にみえる叔宝の詩は『漢魏六朝百三名家集』に未収。なおこの詩の在処のヒントは井野口孝君の直話による。

注8　小島憲之『国風暗黒時代の文学　上』（第一篇第二章三(2)　上代詩の表現）参照。

注9　小島憲之『国風暗黒時代の文学　中(上)』（第二篇第二章三　桓武・平城朝の文学）参照。

注10　『文徳実録』所収、仁寿元年（八五一）九月の藤原岳守伝参照。

注11　小島憲之『国風暗黒時代の文学　中(上)』（第二篇第一章一(2)(三)　白詩伝来の問題）参照。

（補注）　本稿に関して、さらに左記の追加拙著・拙稿参照。

『古今集以前』塙書房　一九七六年

「皇子大津の文学周辺」（『歴史と人物』八七号）一九七八年

「聖徳太子の文藻《あや》」（『歴史と人物』一〇〇号）一九七九年

「『古事記』周辺」（『文学』四八巻五号）一九八〇年

〈附記〉　『東アジア世界における日本古代史講座5　隋唐帝国の出現と日本』（昭和五十六年九月、學生社）所収。末尾に「一九七四年九月尽日」との附記がある。（補注）が加えられたのは、刊行の遅れによる。

なお、（補注）の論文三篇は、いずれも補訂がなされて、『萬葉以前――上代びとの表現』（一九八六年九月、岩波書店）に収められている。

『日本書紀通證』解題

一

『日本書紀通証』の著者、谷川士清《ことすが》について、現在の私は、加うべき何らの新見をもたぬ。その伝記研究に、

国学者谷川士清の研究（加藤竹男氏）・谷川士清先生（伊藤太郎氏）

などが遠い記憶裡にあり、そのおおよそを知ることができる。しかもむしろ私にとっては、明和二年（一七六五）八月、三十代の少壮気鋭の本居宣長が六十路に近い士清に、「与二谷川淡斎一書」を贈り、堂々と学的見解を述べた書翰の方が、今も強烈である。その中にあって、最新の大業に、皇学館大学教授故北岡四良氏の遺稿集一巻があり、その論文集、

近世国学者の研究――谷川士清とその周辺――（昭和五二年刊、非売品）

が刊行されたことは、誠に学界にとって幸である。士清の研究に、その半生を捧げられた北岡教授のこの書は、士清をめぐる十六篇に亙る豊かな論考を収め、新資料新見に溢れる。ここに、士清周辺の国学の動向は述べ尽くされた感が深い。また『日本書紀通証』それ自体に関する書誌については、戦雲暗くたちこめた昭和十二年、「国民精神文化研究所」刊の翻刻本の「凡例」に詳しく、なお更に附加すべきものは多くない。

本書刊本、即ち宝暦十二年（一七六二）壬午冬刻、「五条天神宮蔵版」（三十五巻二十三冊）の入手は、今や必ず

しも容易ではない。今回、比較的高価ならぬ昭和洋装三冊本の影印をみることは、長らく待望中の研究者にとって、喜ぶべき上梓と云うべきである。廉価版と云えば、架蔵刊本には旧所蔵者かと推定される真楫子の書入があり、ゆくりなくも、

舎人親王史通証卅五巻合廿三巻、伊勢谷川士清着(著)。引拠倭漢・典故、詳密具尽。……此書世無採用者、徒取古事記伝、故書太鮮矣。幸得一本、直一円五十銭、可知不行於世也噫。　十九年十月

の如き、笑まわしい記載をみる。この「十九年」は、明治十九年のことであろう。『水谷不倒著作集』(第六巻「古事記の研究」)による、明治二十年代の書価のうち、

万葉集(古活字本)二十冊、一円三十銭　山城名勝志(古図十二附)三十冊、二円五十銭

と比較すれば、本書二三冊本の定価がそれほど高いとは云えない。しかも『古事記伝』(四八冊)が五円五十銭の高価をもつことは、右の書入に「此書世に採用する者無く、徒《いたづ》らに古事記伝を取る、故に書太《いた》く鮮《すくな》し」(訓読文)と述べることによく符合する。『古事記伝』はその頃よく読まれたのである。このたびの影印は、士清学の研究、特に遅れを取る『日本書紀』研究の推進となる可能性が強い。

二

本書の成立に関する覚書は、まず、

延享五年三月上巳(一七四八)ごろ脱稿か。「例言」参照。

宝暦二年八月(一七五二)八月朔、友人河北景楨後序。但し原本宝暦二年癸酉は壬申の誤か。

宝暦六年（一七五六）夏、権大納言藤原（正親町）実連序
宝暦十二年（一七六二）冬刊。二十三部一本を北野天満宮に奉納。

である。やがてこの木版刊本（二十三冊）が五条天神宮蔵版『日本書紀通証』として、通行する。中には、明治年代にまでもしばしば上板され、新旧諸種の重刊板本の存在すること、前述「国民精神文化研究所」刊の「凡例」に詳しい。

本書冒頭に、正親町実連の序文がある。これは、巧みな草体で書かれ、現代人には甚だ読みにくい。ここに文意によって適宜改行し、試みに訓読文に書き下せば、凡そ次の如くなるであろう。

序

権大納言藤原実連撰

偉《たたは》しき哉《かな》、舎人《とねり》親王の記《ふみ》たるや、上は洪荒自《よ》り、下は　持統天皇の御宇に洎《およ》ぶ。国政人事、粲然として観《み》つべし。夫《そ》れ古書《いにしへぶみ》は、言《こと》高くして旨《むね》遠く、辞約《ことつづま》やかにして義微《かそ》けし。況むや世の遷《うつ》り俗《よ》の革《あらたま》り、其の説を為す者《ひと》、訛《あやまり》を以《も》ちて訛を伝へ、牽強《けんきゃう》杜撰《づさん》、人を誤らす者少なからぬをや。

勢州谷川氏は博聞の士《をのこ》なり。常に慨歎す。遂に歴代の事蹟、国紀の大体に会通し、諸《これ》を古言に徴す。本邦の古書及び六経史子百家に拠《よ》りて、妖妄疑滞《およづれとどまり》の説を刋《けづ》り、其の事実を表《あらは》章し、名づけて『日本書紀通証』と曰ふ。

旧史を閲《けみ》する者《ひと》、此の書を舎《す》てて将何《はた》に拠らむ。実《まこと》に博物洽聞《かふぶん》に非《あら》ずは、孰《いづ》れか能《よ》く修《をさ》めむ。其の功固《もと》より太し。今也《いまし》太平の世に生れ、文明の沢《めぐみ》に浴《ゆあみ》す。国書を読みて其の本意を得ば、明らかなること火を観るが若《ごと》く、国史の指南《しるべ》を修むと謂《い》ひつべし。谷川氏予《われ》に序を問ふ。遂に書きて贈ると云ふ。

宝暦六年歳丙午《ほしひのえうま》に在《やど》る夏の日

右の序は甚だ平明、言うべきことの大要をよく述べる。その中の、「本邦の古書及び六経史子百家に拠りて」云々は、『日本書紀』の注として、その証拠を示すために諸文献を引用したことを意味する。また士清の朋友、伊勢の学者河北景楨の「日本書紀通証後序」の中に、士清が、「石室二酉」の図書室にある諸文献を参互し討究し、「其の竅《あな》に合はぬこと有るなし」と評するのも、士清の実証性を求めたことを称揚したものである。これに関しては、士清自身にも発言があり、

凡ソ通証儒典梵書ヲ引用スルハ、要ハ字義ヲ証ス（『日本書紀通証』例言。原文漢文）

と述べる。この「証二字義一」は、同じ「例言」の「必ズ字証ヲ討《タツ》ヌ」につながる。これらの「証すること」が、本書『通証』と云う書名の中に採用される。本文の字義を証することが、士清の書紀学への方向であった。但し「字証」のためにやたらに文献を挙げただけでは屋上屋《おく》を架する網羅主義に走る。要はその典拠を的確に示すなどその挙げ方に本書の価値如何がかかるであろう。

三

谷川士清は、国学者である。夙に垂加翁山崎闇斎派の神道を玉木葦斎に学ぶ。垂加神道思想史の上にその名を印することは、やや正道をそれたかにみられる点もあるが、国学者としての大きな業績の一つに辞書『倭訓栞』を残す。当時の国学の基礎は漢学にあった。「漢意《からごころ》」を捨てることを強く激しく主張した『古事記伝』の著者本居宣長さえも、その『伝』の基礎が漢学にあること、その紙面のはしばしに露呈する。宣長の学問は、国学と云

う「皇国《みくに》の学び」そのままでもなく、「漢学離れ」でもなかった。先輩士清も同様である。

『日本書紀』は、擬似漢文体、云わば「似《にせ》漢文体」を採る。それは、各巻、しかも同じ巻の中に於ても、その原拠とする出典文の引用文体如何によって、その文の姿を異にする。四六文体まがいのもの、引用する漢籍文そのままの文体のもの、或は語序を異にする和文体を採る箇処など、擬似漢文体と云うべきである。しかし「にせもの」であるにしても、その文体に撰者たちの漢学の知識を高度に利用すること、性格を異にするとは云え、『古事記』は到底及ばない。「日本」の史書と銘打つためには、曲りなりにも漢文に迫ろうとする。国学者にして漢学者である士清にとっては、『日本書紀』は恰好の「力だめし」とも云うべき素材であった。

彼の漢学の知識は、すでにその「例言」の文中にもみられる。たとえば、「亡慮《スヘテ》」「繄《コレ》」などはその一例。この二語について、それぞれ片仮名傍訓を付することは、読者に対する彼の配慮でもあろうか。これらの訓詁を学ぶことは、現代の国文学徒には容易なことではない。彼が如何なる漢籍にこれらを学んだか、知る由もないが、試みに云えば、

(一)「亡慮」。「無慮」に同じ。『後漢書』光武帝紀(巻一下)「上二言園陵広袤無慮所レ用」(和刻本スヘテ)、賢注「広雅曰、無慮、都凡也」とみえる。

(二)「繄」。原本系『玉篇』の「繄」に、「語発声、為繄字、在言部」とみえ、同じく「繄」に、「毛詩、自詒繄阻、箋云、繄猶是也……杜預曰、繄、発声也……杜預曰、語助也」とみえる。

によって、それぞれ訓の正しさが証明される。士清の脳中にはかかる訓詁の知識が充満していたのである。

彼の漢学の力は、『日本書紀』の訓詁の中に遺憾なく発揮される。勿論、中古に於ける書紀講書の集大成ともみなされる、卜部兼方撰の『釈日本紀』にも、訓詁的態度は随処にみられるが、全巻に亙る詳細な注ではない。

吉田神道、垂加流神道の説は云わずもがな、異常な努力の上に立つ河村秀根の『書紀集解《しっかい》』も未だ脱稿をみず、本格的な注は本書をもって嚆矢とする。その価値はまずここに認められよう。

しかしそれはそれとして、『日本書紀』の注は、単に字書による訓詁をそのまま引用しても十全とは云い難い。『日本書紀』の本文の直接の出典がかなり確実に指摘できる現在、その出典文の注の示す処に従って、注は開始すべきである。この態度は決して小胆に過ぎるのではない。むしろ『日本書紀』の撰者、筆者等の本意に添う。たとえば、景行紀に、

皆封二国郡一、各如二其国一（四年二月）　封二美濃一、仍如二封地一（四十年七月）

とあり、そこに「如《ユク》」の字がみえる。前者に対して、『通証』に、「如《ハ》往也。公如《ク》レ棠如《ク》レ斉、見二左伝一」と注する。これは正しい訓詁ではある。しかしなお云えば、景行紀の文が、『漢書』特にその高帝紀（巻一上）の語句を諸処に利用する事実によって、高帝紀（秦二年六月）の、

沛公如レ薛（「師古曰、如、往也。他皆類レ此」）

を挙げる方がより適切であろう。また景行紀（二七年十二月）の、「于時也、更深人闌。川上梟帥且被酒」の「闌」に対して、『通証』は、

蔡琰胡笳十八拍《ニ》更深夜闌。広韻闌《ニハ》希也。

を挙げる。訓詁としてはこれでよかろう。しかしこれも『漢書』高帝紀（巻一上）の、

酒闌（「文穎曰、闌言レ希也。謂飲酒者半罷半在謂二之闌一」）

を挙げる方が撰者の心にかなう。なお右の「被酒」に対して、士清が高帝紀の顔師古注を挙げるのは適切である。『日本書紀通証』は、一つの文字に対して、甚だ多くの用例を示す。むしろ煩雑に過ぎる点も多く、不必要と

思われる部分も少なくない。中には後出の国書の引用も多く、また動植物など「物名」にも詳しい。これは彼の知識の豊かさを示し、現代人をして驚嘆させる。しかし注は必ずしも網羅的であることを必要としない。的確さに重点がある。このような網羅的な引用源には、彼が『康熙字典』をかなり利用した、悪く云えば孫引きしたことも推測される。この字典は、周知の如く清朝康熙五五年（一七一六）の撰、士清の成稿に溯ること三十数年前。近世の学者の拠り処であり、士清もその例に洩れない。前述の「如」を例にすれば、『康熙字典』の記載と比較することによって、それによることが明らかになる。もし実地に『左氏伝』によるならば、

　公将㆔如㆑棠観㆓魚者㆒（隠公五年伝）　公如㆑斉（宣公五年伝）

とみえ、『康熙字典』のままに、「公如㆑棠如㆑斉、見㆓左伝㆒」の如き、大雑把な引用はしなかったであろう。また前述「闌」の注にみる「蔡琰胡笳十八拍」の例も、『康熙字典』の孫引きとみなすべきである。中には、垂仁紀（二七年八月）の「祠官《カムツカサ》」について、「字典ニ祠官朱子語録ニ宮観ノ祠禄」と注するのは、字典即ち『康熙字典』の引用を明示するが、「斎宮《イハヒ》」（二五年三月）の注、

　洪武正韻ニ云、斎古単ニ作㆑斉、後人於㆓其下㆒加㆓立心㆒以別㆑之耳。

も、『康熙字典』よりの引用として、「字典」云々と明記する方が人を誤解に陥らせない。何れにしろ、『通証』の注はこの『字典』による部分もかなり多いことがわかる。士清の引用した漢籍には、今日入手困難な書物が多いが、そのいくばくかが『康熙字典』の引用とすれば、その引用書もかなり整理されるであろう。

四

『日本書紀通証』には、

「風姿《ミヤヒ》」――「晉諸公《ノ》賛《ニ》美二風姿一」

「庶兄《イロネ》」――「左氏伝《ノ》註《ニ》庶子《ハ》妾《ノ》子也」

「行年《トシ》」――「歯也、字出二荘子一」

の如く（綏靖紀即位前紀）、引用書名のみで、その所在を示さぬものが甚だ多い。士清にとっては、当然承知のことであり、省略したのであろう。しかし、今や専門の中国学者を除けば、その在処はなかなか指摘し難く、従って、もとの出処を知るには多くの時間を要する。右の三例は、それぞれ、

風姿。晉書（巻三六）衛玠伝「風神秀異……儁爽有二風姿一」。

庶兄。左氏伝（巻一〇）宣公二年伝、杜預注。

行年。荘子（達生篇）「行年七十……行年四十」。

とでもありたいところ。これを『通証』全体に及ぼすとするならば、中国古典の「疏」の如く、注釈の注釈を必要とする。しかもこのような二重の手間をかけて、本書を読むならば、自ら『日本書紀』の本文研究の常道へ戻ることができるであろう。しかし本書の補注は短日月には完成できない。試みに比較的分量の少ない「綏靖紀」以下「開化紀」（巻四）までを取上げ、『通証』に即して、『通証』を読むための最少限の補注を示そう。

○綏靖紀（『日本書紀』巻四、『通証』巻九）

「風姿」――前述。

「岐嶷」――詩大雅（生民篇）「克岐克嶷」、毛伝「岐、知意也。嶷、識也」、鄭箋「岐岐然、意有所知也、其貌嶷嶷然、有所識別也」。

「魁偉」――史記（巻五五）留侯世家「魁梧奇偉」、集解「応劭曰、魁梧、丘虚壮大之意」。漢書（巻四〇）張良伝「賛曰、聞張良之智勇以為其貌魁梧奇偉」、顔師古注「応劭曰、……師古曰、魁、大貌也。梧者言其可驚」。

「志尚」――文選（巻二三）阮嗣宗、詠懐詩十七首「昔年十四五、志尚好書詩」（其十一）、李善注「杜預左氏伝注曰、尚、上之耳」。

「沈毅」――後漢書（巻五〇）蔡（祭）彤伝「彤性沈毅内重」。

「庶兄」――前述。「行年」――前述。

「厝懐」――宋書（巻六一）武三王伝（江夏伝）「開布誠心、厝懐平当」。「厝」、文選（巻十六）潘安仁、寡婦賦「将遷神而安厝」、李善注「厝、置也」。

「諒闇」――後漢書（巻一〇上）鄧皇后紀、「諒闇既終」、賢注「諒闇、居喪之廬也。或為諒陰。諒、信也、陰、黙也。言居憂信黙不言」。

「威福自由」――後漢書（巻一〇下）閻皇后紀「兄弟権要、威福自由」。

「苞蔵禍心」――後漢書（巻一〇下）伏皇后紀「陰懐妬害、苞蔵禍心」。

「真麚鏃」――「麚」、説文「麚、鹿子也」。「鏃」、文選（巻五一）賈誼、過秦論「秦無亡矢遺鏃之費」、李善注「李巡爾雅注曰鏃、以金為箭鏃（鏑）也」。

「手脚戦慄」――「戦慄」、爾雅（釈詁）「戦、慄、震、……恐、……、懼也」。

「一発」――漢書（巻九四下）匈奴伝「佩刀弓一張矢四発」、顔師古注「発猶今言箭一放両放也、今則以一矢為一放也」。

「滊然」――文選（巻一三）謝恵連、雪賦「滊然心服」、李善注「荘子曰、子貢滊然慚……」。説文曰、滊、煩也。蒼頡曰、悶也」。
「乃兄」――「乃」、尚書（巻四）盤庚中「我先后綏乃祖乃父」、孔伝「言我先王安汝父祖之忠……」。広雅（釈言）「乃、汝也」。
「不能致果」――「致果」、左氏伝（巻二〇）宣公二年伝。
「特挺」――陳徐陵「在北斉与梁太尉王僧弁書」。
「天位」――孟子（巻一〇）万章下「弗与共天位也」。尚書（巻四）太田下「天位艱哉」、孔伝「言居天子之位難」。
「奉典神祇」――「典」、戦国策（楚策）「我典主東地」註。原本系玉篇「（周礼）又曰、典婦功、中士二人、鄭玄曰、典、主也……以主職之典為敷」。
「皇太后」――漢書（巻二）恵帝紀「太子即皇帝位。尊皇后曰皇太后」。同（巻五）景帝紀「太子即皇帝位、尊皇太后薄氏曰太皇太后、皇后曰皇太后」。
「川派媛」――「派」、原本系玉篇佚文「玉篇云、水分流」（一切経音義巻九三「支派」）。「玉云、……分流」（図書寮本『類聚名義抄』「派流」）。
「不豫」――孟子（巻一）公孫丑篇。尚書（巻七）金縢「王有疾、弗豫」、孔伝「武王有疾、不説豫」。
〇安寧紀（同）
「桃花鳥田丘」――爾雅（釈鳥）「鳭鷯、剖葦」、郭璞注「好剖葦皮食其中虫、因名云。江東呼蘆虎。似雀、青斑長尾」。

「常津彦某兄」――「某」、原本系玉篇佚文「顧野王云、凡不知姓、不言名者、皆曰某」（一切経音義巻六四「某摽」）。

○懿徳紀（同）

「母弟」――春秋公羊伝（巻三）隠公七年伝「母弟称弟」、何休注「母弟、同母弟」。

○孝昭紀（同）

「繊沙谿上陵」――「繊」、原本系玉篇「方言、繊、少也。……凡物小或謂之繊」。「沙」、謝察微算経、康熙字典（「沙」）参照。

○孝安紀（同）

「観松彦香殖瀛津世襲」――「瀛」、篆隷万象名義「池中也、滄也、大海也」。

「百二年」――藝文類聚（帝王部）「帝王世紀曰、黄帝在位百年而崩、年百一十歳矣」「帝王世紀曰……凡堯即位九十八年、年百一十八歳乃殂」。

○孝霊紀（同）

「絙某姉」――「絙」、文選（巻一）班孟堅、西都賦「北弥明光、而亘長楽」、李善注「方言曰、亘、竟也。亘与絙古字通」。

○孝元紀（同）

「阿閇臣」――「閇」、原本系玉篇、篆隷万象名義「閇、閉字」。

○開化紀（同）

「卒川宮」――「卒」、率同。率、率導之意。

「庶母」――爾雅（釈親）「父之妾為庶母」。

「姥津命」――「姥」、玄応一切経音義（巻一三）「姥又作媽同、亡古反。字書、媽、母也。今以女老者為姥也」。

以上、『通証』を読むための、右の補注は、嘗試的なものではあるが、少なくとも『通証』はそのままでは読み難いことが察知される。現今の「学《がく》」の衰えたこと、古人の嘆きの如し。

『日本書紀通証』の刊行後、河村秀根の『書紀集解』が誕生した。その第一冊の刊行も――阿部秋生氏説によれば、天明六、七年の頃と云う――、その間、凡そ二十数年を経過する。出典の正確さ、訓詁の確かさは、後出などのためか、『通証』に優る。今後かりに『日本書紀』の注釈が生れるにしても、史学関係、国語学関係の部分を除く、漢籍の出典、その訓詁に関する部分は、『集解』の説を越えることは不可能である――なおこの書の出典を多少補足したものに、臨川書店刊の複製の拙稿頭注参照――。この点、『通証』は出典がやや粗く、『日本書紀』撰者の知らぬ後出の文献を引用し過ぎるのは、あまりにも親切にはしる。たとえば、「月夜見尊」（『通証』巻三）に対して、

唐詩ニ弓彎満月不二虚発一（唐詩は、盛唐李白「行行遊且猟篇」を示す）
を、また「可二以配レ日而治一者」（巻三）云々に、
今按礼記ニ郊之祭大ニ報レ天而主レ日配ニ以レ月。唐詩ニ月卿臨二幕府一（唐詩は、盛唐高適「送三柴司戸充劉卿判官之二嶺外二」を示す）
など唐詩を挙げるなどは、必ずしも必要ではない。
しかし上代の諸資料や歌謡関係の部分は、やはり国学者士清の得意とするところであり、『通証』は、『集解』とともに、『日本書紀』の注として必須の注釈書と断じて憚らぬ。両書は互いに不足を相補う。また垂加流神道

の説を、特に神代紀に多用するが、これは神道思想史の一資料として『通証』を改めてみなおすことができよう。明治三二年（一八九九）に脱稿した飯田武郷著『日本書紀通釈』は、現代的な注ではあるが、『日本書紀』の漢語については、注するところが少なく、近世のこの二書を上回るとは云えない。また『日本古典文学大系　日本書紀』は、現代の史学・神話学・国語学者などの協力による優れた頭注本とみなすべきではあるが、『通証』・『集解』の二書に特色をもつ漢語の訓詁については、やはりいくたの不満が残る。『日本書紀』の訓詁の追求は、なお今後の課題である。この点に関して『日本書紀通証』と云う旧き灯火は、依然として今の輝かしきしるべともなるであろう。

〔附記〕『日本書紀通證』縮刷影印、三冊（昭和五十三年十一月二十五日、臨川書店）の解題。

なお、この年七月、同じく臨川書店から著者補注『書紀集解』の「第二刷」が刊行されている（第一刷は昭和四十四年九月）。その「補注凡例」に、注意すべき一項が加えられているため、次に掲げる。

一、日本書紀の訓詁には、梁顧野王撰『玉篇』（佚文を含む）を参考すべきこと、最近の私の一見解である。しかし未だ研究中途にあるため、頭注にはこれを載せない。

「補注凡例」には、末尾に「昭和五十三年六月二十日」とある。この前後から、日本書紀・萬葉集などと、原本系『玉篇』との関聯についての研究が本格化しており、事柄は空海の学問にも至っている。関係論文は、本書と『國風暗黒時代の文學　補篇』に分けて、及ぶ限り収めた。それぞれの〔附記〕を参照。

日本書紀の「よみ」
――原本系『玉篇』を通して――

はしがき

この稿は、本誌「文学」所載の「上代に於ける学問の一面――原本系『玉篇』の周辺――」（第三九巻十二号）の応用篇に当る。

原本系『玉篇』は――流布の増補本「大広益会玉篇」を意味しない。以下同じ――、奈良朝より平安朝末にかけて、説文・爾雅などを遙かに越えて、字書としての王座を占め、当時の学問、即ちいわゆる漢学は、この便利で詳しい訓詁の書をたよりとして、主として行なわれたものと確信する。逆にいえば、後世のわれわれも、当時の述作物、その作品を追求し、その筆者もしくは撰者の表現意図を知るためには、この『玉篇』を利用すれば、最も手取早い方法といえる。万葉集を例にしてみても、その一つのむつかしい文字の「よみ」は、先人の学者たち、木村正辞などの方法にみる如く、清朝考証学の方法を学んだものとはいえ、果してあまたの漢籍を利用して考証すべきであったかどうか。当時の漢籍の伝来事情を思えば、むしろ幾種もの小学類を利用したとは考えられないふしもある。そこで『玉篇』という一つの字書を然るべく利用することによって、万葉集の文字の訓詁の大部分は、解決されるであろう――その一端は、すでに拙稿「万葉用字考証実例㈠――原本系『玉篇』との関聯に於て――」（『萬葉集研究』第二集所収、塙書房刊）の中に示した――。本稿も、『玉篇』を日本書紀に試みることによって、いささかの「よみ」を考察しようとする。このささやかな方法が日本書紀というむつかしい文字で書かれた史書にも及ぶならば、上代文献をよむ上にどれだけ便利になるのか、その可能性を見出そうと試みる。

一

日本書紀は、現代科学の立場でいう「歴史書」である。この研究には、「書かれたもの」の文献批判を最初の出発点とする。しかしこれが漢字で書記されている以上、文字表現の研究をまず初歩的な渡河点とすべきである。その表現の「あや」を通じて、撰者が何をねらったのか、その後に於て、科学的批判は加えられるべきであろう。国語・国文学の専攻者が日本書紀の研究に参加できるのは、特に基礎的初原的な部分である。即ちそれは漢字表現の「よみ」に関する部分である。これは訓詁の問題に通じる。訓詁は表現に関する一種の解釈であり、「よみ」はその縮約され、精選された核《エキス》でもある。

日本書紀は如何に「よまれ」て来たか。まず優れた注釈書として、近世の河村秀根・益根『書紀集解《しっかい》』・谷川士清『日本書紀通証』が存在する。特に前者の『集解』は、日本書紀の出典研究書として永遠性を高く誇る——出典の研究は、「よみ」への第一歩である——。今日多少の補正をこの書に加えるならば、ほぼ完成の域に到達するであろう。しかし『集解』は、近世漢学者的立場に立って日本書紀を注したものであり、出典の奥にある著者の息吹きはあまり聞かれない。むしろ坊間の『日本古典文学大系　日本書紀』（以下、古典大系本）による方が自然でわかりやすい。これは「古訓」を重要視する点に大きな意義をもつ。いわゆる「古訓」は、いつごろのものか全貌はわからない。時と所と人とを異にするものが混じ合い、近世の刊本にみる如き伝統的な定着訓をみるまでには、官府或は諸家に於て、その研究が重ねられて来たのである。それは少なくとも平安朝講書を中心とする日本書紀の訓詁研究の著しい成果であるといえる。この伝統的な古訓には、平安人が漢学に対する方法態度を適用して、如何に訓んだか、日本書紀に及ぼした涙ぐましい努力がまざまざと察知される。

古訓の「よみ」の大半は、正しい訓詁に基づく。その正しさの証明は、

内藤湖南「古写本日本書紀に就きて」（『日本文化史研究』所収）

神田喜一郎『日本書紀古訓攷証』（二九条にわたる考証）

などにみる如くである。しかし両者にみなぎる独得な気魄、正確無比の考証にも拘らず、何れも部分的であり、逐条的ならぬを憾みとする。嘗て後生も驥尾に附して、多少の考証を試みはしたが（注1）、これもわずかその一部分に過ぎない。これらは、昭和年代の成果を後の世に贈るには、あまりにもささやかであり、今後多くの学者の協力を期待すること甚だ大である。

二

文字によって、諸資料、口伝類を表現するために、日本書紀の筆者群、少なくとも数人の官人らは、如何なる漢籍の「文《あや》」を借用したか。前述の如く、幸いにも、今やそれは、『書紀集解』の注に加えて、類書『藝文類聚』の文を補足すれば、大半は事足るという現状にある。しかも筆者たちがその出典文を利用するに際しては、それぞれの文の一応の訓詁を脳中に試みなければならなかった。無理解のままに漢籍の文章をあれこれと綴り合せたのではない。ここにそれに対する彼等の「訓詁」が問題となって浮び上る。その理解のためには、学令にみる如

く、周易・尚書・三礼《さんらい》（周礼・儀礼・礼記）や毛詩・左伝・論語などの注を学び、更に説文・爾雅などの字書類をひもとき、或は記憶の中にある注を思い出したりしたことは想像に難くない。しかもそれにも増して、ダイジェスト的な便利な訓詁の書、小学の類が存在するならば、わざわざ万巻の漢籍に埋もれないでも事は済むわけになる。現代人にとって、訓詁の辞書として最も利用するに値するものに、諸橋博士撰の『大漢和辞典』（十三巻）がある。もしこのような詳細な小学の某書が当時存在したとするならば、日本書紀の筆者はこれを大いに利用したであろう。また逆に現在の時点から溯って、ここでその某書を利用するならば、日本書紀の筆者たちの「述作工房」を覗くこともできるであろう。これはまた更に、平安日本紀講書の成果の一端を示す「古訓」の適否を批判することにもなるであろう。日本書紀の「よみ」は、その某書と共に始まる。

　某書とは何か。それは原本系の『玉篇』である。これについては、前稿に述べたので再言しない。要するに、梁顧野王撰の『玉篇』系統に属する原本系の『玉篇』であり、唐代の上元本（七六〇）以前の古本の『玉篇』を意味する。この書が重要視されたのは、引用文と共にその訓詁を示していることに大きな原因がある。『玉篇』の訓詁の例を二、三あげよう（必要な部分のみ）。

㈠「轠」——力廻反。（文選）楊雄羽猟賦、繽紛往来、轠轤不レ絶、漢書音義曰、連属貌也。……野王案、轠猶櫟也。これは、神代紀（上）の、「轠轤然」（「ヲモクルルニ」）に適用することができる——但し、筆者は、むしろ回転する轆轤《ろくろ》的なものを意味する「轤」（注2）の訓詁によって訓注を附したものであろう。『集解』も、漢書揚雄伝の、「孟康曰、轠轤、連属貌。師古曰。轠轤、環転也」を引用する。

㈡「讋」——章葉反。説文、失レ気也、一曰、言不レ止也、傅毅以為ニ読若レ慴。野王案、漢書、匈奴讋焉是也。声類、讋、慴也……。

これは、神功摂政前紀（仲哀九年十月）の「讐焉失レ志」（「オヂテ」）の場合に当る。『集解』も同じく、「漢書武帝紀曰、匈奴讐焉、師古曰、讐、失レ気也」を引く。

(三)「縛」――扶瞿反。左氏伝(文公二年)、襄公縛二秦囚一。野王案、説文、縛、束也。又曰、許男面縛、杜預曰、縛二手於後一、見二其面一也。

これは、垂仁紀（五年十月）の「面縛」（「ミヅカラトラハルルコト」）の場合に当る。『集解』も『玉篇』に同じく、僖公六年伝の「許男面縛」の例を引く。

(四)「食」――是力反。尚書……、尚書(曰)、乃(洛誥)卜二澗水東瀍水西一、惟洛食、孔安国曰、卜必先墨二書(畫)亀一、然後灼レ之、兆従(順)食レ墨也……礼記、則択二不食之地一、鄭玄曰、不食謂不二耕墾一也……。

このうち、「卜食」は垂仁紀（二十五年三月）の「食レ卜」（「ウラニアヘリ」）に、また「不食之地」は孝徳紀（大化二年三月）の「不食之地」（「イタヅラナルトコロ」）に当る。前者垂仁紀の例が右の『玉篇』にみる如く尚書（洛誥）に、また後者孝徳紀の例が礼記（檀弓上）によること、すでに『通証』に出典の指摘がある。しかもこれらの例も、『玉篇』の引用に直接よるとみるべきであろう――なお『集解』は前者を神祇令に、後者に対しては出典をあげない――。因みに、令集解（巻七神祇令・常祀条）にみえる、「令釈」の注、

尚書曰、卜惟食洛、注云、卜先必墨二畫亀一、然後灼レ之、兆順食レ墨也（「卜食」）

も、恐らく『玉篇』を引いたものであろう。これらの諸例は、『集解』や『通証』の指摘する出典に一致するが、これは同時に、『玉篇』の引用文が代表的な佳句佳文であることを意味する。しかもその引用文には、原典の注をも加え、顧野王の私案をも含む。このような佳句をもつ出典語が日本書紀にあまたみられることは、読者として第三者的立場にある当時の官人たちも、『玉篇』をひらくことによって、もとの出典とその語の訓詁をたやす

く理解することができたのである。片仮名の傍訓として残る古訓、即ち平安人を中心とする加点も、『玉篇』による点が甚だ大であった。

　この点に関して更に考察を加えよう。たとえば、

（景行紀五十一年八月）「昼夜喧譁《ナリトヨク》」（「ナリトヨム」）

（舒明紀即位前紀）「莫二諠譁《ナリトヨクコト》一」

など、同類の語がみえる。前者について、『集解』に史記鼂錯《ちょうそ》伝を、後者については晉書傅玄伝を引用する。これらは直接の出典ではないが、ここでは論じないことにして、まず日本書紀の筆者が言偏の、「譁」・「諠」・「讙」の文字を使用したことに眼を向けなければならない。これに関して『玉篇』に、

「譁」――呼瓜反。尚書《(費誓)》、人無レ譁、聴二朕命一、孔安国曰、無二讙譁一也……。

「諠」――虚園反。声類、諠、譁也、一曰、忘也。野王案、此亦讙字也。

「讙」――虚園反・呼丸反。礼記《(楽記)》、子夏曰、鼓鼙之声讙、鄭玄曰、讙、〓之声也……広雅、讙、鳴也。声類以為二亦〓字一也……。

とみえ――第一例の孔伝の「讙」を、四部備要本「諠」に作るのも、その傍証となる――、三者の訓詁は同じ。ここに「ナリトヨク」・「ナリトヨム」・「カマシ（カマビスシ）」などの訓が当てられる。これも『玉篇』によれば、同一のことばを別の文字で書くことは甚だたやすくなる。

　また『玉篇』の訓詁は、新しく書紀語を作る。たとえば、欽明紀には、「夫新羅甘言希レ誑、天下之所レ知也」（二年七月）の如く、「アザムク」に対して「誑」の文字を使用すること、二、三に止まらない。この「誑」は、熟語「欺誑」として、安閑紀元年（七月）「欺二誑《アザムク》勅使一」に現われる。これは、『玉篇』に、

倶放反。……左氏伝(定公十年)、是我誑二吾兄一、杜預曰、誑、欺。爾雅、侜張、誑、郭璞曰、書云、無或侜張為レ眩、々

（々惑）欺二誑人一也……（「誑」）

とみえ、この熟語「欺誑」の訓詁は明らかである——右の爾雅にみえる「張」の字については、唐招提寺文書、『玉篇』佚文に、「野王案、張猶誑也」とみえる——。また「欺」に関連して、同じく欽明紀二年（七月）に、「誣欺《シヒアザムク》」の語がある。『玉篇』に、

（「誣」）

武虞反。左氏伝(昭公二十六年)、祇取レ誣焉、杜預曰、誣、欺也……礼記(曾子問)、不レ省二其義一、是誣二於祭一也、鄭玄曰、誣猶妄也……。

とみえ、「誣、欺也」によって生れた「誣欺」の二語で「アザムク」の意に用いたものである。また天智紀九年（正月）の「誣妄《タハコト》」（妄言の意）も、『集解』『通証』に漢籍の出典をみないが、「誣」も「妄」に等しい訓詁であることは、右の『玉篇』に、「誣猶妄也」によって知られる。更に「アザムク」は、「欺」の条に、

去其反。左氏伝(成公元年)、背レ盟以欺二大国一。野王案、欺猶妄也。論語(子罕)、吾誰欺、々レ天乎是也。蒼頡篇、紿也。字書、欺、詐也。

とみえる。欽明紀（二十二年是歳）の、「欺紿」（「イツハル」・「アザムク」）や、敏達紀（十二年是歳）、崇峻紀即位前紀にみえる「詐」は、右の『玉篇』の、「欺」の訓詁、「紿也」「詐也」によれば、その意は簡単にわかる。換言すれば、『玉篇』の訓詁を学ぶことによって、筆者は同じことばを別の文字に変えて表現を豊かにしようとしたともいえるであろう。

更に思いつくままに例をあげると、神代紀（上）の四神出生の章に、橘の小門で身を清める条がある。洗い清めることに関して、神代紀の筆者は同じ意味のことばを種々の文字で表現する。

当㆔滌㆓去吾身之濁穢㆒（「アラヒウテム」・「ススギウテム」）
欲㆔濯㆓除其穢悪㆒（「ススギハラハム」）
還㆓向於橘之小門㆒而払濯也（「ハラヒススグ」）

これに関して、『玉篇』によれば、

「滌」――達的反。尚書（禹貢）、九州滌（川）㆑源、孔安国曰、滌、除也……周礼（天官、大宰）、視滌濯、鄭玄曰、濯（滌）、漑㆓祭器㆒也。毛詩（豳風、七月）、十月滌㆑場、伝曰、滌、掃之也……広雅、滌、洗也。

とみえ、「滌」の訓詁である、「除」（これについては更に、「毛詩、日月其除、去也」とみえる）（注3）「掃」「洗」「濯」など同じ意をもつ。古訓の如何に拘らず、「滌去」「濯除」「払濯」などは、同じ訓詁を別の文字に変えたに過ぎない。

同じことばを別の文字に改めることは、文字の訓詁を学ぶことであるが、これも『玉篇』によるとみれば、事は極めて簡単な場合が多い。同じ神代紀にみえる瑞珠盟約の条の、素戔嗚尊の荒ぶる動作の中に、

稜威《いつ》の嘖《コロヒ》譲を発《おこ》して、径《ただ》に詰問《ナジリ》ひたまひき（上巻）

と述べる。このうち、「嘖」「譲」「詰」はともに、せめる、なじる意である。『玉篇』の、

「譲」――如尚反。……周礼曰（地官、司救）、司救掌㆓万民之衺過悪失㆒而誅㆓譲之㆒、鄭玄曰、譲、責也……。
「詰」――去質反。……礼記（月令）、詰㆓誅暴慢㆒、鄭玄曰、詰謂㆑問㆓其罪㆒也。広雅、詰、責也。……詰、譲也……。

は、これを証する。但し、「嘖」は現存原本系の『玉篇』には残らない。しかし「讀」について、

側革反。……広雅、讀、怒也、讀、譲也。今並為㆓責字㆒、在㆓貝部㆒。説文、亦嘖字也……。

とみえ、「讀」も「嘖」（「責」）に同じく、また同時に「譲」に、更に「詰」に同じ訓詁をもつことになる。この

神代紀の一文は、同じ訓詁を別の文字で書いた一例となる。

以上の如く、『玉篇』が日本書紀の筆者に他の字書、注疏類に劣らずよく利用されたことは、前述の如く、漢籍の佳句並びにその注を載せることに大きな原因がある。たとえば、『毛詩』の大雅生民篇にみえる「克岐克嶷」に基づく「岐嶷」の語は、古来名も高いことばである。允恭紀即位前紀にも、「自二岐嶷一至二於総角《あげまき》一」とみえる。この際の直接の出典は、『藝文類聚』（帝王部漢和帝）であるにしても、筆者はこの文字の訓詁は一応理解した上で使用した筈である。毛詩伝箋は勿論のこと、これを『玉篇』にも引用する。

「岐」（『玉篇』、「岥」に誤る）——毛詩、克岐克嶷、伝曰、岐嶷、知意也、箋云、岐々然意有レ所レ出也。……

（『玉篇』、「嶷」をすべて口篇に作る、ともに同字）。

また『玉篇』の「湎《めん》」の条をひらけば、

尚書、羲和湎淫、孔安国曰、沈二湎於酒一、過差失（非）レ度也。野王案、毛詩、天不二湎レ爾以一レ酒是也。韓詩、飲酒閉門不レ出レ客曰レ湎……。

とみえ、ここに尚書（胤征）や毛詩（大雅、蕩）などの酒に耽る佳文がみられる（注4）。武烈紀（八年三月）の、暴君の行状の描写の一部に、

日夜常に宮人と酒に沈湎《ヱヒサマタレ》て……（集解に、尚書泰誓の「沈湎」の孔安国伝「沈湎、嗜レ酒」を引用する）

とみえるが、『玉篇』によれば、佳文及びその訓詁が直ちに知られる。筆者はこの際、すでに学んだ尚書を、『玉篇』によって更に認識を新たにしたのであろう——因みに令集解引用の「古記」にみえる「荒二耽於酒一」の注も（巻一七継嗣令）、右の『玉篇』を孫引きしたものであり、原典を引用したのではない——。また毛詩の召南采蘋篇にみえる「行潦」も佳語である。『玉篇』にも、

「潦」——良道反。毛詩、于被（彼）行潦、伝曰、行潦、流潦也。説文、雨水也。礼記、季夏、水潦盛昌是也。

とみえ、この語に対して、この毛詩の例や、説文、礼記（月令）の例を引用する。日本書紀の、

水潦《イサラミヅ》するに浸《こ》みやすし（安閑紀元年七月）

雨下《ふ》りて潦水《イサラミヅ》庭に溢《いはめ》り（皇極紀四年六月）

なども、『玉篇』によって、解決できる（注5）。但し古訓に「イサラミヅ」とよむのは、毛伝を小さな流れと解したのであろうが、むしろ説文的、礼記的な意に近く——floods——解すべきである。

このように、『玉篇』の引用文は、何れもポピュラーなものであり、しかもそれは、経部より更に史・子・集部へとわたる。小学類をあげてみても、

爾雅・方言・釈名・広雅（訓詁の属）　説文（説文の属）　蒼頡篇・広蒼・字指・字書（各体字書の属）

声類（音韻の属）

の多きにのぼる——この点に於て、馬国翰輯『玉函山房輯佚書』の拾遺は今後加うべき多くのものを残す——。日本書紀の文章が、直接多くの漢籍によらないで、「類書」の一つである唐人歐陽詢撰『藝文類聚』の引用文による点の多いことは、今日の学的常識であろう。これと共に、『玉篇』の引用文、その訓詁によることの多い点は、前述の諸例によっても明らかである。日本書紀の引用態度は、長文を引用する巻と短句短文を引用する巻とに大別される。後者は出典が明らかでないものが多いが、この部分には特に『玉篇』の力を借用した点が多いとみなしてよい。『藝文類聚』は、文学表現の参考書、『玉篇』は、短語短文及び訓詁の基本的参考書として、日本書紀の述作に甚だ活用されたものと断じてよい。

現在、この原本系『玉篇』の残るものは、約二千数十字と推定される（複製残巻、及び岡井慎吾『玉篇の研究』、

馬渕和夫氏『玉篇佚文補正』などによる)。しかし在来の佚文抽出の仕方は、『玉篇』の推定本文を中途で切断する傾向があり、これを本来の姿にかえすと、佚文の記事は更に多くなる。また最近複製をみた神田喜一郎博士所蔵の『大乗理趣六波羅蜜経釈文』(以下『六波羅蜜経釈文』、或は『釈文』と呼ぶ)にも、四百余条の佚文を指摘することができる。また『一切経音義』(慧琳本など)には、『玉篇』によると指摘しない箇処にも、『玉篇』残巻の文体《スタイル》(引用書名、その引用態度、その表現の仕方など)を比較参照することによって、その佚文を推定可能ならしめる部分を甚だ多く含む。更に『一切経音義』を、『新訳華厳経音義私記』(小川本)や、『六波羅蜜経釈文』などと対照することによっても、多くの佚文を推定することができる。しかも『玉篇』の抄出本と称せられる空海撰の『篆隷《てんれい》万象名義』(以下『万象名義』と呼ぶ)が存在し、原本系『玉篇』の訓詁の殆んどすべてを推定することができるのは、幸いの極みである(以下、推定本文を*印で示す)。かくして、残巻、佚文、推定本文など種々の操作によって、『玉篇』を利用することができる。日本書紀の文字表記のねらい、またこれを「よんだ」後の世の平安人の「古訓」の研究は、ここに漸く開始の途につく。

三

現存残巻の『玉篇』に残らない佚文を中心にして考察してみよう。神武紀即位前紀に、神武の性格を描写して、

天皇生《あ》れましながらにして明達《さか》しく、意確如《みこころカタクツヨシ》。

と述べる。神武紀の筆者は、「確如」を「クワクジヨ」と音読、もしくは黙読したかも知れないが、ともかくも古訓「カタクツヨシ」は「確如」に対する注釈といえる。この文字は、『玉篇』に、

「確」（「礭」に同じ）――口角反。周易（繫辞下）、夫乾確然亦（示）㆓人君（易）㆒矣、韓康伯曰、確、堅貌也。埤蒼、為㆓塙字㆒、在㆓壬（土）部㆒也。

とみえる。右の「確」（「礭」）に同じ「塙」は、『玉篇』に残らない。しかしその節略本である『万象名義』に、「口角反。堅也。礭字」とみえることは、もとの『玉篇』の「塙」には、「確」と同じ訓詁のほかに更に、「……*為㆓礭字㆒、在㆓石部㆒也」とあったものと推定される。

敏達紀十二年（七月）の「我が先考天皇の世に属《アタリテ》」、同十四年（三月）の「此の時に属《アタリテ》」など、日本書紀に数例をみる「属」の字が、自動詞として、「遭会」の意に使用することについては、『日本書紀古訓攷証』に詳しい。これは『助字辨略』（巻五）の、「愚案、属、適也、会也、正当之辞……」をまつまでもなく、『万象名義』に、

「属」――時欲反。合聚也、……会也、……適也（尾部の異体字にも類似の訓詁あり）。

とみえ、「アタル」と訓めることがわかる。恐らく『玉篇』には、「適也」に関して、

*左氏伝（成公二年）、下臣不幸、属㆓当戎行㆒、杜預曰、属、適也。

などとあったものであろう。なお「適」に関して、

適《アタリテ》㆓是時㆒（景行紀十八年四月、仁徳紀即位前紀など）

とみえることは、「属」即ち「適」の訓詁を、筆者は勿論のこと、加点者もよく知っていた証拠になる。これによれば、綏靖紀即位前紀の、「今適《タマタマ》其時也」は、「今し其の時に適《アタル》」と訓む方がよかろう。垂仁紀の「兄王の謀《そむ》く所は、適是時也」（五年十月）も、古訓の「タダイマナリ」は正しい意訳ではあるが、原文に即してよめば、「……適《アタル》㆓是時㆒也」となる。また同じ条にみえる、

妾[4]一思矣、若[4]有㆓狂婦㆒、成[4]㆓兄志㆒者、適遇是時《[4]タダイマこのときに》、不[6]㆑労以成㆑功乎。茲[4]意未㆑竟、眼[4]涕自流。

も、四字句が中心をなし、各句に動詞のあることは、「適《アタリテ》二遇是時一」（「遇」は「会」即ち「適」の意）と訓む方がよかろう。勿論「タダイマ」と訓むことは可能な訓ではあるが。

右の文中にみえる「未レ竟《ヲヘ》」の「竟」については、『玉篇』に、

「竟」――羈慶反。毛詩、（大雅、瞻卬）譖始竟背、戔云、竟、終也。方言、竟、亘也、秦晉或曰レ亘、或曰レ竟也。説文、楽曲（尽）、竟也。広雅、竟、窮也（音部）

とみえ、更に『玉篇』の「終」について、「野王案、広雅、終、極也、終、窮也」とみえる。これによれば、「竟」の、「ヲフ・ヲハル」のほかに、

已而竟《ツヒニ》逐降焉（神代紀上）　竟《ワタレリ》レ天（天武紀五年七月是月）

とある古訓は実証される。

また、神武紀即位前紀（己未年三月）に、詔令として、

辺土清《しづ》まらず、餘妖なほし梗《アレタリ》《コハシ》と雖も、中州の地《くに》にまた風塵なし。

とみえ、「梗」を「アレタリ」「コハシ」と訓む。これについて、『六波羅蜜経釈文』の玉篇佚文（「梗概」）に、

上玉、柯杏反。毛詩伝曰、梗、病也。賈逵曰、梗猶害也。王逸曰、梗、強也。爾雅、梗、宜（直）也。方言、自レ関而東、凡草木刺レ人者為レ梗、郭璞、今輭（梗）、榆也。又曰、梗、猛也。又梗、覚也。広雅、略也（〰〰部分、紙背。注6）

とみえる。『玉篇』の本文を試みに推定すれば、

「梗」*――柯杏反。毛詩、（大雅、桑柔）誰生二属階一、至レ今為レ梗、伝曰、梗、病也。国語（以下本文未詳）……、賈逵曰、梗猶害也。楚辞、（九章、橘頌）梗其有レ理、王逸曰、梗、強也。爾雅、梗、直也。方言、自レ関而東、凡草木刺レ人者為レ梗、

郭璞曰、今云、梗、楡也。又曰、梗、猛也、韓趙之間曰レ梗。又曰、梗、覚也。広雅、梗、略也。

に近い本文となるであろう。このうち、「コハシ」「アレタリ」の古訓に当る訓詁は、「強也」、「直也」（『爾雅義疏』釈詁上に、「強与レ直義近」とみえる）、「猛也」であり、「害也」もその例となる。なお「梗」の文字を使用する上代文献に、

巡二行葦原之中津国一、和二平山河荒梗之類一（常陸風土記信太郡）

夷虜乱レ常、為レ梗未レ已（続日本紀、延暦二年六月六日勅）

などがあり、何れも神武紀即位前紀の「梗」と同じ意をもつ。

右にあげた、『六波羅蜜経釈文』にみえる『玉篇』の佚文は——尤も節略した部分も多いが——、日本書紀の訓詁に甚だ役立ち、佚した『玉篇』の本文を推定する上に甚だ役立つ。しばらく任意に二、三の例をあげよう。

日本書紀に、「猷」の字が数例みえる。「宏猷《ノリ》」（推古紀二十九年二月是月）、「大猷《ノリ》」（孝徳紀大化元年八月）の如く、「ノリ」と訓む。そのうち、顕宗紀即位前紀に、

清き猷《ミチ》世に映《て》れり（梁書武帝紀に基づく）

とみえ、ここでは「ミチ」と訓む。この『釈文』に、

玉、餘周反。……毛詩伝曰、猷、若也、猷、道也……（「大猷」）

とみえ、もとの『玉篇』には、

*毛詩、（召南、小星）寔命不レ猷、伝曰、猷、若《ごとし》也。又曰、（小雅、巧言）秩々大猷、箋云、猷、道也。

などの文を含んでいたものと推定できる。右の「猷、道也」によって、「ミチ」と訓めることが明らかにされる。

「タノム」に当る文字は、日本書紀に、「恃」「怙」「頼」などの例をみる。このうち「怙」は、

我が怙之子《タノメシ》すでに避去《さ》りまつりぬ（神代紀下）

の一例のみ。これに対して、「恃」は十数例もみえる。『釈文』に、『玉篇』の佚文として、

胡古反。爾雅（釈言）、怙、恃也。韓詩、怙、頼也（「依怙」）

時止反。韓詩曰、恃、負也。公羊伝（桓公三年）、何休曰、恃、頼也、又怙也（「恃怙」）

とみえ、何れも「タノム」と訓むことは正しい。なお、右の「恃、負也」の訓詁は、そのまま継体紀（二十一年八月）の、

川の阻《さが》しきことを負《タノミテ》、庭《つか》へまつらず（『藝文類聚』武部戦伐引用の魏楊脩出征賦による）

の例に適用できる――『釈文』引用『玉篇』佚文には、更に、「浮不反。……周礼（夏官、大司馬）、鄭玄曰、負、猶恃也」（「負債」）とみえる――。因みに「阻」を「サガシキコト」と訓むことについては、下句の「山の峻《タカキ》によりて」に照らして正しい――『玉篇』に、尚書孔安国注を引用して、「峻、高大也」という――。『古典大系本』頭注に、「阻は、はばむ意。サガシキコトは古訓のまま」と注するのは、この訓にやや難色を示した様子がみられる。しかし「阻」は、『玉篇』に、

側於反。……爾雅（釈詁）亦云、郭璞曰、謂㆓険難㆒也。……又曰（韓詩）、道阻且険也。……。

とみえる以上、ここの「阻」は古訓の如く、「険」（「サガシ」）の意である。

欽明紀（二十一年九月）に、

行李《ツカヒ》は百姓の命を懸《か》くる所にして、選用の卑下《いやし》みする所なり。

とみえ、「行李」を「ツカヒ」と訓む。これは、左伝僖公三十年の条にみえる有名な句であり、『通証』『集解』ともにこれを引用する。但し『集解』は更に孔穎達の「疏」（春秋左伝正義）を引用し、「行理」とあるために、

「李」と「理」との相通じることの考証を加える。しかし『六波羅蜜経釈文』によれば、『玉篇』の佚文として、

力(子)反。左伝云、行李之往来、杜預曰、行李、使人也。広雅、行李、訳也……(「行李」)

とみえ、「行李」を「ツカヒ」(「使人」)と訓むことが実証される。なお、「李」の反切に「力反」とあるのは、一字の脱字を示す。これは、『玉篇』の面影を示す『万象名義』の、「力子反。行李(也)、訳也」によるべきであり、しかもこの「行李也」「訳也」の訓詁の出典を『釈文』によって知ることができ、それはそのままもとの『玉篇』の推定本文につらなる。

同じ『釈文』にみえる『玉篇』の佚文に、「瑕」の訓詁として、

何加反。毛伝曰、瑕猶過也。鄭玄曰、瑕、玉文(之)病也。広雅、裂也。瑕、穢也(「瑕翳」)

とみえる。試みにこの「毛伝」以下の本文を以って、『玉篇』の原姿の一部を推定すれば、

*毛詩(幽風、狼跋)、徳者不レ瑕、毛伝曰、瑕猶過也。礼記(聘義)、瑕不レ揜レ瑜、鄭玄曰、瑕、玉之病也。広雅、瑕、裂也。又曰、瑕、穢也。

となるであろう。しかし原本には更に詳しい記事があったものと推定され、『一切経音義』(慧琳本)の、『玉篇』佚文のうち、少なくとも、

玉内有レ病曰レ瑕、玉外有レ病曰レ疵(巻二七「瑕疵」)

瑕亦隙也(巻六〇「瑕隙」)

をも加えるべきである。この「瑕」は、「アヤマチ」、「キズ」などに当り、日本書紀の古訓、

戸に触れて小瑕《キズ》つけり。その瑕《キズ》今に失《う》せず(神代紀上)

願《こ》ふ、な瑕《トガ》めましそ(舒明紀即位前紀)

は、たやすく理解できる。舒明紀即位前紀の「我汝《いまし》と瑕《ヒマ》あらむ」の「ヒマ」も、「隙也」によって解決できる。なお「隙」は「隟」に同じ。『玉篇』に、

「隟」――立戟反。左氏伝、（隠公五年）皆於二農隟一、杜預曰、隟、閑也。野王案、謂二閑暇一、国語、（楚語上）四時之隟是（也）。……国（語）謂曰、上下无レ隟、賈逵曰、隟、舋也。……。

とみえる。右の『国語』（周語中）の賈逵注は注意すべきであり（韋昭解「隟、瑕舋也」）、これは仁徳紀（四十年二月）の、

何ぞ舋矣私事をもちて社稷《くに》に及ぼさむ（古訓「オモヒテカ」は誤り）

の訓詁に関係する。この「舋」を前田本の古訓「キズ」によって、「キズますとして」と訓んだ『古典大系本』は正しく、この「キズ」は両者間の心のきず、心のすきまの意。但し、その頭注に「ツミ・ヒマの意」とするのは、むしろ「ヒマ」の方に限定すべきであろう。「ヒマ」はお互いの心のすき間の意、前述の舒明紀即位前紀の「我汝と瑕《ヒマ》あらむ」に同じ。「舋矣」は、「ヒマアリテ」とでもよむべきであろう。「舋」というむつかしい文字を使用するのも、『玉篇』によれば簡単であったわけである。

なお『釈文』にみる如く、『玉篇』に、広雅（釈詁）を引用して、「瑕、裂也」とあったと推定されることは注意すべきである。「裂」については、『釈文』に、

力撤反。野王案、裂猶拆破也。広雅、裂、分也。字書、裂、擘也……（「分裂」）

とみえ、裂く、破るなどの意をもつ。これによれば、孝徳紀大化二年三月の条にみえる、「事瑕之婢」の「瑕」が思い浮かぶ。『通証』『集解』ともに「キズ」の方面から解しようとするが、何れも考証が十分ではない。『古典大系本』の「瑕」を「遐」（遠ざかる）の意としたのはすぐれた一案。しかしこの「裂也」（「サク」）の訓詁から

「事瑕《ことサカ》」とも訓める。「サク」は分裂の意で、遠ざかる、離れる意ともなり、「事瑕」は要するに離縁の意ともなるであろう。一案としてここに提出する。

神武紀即位前紀（戊午年四月）に、賊軍長髄《ながすね》彦の言葉として、「尽に属兵を起して、徼之《サヘギリテ》……」とみえ、ここに「徼」の字がみえる。この字は、日本書紀では一例のみ。『玉篇』の佚文類にも残らない。しかし『釈文』の佚文の中に、「邀」の訓詁がみえる。

古堯反。左伝、杜預曰、邀、要也。字書、亦徼字也。徼、求也、抄也、遮（也）、循也（「邀名」）

これは、「邀」即ち「徼」を意味する。『万象名義』にも、「邀」・「徼」ともに、右と同じ訓詁がみえる。これらの訓詁のうち、「遮也」が神武紀の例に該当する。「遮」は、『万象名義』に、「遏也」とみえ、更に「遏」は、「絶也、止也」とみえる。これは、とどめる意で、ここに「サヘギル」（「サイギル」）の訓も生まれる。『玉篇』佚文類には、現在「徼」の字を欠くが、然るべき操作によって、この文字の訓詁がわかり、古訓の正否も判断される。

以上の諸例は、『玉篇』の佚文の一つとして、『大乗理趣六波羅蜜経釈文』を中心とした。他の佚文、特に『玉篇』に基づいて生れた『篆隷万象名義』の訓詁は、出典本文を除いた『玉篇』の訓詁を殆んど全部といってよいほどよく示し、日本書紀の古訓考証に最も役立つ。これは、溯って日本書紀の筆者たちが佳句及び訓詁をもつ『玉篇』をその述作の際に活用したことを意味し、如何にその利用が大であったか、以上の例はその一端を示すであろう。

四

日本書紀の「よみ」の問題は、古訓の訓詁に限定すべきではない。述作者の息吹きをも伝えなければならない（注7）。そのためには、まず句読《くとう》点をどう打つべきかが問題の一つにもなる。たとえば、景行紀（四十年是歳）の、

是国也、山高谷幽。翠嶺万重。人倚杖而難レ升。
　　　　巖嶮磴紆、長峯数千、馬頓轡而不レ進。

は、『古典大系本』の訓の句読から推定して試みたものであるが——但し古典大系本の本文の方は、「山高谷幽、翠嶺万重。……」とする——、これは対句である以上、前句の句読点は、「……谷幽、……万重、」の如くすべきであろう。この問題を日本書紀全体に及ぼすならば、在来と違ったものが生れる筈である。尤も和文体の部分は、マルかテンか、筆者のねらい、その呼吸はわかりにくいが、漢字で書かれた上代作品は、漢籍の如く「対句」という「あや」が多く、この点に意を払えば、在来よりももっと原典の意図にそえるのではなかろうか。冒頭の天地混成を述べた条にも問題がある。

精妙なるが合《あ》へるは摶《あふ》ぎ易く、
重濁れるが凝《こ》りたるは竭《かたま》り難し。

精妙之合摶易、
重濁之凝竭難。

右の伝統的な訓は対句的であり（本文は古典大系本による）、その意味では正しい。しかし『淮南子』（天文訓）に

よる右の文章は、漢文としてみるべきであり、「合摶《がふたん》」「凝竭《ぎょうけつ》」は、それぞれ切り離せない一語である。「合へるは……、凝りたるは……。」と訓む伝統訓は、何としても避けるべきである。

この語の訓詁はなかなかむつかしい。平安人の附訓の方法は、そのまま漢籍である『淮南子』のそれにつらなる。まず古訓に「アフグ」と訓むのは、本文の「摶《たん》」を「搏《はく》」に誤ったところから起る誤訓である。後者は、大鵬がつむじ風に羽ばたいて空にのぼる、『荘子』（逍遙遊篇）の、「搏二扶揺一」（但し宋本など「摶」に作る）などによって、「アフグ」と訓んだのかも知れない。「アフグ」は、『類聚名義抄』によれば、「扇」「翔」「吹」などの文字がこれに当る。「搏」は、『万象名義』に、「繋《(撃)》也、……拊也」とみえ――なお「拊」については、「撃也」とみえる――、羽を打つ、羽ばたく意から、「アフグ」と訓めるわけである。しかし神代紀の原文は「摶《たん》」とみなすべく、乾元本（天理図書館蔵）の「アフギ」（阿布支）は不適当である。釈日本紀（巻五、述義）に、「未レ見二其由一也」と述べるのは当然である。「摶」の字は、『玉篇』佚文に、

顧野王云、摶之令二相合著一也。礼記、無レ摶レ飯也（『一切経音義』巻一九「摶食」）

鄭注周礼謂、摶、握也、顧野王曰、案者、握令二相著一也。説文云、円也（同、巻六四「作摶」）

とみえる。『一切経音義』（巻三四）の「搏《(摶)》若」の「顧野王亦令レ著也。礼記、無レ搏《(摶)》レ飯」も同様にその佚文である（注8）。右の『礼記』は、「曲礼」（上）の「毋レ摶レ飯」による。「摶レ飯」は、食物を円める意。右の『説文』にみえる「円也」も――「以レ手圜レ之也」――、同じ意、段玉裁注に、「凡物之圜者曰レ摶」とみえる。小川本『新訳華厳経音義私記』にも、

「揣レ食」――上字正宜レ作レ摶。……同徒官反、団也、団音端、訓摶也……。

とみえ――『一切経音義』（巻二二）の、この部分に当る注に、「流俗不能別、茲両形遂謬用」と述べる――、ま

た「圏揣」の注に、「揣正為レ摶……訓麻呂加須《まろかす》」とみえる。「摶」は、まるめて握り固めることであり、前述の周礼注「摶、握也」や、『玉篇』に基づく『万象名義』の「摶」の訓詁「円也、固也」もうなずけるであろう。なお、職員令（巻六）に、

周礼鄭玄曰、軍者衆之名也。団、圜也（「軍団」）

とみえるが、『万象名義』の、

「圜」――禹拳反。　「団」――徒丸反。上字。聚貌。

に照らして、この職員令の注は、『玉篇』の引用と推定できる。このうち、「聚貌」が注意される。これは、「ムラガル」、「アツマル」意。また一箇処に円く固まることでもあり、「団」「圜」に同じ訓詁である「摶」を――丹鶴本朱書入に「槫、徒佰反。圜也」とある――「ムラガル」と訓むことも可能となる。従って、神代紀の「合摶」は音読の場合を除けば、「アヒカタマル（「アヒムラガル」・「アヒマロガル」）は易《やす》く」の訓が可能となり、次の対句の「凝竭」に対応することになる。

「重濁れるが凝竭は難し」の、「凝竭」のうち、「竭」が問題の文字である。『玉篇』にこの字は残らないが、その「歇」の条に、「左氏伝（宣公十二年）、憂未レ歇也、杜預曰、歇、尽也。……爾雅、歇、竭也。方言、歇、涸也。説文、歇、息也、一曰、気越泄也。……」とみえ、「歇」即ち「竭」は、「ツキル」・「カレル」意となる。『玉篇』佚文にも、

「竭」――渠列反。……鄭玄又曰、竭、尽也（『六波羅蜜経釈文』）

とみえ、『玉篇』の「竭」に右の訓詁があったものと推定される。『玉篇』の「涸」に、「賈逵曰、涸、竭也。広雅、涸、尽也」とみえるのも、「竭」と「尽」とが等しいことを証明する。ここに「凝」と「竭」が熟合すれば、ものがすっかりかたまってしまう、かたまってかれる（ひる）、凝りかたまる、などの意となり、神代紀の例は、

「コリカタマル（「コリツクル」）は難《かた》し」と訓むことになる。要するに、「精妙之合摶易、重濁之凝竭難」と訓むべきであり、「合摶」・「凝竭」何れも分割できない熟字である。因みに、神代紀の出典である『淮南子』（天文訓）の「凝竭」の考証については、王念孫『読書雑志』（巻十二、淮南内篇）に、

念孫案、竭之言遏也、爾雅曰、遏、止也、底・滞・凝・竭、皆止也……。

とみえるが、必ずしも「遏」をもち出すには及ばない。前述の『釈文』のほかに、他の『玉篇』佚文「竭」にも、「玉云、亦為二掲字一……水尽也」（図書寮本『類聚名義抄』）とみえ、推定される『玉篇』の本文によれば、ことは簡単である。

更に「竭」について一言しよう。この訓詁の一つ「ツク」（尽）は「ツクス」（尽）ことにもなる。雄略紀（二十三年八月）の「一時労竭《ツキヌ》」は前者、欽明紀（元年九月）の「久竭《ツクス》二忠誠一」は、後者の一例。そのほか、更に雄略紀の遺勅の中に、「罄竭」の例、

何ぞ心府《こころぎも》を罄竭《ツクシテ》、誡勅慇懃《ねもころ》ならざらむ（二十三年八月）

がみえる。この勅は隋書高祖紀に出典をもち、右の一文はその改作引用である。しかし筆者は単に原典を移動させただけではなく、一応の訓詁は考えての上であろう。「罄竭」の「罄」は『玉篇』に残らない。しかし『万象名義』に、「因（口）定反。尽也」とみえ、また『玉篇』の「磬」部の「磬」に、

口定反。……礼記（文王世子）、公族有レ罪（死罪）、即声（磬）二于旬（甸）人一、鄭玄曰、県縊殺之（意改）曰レ聲（磬）。空尽之、磬為二罄字一、在二缶部一……。

とみえ、「空尽之」以下が顧野王の案である。これによれば、「磬」即ち「罄」の訓詁に、『万象名義』にみえる「尽也」があったと推定できる。なお「獄令」の逸文の中の、「古記」及び「令釈」が、右の『礼記』（文王世子）を引用するのは、『玉篇』の「磬」の孫引きと断定できる。

すでに、一、二の例をあげたが、日本書紀の文章に対する句読法はあまり成果をみない現状にある。日本紀講書時代の学者たちが漢籍の解釈、その訓点に力をそそいだと同じく、日本書紀に対しても同様であり、古訓がその成果であった。従って句読法は埒外にあり、それが現今にも及ぶ。たとえば、あの精密な古訓をもつ推古紀の憲法十七条にしても、句読即ちその呼吸は、古訓におくれること数段である。これについては、ささやかな私見を述べたこともあるが（注9）、やはり古訓の考証と共に進めるべきであろう。古訓は、即ち日本書紀の表現をさぐる一つのあらわれであるが、句読の問題を無視してはやはり片手落ちである。

訓読についても問題は多い。その一つは、特に古訓が現代語に類似もしくは一致する場合である。たとえば、前述の「合摶」の一訓、「アヒマロガル」・「アヒムラガル」と訓んだ場合、現代語の「円い、むらがる」の印象が強い。これが「アヒカタマル」の「かたまる」とどのように相通じるのか、そこに訓詁のかなり長い過程を経なければならない。更に例をあげると、「坐定」（神代紀下・神武紀即位前紀戊午年十月）に対して、古訓に、「ヰシヅマル」（居しづまる）がある。「シヅマル」は、現代語にもある。この訓は、どのようにして生れたか、『玉篇』には、「定」の字は残らない。しかし『万象名義』に、

達聴反。止也、安也、坐也。

とみえる。これによれば、直ちに「シヅマル」は生れない。しかも同じ『万象名義』に、「安」について、「於韓反。寧也、安也、……止也、静也、定也」とみえ、恐らく『玉篇』には、「広雅（釈詁）*、安、静也」とあったものと推定される。ここに「定」に対して、「シヅマル」の訓が明らかになる。「定」は「安」に同じ。神武紀即位前紀（己未年二月）の、「区宇を安定得《シヅムルコトう》」の「安定」の語、その訓も首肯できる。また雄略紀即位前紀（安康三年）に、冬十月の遊猟の記事として、

孟冬作陰《スズシキ》之月、寒風粛殺之晨

とみえる。陰暦十月の頃を「スズシキ月」と訓むことは、「スズシ」のもつ現代語の語感としては少し当らない。『古典大系本』の補注に、「古訓スズシは意訳」とあるのは、多少そのあたりの事情を汲んだものでもあろうか。雄略紀の文は文選西京賦に出典をもつ。西京賦に、氷霜きびしく草木を枯らす十月の時候の遊猟の場面を描写する以上、雄略紀の「スズシ」も、「涼」よりも「寒涼」の方向に解すべきである。「涼」については、『玉篇』に、

力漿反。……又音力将反。韓詩、(孔)北風其涼、雨雪其雱、涼、寒貌也。野王案、今謂㆓薄寒㆒為㆑涼、礼記(月令)、孟秋涼風至、楚辞(九辯)、秋之為㆑気也、薄寒之中㆑人是也……。

とみえる。ここに「寒貌也」と注するのは、古訓の「スズシ」に当る。『玉篇』に引用する『韓詩』の例は、毛詩(邶風《はいふう》、北風)に基づき、毛伝に「北風、寒涼之風」という。J. Legge 訳に "keenly blow" と訳するのは、この「スズシ」にあてはまる。これは、同じ「スズシ」とはいえ、現代語の「すずし」とは多少噛み合わない点もあるが、「スズシ」には、「涼」の訓詁によって、「寒」の方向に進む意もある。現に、万葉集・古今集のあたりにもこの種の「スズシ」が多少見受けられるが、それはそれとして、この際の古訓は正しい。現代語の「涼し」によって古訓の適否を判断すべきではない。

以上、日本書紀の「訓《よ》み」の問題に関して、総花式に思いつくままを述べて来た。それは、平安日本紀講書以来あたためられて来た伝統訓、いわゆる「古訓」の考証がやはりその出発点となる。明治・大正にわたる碩学、内藤湖南の前掲書も、憲法十七条を通じて、その古訓の正確さを立証する。そのため、まず語句の出典を求めたのである。たとえば、第五条の、「餮」(「アヂハヒノムサボリ」)にしても、左伝文公十八年伝の杜注に、また「讞餮」(「コトワリ」)を礼記文王世子鄭注その他に求め、古訓の正しさを証明した。しかもなおここで一考すべきこ

とは、日本書紀の筆者達とても、必ずしも経書に長じた学者ばかりではなかった。たとえ学者ばかりとしても、述作表現の際には、『藝文類聚』という類書を活用したと同様に、何か便利な小学の類、訓詁の書を利用したことは想像に難くない。それは、顧野王撰『玉篇』の系統を引く、原本系の『玉篇』であった。試みに、右の「饕」及び「讞」をこの『玉篇』によって示せば、

㈠「饕」――勅高反。左氏伝（文公十八年）、縉雲氏有二不才子一貪二于飲食一、冒二于貨賄一、聚斂積実、不レ知二紀極一、天下之民謂二之饕餮一也、杜預曰、貪レ財為レ饕、貪レ食為レ餮也（左伝の例、現行の文に改める）……。

「餮」――他結反。説文、貪也。　　「飻」――亦餮字也。

㈡「讞」――宜箭反……今亦以為レ議レ罪之……。

となる（これによって、いとも簡単に古訓の正しさが証明される）。筆者は、少なくとも佳文である左伝の例などは熟知していたのであろう。しかも述作に際しては、なお直接に『玉篇』をもひらいたものとみられる。時代は降って、漢字のみの日本書紀が講読されるようになると、これを読むために注を加えることが開始される。ここに訓が附せられ、やがて「古訓」として定着するようになるが、その加点者は、日本書紀の訓詁に対して、『玉篇』の訓詁を適用しようとしたのである。目的こそ違うが、書紀人もまた後の講読者（加点者）もひとしく、『玉篇』を利用したのである――勿論「俗語」の用法など、『玉篇』によって解決できない部分もある――。ここに現代に住むわれわれも、彼等のひそみにならって、まず『玉篇』を利用すべきである。本稿の諸例はその一端を示したものに過ぎない。『玉篇』の活用は、単に一つの学的方法としてのみに存在すべきではない。それは日本書紀の筆者たちと同じ文字表現の立場に立ってあゆむことにもなるであろう。もしこの方法が便利で且つ正しいとすれば、今後の日本書紀の「訓詁《よみ》」は以前よりも予想外に容易に敏速になる。多少なりとも容易になることは、か

えって近世以来の先人たちの叱責を蒙るかも知れない、『玉篇』という小学にあぐらをかく策の無さと。しかしそうとしても、古典は、述作者の立場と共に進むべきであり、彼等の行なった表現方法を発見することがその第一歩である。それはとりもなおさず、述作者、広くいって上代人の、表現心情へ回帰する一筋の直《じか》の道となるであろう。

注1　拙著『上代日本文学と中国文学　上』（第三篇第五章　訓詁を通してみたる日本書紀の表現）参照。

注2　「轤」について、『玉篇』に、「太公六韜、飛橋広（一）丈五尺、著二転関鹿轤一八具、（以）二環利通索一張レ之。……」とみえる。

注3　毛詩の引用は、唐風（蟋蟀）によるが、本文は「日月其除、伝曰、除、去也」とあるべきところである。

注4　『韓詩』の引用文に関しては、頼炎元撰『韓詩外伝考徴』所収「韓詩外伝佚文考」参照。

注5　但し、前者について、『集解』は、礼記月令の孟春の条、『通証』は、礼記曲礼上を引き、また、後者について、両書とも王勃集滕王閣序を引く。

注6　複製本に脱落した紙背の部分を原本に当って加えた本文。神田博士の御好意による。

注7　拙稿「上代散文の訓読と文体とをめぐる問題——句読点の場合——」（「文学」第三六巻七号）参照。

注8　『玉篇佚文補正』に、「摶」（四〇ページ）の条に誤って、「摶」の訓詁を一例挿入する。

注9　拙稿「憲法十七条の訓読をめぐって」（『聖徳太子論集』所収）参照。

〔附記〕「文学」第四十一巻八号（昭和四十八年八月）所収。末尾に「六、一八」とある。

本論文は、「はしがき」冒頭で、同じ「文学」所載の「上代に於ける学問の一面——原本系『玉篇』の周辺——」

（第三十九巻十二号、昭和四十六年十二月）の「応用篇に当る」とされている。「文学」誌上においては一貫する論文だが、『國風暗黑時代の文學　中(上)』（昭和四十八年一月、塙書房）の「凡例」に、すでに同書に関聯する論文として掲げられており、これを割愛した。同書では二つの節にまたがる（第二章二　上代に於ける訓詁の一面、(2)(二)　令集解と玉篇、(3)(一)　原本系玉篇の活用）。

加えて、同書の凡例には、神田喜一郎氏から『大乗理趣六波羅蜜経釈文』の景印複製本の恵贈を受けたことへの謝辞が述べられている。本論文中、「六波羅蜜経釈文」の「梗」の引用に紙背の「病也。賈逵曰、梗」六字を補い、注6にて「神田博士の御好意による」と記すのも、同じ感謝の念からである。複製本に印字されていない紙背は、なお一箇所、「搥」の訓詁の「字書或破字也。或云、紂媿直追直類三反。打也」（波線部）十四字。昭和四十八年二月に、著者がこれらの紙背の文字を、神田博士宅にて実際に抄本にあたって確かめえた喜びを、晩年の「京洛の先生たち――その書翰をめぐって――」（「学燈」第九十三巻第六号、平成八年六月）において、懐しく語っている。

『大乗理趣六波羅蜜経釈文』は、神田博士逝去（昭和五十九年四月十日）後、その年の秋に旧蔵書の一として大谷大学に寄贈された。図書館は、六十三年九月付で「神田鬯盦博士寄贈図書目録」を発行している。

なおこの時期、著者には、『古事記』の用字と原本系『玉篇』との関聯について論じたものとして、「書かれた『古事記』」（『神道大系』月報一。神道大系編纂会、昭和五十二年十二月）及び「国宝　真福寺本『古事記』解説」（昭和五十三年一月、桜楓社）があるが、「『古事記』周辺」（「文学」第四十八巻五号）において補訂がなされ、さらに『萬葉以前―上代びとの表現』（第五章）に収められるに至ったため、二篇ともに割愛した。

日本書紀の訓詁をめぐって
――原本系『玉篇』との関聯に於いて――

一

原本系『玉篇』が（以下、すべて増補本重修本の『玉篇』を意味しない）、上代人特に日本書紀の撰者たちに如何に珍重されたか、この事実についいては、

「上代に於ける学問の一面――原本系『玉篇』の周辺――」（「文学」第三九巻十二号）

「日本書紀の『よみ』――原本系『玉篇』を通して――」（「文学」第四一巻八号）

「万葉用字考証実例(一)――原本系『玉篇』との関聯に於て――」（『萬葉集研究』第二集、塙書房刊）

を始めとして、その他の公開講演の席に於てもしばしば述べたことがある。平安朝廷に於ける日本紀講書にも、上代人と同じく、『玉篇』を主として利用し、日本書紀の本文の「解釈」、その訓の研究を行なったのである。『玉篇』が、説文・爾雅などの基本的小学書を凌いで利用された理由は、『玉篇』の中に、漢籍の佳句佳文と共に、その訓詁を載せることに大きな原因がある。上代人は、この『玉篇』をひもとくことによって、その中に含まれた佳句とその訓詁を知ることができ、一挙両得の益を得たのである。佳句佳文を載せる『玉篇』は、一方では、「類書」的な役目をも果したわけである。

梁顧野王撰の『玉篇』、所謂「大同九年本」（五四三）は、幾度かの重修補訂を経て、現在流布の『大広益会玉

篇』へと至る。重修本の序によれば、新旧文字を合せて、二十万九千七百七十言（注四十万七千五百三十字）に上るというが、今日残る原本系『玉篇』は、佚文を合せてみても、凡そ六千字前後かと思われる。残巻の字数は微々たるものである。しかしそれは表面上の問題であって、これを上代文献の訓詁に利用するには必ずしも悲観する材料にはならない。特にその抄出本と云われる『篆隷萬象名義』（以下『萬象名義』と呼ぶ）がほぼその全貌を伝え、また佚文の「操作」如何によって多くの推定本文が浮かび上るためである。

『玉篇』、従って『萬象名義』には、重修本の『玉篇』にありながら、これに未見の文字が少なくない。一例をあげると、「効」の字はそれである。しかし「効」は「效」に同じく――重修本『大広益会玉篇』の「効」の字に「胡孝切、俗效字」とみえる――、「效」の訓詁はそのまま「効」に適用できる。「效」については、『萬象名義』に、

胡教反。考也、学也、貝（見）也。

とみえる。『令集解』引用の「古記」（天平十年前後の成立）や「令釈」（延暦年間の成立）に見える訓詁の大部分が『玉篇』に基づくものと推定される以上――この全貌については、後日を俟つ――、右の訓詁の「見也」に関して、『令集解』（巻十九考課令「効験」）の、「令釈」の云う、

効、猶㆓呈見㆒也、音胡教反――参考、「穴云、効猶㆑呈也、如㆑見也」――

の記事と、何らかの類似の記事がもとの『玉篇』にあったものと推定される。『萬象名義』の、「效」即ち「効」の「見也」は、「呈見」の意であり、「アラハス」（「アラハル」）の意となる。ここに、日本書紀の古訓、

欲㆑呈《アラハサムト》㆓丹心㆒（安康紀元年二月）

将㆑効《アラハサムト》㆓其勇㆒、而不㆓推問㆒（崇峻紀即位前紀）

などの正しさが証明されるであろう。

『玉篇』には、残巻や佚文しか残らない。小人を意味する「侏儒」の二字もみえない。ここで、『萬象名義』にみえる、

「侏」――諸儒反。短人也。

「儒」――如倶反。柔也。

によって、その原文を推定するほかはない。しかも『令集解』（巻九戸令「侏儒」）の「令釈」の訓詁、

鄭玄注礼記曰、短人也。侏、音心倶反。儒、音曰朱反也。

から推定して、『玉篇』には（＊印推定本文、以下同じ）、

「侏」――諸儒・心倶二反。礼記（王制）、瘖聾跛躄断者侏儒百工、各以其器食之、鄭玄曰、侏儒、短人也。

などの記事があったものと推定される。「儒」については、前述の『萬象名義』のほかに、『大乗理趣六波羅蜜経釈文』（以下『六波羅蜜経釈文』『釈文』と呼ぶ）の『玉篇』佚文を参考にすれば（「先儒」の条）、

「儒」――如倶・日朱二反。韓詩外伝（巻五）、儒者濡（儒）也、濡（儒）之言（為言）無也、不易之称（術）也。説文、濡（儒）、柔也、術士之称也。方言、儒輸愚也、郭璞曰、儒輸猶懐惧也（注1）。

などの推定本文が生れる。鄭玄注の「短人」は、身長の低い人の意。日本書紀の「侏儒」の例、

身短而手足長、与侏儒《ヒキヒト》相類（神武紀即位前紀己未年二月）　大進侏儒《ヒキヒト》倡優（武烈紀八年三月）　召能射人及侏儒《ヒキヒト》、左右舎人等射之（天武紀十三年正月）

はこれによって、その訓詁が明らかになる。

更に任意に例を挙げよう。「乗」は『玉篇』に現存しない。しかし『萬象名義』の「椉（桀）部」の「椉」（乗）

に「勝也、計也、治也、登也、陵字也」とみえ、同じ部の「乗」にこの字と同じことを注する。また『玉篇』の「陵」の訓詁について、

力升反。……野王案、広雅、(巻四上、釈詁)陵、乗也。陵、犯也、……。

とみえ、これによって、「乗」のそれが推定できる。図書寮本『類聚名義抄』などにも、『玉篇』の佚文を引用し、また『令集解』(巻七僧尼令「陵突」)にみえる、令釈の訓詁「陵、乗也、犯也」も、佚文と判定される(注2)。

この「乗」は、日本書紀の訓詁に関係する。雄略紀(八年二月)の、

膳臣等謂二新羅一曰、汝以二至弱一、当二至強一。官軍不レ救、必為レ所レ乗《モマレ》《シノカレ》。

は、その一例。この一文は、『書紀集解』の指摘する如く、魏志武帝紀(建安五年)に出典をもつ。「乗」は前述の「陵」によって考えるならば、古訓にみる如く、「モム」・「シノグ」の意に当り、「所レ乗」は、その受身の形である。和刻本『三国志』に、「所《ル》レ乗《（ノ）ラ》」と訓むのも正しい。仁徳紀(五三年五月)にみえる、「因縦《テ》レ兵乗《モムデ》《モム》之、殺二数百人一」も、この意。これについては、谷川士清の『日本書紀通証』に、史記高祖本紀(漢五年)の例、「孔将軍……楚兵不レ利、淮陰侯復乗レ之」を挙げ、その注として、「史記正義」の、「乗猶登也、進也」を引用する。朝日新聞社刊「中国古典選」の『史記』にこれを、「この機に乗じ」と訳し、水原渭江氏の『史記釈要』に、「攻めあげ」と訳するが、水原注に従うべきであろう。攻めあげることは、即ち言い換えると、もみくちゃにすることでもあり、凌《しの》ぐこと、犯すことでもある。『通証』の挙げた史記正義は適切でなく、かえって古訓の「乗」に対する解釈の方が正しいといえるであろう。

このような任意に挙げた例によって考察を試みても、『玉篇』の価値、その利用が如何に大であるかがわかる。日本書紀の編纂者たちは、ペダンティックで、むつかしい文字をとかく使用しがちであるが、その大半は、『玉

篇』を参照したものであろう。またそれを「学《がく》」として訓む平安人もこれを参考にして加訓したものであろう。上代人の学問は、「『玉篇』より」といった定理めいたものがここに提出される。

二

『玉篇』の佚文を収集したものに、岡井愼吾『玉篇の研究』、及び馬渕和夫氏の『玉篇佚文補正』（昭和二七年、油印本）がある。その広範囲にわたる収集の努力といい、その正確さといい、『玉篇』研究に欠くことの出来ない不朽性をもつ。しかもなおこれに加えて、『玉篇』本文の推定の問題からみれば、更に幾多の例が発掘される。たとえば、『令集解』にみえる訓詁群、『玉篇』或は『顧野王』などと指摘しない部分にも、操作如何によって、数多の佚文が推定される。またその指摘があるにも拘わらず、『玉篇』の本文がどこまで続くのか、切り方に不備がある――これは、『本邦残存典籍による輯佚資料集成』（新美寛編・鈴木隆一氏補）にも見られる不備である――。続貂を要する点である。また『一切経音義』（慧琳本）の本文などにも、『玉篇』という標記をみなくても、それとわかる部分が甚だ多い。他の諸書についても、同様なことがいえる。しかしこれらの検討には、一語一語の考証を必要とする。その完成は、協同研究の上に、更に幾年月をも要するであろう。

『一切経音義』は、必ずしも『玉篇』の指摘が厳密ではない。これを他の佚文と比較して、『玉篇』に出典をもつ部分と推定できる例を二、三挙げよう。たとえば、『六波羅蜜経釈文』（複製本）との比較もその一つの方法である。『一切経音義』の巻四一（大乗理趣六波羅蜜多経）は、後者の『釈文』の部分に当る。しかも『釈文』には「玉」（『玉篇』を意味する）の引用が多いにも拘わらず、『音義』には、同文もしくは類似文に於ても、「玉」の指

摘は少なく、それは任意的である。両者の一致するもののうち、その数例を挙げると、たとえば、

㈠「真筌」――荘子云、筌者、所二以取一レ魚得レ魚而忘レ筌、顧野王云、捕レ魚竹笱也（音義巻四一）

は、『釈文』の、

玉、且沿反。荘子、筌所二以得一レ魚々（ママ）而忘レ筌、野王案、捕レ魚竹笱也。

に当る。『音義』の「荘子」（外物篇）云々の部分も、『玉篇』の本文と推定。また、

㈡「負債」――顧野王云、背レ恩忘レ徳曰レ負（同）

は、『釈文』の、

玉、浮不（否？）反。野王案、負猶擔也、周礼、鄭玄曰、負猶恃也。野王案、背レ恩忘レ徳曰レ負也、広雅、負、後也。

に当る。また、

㈢「躁動」――賈注国語云、躁、擾也。鄭注論語、不二安静一也。……顧野王云、躁亦動也（同）

は、『釈文』の、

玉、子到反。周易、震為レ決躁、野王案、躁猶動也、孝（老）子静為二躁君一是。国語（齊語）、驕躁淫暴、賈逵曰、躁、擾也。論（季氏篇）（論語）、侍二君子一有二三僁一、言未レ及レ之而言、謂二之躁一、鄭玄曰、不二安静一也。謚法、好変レ民曰レ躁。

説文為二趮字一、在二走部一。

に当る。同時に、前者『一切経音義』の「賈注国語」云々も、『玉篇』によることがわかる。

右の例にみる如く、この両者がともに『玉篇』に出典をもつと見掛け上指摘できる箇処は、数例に過ぎない。しかし、同じ『一切経音義』巻四一に『玉篇』と指摘せず、かえってその反対に『六波羅蜜経釈文』に指摘する処は甚だ多く、約四百条の例をみる。たとえば、『音義』の、

(1)「紛綸」――易曰、綸、経理也。宋忠注太玄経云、綸、絡也。

は、『釈文』の、

玉。……周易（繋辞上）、弥二綸天地之道一、劉瓛曰、綸、経理也。毛詩箋（小雅、采緑）云、綸、釣繳也。元宋忠（太玄経）曰、綸、絡也。

に当り、『音義』の本文も『玉篇』に基づくことがわかる――『玉篇』残巻はこれを証明する――。また、『音義』の、

(2)「財贖」――尚書云、金作二贖刑一、孔注云、出レ金贖レ罪也。説文、貿也。

は、『釈文』の、

玉。……尚書（舜典）、王肅曰、出レ金贖レ罪也。説文、贖、賀（貿）也。

に照らして、『玉篇』によることが明らかになる。

(3)「途跣」――尚書云、若跣不レ視レ地、厥足用傷。説文、足擨（親）レ地也。

は、『釈文』の、

「途跣」――玉。……尚書（説命上）、如跣不レ視レ地、厥足以傷也。説文、以レ足親レ地也。

によって、同様なことが推定できる。その他この方法によって、『一切経音義』引用の『玉篇』の本文が甚だ多く推定できるが、煩雑を恐れ、すべて省略に従う。

『音義』巻四一には、『釈文』引用の『玉篇』にみえない訓詁もある。このうち、『玉篇』の画一的な文体をそれる箇処、特にそこに見えない引用書名の訓詁をもつ『音義』の部分は、『玉篇』以外の部分に基づく。そこは除外しなければならないが、しかもなお『玉篇』に基づくものか否か不明の部分も多い。たとえば、『音義』の、

「梯隥」――賈注国語云、梯、階也。説文、亦同。

は、『釈文』に、「玉……埤蒼、去レ洟也」とみえ、一致しない。しかし『玉篇』の姿を残す『萬象名義』に、「階也」とみえ、この国語賈注の部分も『玉篇』によるとみなされる――『埤蒼』の部分は、『玉篇』に「梯*或為二涕字一、涕、去レ洟也、在二水部一」とでもあったか、或は『釈文』の誤入か――。更に一例を挙げると、『音義』の、

「険峻」――賈注国語云、険、危也。方言、高也……孔注尚書云、峻、高也。

は、『釈文』の「嶮峻」の部分に当り、

玉……埤蒼、嵰、嶮也（「嶮」）　玉……尚書安国曰、高大也（「峻」）

とみえる。しかも『玉篇』に、

国語（晉語）、必内険々（之）、賈逵曰、険、色（危）也……方言、険、高也（「険」）　埤倉（蒼）、嵰、嶮也（「嶮」）

とみえる以上、『一切経音義』の賈注も『玉篇』の一部分と断定できる。

以上の僅少な例によって考えてみても、『一切経音義』の訓詁、しかも『玉篇』の標示をみない部分にも、それと推定される本文が全巻に亘って数多くみられる――但し、『一切経音義』に先行する原資料よりの引用もあろう――。『玉篇』の佚文を推定するには、『萬象名義』に次いで、最も豊富で有力な訓詁をもつといえる。他の音義物にもこのたぐいのものが少なくない。たとえば、小川本『新訳華厳経音義私記』は（但し「私記」の部分は、邦人の撰）、『一切経音義』の巻二一から二三に当るが、これも『玉篇』の標示は、『一切経音義』の方に『玉篇』（顧野王をも含む）と明記されているにも拘わらず、その『玉篇』引用の標示をしない箇処が目立つ。『華厳経音義私記』に於ける『玉篇』の標示は任意的である。これも然るべき学的操作によって、『玉篇』に基づく本文が数多く推定される。

他の漢籍に関しても同様なことがいえる。猿投《さなげ》本『帝範』（上）を例にしよう。唐太宗撰の本書は、鎌倉末期

書写の巻子本一巻、朱墨の訓点が残る。この中に、反切をもつ訓詁が十数例みえる。二、三の例を示そう。

㈠「叨」——他労反。貪也。

この文字は、『玉篇』に残らないが、『萬象名義』の、「他労反。貪也、残也、食也」によって、『玉篇』によることが推定される。因みに、「叨」は、猿投本の訓に「ムサホ（ル）」とみえ、これは、『玉篇』の「饕」の部の、「杜預曰、貪レ財為レ饕、貪レ食為レ飻也。或為二叨字一、在二口部一」によって、その確かさがわかる。但し、成簣堂本の「叨《ミタリニ》」の古訓の方がこの文脈の場合には適切である。

㈡「猜」——采才反。疑也、懼也、恨也。

「猜」の字は、『玉篇』に残らない。しかし『六波羅蜜経釈文』に、佚文として、

「猜嫌」——上玉、千才反。左伝（僖公九年）杜預曰、猜、疑也。方言、猜、恨。広雅、猜、懼也。

が残る。『萬象名義』にも、「千才反。疑也、懼也、恨也」とみえ、㈡の例も、『玉篇』によることがわかる。但し反切に於て、「采才反」と「千才反」との差があるが、原本『玉篇』の二つの反切をそれぞれ採用したためであろう（或は何れかが誤写か）——因みに成簣堂本には、「承才反」とみえる——。

㈢「仄」——尚書舜典曰、虞舜仄微、孔安国曰、側々、陋也。庄（荘）棘反。

「仄」（「側」に同じ）は、『玉篇』に、「荘棘反。尚書、虞舜及（仄）微、王粛曰、反（仄）、陋也……広雅、仄、陋也」とみえ、右の注も、『玉篇』による。

以上の例は、その一例に過ぎないが、これらの唐人注の訓詁はほぼ『玉篇』（直接、間接にしろ）によることがわかる——勿論問題の箇処もあるが——。この注はいちいち『玉篇』によることを指摘しない。尤も「瀝」の例の如く、それを注する例もある。即ち、

「瀝」――理檄(激)反。蒼頡篇、瀝、盪(逢)也、水不(下)滴瀝也。野王安(案)、時賜㆓餘瀝㆒是也、盪(逢)、流也。はその例である――『玉篇』に、「理激反。……蒼頡篇、瀝々(一)湓也。説文、瀝、浚也、一曰、水下滴瀝也。野王案、史記(巻一二六滑稽伝)、時賜㆓餘瀝㆒是也」(「瀶(瀝)」)とみえる――。前述の音義物と同じく、『帝範』注も、『玉篇』による部分の指摘を厳密にしなかったのである。従って、『帝範』注の反切をもつ訓詁の部分は、注意して使用する限り、ほぼ『玉篇』佚文の本文として使用に耐え得るであろう。

なお猿投本『帝範』の本文は、成簣堂本にみえる狩谷望之の藍の校合によって示された古鈔本の本文にほぼ一致し――「文化七年八月二日以古鈔本校訂　望之」(藍奥書)――、その藍色古鈔本の系統に属する。これより推定して、猿投本の傍注反切は、菅原家の書入ではないかと思われる。その傍注反切は、たとえば「縲」「紲」などのそれは、『玉篇』に一致し、また「潰」「抵」「笥」などの傍注反切は『萬象名義』のそれに一致する(これら三例は、『玉篇』に残らず)。他の不一致の反切も、『玉篇』のもつ二つの反切のうちの一つの省略や、或は書写間に起る誤写などを考慮するならば、これらも『玉篇』によるとみなすべき例ともみられ、全体として『玉篇』によると推定されるものが大半を占めると云ってよかろう。嘗て説いた如く、原本系『玉篇』は、平安訓詁学に於ける小学類の王座を占めるが、この事実もその一つの傍証となる。因みに、『帝範』は、旧唐書経籍志によれば、「帝範四巻、太宗撰、賈行注」とみえるが、猿投本などの注が果してこれに当るかどうか、疑問がないでもない。この『玉篇』による訓詁をそのまま注として挿入するような部分は、むしろ唐人的ではなく(武英殿聚珍本の元人補注と比較してみても)、あるいは平安人による注ではないかとも思われる。後考を待つ。

三

日本書紀の訓詁訓読、その本文の「解釈《よみ》」のために、『玉篇』を利用するには、その残巻佚文は勿論のこと、推定本文を考えることが必要である。『玉篇』に残らずとして、あきらめるべきではない。この点に於て、音義物、漢籍の注も、顧りみなければならない。日本書紀の本文といっても、実は甚だ複雑であり、一律にはゆかない。その中には、神代紀や斉明紀などにみる如く、中国人の「俗語」をもかなり含む巻もある。これらは、六朝梁代に生れた『玉篇』では説明できない。しかもやはり日本書紀の主流本文、その文体が「俗語」を中心としないために、その訓詁は、私見によれば、一般に『玉篇』を利用することによって解決できる。神代紀のもとの訓注にみる如く、その訓詁、特にその反切は、『玉篇』によるものであった。そこに、全巻にわたる、書紀撰者たちの『玉篇』の利用が推定できる。即ち、彼等のむつかしい文字の使用も、『玉篇』による点が多大であったと推定できる。彼等の文字使用、その訓詁の参考書は、『説文』『爾雅』、或は経書の注疏よりも、より多く『玉篇』を利用したのである。以下、その一例として、推古紀にみえる憲法十七条の問題の箇処を考察してみよう。

憲法十七条の作者については、聖徳太子撰に疑問をもつ学者もある。しかしその考証は除くとしても、当時の作であることは信じたい。特にその「文体」について太子撰を否定する説もあるが、中国とは違って、時代性を規定する上代文体は存在しない。それは限定のない試作であり、各人各様の文体である。文体によって太子撰を否定することはできない。たとえ太子を取巻くブレーンの人達がその草稿を書いたとしても、責任者はやはり太子聖徳である。この意味に於ても、十七条は太子の撰とみなすのが妥当であろう。その訓読法については、対句に注意して句読訓読すべきこと、既に述べたことがあり（『聖徳太子論集』所収「憲法十七条をめぐって」）、ここではすべて省略に従う。十七条の文字の解釈については、内藤湖南・神田喜一郎博士の二大碩学がその一部について述べられ、平安時代の訓読の正しさを指摘する。以下、『玉篇』を利用することによって、その問題とすべき本文について考えてみたい。

第一条に、「無レ忤《サカフル》為レ宗」とみえる。『玉篇』に残らず、『萬象名義』にも発見できない。しかし後者の中に「啎」の文字がみえる。「啎」は、「忤」、或は「迕」「逜」などに同じ。「啎」は、

五故反。適（不過？）也、逆也、裂也（午部）

とみえ、同じ文字の「迕」は、「呉故反。逆（也）、不遇也。咢字」とある。

『一切経音義』に、

「好忤」――声類、迕、逆、不遇也（巻二八）

とみえるのは、魏李登撰の佚書、『声類』の引用から推して、『玉篇』による部分かと推定される。恐らく『萬象名義』の底本とした原本系『玉篇』には、「忤」の訓詁の一部に、

五故反（或は「五故・呉故二反」）……声類、忤、逆也。*

とあったものと推定され、ここに第一条の「忤」の訓「サカフ」の正しさが証明される。

同じ条に、「上和下睦、諧《カナヒヌルトキニハ》二於論レ事、則事理自通」とみえ、「諧」（「カナフ」）の訓詁が問題となる。「諧」は、『玉篇』に残らず、『萬象名義』に、

朝（胡）階反。和也、合也、調也。

とある。これは『一切経音義』の「諧耦」（巻十九）より考えて、『玉篇』には、

胡階反。尚書（堯典）、克諧以レ孝、孔安国曰、諧、和也。周礼（地官、調人）、掌下司二萬民之難一而諧中和之上、鄭玄曰、諧猶調也。

*説文、諧、合也。今為二龤字一也、在二龠部一。

などとあったかと推定される——『玉篇』の「龤」に、「胡皆反。説文、楽和龤也。虞書（尚書）、八音克龤是也。野王案、此亦謂二弦管之調和一也。今為二諧字一也、在二言部一」とみえる——。ここに「諧」は「カナフ」に当ることがわかる。「諧」は、同じ条文の「上和下睦」の「和」及び「睦」（『萬象名義』に「和也」とみえる）の言い換えでもある。

次に第五条に、「絶レ饕棄レ欲、明弁二訴訟一」とみえる。「饕」（「アヂハヒノムサボリ」）については、既に挙げた「饕」に関係する。「饕」は『玉篇』に、

「飻」——他結反。説文、貪也。　「饕」——亦飻字也。

とみえ、「飻」即ち「饕」である。しかしこの「貪也」の訓詁のみでは、古訓の考証は不十分であり、『書紀集解』の指摘する如く、左伝（文公十八年）の「饕餮《タウテツ》」を考察する必要がある。左伝の例は『玉篇』にもみえ、

「饕」——勅高反。左氏伝、縉雲氏有二不才（才子）一、貪二子（于）飲食一、置（冒）二于貨賄一、聚斂積実、不レ知二紀極一、天下之民謂二之饕餮（飻）一、杜預曰、貪レ財為レ饕、食（貪）レ貪（食）為レ飻也。或為二叨字一、在二口部一。

と注する。食物を貪ることが「飻」即ち「饕」であり、「アヂハヒノムサボリ」と訓むことは、苦心の訓といえる。これに対して「欲」を「タカラノホシミ」と訓むことは、「饕」の訓詁「貪レ財為レ饕」を当てたものといえる。なお「欲」は、『玉篇』に、

餘燭反。尚書（皐陶謨）、亡レ教二逸欲一有邦、孔安国曰、欲、貪也。野王案、欲、願也、尚書、予欲レ観二古人象一、左氏伝、唯爾所レ欲是也。

とみえるが、この「欲」の訓詁からは直ちには「タカラノホシミ」は生れない。やはり「財を貪る」という限定された「饕」の訓詁を、更にこれをも包括する一般的な「欲」の字に限定して当てたのであろう。『日本古典文学大系本』頭注に、谷川士清の『日本書紀通証』にみえる礼記曲礼疏の「心所二貪愛一為レ欲」を挙げるが、これの適切でないこと、既に内藤湖南説にみるところであり、これは不要である。

「辨二訴訟一」の「訴訟《ウタヘ》」については、訓に問題はないが、意味内容を少し考察する必要がある。まず「訴」については、『玉篇』に、

蘇故反。論語(憲問篇)、公伯遼(寮)訴二子路於季孫一、馬融曰、訴、譖也。野王案、左氏伝(成公十六年)、訴二公於晉一是也。説文、訴、告也。野王案、訴者所三以告二冤枉一也、故楚辞(九歎)訴二霊懐之鬼神一是也。

とみえるが、ここでは前半の部分の「譖也」(讒言する、告げ口をする)よりも、むしろ後半の「訴者、所三以告二冤枉一也」(さばきを願う、告げる)の意に解すべきである(注3)。次に「訟」については、『玉篇』に、

似縦反。周礼(地官、大司徒)、凡萬民有二獄訟一者、聴而断レ之、鄭玄曰、争レ罪曰レ獄、争レ財曰レ訟。

とみえ、「罪を争ふ」のではなく、「財産を争ふ」のが「訟」である。このような解釈に従うことによって、同じ第五条の、

治レ訟者、得レ利為レ常……便有レ財之訟、如二石投一レ水、乏者之訴、似二水投一レ石。

の「訟《ウタヘ》」の意が明らかになる。但し対句としての文字の配列からみれば、「有レ財之訟」に対する「乏者之訴」は、むしろ「乏者之訟」(『太子傳』本文)とある方が一般であろう。しかし財産に関する「訟」を使用せず、貧乏者に対して「訴」を使用した点に、「訴」と「訟」の正しい訓詁に意を払ったものといえる。因みに「公式令」(巻三六)の「古記云、周礼、争レ財曰レ訟也」は、「古記」の漢籍引用態度からみて、やはり『玉篇』によるものと

推定される――「戸令」（巻十二）の「獄訟」については、拙著参照（注4）――。

同じ第五条に、「見レ賄聴レ讞」の「讞」について、古訓は「コトワリマウス」と訓む。内藤湖南説に、『礼記』（文王世子）鄭玄注「讞之言、白也」及び、『漢書』（景帝紀）顔師古注「讞、平議也」などを挙げ、その訓の正しさを証明する。しかしそれはそれとして、これも手近に『玉篇』の例がある。

宜箭反。声類、不遜也。字書、或啱字也、訨、弔レ失レ国也（毛詩、鄘風載馳）……今亦以為レ議レ罪之。

即ち、「讞」は、罪を議することであり、「聴レ讞」は「コトワリ（コトワルコト）をきく」意。この「コトワリ」は、武烈紀即位前紀に「断《コトハルコト》レ獄《ウタヘヲ》得レ情」とみえる如く、訴えや申立てを判断する、判別することであり、この条文は、賄賂を受けて後に罪を議する（罪を判断する）ことを始めて聞く、許す、の意。古訓の「コトワリマウス」は誤ではないが、語構成の上からみて、少し欲ばり過ぎた訓である。「コトワリ（コトワルコト）ヲマウ（ヲ）ス」とでも訓む方がよかろう。

なお日本書紀を通じて「コトワリ（コトワル）」に当てた文字は少なくないが、そのうち「理」と「義」との例が最も多い。後者の「義《ぎ》」は、『玉篇』に残らないが、「誼《ぎ》」について、

魚寄反……又曰、（周易下経、解）堅柔之誼際無レ咎也、王弼曰、議猶理也……今並為二義字一、在二我部一。（際、誼）

とみえ、「誼」即ち「議」は「理《コトワリ》」と同じ訓詁となる。この「議」は、周易の諸本「義」に作り、「誼」の訓詁は、そのまま「義」に通じる。神代紀（下）の、「於レ義《コトハ(ワ)リ》不レ可」や、雄略紀（七年是歳）の、「君臣義《コトハ(ワ)リ》切」はその一例である。憲法十七条の第九条の、「信是義《コトハ(ワ)リ》本」の「義」も同様である。

次に第六条に「諂詐《ヘツラヒアサムク》」の二語がある。まず「諂」は、国史大系本「謟」に作るが、この「謟」は、『玉篇』に、「他労反。爾雅、謟、疑也」とみえ、「ヘツラフ」に当る字ではなく、誤りである。さて「諂」は、『玉篇』に、

「説文、或讇字也」とみえ、「讇」（「讇《テン》」に同じ）に同じ。「讇」は、『玉篇』に、

丑冉反。周易（繋辞下伝）、君子上交不レ讇、下交不レ嬻。野王案、説文、諂、諛也。公羊伝（隠公四年）曰、讇二乎隠公一、何休曰、讇猶佞也。礼記（玉藻）、立容欺（辨）卑無レ讇、鄭玄曰、諂謂二傾レ身以有一レ下也。荘子（漁父篇）、睎レ意言（道言）、謂二之讇一也。

とみえ、「ヘツラフ（オモネル・コブ）」の古訓が明らかに立証される——なお『一切経音義』（巻二四）の「讇語」、「諛諂」（巻三一）にみえる「讇」「諂」の訓詁も、その指摘はないにしても、『玉篇』を参考にしたものと推定される——。次に「詐」は、『玉篇』に残らない。しかし『玉篇』の「謬」の訓詁の中に、

靡幼反。……方言、謬、詐也……広雅、謬、欺也。

とみえ、「詐」に「アサムク」（或は「イツハル」）の訓を当てたのは正しい。なお「謬、欺也」の「欺」については、『玉篇』に、

去其反。……蒼頡篇、紿也。字書、欺、詐也。

とみえ、何れにしても「詐」は「欺」、即ち「アサムク」に等しい。

この「諂詐者」云々に対する対句は、「佞媚者」云々である。「佞媚」（「カタミコフ」）とは何か。「カタム」（平安初期ごろには、「カダム」？）は、あざむく、いつわる、の意。「詐」と同じ訓詁をもつ場合もある（詳しくは、『時代別国語大辞典 上代編』参照）。また前述の『玉篇』の「讇」即ち「諂」の訓詁に、「佞也」（おもねる、こびるの意）とあることは、「佞媚」が「諂詐」と対をなすのに、ふさわしい。『玉篇』佚文に、

賈注国語云、偽善乍（作）レ仁（佞）。顧野王云、諂従レ諫以悦二君上之意一也。案、佞者諂二媚於上一、曲二順人情一、乍（作）レ偽似レ仁（佞）……説文、巧諂也（『一切経音義』巻五七「佞嬖」）

玉、……尚書安国（孔安）曰、側媚、諂諛之人也」（『六波羅蜜経釈文』「側」）

などとみえるのは、これを証する。「佞媚」を「カタミコフ《ア》」と訓み、「諂詐」を「ヘツラヒアサ《ザ》ムク」と訓む場合に、国語の語感としては、やや違ったものを感じさせるが、この条文の筆者は、同じ訓詁を言い換えたものに過ぎない。日本書紀には「換え字」が甚だ多い。この類の「言い換え」、即ち「換字法」の一例として、第十五条にも、

　人有レ私必有レ恨、有レ憾必非レ同。

とみえる。この「ウラミ」で代表される「恨」・「憾」もその一例。『玉篇』佚文に、

　蒼頡篇云、恨、怨也。顧野王云、意不レ申レ快曰レ恨（『一切経音義』巻二十「悒恨」）

とみえ、また『萬象名義』に、

「恨」――何艮反。怨也。　「憾」――胡紺反。恨也。

とみえることは、それを証する。なお「憾」は、もとの『玉篇』には、論語（公冶長篇）の孔安国注を引用していたものと推定される。

　次に第十条に、「絶レ忿棄レ瞋」の「忿」「瞋」に、それぞれ「ココロノイカリ」「オモヘリノイカリ」の古訓を見る。内藤湖南説に、「いかなる典據ありてか、今見るかぎりの支那の古き小學書どもにては、かく訓ずべき故明かならず。されども……忿瞋等の字の古訓は見存小學書に典據なしとて、一概に非とすべからず」と云う。「忿」は『玉篇』に残らない。しかしその節略本とみるべき『萬象名義』に、

　孚粉反。怨恨也、悁也、恚也。

とみえる。右の「悁」については、同じ『萬象名義』に、「忿也、憂也、憤満《懣》也」（「懣」――「煩也、憤也、悶也」）とみえ、更に「恚」については、「恨也、怒也」とみえる。何れにしても、「忿」は「イカリ」に当てることがで

きる。

次に「瞋」は、『萬象名義』に、「怒也、賊同上」とみえる（「賊」――「瞋視也」）。この「瞋」も「イカリ」に当てることができる。「瞋」にあたる文字に「謓」がある。『玉篇』の「謓」に（原本「讃」に作るが、「謓」「謓」の誤として訂正）、

昌化(仁)反。説文、謓、恚也……蒼頡篇、謓、怒也。野王案、此与㆓瞚(瞋)字㆒相似而不㆑同、在㆓目部㆒、今為㆓悳字㆒、在㆓心部㆒也。

とみえる。『萬象名義』、「悳」――「恚也、怒也」――。顧野王案は、結論として、「謓」と「瞋」とは不同とするが、『説文』『蒼頡篇』などの小学類によれば、やはり「瞋」は「イカリ」と訓んでよい。「イカリ」の訓で代表される「忿」「瞋」は、どのような差があるか。「絶㆑忿棄㆑瞋、不㆑怒㆓人違㆒」の条文の筆者は、前述の如き同じ訓詁の換字法によって、「イカリ」の文字を三通りに書いたものであろう。現にこの条の「彼人雖㆑瞋」の「瞋」は、「怒」に同じ。しかし平安人である加点者は、「忿」を内容的に詳細に「ココロノイカリ」と訓む。これは前述の『萬象名義』の訓詁によって、その方向で訓める。これに対する「瞋」も、同じ訓詁をもつが、これは「目」扁の文字として、外面に現われる「イカリ」であり、その意味に於て、「オモヘリノイカリ」――応神紀四十年（正月）に「色《オモヘリ》」（顔色）の例をみる――と訓んだのは正しい適切な訓である。心中の「イカリ」と顔色に現われる「イカリ」がそれぞれ「忿」と「瞋」とである（なお『太子伝玉林抄』の注参照）。しかしなお「瞋」に当る「オモヘリノイカリ」のうち、「オモヘリ」（名詞）の語については問題が残る。坊間の現行辞書類には、「思ふ」プラス完了の助動詞「り」から、顔つき、顔色の意という。しかしこれにはなお納得のゆかない部分もある。むしろ「思へり」ではなくて、「面《おも》へり」「顔《おも》へり」（「り」は助動詞とはみない）などに関係する語ではなかろうか。

北野本の訓に「オモテノイカリ」とある方がむしろわかりやすい。ここで「オモヘリ」の語構成については存疑とする。

同じ第十条の結びに、「従レ衆同挙」とみえ、「挙」に対して「ヲ《(オ)》コナフ」の訓がある。これについての出典は、『通証』『集解』などに見えないが、恐らく『周礼』（地官、師氏）の、「王挙則従」によるかも知れない。「挙」は『玉篇』の佚文に、「顧野王、挙、糾也」（『一切経音義』巻五一「掉挙」）とみえ、この「糾」は「正《ただ》す」の意。「挙」即ち「糾」の訓詁はここでは役に立たない。『萬象名義』（「挙」）によれば、

居与反。行也、皆也、立也、動也、言也、祭也、去也。

の如き数多の訓詁をみるが、このうち「行也」が問題となる。恐らく『玉篇』には、前述の『周礼』の本文を挙げ、更に「*鄭玄曰、挙、猶行也（故《モト》書レ挙為《ツクル》レ与、杜子春云、当レ為レ与、謂三王与《アヅカル》二会同喪紀之事一）」の注を附していたかと思われる（但し括弧内の部分は、『玉篇』の部分にあったか否か未詳）。しかし「行也」は、「行《おこな》ふ」か「行《ゆ》く」かわかりにくい。『大漢和辞典』に「行く」と注するが、鄭玄注のみでは判別しにくい。賈公彦疏によれば、「出二畿外一」云々とあり、もしこれによれば、「行く」と解したらしい。しかしこの疏は憲法十七条以後の成立によるため、ここでは例にならない。『日本書紀古訓攷証』に、『礼記』（中庸）の「其人存、則其政挙」の「正義」の説、「挙、猶行也」を挙げて、「オコナフ」の訓の正しさを実証する。それはそれとして、「正義」の説もこの推古朝当時はまだ成立を見ない。何れにしてもよくわからないが、しばらく加点者が鄭玄注の「挙、猶行也」を「オコナフ」と解して、この訓が生れたものと解したい。なお一訓として、「挙」に対して、「マツリコ《(ゴ)》ツヘ《(ベ)》シ」の訓もみえる。勿論この訓はこの条文には当らないが、加点者は、前述の如く「祭也」によって、訓んだものであろう。その基づくところは、『萬象名義』、即ち『玉篇』の推定本文、「*礼記(王制)、山川神祇、有二不レ挙者一、鄭玄曰、挙、猶

祭也」によったものと推定できる。

以上、憲法十七条の問題となるものをいささか考察した。この条文の訓詁は、『玉篇』を操作すれば、予想外にたやすい。当時の官人もこれによって、公的に示された条文の難解の部分を理解したものであろう。しかし十七条の本質は、訓詁的にみて難解の部分にあるのではなく、各条文の全体にある。この意味に於て、やはり十七条は説得力があり、優れた文章といえる（注5）。

四

これまで述べて来た諸例によって、日本書紀のむつかしい文字の訓詁も、ほぼ『玉篇』によって解決の見通しがつく。これは逆に日本書紀撰者の『玉篇』の活用を意味する。更に一例を挙げると、「フセク」（「ホセク」）に対して、「防」以下、数多の文字表記を見る。その中の「制」「禦」について考えると、欽明紀五年（十一月）の条に、

若木下置二南韓郡領城主一、修理防護上、不レ可三以禦二此強敵一、亦不レ可三以制二新羅一。

とみえる。「禦」も「制」も『玉篇』に残らない。しかし佚文として、「禦」の例として、『六波羅蜜経釈文』を挙げることができる。

玉、魚挙反。鄭玄曰、禦、禁也。毛詩伝曰、禦、当也。杜預曰、禦、止也、賈逵曰、禦、猶応也。説文、禦、祠也。

もとの『玉篇』には、恐らく、

魚挙反。毛詩(小雅、常棣)、兄弟鬩㆓于牆㆒、外禦㆓其務㆒、箋曰、禦、禁也。又曰(秦風、黄鳥)、維此鍼虎、百夫之禦、伝曰、禦、当也……

*(注6)説文、禦、祠也。

などとあったかと推定される。なお『萬象名義』には、更に「悔也」があるが、これによれば、『玉篇』には更に、「又曰(大雅、緜)、予曰有《(ココニ)》㆓禦悔㆒、箋曰、武臣折衝曰㆓禦悔㆒」とみえ、これを『萬象名義』に誤って、「禦、悔也」としたものではなかろうか*――或は前述の小雅(常棣)の「外禦㆓其務㆒」(「箋云、……外禦悔」)を誤ったか――。次に「制」も残らないが、『萬象名義』に、「之世反。禁也、……止也」とみえる。これによれば、「禦」即ち「制」を意味する。前述の毛詩の「禦、禁也」は「防《ふせ》ぐ」に当る――J.Legge訳には更に積極的な行動として「潰走させる」(rout)と訳する――。欽明紀五年の条の「禦」は「制」と同字になるが、同じ条の古訓「防護《マモラ(シメ)》」も、同じく「フセク(フセキマモル)」と訓んでもよい――神代紀下の「善為㆓防護《ホセキマモルヿヲ》㆒」はその例――。このように同じ訓詁の文字を『玉篇』に学び、「換え字」を行なう。これらの訓詁から、「防禁《フセク》」(斉明紀五年七月)の語も首肯できる。なお「防」の字は『玉篇』に残る。ここに必要な部分を挙げると、

毛詩曰、夫〻防、戔云、猶当百夫也……。

これは、神宮文庫本の大きな誤写であり、このままでは訓めない。「毛詩曰、百夫之防、箋曰、猶当也」に訂正すべきである。前述の「禦」の推定本文「百夫之禦、伝曰、禦、当也」と比較して、同じ訓詁をもつことがわかる。日本書紀には、この種の「換え字」の例は枚挙にいとまがない。

嘗つて屢々説いた如く、上代より平安朝末までの辞書(字書)の花形《スター》は『玉篇』である。日本書紀の撰者達は、その文章の作製にこれを活用して、一見むつかしい文字を使用する。平安朝講書参加の人々は、この『玉篇』の訓詁を利用して、日本書紀を解釈し、ここに附訓をほどこす。現代のわれわれはこれらの事情をよく承知した上

で、『玉篇』を利用するならば、「俗語」などの部分を除いたその大半は解決されると確信する。しかも『玉篇』の残巻は少なく、佚文もそう多くない。しかし『玉篇』に基づく『萬象名義』などを通じてその出典文を逆に推定し、また音義類の、『玉篇』佚文の指摘のない部分も、どの点が『玉篇』に当るかなど、或は諸漢籍の『玉篇』引用の推定など、推定に推定を加えるならば、その道は必ずしも遠くないと信じて疑わない。

注1　「懐撰」は、流布本に「儒撰」とある。『方言校箋及通検』によれば、「儒撰」の本文もみえ、「懐撰」は、「儒撰」の誤写、或は「懦撰」の誤かも知れない。

注2　図書寮本『類聚名義抄』の「山陵」の条「垂也」は「乗也」の誤。また『政事要略』（巻二九）にみえる「陵」の訓詁、「陵、音力神反。爾雅、大阜曰レ陵。広雅、陵、冢也」も、『玉篇』の引用と推定。

注3　「訴」に関連して、『玉篇』（久原文庫蔵）の「愬」の条に、「説文亦訴字也。野王案、訴、告也、譖也」とみえる。

注4　『国風暗黒時代の文学　中(上)』（第二篇第二章二　上代に於ける訓詁の一面）参照。

注5　拙著『国風暗黒時代の文学　上』（第一篇第一章二　推古朝の遺文）参照。

注6　点線の省略した部分は、『左氏伝』と『国語』による部分であるが、今のところその本文を見出し得ない。後考をまつ。

本稿は、昭和四八年度文部省科学助成研究費（総合）による研究、「未開拓漢字資料の研究」の一部である。

（補注）一、『帝範』については、他日再考を期す。

二、『一切経音義』の注の大半が『玉篇』と同系の部分に基づくことを徹底的に考察し、そこより『玉篇』佚文を推定すること、専門家に期待する。

〔附記〕「訓点語と訓点資料　第五十四輯（遠藤嘉基博士古稀記念特輯号）」（昭和四十九年五月）所収。本文末尾に、「四八年九月十九日」とある。

（補注）一として、「『帝範』については他日再考を期す」とされた論考は、「猿投神社本『帝範』訓詁考──『玉篇』との関係に於て──」（「語文」第三十二輯、昭和四十九年九月）である。大阪大学、池上禎造教授の退官記念号。

本書では割愛したが、『帝範』の序ならびに上巻の二十条（反切を有する訓詁）を算用数字を用いて箇条書きにして考証、下巻の方は七条、漢数字を用いている。件の猿投神社本が下巻を欠き、全巻にわたって成貴堂叢書本を参考とするための処置である。以下、掲出字を訓とともに列挙しておく。

序──(1)叨《ムサホ（リテ）》　(2)梗《アラウシ》（推定訓「アラシ」・「アレタリ」・「アラアラシ」・「コハシ」などかとする）　(3)擐《（ツラ）ネ》　(4)潰　(5)鐘（推定訓「アツム（聚）」）

上巻──(6)鈇　(7)鉞（猿投本「鈹」に誤る。成貴堂本）　(8)鎮《シヅメ》　(9)猜　(10)括《ククリ》　(11)仄　(12)辱　(13)橈　(14)檝　(15)桷　(16)栱　(17)涵《イルル》　(18)虧　(19)瀝《シタテ》（「シタツ」の連用形）　(20)螫

下巻──(一)倹　(二)緹　(三)繡　(四)堅　(五)螟　(六)慴《オツ》　(七)竿

本論文に重なる字は、順に(1)・(9)・(11)、また(19)。

なお、本論文と同様に、末尾に「四八、十二、二〇」。科学研究費補助金による旨が記されている。この時点で「万葉用字考証実例(一)・(二)」が、参照論文となる次第は、自明である。

日本書紀の訓詁

日本書紀という書物は歴史書でありまして、これはまちがいないことです。しかし漢字で書かれておりますので、やはりそこに「あや」と申しますか、文学的な意識が多少なりとも含まれているのであります。単なる史実を並べただけでなしに、何か文学的なものが書く側の人にあったのです。これは書いた人（少なくとも数人）の文章をみますと、いろんな漢籍の語句からとっておりますので、今日でいいます、文化科学である「歴史」とは違ったような部分が非常に多い。したがって表現の面からみてゆきますと、われわれ国文学を多少なりともやっているものからみますと、日本書紀という史書もそういう方面からも考えられるのではないかと思われます。むしろ日本書紀という書物は歴史学者のほかに、国文学者も加わって研究しないと完成の域に達しないのではないかと考えます。

ところが国文学をやる者は、日本書紀はあまり読まない。歴史学者もどちらかというと、史料批判のほうを中心としているので、いわゆる何でもない常識的な普通の文学上のことを知らない人もあるように見受けられます。日本書紀は、岩波の『日本古典文学大系　日本書紀』が出ましたけれども、実は私も多少参加しているわけなのですが、やはり読んでみますと、頭注の頁数の関係もあるでしょうが、非常にいい足りないところがあるように思われます。将来やはり昭和の日本書紀というものの——歴史学の側は別として——少なくとも国文学者のほうで「読み」という問題だけは、せめてやっていかねばならないと思います。

「訓詁」というのは読みのことです。読みということは解釈なのであります。日本書紀は、いわゆる口語訳をしなくても、文字の傍訓、すなわち横にあります読み方によりまして、だいたいの意味がわかるようになっています。その傍訓（古訓ともいう）の読み方によって、だいたい加点当時の日本書紀の文字に対するその意味、その訓詁がわかります。それは平安朝人の訓が中心となって今日まで伝えられています。

普通日本書紀の訓詁は、たとえば憲法十七条の訓詁につきましては、古く内藤湖南先生の「古写本日本書紀に就きて」という論文がございまして、これは昭和二年でありますから私が小学生のときであります。それから長い間を置きまして、神田喜一郎先生の『日本書紀古訓攷証』が終戦後間もない二十四年に出て、私ども当時の大学院の学生を非常にふるい立たせたものであります。それから溯って、注釈書につきましては、古くは近世の河村秀根・益根の『書紀集解』、それから谷川士清《ことすが》の『日本書紀通証』というようなすぐれたものもあります。これなどはいわゆる歴史学者というよりは、むしろ、文学畑の注であります。

ところで日本書紀の読み、すなわち日本書紀の本文に対する解釈というものは、特に神田先生が非常にくわしくやっておられまして、その訓、古訓の正しさをいろんな漢籍によって証明されています。それが前にあげました名高い『日本書紀古訓攷証』であります。私などもそれのまねごとをして、何となしにその古訓の読み方が正しいかどうかということ、漢籍のあれこれをめぐって考えたことがございます。最近になりまして、私はもうちょっと便利な漢籍によれば、その古訓が早く証明できるではないかというようなことを二、三年前阪急電車の中で思いつき、ある「漢籍」を想定しました。帰宅して、すぐ日本書紀の訓詁の原注とある漢籍の訓詁のところをくらべると不明の一例を除いて、他は然るべき操作によって完全に一致しました。私の直感がうまくあたったのです。年甲斐もなく多少の興奮をえました。その話を今日いたします。それによって日本書紀を解釈いたしますと、いままでより非常に速くわかるということを証明したいと思います。

日本書紀の訓詁につきましては、もちろん内藤先生や神田先生の説は絶対誤りはございませんが、両先生は山と積んだ漢籍を書斎や土蔵の中に持っておられます。書斎にろくな本を持たない私のような貧しい書生としては、ある一定の「漢籍」によらざるをえません。しかもいますぐ簡単にそれをみていっても案外早く訓義が解けるのではないと思います。これは日本書紀のみならず、万葉集のむつかしい漢字もみなそうなので、というような法則めいたものを一昨年ごろから考え始めたことであります。私はいちいち実証しておりませんが、今お話することもひとつの実証になるであろうかと思います。もし私のやり方がひとつの見方とすれば、これから日本書紀の研究のうちで、訓詁の面は、予想外に簡単に研究できる、万巻の漢籍は必ずしも見ないでよろしい、というふうになると思うわけなのであります。お笑い下さい、これは貧しい学徒の唯一の権利と主張です。

さてまず日本書紀は数人の人が書いたと推定されております。これはまちがいないと思いますが、あちこちにむつかしい漢字が書いてありまして、たとえば憲法十七条にしましても、いろんなむつかしい漢字が書いてあります。このむつかしい文字の訓詁、すなわち解釈をわれわれが考えてみようとしますと、一番便利なのは諸橋博士の『大漢和辞典』で、これをみますとだいたいそういうことはわかるようになっております。そうしますと、日本書紀の時代におきましてもなにかそういう便利な字書があったのではないか、というふうに考えられるわけなのでございます。

ところが当時普通表向きになっておりますものは、だいたい『説文』とか『爾雅《じが》』であって、そういう字書類が「令」の規定に定まって居ります。更にその他『毛詩』とか『易』とか『礼記』とか『左伝』とか、そういうものの中のいろいろな注によりまして、だいたい日本書紀の訓詁というものがわかるわけなのでございますが、ここにもしもうちょっと簡単な訓詁の字書（辞書）が当時利用されていたとするならば、日本書紀の編纂者と同じ態度でやれると思われます。そこから出発してゆきますと、日本書紀の読みは簡単に考えられるのではなかろうか。もっともそのためにはいろんな訓練が必要なのですけれども、その操作その訓練の方法を覚えてしまうと、わりあい簡単に日本書紀の筆者たちと同じような態度になるでしょう。

それではそれは何か。その漢籍は、原本系『玉篇（ギョクヘン）』――あるいは「ゴクヘン」と読む人もございますが――この書物であります。これは現在いわれております『玉篇』、宋のころにできました『大広益会玉篇』をさすのではありません、誤解のないように。原本系すなわち梁の顧野王の作った『玉篇』のお話になるわけなのです。以前は複製本がバラバラに出版され、みるのに大変だったのですが、現在では台湾で海賊版ができております。しかしこれは誤刻が多く、複製と校合しなければ万全とはいえませんが、とにかくこれを少し勉強しますと日本書紀の訓詁が手取早く考証できると信じます。

ついでに申しますと、こういうお話はみなさんはよくご承知のとおりと思いますが（プリント資料参照）、『玉篇』は六世紀ごろに生れたわけなのですが、不十分であったので、太宗簡文帝がこれを改めよと命じ、蕭子顕の子の愷《がい》がやがてそれを改めた、更に唐の時代になりまして、富春の人、孫強という人が唐の上元元年（七六〇）、これは八世紀の中ごろですが、また増字したわけなのです。現在一般に伝わっているのはそれ以後のものですが、先ほど申しました通り、上元本以前のものが日本書紀のころにはいっているわけで、これは時代的にみても当然のことです。ですから、憲法十七条の訓詁上よりみてむつかしい文字を、『玉篇』を学びながら利用したと推定することは、仮に聖徳太子、あるいは聖徳太子をめぐる方々が書かれたとしても、これは年代的に少しも矛盾はございません。すなわち『玉篇』は、欽明天皇のころに当るわけで、おそらく聖徳太子の周辺にも原本系『玉篇』

は備えられておったのであろうと思います。

どうして『玉篇』を用いたのであろうかと考えられる過程を少し述べてみましょう。日本書紀のひとつ例を挙げますと、神代紀（上）に、「大日孁貴、孁、音力丁反」とあります。それからまた「屎（尿、ユマリ）」という日本語の注がありまして、その下に「乃弔反」という反切がついております。それらの反切は『玉篇』に一致します。従って、おそらく日本書紀は『玉篇』を見たのではないかと私は考えたわけなのであります。反切というものはのちに出ました『切韻』とか『広韻』というものを比べてみましても、案外これは文字が一致しない。ところが日本書紀の反切は『玉篇』の反切とぴったり一致する。そういうところからまず考えてみまして、反切のみならず、これが日本書紀全体の訓詁にも及ぶのではないか、というふうに思ったわけであります。

そこで『玉篇』によって、日本書紀の訓注は考えなくてはならない、ということを歳もおしつまった昭和四十六年十二月号の「文学」という雑誌に発表しましたが（「上代における学問の一面――原本系『玉篇』の周辺――」）、ただそれをいかに応用するかということは何にも書いてはいません。しかし今回はひとつかふたつかの例をご紹介しまして、私のいったことが正しいかどうか、ということを判定していただきたいと思います。

『玉篇』という訓詁の字書がなぜ奈良朝時代に大いに用いられておったかと申しますと、それには理由があります。一番簡単な例で「磧（セキ）」を例に挙げてみますと、まず反切がございまして、もっとも現在残っている『玉篇』残巻は日本にだけしか部分的には残っておりませんが、これは文字に誤りが多いので、一応資料のプリントにはカッコを入れたりして訂正し、あるいは文字を挿入しておいたのですが、反切の次に『説文』の記事を引用しています。「説文、水渚有ㇾ石也」とあります。次に「野王案」は著者の「顧野王がいうには」ということです。「上林賦、下㆓磧（歴）之坻㆒是也。」の「上林賦」というのは『文選《もんぜん》』の「上林賦」です。「歴」という字は原本に落ちているのですが、「上林賦」によって加えるべきです。これは「平らかでない坂を下るというのはこのことなのだ」という彼の私案を示したものです。その次に「広雅、磧、瀬也」云々とあります。これは『広雅』という字書の「磧」の訓詁を示したものです。この『玉篇』の記事によりますと、まず上代の人、あるいは日本書紀の撰者は、直接『説文』の「磧」を見なくてもよい。『説文』を見なくても、ここにちゃんと『説文』が引用してあります。あるいは、「上林賦」すなわち『文選』を見ないでも、ここにちゃんと「磧」の文例がある。また『広雅』という字書をわざわざ開かなくても、「磧」という訓詁はすぐわかる。いわゆる諸橋大漢和辞典みたいに多くの引用文が集められています。ですからわれわれ素人は諸橋辞典は非常に便利だというのと同じく、何か便利なものが当時あったらよかったのです。ほかの字書は、『説文』なら『説文』のそれだけで他の字書の訓詁はありませんが、『玉篇』には、少なくとも「磧」につきましては『説文』もあり、『文選』の「上林賦」の例もあり、また『広雅』もあった。ですから、『玉篇』の「磧」の中で、労せずして、ふたつの字書とひとつの文学作品の訓詁を知る便利さがあります。そういう便利さというものが、『玉篇』を用いさせた大きな理由ではないかということになります。

唐の歐陽詢の撰による一大類書、『藝文類聚』という書物がございますが、それはある程度まで、上代の日本人に文学の糧を与えた、というふうにいえるのであります。これに対して文字のほうの材料は『玉篇』であった、ということがいえると思います。大ざっぱに申しますと、上代の作品、日本書紀も含めまして、その表現の問題は、これだけというわけではございませんが、『藝文類聚』、それから文字の訓詁のほうは『玉篇』、これらによるならば、上代の文学作品を研究するには、以前よりも楽になるかと思います。いままで『藝文類聚』のほうだけを私は考えておったのですが、さらに文字のほうの『玉篇』を利用しますならば「鬼に金棒」といえるのではないでしょうか。

さて『玉篇』を見ますと、いろんなことが書いてありますので、直接それぞれの原文によらないようになり、われわれも勉強しないようになる。それではちょっと具合が悪いのですけれども、『玉篇』を将来ある若い方々が研究されていったならば、日本書紀の訓詁、その古訓の考証も比較的たやすく考えられるようになるのではないかと思います。

たとえば、プリント資料に掲げましたように、「神代紀」に「轠轤然」というむつかしい文字が書いてあります。これは例の素戔嗚尊が玉の緒を解いてみそぎをするところなのでございますが、「ヲモクルルニ」という日本語にあてております。これは「轠轤（ライロ）」というむつかしい文字を使っておりまして、「グルグル回って絶え間ない」ということを意味しております。こういうようなむつかしい字を「神代紀」の撰者は書いておるので、書紀の撰者は学問があると、私などは感心しておりました。と申しますのは、「轠轤然」というのは、非常に有名な揚雄《ようゆう》の「羽猟賦」という賦が『文選』にございまして、おそらくそれが一番古いので有名でありますから、おそらく出典はこれによるのであろう、これは河村秀根もすでに指摘しています。神代紀の撰者はわれわれと違って、この語を覚えておったのです。ところが『玉篇』の中の車へんの「轠」のところを見てみますと、「揚雄の羽猟賦に曰く」云々と、「轠轤」の例が書いてあります。これは、「頻頻往来の様」、すなわち、「緒をグルグルまわして絶え間ない様」という意味になります。ですから「羽猟賦」に直接あたらなくても、車へんの字を用いてやろうと思いますと、ここを見たらちゃんと出てくるわけなのです。筆者はこれによって、この表現を用いたものでしょう。したがってこれを見た者は、筆者と同じく「ヲモクルルニ」というふうな読みは、たとえ訓注がなくても、生れるのではないか。そうしますと、私はもちろん、いままでの学者も、日本書紀の見掛け上の学力に、だいぶ振り回されていたのではなかったか。ですから、日本書紀の訓詁は、『玉篇』を利用することによって、これから再出発すべきではないかと思うのであります。

ところが不幸にも、『玉篇』という字書の字数は現在少ししか残っておらず、わずか六千字ほどに過ぎません。『玉篇』の研究大家の故岡井愼吾博士、あるいは東京教育大学の馬渕和夫さんなどの学者が『玉篇』の佚文を集めていますが、それにしても六千幾字しか残っていない。そうしますと、日本書紀の研究はどういうことになるであろうかという心配もあります。わずかこれだけで日本書紀の訓詁というものを論ずることはできないわけです。しかし幸いにも、この原本の『玉篇』を抄出したものに、弘法大師空海が著したといわれております『篆隷《てんれい》萬象名義』という字書が残っています。『玉篇』の記事は比較的長い訓詁が多いわけですが、この『萬象名義』はその中の一部分の訓詁のみをとって抄出しておりますので、おそらく原本『玉篇』にあったと思われます文字は、ほとんど全部載っているということになる。したがってわれわれは現在残っております原本の一部とその佚文と、それから『篆隷萬象名義』などによって考えて行けば、上代の少なくとも日本書紀の訓詁は比較的容易に考察できるのではなかろうか。だいたい国語国文学者は、『類聚名義抄』という和訓をつけた字書をよく用いておりますけれども、そうでなしに、平安朝のはじめに出ました『篆隷萬象名義』、すなわちそのもとは原本系の『玉篇』なんですが、これを使ってこれから大いにやっていただかないと、『類聚名義抄』一点ばりではちょっと具合が悪いのではないか、と思うのであります。

以上の概論的な話から、次第に日本書紀の訓詁の話をしたいと思います。しかし私の話は系統的ではありませんが、日本書紀の訓詁を考察するために、『玉篇』を利用するならば、どういうことになるのか、ということを考えてみたいと思うだけです。それにつきまして、時間の関係上、わずか二例でありますが、神武紀にみえる

「意確如也」というのと、「餘妖尚梗」という例をまず考えてみたいと思います。こういう訓詁のことは、歴史学者にはあまりおもしろくないと思いますし、こんなものを並べてみてもしようがないのですが、『玉篇』の利用法ということになるわけです。ところがその訓詁につきましては、神田先生の『日本書紀古訓攷証』がございまして、これ以上のものはありませんが、『玉篇』を利用しますともうちょっと簡単に、われわれみたいな学のない者でもやれるかも知れない、というようなことを証明しようと思います。

「意礭如也」は、神武紀の即位前紀のところに「ミココロカタクツヨシ」という古訓がついております。もっとも日本書紀を書いた人は、これを「カクジョ」と音読したかもしれませんが、一応この意味を注しますと「カタクツヨシ」という意味になります。この「礭」は原本系の『玉篇』をみますと詳しく書いてあります。その中の一部分を挙げてみますと、「礭」の異体字「確」の例を挙げておりまして、石へんに「隺」即ち「礭」と、「確」という字は「堅貌也」ですから、「カタクツヨシ」ということになります――ついでにそれらを抄出しました『篆隷萬象名義』にはもう少し簡単にでています――。したがって日本書紀の撰者が『玉篇』を使ったとした場合、出典として『周易』の本文も挙げてありますので「礭」「確」の訓詁はよくわかります。

それからその次に「梗」という字で、「アレタリ」「コハシ」と読む。われわれはあまり使わない文字ですが、神田先生の書物に非常に詳しく書いてございます。ところがこの文字は、現存の『玉篇』には残っておらない。したがってしかたなしに弘法大師の『篆隷萬象名義』や、『大乗理趣六波羅蜜経釈文』を使用しますと、「強也、猛也」という訓詁がございますので、これによって、「梗」の意味がわかるわけなのです。ところが『萬象名義』のもととなった『玉篇』には、更に詳しい出典があったはずです。「強也」にも「猛也」にも出典がありまして、それを推定すると、だいたい原本の『玉篇』の本文がわかってきます。推定の方法は少し訓練するとわかりますが、おそらく「猛也」は『方言』という小学書から、「強也」は『楚辞』という書物から出ておると推定できます。現在残っております『玉篇』を見てみますと、案外出典として引用している書物の数は少ないので、原文書名の推定もかなり容易です。その中で『楚辞』とか『方言』という漢籍はかなり多く使っています。そこに推定できる方法が生れるのです。それにしましても、原本には残っておりませんが、それを抄出した『萬象名義』によって「梗」が「コワイ」の意であることがわかる。ですからここは、賊が猛意を振っていることになります。なお『方言』によりますと、「梗」は「爽」に等しいとあります。「爽」の字は現存の『玉篇』を見ますと、『方言』を引いて「猛也」と書いてあります。したがって私の推定はまちがいないということになります。

尤も日本書紀の撰者がどこから引いたかとなると、実物にあたったのでなくて、『玉篇』を見ますと、『楚辞』のことばがございまして、それに最後に「王逸曰く、強也」とあり、あるいは『方言』の文章を引いて、「猛也」とありますので、それを見てこれを使ったということになったと思います。いわゆる「孫引き」です。

日本書紀の横につけられた訓、それはだいたい平安朝、少なくとも平安朝を下らないものだと思いますが、その訓、すなわちその当時の人がどういうふうに解釈したかということはこれでわかります。ところがもうひとつ前に、日本書紀の撰者はなぜこういう字を用いたか。そのときに用いた字は何によって研究したかというと、『玉篇』を中心として研究したということになるのではないかと思います。そうしますと、たとえば、憲法十七条の中の二、三を見てみますと、もう一度反省する必要があるのではないでしょうか。但し、そういう文字があるいは『玉篇』にどうあっても、憲法十七条のほうはこういう解釈をすべきであるという人は、それはそれでよろしいわけなのです。一応『玉篇』を開きながらむつかしい文字を書いたとすれば、その時点においては『玉篇』にしたがっていたのではないか、と考えるわけなのです。憲法十七条の本意がどうかということは、私は専門的に研究しているわけではございません。ただご参考に供するために、文字に即して、時間のあるかぎりもう一度考えてみようと思います。

憲法十七条の作者につきましては、聖徳太子かどうかということに対しては、疑いを持つ人があります。そのようなことはご専門の皆様がおやり下さいまして、私はやはり文体のほうから見て、前にも申しました通り、聖徳太子もしくは聖徳太子をめぐるブレーンや僧団の方々の書かれたものであると思います。のちの人の手が仮に一言か二言加わったとしても、だいたい推古朝当時のものと、一応だれが草案を書いたかは別としまして、私はそう思います。明治から大正にかけての国文学者の榊原芳野という人は、日本書紀の文体と聖徳太子の文体がちぐはぐになっているから、これは当時のものでないといっていますが、これは文体というものを一律にみたものでありまして、これは明らかに今日の文体論から考えてみても、そういうことは信じることはできないものであります。その当時はこの文体だったというような一定したものではなく、むしろ各人各様の文体こそ、現代と同じように、本当の当時のものであるといえます。なお文体に関して、一言加えますと、対句を少し注意して読むならば、多少なりともいままでとは違いまして、聖徳太子の呼吸が伝えられるのではないか、ということを、『聖徳太子論集』（「憲法十七条の訓読をめぐって」。昭和四十六年十一月、平楽寺書店）に書いておきました。国文をやっている者でも、句読の問題は、実はまだほとんど手をつけていない、ゼロといってもいいような状態です。句読というものが作者の息《いき》を伝えるものとすれば、やはり日本書紀の撰者の書いた通りに、一応句読は考えてみなければならないのではないかと思うのですが、どこまでそれが再現できるかわかりませんが、そういうことはまだ学者の反省すらもできていないように思われます。それはそれといたしまして、憲法十七条の問題にはいっていきますが、湖南先生も神田先生もその中の全部ではございませんが、おもなものについてはいろいろお書きになっておりますので、それはそちらのほうにお譲りしまして――この中で同じ例もございますが――二先生が書いておられないような例をなるべく多く出して考えてみたい、と思います。

それでまず第一条の「忤《サカフ》」ということばについて考えますと、これは『玉篇』に残っておりませんが、『萬象名義』の中には見えます。ですから原本系の『玉篇』にはあったはずです。私の推定によりますと、『声類』という字書がございまして、これも中国では滅んでおりますが、原本の『玉篇』はこれをあちこちに使っております。『声類』には、「忤は逆なり」とあって、これは「サカフル」という訓詁に当ります。おそらく原本系の『玉篇』にはそう書いてあったのではないかと思います。ですから「忤」というのは、とにかく「ものの逆」あるいは「反対する」という意味で、あまり苦労をしなくても推定上の『玉篇』によれば、簡単なのです。

次に問題になりますのは、「絶㆑餐棄㆑欲」。これは第五条のところにあるわけでございます。これについては内藤先生が『左伝』の杜預注によって解釈されております。それはもちろん正しいのですが、『玉篇』を開いてみると、これも『左伝』をひっぱっておりまして同じ記事になっております。そうしますと、聖徳太子が『左伝』を見られたか、見られていないか。もちろん直接見ていらっしゃるわけですが、そういうことは別として、『玉篇』をもう一度見て、『左伝』にあったなということで、この字を用いられたのではないかということになります。したがって『左伝』は読んでおられたが、文字表現のときには、この例を『玉篇』によって、再確認されたということになると思います。われわれでしたら、「絶㆑餐」というむつかしい字にあたったら、「アヂハヒノムサボリヲタチ」がはたして正しいかどうかということは、日本現代の漢和辞典を引いて考えないとわかりません。そうすると、日本書紀の撰者、あるいは聖徳太子はこういうむつかしい字を用いられている、というふうに感心しなければならないことになりますけれども、ちゃんと『玉篇』の中には、詳しい注が載っているのです。次に「棄レ欲」の「欲」については、これは内藤説にありますので簡単にいたしますが、「欲」というところに「タカラノホシミ」という古訓があります。これも『玉篇』をみますと、この「欲」という字は、単にものを欲する、何でも欲するというのでなしに、「財貨を欲《ほっ》する」という意味のようであります。作者は『左伝』の杜預注の「饕」を「欲」に適用したのです。従ってやはり「財貨を欲する、むさぼる」、というようなことの意味に解釈すべきではないか。ですから「タカラノホシミ」という日本語は別としまして、少なくとも平安朝のころの読み方というものは非常に正しいということになると思います。つまり作者の意図を汲み取ったことになります。

次に「訴訟」を「ウ（ツ）タヘ」と読んでいます。その当時のことばに直しますと、「ウルタヘ」ともなりますし、あるいは「ウレヘ」ともなります。心配してものを訴えるという意味ですから「ウレヘ」ということばに当ててもいいんでしょうが、とにかく「訴訟」という文字が見られます。その「訴訟」という文字は、現存原本系の『玉篇』に残っております。「訴訟」というのは現在ではひとつなんですが、それは「訴」と「訟」のふたつに解釈しているようです。「訴」のほうは「冤罪を告げる」という意味になります。それから「訟」につきましては、「財産をあらそふを訟といふ」と載っております。そうしますと、「訴訟」というのはふたつにわけまして、「訟」のほうは財産に関するうったえとなります。第五条のところに非常に都合のいいことには、「訟をおさむる者は、利を得るを常となす」とあります。「利」というのは「利益」です。それから少し下の文章に、「すなはち財あるものの訟は」とあって、財産に関する「訟」ということで、『玉篇』の「訟」の注にみえる通りになっております。したがって「訟」とある場合には、今でいう「訴訟」と同じ意味に解釈したら具合が悪いのでありまして、「訴」と「訟」はその意味を憲法十七条には二つにわけてあったのです。したがってわれわれもそういうふうに解釈すべきではないか。少なくとも文字の上からいいますと、「訴訟」というひとつのことばにせずに、「訴」と「訟」とは以上のようにわけるべきでしょう。そういうふうにわけて考えますと、利益財産に関することが「訟」でございますので、ちょうど憲法十七条の条文にぴったり合って来ます。なお『令集解』の中の「公式令」に「財を争ふを訟となす」とありますが、これも『玉篇』の引用と推定できます。ついでに申しますと、原本系『玉篇』の姿をたくさん残しているのは『令集解』でございます。あの中で「玉篇に曰く」あるいは「顧野王曰く」というのはごく少ないのですが、それ以外の漢籍の訓詁を引用しているところもほとんど『玉篇』によるということを断定してよいと思います。ですから日本書紀はもちろん令集解なんかも、とにかく上代の文献というもののむつかしい訓詁に関しては、『玉篇』を利用したのです。逆にこれらを解するためには、『玉篇』を見るべし、ということになりましょう。

それからその次にもうひとつ第五条のところに「聴レ讞」がありまして、その「讞」という字でございます。この字の「コトワリマウス」という古訓ははっきりわかりません。「コトワリマウス」は一語になるのか、「コトワリ」を「マウス」のか、あるいは「コトワリ」は名詞なのか、その辺のところがはっきりわかりません。ちょうどいま見せていただきました四天王寺所蔵の日本書紀によりますと、ここに「コトワリ」の下に「ヲ」の字がついています。四天王寺本のように「コトワリ」という名詞に対して、それを「マウス」という「を」を結びつけるべきであろうと思います。したがって「コトワリマウス」とよむよりは、「コトワリ」「を」「マウス」とか、あるいは「を聞く」とか、「を許す」とか、そういうような意味に解釈すべきだと思います。それにしましても「讞」という字は、『玉篇』に、「罪を議す」という訓詁がみえます。「罪を議す」ことは、罪についての正否の判断を論じることであり、「コトワリ（ヲ）マウス」の古訓はまあ可能でしょう。「讞」の原義を『玉篇』によっておさえると、訓は多少動いてもよいのです。

その次の第六条に、「諂」という文字がございます。これもまた原本系『玉篇』に残っていまして、「オモネル」（佞）とか「ヘツラフ」（諛）とか、いろいろ出典を挙げて説明しています。古訓に「ヘツラフ」と読んだのはこれでいいと思います。また同じ第六条に、「佞媚」というのがございますが、「佞」と「媚」は同じ訓詁の文字です。従って「諂詐」の「諂」に対してちょっと文字をかえてこういうふうに書いたものではないかと思います。やはりそこには『玉篇』にみえる文字の研究が感じ取れます。ついでに申しますが、『玉篇』という字書は単なる日本書紀の訓詁の証明に使うばかりでなしに、日本書紀の撰者がそこにみえる引用例を使って書いたというような例が見られます。たとえば伊邪那美命が黄泉の国で横たわっているときの神話で、「神代紀」（上）にみえますが、その中に「脹満」というような文字を使っております。古訓に「ハレタタフ」と読む。こういう例は私が調べたところによりますと、『捜神記』（二十巻本巻三）の中に出ておりますので、あるいは『捜神記』というような異聞小説の類を見たのではないかと思っておりましたが、これは考え過ぎなのでありまして、『玉篇』には残りませんが、『萬象名義』を見てみますと、「脹」に「満也」という訓詁があります。したがって「脹満《ハレタタフ》（ハレミツ）」で「ハレル」ということになり、ともにひとつのことばとなります。ですから同じ訓詁を続けてひとつのことばにして、「脹満」の二字にしたところに、文字の変字的表現を行なったということになるのでしょう。そういうふうに『玉篇』は単なる訓詁ばかりではなく、訓詁を通じて、新しい文字表現を作るためにも必要であったのです。

その次に第九条に、「信は是れ義の本なり」という条文がありまして、「義」を「コトワリ」と読む。「義」というのは哲学的に見ましても、「コトワリ」ということにもなるようです。しかしそれには何か根拠があったのではないでしょうか。ところが『玉篇』に「義」の字は残っておりませんが、「誼」がございます。それをみますと、「誼《ぎ》」は「義《ぎ》」と同じということが出ています。また「義は猶理なり」とみえ、「誼」を通じて「義」も「理」すなわち「コトワリ」ということになります。これは『易』の繋辞のことばから引っぱっております。『易』のところは、民をして財産を正しく管理させ、正しいことは正しいといい、不正なことは悪いという是非の分別をさせ、民が悪いことをするのを禁ずるということが必要である、これが「義」というものであるといった意。これは「コトワル」ということに関係します。この場合にこれを書かれたのは仮に聖徳太子としまして、これはもちろん『易』のことばも知っておられたはずですが、なお『玉篇』をひらいて、これを確認したものとみられます。

それからその次の第十条に「絶レ忿棄レ瞋」というところがあります。上の「忿」を「ココロノイカリ」と訓み、下の「瞋」を「オモヘリノイカリ」と訓んでいます。このことについて湖南先生は「故明らかならず」といっておられます。「瞋」というのは顔色に出る怒り、それから「忿」のほうは心の怒りということなので、そういうところから古訓の読みが出たわけなのでしょう。われわれが一応解釈する場合は、「忿」が心の中の怒り、「瞋」が表面に出る怒りということでいいわけなのです。これについて、河村秀根の『書紀集解』には、仏典の『唯識論』を引用して説明しています。しかし必ずしもそんなむつかしいものをひかなくても、『玉篇』には残っておりませんが、その抄出本の『萬象名義』によりますと、ちゃんとそれがわかるようなふうになっております。「忿」のほうはだいたい「憂鬱」の「憂」になっておりますから、これは心の憂ということになります。それから「瞋」は「怒也」ということで、「怒」というのは外面にあらわれるものですから、これはそれでいいわけなのです。これを証明いたしますと、「瞋」は「謓」と同じで、「謓」は『玉篇』を見ますと、「怒也」とあって、これは表面に現われる怒りということになります。「瞋」と「謓」は相似ているということが書いてあるので、

『玉篇』にもし「瞋」が残っていますならば、「謓」と相似ていると、おそらく書いてあったのではないかと思われます。

それからもうひとつ例を挙げますと、第十一条に「衆従同挙」とありまして、「挙」を「オコナフ」と読んでいます。これにつきましては神田先生の詳しい考証があります。それには、実は少なくとも推古天皇の時代を降るころあるいは日本書紀のできるころの、ぎりぎりのあたりの時代の漢籍の例を挙げられておられます。それは、『礼記正義』の中の「挙、猶行也」の例です。これによれば、「挙」は「オコナフ」と読めるわけです。ところが十七条は推古期に書かれたものなので、もちろん『正義』はあとになります。もっと古い例がほしいわけです。これは『玉篇』にはないのでありますが、『萬象名義』を見ますと「行也」とあります。したがって原本の『玉篇』には、「挙、猶行也」とあり、その上に出典文があったはずです。恐らく『周礼』（地官）の「王挙則従」とあったのではないかと思います。尤もこの「挙」が「行」に同じいとしても、鄭玄注以来、「行」は「オコナフ」か「ユク」か説がわかれます。それはそれとしてこの第十条の「挙」は「オコナフ」と読ませたものであろうかと思います。現在のところ私にも他に適切な例が見つかりませんけれども、推定上の『玉篇』の例によれば、何とか解決できそうです。こういうふうに考えてまいりますと、憲法十七条はもちろん、日本書紀の、ほかの巻の訓詁あるいは「読み」、日本書紀の撰者の述作時の文字の用い方などは、『玉篇』の研究からすべきではないかと思います。但し日本書紀には「俗語」もあり、『玉篇』によって解決できない部分ももちろん存在します。むつかしい字の訓詁は、原本系の『玉篇』で解決できましょう。解決できるということは、逆にむつかしい文字は『玉篇』によったということになります。『玉篇』の利用に関していいますと、平安朝においては、訓詁はほとんど『玉篇』であるといえる。ところが鎌倉時代になりますと、今度は『玉篇』は、改修本の『玉篇』を使用することが多くなり、『釈日本紀』のあたりがその交錯するところになります。『釈日本紀』の中に、『玉篇』とみえるのは改修本ののちの『玉篇』のことで、『玉篇』と指摘していない訓詁の方が原本系の『玉篇』の記事といえます。

こういうふうにいろいろ考えますと、奈良朝から平安朝の中頃までは、『玉篇』がいかに利用されておったか、ということが多少はおわかりでしょう。しかもなぜ利用されておったかということは、たとえば単なる「挙、猶行也」というような注の部分だけでなしに、この上に本文が載っていたからなのです。したがって、たとえば官吏の試験がございます場合に、訓詁も覚えるし本文も覚えるといった非常に便利な字書であったからではないかというふうに思います。日本書紀の訓詁に関しては、その先鞭をつけられました内藤、神田両先生によりまして、その考証というものはこれ以上のものは見られないほどの正確さをきわめております。神田先生の『日本書紀古訓攷証』という本に、「漢土の訓詁学上より見たる」と副題があります。私のつまらない話は、「日本に残る『玉篇』より見たる」とすれば、よいことになりましょう。

『玉篇』の取り扱い方につきましては、だいぶ勉強しないといけない。しかし推定本文の方法は二年も勉強しますとだんだんわかるようになります。日本書紀の訓詁というものは、『玉篇』から出発すべきではないかと思います。前にも申した如く、岩波の日本古典文学大系本『日本書紀』の刊行に際して、私は校正刷の段階で少しお手伝をしたのですけれども、そのときは、訓詁に関する場合は、『玉篇』という字書を見たらいいということに全然気がつかなかったのです。ようやく最近になってどうも『玉篇』が関係すると考えるようになりました。こういうふうにして『玉篇』を通じて日本書紀を研究いたしますと、上代人というのは、私なんかもだまされておったのですが、現代人と同じく狡猾な人間と申しますか、非常に中国の学に詳しいといったふうにみせかけていたのです。ここで少し反省しなければならない。現在われわれが「学《がく》」があるようにみせるためには何かの辞典を見て、その文字を用いたらよろしい。実はそういう小説家もおります。のちの人がそれによって考えると、現代人はもの知りだということになるのでしょう。しかしそれは辞典があるからです。推古時代におきましてそういうもの、『玉篇』があったのでむつかしい文字をたやすく用いることができたのです。もうちょっと当時の学力を割引きして考えるべきではないでしょうか。私としては結果が逆になりますが、これも真理の追求のためにはいたしかたないと思います。私のつまらない発表はこれで終わらせていただきます。

（あとがき）本稿は昭和四十七年十二月九日の大会に発表したものの速記に手を加えたもの。なお、「日本書紀の『よみ』——原本系『玉篇』を通して——」（「文学」四十八年八月号）は本稿と多少の関連をもつ。

日本書紀の訓詁（資料）

——憲法十七条を主として——

河村秀根・益根『書紀集解』。谷川士清『日本書紀通證』。内藤湖南「古写本日本書紀に就きて」。神田喜一郎博士『日本書紀古訓攷證』。

原本系『玉篇《ギョクヘン》』（梁顧野王撰。五四三）。上元本（唐、七六〇。富春の人、孫強）。重修本（改修本、宋真宗一〇一三。大広益会玉篇）。

「大日孁貴、孁、音力丁支」「屎《ゆまり》（尿）、音乃弔反」（神代紀上）。

「磧」——且磨《(歴)》反。説文、水渚有レ石也。野王案、上林賦、下二磧（歴）之坻一是也。広雅、磧、瀬也、水秏石見也。

類書『藝文類聚』（唐歐陽詢）。輼轤然《ヲモクルルニ》（神代紀上）。

意確如也《カタクツヨシ》（神武紀即位前紀）。餘妖尚梗《アレタリ》（同己未年三月）。

忤《サカフル》（一）。絶レ饕《アヂハヒノムサボリ》棄レ欲《タカラノホシミ》（五）。訴訟《コハシウタヘ》（五）。聴レ讞《コトワリマヲス》（五）。諂《ヘツラヒ》（六）。義《コトワリ》（九）。絶レ忿《ココロノイカリ》棄レ瞋《オモヘリノイカリ》（十）。

挙《オコナフ》（十一）。

〔附記〕「聖徳太子研究」第八号（昭和四十九年十二月）所収。

この講演については、著者の絶筆となったと覚しき「続・聖徳太子團の文学」（『國風暗黑時代の文學 補篇』）において触れている。

冒頭部の、『日本書紀』の反切注が、『万象名義』等を介して原本系『玉篇』に一致するという考証は、『國風暗黑時代の文學 中(上)』（第二篇第二章二(3)(一) 原本系玉篇の活用）参照。

なお、「(あとがき)」で言及する「日本書紀の『よみ』——原本系『玉篇』を通して——」は、本書所収。この講演の前半部が関連を持つ。「(あとがき)」には、続いてこの講演の後半部が関連する「日本書紀の訓詁をめぐって——原本系『玉篇』との関聯に於いて——」（本書所収）が掲げられていれば、全体の均衡が保たれた。三篇それぞれの末尾の日付に即してみるに、この講演速記がもっとも早いことになるが、著者は、「日本書紀の「ヨミ」に関して」において、掲載誌の発行順に掲げており、これに従う。

日本書紀の「ヨミ」に関して

一

　過ぐる十年ほど前、角川書店より、閑《ひま》を得た暁には、『日本書紀全注釈』を試みたら如何、その内容についてはすべて一任する、などなどと、以後も再三にわたる誘いがあった。当時は多少の心のゆらぎなきにしもあらず、しかし現在では辞退の意志ははなはだ固い。というよりも、口約束を破棄したといったほうが正しいであろう。それは、『日本書紀』が文学書ならぬ史書を建て前としているためである。上代の史書は、現代のそれとは著しく概念を異にする。いわゆる虚構という「文学」と未分化の部分も多い。その追求のためには、史学関係はもちろんのこと、神話学・伝説学・民俗学・文学・文献学、しかもさらに中国・朝鮮学など、浩大《こうだい》な学的知識が要求される。またこまかくいえば、たとえば文章中に挿入された歌謡の重要性を想起するならば、口承文学・比較歌謡学などの広い見地に立つ必要もある——尋ねあぐねたC. M. Bowra卿の著書数冊が強くこの方面に眼を向けしめたのは、今から二十五年ほど前の昭和二十五年ごろのこと。しかしこのたぐいの学問は書紀研究において今もなお若く、むしろ研究者たちはかたくなに受け付けない——。しかも今や暮途にある残生のわが身、もはや新しき知識の吸収、その「まとめ」の気力すらもない。「時間的制限によるおのれの分際」はまず自身でとくに承知すべきである。多くの学の分野を包含する『日本書紀』は、現在の私にとって、遠い彼方に存在する。

しかし多少なりとも発言をもつことは、必ずしも不可能なことではない。いずれの作品についても通じることではあるが、特に『日本書紀』に関して、最も大切で基本的なことは、撰者らの綴《つづ》った本文の跡を辿《たど》ることである。その本文の傍訓、いわゆる「古訓」は――これには新旧幾ばくかの段階があり、加点時、加点者も一律ではない――、本文の「訓詁」、すなわち「ヨミ」を示す最も圧縮された精《エキス》である。そのヨミはどのようにして生まれたか、このたぐいの追求はまだまだ十全とはいえない段階にある。古訓は主として平安講書、平安人の解釈を示すもの。今日の急務は、これを参考としながら、さらにこれを越えた書紀撰者のヨミを必要とする。ヨミは加点し、訓読することに限定すべきではない。一つ一つの本文の訓詁《よみ》をさぐることである――この際付訓は不必要――。『日本書紀』の本文中に張りめぐらされた「事《こと》」を研究することは、史学者でもなく民俗学者でもない私には不可能なことである。しかし「言《こと》」（詞、言葉）を日々の糧《かて》としている私には、これに関しての一家言ならば可能である。しかし「事」を捨てた『日本書紀』の全注釈はありえない。いきおい微力のできる将来の方向は、訓詁の面に向けられることになる。それは、『日本書紀』研究の一端に過ぎず、いわば跛行《はこう》的態度といわざるを得ない。しかもなお、以上のささやかな述懐は、「個人」としての私には許容されて然るべきと思う。

二

『日本書紀』の本文、その文章は実にアンサンブルに乏しく、調和した滑らかさがない。悪しざまにいえば、雑然としたゴタゴタである。ごく最近観劇したベルリンオペラの演ずる「Cosi fan tutte」（モーツアルト作曲）の二重唱三重唱などの重唱の美しさ、そこには喜劇的な内容を越えた新しき調和美が老拙の耳を今も鮮やかに動かす。かかる音楽性を『日本書紀』という述作品に要求することは場ちがいで無理なしわざではあるが、やはりほぼ統一された『古事記』のほうには音楽性がある。これに対する『日本書紀』の、各巻合計三十巻の文章の調和性如何は問わないにしても、一つ一つの各巻の内部さえもその斉一性ははなはだ弱い。ある部分が古代的口承的かと思えば、たちまち四角ばった中国史書の佳句佳文が続出するといったふうである。史書と一概にいっても、その文体《スタイル》は異なる。たとえば、『史記』と『漢書』の文章を共に一つの巻に採用すれば、ちぐはぐな不協和音を奏でることは免れえない。ましてや『文選《もんぜん》』の賦の部分が史書に接続するとき、ますます不整一の文章が成立する。高山と溝谷とが各巻の中で相互主張をするのが『日本書紀』のスタイルといってよかろう。これは、筆者、撰者の諸文献取捨の問題にも原因し、「日本の書」である「帝紀」として、外に向かって漢籍めかそうとした撰者たちの悲しい「あや」でもある。しかも上代文献のうち、『風土記』を例にすれば、『常陸風土記』『出雲風土記』などもこの傾向をもつ。そこに雑多性という上代文の一つの特色を形成するのは、文学史的にみて注目すべきである。

これは、古代的なものに「中国物《もの》」を併存させたために起こる現象である。しかも文章のあやなす要素の一つは「助字」である。この必ずしも必要としない助字を、原文のままに採用した場合と筆者の新しく試みた場合とでは、同じ助字、たとえば「之」の字の場合でも、その出自は相異なる。したがって、各巻の助字「之」の数の多寡、有無などに関しても、これによって巻別の性格を判断するにはなお慎重を要する。かりに巻一、二の神代の巻にかなり珍しい助字某の字がみえ、さらに最終巻第三十にもそれがみえるのみで、他の諸巻にこの用字が皆無としても、神代の巻と巻三十の持統紀が筆者を同じくするといった判定には、慎重であるべきである。特に漢語名詞の使用の場合は、各巻の記事内容によって使用が左右されるために、たとえ同一語をもつ場合にも、それぞれの巻の筆者の同一性を必ずしも判断する資料とするわけにはゆかない。要するに文字による筆者別・編者別の問題は慎重であるべきである。これについてはもはや反省期に入るべきであろう。しかしことは依然として旧態の傾向を保つ。同一文字による同一筆者の判定、書紀学は再考すべき時期に逢会している。ご注意を。

三

『日本書紀』は、幾多の問題をはらむ。関連諸学との関係も切り離せない。その中にあって、最も基本的なことは、すでに述べたごとく、まずヨムことから進むべきである。表現された文字・文章が如何に「あや」を含むか、これを確実に追求することによって、史書としての正しい史料批判は生まれるであろう。正しくヨムことは、『日本書紀』各巻の筆者に接近することである。筆者のねらい、筆者の表現の気持ちに接近し、これを追体験することである。もちろん接近は容易なことではない。しかしある部分は必ずしも不可能とはいえないところもあり、要は時間をかけて追求すべきである。こうした問題に関して、残る紙幅の範囲内で、実例に則して考察しよう。

『日本書紀』をどのようにしてヨムべきか。これについてのわたくし的な個人の方法態度は、すでに次の二、三の論考に示した通りである。

日本書紀の「よみ」――原本系『玉篇』を通して――（「文学」第四一巻八号）
日本書紀の訓詁をめぐって――原本系『玉篇』との関聯に於いて――（「訓点語と訓点資料」第五四輯）
日本書紀の訓詁（「聖徳太子研究」第八号）

これらに先立つはしりは、昭和四十六年に発表した拙稿（「上代に於ける学問の一面——原本系『玉篇』の周辺——」、「文学」第三九巻一二号）に始まる。

これらの諸考を通じていえることは、梁顧野王撰の原本系『玉篇』（以下すべて原本系をさす）を撰者たちが——ひろくいえば上代人たち——活用したことに目をつけ、この『玉篇』によって逆に『日本書紀』をヨミ、当時の撰者と同じ表現の場に立とうとしたことである。『玉篇』が大いに活用されたことは、ひとえに経書、諸古典類の佳句佳文とともに、それぞれの文字の豊かな訓詁が共存するためである。一旦彼らの研究すべき指定の経書類、

周易・尚書・周礼・儀礼・礼記・毛詩・春秋左氏伝・孝経・論語（学令）

などを学び、さらにこれらの重要な佳句の記憶を呼びもどし、その訓詁を再確認するためには、『玉篇』をひもとくことが最も有効で手っ取りばやい。『玉篇』は応試受験用、その合格用に必須の訓詁参考書であった。「選叙令」に、『文選』とともに訓詁の書『爾雅《じが》』を読めとありながら、『玉篇』を読めと規定されなかったのは、『玉篇』が訓詁の参考用のものであり、経書類に准じられない書であるためである。いわば実用書であり、百科文学辞典である『藝文類聚』などの「類書」とともに、令の規定からみて、「ハレ」ならぬ「ケ」の世界に王座を占める主役の理由による。『玉篇』の利用は、書紀撰者たちの専用物ではなく、万葉人も同様であった——拙稿「万葉用字考証実例㈠、㈡」（『萬葉集研究』第三、四集）参照——。

『玉篇』が上代人に盛んに利用されたにしても、実は遺憾ながら『玉篇』は現在諸家の許に残巻しか残らない。しかしこれには佚文《いつぶん》拾遺のほかに、さらに推定による方法がある。この推定による方法は、あまたの『玉篇』の推定本文を出現せしめる。したがってその僅少を必ずしも悲観するには及ばないことになる——拙稿「原本系

『玉篇』佚文拾遺の問題に関して」（『大坪併治教授退官記念国語史論集』所収）参照――。また新資料として数年前に複製をみた『大乗理趣六波羅蜜経釈文』（神田喜一郎博士所蔵）中の四百余条の佚文も発見され、今後も佚文発見の可能性は強い。『一切経音義』の、『玉篇』の指摘をみない部分にもそれと推定される訓詁がはなはだ多く、また空海撰『篆隷《てんれい》万象名義』の抄出訓詁も、『玉篇』のもとの姿をさながら写し出す。これらを総合することによって、現存未収の『玉篇』の本文の推定可能の部分も増大し、『日本書紀』撰者の文学ごころにさらに多く触れることができる。任意に思いつくまま、例をあげてみよう。

開巻の冒頭に、難解な語句をもってする天地開闢の伝説がみえる。『藝文類聚』（天部）所収の『徐整三五暦紀』（佚書）や、『淮南子《えなんじ》』などをその中心的な潤色とすること、周知のごとし。その中の一文に、「重濁者、淹滞而為レ地」とみえ、三水《さんずい》へんの字が続く。この「淹滞」については、『日本書紀』の本文研究に不朽の光を放つ、河村秀根撰『書紀集解《しょきしっかい》』に、「按ズルニ淮南子ニ拠ルニ『淹』疑フラクハ『凝』ノ誤」（原文漢文）という。現存本『淮南子』（天文訓）に、「重濁者、凝滞而為レ地」とみえ、秀根説によるべきかと一応思われるが、類書『北堂書鈔』（巻一五七）、『太平御覧』（巻三六）などに引用する本文によれば、『日本書紀』に引く本文と同じく、「淹滞」である。撰者の使用した『淮南子』の本文は、やはり「凝滞」ではなくて、「淹滞」であり、これによって研究は出発すべきである。なお『日本書紀』古写本間にも、異同はない（『校本日本書紀』参照）。この「淹滞」について、秀根は、『左伝』（巻二三、昭公一四年）の、

詁二姦慝一挙二淹滞一、杜預曰、淹滞ハ有二才徳一而未レ叙者。

をあげる。「才徳あるも任用されざる者」として「淹滞」の語をあげるが、この語そのものの訓詁はみえない。また神代紀のこの文の出典である古本『淮南子』にも、この語に対する高誘注はみえない。ここに「淹滞」の語

を改めて考えてゆくべきこととなる。

まず下の「滞」の字は『玉篇』にヨミが残る。その訓詁に私見を加えて示すと、左のごとくなる（カッコ内は私見。便宜上改行する）。

直厲反。周礼（地官廛人）、凡珍異之有レ滞者、斂而入二于膳府一、鄭衆曰、謂滞貨不レ售、沈三滞於二廛中一者也。
左氏伝（文公六年）、続二常職一出二滞淹一、杜預曰、抜二賢能一也。又曰（昭公一四年）、挙二滞淹一、杜預曰、有二才徳一而未レ叙者也。
国語（周語上）、震雷出レ滞、賈逵曰、滞、蟄虫也。又曰（楚語下）、底著滞淫、賈逵曰、滞、廃也。又曰（周語下）、気不二沈滞一、賈逵曰、滞、止也。又曰（魯語上）、敢告二滞積一、賈逵曰、滞、久也。
楚辞（九章渉江）、淹二洄水一而疑滞、王逸曰、滞、留也。字書或為二墆字一、在二土部一。

この訓詁には多少不備がある。右の『国語』の「底著滞淫」は、「底著滞滞」の誤写。しかも本文は、現存通行本の韋氏解『国語』には、

底、著也。底則滞、滞……滞、廃也……。

とみえ、『玉篇』引用の『国語』（賈逵注）もこれと大差ないものとみてよかろう。やはり右の引用には誤りがある。また『楚辞』の例は、船が渦巻《うずまき》にかかってとどこおりがちといった描写。洪興祖補注に、「其ノ『疑』ニ作ルハ伝写ノ誤ノミ」（原文漢文）というが、この「疑滞」はこのままで「凝滞」に通用させたものであろう。

以上の「滞」の訓詁を神代紀に当てはめてみると、右の数箇の訓のうち、要約すれば、「止也。久也。留也」などが適切である。つまり、同じ場所に長らく（引き続いて）止まっていることが、「滞」のヨミである。

次に、「淹滞」の上の「淹」の字については、『玉篇』に現存しない。しかし図書寮本『類聚名義抄』に、佚文

として、

　玉云、漬也、留也、敗也（水部「淹久」）

とみえ、また『玉篇』を抄出した『万象名義』にも、

　於炎反。漬也、久也、留也、敗也（「淹」）

とみえる。右のヨミを試みに『玉篇』の本文に復原してみると、おそらく、

　於炎反。左氏伝、（成公二年）無レ令三輿師淹二于君地一、杜預曰、淹、久也。又曰、（宣公十二年）二三子無二淹久一、杜預曰、淹、留也。
*楚辞、（九歎、怨思）淹二芳芷于腐井一兮、王逸曰、淹、漬也。広雅、（釈詁）淹、敗也。

に近い本文になるであろう――この推定の方法については、ここでは述べないが、『一切経音義』（巻八「淹久」）の訓詁が最も参考になる――。このうち、神代紀の本文に照らすと、「久也、留也」のヨミが浮かび上がる。ここに神代紀の「淹滞」は、ともに「久也、留也」のヨミを共通に持つことになる。つまりこの二語は、久しく同じ処に同じ状態でいる意。他の諸巻にみえる、

　淹留踰レ月（景行紀四〇年是歳）　庶無二留滞一（孝徳紀大化二年二月）

の古訓に、それぞれ「ヒサシクトドマル」、「トドコホル」などのヨミを付するのは正しい。神代紀の「淹滞」は前述のごとく、今本ならぬ『淮南子』の本文によるものであるが、述作の際に撰者はこれを利用するとともに、一応頭の中でこの二字の訓詁をしたものであろう。しかもそれは、『玉篇』をひもとくことによって、多くのヨミの要約を直ちに知ることができたのである。神代紀の撰者の机上の表現はここで終了する。恐らく『淮南子』本文の理解すなわちそのヨミは脳裏で行われたものであり、いちいち日本語に訓読したものではなかろう。

平安人はこれに対してヨミを与えた。これは漢籍に加点する当時の傾向、態度に同じ。彼らの付訓にはときに

はかえって原文の心に背いた無駄な部分、誤訓も存在する。この「淹滞」の代表的古訓は、「ツツイテ」（ツヅイテに同じ）である。これは神代紀の撰者には無関係のことではあるが、本文の理解、あるいは訓詁史の上では、等閑《なおざり》に付することはできない。「淹滞」と古訓「ツヅイテ」とはどのように結ばれるか。これについて、『日本古典文学大系　日本書紀』（以下『古典文学大系』）の頭注に、

淹は、水が物を覆う意。ツツヰは、積り、こもって止る意。

とするのは、苦しい。やはり「ツツイテ」は、久しく続いて（絶えず）の方向に理解すべきである。しかも他の古訓に（『校本日本書紀』参照）、

ツツキテトトコホリテ（続きてとどこほりて）

とみえ、「ツツイテ」はなお下の訓を省略したものとみるべきである。つまり「淹滞」は、そのまま引き続いて滞《とどこお》ることであり、右の訓「ツツキテトドコホリテ」は正しい一つのヨミといえる。なお『日本書紀』の、

淹滞（サハリトドマリテ。継体紀二一年六月）

淹滞（ヒサシクトドマルコト。持統紀四年十月）

のヨミは正しい。一般に神代紀は冒頭の巻であるだけに、平安朝講書の際にも、諸家がそれぞれの見解を出し過ぎ、意訳に流れがちである。この訓につられて現代人が文字の意をとらえようとするとあらぬ方向にいく。あくまでも基本線は出典文の中の漢語の訓詁であり、後の古訓ではない。古訓は、平安人たちの一つの解——誤解も多い——を示すものにすぎないことを銘記すべきである。この二字は神代紀撰者の心に沿うとすれば、「音読」のほかは、「トドコホリテ」「コリテ」「トドマリテ」などが平均的な訓となるであろう。なお一条兼良撰『日本書紀纂疏』や、清原宣賢撰『日本書紀抄』に、それぞれ「淹滞、稽久也」、「淹滞ハ久ク逗留スル心也」とみえる

のは、正しいヨミといえる。

さらに思いつく三水へんの文字、「沃」の字を眺めてみよう。『日本書紀』には左の例をみる。

㈠　以二八甕酒一、毎レ口沃入（神代紀上）

㈡　土地沃壌而曠（景行紀二七年二月）

この「沃」は『玉篇』に残らない。しかし『大乗理趣六波羅蜜経釈文』の佚文に（形式を改める）、

玉、於告反。説文、沃、漑灌也。

毛詩伝（檜風、隰有萇楚）曰、沃々、拮（壮）佼也。

又伝（小雅、隰桑）曰、沃、柔也。

国語（魯語下）、沃土之民、賈逵曰、沃、美也。

璞（爾雅、釈水、郭璞）曰、従レ下溜出也（「従レ上溜レ下也」の誤り）。

広雅（釈詁）、沃、漬也。

又音、於縛反。毛詩伝（衛風、氓）曰、沃若猶二沃々然一也。

とみえる。これらの訓詁によれば、㈠は、酒をそそぎ入れる意、右の説文・爾雅注などがこれを示す。古訓「イレタマフ」は誤りではないが、「沃」のヨミを少し生かして、「ソソギイレタマフ」とでもよむべきであろう。㈡は土地の肥えた様であり、古訓「コヱ」と訓むのは正しい。なお㈢として、「流汗沃レ身」（皇極紀四年六月）の例がみえる。流れるあせが身にそそぐ意で、古訓「ウルヒテ」（「ウルホヒテ」の意）はかつがつ正しい。ただし岩崎本・北野本など「流汗浹レ身」（「アマネシ」）に作り、『古典文学大系』はこれに従う。しかし流布本の「沃レ身」（身にそそぐ）のままで意は通じ、必ずしも本文を改めるには及ばない。

さらに例をあげよう。「瀝」については、

㈠　其矛鋒滴瀝之潮、凝成二一嶋一（神代紀上）

㈡　瀝レ胆抽レ腸（欽明紀二三年六月）

㈢　今共瀝二心血一（孝徳紀即位前紀）

の例をみる。これらの「瀝」については、まず㈡は『梁書』（王僧弁伝）、もしくは『藝文類聚』（巻三三、人部盟）所収の「陳沈烱為二陳武帝一与二王僧弁一盟文」を潤色したものであるが、原注はない。いきおい㈠にみる『書紀集解』の注によらざるを得ない。これによると、㈠に対して、

文選魯霊光殿ノ賦ニ曰ク、滴瀝ヲ動カシテ響ヲ成ス、善曰ク、説文ニ曰ク、滴瀝ハ水下滴瀝スルナリト（原文漢文）

と注する。これは適切な注であり、「瀝」は「シタダル」、「ソソグ」などの意を示し、㈠の「一書」の「垂落」に当たる。㈡および㈢は「シタダル」の他動詞。これを試みに『玉篇』によれば、

「[illegible]」（「瀝」）――理激反。……説文、瀝、浚也。一曰、水下滴瀝也。野王案、史記、（巻一二六滑稽伝）時賜二餘瀝一是也。

とみえ、前述の『説文』を引用する李善注に同じ。この『玉篇』のヨミによって、『日本書紀』の「瀝」の字は解決できる。なお「滴瀝」の「滴」は、『玉篇』に現存しない。しかし『六波羅蜜経釈文』に、

玉、都歴反。説文、水欒注也。王案、謂二滴瀝一也。又水下反。

とみえ、水のたれる意が「滴瀝」である。因みに『文選』李善注に関していえば、李善はその注に際して、『玉篇』の訓詁を利用した形跡が随処に推定できるが、その商確は中国学者の側に譲るべきである。

孝徳紀即位前紀の「澆」は本書中ただ一例。その「末代澆薄、君臣失レ序」（古訓「ウスラヒ《イ》デ」）について

は、『書紀集解』に、

文選、劉孝標ガ広絶交論ニ曰ク、澆薄之倫、善曰ク「淮南子曰ク、澆㆓天下之淳㆒、許慎曰ク、澆ハ薄ナリ」ト（原文漢文）

と述べ、『淮南子』注を引用する『文選』李善注をあげる。これも直接『玉篇』のヨミによれば、

「澆」――公堯反。……淮南（斉俗訓）、澆㆓天下之淳㆒、許叔重曰、澆《ハ》薄也……（許叔重は許慎に同じ）

とみえ、出典は両者とも等しくする。

「洽」の字も、書紀に一例のみ。垂仁紀（三二年七月）に、

汝之便議寔《マコトニ》洽㆓朕心㆒。

とみえ、古訓「カナヘリ」とある。この字は、『玉篇』に、

「洽」――胡夾反。尚書（畢命）、道洽政治、孔安国曰、道至普洽也。毛詩（小雅、正月）、洽㆓比其隣㆒、伝曰、洽《ハ》合也。説文、洽《ハ》霑也。蒼頡篇、徧徹也……。

とみえる。「あまねくゆきわたる」、「合ふ」、「かなふ」などの意がこの「洽」である。この古訓の正しさはここに証明できる。

以上、思いつくままの例をあげ、原本系『玉篇』によって、『日本書紀』の正しい訓詁《よみ》を辿《たど》ったわけである。書紀の撰者たちは、どの程度の学識、すなわちどの程度の漢学の力をもって、『日本書紀』を書こうとしたか、その傍に『玉篇』の存在が大きく働いたことが知られる。この訓詁の字書にはヨミが多い。その残巻と佚文、さらには推定本文を援用しつつ、まず『書紀集解』を読むならば、『日本書紀』の本文をかなり正しく理解することができるであろう。しかし前述のごとく、『玉篇』の残巻は必ずしも多くない。本文の推定には、多くの日時

を要する。こうした点において、やはり春秋に富む学徒の協力を待たねばならない。

『日本書紀』の本文は、単にむつかしい文字のみで成立はしない。字劃の少ない一見やさしい文字も極めて多い。しかしこの平凡な文字には落とし穴がある。それは現代語まがいの語も多く、それがかえって学徒を誤らせがちである。たとえば、八岐《やまた》の大蛇の条にみえる、

有㆔一老公与㆓老婆㆒。中間置㆓一少女㆒、撫而哭之（神代紀上）

の「中間」は、『古事記』の、「置㆑中」に照らして、これと同じ意であることがわかる。これは現代語の「中間」に同じ。しかし孝徳紀の、

中間以㆓任那国㆒属㆓賜百済㆒（大化元年七月）

となると、同じ「中間」ながら意味は異なる。この「中間」は、恐らく近い過去の時間を意味するであろう。しかしこのたぐいの例はそう漢籍に多いとはいえない。『世説新語』にみえる王大将軍王敦の東晋元帝への上表文の中に、目をかけていた王舒に対して、注文をつけた王夷甫と王澄の記事があるが、そこにみえる、

最是臣少所㆓知抜㆒。中間夷甫・澄見語（賞誉篇）

の「中間」は、その一例とみられる――『文選』（巻四〇）繁休伯「与㆓魏文帝㆒牋」の「自㆓初呈試㆒、中間二旬」や、盛唐杜甫の詩「献納紆㆓皇眷㆒、中間謁㆓紫宸㆒」（奉㆑贈㆓鮮于京兆㆒二十韻）なども一例か――。しかしどのようにして孝徳紀の筆者がこの意をもつ「中間」の語を覚えたか、その探求は容易なことではない。また神代紀（上）にみえる、スサノヲの尊の行為を、「無頼」「無状」などと表現するが、この二語をどのように理解して、筆者は同一語とみなしたか、またそれぞれの語の意味と用例など、山なす問題は尽きることを知らない。この稿を結ぶに際して、再び唱道する、昭和に生を享《う》けた学徒諸子のご協力を、と。

〔附記〕『鑑賞　日本古典文学　2　日本書紀 風土記』（昭和五十二年五月、角川書店）所収。末尾に「一月尽日」との附記がある。

本論文に掲げられている「原本系『玉篇』佚文拾遺の問題に関して」は、内容上から『國風暗黒時代の文學　補篇』に収めた。

なお、著者は、本論文の結びの部分で問題提起を行った「中間」について、翌昭和五十三年、「中間」と題する稿を「在家佛教」（十月号、在家佛教協会）に寄せている。その「いのちの言葉」欄。随想ふうの短文ながら、本論文を補う内容を含む。参考のためにその部分を掲げておく（『古記』は、令集解巻七神祇令・神戸条）。

しかしこの語は、両間の意に限らない。孝徳紀の、「中間、任那《みまな》の国を以ちて、百済《くだら》に属《つ》け賜ふべし」（大化元年）にしても、逸文丹後風土記の、「此に中間より今時に至りて、便《すなは》ち此治の里と云ふ」にしても、これらの「中間」は、むしろ近い過去の意をもつ。特に天平初期に撰述された、神祇令にみえる『古記』の逸文に、

昔治㆓置神祇官㆒、中間給㆓神主等㆒、今治㆓置神祇官㆒。

とみえるのは、時間的にみて近い過去を示す「中間」の意を明確化する適例といえよう。かかる意をもつ例は佛典類には一般的ではなかろう。わが上代官人はこの意をもつ例を何によって学んだのであろうか。まず思い浮ぶのは、彼等の必須書であった『論語』（何晏《かあん》集解）である。何晏論語集解序に、

前世伝㆓受師説㆒……中間為㆓之訓解㆒、至㆓于今㆒多矣。

とみえ、前世・中間・今という時代の流れの中に注解が一つでないことを述べる。この意の「中間」は、恐らく前述『古記』その他の上代文献の表現の糧となったであろう。

『日本書紀』三則
――その本文に即して――

一

「古訓」は信ずべし、且つ信ずべからず。

『日本書紀』（以下『書紀』と略称する）の文は、甚だ多くの漢語で鏤められている。しかし八世紀初期のころ、その漢語がどのように読まれ、どの程度訓読されたか、もはや実証するすべもない。『書紀』のかなりの長文が漢籍そのままという場合、撰者たちが果して訓読によみかえたか如何か、わたくしはむしろ否定的である。

　平安朝の儒家、博士家などの漢学者は、漢籍類に対して、それを訓《よ》んだあかしとして、傍訓を付することを慣習とした。右にしろ左にしろ、その傍訓は彼等の訓詁《よみ》の結果を示すものではあるが、こじつけも多く、その場にのみ通用する日本語を案出した嫌いも少なくない。この点に於いて、近世・幕末明治の小説類に、ハッと驚嘆すべき傍訓が随処にみられることなどを、単に次元を異にするといわんばかりに軽視するのは、如何なものであろうか。『荘子』（外物篇）曰く、「夫尊レ古而卑レ今、学者之流也」と。古きが故に、疑わしい古訓をも尊重することは、必ずしも「学《がく》」の進歩にはなるまい。博士家的付訓の方法は、溯って『書紀』の場合にも適用され、舌を噛むような訓が現在も横行する。その訓に引かれて、却ってあらぬ『書紀』のよみが伝えられて来た。『書紀』を訓読する場合、それが古い伝統訓として生き続け、現行『書紀』のテキスト類の訓は、多少の差はあるにしても、あまり動かない。

前述の如く、撰者たちのもとの「訓《よ》み」はわからぬ。言語学者亀井孝氏の唱道にならって、「書紀は訓めるか」といえば「否《いな》」といわざるを得ない。漢語の部分は、平安儒家式ではなくて、むしろ黙読や音読の部分が多かったのではなかったか。古訓を参考にしながらも、音読の多いテキストの出現があってもよかろうと思う。

平安びとの古訓――更に後の訓も含もうが――の「訓《よ》み」の正しさを考證して、逆に『書紀』の漢語の語義を知るのは確かに一つの方法である。その先鞭は、碩学内藤湖南、神田喜一郎両博士に溯る。当時青年期のわたくしもどれだけこの方法に憧憬《しょうけい》したことか。その一端は、『上代日本文学と中国文学　上』（第三篇第五章）に示した通りである。しかし考えてみれば、それは平安びとの訓であり、「訓読史」の問題に他ならない。それらの大半が正しい訓であろうとも、『書紀』の撰者らには何の拘りもないことである。それならば、古訓にたよるよりも直接『書紀』の本文に迫る方がより重要である。勿論、平安びとの成果をそれなりに認めた上で、厳然と控える『書紀』の本文そのものに相対する必要があろう。『書紀』を読むに際して、その読み方はいろいろ考えられる。この稿に示す三則、つまり思いつく三つの例は何ら関係のない語や句である。「三則」とあっても、三つの方法、法則の意ではない。三箇条、三例などの意は、宋人洪邁の『容斎随筆』に倣ったまでである。

まず一則を。垂仁紀（巻六）四年から五年にかけての条に、狭穂《さほ》彦の反逆の記事がある。妹である狭穂皇后は兄王狭穂彦の稲を積み重ねた稲城《いなき》に入る、官軍はその稲城に放火して焼く。彼女は自経して死ぬときに曰く、

唯妾雖㆑死之、敢勿㆑忘㆓天皇之恩㆒。願妾所㆑掌後宮之事、宜㆑授㆓好仇㆒……。

と。「好仇」の古訓に「ヨキヲムナ（ドモ）（淑き女）」とみえる。これは右の一文に続いて、「当下納二掖庭一、以盈中後宮之数上」とあるため、「ヨキヲムナ」の訓、即ち「好仇」の語義はこれで問題はない。撰者がどのように訓んだかは未詳にしても、この古訓は「好仇」の意を十分満たす。しかしここでわたくしの問題とする点は、撰者が『毛詩』の「好逑」（カウキウ）を避けて、「好仇」（カウキウ）という文字を使用したことである。換言すれば、「好仇」を使用したその間《かん》の事情を知りたい。「好逑」は、当時の官人たちの周知の如く、『毛詩』の冒頭の詩に出典をもつ漢語。天明五年（一七八五）の序をもつ河村秀根の『書紀集解《しっかい》』はいう、

　毛詩周南関雎《クワンショ》曰、窈窕淑女、君子《ノ》好逑。伝曰、逑《ハ》匹也。箋云、怨耦曰レ仇。○逑音求。毛云、匹也、本亦作仇（○印以下は殷根・益根の考訂文。引用形式は便宜に従う）

と――なお「毛伝」には、更に「窈窕《ハ》幽間也。淑《ハ》善……」とみえる――。更に溯れば、谷川士清の『日本書紀通證』に、「好仇《ヨキヲムナ》――仇同逑。匡衡引レ詩作二君子好仇一」と注する（「匡衡」については後述）。これらの指摘は正しい。試みに右の二句をつたない歌に翻訳すれば、

　みさごゐる洲《す》に鳴く声のたぐひよくたぐへる淑《よ》き女《め》淑《よ》き人の同伴《つれ》

とでもなろうか。しかし「好逑」は――S.1972『毛詩』残巻も同じ――、それとしても、垂仁紀の撰者は何故に「好仇」の語を採用したのであろうか。右の注をみれば、△印の「仇」の語も出現するが、正式の本文を捨てて、「好仇」を採るには、なお改めて熟考することも必要であろう。採用したこの語には撰者の表現事情がひそむ。『書紀』を文学の側よりみるとき、この点を明らかにすべきである。撰者が「逑」を「仇」に変えた消息を探ることこそ、八世紀の昔に戻ることになろう。古典の研究は撰者と同じ時点にまず立つべきこと、嘗つて屢々述べたので繰返えさない。

「好仇」の例は、ほかにもみえる。同じ『毛詩』（周南）の「兎罝《としゃ》」（兎の網）に、

赳赳《キウキウタル》　武夫、公侯好仇（たけきもののふは殿の好仇）

とみえる。この「仇」について、「箋云、怨耦曰レ仇」とみえ、悪意をもつ仇《あだ》の意。ここは「好仇」という聯語となり、善意をもつ好い仲間、友の意である。『毛詩正義』の「疏」に、「『毛』は『仇』の字を以って皆『匹』と為す」（意訳）とみえるのは、この意にほかならない。時代は宋代に降るが、朱子『詩経集伝』にも、「公侯の善匹はなほ聖人の耦《なかま》をいふやうだ」（同）とみえ、わが清原宣賢の『毛詩抄』にも「仇《タグヒ》」とみえる。更にいえば、J. Legge の英文に、

"……' tis plain to see/He to his prince companion good would be."（The Book of Poetry）

とみえるのも、この意である——近人金啓華訳注『詩経全訳』（一九八四年版）にも、『説文』の「仇ハ匹也」を採用し、方向は皆同じ——。この「公侯好仇」が垂仁紀の「宜しく好仇に授くべし」に適用したとみることには、わたくしにはいささかのためらいがある。たとえ撰者の経書の学力が、訓詁の学に秀でていたにしても。やはり出典は、「窈窕たる淑き女は、君子の好逑」でなくては、垂仁紀の「好仇」が解けない。しかも「好逑」を「好仇」に換えるには、それなりの理由もあろう。少し思いつく一、二を考えてみよう。

「好逑」の「疏」の一部に、

『詩』はもと「逑」に作るが、『爾雅』は多く「仇」に作る。文字は異なるが、音義は同じ（「詩本作レ逑、爾雅多作レ仇。字音異、音義同也」）。

とみえ、ここに『爾雅』が登場する。この「小学」は、進士の試験に必読すべき書（「考課令」）。経書や『文選』などの他に、応試者たちの訓詁の参考書であった。その『爾雅』（釈詁）に、

仇・讎・敵・妃……、匹也 詩云、君子好仇……（郭璞注）

とみえることは、注目してよい。ここに『毛詩』の「君子好仇」の本文の存在を物語る。また八世紀に伝来していた、初唐の学者陸徳明撰『経典釈文』（『毛詩音義』上）「関雎」の章にも、

「好」――毛、如レ字。鄭、呼報反。兎罝詩放レ此。

「逑」――音求。毛云、匹也。本亦作レ仇、音同。鄭云、怨耦曰レ仇。

とみえ、「本また『仇』に作る」とは、「好仇」の本文の例も、この「関雎」の章にあったことを示す。また唐人釈家慧琳撰『一切経音義』（巻十三）の「仇匹」の「仇」について、

正体作レ逑。毛詩云、君子好逑。伝曰、逑《ハ》匹也。爾雅、逑《ハ》合也、郭璞云、対《ハ》合也……。

とみえるのは、正体を「好逑」とはするものの、なお「好仇」の本文の存在をも示すことになろう。

これを更に溯ろう。まず班固撰『漢書』（巻八一）「匡衡伝」に、

詩曰、窈窕淑女、君子好仇（初唐顔師古注「仇《ハ》匹也」）

とみえる。また漢人后蒼撰『斉詩伝』にも「窈窕淑女、君子好仇」（『玉函山房輯佚書』㈠）とみえ、漢代に「君子好仇」と書いた『毛詩』のテキストもあったことがわかる。尤も同じ漢人申培撰『魯詩故』（同書㈠）に、同文に当る「君子好仇」を「君子好逑」に作ることは、早くより二つの本文の存在したことを推定させる。これに関して、清人郝懿行『爾雅郭注義疏』（釈詁）に詳細な注がみえる。その中にみえる「仇」についての考証に、「仇」が「逑」に通じることを述べ、更に『毛詩』の「君子好逑」と「君子好仇」の字通により両方の存在を認める。

『書紀』垂仁紀の撰者は「好逑」「好仇」両方の詩句を知っていた。また他の史書のうち、最もよく利用した『漢書』（前述）に「君子好仇」の例がみえ、『爾雅』（郭璞注）にも「君子好仇」がみえる以上、「君子好逑」というやや訓詁のむつかしい例を避けたことは有り得よう。とはいえ、「好逑」の「逑」を「匹」へ、更に「仇」へと複雑な過程を経て、垂仁紀に「好仇」の本文が誕生したとみることも、撰者の学力の評価よりみて可能性が濃い。可能性のうち前者に従って、ここでは、単に『毛詩』の一文の例、即ち『爾雅』『漢書』その他に引用する一文によって、簡単に「君子好仇」の「好仇」の方を採用したとみるべきではなかろうか。もし然りとすれば、これまた撰者の当時に迫ることができたといえよう。なお同じことを繰返えしていえば、「周南」の「関雎」章句の「好逑」（君子のよきつれあひ）より、訓詁を学んで、更に「好仇」へと撰者が表現したといえば、撰者の訓詁の学につらなり、確かに聞えがよかろう。しかしテキストの二種「好逑」・「好仇」がすでに漢代には通行し――また一種であったにしても、引用する場合、別の語で以てやさしく引用することもあり、この意味に於ても二通りといえる――、垂仁紀の撰者はそのうちの一つ「好仇」を採用したものとみたい。しかしそれによって、毫も撰者の「あや」の価値が減少することもあるまい。

二

次は二則。方面を変え、古訓の「よみ」の一例について。本文に即して『書紀』の表現を知るためには、書記された漢語の語義をまず追求することであろう。片仮名の左右両傍訓によって、その語義の結果を示した平安びとの「学」については、すでに一言した。現代のわれわれにとっては、紙幅は自由、堂々と別紙の上に、結果に到達する過程を示せばよく、短縮した無理な傍訓は必要としない。応神紀の一例をあげると、廿二年九月の条に、淡路島御狩の記事がみえる。その島の描写に、

峯巖紛錯、芳草薈蔚、
陵谷相続、長瀾潺湲。亦麋鹿鳧鴈、多在二其島一。

とみえ、四言を中心とする美辞で飾る。このうち「薈蔚」を古訓「モクシゲクシテ」（茂く繁くして）と訓み、繁茂の意に解するのは正確で異論はあるまい。しかしこの「薈蔚《わいうつ》」（『ワイヰ』）を繁る意に理解するには、わたくしにとってかなりの手順を経なければならぬ。

まず『日本書紀通證』も『書紀集解』も『毛詩』の例をあげる。後者の例を示すと、「薈蔚」について、

毛詩曹風候人曰、薈兮蔚兮、南山朝隮（「もくもくと、あしたに南の山にわき立つ雲」）

といい、共に出典を「曹風」（候人）とする。「毛伝」に「薈蔚《ハ》雲興《ル》貌」とみえ、わきたつ雲の姿を「薈蔚」という。『毛詩正義』は更に、

言《ハ》南山朝隮則有レ物従二山上一升也、心是雲矣。故知《ル》薈兮蔚兮、皆是雲興之貌……。

と、敷衍する――『毛詩抄』（巻七）に、「薈ハ雲ノヲコルナリゾトシタ」とみえるのも、「毛伝」による――。しかし「雲興ル貌」の注疏を学んだ撰者は、これを以て果して芳草の繁茂する「薈蔚」へと発展させたか否か、多少の問題も生じよう。この点、河村秀根の『書紀集解』は、更に『文選』の例をあげる。その一つに、班孟堅（班固）「西都賦」（巻一）の、

茂樹蔭蔚、芳草被レ隄（李善注「蒼頡篇曰、蔚《ハ》草木盛《ナル》貌」。前の句、慶安版本右傍訓「モキキ」左傍訓「サカリニシテ」）

をあげる。まず草木の繁る場合「蔚」の意がよく理解されよう――なお『後漢書』（巻七十、上）「班固伝」にも

同文がみえる——。更に『書紀集解』の秀根の男子殷根・益根考訂の部分に、『文選』(巻十二)木玄虚「海賦」の「瀝滴滲淫《シンイン》、薈蔚雲霧《アリ》」をあげる。李善注に、

薈蔚雲霧霑《ハ》潤也。毛詩曰、薈兮蔚兮、南山朝隮(六臣注「薈蔚雲霧津《ハ》潤《ノ》気也」)

とみえ、雲霧がたちこめて潤す意。これは「毛伝」の説を承けたものであるが、毛詩「候人」の例もこの「海賦」の例も共通する点は、天然現象の盛んな形容である。しかし『書紀集解』のあげた例だけでは、撰者が草の繁茂する例に直接適用したか否か、やはり疑わしい。更に例を求めてゆこう。

『文選』(巻十二)の同じ巻に、郭景純「江賦」の、

繁蔚芳蘺、隠藹水松……潜薈惣蘢《ソウロウタリ》(李善注「潜薈《ハ》水中茂盛也」——六臣注「繁蔚・隠藹《ハ》多貌……薈《ハ》深闇也」——)

がみえる。これは、海中の草類の描写であり、あまたの香草や薬草が水中に盛んに茂る句である。ここに「蔚」「薈」を連ねると草類の繁茂を意味することばとなる。また『文選』(巻九)潘安仁「射雉賦」の中にも、

於レ時……靡《ナク》二木不レ滋、無二草不レ茂、初茎蔚其曜レ新(慶安版本「サカリニシテ」)(李善注「爰曰、蔚然初生之茎、曜二其新暉一」)

稊菽《テイシュク》叢糅、翳薈萋茸《ハ》深槩《シンキ》貌。(李善注「爰曰……田既荒廃、雑草繁茂。翳薈萋茸深槩貌。善曰、孫子兵法曰、林木翳薈《ス》」)

とみえ、「蔚」も「薈」も草類の茂ることをも意味する。

六朝宋の詩人謝霊運の名高い「山居賦幷序」にも、「薈蔚」の例がみえる。冒頭に近い部分に、「銅陵之奥……、金谷之麗、石子致二音徽之観一、徒形域之薈蔚、惜三事異二於栖盤一」とみえるが、遺憾ながらわたくしにはよくよめない。しかしその「自注」に、卓氏と石季倫の広大な別荘について述べ、「謂、二地雖二珍麗一、然制作非二栖盤之意一也」とするのは、「珍麗」が「薈蔚」と同類の語に当ることを示そう。「珍麗」は珍重すべき麗しさ、麗しさ

の甚だしい様をさすが、これは「薈蔚」の、「繁る」など、ものの甚だしい意にも通じようか。後考を俟つ。

更に初唐に降って、八世紀頃にはわが国に伝来していたと推定される『李嶠百（百二十）詠』によって名高い李嶠、その「表」の中の「為二百寮一賀レ雪表」にも、

薈蔚方興、起二太山之膚寸一、参差荐委、自二平地一而盈レ尺（『全唐文』巻二四三）

とみえ、これは前述の「毛伝」の「雲興ル貌」の意に当り、雪ぐもが繁く盛んに起る様という。これらの諸例を眺めてみると、「薈蔚」は、雲のもくもくと繁く起ること、また草木の繁る様にも用いる漢語ということになる。即ち『毛詩』にしても、『文選』にしても、『書紀』の撰者たちに必須書である以上、応神紀に於いて、「芳草」の語に「薈蔚」を続けることは、それほど困難ではなかったと思われる。

なお応神紀の例に、谷川士清も河村秀根も出典として、前述の如く、『毛詩』の例をあげる。これは中国の例として伝統のある語を出典として示す方法に従ったまでで、「草の茂る様」に対して「雲の興る様」の例をあげても、それは誤りではない。中国の出典は直接・間接は問題としない。しかし、わが国の「受容」の問題になると、直間接（direct or indirect）のことを明らかにすべきである。この「直接の受容」といえば、やはり『毛詩』の例のみでは十分でなく、更に『文選』の賦類をも加えて論ずる必要もあろう。わたくしが出典の問題に早くより拘り続けて来たのは、「受容」（享受）の問題をいつも念頭に置くゆえであった。応神紀の「芳草薈蔚」もその一例である。

なお付言すれば、『毛詩』の「毛伝」を否定した、宋の哲学者朱熹（朱子）の『詩経集伝』に、「薈蔚ハ草木盛多之貌」（「曹風」候人）とみえ、前述の J. Legge が

"Like grass luxuriant on its side, ……" (*ibid., p. 167.*)

と英訳したのも、この朱熹説による。しかし『毛詩』の文脈よりみて、この説は当てはまらない。また応神紀の撰者が十二世紀の説を採用したとは時代的にみて考えられないことである。やはり撰者はそれなりに「モクシゲキ」「蓊蔚」の意を研究し理解し、その表現へと移して行ったものといえよう。

前述の一則は、文献そのものの引用例、二則は撰者の訓詁の学の成果の一例であり、漢語の問題は一様にはゆかない。

三

次は三則。奈良京の政庁内の編纂所に於いて、撰者たちが相寄って、『日本書紀』という国史の最後の決定文を作る時、その「あやごころ」の一片でも、いま再現できるならば、それこそ『書紀』を聊か「よんだもの」といえようか。「見ぬ世のふみを友とする」のは、何も中世びとに限るまい。『書紀』は、ある一面では、一つの文学的作品ともいえる。たとえ目的が「日本書である帝紀」の編纂であるにしても、筆にのせる以上は、表現の潤色を施さざるを得まい。かの司馬遷の『史記』にしても、古代より漢の武帝までの帝紀をめぐる史書ではあるが、読者をして感動させるのは、そこに登場する人物を活き活きと描くその筆力による。『書紀』も資料群の隙間を縫って、筆の表現に力をそそぐ。冒頭の天地開闢の条は、その適例である。今もなおわたくしがこの冒頭の条に対して怖気付くのは、「古訓」が罷り通り、二進《にっち》も三進《さっち》も行かないのが理由の一つである。前に述べた如く、古訓は『書紀』の貴重な伝統訓ではあるが、撰者たちには無関係のことである。従って二十世紀の終焉もま近い現今、もっと自由な「よみ」をしてもよかろう。やはり漢文と目《もく》されるあたりは、近世流の漢文訓《よ》み、音訓両用訓《よ》みで大した誤りはなかろうと思う。あまりにもあらぬ国語訓みでは却って漢文の呼吸を誤る。まずその例を考えてゆこう。

古 ｛天地未レ剖、陰陽不レ分、｝ 渾沌如二鶏子一、溟涬而含レ牙。

及二其 ｛清陽者、薄靡而為レ天、重濁者、淹滞而為レ地、｝ ｛精妙之合摶易、重濁之凝竭難。｝

故天先成而地後定。然後、神聖生二其中一焉。（本文校訂については煩を避け省略）

は、便宜上、対句を意識した書式を試みたものであるが、句読点は現行本ほぼ一致する。しかし古訓に引きずられて、諸書は今もなお、

精妙之合摶《ハ》易、重濁之凝竭《ハ》難。

の如く切って訓む。しかし漢文体よりみれば、出典となった『淮南子』（「天文訓」）を待つまでもなく、「精妙之合摶《ハ》易《ク》、重濁之凝竭《ハ》難《シ》」となることは当然であろう。ここで漢語「合摶」・「凝竭」をそれぞれ聯語とみない限りは、撰者の表現意図を誤解したことになる。「古訓信ずべからず」とは、この謂いである。明治四十四年（一九一一）刊の『和譯淮南子』（田岡嶺雲譯註）をみれば、「清妙の合専《アツマル》するは易く、重濁の凝竭《結》するは難し」とあるが、古訓に禍いされない限りは、つまり神代紀のこの条を漢文として訓めば、誰でも田岡式に近く訓んだであろう。大正十年（一九二一）刊の『国訳漢文大成』（第十一巻）も同様である。

なお「合摶《ガフセン》」（ガフタンとも）は、四部備要本（武進荘氏校本）など現行本『淮南子』には、「合専一作専」に作るが、「専」は「摶」に同じ。撰者のみた『淮南子』には手篇とあったのであろう。「摶」は、円める、まとめるなどの

意。「合」と熟合して団結する、集合する意になる。次に「凝竭」（ギョウケツ）については『淮南子』の「高誘注」には説く処がないが、清人王念孫撰『読書雑志』に、

念孫案、竭之言遏也。爾雅曰、遏《ハ》止也。底・滞・竭、皆止也……（巻十二、淮南子内篇第一「凝竭」）

とみえる。彼は更に「天文訓」を引用し、「道蔵本・朱本・茅本皆作二凝竭一。劉績不レ知二其義一、而改レ竭為レ結。荘本従レ之、謬矣」と述べ、「竭」の字の正しさを説き、「竭」が「止」の意であることを述べる。止は「トドマル」こと、「カタマル」こと。即ち「凝竭」は、凝固、凝結の意となる。溯って考えてみると、上代びとのよく利用した原本系『玉篇』、今は残簡のみで、「竭」の字は残らないが、しかし関聯する語を現存本より摘出すれば、

「涸」――国語、天根見而水涸、水涸而成レ梁。賈逵曰、涸《ハ》竭也。広雅、涸《ハ》尽也（出典『国語』周語中）

「渇」――蒼頡篇、渇《ハ》涸也。説文、渇《ハ》尽也。

とみえ、「竭」は、「涸」・「渇」と訓を同じくする。なお第一例にみる『国語』の韋氏解にも、「涸《ハ》竭也……天根見、乃尽竭也」とみえる――『国語』（周語上）「昔伊洛竭而夏亡」（韋氏解「竭《ハ》尽也」）――。これらの訓詁を眺めることにより、「凝竭」の意が明らかになろう。

次に前述の天地開闢の条で、今もわたくしの納得しかねる本文に、「清陽者……」云々と「重濁者……」云々の対句に続いて、「及」（および、いたり）の動詞がある。「及」の字のある限り、以下に続く「精妙之……」「重濁之……」の二句との関係が曖昧であり、未だに悩み続けているのは、「及」の字の処置である。もとの『淮南子』（天文訓）にしても、ひと続きの文であり、動詞「及ぶ」であっては都合がわるい。ひと続きにするために、「及」を草体の誤、「乃《スナハチ》」の誤と考えてもみた。これは対句をそのまま生かすために、接続詞「乃《スナハチ》」の誤とみなしたわけであるが、やはり安心はできない。ふとひらいたのは、書斎の塵にまみれた田中頼庸校訂『校訂日本紀』。

明治十三年（一八八〇）五月の「序」をもつこの和本が如何に多くの諸本、諸記録によって校訂を試みたか、当時のことを思えば頭がさがる。問題の箇処「及」の頭注をみれば（訓みやすい形式に改める）、

清陽上諸本有㆓及其二字㆒、非㆑是。今「及」拠㆓『道證本』『二中暦』㆒、「其」从㆓『道證本』㆒並削㆑之（『道證本』は沙弥道證本、『二中暦』はその「乾象歴」）

とあって、「及其」を削る。このうち、『道證本』は未見のため、『二中歴』（前田本）を例にすれば、確かに「及其」はない。しかしその引用態度は、中世書写のため、必ずしも信用できず、俄かには従えない。ただし田中頼庸が二字を削ったのは、やはり神代紀をよく味読したものといえよう。頼庸には『校訂古事記』（明治十五年序）もあるが、『書紀』の校訂と共に、多少の強引さがなきにしもあらず。神代紀のこの二字の削除も、使用した書が万全とはいえないが、確かに二字のない方が内容がよくわかる。しかしもし「及㆓其……」が原文にあったとすれば、長く文が続くために、撰者が「及」を加えたかも知れぬ。このようなコメントは、本文に即して、『書紀』の文を考えてみようとした試みでもあり、原文といっても、なお疑いを投げかけることは、撰者に対する一種の「思いやり」ともいえようか。文の接続といえば、撰者が『淮南子』に多少の改変を加えながらも、結びに「故天先成而地後定」と述べるのは、すべて『淮南子』の本文そのままである。とすれば、「及㆓其……㆒」も『淮南子』に従って削ると、実に内容の流れが滑らかになる。この二語を撰者が加えたとすれば、和習的である。或いは後世の付加か、『書紀』の「よみ」は甚だむつかしい。

天地が固定して、神聖が生れるという中国天地開闢の記事に続いて、「故曰……」云々の文が後に続く。即ち古事記的なもの、神代紀「一書」的なものを雑糅した記事へと流れてゆき、「故曰……」によって、中国物《もの》と日本物が結ばれる。前者を先行させ、「故曰……」以下に後者を置いたのは、後者日本物を冒頭に置くことに躊躇

を感じ、中国の権威ある古典を以て前の部分を飾ったことになる。本来からいえば、「故曰」に続く、

　開闢之初、洲壌浮漂、譬猶㆔游魚之浮㆓水上㆒也。

云々から開始すべきであった。これはやさしい漢語を使用しているために、和文的である。「故曰……」は、「中国ではしかじかであるが、日本でも次のような伝承がある」といった意になろうが、漢籍の『淮南子』などの記事を先行させたために、これもやや間延びがする。冒頭の中国物の印象が、むつかしい漢語の続出のため、あまりにも強すぎる。そこにこれをも日本物かと誤認しがちであるが、中国物はむしろ単なる装飾の部分に過ぎない。

　中国物をわが国の書の中に平気で挿入することは、現代的にいえば、「剽窃」に近い。しかし先行文献を伝統ある権威として尊重し、そのまま借用することは中国のならい。たとえば、『漢書』の文章の中に『史記』の影の如何に多いかは、両者の比較によって容易にわかろう。この中国書の述作の態度を『書紀』の撰者たちはよく学ぶ。現代流の剽窃とは意味を異にし、『書紀』のそれぞれに、経・史・子・集の佳句が殆んどそのまま引用された部分のあるのは、当時の官人らにとって、何らの疑いもなかったわけである。古典を現代人の眼でふりかえることは、そら恐ろしい。

　以上の三則は、思いつくままに三項目をあげたものであり、わたくしの「読み方」の一端を示そうとしたに過ぎない。三則を幾則となく続けようとすれば続けられよう。しかし「あとがない」わが身、ここで締めきることとしよう。

〔附記〕「萬葉」第百四十三号（平成四年六月）所収。末尾に「三月三日」とある。

『日本書紀』の訓読について

書紀の訓読と訓詁

『日本書紀』の文章は、すべて漢字より成る。書かれた漢字の文章そのままを棒読みに音読する場合は除くとして、それを書いた筆者たちのねらいどおりに、さかのぼって「よむこと」（黙読《もくどく》の場合を除く）は、今や不可能である。文章を上りつつ下りつつよむ句読点《くとうてん》方式の場合、『万葉集』の本文にみるごとき韻文にはあまり問題はない。しかし『書紀』は散文である。散文を形成する漢語、もしくは漢語的なるものを、どのように判断し理解し、どのように処置すべきか、これまた容易ならぬことである。この不可能なことと容易ならぬことをよく承知しながらも、ともかくも「よむこと」が、『書紀』の「訓読」という課題である。この難問を突破して、訓読文という資料を提供することは、一筋縄ではゆかないことをまず自ら銘記すべきである。

『書紀』の文は、漢語でちりばめられている。八世紀初期の頃、その漢語がどのように読まれ、どの程度訓読されたか、もはや実証するすべもない。『書紀』の長い文章が中国の史書に出典をもつ場合、筆者たちがはたして和訓へとすべてを訓み換えたか如何か、むしろ否定的に思われる。平安期の講書にみる私記類、あるいは儒家・博士家などの漢学者は、それを訓《よ》んだあかしとして、傍訓を付することを習慣とした。その傍訓は彼らの「訓み」の結果を示すものとはいえ、こじつけも少なくなく、むしろその場にのみ可能な日本語を案出した部分も多い。

古きがゆえに疑わしい古訓を尊重することは、かならずしも「書紀学」の進歩にはなるまい。博士家的付訓の方法は、さかのぼって『書紀』の場合にも適用され、舌をかむような訓が現在も横行する。これらの伝統的な訓に引かれて、かえって『書紀』のよみは生き続け、現行『書紀』のテキスト類は、同じ方向を進む。しかし筆者たちは、漢語の部分を、むしろ黙読や音読によることが多かったのではなかったか。文章を形成する語には、一字の場合を基本として、二字三字と連なって句をなす場合もある。とはいっても、一般には二つの単語、二つの漢字が連なって複合した観念を表す「連語」、やさしくいえば「熟語」として登場する場合が多い。しかし筆者たちがどの連語を音読し、あるいは訓読したか、やはり未詳である。『古事記』に比べても、『書紀』の訓読ははなはだむつかしい。

『書紀』の筆者たちが筆を取るとき、学び得た学識によって、文章は紙面に表現される。彼らが中国史書類などを利用しようとするに際して、そこにみえる利用箇所の漢語はよく理解した上でのことであったと思われる。『漢書』の場合ならば顔師古注があり、『文選《もんぜん》』ならば李善《りぜん》注がある。もし出典文の中の漢語を少し変更しようとするときは、その改作語の語義についてはすでに伝来していた辞書類小学類があり、さらに漢籍の注疏、仏典類の音義も援《たす》けとなる。それらにみえる訓詁《くんこ》を記憶することは、やがて筆者たちの「文袋《あやぶくろ》」ともなろう。これらのうち、最もよく利用されたものは、漢語の語義、その訓詁をいちはやく知る書であったといえる。それは『説文』や『爾雅《じが》』などではなく、むしろ傍系にある古本『玉篇』（あるいは原本系『玉篇』とも）であった。あたかもこれは現代人が諸橋『大漢和辞典』にたよることに同じ。この古本『玉篇』が最もよく利用された大きな理由は、単語の訓詁の過程がよく示されているためである。たとえば神武紀即位前紀の冒頭に天皇の性格として、「天皇生而明達、意礭如也」とみえる。これはおそらく『漢書』高帝紀上の、

寛仁愛レ人、意豁如也。（師古曰、豁然《ハ》開大之貌）

にちなんで、この「意豁如也」を「意礭如也」に改めたものといえよう。しかし「豁如」を「礭如」に改めたのは、「礭」の訓詁を筆者自身が学んだ結果であろう。「礭《かく》」に同じ文字に「確《かく》」がある。唐人玄応『一切経音義』（巻二十四）にみえる「礭陳」の「礭」、及び巻十三「端礭」の「礭」参照。後者の「確」は古本『玉篇』に、

「確」――口角反。周易、夫乾確然亦《（示）》二人君《（易）》一矣。韓康伯曰、確《ハ》堅貌也。埤蒼為二塙字一、在二壬《（土）》部一也。（括弧内は稿者私考）

とみえる。ここに引用した例は、『周易』繋辞下の「夫《そ》れ乾《けん》は確然《かくぜん》として人に易《たやす》きを示す」による。「確然」は、堅い、剛健の意。前述のごとく、『漢書』の「豁如」を「礭如」に改めたのは神武紀の筆者であるが、すでに『周易』を学び、かつ「確」（礭）の訓詁は、『玉篇』によって再確認したものといえよう――『広雅』釈詁に「礭、堅也」――。つまり「礭如」を用いたのは、「確」すなわち「礭」の訓詁をよく承知していたためである。

さらに一例をあげると、神武紀即位前紀己未年三月条の詔の中に、残賊どもの動作として、「餘妖尚梗」とあり、この「梗」（音カウ）はやや珍しい語である。この語を使用するためには、筆者自らその訓詁を知らねばならぬ。しかし、古本『玉篇』の木部は遺憾《いかん》ながら現存しない。釈家空海の、『玉篇』を節略した『篆隷《てんれい》万象名義』によれば、

「梗」――柯杏反。痛也、害也、強也……。（第四帖巻三十九）

とみえ、筆者はおそらく「害也、強也」を適切として利用したのであろう。これに関して、魏《ぎ》の人張揖《ちょうゆう》撰『広雅』に「梗」が三例ほどみえる。

梗《ハ》病也。（巻一上）　梗《ハ》猛也。（巻三上）　梗《ハ》強也。（巻四上）

やはり筆者は、「猛也」「強也」などの表現としてこの語を用いたのであろう。この「梗」がどの書によったのかわからないが、『玉篇』など小学類によれば、出典と訓がたやすく判明しよう。便利さからみて、『玉篇』は小学類の、『藝文類聚《げいもんるいじゅう》』は表現の代表者ともいうべきはなはだ便利な書であった。

しかし『書紀』の筆者らが古本『玉篇』にのみよったわけではない。官人になるためには「学令」に指定された経書類その他を学んだはずである。一例をあげよう。仲哀紀元年閏十一月条に、逝きし父君をめぐって、仲哀天皇と異母弟蒲見別王《かまみわけのみこ》の仲たがいの話がみえる。最後には蒲見別王が誅殺されることになるが、筆者は「時の人」の発言として、両者の態度を批判する。

　父《ちち》は是天《これあめ》なり。兄《え》も亦君《またきみ》なり。其《そ》れ天《あめ》を慢《あなど》り君《きみ》に違《たが》ひなば、何《なに》ぞ誅《つみ》を免《まぬか》るること得《え》む。

右の「父是天也」の句は、経書類を繙《ひもと》いた者のみが知る。おそらく『書紀集解』の指摘するごとく、『儀礼』巻十一「喪服」の「父者子之天也」にもとづき、その応用が仲哀紀の文章として表現されたわけである。『日本書紀』という「帝紀」を中心とする史書といっても、司馬遷《しばせん》の『史記《しき》』のごとく、伝承すなわち史実を潤色で包むのは、述作物である以上、当然のことである。仲哀紀の筆者自身がその漢字表現を、当時の官人を含む後人が正しくよむことを願うのは、訓詁の学の始りといえる。

しかし訓読の問題は、単語や連語だけではない。文章の続きを構成する語について、どの程度に訓でよみ、どの程度に音読すべきか、大きな問題が横たわる。前述の「梗」の字を含む詔勅の一部を考えてみよう。

　雖二辺土未レ清、
　　餘妖尚梗一、而中洲之地、無二復風塵一。

誠宜㆘恢㆓廓皇都㆒、規㆗摹大壮㆖。而今運属㆓此屯蒙㆒、民心朴素。巣棲穴住、習俗惟常。……

神武紀の筆者は右の文を書くにあたって、前述「梗」の字のごとく、いちいちの語義を知った上で書いたのは当然のことである。しかし、語義をいちいち和語に翻訳して述べたわけではあるまい。とくに「大壮」「屯蒙」などの『周易』に出典をもつ語は、やはり音読であったと思われる。「大壮《だいさう》」は、『周易』繫辞下に、

上古は穴居して野処す。後世の聖人これに易《か》ふるに宮室を以てし、棟《むなぎ》を上にし宇《たるき》を下にして、以て風雨を待つ。蓋《けだ》し「取㆓諸《コレヲ》大壮㆒」。

とみえる。「大壮」は「大者壮也」（下経）とみえ、大いなるものの壮《さか》んなることの意。ここは宮室を作るために「大壮」の卦《け》によるの意。「屯蒙《ちゅんもう》」も周易語。その序卦伝に、

屯とは盈《み》つる也、屯とは物の始めて生ずる也。物生ずれば必ず蒙。故にこれを受くるに蒙を以てす。蒙とは蒙《おろ》か也、物の穉《おさな》き也……。

とみえる。神武紀の場合は、世の中がようやく生れた場合の状態をいう。この「大壮」にしても「屯蒙」にしても、訓読すれば何とか訓読できよう。しかし詔の性格上、むしろ音読したのではなかったか。他の筆者たちが、神武紀のこの部分を読む場合も同様であろう。今日一般には、いわゆる「古訓」による訓読が通行している。しかし、「辺土未㆑清、餘妖尚梗…恢㆓廓皇都㆒、規㆓摹大壮㆒……」の——部はむしろ音読してよい。「古訓」は長年月にわたる伝統訓であり、大いに尊重すべきである。しかし、それと同時に神武紀述作当時を考えるとき、なお音読を多くしても誤りとはいえまい。当時の「訓み」の方法が判明しない以上、後者の態度をとろうとも、なんら不都合はなかろう。「古訓は採用すべし、なおかつ採用すべからず」の態度は、あながち許されないことでもあ

るまい。そのためには、さらに「古訓」の問題について考える必要がある。

古訓と本書の訓みについて

『日本書紀』成立以後、「養老私記」「弘仁私記」その他の私記類にみるごとく、官家において早くも講書が始る。その一部は『釈日本紀』引用の記事のはしばしにみられる。その中でも訓読することがその中心であるやに見受けられる。彼らの訓読することの証拠としては、一字一音の漢字のほかに、片仮名傍訓という形式にみられ、とくに後者の片仮名訓がその痕跡《こんせき》を強く残す。『古事記』などと違って、『書紀』にそれが残るのは、神代紀など伝承的な箇所を除いた大部分が漢籍的であるために、経書類をよむ態度で加点されたことにも原因がある。また『文選』などの博士家の典籍研究が『書紀』をよむ態度に及んだことも考えられよう。これらの加点訓を一般に「古訓」という。ただし古訓とひと口にいっても、加点に人の差、日時の差がある。それを一括して「所謂《いわゆる》古訓」といえば、今日何人も漠然ながらも同じ方向を考えるであろう。「古訓」にはすべて「所謂」が加わる。

前述のごとく、古訓は加点者によって異なる場合が多い。すでに述べた仲哀紀の「慢レ天違レ君」の「天」を北野本に「アメ」と訓む。もちろんこれは正しいが、仲哀紀の筆者はむしろ「天《カゾ》」(父の意)と訓んでほしかったかもしれない。また「何得レ免レ誅《ツミ》耶」(北野本)の「誅《ツミ》」については、別王が「誅《ころ》された」(「誅矣」)以上、「誅」を「シニ」(死ぬこと)と訓む方がむしろ筆者の書いた本文の意に近かろう。しかしそれは、それぞれ訓めるということであって、その場その場の筆者の表現のねらいは、依然としてよくわからない。漢字は一種の魔物である。片仮名の傍訓は、漢字に訓《よみ》をつけることであり、訓は最も簡便な語義の「解釈」の一つである。一つの漢字にぴたりと片仮名がはまればそれでよいが、意味の複雑な漢語は訓も長くなり、適当な日本語がなければ、新しい日本語を合成せざるを得ない。そこに新しい古訓が訓読の世界にまかり通ることもある。国文学側の書紀研究者は、語源その他よくわからぬ古訓に振りまわされたきらいがないでもなく、あらぬ方向に走った気味も多分にある。ただし、すでに内藤湖南《ないとうこなん》・神田喜一郎《かんだきいちろう》などの今は亡き両碩学《せきがく》によって、一般に古訓が如何に正しいかは立証されたところである。しかしこの古訓に不当なものも少なくない。一、二例をあげよう。

神武紀即位前紀（戊午年四月）に、長髄彦《ながすねびこ》のために皇軍は進むことができず、神武帝が憂える条がある。「天皇憂之、乃運《サダメタマフ》㆓神策於沖衿㆒」とみえ、「運」の訓が問題となろう。結局は「サダム」という意訳に近い意にはなろうが、「運」の訓詁は運転の意で、「メグラス」と訓むのがむしろ正しかろう。『文選』巻三十五、潘元茂「冊魏公九錫文」にも、類似句「運㆓諸神策㆒」（寛文版「メグラス」）がある。

崇神紀四年十月条の詔に、

何当 ┌聿遵㆓皇祖之跡㆒、
　　 └永保㆓無窮之祚㆒。

とみえる。これは対句である以上、「聿《ノベ》遵《シタガ（ヒ）テ》」（北野本）と訓むのは具合がわるく、「聿」は「永」の対となる副詞に訓むべきである。「聿」は、『尚書』湯誥「聿求㆓元聖㆒」の孔氏伝に「遂也」とみえ、「ツヒニ」は「ナガク」と対をなす（「正義」に、前のことを述べ遂《と》げる意から「聿」は「遂」の意となる、という）。古訓のうち熱田本「ツヒニ」に従うべきである。

履中紀五年十月に、帝が車持君の罪に対して、それをなじる条に、古訓「数之」（「カゾヘテ」）とあり、允恭紀二年二月にも、皇后が昔の無礼者の罪をあげる条に、「数《カゾヘ》㆓昔日之罪㆒」（図書寮本）とみえる。しかしこの「数」

は、『漢書』高帝紀、巻一下に、「漢王数レ羽」（師古曰、数ハ責二其罪一也）とみえ、罪を責める意。古訓の「カゾフ」は訂正すべきである。

もちろん、古訓には不適当なものがあるにしても、信ずべき点の多いことは前述の先学によって指摘されているとおりである。神武紀即位前紀戊午年八月条に、兄猾《えうかし》・弟猾《おとうかし》が登場する。その中に、兄猾の行動として、

兄猾獲二罪於天一、事《ことい》辞《な》ぶる所《ところ》無《な》く……。

とみえる。この「罪《つみ》を天《あめ》に獲《え》て」は、『論語』八佾《はちいつ》篇の「罪を天に獲れば、禱る所無き也」によることは明らかである。この「天」は、最上の神としての天の意というのが通説である。しかし、古訓に「天《キミ》」とみえる。はたしてこれは誤りであろうか。これについては、『論語』の「何晏集解《かあんしっかい》」に、「孔安国曰、天以喩レ君也」とみえ、古訓のもとづくところは、この古注によったわけである。古訓がかならずしも否定できない一例となる。この何晏説を神武紀の筆者が採用したとすれば、古訓は筆者と結ばれたことになろう。さらに一例をあげよう。応神紀二十二年九月条に淡路島御狩の記事がある。その島の描写として、

峯巖紛錯、陵谷相続、芳草薈蔚、長瀾潺湲。……。

とみえ、「芳草薈蔚」の「薈蔚」に「モクシゲクシテ」の古訓がある。これは「茂《も》く繁くして」の意で、繁茂の意。しかし繁茂の意は正しくても、応神紀の筆者はどうして「芳草」と「薈蔚」を結びつけたか、ただちにはわからない。それは『毛詩』曹風「候人」に、「薈兮蔚兮、南山朝隮」（もくもくと、朝《あした》に南の山に湧き立つ雲）とみえ、「毛伝」に「薈蔚雲ハ興ル貌」とみえ、湧き立つ雲の姿をいう。しかし雲の湧き興る姿を筆者が芳草の繁茂へと適用したことについては、多少の考察を必要とする。『文選』西都賦の「茂樹蔭蔚、芳草被レ隄」の、李善注に「蒼頡

篇曰、蔚ハ草木ノ盛ナル貌」とみえ、まず芳草と「蔚」との関係はよくわかる。次に「薈」については、同じく『文選』の「江賦」に、

繁蔚芳蘺……潜薈惣蘢。（李善注「潜薈ハ水中茂盛也」）

とみえ、「薈」も「蔚」と同じく、繁茂する意となる。応神紀の筆者は、『毛詩』の雲のもくもくと起る様《さま》に暗示を得て、「蔚薈」の語を知り、さらに『文選』などの「蔚」「薈」の草などの繁る意を知って、雲ならぬ草の形容として「薈蔚」の語を用いたものであろう。これは筆者の訓詁の成果であり、これを訓んだ加点者の訓も誤りはない。古訓には誤りもある半面、おおよそ正しい訓、根拠ある付訓をみる。

漢字で表現される長短の漢語はそれぞれ出自をもつ。「周易語」「毛詩語」などもその例である。しかも中には書紀筆者群の案出した漢語ならぬ和製漢語もあろう。この和製は和習的日本製であるが、いちいち「漢」か「和」かの判定はむつかしい。しかし漢語の語性を確かめることは必要であるにしても、ここではやや「訓読」の問題をそれる。語性への反省如何にかかわらず伝統的な古訓は総じていえば、漢字を和訓化しようとしている。しかし、それが一つの文章、一つのまとまった対句となると和訓化に多少の無理が起る。もし漢文の出典をもつ場合には、いちいち和訓化する必要があろうか。

神代紀冒頭の例をあげよう。その構成は、

古［天地未レ剖、
陰陽不レ分、］渾沌如二鶏子一、溟涬而含レ牙。及二其［清陽者、薄靡而為レ天、精妙之合搏易、
重濁者、淹滞而為レ地、重濁之凝竭難。］

となろう。これらが逸文『三五暦紀』を含む「類書」によることは周知のとおりであるが、古訓の第一の欠点は、まず「搏易《アヲギヤスシ》」「竭難《カタマリガタシ》」と訓んでいることである。在来の訓読文もこれを尊重するが、「合搏すること易《たやす》く、……

凝竭すること難し」でなくては呼吸が合わない。つまり「――」を付した語は漢語である。前半の部分の「渾沌」「溟涬」なども音読すべきである。然りとすれば、古訓はかならずしも従うには及ばず、すべてを解体して、古訓を少なくする本文もあってもよかろう。

『書紀』は一つの文学的述作物ともいえる。たとえ目的が帝紀をねらった編纂物であるにしても、筆にのせる以上は、表現の潤色に力を加える必要があろう。司馬遷の『史記』は、中国古代の黄帝より前漢の武帝までの帝紀を中心とする史書ではあるが、読者をして感動させるのは、とくに世家・列伝に登場する人物を躍動的に描写する筆力である。史書といっても、無味乾燥であってはならない。『書紀』も同様であろう。諸巻の分担者は伝承・史実を尊重しながらも各自のあやを競う。あるいは最後の本文を決定するに際しては、合同会議もあったかもしれない。これを後世の人々が編集局の「よみ」に従って復原することは不可能である。伝えられてきた古訓の最もすぐれた部分を摘出して本文の訓読文を作ったとしても、それは筆者たちには無関係のことである。それならば、二十世紀の終焉も間近い現在、もっと自由な「よみ」をしてよかろう。少なくとも漢文体と思われるあたりは、近世流の漢文訓読法にならい、それをさらに上代語的に改め、音訓両用を加えた訓読文を作ることも一つの方法であろう。音読の不備は注解によって示し、もし音読された漢語に該当する上代語があるならば訓でよみ――古訓とは必ずしも一致しない――、いずれにしても音読を多くすることになろう。古訓は解釈に等しい。そのため文脈上、敬語を加えることが多く、「シタマフ」や「御《ミ》」形などの訓があまりにも多い。しかし事が急であってはならない。在来の古訓を批判し採用しつつ、やや音読の方に目を向けようとしたのが本書の訓読文といえる。しかもなお次の世紀の更なる音読への「改変」を期待しつつ、最小限の「古訓ばなれ」を試みたのがそれである。ただ私個人としては、漢文体的な部分の訓読化に妥協せざるを得なかったのは、なんといっても漢文体の翻読の困難さを物語るものといえよう。

〔附記〕『新編日本古典文学全集 2 日本書紀①』（一九九四年四月、小学館）所収。小島憲之 直木孝次郎 西宮一民 蔵中進 毛利正守による校注・訳。執筆者を明示した解説の「五」。その前半「書紀の訓読と訓詁」にかかわっては、本書所収「日本書紀の「よみ」――原本系『玉篇』を通して――」の「三」を参照。また、その後半「古訓と本書の訓みについて」にかかわっては、本書所収「『日本書紀』三則――その本文に即して――」の「二則」と「三則」を参照。

万葉用字考証実例 (一)

——原本系『玉篇』との関聯に於て——

一

万葉集には、見馴れぬ文字がかなり多い。碩学大家ならば別として、私などにはとかく納得のゆかない、つまり字書の類にたよらなければ意味不明の文字が散在する。

万葉集の文字に関しては、木村正辞の所謂三弁証、『万葉集文字弁証』『万葉集字音弁証』『万葉集訓義弁証』が残り、今日に至るまでも色あせない考証を誇る。彼の文字に対する考証の基本的姿勢は、清朝考証学の「実事求是」(shíshì qiúshì)に基づく。これは証明の例証を漢籍に求め、自説を論証する。例証を尊重するために、自己の恣意を極力避ける。

おもふにこは県居翁鈴屋翁などの、今の万葉集はいと誤多きものなれば、其誤りを考ふる事をむねとすべしといはれたるによりて、今もさる人々のおほかるなるべし、さるはまことに誤れりとみゆるもなきにしもあらねど、さばかりのことはいづれの書にもあることにて、いかで万葉のみにかぎらむや、且かの翁だちの誤字なりとて改められたるも大かたは従はれぬことぞおほかりける、抑かたへに例証などもありて、たしかに誤字としられたらむにも、其よし注などにいひて、本文は猶もとのまゝにておきたらむこそ、今ひときは心ゆくこゝちはせらるれ、ましてたしかなる証などもなくして、おのれえよみがてにする文字をば、みだりにひがもじなりといひて改めかふるは、古書の面目を失ふのみならず、終にはこれがために、古言古義をさへうしなはむものぞ、あなかしこ古へ学するともがらは、さるみだりなるわざは、かけてもすまじきことなりかし、……この二翁のめぐみをかゝぶらぬものは誰かはある、さるを此万葉の学よ、文字の誤を考ふるをむねとすべしとのをしへのみは、人はいかにかあらん、我はうべなひがたくてなむ（『万葉集文字弁証』序）

右の序文にみる如く、木村正辞が真淵・宣長の二大先進の本文校定の態度に賛成しなかったのも、ひたすら古書に例証を求めようとした実事求是の方法にほかならない。彼が唐人陸徳明の『経典釈文』や、清人阮元の校勘記、所謂『十三経注疏校勘記』の方法を参考にしたのもそのためでもある。

この態度は確かに学ぶべきである。特に漢籍など文献活用の容易な現代ならば、それは比較的容易であり、納得できる方法である。しかし顧るに、万葉人の場合は、必ずしもそうではなかった。経書の訓詁をひろく学び、これを記憶に留めることは、当時としては物理的にもなかなか困難であった。従って、まず活用すべきものは、注疏を集めた「小学」即ち「字書」（「辞書」をも意味する。以下同じ）の類である。字書は引得的《インデックス》なものである。すでに伝来していた名高い小学類としては、説文・爾雅などを挙げることができる。更に、正倉院文書（大日本古文書二）としてその断簡の残る、漢人伏虔《フクケン》（服虔）撰『通俗文』や、六朝の人彭《ハウ》立撰『文字辨嫌《ベンケン》』（『文字辯嫌』とも書く）なども珍らしい伝来小学類である。しかしこれらの小学類には、詳しい訓詁の根拠が示されていない。たとえば、訓詁の属である『爾雅』郭璞注を例にすれば、任意に挙げた、

(1) 怡、……般、楽也皆見レ詩。（釈詁）

(2) 嵩、崇、高也皆高大貌。左伝曰、師叔、楚之崇也。（同）　崇、充也亦為二充盛一。（同）　従、……崇、重也皆所三以為二重畳一。（同）

(3)　饟、饋也（同）

(4)　差、択也皆選択、見レ詩。（同）

にしても、訓詁は示されてはいるが、その根拠は甚だ簡単である。清人郝《カク》懿《イ》行《カウ》が『爾雅義疏』をものしたのも当然と云えば当然である。本場の中国人にとって「疏」が必要であることは、上代人にはこれを更に必要とする。前述の小学類は、爾雅よりも更に注が簡単であり、無注の部分も甚だ多い。やはりこのあたりに訓詁が詳細で、しかも訓詁の理解しやすい字書を必要とする。

その小学類は何であったか。その一つに、梁人顧野王原撰の『玉篇』、所謂「原本系玉篇」（「古本玉篇」「真本玉篇」）を挙げることができる――これは後続の増補本の玉篇、『大広益会玉篇』（重修本玉篇）を意味しない（以下、特別に指示しない限り、『玉篇』は、すべて原本系古本系のそれを示す）――。この原本系玉篇の利用については、『令集解』引用の「古記」（天平十年前後の撰）や「令釈」（延暦年間撰）に豊富な例をみ、その最初の指摘は井上順理氏の卓見による（注1）。またこれが奈良朝より平安朝末にかけて、日本書紀その他に利用されたことは、既に私見に於て述べた通りである（注2）。この『玉篇』が他の小学類よりもよく利用されたことは、訓詁の根拠となる出典文とその訓詁が詳しく示してあることを理由の一つとする。特に出典文は、「類書」の佳文佳句にも比敵する豊富な例を引用する。上代人は、玉篇をひらくことによって、佳句ならびにその訓詁を学ぶと云う一石二鳥の両得を身を以って体験したのである。

前述の爾雅郭注の諸例に対して、原本系玉篇に左の如き訓詁をみる（問題の箇処のみをあげる。本文の括弧内の右傍書は私案、以下これに準ずる）。

(1)´「般」――尚書（夏書、五子之歌）、乃般遊無レ度、孔安国曰、般、楽也。

(2)′「嵩」――毛詩(大雅、崧高)、嵩(崧)高惟(維)岳、伝曰、山大而高曰レ嵩。爾雅、嵩、高也。
「崇」――尚書(商書、盤庚)、乃崇隆二罪疾一、孔安国曰、崇、重也。爾雅亦云、郭璞曰、増崇所三以為二重畳一者也。……考(周礼)工記、戈《ホコ》崇二於軫四尺一、鄭玄曰、崇、高也。爾雅亦云、郭璞曰、左伝(宣公十二年)、師叔、楚之崇是立(衍字)也……儀礼(郷飲酒礼)、再拝崇レ酒、鄭玄曰、崇、充也。

(3)′「饟」――爾雅、饟、饋也。野王案、毛詩(頌、良耜)、其饟伊黍是也、説文、周人謂、餉曰レ饟也。
「餉」――説文、饟也。広雅、餉、遺(貴)也。
「饋」――周(天官、膳夫)、礼凡王之饋(注3)、鄭玄曰、進二物於尊者一曰レ饋也……説文、餉也。蒼頡篇、祭遺也。

(4)′「差」――又曰(毛詩、小雅、吉日)、既差二我馬一、伝曰、差、択也。

これらは、前述の郭注に比して、甚だ詳しい。特に(3)の如き出典のない例も、(3)′の「餉」を媒介とすることによって、「饟、饋也」(物を遺《おく》る、進物する)の訓詁が容易にわかる。同時に、(1)′の尚書、(4)′の毛詩の例などの佳句をもじかに知ることができる。つまり原本系玉篇を「読む」ことによって、労せずして、佳句の主な訓詁を知ることが可能であった。説文や爾雅にくらべて、『玉篇』は元来「晴れ」の小学ではなかった。しかし天平十年頃に成立した『令』の注釈「古記」の訓詁に堂々と引用され、更に延暦の「令釈」にも引用を見、それが『令集解』の中に編纂されたことは、『玉篇』の訓詁が詳細であることに大きな原因がある。その引用文も佳言名句を採用するために、云わば「類書」的役割を演じたものとみても過言ではない。日本書紀の述作者と同様に、万葉人もこの原本系玉篇を利用したのであろう――その一端は拙稿参照(注4)――。もしそうとすれば、木村正辞の如き優れた万葉集の訓詁の方法も、もっと簡単に解釈されるのではなかろうか。

一例を挙げよう。万葉集に、

(1) かぜをいたみおきつしらなみたかからしあまのつりぶねはまに眷《かへり》ぬ　（二九四）
くれなゐのころもにほはしさきたがはたゆることなくわれ眷《かへり》みむ　（四一五七）
(2) おほのらにたどきもしらずしめゆひてありかつましじあが　眷《こふらくは》　（二四八一）
さととほみ眷《こひ》うらぶれぬまそかがみとこのへさらずいめにみえこそ　（二五〇一）

とみえ、「眷」に対して、(1)「カヘリミル」・「カヘル」、(2)「コフ」系の訓がある。前者の訓はかなり用いられるが、後者の「眷」に対する訓「コフ」（「恋」）はかなりむつかしい。稲岡耕二氏はこれについて、「中国詩を背景とする文字選択である」として、文選の例を挙げる（注5）。この考証は正しい。しかしもっと便利なものが存在していた筈である。原本系玉篇残巻には、「眷」の字を欠くが、その抄出本である弘法大師撰『篆隷万象名義』（以下、『万象名義』と称する）に、

古媛反。顧也、恋也、向（也）。

とみえることとは、そのもとの『玉篇』による限りは極めて簡単であることを示す。原本を試みに推定すれば（左上に＊印を附した文は推定本文を示す）、

＊古媛反。尚書（大禹謨）、皇天眷ㇾ命、孔安国曰、眷、視也。説文、眷、顧也。……広雅（釈詁）、眷、嚮（向）也。

などとなる。また「恋也」の部分については、諸橋氏『大漢和辞典』引用、即ち稲岡説引用の文選の例があったかも知れないが（『玉篇』には文選の例が諸処にみえる。なお文選には「眷恋」の語が四例みえる）、何れにしても、万葉人は労せずして、直接『玉篇』の訓詁によったものとみるべきであろう。

しかし『玉篇』の残る部分は多くない。岡井慎吾『玉篇の研究』、馬渕和夫氏『玉篇佚文補正』（油印本）などは、それぞれ玉篇に対して熱情を傾けたもので、一応の佚文はここにみられる。しかもなおこれらの幾多の佚文

のうち、「玉篇云」（或は「玉云」「玉」など）の部分が引用文のどこまでかかるか、検討すべき点が甚だ多い。特に『万象名義』を通じて、『玉篇』の本文を推定することの可能性は、『令集解』引用の訓詁（五百数十条）がこれを示す（近刊拙著）（注6）。最近複製をみた神田喜一郎博士所蔵の『大乗理趣六波羅蜜経釈文』は四百餘条の玉篇佚文を収めるが、しかしやはり『玉篇』引用のことを何ら物語らない万象名義の方が、かえって最も豊富に『玉篇』の姿を示してくれる——但し万象名義には出典原文を省略し、訓詁のみを示す。しかし出典文は佳文を中心とし、また『玉篇』引用の出典書もかなり限定されているために、その本文も予想外に推定可能な部分も少なくない（以下＊印で示す）——。従って、万葉集の用字の訓詁、その文字表現の追求に対しては、失われた『玉篇』をあまり悲観しないで、ともかくも研究し得る現状にあると云える。上代作品の訓詁、狭く云って万葉集のそれは、原本系『玉篇』（その抄出本は、『万象名義』）の活用より始まる。

二

まず万葉集の巻を追い、問題のあるものを考察しよう。

(1)　やまとには、むらやまあれど、とりよろふ、あめのかぐやま、騰《のぼり》たち、くにみをすれば、……　（二）

の「騰」は、原本系玉篇残巻、即ち『玉篇』にみえない。また玉篇佚文に、「玉篇云、躍也」（続一切経音義巻十「騰驤」）とみえるが、この歌の場合には応用できない。また『玉篇』の一部を引用したものと推定される、令集解に、

古記云、騰、杜登反。楚辞(招魂)曰、目騰レ光些、王逸曰、騰、馳也。又曰(離騒)、騰二衆車一以使二径待一、王逸曰、騰、過

也（巻三八、廐牧令「騰過」）

とみえるが、これも役に立たない。しかし『玉篇』の抄出本である『万象名義』に、

杜登反。乗也、躍也、伝也、上也、奔也、度也。

とみえ、特に「上也」が注意される。この「上」は、『万象名義』に、「登也」とみえ、ここに「騰」に対して、「ノボル」の訓を当てることができる。恐らく『玉篇』には、

*杜登反。……淮南（原道訓）、経㆓紀山川㆒、蹈㆓騰昆侖㆒、許叔重曰、騰、上也（或は、「広雅、騰、上也」）。

とあったかと推定される。つまりこの記事を通じて、万葉人が「ノボル」に対して「騰」の字を当てることは、『玉篇』による限り極めて容易なことであった。神代紀（下）の、「昼者如㆓五月蝿㆒而沸騰《アガル》之」や神武紀即位前紀（甲寅年十月）の訓注「一柱騰《アガリノ》宮、此云、阿斯毗苫徒鞅餓離《あがり》能宮」とあるのも、「ノボル」・「アガル」系の文字であり、これも推定される『玉篇』の本文によれば、その訓詁は容易に知られる。

(2)　かぐやまは、うねびををしと、みみなしと、あひ諍競《あらそ》ひき、……うつせみも、嬬《つま》を、相挌《あらそ》ふらしき　（一三）

これは有名な中大兄の大和三山歌の歌句の一部である。まず「諍」については、『玉篇』に、

側迸反。説文、諍、止也。野王案、今世以為㆓争字㆒。争、諫也、引也、在㆓受部㆒也。

とみえ、「諍」は「争」（「アラソフ」）に同じ。更にまた、

渠竟反。声類、古文競字也。競、強也、争也、……（「競」）

ともみえ、「諍競」は「争」の意であることがわかる。右の歌と同様に、巻十三の長歌、

あまくもの、かげさへみゆる、こもりくの、はつせのかはは、……おきつなみ、諍《きほ》ひこぎりこ、あまのつり
ぶね（三二二五）

も、「おきつなみ」を枕詞と解する場合には、「キホフ」（或は「キソフ」）の訓がまず与えられるであろう。右の巻一の歌の「諍」に対して、『万葉集講義』に、「争」と通用すると説くのは勿論正しいが、この通用を万葉人がどこで知ったか、『玉篇』によれば、至って簡単なことである。

次に「相挌《あらそ》ふらしき」の「挌」については、巻十六冒頭歌の序の「損《ステテ》レ生挌競」（三七八六）に照らして、「アラソフ」と訓むべきことが知られる。「挌」は、『万象名義』に、

古額反。正也、距也、止也、挙也。

とみえ、右の「アラソフ」の類に必ずしも適合するとは云えない。しかし新撰字鏡の、

古額反。正也、距也、止也、繫（撃?）、又闘也（扌部）

は、『玉篇』に基づく記事と推定され、このうち「闘也」もその一部であったと思われる（万象名義はこの訓詁を省略したものと推定）。「闘《アラソフ》」については、玉篇佚文に、

顧野王云、称レ兵相攻戦曰レ闘、蒼頡篇云、闘、争也（一切経音義巻四四「闘諍」）

とみえ、ここに「挌」を「諍」（争）と訓むべきことがわかる。但し万葉人は、このような手順を経ないで、直接に『玉篇』の推定本文「挌、闘也」によって、「挌」の訓詁を学んだものであろう。

次に「嬬《つま》」については、『万葉集講義』*に、『博雅』の「妻謂二之嬬一、一曰レ妾」を挙げる——景行紀四十年是歳「吾嬬者耶」（嬬、此云、菟摩《つま》）の「嬬」に対して、『書紀集解』にも博雅の例を引用する——。しかし、説文・爾雅・広雅などと違って、万葉人が直接に『博雅』（魏張揖撰、曹憲音釈）を利用したか否かは疑わしい。むしろ

『万象名義』の「譲迂・思迂㆓反。弱也、下妻也」から推定すれば、『玉篇』には、

*説文、弱也、一曰㆓下妻㆒也（或は「広雅《（釈親）》、妻謂㆓之嬬㆒」）

などとあったものと推定される。「下妻」は段玉裁注によれば、「下妻猶㆓小妻㆒……陸云、妾也」の意であるが、何れにしても「ツマ」に当てたのは正しい。

「嬬《つま》」に関連して、人麻呂作の、

あみのうらにふなのりすらむ㛪嬬《をとめ》らがたまものすそにしほみつらむか　（四〇）

がある。この「㛪嬬」の例は、ほかに大伴家持の、

もののふのやそ㛪嬬《をとめ》らがくみまがふてらゐのうへのかたかごのはな　（四一四三）

などもある。「嬬」は前述の如く、「弱也」とみえ（段注に「嬬之言濡也。濡、柔也」とも述べる）、「弱也」に対して、万葉人は、若草の如きしなやかさ、若さを感じていたものとみなしてよい。何れにしても「ツマ」のほかに「ヲトメ」ともよめるであろう。しかし「嬬」の上の「㛪」については実はよくわからない。岸本由豆流の『攷証』に、「感嬬」とあったものを連字扁旁を増す習慣によって「女」扁を加えたものと云うが、この「感嬬」とは何か、未詳。『文字弁証』に、岡本保孝の説を挙げ、「感は感動の意にて、春心感動之女と云義にてヲトメに借リたるならむといへり、此説に従ふべし」と述べるが、単なる思いつきとみるべきであろう。「㛪」の字形に類似する一例として、万象名義に「娍」があり、「時政反。或盛」とみえる。これは『玉篇』に、少なくとも、

*或為㆓盛字㆒、在㆓皿部㆒。

とあったものと推定される――「成」と「盛」の通用は、「冬木成《もり》」（一六）など、万葉集にも例がある――。「盛」とは若さに通じ、ここに扁旁を増すならば「⿰女盛」*となり、女性の若々しさを示すことになるであろう。「㛪」

はもとは「娍」（「盛」「媙」）の誤ではなかったか。ここに一案として提出する。

(3)　うつせみのいのちをしみなみに湿《ぬ》れいらごのしまのたまもかりはむ　（二四）

この「湿《ぬ》る」に対しては、常識的に考えると、物のしめることから推して、濡れるの意の「ヌル」に当てたとみてよい。諸注もこの常識の線を越えず、殆んど説く所がない。この「湿」は万葉集中あまり使用されず、巻九の七夕歌の、

ひさかたの、あまのかはらに、……も湿《ぬ》らさず、やまずきませと、たまはしわたす　（一七六四）

は、その稀な例である。この「湿」は『玉篇』に、

詩立反。周易（乾）、水流レ湿、火就レ燥。野王案、湿猶二霑潤一也……。

とみえる。また同じ訓詁の「潤」についても、『玉篇』に、「広雅、潤、益也、潤、湿也」とみえる。また「霑」については、『玉篇』に残らないが、『万象名義』に「濡（也）」とみえ、「湿」・「潤」・「霑」（「沾」に同じ）の三字とも同じ訓詁をもつ字であることがわかる――『万象名義』に「沾」について「益也」とみえ、前述の「潤、益也」に同じ――。従って、「湿《ぬ》る」は、

わがせこをやまとへやるとさよふけてあかときつゆにわがたち霑《ぬ》れし　（一〇五）

あしひきのやまのしづくにいもまつとわれたち沾《ぬ》れぬやまのしづくに　（一〇七）

はしきやしあはぬこゆゑにいたづらにうぢかはのせにもすそ潤《ぬ》らしつ　（二四二九）

と同じ訓詁をもつこと、『玉篇』などによって証明できる。古事記の、三輪川の赤猪子伝説の一文、

赤猪子之泣涙、悉湿二其所レ服之丹揩袖一（下巻、雄略）

もここに適用できる。なお「沾」に関聯して、古事記（中巻、垂仁）に、

泣涙落三沾於二御面一（「沾」は前田本・猪熊本などによる）

従二沙本方一暴雨零来、急沾二吾面一（田中校訂本）

とみえる。『日本古典文学大系　古事記』は「沾《ソク》」と訓むが、本居宣長の古事記伝は、版本に従って、本文を「洽」（「ヌラス」）に採る。現代の注釈書は「洽」に疑をもつものが多いが、これも『玉篇』によれば、

胡爽反。……説文、洽、霑也。……字書、或為二⿱雨合字一、在二雨部一。

とみえ、宣長説を敢えて捨てるには及ばない。

なお「湿」に関して、難訓歌の一つ、

あめふらずとのぐもるよの潤湿どこひつつをりききみまちがてり　（三七〇）

がある。この「湿」は「潤」の意であり、同一の訓詁をもつ。前半の歌意が不明であるために「潤湿」に如何なる訓を当てるべきかむつかしいが、前述の『玉篇』的な訓詁より進むべきであろう。後考を俟ちたい。

(4)　みよしのの、みみがのやまに、ときじくぞ、ゆきはふるといふ、……そのあめの、まなきがごとく、隈《くま》も堕《お》ちず、おもひつつぞこし、そのやまみちを　（二六）

まず「隈」については、『玉篇』に、

於曲反。左氏伝、(僖公二五年)秦人過レ析、隈（入）、杜預曰、隈、隠蔽之処。説文、水曲、隈也。

とみえ、上代語の「クマ」（地形の入りこんだところ）に当ることがわかる。次に「くまも堕《お》ちず」の「堕」を「オツ」と訓むこと、類歌の「くまも落ちず」に照らして正しい。高橋虫麻呂歌集の長歌の一つ、

をのうへの、さくらのはなは、たきのせゆ、落堕てながる……　（一七五一）

の「落堕」を、「オチテ」と訓むか、やや意訳して「チラヒテ」と訓むかは別として、「落堕」即ち「落」と「堕」とは重言を示す。「堕」は、『玉篇』に「墮」の異体字の形でみえ、現行字体「堕」に改めると、

許規反。尚書（益稷）……孔安国曰、堕、廢。左氏伝（僖公二二年）、随（堕）二単（軍）実一而長二寇讎（讎）一、杜預曰、堕、損（毀）也。穀梁伝（定公十二年）、随猶二隕取一也。方言、随（堕）、壊也。説文、阪成レ阜曰レ堕也（阜部）

となる。その要約版をかりに作るならば、

許規反。廢也、損也、壊也。

となるが、『万象名義』に「壊也」の代りに「毀也」があるのは、別本の『玉篇』を抄出したものであろうか。しかし「オツ」に当る訓詁はみえず、他に例を求める必要がある。

『玉篇』の「隕」の条に、

為敏反。……毛詩（衛風、氓）、其黄而隕、伝曰、隕、隋也。……爾雅（釈詁）、隕、落也。説文、従レ高下也。

とみえ、落ちる意をもつ「隕」が「隋」即ち「堕」に等しいことがわかる――原本系の図書寮本『類聚名義抄』に、「堕、落也」とみえる――。また『玉篇』の「隊」の訓詁に、

馳愧反。爾雅（釈詁）、隊、落也。説文、墜、従レ高堕也。

ともみえ、これらによって、「堕」が「落」の訓詁をもつことが証明できる。なお前述の『玉篇』所収の「隕」の訓詁から、

隕《お》ちたぎつはしりゐのみづのきよくあれば癈きてはわれはゆきかてぬかも　（一一二七）

は容易に理解される。因みに第四句の「おきては」の原文「癈」については、『玉篇』の「廢」に、

甫吠反。……毛詩（小雅、楚茨）、廢撤不レ遅、伝曰、廢、去。……又曰（礼記、中庸）、君子遵レ道而行、半陰（塗）而廢、而不（吾）レ能也、鄭玄曰、
廢猶二罷止一也。爾雅（釈詁）、廢、舍也、郭璞、舍、放置也。……説文、屋頓也。固疾為二廢字一、在二疒部一也。

とみえ、「廢」即ち「癈」は、「ヤメル」・「ステル」・「オク」などの意をもち——名義抄「廢」の訓に、「ヤム」・「トトム」・「スツ」・「オク」などの訓がみえる——、右の歌の「癈」の訓は解決できる。なお二六の歌の「隈も堕ちず」など「阜部」の文字を使用することから考えて（「堕」は『玉篇』によれば、土部ではなく阜部）、額田王の歌、

うまさけ、みわのやま、……やまの際《ま》に、い隠《かく》るまで、みちの隈《くま》、いつもるまでに、……こころなく、くもの、隠障《かくさふ》べしや　（一七）

なども、『玉篇』の阜部を学んだ結果かも知れない。「際」「隠」「隈」「障」、何れも『玉篇』に残る。

三二の題詞に、

(5)　高市古人感二傷近江旧堵一作歌

とみえ、「堵《と》」が「都《と》」に通ずること、『訓義弁証』に考証がある。正辞は云う、

音の通ずるよりして、古へ通はしかけるならん、字義異なれども、音の通ふ文字をば通じかけること、此方にも西土にも古くはいと多かり。

と。「難波堵」（巻三・三一二題詞）、「堵里」（巻六・一〇二八題詞。但し元暦本「都里」）、「堵裏」（巻十六・三八三五左注）など、みな「ミヤコ」を意味する。しかしこの二字は音通にしても、「都」の代りに「堵」が用いられた理由は必ずしも明らかではなく、万葉集講義も、「これを通用するもの未だその拠を知らず」と述べる。

この「堵」は『玉篇』に残らず、また万象名義も、反切「都扈反」のみしか示さない。但しこの字の次に「垣」が続くことは、この意に近いことを示す。さて、玉篇佚文に、

都魯反。顧野王云、堵皆築墻板数也、説文、垣五板為レ堵（一切経音義巻九二「安堵」）

とみえ、『玉篇』には、右の同文もしくは類似文が「堵」の訓詁の一部を形成していたものと推定される。右の佚文によれば、垣を築くための板幅五枚を積んだ高さの垣が「堵」である――説文の段注によれば、三堵をもって「雉」とする、とみえる。この「雉」は神代紀（下）の古訓に「タカガキ」とみえ（文選蕪城賦、李善注「雉、長三丈高一丈」）、宮殿の高垣をさす――。万葉人は高垣を通じて、都の宮殿や都の城壁などを思い、これを音通の「都」の意に用いたかも知れない。特に「都」の意に当てた直接の原因は、『玉篇』の推定反切「*都扈・都魯二反」によるかも知れない。しばらく一案として提出する。

(6) やすみしし、わがおほきみ、……もちこせる、まきのつまでを、ももたらず、いかだにつくり、泝《のぼ》すらむ、いそはくみれば、かむからならし　（五〇）

これは、藤原宮の役民の作歌である。「泝」を「ノボス」と訓むことは問題がない。『玉篇』にはこの部分を欠くが、『万象名義』に、「蘇故反。逆レ流（而）上（曰二泝）洄一也。溯同上」とみえ、更に玉篇佚文に、

玉云、逆レ流上曰二泝洄一、順レ流而渉曰二泝游一、水欲レ下違而上也。向也。溯古文（図書寮本類聚名義抄）。

とみえる。これらより推定して、『玉篇』は、

*蘇故反。毛詩（秦風、蒹葭）、泝洄従之、伝曰、逆レ流而渉曰二泝洄一、又曰（同）、泝游従之、伝曰、順レ流而渉曰二泝遊一。説文、水欲レ下違而上也、向也。古文為二溯字一。

などに近い本文であったと推定できる。大伴家持の長歌の一節、「しくらがは、なづさひ泝《のぼ》り」（巻十九・四一八九）も同様である。

(7) おほきみの、みことかしこみ、にきびにし、いへを擇《お》き、こもりくの、はつせのかはに、舼《ふね》うけて、わがゆくかはの、かはくまの、やそ阿《くま》おちず、万段《よろづたび》、かへりみしつつ、たまほこの、みちゆきくらし、……ちよまでに、いませおほきみよ、われもかよはむ　（七九）

これは藤原京より奈良の宮に遷都した時の歌、作者未詳。まず問題となるのは、「擇」の字である。これについては、『講義』に詳しく、「擇」を「釋」の異体字とみなすが、この主旨は、

按ずるに類聚名義抄に「擇」に「ハナツ」の訓あるを見れば、古は擇釋相通じて用ゐしならむ。

云々である。『講義』は、更に「釋」の訓詁、「廃也」（尚書大禹謨）、「置也」（国語魯語）、「捨也、廃也」（広韻）を引用して、「釋」に「オク」の訓を認め、「擇」にもこの訓の適用を認める――因みに由豆流の『攷証』の、

呂覧簡選篇注に、擇《ハ》別云々とありて、別の意なれば、家をわかれてとよむべし。

について、『講義』は諸説のうちで有力な説とみるが、呂覧注（呂氏春秋、高誘注）の「別」は、区別の意で、家を「ワカレル」の意ではない。このようなことは、漢籍のよみについてはありがちのことであり、お互いに自戒すべきであろう――。名義抄には、「釋」（僧下）と同様に、確かに「擇」（仏下）に「ハナツ」の訓がある。しかしこれは平安某人の訓であり、後人はその訓の根拠を追求しなければ安心すべきではない――名義抄の誤写誤訓に気付かず、これを鵜呑みにしたため、多くの国語学者がその学をどれほど毒されたか、やはり中国人の手法に学んで、訓の始原を求める「名義抄注疏」の試みが行なわれねばなるまい――。しかし『講義』の説は今日の定

説と認むべきであり、これ以上を越えることは甚だむつかしい。それはしばらく置き、貂に続く一つの考察を試みよう。

「擇」は、『玉篇』の抄出本である『万象名義』に、「儲格反。簡選也」とみえるが、恐らく、もとの『玉篇』には、「*説文、簡選也」とあったものと推定される。簡選は選択する、えらぶ意――『令集解』（巻三職員令、大学寮・頭「簡二試学生一」）の令釈「釈云、簡、音居限反。簡、擇也」も『玉篇』によると推定される――。「いへを擇《えら》び」では意をなさない。この歌句は、「家を置く（捨て置く、捨てる、去る）」の意であるべきところである。ここで思い出されるのは巻十二の、

　みづをおほみあげにたねまきひえをおほみ擇擢《えら》えしわざぞあがひとりぬる　（二九九九）

であるが、この「擇」も「エル」・「エラブ」の意である。また「擇擢」の「擢」は、『万象名義』に、

　達卓反。去也、宛《(充?)》也、抜也、出（也）。

とみえ、恐らく『玉篇』の「擢」には、

　*達卓反。礼記《(少儀)》、不レ角、不レ擢レ馬、鄭玄曰、擢、去也、謂レ徹也（「宛」は未詳）。方言、擢、抜也。自レ関而西、或曰レ抜、或曰レ擢。広雅《(釈詁)》、擢、出也。

などとあったであろう。これによれば、「擢」は、抜く、抜き去る、抜き出る、の意。「抜く」ことは、ものを選択することになり、「擇」も「擢」も重言となる。右の歌を「擇擢《える》」と訓むことは正しい。巻十一の、

　うつたにひえはしあまたありといへど擇《えら》えしあれぞよをひとりぬる　（二四七六）

もその例である。しかしこの「エル」の訓詁は、問題の巻一の「いへを擇《お》き」には、同一文字でありながら適用できかねる。一体、「オク」（「置」）という上代語は、前述(4)（一一二七）の「癈」の訓詁を『玉篇』で示した如く、

「去・止・放置」の意をもち、「やめる」「すてる」の意がある。一方を選べば、一方を捨てることになり、もし「置く」にこの意味があるとすれば、「擇」(「える」)が「置く」の意になるであろう。しかしやはり同時にこのうらはらの意が果して存在するのか、疑わしい。「擇」の意は、巻十一の例に従うべきであろう。もしそうならばこの訓詁は問題の巻一の例には適用できず、疑問はそのまま続く。しかし万葉人の文字標記「擇擢」がある以上、「擇」即ち「擢」を再び顧りみる必要がある。前述の訓詁にみる如く、「擢」は、ものの抜き出る(抜き出す)ことから、出る、去るの意も生れる。ここに同じ意の「擇」は、「家を出る(去る)」ことから、家を置き去ることになり、「家をオキ」と訓むことは可能ではなかろうか。『講義』の説は、「擇・釋」によって、これを説こうとするが、私見は万葉集の「擇擢」の語から、「擇・擢」の方向へ進もうと試みる。その出発点はやはり『玉篇』である。なお巻十の、「つきひ擇」(二〇六六)の「擇」は、前述の如く、「簡選也」の意。塙書房版『萬葉集 本文篇』の訓「オキ」は誤ではないにしても、やはり一般の「エリ」の方がよかろう。

更に「オク」について一例をあげると、

とぶとりのあすかのさとを置《お》きていなばきみがあたりはみえずかもあらむ　(七八)

あぢさはふ、いもがめかれて、……ゆきかくる、しまのさきざき、くまも置《お》かず、おもひぞあがくる、たびのけながみ　(九四二)

ゆきを除《お》きてうめをなこひそあしひきのやまかたづきていへゐせるきみ　(一八四二)

の「オク」は、捨てる、捨て去る、除く、などの意。これは「棄」(捨てる、置く)に関係する。『万象名義』の、「已」の条に、「徐里反。……退也、止也、……去也、……此也、棄也」とみえ、また『倶舎論音義』(京都大学蔵転写本)の玉篇佚文に、

玉云、徐里反。嗣也、起也。又歳旨反。退也、正也、(止)去(也)、此也、弃(棄に同じ)也、畢也、又訖也。

とみえる。この「棄」の部分は、『玉篇』に、

孟子(尽心篇)*、於レ不レ可レ已而已者、無レ所レ不レ已、趙岐曰、已、棄也。

とあったものと推定される。「已」即ち「棄也」は、捨てる、放棄する、放置する、置く、の意。ここに「已」を「オク」と訓むことができる。もしそうならば、

わがせこはいづくゆくらむ已つものなばりのやまをけふかこゆらむ　(四三及び五一一)

の第三句「已つもの」は「オキツモノ」(沖つ藻の)と訓むことができ、ここにも『玉篇』の適用が可能である。但しこれは諸本によって、「巳」「己」などの差があるが、「已」*の本文による(詳しくは近著、注6)。尤も『文字弁証』は、「己」とみて、玉篇や韻会の「起也」、即ち「起《オク》」の原字を「己」とみて、「オキツモノ」と訓む——但し、前述の如く、倶舎論音義の玉篇佚文は、「己」ではなく、「已」の訓詁が「起也」である——。「起也」か「棄也」か、何れが正しいかは検討を要するにしても、これにも『玉篇』の適用が可能である。

もとの歌に戻って、「舼うけて」の「舼」については、『万象名義』に、「渠恭反。小艇。艓同上」とみえる——なお「艇」は『万象名義』に「小船」とある——。恐らく『玉篇』は『方言』(巻九)に基づくものであろうが、ここは単に舟を代表する文字でみてよい。巻十九の、大伴家持作の、「からひとも筏《いかだ》うかべてあそぶといふ、……」(四一五三)の「筏」(方言巻九)も、舟の一種であり、「筏《いかだ》」を「筏《ふね》」に代表させたとみれば、通説の訓「フネ」でもよかろう。巻十三の長歌、「筏につくり」(三二三二)も、意味は同じ。

次に「よろづたび」に対して「万段」の文字を使用する。人麻呂の長歌(巻二・一三一)の「万段」も同様である。しかし「段」を「タビ」とよむ理由については、諸注にみえない。『講義』が、「後の研究にまつべきなり」

と述べるのは、やはり鋭い。この「段」は、万象名義に、

徒換反。椎レ物（也）。

とみえ、『玉篇』には、「説文、椎レ物也」とあったものと推定される。この説文の例については、段注に「段字自応レ作レ断」とみえ、断つ、くぎる（くぎり）、わかつ（分断されたもの）などがこれに当る。この動作が何度となく繰返えされるのが「万段」となるであろう。しかしこれが万葉集に使用された原因を『玉篇』によるものと断定するには例が不十分である。後考を俟つべきであろう。なお「段」については近人劉世儒の研究がある（注7）。彼はこの「段」を四つに分類する。このうち、次の、

此段《タビ》有レ征無レ戦、以レ時平蕩、百姓安帖、甚快也（南斉書巻五六劉係宗伝。訓は和刻本）

此段小寇、出二於兇愚一（同巻二二豫章文献王。訓なし）

の例は、劉氏の云う、「第四種量〝時〟。時間雖然也不是実物、但延続不已、当然也就可以把它劃分成階段。南北朝這種用法還很接近於名詞、因為它総不常同数詞組合」に当るであろう——続日本後紀（承和四年正月六日）の「此般停レ之」も、その一類——。訓を附すると、和刻本の如く「タビ」に当るが、万葉集の「万段《タビ》」とは同じ「タビ」ではありながら分類を異にする（補注）。

次に「河隈《かはくま》の、やそ阿《くま》おちず」の「阿」については、『玉篇』に詳しい訓詁がみえる。このうち「クマ」に当る条を抽出すれば、

於何反。……毛詩、（衛風、考槃）考レ槃在レ阿、伝曰、（曲）陵曰レ阿……穆天子伝、猟二于阿（河）水之阿一、郭璞曰、阿、水岸也（注8）。

とみえ、毛伝によれば曲った岡、郭注によれば水の岸の意となる。右の歌の「河隈の、やそ阿《くま》おちず」の「阿」

は、両方の意を兼ね合わせた、曲った水のきし、の意をもち、文字遣としても適切である。これに対して、

おくれゐてこひつつあらずはおひしかむみちの阿《くま》みにしめゆへわがせ　（一一五）

は、水ではなく、陸に関係する毛伝的な意の方の利用と云える。

(8)　いにしへにこふるとりかもゆづるはのみゐのうへよりなき済《わた》りゆく　（一一一）

この「済」は金沢本・元暦本などによるが、一般には「渡」とある。「済」は「難波済《わたり》」（巻二・九〇左注）の例もあるが、歌の中では珍らしい用字である。『万象名義』に、

子悌・子礼（二）反。渡也、益也、成（也）。

とみえ、更に玉篇佚文にも、

「済」――玉云、益也、成也（図書寮本類聚名義抄）

「渡」――玉云、済也、過也、去也（同）

とみえ、「渡」と同じく「ワタル」と訓むべきことが証明される。「済也」の部分は、『玉篇』に、

尚書（君奭）*、予往暨㆓汝奭㆒、其済㆓少子㆒、孔安国曰、済、渡也（令集解巻四、職員令「津済」より推定）

とあったものと推定する。

(9)　遺《おく》れゐてこひつつあらずはおひしかむみちのくまみにしめゆへわがせ　（一一五）

この「遺」については、『万象名義』に、

胡□（葵）反。忘失也、……与也、贈也、……。

とみえ、玉篇佚文にも、

　顧野王云、贈也。広雅、遺、与也（一切経音義巻五四「饋遺」）

とみえる。巻五の山上憶良の「惑情を反へさしむる歌」（八〇〇）の歌序の一節、「遺ㇾ之以ㇾ歌」の「遺」は、「贈《オクル》也」の意。⑼の歌の「遺《オクル》」は、同じ意の「贈《オクル》」から、同音「後《オクル》」（おくれる）に当てたもの。

　かもすらもおのがつまどちあさりして遺《おく》るるあひだにこふといふものを　（三〇九一）

　はしきやししかあるこひにもありしかもきみに遺《おく》れてこひしきおもへば　（三一四〇）

もその例。なお「遺」の他の訓詁、「遺《ワスル》」（前述「忘失也」は「忘（也）、失也」か）の例は、

　はしきやしたにさはれかもたまほこのみちみ遺《わす》れてきみがきまさぬ　（二三八〇）

　くれなゐのこそめのころもいろぶかくしみにしかばか遺《わす》れかねつる　（二六二四）

などの歌にみえる。『万象名義』や玉篇佚文を通じて、『玉篇』の本文を推定することができ、これによれば、万葉集「遺」の訓詁も容易にわかる。

⑽　いはみのうみ、つののうらみを、うらなしと、ひとこそみらめ、滷《かた》なしと、人こそみらめ、……　（一三一）

石見の国より妻に別れて帰京する時の柿本人麻呂の歌。「滷」については、『講義』に、「『滷』は玉篇に『潟』と同字なりとし云々」とみえるが、これは大広益会系の「玉篇」の例であり――「鹵亦切。或滷字」（「潟」）。「音魯。鹹水」（「滷」）――、万葉人は勿論この「玉篇」をみていない。原本系『玉篇』には残らないが、『万象名義』を通じて、「滷」の訓詁は、

「滷」——思席反。苦也（「鹵」部）

「潟」——鹵亦反。鹵也。海浜広衍（?）（「水」部）

であることがわかる。「苦也」は恐らく、『玉篇』には、

＊思席反。爾雅（釈言）、滷、苦也、郭璞曰、滷、苦地也、苦即大鹹。

とあったであろう。これは、苦《にが》い塩分を含んだ土地、しおつちをさす。また『万象名義』の「鹵」に、「力古反。鹹汁也、強也、奪也」、即ち「鹹汁也」とみえることは、塩水の意ともなる——「胡緘反。苦也」（「鹹」）——。これによる限りは、『講義』の説く如く、この歌の「カタ」は一種の鹹湖をさすものと云ってよかろう。なお『大乗理趣六波羅蜜経釈文』の、玉篇佚文に、

玉、力古反。方言、鹵、強也。郭璞曰、鹵、奪也。應幼（劭）漢書、鹵与レ虜同一曰（也）（「砂鹵」）

玉、胡緘反。爾雅、鹹、苦也。説文、鹹、銜也、北方味也（「鹹水」）

とみえ、これを通じて『万象名義』の『玉篇』抄出事情の一端を知ることができる。

『講義』に説く鹹湖説には、これに従う注釈書もある。しかし前述の「潟《かた》」の注に、更に「海浜広衍（?）」（野王案の部分か）とみえるのは、「潟」即ち「滷」は海浜の広く続く様をさす。むしろこの「滷《かた》なしと」に対して、「一云、磯《いそ》なしと」あるのは、これを確かめる例とはならないであろうか。「磯」は海浜の一部の岩石の多い部分をさし、これに対して「滷」は岩石のない広い海浜をさす。万葉語の「ハマ」（浜）に近い。歌の筆者は『玉篇』にみえる「滷」即ち「潟」の訓詁のうち、鹹地か海浜か、どちらに当てたかわからない。或は漠然と両方の意を兼ねさせたかも知れない。しかしこの歌に於ては、「うらなしと……かたなしと一云、いそなしと」の如く、海岸線に関係することばを使用する。「滷《かた》」もその一部であり、この「カタ」は「海浜広衍（?）」なる海岸線の意に解すべき

ではなかろうか。なお「滷」に関して、

わかのうらにしほみちくれば滷《かた》をなみあしへをさしてたづなきわたる　（九一九）

しほふればともに滷《かた》にいでなくたづのこゑとほざかるいそみすらしも　（一一六四）

などは、「干潟《ひがた》」に近い意をもつ「カタ」である。しかし同じこの「滷」がそのまま人麻呂の歌に利用できるかは問題であり、むしろこの歌の例は、『玉篇』的字書的な意をもつものとみるべきではなかろうか。

⑾　いはしろの崖《きし》のまつがえむすびけむひとはかへりてまたみけむかも　（一四三）

「崖」は金沢本・元暦本などの古写本の本文による。『玉篇』に、

牛佳反。説文、高辺也（屵部）

とみえる。「辺」は縁辺（へり、ふち）の意、「高辺」は「キシ」（がけ）に当ることになる。なお西本願寺本など「崖」を「岸」に作る。「岸」は『玉篇』に、

魚韓反。爾雅、（衍字？）外望涯洒而高曰レ岸、郭璞曰、洒謂レ深也、視涯峻而水深者為レ岸（屵部）

とみえるが、この歌の内容からみれば、やはり前者の説文の訓詁をもつ「崖」の意を採るべきである。

⑿　きたやまに陳《たな》びくくものあをくものほしはなれゆきつきをはなれて　（一六一）

「陳」は、『玉篇』に詳しい訓詁がみえるが、この歌に必要な部分を挙げると、

除珍反。……周易、（繫辞上）卑高以陳貴賤（位矣）、康伯曰、陳、列也。……広雅、（釈詁）陳、布也、……

となる。「陳」はつらなる、つらねる、しきつらねる、などの意。「陳雲」はつらなった雲の意。「陳雲」の一例

は、北周庾信《ユシン》の「擬詠懐二十七首」に、「陳雲平不レ動、秋蓬巻欲レ飛」とみえる——庾信集の伝来は、天平二十年以前に溯る（大日本古文書三参照）——。また文選（巻三一）の「雑体詩三十首」中にも、「曠哉宇宙恵、雲羅更四陳」（嵇康、言志）とみえ、六臣注に、「言天地之恵《ハ》、如三雲之羅列《シテ》 陳二布於四方一」とみえる。「陳雲」は万葉語に訳すると、「タナビククモ」となる。

(13)　あすかがはしがらみわたしせかませば進《なが》るるみづものどにかあらまし　（一九七）

「進」を「ナガル」と訓む例は、万葉集中これのみである。「ナガル」のひろく一般的に使用される用字、「流」については、玉篇佚文に、

玉云、水行也、放縦也、求也、移也（図書寮本類聚名義抄「泒流」）

とみえる。また「水行也」の「行」については、『万象名義』に、「往也、去也」（取要）とみえる。これに対して、問題とした「進」については、『万象名義』に、

子者反。晉也、前也、善也、登也、行也。

とみえ、「ユク」ことを通じて「進」は「流」と同じ訓詁であることがわかる。但し『万象名義』のよった原本、『玉篇』の「行也」の引用文は何であったか未詳——「周礼（夏官、大司馬）、徒銜レ枚而進、鄭玄（鄭衆?）曰、進、行也」などとあったか——。

因みにこの人麻呂作の「進《なが》るる水」に準じて、巻十の長歌の結句、

このかはの、行のながく、ありこせぬかも　（二〇九二）

の「行」を、「ナガレ」と訓むことは容易に知られるであろう。

⒁　かけまくも、ゆゆしきかも、……懼《かしこ》くも、さだめたまひて、……あたみたる、とらか叫吼《ほゆ》ると、もろひとの、愶《おび》ゆるまでに、……飄《つむじ》かも、いまきわたると、おもふまで、ききのかしこく、……　（一九九）

この長歌は人麻呂の名高い歌、「高市皇子の尊の城上《きのへ》の殯宮《あらきのみや》の時」に作った歌である。文字使用の上に於ても、かなりむつかしい文字がみえるのは注意すべきである。「懼《かし》し」については、集中「恐」を使用するのが一般であり、この文字は一例である。但し日本書紀にはかなり多く使用され、

臣聞二天圧神至一、旦夕畏懼《オヂカシコマル》（神武紀即位前紀戊午年十一月）

綾糟等、懼然《オヂカシコマリカシコム》恐懼（敏達紀十年閏二月）

使レ観二客人一、令レ生二恐懼《カシコム》一（同十二年是歳）

などはその一例。この「懼」については、『万象名義』に、

巨句反。恐也、悲也、驚也、病也。

とみえ、ここでは「恐也」（「カシコシ」、「カシコム」など）に当る。玉篇佚文をもつ『六波羅蜜経釈文』に、

玉、渠句反。説文、懼即恐。方言、懼、病也、懼、驚也（「怯懼」）

とみえるのは、『玉篇』の原姿を偲ばせる――「悲也」は未詳。「悲懼」などの熟語もあり、野王案の部分か――。

次に「叫吼」について云えば、まず「叫」は「叫」に同じ。『文字弁証』（下巻）にも、巻九の例、

叫《さけ》びそでふり（一七四〇）　　叫《さけ》びおらび（一八〇九）

などの例を挙げて、これを考証する。この「叫」即ち「叫」の文字は、玉篇佚文に、

顧野王云、叫、呼也。説文、高声也（注9）（一切経音義巻六九「嘷叫」）

（広雅、叫、鳴也。字書、呼也。説文、吼也）……玉篇、作㆑嗷、或作㆓嘌詔討《(ママ)》㆒、皆古文叫字也（同巻十五「嘷叫」）

とみえる。後者の例に関して、『万象名義』に、

古予《(弔)》反。烏《(鳴?)》也、呼也、孔也、空也（「嗷」）

古弔反。呼也（「叫」）

とみえるが、このうち、「孔也」は「吼也」の誤ではなかろうか（注10）。もしそうとすれば、『万象名義』の配列順序より推して、「吼也」*の訓詁をもつ「嗷」と「叫」とは相接する順序に配列されていたものと推定され（大広益会玉篇も同じ）、ここにこの長歌の「叫吼」の文字は容易に生れるであろう。更に後者の佚文のうち、「討」は、「訆」の誤である。これについては、『玉篇』に、

野王案、詔亦呼也、説文、高声也、一曰、大呼也……或為㆓嗷字㆒、或為㆓叫字㆒、並在㆓口部㆒、或為㆓訆字㆒、在㆓言部㆒（「詔」、『玉篇』は「𠾅」部）

字書或叫字也、叫、嘘也、在㆓口部㆒（「訆」）

とみえる。現在、原本系玉篇残巻には、「叫」は残らないが、『玉篇』の「詔」の字、『万象名義』、玉篇佚文（和名抄もその一例）などによって、その本文の訓詁を推定することができる。

次に「恊ゆるまで」の「恊（協）」（「愶（脅）」に同じ）については、『万象名義』に、

欣業反。刦也、怯也、畏迫也（「愶」）

とみえ、おびやかす、おびえる意。玉篇佚文（慧琳本一切経音義巻十八「迫愶」）より推定して、『玉篇』には、

野王案、以㆓威力㆒相恐愶也。公羊伝劉兆曰《(佚書、春秋公羊穀梁伝解詁)》、畏迫也。国語（未詳）、賈逵曰、愶、刦也。広雅、愶、怯也。

*声類、愶、附也。

と云ったような本文があったものと推定される。

次に「飄《つむじ》」について、その上代文献の諸例は、私どもの参加した『時代別国語大辞典 上代編』参照。『万象名義』には、

「飄」――補遙反。

「颻」――餘照反。飄也、上行也。

とみえ、「飄」の注を切り捨てる。しかし後者によれば、「颻」即ち「飄」は、「上行」、吹きあがる風の意となる。また玉篇佚文（『古文旧書考』巻一所引『集注文選』背記）に、

「飄」――婢遙反。旋風也。

とみえ、後者と同じ意となる。しかも『六波羅蜜経釈文』には更に詳しい佚文がみえる。即ち、

玉、裨遙反。郭璞曰、旋風也、又曰、暴起之風也。又音孚遙反。毛伝曰、飄猶レ吹也（「飄」）

とみえる――反切の「裨遙反」は、『玉篇』の*「補遙・婢遙二反」の目移りの誤写か。「郭璞曰」は、爾雅（釈天）の「廻風為レ飄旋風也。」に、また「暴起之風也」は、毛詩（小雅、何人斯）「彼何人斯、其為二飄風一」の伝に基づく――。

これらによって、「飄」を「ツムジ」に当てることができる。

因みに、「飄」のたぐいに「飆」（「颷」に同じ）がある。巻三の長歌、「鴨君足人の香具山の歌」の一節、「まつかぜに、いけなみ立ちて」（二五七）に対して、

まつかぜに、いけなみ颷ち　（或本歌、二六〇）

とあるのはその例である。この文字も『六波羅蜜経釈文』の玉篇佚文に、

玉、甫遙反。郭曰、暴風之従レ上下者也、暴風曰レ颷（「颷火」）

とみえ、松風が吹きおろして池の浪が「立つ」意に、「颸」を使用したのは、巧みな用字である——なお万象名義に、「暴上下風」（「颸」）とあるのは、「暴風上下」の誤記である。また釈文の「郭曰」云々は爾雅（釈天）郭璞注をさすが、現存本には「暴風従レ下上」とみえる——。

⒂　うつせみと、おもひしときに、とりもちて、わがふたりみし、趍《はし》りでの、つつみにたてる、つきのきの、こちごちのえの、……かぎろひの、燎《も》ゆるあらのに、……（二一〇）

これは人麻呂がその妻の死を傷む長歌の一節。この「趍」が『広韻』に、「俗趨字」とみえることは、『講義』の指摘するところである。しかし広韻は後出書であり、万葉集には適用できない。この文字は、一切経音義に、「趍走」——又作レ趨。促瑜反。釈名、疾行曰レ趍、疾趍曰レ走也（巻十七）「如レ趍」——取瑜反。包咸注論語云、趍、疾行也。爾雅、門外謂二之趍一。説文、趍、走也。正体従レ走従レ芻……

経文従レ多作レ趍、俗用字也（巻十一）

とみえ、「趨」の俗用字が「趍」である。「趨」については、玉篇佚文に、

玉篇云、趨、疾行也（一切経音義巻二六「趨走」）

とみえる。

『万象名義』には、「趍」に関して、「且駒反。趙久也（趙也、久也か）」とみえ、これは行くことの遅いことを示し、この歌にはこれは適用できない。尤も『玉篇』には、更にこの下に「或為二趨字一」「古文為二趨字一」などとあったかも知れない——新撰字鏡「趍」の訓詁はこれを匂わせる——。「趍」即ち「趨」については、『万象名義』に、

且瑜反。疾行也、走也、歩也。

とみえ、更に、

「走」——奔也、往也、出也、至也、趍也、去也。

「趣」——趍也、疾也、遽也。

とみえることは、「趍」が更に「走」や「趣」と同じ訓詁をもつことを示す。何れにしても、この文字も『玉篇』の本文が存在するならば、ことは甚だ容易であると推定される。

次に「燎《も》ゆ」については、集中十例もみえる。

(一) はるのやく、のびとみるまで、燎《も》ゆるひを、なにかととへば、……　(二二三〇)

(二) 燃《も》ゆるひもとりてつつみてふくろにはいるといはずやも智男雲(定訓ナシ)　(一六〇)

(三) なかなかになにかしりけむわがやまに焼《も》ゆるほのけのよそにみましを　(三〇三三)

この(二)「燃」、(三)「焼」と(一)「燎」とを比較することによつて、「燎」が「モユ」と訓めることがわかる。(二)と(三)との関係については、『万象名義』に、

「然」——如仙反。焼也、或燃同上(『玉篇』には「或為二燃字一、在二火部一」とあったか)

とみえる。しかし「燎」については、『万象名義』に、「刀(力)即(弔?)反。庭火也」とみえ、これをこの歌に当てることは、必ずしも適当ではない。尤も『六波羅蜜経釈文』所引の玉篇佚文に、

玉、力昭・力予(弔)二反。周礼(秘官、司烜氏)、邦之大事、供(共)二墳燭庭燎一、鄭衆曰、墳燭以レ麻為レ燭也、鄭玄曰、墳、大也、樹二於門外一曰二大燭一、於レ内曰二庭燎一、鄭玄(天官、閽人)曰、門(門内)燎、地燭也。毛詩箋(小雅、正月)云、火田為レ燎也。説文、放レ火也。広雅、燎、乾也(「焚燎」)

とみえる。『万象名義』は、この釈文を通じて推定される『玉篇』の前半を摘出したに過ぎないが——令集解（巻五職員令）の「燎」もこれに同様である——、この歌の「燎」は、後半の説文の訓詁「放レ火」（火を放つ、焼く、燃やす）を利用したわけである。なお「燎」は「モユ」と同様に、「ヤク」・「タク」と訓めること、

しかのあまのほけ焼《や》きたてて燎《や》くしほのからきこひをもあれはするかも　（二七四二）

なにはひとあしひ燎《た》くやのすしてあれどおのがつまこそつねめづらしき　（二六五一）

の例によって知られる。

⒃　あづさゆみ、てにとりもちて、……しろたへの、ころもひづちて、たちとまり、われにかたらく、なにしかも、もとな唁《とぶ》らふ、……　（二二三〇）

この長歌は、志貴親王の薨じた時の歌、笠金村歌集に基づく。「唁」については、諸本の「言」を「唁」とすべきこと、吉永登《みのる》氏説による（注11）。これについては、更に私見を述べたこともあるが、『玉篇』のことは思い及ばなかった。但し『玉篇』にはこの部分は残存せず、『万象名義』に、

儀箭反。這也、讞字也（「唁」）

とあるのみ。これはもとの『玉篇』に、

*儀箭反。（未詳）這也。或為二讞字一、在二言部一。

などとあったものと推定される。しかし「唁」に通じる「讞」の訓詁は『玉篇』に残る。

宜箭反。声類、不遜也。字書、或唁字也、唁、予（弔）レ失レ国也、在二口部一。或為二這字一、在二辵部一。今亦以為レ議レ罪之……（「讞」）

このうち問題の箇処は「弔レ失レ国也」である。これは、毛詩（鄘風《ようふう》、載馳）の、

載《スナハチ》馳載駆、帰《リテ》唁二衛公一（伝「弔レ失レ国曰レ唁」）

の部分であり、亡国を慰問する意、上代語の「トフ」・「トブラフ」（「問」）などに当る。巻二の表記者は、毛詩によってこの語の訓詁を既に熟知していた筈である。しかも更に『玉篇』をひらくことによって、直接「唁」の訓詁を再確認し、「問」の文字を採らず、ここにこの文字を進んで使用したものと思われる。

次に方面をかえて、巻二の大伴田主と石川女郎とをめぐる戯咲的好色話の左注（一二六）のことばについて、問題となる一、二を考察してみよう。まず、「叩《タタキテ》レ戸諮曰」の「諮」の訓詁である。これについて『万葉集講義』は、玉篇（増補本玉篇）の「謀也、問也」のうち、前者の「謀也」によって、「ハカリテ」と訓む。もしこの「謀也」が欺く（だます）、謀《たばか》るなどの意に解することが可能であるならば、この文の文脈としては理屈に合う。しかし上代語の「ハカル」はむしろ思いめぐらす、推測するなどの意が中心をなす。「謀也」の出典である爾雅（釈詁）の郭璞注も、「タバカル」意ではない。『講義』の説く「ハカル」はどのような意に解したのか明らかではないが、現代語の「だます」などの意をもつ「ハカル」ならば、この訓は採用できない。

これに対して、「問也」（「トフ」・「トブラフ」）の方は如何。幸いにも、『倶舎論音義』の玉篇佚文に、「玉云、問也」、更に『六波羅蜜経釈文』の玉篇佚文に詳しく、

玉、子辞反。左伝、訪二問於善一為レ諮。爾雅、諮、謀也、又啓也、問二普者一曰諮。説文、作レ咨（「諮問」）

とみえる。このうち左伝の例が問題になる。これは襄公四年の条の、「臣聞之、訪二問於善一為レ咨」（杜預注「問二善道一也」）（注12）を引用したものであり、この場合の「訪問」は問いはかる意。“visit”ではなく、“ask”の方の意

である。左注の「諮」も前者の意ではなく、後者の意によるべきであろう。つまり、戸をたたいて「尋ね問うて」、「東隣の貧しい女が、火種を頂戴しようと思ってやって来ました」といった意であり、火種がほしいので、田主に問いはかったわけである。但し「問也」だけでは必ずしも文脈に添うとは云えない。ここで「謀也」を再び利用すれば、この訓詁は、前述の如く、「タバカル」（だます、欺く）の意ではなく、ものを推しはかる、相手の気持をはかる意。従って左注の「諮」は火種を得たい気持を相手に「問いはかる」意となる。「謀也、問也」はこの際、後者に重みをかけながらも、なお前者の意をも含むとみるべきである。なお「謀」の訓詁については、清人郝懿行『爾雅義疏』（釈詁一）に詳細である。

次に、真暗なために彼女が「変装」していることを知らない云々の一文に、「冒隠」の語がある。この「冒」は、万象名義に、「亡報反。覆也、貪也、蒙也、頭也」とみえる。令集解（賦役令巻十三）の「冒隠」の令釈に、

冒、覆也。音莫服反也（『玉篇』には、「亡報・莫報二反」とあったか）

とみえる条は、恐らく『玉篇』の一部であろう。「冒隠」は現代人にかなり珍しい語であるが、万葉人は官人としてここに法令語を活用したものと思われる。つまり左注の「冒隠之形」とは、覆い隠した姿をさす。

次に「謔戯」の「謔」については、『玉篇』に、

虚虐反。毛詩（大雅、板）、無二然謔々一、伝曰、謔々然、喜楽也。爾雅（釈詁）、謔浪、戯謔也、郭璞曰、謂二相啁（調）戯一也。（釈訓）又曰、謔々、崇讒慝也、郭璞曰、楽禍助（助レ虐）、増二譖悪一也。説文、謔即戯也。（毛詩、衛風、淇奥）詩云、善戯謔兮是也。

とみえ、「謔」は「戯」に通じ、「タハブル」に当る。なお玉篇佚文にも、

玉、虚虐反。毛詩伝曰、謔々然、喜楽也。説文、謔即戯也（六波羅蜜経釈文「談謔」）

とみえる。

因みに、前述の如く、「冒」は、「覆也」であり、「蒙也」(「カガフル」)でもある(『万象名義』)。万葉集中に「蒙」を用いた歌、

おほばやまかすみ蒙《たなび》きさよふけてわがふねはてむとまりしらずも (一二二四)

をとめらがはなりのやまをゆふのやまくもな蒙《たなび》きいへのあたりみむ (一二四四)

などはその一例。前者の歌について、類聚古集に「カクセリ」、古葉略類聚鈔に「カカレリ」と訓み、後者を流布本に「カクス」と訓むのは、元暦本の「タナビキ」(後者の訓は代赭書入)には及ばないにしても、訓詁としては誤りではない。

以上、巻一・巻二を中心として、問題となる主な用字についてひとこと述べた。これらによって、原本系(古本)『玉篇』(大広益会本などの後出本『玉篇』ではない)、或はその佚文によれば、諸注の方法よりもむしろ簡単にかなりたやすく訓詁がわかることが知られるであろう。万葉人も、日本書紀編纂者(筆録者)など上代人と同じく、『玉篇』を活用したものと思われる。これは、前述の如く、『玉篇』に、結果を示す訓詁と共に、その出典文をも載せ、また通用字などをも載せることに、その利用の原因が存する。また出典文は特種な珍稀な文章と云うよりは、上代人の暗記に耐え得る、むしろ暗記すべき佳句佳文が中心をなす。訓詁の結果を示す説文・爾雅・広雅などの小学類では、万葉人にはその結果の過程がわかりにくく、過程の根拠を示す『玉篇』がかえって盛んに利用されたわけである。万葉集の用字の訓詁には、類聚名義抄の和訓を活用するのが現代の風潮である。しかし万葉人にとってはこれは与り知らぬことであり、彼等は漢字の訓詁を頭の中で一旦和訓化して用いたのである。「万葉人に帰る」には、やはり類聚名義抄の和訓ではなく、むしろ『玉篇』の訓詁を用いることの方がより妥当であ

る。但し『玉篇』は現在残巻が少ない。そのため『玉篇』佚文や『万象名義』などを巧みに利用し、『玉篇』の本文を推定し、これを活用すべきことを提唱してやまない。これは万葉集のみならず、上代文献全体にも利用すべき訓詁の方法であると確信する。

注1　井上順理氏『本邦中世までにおける孟子受容史の研究』（上篇　古代における孟子受容史）参照。
注2　拙稿「上代に於ける学問の一面——原本系『玉篇』の周辺——」（「文学」第三九巻十二号）参照。
注3　「凡王之饋」は、周礼に「凡王之饋《ススムルニ》レ食用二六穀一」とみえる。
注4　拙稿「学事巻七」（『日本古典全書　新訂万葉集（二）附録』）参照。
注5　稲岡耕二氏「正訓字の選択について　その二——人麻呂歌集を中心に——」（「人文科学紀要」第55輯、国文学・漢文学⑯）参照。
注6　『国風暗黒時代の文学　中(上)』（第二篇第二章　上代に於ける訓詁の一面）参照。
注7　劉世儒『魏晉南北朝量詞研究』（第二章第二節第八組）参照。
注8　漢魏叢書『穆天子伝』に未見。
注9　『玉篇佚文補正』に「説文」以下五字を除くが、これは誤。
注10　老子（巻一、二一章）「孔徳之容」に対して、王弼注に「孔、空也」、河上公本に「孔、大也」とみえる。『玉篇』はその何れであったか不明。しばらく「吼」の誤とみる。
注11　吉永登氏『萬葉　その異伝発生をめぐって』（「萬葉『本名言』考」）参照。
注12　『万象名義』に、「問二善道一」とあるのは、『玉篇』に、この杜預注を引用することが推定される。

補注

「万段《タビ》」について――近く発見された唐招提寺所蔵「古本令私記」断簡（営繕令）に、「一度一段」の訓詁がみえる。これによれば、「一度《ひとたび》」は「一段《ひとたび》」に通じる。この「度」即ち「段」は、万葉集の「万段《よろづたび》」に応用できるかも知れない。しかし「度」が「段」と同じ訓詁をもつことについては、他の確証を得ない。恐らく中国の俗語的用法か。参考として挙げるに留める。

〔附記〕『萬葉集研究　第二集』（昭和四十八年四月、塙書房）所収。末尾に「昭和四十七年八月三十日」とある。

(一)―(9)「遺」については、(二)―(15)「遺」参照。

なお、注4の指示に従って、以下「学事巻七」を附す。

ぬばたまの夜さりくれば巻向の川音《かはおと》高しも嵐かも疾《と》き（人麻呂歌集・一一〇一）

去る三月の末、飛騨は白川郷、その旅の一夜を暴風雨の中で過ごした。谷の小流が急に水量を増して鳴りわたり、雨やら風やら異様な秒間音が耳もとに響く。ゆくりなくも私は右の歌を思い出した。歌の作者は、ねむられぬ輾転反側の一夜を夜床で明かしたのではなかったか。これは自己の経験を万葉人の場合に当てはめたことになるが、作者の歌の「場」は必ずしもそうではなかったかも知れない。諸注が夜床のことまで述べないのは正しい態度であろう。時代や個人の差は、後より追体験しにくいからである。この意味において、歌は後世の各人に鑑賞の自由な楽しみを与えてくれる。万葉の永遠性もそこに原因がある。しかし白文《はくぶん》で書かれた万葉集の「よみ」の問題となると、勝手なことは許されない。その「訓《よみ》」は訓詁や歌文法に即したものでなくてはならない。その用字は、現代人にとって容易なものばかりではない。「差《やや》」「臏《あまり》」「搓《よる》」などの文字を万葉人はなぜ使用したのか。現在、『大漢和辞典』を開けば文字のことはすぐわかるが、万葉時代にもこのような便利な辞書類が存在していたのではなかったか。そしてその辞書は、増補通行本ならぬ原本系の『玉篇』であることがわかった（詳しくは昭和四十六年十二月「文学」所収拙稿「上代に於ける学問の一面――原本系『玉篇』の周辺――」参照）。この『玉篇』は残篇しか現存しない。不足分は、その節略抄出本である、空海撰『篆隷《てんれい》万象名義』や佚文類によるほかはない。それにしても、難語難訓の文字は、それらを活用することによって、新しく解明の道が開かれる。以下、その一つ二つを示そう。

隕《お》ちたぎつはしりゐのみづのきよくあれば癈《お》きてはわれはゆきかてぬかも（一一二七）

の「隕」は、原本系『玉篇』（以下『玉篇』という）に、「爾雅(釈詁)、隕、落也。説文、従レ高下也」とみえ、「オツ」の訓の根拠がわかる。また、「癈」は、『玉篇』に、

又曰(礼記、中庸)、君子遵レ道而行、半陰(塗)而廢、而不(吾)レ能也、鄭玄曰、廢猶二罷止一也。爾雅(釈詁)、廢、舍也、郭璞、舍、放置也……固疾為二廢(癈)字一、在二疒部一也（「廢」）

とみえ、「廢」即ち「癈」は、「ヤメル」・「ステル」・「オク」などの意で、「癈」を「おきて」と訓むことがわかる。さらに

つねはさねおもはぬものをこのつきのすぎ匿《かく》らまくをしきよひかも（一〇六九）

の「匿」については、『玉篇』に残らないが、その面影を偲ばせる『万象名義』に、「蔵也、……隠也」とみえ、また慧琳本『一切経音義』に、「玉篇云、隠也」（巻二五）とみえることは、『玉篇』に『万象名義』と同じ訓詁のあったことを示す。また『玉篇』の、「論語(述而)、吾无レ隠乎爾《のみ》、雅(衍字)苞成(包咸)曰、隠、匿也」（「隠」）もその一証となる。「つまや匿《こも》れる」（一一二九）も右の訓詁によれば、容易に解決できる。

なおいえば、「こひわたり味試《なむ》」（一三二三）、「ひとぞ耳言《ささや》く」（一三五六）など、所謂戯書の例がみえる。しかも『玉篇』に「嘗、試也、……口味也」（「嘗」）『大乗理趣六波羅蜜経釈文』（「嘗試」）に「上、玉、……説文、口味之也。左伝杜預曰(哀公二十年)、試也」、また『万象名義』に「聶、附レ耳小語也」（「聶」）とみえることは、上の二例は戯書というよりは、もとは『玉篇』の訓詁に暗示をえたものとみる方がよかろう。この方法は全巻に応用できる。

木村正辞の「三弁証」以降の輝やかしい訓詁の学も、再検討の機が目前に迫っている。

〔附記〕『日本古典全書　新訂萬葉集（二）附録』（昭和四十八年三月、朝日新聞社）所収。「附録」は、いわゆる月報。

この掲出歌（一〇六九）については、㈢—⑽参照。

著者は、この後、木村正辞撰『萬葉集美夫君志』（勉誠社、光風館版影印。昭和五十九年七月）の「解題」を執筆していることを附言しておく。

万葉用字考証実例㈡

――原本系『玉篇』との関聯に於て――

上代人が原本系『玉篇』を如何に多く利用したか、その実例は如何、またその利用の原因は何か、などについては、近作の拙稿「日本書紀の『よみ』――原本系『玉篇』を通して――」(「文学」第四一巻八号)があり、また前回の拙稿㈠には、万葉集を例にしてこれを考察した。要するに、かなりむつかしい文字も、『玉篇』(すべて原本系をさす、以下同じ)による限りでは、必ずしもそうでなかったといえる。万葉人も『玉篇』を甚だよく利用したと推定されることは、逆に『玉篇』によれば、万葉集の訓詁も手取り早くわかるということになる。明治の考証学者、木村正辞の所謂「三弁証」は、すぐれた考証ではあるが、現代の万葉学者には、資料その他に於てもはやむつかし過ぎる。もっと手近な字書、訓詁の書が万葉人の前に存在する以上、それによるべきであるというのが、前回に続く同じ方法態度である。

今回は、都合上、便宜的に「巻十二」を例とする。この巻は、「巻十一」と同時に考察するのが、本筋ではあるが、時間その他の関係上、致し方がない。巻十二には、この巻のみの文字がかなり多く、まずこの点に留意して考察を進める。

(1)　ただにあはずあるは諾《うべ》なりいめにだになにしかひとのことのしげけむ　(二八四八)

この「諾」をウベとよむことは、巻六の赤人の長歌、

うらをよみ、宇倍もつりはす、はまをよみ、諸《うべ》もしほやく、……　（九三八）

や、神武紀即位前紀戊午年（六月）にみえる、天照大神の承知のことばの、「天照大神曰、諸諸、此云二宇《う》毎《べ》那利一。」などの例によって、確かめられる。「諸」については、『玉篇』の佚文に、

毛詩伝云、諸、辞応也。（応辞）顧野王云、諸謂二聴許之辞一也（一切経音義巻五七「敬諸」）

玉云、従也、応諸、従容辞也（図書寮本類聚名義抄）

とみえる。『玉篇』の抄出本である、『万象名義』にも、

「諸」——那各反。従也、弁也、惣也、……。

「許」——虚語反。進也、聴也、従也、挙然也、諾也、……。

など数多の訓詁をみるが、このうち、従う、応ずる、ゆるすなどの意から、「ウベ」の訓は生れる。

右の歌（二八四八）の或本歌に、「寤《うつつ》には諸《うべ》もあはなくいめにさへ」とあり、また同じ巻十二には、

(2)　寤《うつつ》にかいもがきませるいめにかもあれかまとへるこひのしげきに　（二九一七）

ともあり、ここに「寤」の字がみえる。万葉集には、その他数例をみる。この文字は、『玉篇』に残らないが、『万象名義』に、

「寤」——伍故反。寤（也）、覚也。

とみえ、更に「覚」については、「古楽反。明也、寤也、知也」とみえる。恐らく『玉篇』には、「寤」に関して

（＊印の本文は、すべて推定本文を示す）、

＊伍故反。毛詩（周南、関雎）、寤寐求レ之、伝曰、寤、覚也。蒼頡篇、寐覚而有レ言曰二寤覚一（或は「曰レ寤」）

などとあったものと推定できる。目ざめているとき、現実がこの「ウツツ」である。万葉人は、『玉篇』による以前に、右の毛詩冒頭の句「寤《さ》めても寐《ね》てもこれを求む」を熟知していた筈であるが、その佳句を更に『玉篇』の訓詁によって確認したのであろう。

(3)　ひとごとの讒《よこし》《よこす》をききてたまほこのみちにもあはじといへりしわぎも　（二八七一）

万葉集にはこの「讒」は一例。日本書紀には、二、三の例をみる。そのうち、応神紀九年（四月）の、「廃レ兄即讒二言《ヨコシママヲサク》于天皇一」云々について、『書紀集解』に、「毛詩小雅沔《ベン》水曰、我友敬矣、讒言其興」と注する。経書を学ばねばならなかった官人の万葉人として当然熟知の文字であった。しかもこの訓詁は『玉篇』にもみえる。

「讒」——仕咸反。尚書（舜典）、讒（説）賊（殄）行。野王案、説文、讒、譖也、毛詩、讒夫孔多是也（注1）。

更に同じ訓詁の「譖」については、

荘賃反。公羊伝（荘公元年）、譖二公于斉侯一、何休曰、如二其事一曰レ訴、加レ誣曰レ譖。（春秋公羊穀梁伝解詁）劉兆曰、言旁入曰レ譖。広雅、譖、毀也。

とみえ、更に「訴」については、

蘓故反。論語（憲問）、公伯遼（寮）訴二子路於季孫一、馬融曰、訴、譖也。野王案、左氏伝（成公十六年）、訴二公於晉侯一是也。説文、訴、告也。野王案、訴者所三以告二冤枉一也、故楚辞（離世）、訴二霊懐之鬼神一是也。広雅、訴、毀也、訴、悪也。或為二愬字一、在二心部一。

などと、「讒」の字をめぐって詳しい注がみえる。なお「訴」に同じ「愬」については、『玉篇』に、「所革反。……野王案、訴、告也、譖也」とみえる。このような諸例によれば、「讒」は、人をそしる、よこしまに云うこと、讒言することである。名詞は「ヨコシ」「ヨコシマコト」であり、その動詞は「ヨコス」、何れも「横《よこ》」「横し」と関係のある語である。

なお附言すべきは、「譖」の注にみえる「劉兆曰、言旁入曰レ譖」は、佚書『春秋公羊穀梁伝解詁』の部分と推定される。劉兆（晋書、巻九一）は、晋の儒林の一人、「又為二春秋左氏解一、名二全綜一。公羊穀梁解詁皆納二経伝中一、朱書以別レ之」という。右の佚文は、馬国翰輯『玉函山房輯佚書』（春秋類）に収め、

旁言曰レ譖（文選、韋孟諷諫詩李善注）

とみえるが（これは文選巻十九の「王被聴レ譖」の注に当る）、むしろ時代的にみれば、この『玉篇』の引文の方が古く貴重な一文といえる。なお『本邦残存典籍による輯佚資料集成』（新美寛編・鈴木隆一補）に、この『玉篇』及び一切経音義（巻五七「譖」）を指摘するのは、さすがに適切といえる。但し一切経音義の本文「言旁入口曰レ譖」の「口」は『玉篇』によって衍字とみなすべきである。現に音義の巻三四「譖入」の注に、「一云、旁入曰レ譖也」とみえる。

(4) あはなくも懈《う》しとおもへばいやましにひとごとしげくきこえくるかも　（二八七二）

わぎもこをよそのみやみむこしの懈《うみ》のこがたの懈《うみ》のしまならなくに　（三一六六）

この「懈」の字は、巻十二以外にはみえない。『玉篇』佚文に、

懶也。玉篇、倦也、怠也（一切経音義巻二七「懈」）

とみえるが、恐らくもとの『玉篇』の一部には、

*革売反。国語（周語上）、猶有二散遷懈慢一、賈逵曰、懈、倦也。説文、懈、怠也。広雅、懈、懶也。

とあったものと推定される。また「懈」に通ずる「倦」については、佚文に、

疲也（広雅）。玉篇、懈也、絢也（蒼頡篇）、極也（広雅）、止也（広雅）。亦劵字、或作レ倦、有作二倦字一（同巻二七「倦」）

とみえる。巻十三に、

よのなかを倦《う》しとおもひていへでせしわれやなにかかへりてならむ　（三二六五）

とみえる「倦」も「懈」に相通ずることを示す。「懈」即ち「倦」は、ものうい、気が進まない状態を示し、上代語の「ウシ」に当る。第二例の「懈《うみ》」は「海《うみ》」の意を示す借訓仮名、この「懈」より「ウム」（「倦」）の語が摘出できる。巻十二の、

をとめらが続麻《うみを》のたたりうちそかけ続《う》むときなしにこひわたるかも　（二九九〇）

の歌の「続」も、「懈」や「倦」の意を「続ム」の裏側に示した例である。なお同じ巻の、

みやこへにきみはいにしをたれとけかわがひものをのゆふて懈《たゆ》きも　（三一八三）

の歌の「タユシ」に「懈」の文字を使用する。上代語で「タユシ」の確証がないために「ウシ」と訓もうとする説もある。勿論「ウシ」とも訓めるが、前述の『玉篇』佚文に、「倦也」「怠也」「疲也」「懶也」（ものうし）などとみえ、ものの緊張しない状態から「タユシ」の語は生れるであろう。上代語の確証はなくても認められる訓である。また『万葉集私注』に「ユルブ」と訓むことも可能な一訓である。

なお図書寮本『類聚名義抄』に、『玉篇』の佚文として、

玉、疲作レ怠、懈曼（慢）也、惰（惰）也、荒也、放散体（身体）也、壊（墮）落也、嬾也（「懈怠」）

がみえるが、一切経音義（巻二七「懈怠」）に殆んど同文があり、括弧中の本文はそれである。この音義には、『玉篇』の指摘のない部分にも、他書と比較することによって、それと指摘できる箇処が甚だ多く、ここもその一例である。一切経音義の訓詁は、反切の部分を除いて、『玉篇』引用書名と一致する部分の訓詁を利用すれば、

『万象名義』と共に、『玉篇』の本文推定に甚だ役立つ。『玉篇』の指摘の箇処のみがその佚文ではない（これについては、別稿を用意する）。

(5) 憽《たしか》なるつかひをなみとこころをぞつかひにやりしいめにみえきや　（二八七四）

この「憽」は、『略解』の説に、「慥」の誤とする。しかし『万葉集文字弁証』（下、草書をさらに楷書としたる字ども「慥之作レ憽」）に、二字は同じ文字であり、更に大須本（真福寺本）『将門記』の古訓を引用して「タシカ」と訓めることを考証したのは正しい。

「タシカ」の訓を『遊仙窟』の古訓によって示せば――便宜上、「愜」の異体字の類は、なるべく「愜」に統一する――、

若不二愜《タシカニ》当一、罪有二科罰一（真福寺本・陽明文庫本「タシカ」）

とみえる。図書寮本『類聚名義抄』（「不愜」）に、「愜」の訓として、「タシカ遊」とみえるのは、平安朝ごろより『遊仙窟』の訓が定着し始めたことを示すであろう。

この「愜」はまた、『遊仙窟』の古訓に、

何曽愜《カナハム》レ意（醍醐寺本・真福寺本）

とみえ、ここに「カナフ」の訓が摘出される。一体この字は、『玉篇』の佚文としても図書寮本『類聚名義抄』（「不愜」）に、

玉云、愜（悉）、志満也、患禍(?)也。

とみえ、心の満ちる、満足することから「カナフ」の訓が生れる――名義抄に「カナフ白」（「白」は「白氏文集」）

とみえる——。『万象名義』にも、「㥦、満也、欸服也」とみえることは、少なくとももとの『玉篇』には、「満也」の部分については、

＊漢書（文帝紀）、天下人民、未レ有二愜志一、応劭曰、愜、満也。……。

とあったものと推定される。令義解に、

其策文詞順序、義理愜《タシカニ（別訓カナヒ）》（慥）当（巻四、考課令・進士条）。

とみえるのは、「愜」の訓詁が、ほどよくものに当る、「カナフ」ことを示す。

次に同じく「慥」については、『万象名義』に「七到反。言行相応也」とみえる。恐らく『玉篇』には、

＊七到反。礼記（中庸）、君子胡不二慥々爾一、鄭玄曰、慥々、守レ実言行相応之貌。

などとあったものと推定できる。これは言と行とが相応じて誠実な様をいうが、言行の一致は、「カナフ」、「アタル」ことにもなり、実《まこと》であることは「タシカニ」などともなるであろう。

但し、「慥」は音「サウ」、「愜」は「ケフ」であり、しかも『万象名義』に、同じ「心」部ながら、それぞれ別の字として載せることは、『玉篇』も同様であったと推定され——観智院本『類聚名義抄』（法中）にも、別の字とする——、これは特に注意しなければならない。恐らくわが国では、「愜」が「慫」とも書かれると共に、一方に於ては、元来別の字であり、しかも訓詁的にみて類似する「慥」が、いつのまにかこの「愜」「慫」に通用されるようになったのではなかろうか。「愜」即ち「慫」と「慥」とは、混用されるようになったにしても、両者の間に多少の考証を必要とするであろう。

(6)　おほかたはなにかもこひむことあげせずいもによりねむとしはちかき綏《を》　（二九一八）

この「綬」は、万葉集中一例のみ。代匠記（精撰本）に、和名抄「綬」の注にみえる礼記注を引いて、「ヲ」と訓むことを説く。「綬」は『玉篇』に詳しい注がみえる。

時帚反。周礼《(天官)》幕人、掌㆓帷幕幄《(幄帟)》綬之事㆒、鄭衆曰、綬組、所㆓以繫㆑帷也。礼記《(玉藻)》、天子玄組綬……士縕組綬也《(ナシ)》、鄭玄曰、綬者所㆘以貫㆓佩玉㆒相承受㆖者也。爾雅《(釈器)》、遂《(縌)》、綬也、郭璞曰、即佩玉之組、所㆔以車連《(連ニ)》繫瑞玉㆒、因通謂㆓之遂《(縌)》㆒也。続漢書、古者佩玉、尊卑有㆑叙……秦乃以㆓采組㆒連㆓結於襚㆒、……伝相結綬《(受)》、故謂㆓之綬㆒也。広雅、綱組紱、綬也。

また「組」について、

作古反。……孔安国曰、組、綬也。説文、綬属也、其小者以為㆓冠纓㆒。

とみえ、「組」に対しても「綬也」とみえる。これは、佩玉を貫くひも、組みひもなどを指し、要するに日本語の「緒《を》」で代表できる。たとえば、巻九の、

いとまあらばなづさひわたりむかつをのさくらのはなもをらましもの緒《を》　（一七五〇）

の「緒《を》」と何ら変りがないことになる。なお『玉篇』佚文として、図書寮本『類聚名義抄』に、

「絙」——玉云、胡官反。綬也。　「如絙」——玉云、綬也。

とみえる。『玉篇佚文補正』に、「綬」を読み違えて、「緩」と書くが、これは訂正すべきである。

前述の歌の結句「ちかき綬《を》」に対して、版本系「絞」に作る。この「絞」は、『玉篇』佚文をもつ『大乗理趣六波羅蜜経釈文』に、

玉、胡交反。礼記《(玉藻)》、麛裘（「青豻褎」三字脱）、絞衣以裼㆑之、鄭玄曰、倉《(蒼)》黒《(黄)》之色也（「絞絡」）

とみえ、もえぎ色を帯びた衣で、緒《を》には当らない。

巻十二に「綬」の字を使用した原因はよくわからない。しかしこの字は上代官人にとって必ずしも見馴れない文字ではなかった。令集解（巻三、職員令）にみえる、縫殿寮の頭の役職としての「纂組」の注に、「穴説」として、

纂組謂二綬属一（王逸曰、組也。）綬者、所下以貫二佩玉一相承受上者。爾雅釈云（釈草云、）、草組（組、）似レ組、東海有レ之、郭璞曰、海中草生、有二象レ組者一、因以為レ名者。

を引く。右の部分は、『玉篇』（「綬」「組」）によるが、その「纂」、「綬」（前述）、「組」（爾雅の引用文）をここに引用して説明する。天平十年ごろの撰という「古記」にも「纂・組〔条〕（或衍？）・綬一種、无レ別也」と注する。また衣服令（令集解巻二九、親王条）の「佩二綬玉珮一」の注にも、

爾雅、郭璞曰、綬、即佩玉組（国史大系の「佩二玉組一」の読み方を訂正）、所三以連二繫瑞玉一也……広雅、紱、綬。也（「令釈」の説）。

とみえるが、これも前述の如く『玉篇』を引用したものと推定できる。「古記」によれば、「佩二綬玉珮一」とは、「謂帯二二物一也」、つまり二物（綬《くみひも》と玉珮《おびだま》）を帯びることだとする。このように「綬」は官人に熟知の文字であり、その訓詁は『玉篇』によって学んだものであろう。ここに万葉集の歌の表記に「緒《を》」の代表として「綬《を》」を使用することの原因がひそむのではなかろうか。

「ウレシ」の一群として、巻十一などに「懽」の字を使用する。その一例、

(7)　まつらむにいたらばいもが懽《うれ》しみとゑまむすがたをゆきてはやみむ　（二五二六）

この「懽」の字を使用した歌は万葉集に二例。他の一つは、巻八の、

わがせことふたりみませばいくばくかこのふるゆきの懽《うれ》しからまし

（藤原皇后、一六五八）

である。題詞や左注には、数例をみるが、そのうち、巻八には、冒頭の名歌「いはばしる」（一四一八）の題詞「志貴皇子懽御歌」（よろこびの御歌）や、「大伴家持懽二霍公鳥一歌」（一四八八）などに例をみる。巻八の書記者或は編纂者は、この「懽」の字をかなり好んだらしい。

「懽」の字は、『玉篇』に残らない。しかしその「歡」の訓詁に、

呼官反。尚書（洛誥）、公功粛将、秬（祗）歡、孔安国也 *（孔安国曰、天下咸敬楽二公功一也）。或為二懽字一、在二心部一。

とみえ、「歡」を通じて、「懽」の訓詁を多少知ることができる。前述巻十一の「まつらむに」の歌の類歌に、

おもはぬにいたらばいもが歡《うれ》しみとゑまむまよびきおもほゆるかも

（二五四六）

とみえるのは、「懽」と「歡」との通用をものがたる。巻十二にも「歡《うれ》しかるべき」（二八六五）の例もある。「懽」について、『万象名義』に、「呼官反。喜悦也、……歡也」とみえるが、『玉篇』の「懽」の訓詁には、

*呼官反。説文、喜悦也……或為二歡字一、在二欠部一。

などとあったものと推定される。

なお「ウレシ」に関係して、巻十二に「悞」の例が一例ある。

ゆふさらばきみにあはむとおもへこそひのくるらくも悞《うれ》しかりけれ

（二九一二）

はそれである。この「悞」は『代匠記』以来、「娯」の誤字とみるのが通説である。「娯」は『万象名義』に、「疑区反。娯楽也」とみえ、心の楽しさ、嬉しさをいう。「娯」と「悞」は同音、この同音を誤って、心部の文字に誤記したものとみなす『日本古典文学大系 万葉集 三』の説は首肯できる。現に観智院本『類聚名義抄』の「娯」にも、「音悞」と注する。

「悞」の字は、『玉篇』に残らず、『万象名義』にもみえないが、

錯字同（新撰字鏡）　アヤマル……又誤也（観智院本『類聚名義抄』）

の如く、「誤」の字に通じ、あやまる意をもつ。「誤」は『玉篇』に、

牛（午）故反。尚書（立政）、其勿レ誤ニ于庶獄一、孔安国曰、誤、謬也。野王案、左氏伝、以レ救レ公誤之、遂失ニ秦伯一是也。

とみえるが、この歌の「悞《うれし》」には関係しない。結局、「娯《うれし》」を、人の心に関係する語であるために、同音の「悞」に改めたとみるよりほかはない。誤ったとみるよりもむしろ意識的とみる方がよかろう。尤も「悞」は「悦」や「怡」の草体の誤かとも思われないでもない。『万象名義』に、

「悦」――胡拙反。耽也、楽也。　「怡」――翼之反。悦也、和也、楽也。

とある。後考を待つ。

(8)　うらぶれてかれにしそで叫《を》またまかばすぎにしこひいみだれなむかも　（二九二七）

この「叫」は、『文字弁証』（下巻）に考証する如く、「叫《さけぶ》」と訓むことができ、これは「叶《さけぶ》」に同じ。右の例は叫び声の「ヲ」を格助詞「ヲ」に当てたものであり、万葉集中には、

あきづの叫《を》ひとのかくればあさまきしきみがおもほえてなげきはやまず　（一四〇五）

かきつはたにつらふきみ叫《を》ゆくりなくおもひいでつつなげきつるかも　（二五二一）

ぬばたまのくろかみしきてながきよ叫《を》たまくらのうへにいもまつらむか　（二六三一）

など十数例みる。この「叫」に関しては、前稿(一)―(14)にも述べたので（一九九「叫吼」）、詳しくは、それに譲る。

『玉篇』には、この字は残らない。しかし「〓」の字の条に、

布即反。……野王案、詘亦呼也、説文、高声也、一曰、大呼也……或為二噭字一、或為二叫字一、並在二口部一、或

為二訓字一、在二言部一。

とみえ、更に『玉篇』佚文にも、

顧野王云、叫、呼也。説文、高声也（一切経音義巻六九「嘷叫」）

とみえる。「叫」即ち「呼」よりみて、

たれそこのわがやどきよぶたらちねのははにころはえものおもふわれ呼《を》（二五二七）

あしひきのやま呼《を》こだかみゆふづきをいつとかきみをまつがくるしさ（三〇〇八）

なども「ヲ」と訓むべきことが実証される。

「叫《を》」の例歌は既に示した如く、相聞的な歌の中に使用するものが多い。特に「嗟《なげき》はやまず」（一四〇五）、「嘆《なげ》きつるかも」（二五二二）などの歌にみえる「叫」はその一例。また「嘆き」の言葉が表面に現れないにしても、前述の二六三一番の歌やここで主題とした二九二七番の歌など、恋の歌に関係する歌に、叫び声の意をもつ「叫」を使用する例が多くみられる。この種の表記には、その裏に、声に関する原義を響かせた例とみることもできるであろう。即ち無意識に「ヲ」の仮名に当てたもののほかに、意識的に書記する万葉人もあったとみてよかろう。

因みに、同じような関係に立つ例として、

たかくらのみかさのやまになくとりのやめばつがるるこひ哭《も》するかも（三七三）

とりじものうみにうきゐておきつなみさわくをきけばあまたかなし哭《も》（一一八四）

このころのあさけにきけばあしひきのやまよびとよめさをしかなく哭《も》（一六〇三）

かむさぶといなにはあらずあきくさのむすびしひもをとくはかなし哭《も》（一六一二）

の「哭《も》」がある。これも「モ」という単なる助詞のほかに慟哭の意を裏にもたせたものであろう。神代紀（下）にも「ナク」（「泣」）に対して、「哭《ナク》」をも使用し、「哭泣《ナキイサツ》」「啼哭《ナキ》悲歌《カナシミシノフ》」など多くの例をもみる。

「哭」を「モ」と訓むことについては、「喪《も》」の際に哭《な》くために、「モ」と義訓したものとみなす『代匠記』（精撰本）の説、或は、唐時代の金石文にみえる「喪」の異体字の「哭」と「亡」との会意文字を省略して、「哭」としたものとみなす山田孝雄『万葉集講義』の説もある（注2）。何れも首肯できる説であり、これらは「喪」の文字を基調とする。この文字の異体字については、唐代の例を待つまでもなく、『玉篇』に「喪」（原本系は「吅」部）が、

思唐反。毛詩、（大雅、皇矣）受福(禄)不レ喪、伝曰、喪(亡)也。白虎通、（崩薨）喪之言亡也、死謂二之喪一、言其喪亡不レ可二復得レ見也、生者喪(哀)痛之、亦称曰レ喪……。又音思浪反。尚書、（舜典）百姓如レ喪二孝妣一。野王案、喪亦喪也。……野王案、喪猶失レ正也……。

とみえ、下に「亡」をもつ異体字「喪」は、通行文字「喪」に同じ。しかもなお『玉篇』（同じく「吅」部）には、「哭」の字も別にみえる。

「哭」――口木反。礼記、（間伝）斬衰《ザンサイ》之哭、若二往不レ反、斉衰《シサイ》之哭、若二往而反一、大功之哭、三(曲)回而哀(偯)、此哀之発二於音一（声音一者也）也。

とみえ、悲しみを声に出すのが「哭」である。これを万葉集に当てはめて考えると、「かなし哭《も》」などの詠嘆的な助詞「も」を悲しみの声を意味する「哭」の字に当てたのかも知れない。それがやがて助詞「哭《も》」として通用されるようになった、とみることもあながち誤ではなかろう。尤も前述の「喪《も》」に関係づけて考えることも正しいであろうが、ともかくも「哭」そのものより考えるという私案を、ここに一案として提出する。何れにしても、

「喪」の異体字を山田説の如くわざわざ唐代の例に求める必要もなく、『玉篇』の「[illegible]」、或はそのまま『玉篇』の「哭」の訓詁によって、解決してよかろう。

(9)　おのがじしひとしにすらしいもにこひにけに羸《や》せぬひとにしらえず　（二九二八）

この歌の「羸」は万葉集に一例。同じ巻十二の、

むらさきのわがしたびものいろにいでずこひかも痩《や》せむあふよしをなみ　（二九七六）

の「痩」に同じ。「羸」は、『玉篇』に残らないが、その佚文の『大乗理趣六波羅蜜経釈文』に、

玉、力嬀反。杜預曰、（左伝、桓公六年）羸、弱也。賈逵曰、（国語、楚語下）羸、病也。許叔重曰、（淮南子）羸、劣也。説文、羸、痩（異体字を改める）也。広雅、羸、極也。字書、羸、疾也（「衰羸」）

とみえ、「羸」がやせる意をもつことがわかる。廐牧令（令集解巻三八、官畜条）の、「在レ道羸病」に、

釈云、羸、痩也、病也、音力為反。

古記云、羸、力為反。字書、羸、痩也（「疲也」に作る本あり）。

とみえるのは、『六波羅蜜経釈文』と令集解との間に魯魚の差があるにしても、この注も『玉篇』によることが推定できる。また一切経音義（巻十一「羸痩」）の、

杜注左伝、羸、弱也。賈注国語、病也。許慎淮南子、劣也。広雅、極也。説文、痩也。

も、同様である（『玉篇』によると推定）。巻七の、

はるひすらたにたち羸《つか》るきみはかなしもわかくさのつまなききみしたにたち羸《つか》る　（一二八五）

の「羸《つかる》」も『玉篇』佚文を辿ることによって説明できる。特に廐牧令の「字書、羸、痩也」が、その古写本の一

本に「疲也」とみえるのは（国史大系本頭注参照）、最も有効な証明となるであろう。

なお日本書紀に、

身体悉痩弱、以不レ能レ祭（垂仁紀二五年三月）　恐二所レ乗馬疲痩不一レ行（孝徳紀大化二年三月）

などの例がみえる。前者の「痩弱」を「ヤサカミヨワク」と訓むにしても、前述の『玉篇』佚文によって、「痩」は同時に「弱」に同じ訓詁をもつことを忘れてはならない。また後者の「疲痩」を「ツカレヤサカミ（ヤセ）」と訓むにしても、「疲」は「痩」に同じ。ことばの訓詁を摑んでいる限りでは、「乗れる馬ツカレテ」と訓んでもよく、必ずしも一字に対して一訓を当てる必要はない。

⑽　うつせみのつねのことばとおもへどもつぎてしきけばこころ遮《まと》ひぬ　（二九六一）

「遮」が「マトフ」（迷・惑）に当ること、今日の通説である。この文字は、「遮《サイギリテ》二於大坂一、皆大破之」（崇神紀十年九月）など日本書紀に数例みえ、さえぎる、せきとめる意。これを心の迷いに適用することはそう簡単にはゆかない。『万葉集注釈』に、巻四の、

ただひとよへだてしからにあらたまのつきかへぬるとこころ遮《まと》ひぬ　（六三八）

の「遮」について、かなり詳しい考証がある。「さまたげられて自由に進めない」ことから、「いさよふ」「たゆたふ」などに類似する義訓として、「迷ふ」の意に使用すると解する。これは恐らく正しいであろう。しかもなお万葉人がわざわざ「遮」の字を「心の迷ひ」に用いたことには、まだ不明な点も存する。

『玉篇』にはこの文字を欠く。しかし佚文に、「激」の訓詁として、

玉云、盛也、水聊（耶）疾也、清也、遮也、案遮訓今為二徼字一、在二彳部一（図書寮本『類聚名義抄』「激注」）

とみえる。ここで問題となるのは、「激」の訓詁のうちの「遮」であり、「遮」即ち「徼」である。この「徼」は、
日本書紀に、

尽起二属兵一、徼《サヘ(イ)キリテ》二之於孔舎衛坂一（神武紀即位前紀戊午年三月）

の一例をみる。この字の考証は拙稿に譲るが（注3）、『玉篇』の佚文に、

古堯反。左伝、杜預曰、邀、要也。字書亦徼字也。徼、求也、抄也、遮（也）、循也《?》（大乗理趣六波羅蜜経釈文「邀名」）

とみえ、「邀」をめぐって、「遮」・「徼」ともに同じ訓詁をもつことがわかる。しかし依然として「遮」については、明確ではなく、いきおい『万象名義』によらざるを得ない。『万象名義』に、

遮――之虵反。行也《?》、遏也。

とみえ、更に「遏」については、

遏――於曷反。絶也、止也、遠也、逮也、病也、闕字（ ）遮也。

とみえる。つまり「遮」は「遏」であり、恐らく『玉篇』には、*「蒼頡篇、遏、遮也」とあったものと推定される。「遏」の訓詁のうち、ここで問題となるのは、「絶也」「止也」の部分である。『玉篇』の一部分には、

*尚書（舜典）、四海遏二密八音一、孔安国曰、遏、絶也。爾雅、遏、止也。

などとあったかと推定される。これらの訓詁を応用すれば、万葉集の「心遮」は、心の動きが遮断され、止まり、よどむ状態となる。「こころ進むな」（三八二）の「進む」の反対であり、「よどむ」即ち、「止息《よどむ》」（六三〇）、「不通《よどむ》」（六四九）と同じ系統のことばとなる。ここに「心遮」は、「マトフ」（迷）に当てることができるであろう。なお前述の如く、「遮」は「遏」、即ち「絶」の訓詁をもつが、万葉集の、「いまはあはじと絶たひぬらし」

（五四二）の「絶」の表記も、「たゆたふ」の語源問題は別として、右の「遮」などと一連の関係を示したものかも知れない。

心の迷いに関して、「班」の字もみえる。巻十二の、

⑾　いめかとこころ班《まと》ひぬつきまねくかれにしきみがことのかよへば　（二九五五）

は、その例である。『玉篇』の佚文に、

玉云、班制謂二尊卑之差一也（図書寮本『類聚名義抄』「班宣」）

とみえるが（礼記檀弓篇下の鄭玄注を引用したもの）、ここでは役立たない。問題の「班」は、「斑」に通用する場合のそれである。両者については、清人王念孫撰の『広雅疏証』にも、「班与レ斑通」（釈詁「分」の条）とみえる。元暦本万葉集「斑」に作るが、この歌の場合は、この「斑《まとふ》」の文字について考察すべきである。『万葉集古義』に、「斑」は「斑雑《マギレ》て」の意で、夢現とも別き難いので、「マド《（ト）》フ」に当てたもの、と述べる。これは恐らく正解に近いであろう。

「班」に通用する「斑」については、『玉篇』の佚文に、

玉篇、雑色也（一切経音義巻十五、「斑駮」）

とみえる。また『万象名義』の「斑」に、「辨《（辯）》字」とみえ、「辨《（辯）》」の字には、「補顔反。駮也」（文部）とある。更に「駮」については、

補角反。身白尾黒也（『玉篇』は、恐らく山海経を引用したか）。

とみえる。これは皮膚のまだらな馬の如き獣をさす。同時に斑雑な様子を示すことばともなる。一切経音義の、

白黒文間曰二班《斑》駁貌一也（巻十三「黒駁」）　黒白雑文曰レ駁也（巻十五「斑駁」）　漢書云、白黒雑合謂二之駁一。
……釈云、不純色也（巻六二「斑駁」）

は、その一例。「まだら」であることは、ものの純粋ではなく、中間にある状態であって、心に関していえば、たゆたう気持ともなる。従って、こころと「班」即ち「斑」と結ばれると、心のたゆたいとなり、意訳すれば、心のまよいともなる。万葉集の問題の「いめかと情班」（二九五五）に対して、「ココロマトヒヌ」（「心迷ひぬ」の意）と訓むことは、正しい訓であることがわかる。しかし、「班」（「斑」）にしても、前述の「遮」にしても、万葉人が何故にかかる文字をわざわざ使用したのか、よくわからない。原本系『玉篇』の出現を待つ。

⑿　あしひきのやまがはみづのおとにいでずひとのこ姤《ゆゑ》にこひわたるかも　（三〇一七）
　しののうへにきゐてなくとりめをやすみひとづま姤《ゆゑ》にあれこひにけり　（三〇九三）

この「姤」の文字は、巻十一にも二例にみえる。その、

うちひさすみやぢにあひしひとづま姤《ゆゑ》にたまのをのおもひみだれてぬるよしぞおほき　（二三六五）
ちぬのうみのはまへのこまつねふかめてあれこひわたるひとのこ姤《ゆゑ》に　（二四八六）

の第一例は古歌集に、第二例は人麻呂歌集にみえる。第二例の「或本歌」の第五句に、「ひとのこ故に」とあるために、「姤」の字が「故」の通用であることがわかる。これについては、拙著『上代日本文学と中国文学　中』（第五篇第四章　万葉集の文字表現㈠文字の文学性八一〇〜八一四頁、及び改訂版補注⑹）において、かなり詳しく述べたが、『訓義弁証』などの説によって、「姤」を「妬《ねたむ》」（「妒」）の通用字として説を展開したところに、多少の不安もないではない。

ここに更に一案を提出しよう。「姤」の草体は「姑」に近い。この「姑」の字は『玉篇』にみえないが、『万象名義』に「故胡反。故也、始也、且也」とみえる。この「故也」の部分に関して、『玉篇』に、

故胡反。*釈名（釈親属）、父之姉妹曰㆑姑、姑、故也、言㆔於㆑己為㆓久故之人㆒也。

などとあったものと推定される。もしそうとすれば、「姑」は「故」に同じことになる。但しこの「故」は久故の意で、理由を示す「故」ではない。しかし右の四例の歌が、「人の子」「人妻」の如く女人に関するために、戯れに女偏の「姑」*の字を使用し、その訓詁「故也」を「故」《ユヱニ》に適用したのではなかろうか。この文字が巻十一及び十二にみえることは、両巻の筆者が同一ではないかとも思わせる。或は巻十一にみえる古歌集や略体歌の人麻呂歌集の筆者の戯れ文字がそのまま巻十二に及んだかも知れない。何れにしても「姤」を「姑」*の草体の誤とする可能性を、ここに一案として試みる。

⒀ 浣《あら》ひきぬとりかひがはのかはよどのよどまむこころおもひかねつも　（三〇一九）

この「浣」の文字は、『玉篇』の佚文にみえる。即ち図書寮本『類聚名義抄』に、

「浣澣」――玉云、胡管反。濯（也）

とみえる。これは「澣」の字の訓詁ではあるが、万象名義に、「澣」について、「胡管反。濯也、浣同上、浼上（古）文」とみえることは、「澣」は「浣」に同じく、または「濯」に同じことがわかる。「濯」については、図書寮本『類聚名義抄』の『玉篇』佚文に、

玉云、洗也、所㆓以救㆑熱㆒也、肥（?）也、沐浴余潘汁也（「洗濯」）

とみえ――一切経音義（巻五五「洗濯」）の『玉篇』佚文に、「顧野王云、浴也」とみえる――、更に「洗」につ

いて、「玉云、洗足也」（「洗浴」）とみえる。つまり「浣」は、「濯《あらふ》」「洗《あらふ》」と同じ訓詁をもつことになる。この歌の「浣」の字に対して、類聚古集その他に「洗」に作るが、これは後世の書写者が通用の文字にかえたものとみる『万葉集注釈』の説は正しい。「洗」の字によらず、万葉集中唯一の「浣」を使用したところに、諸例と共に巻十二の筆者の傾向を示す。

⒁　さだの汭《うら》によするしらなみあひだなくおもふをなにかいもにあひかたき　（三〇二九）

この「汭」は、万葉集に、「かるのいけの汭《うら》みゆきみる」（三九〇）、「汭《うら》ぶちをまくらにまきて」（三三三九）、「汭《うら》ぶちにふしたるきみを」（三三四二）など、数例をみる。但し「汭」を「納」に作る本もあり、『万葉集訓義弁証』（上巻・納）に、「汭」・「納」の通用を説く。

「汭」は、『万象名義』に、「而贅反。水相入（也）水涯也」とみえる。恐らく『玉篇』には、

*而贅反。説文、汭、水相入也。穆天子伝（巻四）、癸丑天子觴多之汭、郭璞曰、汭、水涯也。

などとあったものと推定される。「汭」は、尚書（堯典）にも、「釐㆓降二女于嬀汭㆒、嬪㆓于虞㆒」とみえ、敦煌本尚書釈文（P. 3315）に、

内、音汭、如鋭反。水之内也、杜預注左伝云、水之隈曲曰㆑汭。

とみえる。水の入り込んだところ、即ち浦《うら》の意がそれであり、ウラに「汭」を使用するのは正しい。

これに対して「納」は『玉篇』に、

奴答反。毛詩（豳風、七月）、十月納㆓禾稼㆒、箋云、納、内也……左氏伝（宣公九年）、君其納之、杜預曰、納、蔵也……。

とみえるが、『玉篇』には、「納為㆓汭字㆒、在㆓水部㆒」などとはなく、「衲」（「納為㆓衲字㆒、在㆓衣部㆒」）及び「軜」

（「納為二訥字一、在二韋部一」）の字の通用のみを説く。『訓義弁証』（上巻）に、

凡物ノ外より入を、皆納とは云なり、故に水入の字に借用したるもの也、さてこの納汭の二字は、古へ倶に内ノ字を用ゐたり……。

と云い、「内」を通じて、それぞれ「汭」・「納」の通用を説く。これは認められるが、直接「納、汭也」の訓詁がほしい。前述の万葉集の各々に少なくとも「汭」とある以上、やはり原本は「汭《うら》」の字であったと認めたい。

(15) かもすらもおのがつまどちあさりして遺《おく》るるあひだにこふといふものを　（三〇九一）

はしきやししかあるこひにもありしかもきみに遺《おく》れてこひしきおもへば　（三一四〇）

右の「遺」については、『玉篇』佚文の、

顧野王云、遺猶贈也（一切経音義巻二四「饋遺」）　顧野王云、贈也（同巻五四「饋遺」）

を利用することによって、

まそかがみてにとりもちてみれどあかぬきみに贈《おく》れていけりともなし　（三一八五）

と同じく、「オクル」（ここは後レルの意）と訓めること、一一五番の歌を中心として、前回(一)—(9)に述べたところである。

なお、一、二附加しながら遠廻りをしてみよう。「遺」は、前述の如く、『玉篇』に佚文しか残らない。しかもその一例として、『令集解』（巻三職員令、中務省侍従・「拾レ遺」）の訓詁、

遺、音以住反。又音、胡葵・胡季二反。毛詩、（小雅、谷風）棄レ予如レ遺、箋云、遺、亡也。失也、餘也。

を挙げることができる——「失也、餘也」は鄭箋の部分ではない——。『令集解』引用文の考察によって、この

部分も『玉篇』の一部と断定できる。それは『玉篇』の抄出本である『万象名義』の、「胡蔡（葵）反。忘失也……已餘（亡也？）也……」（「遺」）によっても証明できる。職員令引用の鄭箋を現存通行本の『毛詩』に当ると、

箋云、如レ遺者、如下人行レ道遺二忘物一、忽然不中省存上也。

とみえ（遺は忘れる意）――『大漢和辞典』に、この「小雅、谷風」の例を挙げ、「〔伝〕遺、亡也」と注するが、この「伝」の引用文の基づくところを指摘できない――、職員令の「箋云、遺、亡也」は、恐らく『玉篇』の本文を略したものであろう。なおこの職員令の「箋云、遺、亡也」は、もとの鄭箋に照らして、「忘也」の誤かと思われる。『玉篇』の一部を引用したものと推定できる新撰字鏡の「遺」の条に、「如遺、忘也」とあるのは、これを裏書する。また『万象名義』の「忘失也」は、恐らく「忘*（也）、失也」であろう。なお『令集解』（巻四職員令、刑部省贓贖司・「闌遺」）に、「忘二落財物一為レ遺也」ともみえ、このように「遺」は「忘」に等しいことになる。従って、巻十一の、

はしきやしたにさはれかもたまほこのみちみ遺《わす》れてきみがきまさぬ　（二三八〇）

くれなゐのこぞめのころもいろぶかくしみにしかばか遺《わす》れかねつる　（二六二四）

は、容易に納得できる。

もとに戻って、「遺《おくる》」に関連して、『玉篇』に他の例がみえる。即ち、「食」部に、

「餉」――式尚反。……広雅、餉、遺也。

「饋」――渠愧反。……説文、餉也。蒼頡篇、祭、遺也。

の例がみえる。「餉」「饋」は、食物を他人におくる、すすめるの意。また蒼頡篇の「饋」の訓詁、「祭、遺也」は、『玉篇』の、「餽」の訓詁「説文、呉人謂レ祭曰レ饋也」に照らして、「饋」・「遺」と同じ訓詁であることがわ

かるが（この場合は「祭《まつり》」の意）、何れにしても、前述の「贈也」のほかに、「餉」「饋」の文字からも、「遺」に「オクル」の訓が当てられる。巻十二の二つの歌は、「オクル」と云う音を通して、「オクル（後る）」に当てたものである。

(16) ありありてのちもあはむとことのみをかたく要《いひ》つつあふとはなしに　（三一一三）
わがゆゑにいたくなわびそのちつひにあはじと要《いひ》しこともあらなくに　（三一一六）

「要」の字は、普通にいう「言フ」の意はない。しかしこの「言フ」は、約束する、期する意をさすものであって、歌全体から眺めて、通説の如くこの意を含むことばとして、「イフ」と訓むべきである。このたぐいの例は、日本書紀にも例がある。

何不レ用二要《チギリシコト》言一、令二吾恥辱一 ——『書紀集解』「（左伝）襄九年伝曰、昭二大神一要言焉、杜預曰、要、誓以告レ神」——（神代紀上）

の「要言」には、「チギリシコト」のほかに、「チギリ」・「カタメシコト」などの古訓もある。「カタメシコト」は、第一例の「堅《かた》く要《いひ》つつ」（三一一三）に当る。また孝徳紀大化二年の条の、「要二他女一」の「要」に対して、「コトムスビ」（言結び）、「チギル」などの古訓をみることも、何れも約束する意に基づく。『広雅』（釈言）に、「要、約也」とみえ、『広雅疏証』には注がないが、恐らくこの意であろう。一切経音義（巻二三）には、「挙要言之」に対して、この広雅の注を引く。「要」は『玉篇』に残らない。しかし同じ訓詁の「約」については、

……音於妙反。（秋官）周礼司約、掌二邦国及万民之約剤《ヤクシ》一、鄭玄曰、約、言語之約束也。

とみえ、「ことばの約束」、即ちちぎりがこの「要」である。問題とした万葉集の原文「堅要」（三一一三）は堅く

約束のことばを言う意であり、また「不《あ》レ相《はじ》登《と》要《いひ》之《し》」（三二一六）も単に言うの意味ではない。

⒄　かどたてとは闔《さ》したれどぬすびとのほれるあなよりいりてみえけむ　（三二一八）

「闔」の字は、問いの歌に、「とも閉《さ》したるを」とあるので、「サス」と訓むことに間違いはない。この字は、『万象名義』に、

胡臈反。閉也。閑也。門扇（也）。

とみえる。恐らく『玉篇』には、「閉也」以下に関して、

*説文、門扉（「扉」は「扇」に同じ）也。又曰、闔猶閉也。□闔亦閑字也。

などとあったものと推定される——一切経音義にみえる「闔」の訓詁（巻十九「枢闔」）なども、『玉篇』を参考したものであろう——。戸を閉じる意の「闔」については、佚文に残らない。しかし宮衛令（令集解巻二四、諸門関鍵条「関鍵」）の『玉篇』佚文に、

古記云、関、古環反。左氏伝（襄公二十三年）、斬二庶（鹿）門之関一以出。野王案、説文、以レ木横持二門戸一、謂所三以闔二閉扉扇一、今所謂門擔也。

とみえ、「闔」は「閉」に同じく、また官人には見馴れない文字ではなかった。但し万葉集にはこの一例のみ。

⒅　あすよりはこひつつもあらむこよひだにはやくよひより綏《ひも》とけわぎも　（三一一九）

「綏」も、万葉集中一例のみ。この「綏」については、『玉篇』に、

髄惟反。……論語、升レ車必正立執レ綏、周生烈曰、執レ綏所二以為一レ安也。野王案、車中把也……。

とみえる。これは論語（郷党篇）の何晏集解を引用したものであるが、この条について皇侃義疏に、

謂㆓孔子升㆑車礼㆒也。綏、牽以上㆑車之縄也。若升㆑車時、則正立而執㆑綏以上、所㆓以為㆑安也。

と注する如く、車の上から下へおろした綱《つな》をいう。また野王案もこれに同じく、車中の取手、その綱の如きものを指す。上代語の「ツナ」は綱でもあり、縄でもあり、紐でもある。万葉人が「綏」を「ひも」の類に当てたのは正しい。現代人にとっては、「綏」の字を思いつくのは容易ではないが、『玉篇』によって万葉人相互間の理解はたやすかったものと思われる。なお「綏」に対して、版本系に「緩」に作る本もある。この字は、『玉篇』に、

胡管反。……爾雅、緩、舒也、郭璞曰、謂㆓遅緩㆒也。野案王（王案）、緩謂㆑寛也……或為㆓⿰素爰字㆒、在㆓素部㆒（野王案の部分）

とみえ、また「⿰素爰」については、

胡管反。説文、⿰素卓、⿰素卓也。或為㆓緩字㆒、在㆓糸部㆒。

とみえる。更に「⿰素卓」については、

歯灼反。説文、⿰素卓、緩也。或為㆓綽字㆒、在㆓糸部㆒。

とみえ、「緩」は、「⿰素爰」「綽」と同じことを示す。しかも前述の「緩」の訓詁、更に「綽」には、

歯灼反。毛詩（小雅、角弓）、綽々有㆑裕、伝曰、綽、寛也。……爾雅、綽々、綽也。野王案、毛詩、寛乎（兮）綽乎（兮）是也。或為㆓⿰素卓字㆒、在㆓素部㆒、綽約婉約婉従之綽……。

とみえ、ゆるやか、たおやかの意で、「綏《ひも》」には関係しない。版本によった代匠記が「緩」を、「綏」とみなし（初稿本）、或は「綏」の誤とみたのは（精撰本）、さすがに鋭い。ただし古写本の古さからみても、やはり元暦本以下の「綏《ひも》」によるべきである。

なお「綏」に関聯して、「緌」の字がある。『玉篇』に、

乳隹（惟）反。……爾雅、緌、継也。又曰、縭、緌也、郭璞曰、緌、繫也。説（説文）、継、冠纓也。

とみえ、冠の垂れ紐、掛け紐の意。しかも礼記（檀弓上）の、

喪冠不レ緌──礼記音義「緌、本又作レ綏同耳」

や、新撰字鏡の、「綏、緌二同」とみえることは、ともに通用字をさす。「緌」も同じく「ひも」に当てることができる。「緌」は、令集解（巻二九、衣服令・武官礼服条「皁緌」）の注に、

説文、冠纓也（令釈）　緌、謂二此間俗意以可気《おいかけ》一（「古記」）

とみえ、ここに上代語「オイカケ」が摘出される──図書寮本『類聚名義抄』に、和名抄を引いて、「又云、於《お》以《い》加《か》介《け》、一名繫也」と注する──。「綏」も「緌」も万葉人には、特殊な文字とはいえない。「綏」は「緌」に同じく、「ヒモ」（紐）ですべてを代表することができる。

(19)　よそのみにきみをあひみてゆふ牒《たたみ》たむけのやまをあすかこえいなむ　（三一五一）

この「牒」の字も、万葉集中一例のみ。しかも同じ巻十二の、

ゆふ畳《たたみ》たなかみやまのさなかづらありさりてしもいまならずとも　（三〇七〇）

の「木綿畳《ゆふたたみ》」に照らして、「木綿牒」の「牒」を「タタミ」と訓むべきことは明白である。しかし「畳」に「牒」を当てることの訓詁は、そう容易ではない。一切経音義（巻五九「四畳」）に、「律文作レ牒。箇牒也。牒非二字義一也」とみえ、また類聚名義抄の「牒」の条に、「音畳辞也」（仏下）とあり、「牒」・「畳」ともに、同音（dié）ではある。しかし同音であるが故に、直ちに「畳」を「牒」と表記するには、何らかの理由があろう。

この「牒」については、『万葉集訓義弁証』（下巻「牒」）に詳しい考証がみえる。それによれば、日本霊異記（中巻）・大安寺資財帳・和名抄などを引用し、更に『新翻華厳経音義』の、

砌千計反。限也。倭云、石太々美。　砌限也。倭云、石牒。

などを例として、「牒」が「タタミ」の訓に当ることを考証する。前者は、小川本『新訳華厳経音義私記』（内題『新翻華厳経音義』）の「皆（階）砌」の条に、後者は、同じく「階砌」の条に（反切「且計反」あり）みえるが、更に「階陛」の注の中にも、混入して、「砌、且計反。限也、倭云、牒」とみえる――但し一切経音義（巻二一）にはこれを欠く――。右の『訓義弁証』の考証によって、「タタミ」と訓むべき「牒」の訓詁が確かめられるが、万葉人の表現は、むしろ簡単な注によるものではなかったか。やはり『玉篇』を顧慮する必要がある。

「牒」については、『万象名義』に、

徒協反。札也、積也、床上板也。

とみえるが、この字は、『玉篇』には残らない。恐らく原本系『玉篇』の本文の一部を推定すれば、

*徒協反。説文、牒、札也……方言（巻五）、牒、牀上板、衛之北郊、趙魏之間謂㆓之牒㆒。

などとあったものであろう。しかしここで問題となるのは、「札《ふだ》也」「床上板《ゆかいた》也」ではなく、右の推定本文の省略した部分の「積也」（後述）の訓詁である。

しばらく「畳《たたみ》」の文字に眼を向けよう。この「畳」も『玉篇』には残らない。しかしその佚文として、一切経音義に、

蒼頡、畳、重也。広雅、厚也。宋忠注太玄経、畳、積也。顧野王曰、畳、明也（巻八「重畳」）

顧野王曰、畳猶累也。宋忠注太玄経云、積也。蒼頡篇、重也（巻十六「畳栱」）

とみえる。この佚文は、『玉篇佚文補正』の引く、「顧野王曰、……」の部分のみではない。原本系『玉篇』の引用書名から推して、右の部分は、すべて『玉篇』の部分と推定できる。

「畳」の訓詁のうちで、「重也」「累也」「積也」などは、前述の「牒」の訓詁の一つ、「積也」に相通じる。「累」は『玉篇』に、

「累」――字書亦纍字也。

「纍」――力雔反。……野王案、此義亦或音力錐反、重積之累、音力捶反、或為二絫字一、在二厽部一。

「絫」――力捶反。……公羊伝(昭公五年)、不下以二私危(邑)一絫中公邑上、劉兆曰、(春秋公羊穀梁伝解詁)絫、次積也。楚辞(招魂)、層壹(臺)絫樹(榭)、王逸曰、絫、重也……説文、絫、増也……広雅、絫、積也。今為二累字一、在二糸部一。

とみえ、また「積」は、『万象名義』に、

子赤反。聚也、最也(説文に「最、積也」とみえる)

とみえる。「畳」も「牒」も、つもる、積み重ねるなどの意であり、両者の同音と共に、同じ訓詁をもつことになる。これを名詞化した巻十二の「ゆふ牒」は、「ゆふ畳」に通ずることがわかる。恐らく『玉篇』の「牒」の訓詁の条には、前述の推定本文の末尾に、「今為二*畳字一、在二晶部一」(「晶」は「畾」に同じ)とあったかとみえ、逆に「畳」の条には、「今為二*牒字一、在二片部一」などとあったものかと思われる。『玉篇』を開くことによって、表記者は「畳」の代りに「牒」を使用したものであろう。

(20) ころもでのまわかのうらのまなごつちまなくときなしあがこふら钁《くは》　(三一六八)

「钁」は万葉集には一例であるが、日本書紀には、「钁丁《クハヨホロ》」(安閑紀元年閏十二月)、「钁《クハ》一口、刀子《カタナ》一口、鎌一口」

（天武紀五年八月）などとみえ、当時として必ずしも珍しい文字ではない。但し一般には「鍬」（神祇令、禄令、軍防令など）の文字を使用する。通行字「鍬《くは》」は『玉篇』佚文に、

玉篇、従レ喿作レ鍬。方言云、趙魏之間、謂レ鍤。郭注爾雅及言《(方言?)》作レ鍬、訓亦鍤（一切経音義巻九三「鍬鍤」）

とみえる。

同じ「钁」は、『玉篇』に残らないが、『万象名義』に、

九縛反。鋤（也）（掲出字、「钁」を誤って「鑺」に作るが、これは別字。「鑺」は別掲）

とみえる。「鋤」は、『玉篇』佚文に、

顧野王云、鋤、田器也。説文、従レ金助声、亦鉏也（一切経音義巻二四「鋤治」）

とみえ、更に「鉏」については、

顧野王云、鉏、理レ田器也（一切経音義巻三八「耘鉏」）

とみえる。何れも田を理める器であり、「すき（鉏）」や「くは（鍬）」の類が「钁」である。「クハ」に対して、当時通行の「鍬」を捨てて、「钁」をここに使用したことは、他の諸例と共に巻十二の書記者の文字表記の筆癖を予想させる。

㉑　ときつかぜふけひのはまにいでゐつつ贖《あか》ふいのちはいもがためこそ　（三二〇一）

この「贖《あかふ》」の文字については、巻十七大伴家持の仮名書の例「安賀布伊能知毛」（四〇三一）を除けば、万葉集にこの例のみ。しかし日本書紀には数例みえ、たとえば、

願賤妾之身、贖二王之命一而入レ海（景行紀四十年是歳）

献三鴻十隻与二養鳥人一、請二以贖レ罪（雄略紀十年九月）

献二糟屋屯倉一、求レ贖二死罪一（継体紀二二年十二月）

などは、その一例である。『玉篇』佚文の『大乗理趣六波羅蜜経釈文』に、

玉、時燭時注云反尚書（「時燭反。尚書注」の誤記）王粛曰、出レ金贖レ罪也。説文、贖、賀（貿）也（「贖」）

とみえる。職員令（令集解巻四、刑部省贓贖司・「贓贖」）の令釈に、

贖、時燭反。尚書（舜典）、金作二贖刑一、王粛曰、出レ金贖レ罪。

とみえるのも、『玉篇』によることは明らかである。万葉集の「贖」は、上代に於ける当時としては珍しい文字ではなく、法律用語を使用したものに過ぎない。この歌の「贖ふ」ものは、明瞭ではないが、神に贖物の幣帛を捧げて妹のために命長かれと祈ることが「贖ふ」として表現されているとみてよかろう。そこには、罪の意識はない。そうみれば、右の佚文の「説文、貿也」や、同じく佚文「貿」の注に「顧野王云、交易也」（一切経音義、巻十三「貿易」）とあるのは、注意すべきである。これは物品を交換する意。代りの代価が効果を得るために、供え物をして、その代りに長い命を願うのが「貿」でもあり、むしろこの方が歌の訓詁にはよくかなう。『玉篇』にみえる「贖」の訓詁のうち、罪を贖《あがな》う尚書の例よりも、説文の「貿也」に近く理解する方がよかろう。

なお一切経音義（巻四一「財贖」）に、

時燭反。尚書云、金作二贖刑一。孔注云、出レ金贖レ罪也。説文、貿也。

とみえる。佚文の標記はないが、前述の佚文の例によって『玉篇』に基づく部分と推定できる。但し「王粛注」に対する、「孔注」（孔安国注）が問題である。両者に関しては、唐人陸徳明の『経典釈文』に、

王粛亦注二今文一、而解大《ハ》与二古文一相類。或粛私《ヒソカニ》見二孔伝一而秘《シナメタルカ》レ之乎（序録）

とみえる。またこの反対に、佚書である王粛注本、乃至は王粛注本に近い本によって、孔氏伝（漢孔安国の実作ではなく、魏晉の某人の仮託書）の解釈がより多く生れたとみる説もあり（注4）、両者の注の関係は明確ではない。一切経音義の他の巻にみえる、「贖之」（巻五七）、「購贖」（巻六五）の注には、すべて「王粛注云」とみえ、前述の『六波羅蜜経釈文』の『玉篇』佚文の例と照合して、巻四一の「孔注云」は一切経音義の誤記であろう。もとの尚書（舜典）の注が何れであったにしても、やはり『玉篇』には、「王粛曰」とあったものと推定できる。これは、経典釈文の、「其舜典一篇仍用㆓王粛本㆒」（序録）の傍証ともなる。なお『玉篇』には、

「品」――披錦反。尚書（舜典）、五品不㆑遜、王粛曰、五品、五常也。

など、通行本尚書の「孔氏伝」の部分に対して、「王粛注」を引用するものがかなりある。これは「王粛注」と「孔氏伝」（孔安国注）との関係を考察する上に、格好の資料を提供するであろう。

(22)　たまかづら無恙《さきく》いまさねやますげのおもひみだれてこひつつまたむ　（三二〇五）

この「恙」は、『玉篇』に残らないが、『万象名義』に「餘亮反。憂也、痛也」とみえる。恐らく『玉篇』には、

*餘亮反。爾雅、恙、憂也、郭璞曰、今人謂無恙無憂也。野王案、……（未詳）痛是也。

などとあったものと推定される。「恙」は一般に「無恙」の熟語を生む。文字通りの訓詁「ウレヘナク（ツツミナク）」は「サキク」に同じ。万葉集巻五の書翰の一文に、「去留無㆑恙」（八〇六）とみえ、また巻十三に「恙無《つつみな》くさきくいませば」（三二五三）の例もある。神代紀（下）にも、「若以㆓平心㆒射者、則当㆓無恙《サキクアラム》㆒」（日本紀私記乙本「津々加奈介牟《つつがなけむ》」）とみえ、別訓である「サチアラム」・「ツツガナケム」の後人の訓も、上代語ではないにしても、訓はそれなりに正しい。

㉓　あらたまのとしのをながくてるつきの猒《あか》ざるきみやあすわかれなむ　（三二〇七）

の「猒《あく》」は、巻十一の、

あけぬべくちどりしばなくしろたへのきみがたまくらいまだ猒《あか》なくに　（二八〇七）

などと共に、「厭《あく》」の字の異体字でともに等しいこと、周知の通りである。現に版本系には、二例とも「厭」の文字を使用する。『玉篇』に、「猒」について、

於冉反。……国語（周語下）曰、堯（克）猒㆓帝心㆒、賈逵曰、厭、合（也）。……広雅、厭、可也。……野王案、……飫飽之厭、音於豔反。……。

とみえ、「合」（あふ）、「可」（よし）、「飫飽」（あく、たる）など、万葉集の例にかなう。また『玉篇』に、

「飫」――於攄反。……毛詩（小雅、角弓）、如食宜㆑飫、伝曰、飫、飽也（注5）。左氏伝（襄公二年）、加㆑膳則飫（飫㆑賜）、杜預曰、飫、厭也……。

「飽」――補校反。論語（学而）、君子食无㆑求㆑飽。説文、飽、猒也。野王案、饜、足皆曰㆑飽。……広雅、飽、満也。

ともみえ、「猒」即ち「厭」が「飫」「飽」とひとしく、飽く、足るの意であることがわかる。「飽《あく》」については、万葉集に例が甚だ多いが、なお常陸風土記の、

今日之遊、朕与㆓皇后㆒、各就㆓野海㆒、同争㆓祥福《さち》㆒。野物雖㆑不㆑得、而海味尽飽喫者。後代追㆑跡、名㆓飽田《あきた》村㆒（多珂郡）

もその一例。「あく」ことはものの「たる」ことである。「足」の例も、

ながこふるいものみことは飽足《あきだり》にそでふるみえつくもがくるまで　（二〇〇九）

まそかがみてにとりもちてみれど足《あか》ぬきみにおくれていけりともなし　（三一八五）

などにみられる。

同じ「猒」即ち「厭」の字に、「イトフ」・「ウシ」とよむべき例がある。巻十の例を示せば、

ほととぎす厭《いと》ふときなしあやめぐさかづらにせむひこゆなきわたれ （一九五五）

うぐひすのかよふかきねのうのはなの厭《う》きことあれやきみがきまさぬ （一九八八）

などである。第一例には巻十八の同じ歌の「伊等布登伎奈之《いとふときなし》」（四〇三五）があり、第二例は、「うのはなの」から「うきこと」へと続き、諸注の訓には問題がない。但し「厭」（「猒」）が「イトフ」や「ウシ」の訓に何故に当るのか、諸注明らかにしない。「厭」は前述の如く、「飽《あく》」「足《たる》」の訓詁をもつ。十分に飽き足ることから、いやになる意になり、更に「うし」「いとふ」の意に用いたものである。『玉篇』佚文に、

「猒」――顧野王云、猒猶足也（一切経音義巻五七「猒苦」）

とみえ、「猒」は「足《た》る」意をもちながら、「猒苦」のように熟合して、「いとひ苦しむ」意を示すのもその一例である。「猒」や「厭」に最初から「イトフ」・「ウシ」の訓があったわけではなかろう。

(24) とよくにのきくのながはまゆき晩らしひの昏《く》れゆけばいもをしぞおもふ （三二一九）

「昏」の字は万葉集にこの一例のみ。その多くは、「かすみたつながきはるひの晩《く》れにける」（五）、「あかねさすひの暮《く》れぬれば」（二九〇二）の「晩」や「暮」を使用する。『玉篇』には残らないが、『万象名義』に、

「昏」――呼昆反。暗也、強也、伐（代）也。

とみえ、このうち、ここで必要な訓詁は、「暗也」である。「暗」は、『万象名義』に、「於紺反。不明也、夜也」とみえる。なお前述の「暮《くる》」については、同じく『万象名義』に、「綿故反。晩也、夕也」とある。また「晩《くる》」については、田令（令集解巻十二、田租条）の『玉篇』佚文に、

*晩、武遠反。蒼頡篇、晩、暮也（早晩」）

とみえる。国史大系本は、意によって「武」の字を補うが、『万象名義』を参考にして「莫」とすべきであろう。

なお暮れる意の「クル」の反対語に、「アク」（明・開など）がある。そのうち、巻十一に、

旭《あ》けぬべくちどりしばなくしろたへのきみがたまくらいまだあかなくに　（二八〇七）

の「旭」がみえ、同じ巻に「旭時《あかとき》」（二八〇〇）の例もある。この字は『万象名義』に、「詡王反。日始出（也）」

とみえ、そのもとの『玉篇』には、恐らく、

*毛詩、旭日始旦、伝曰、旭、日始出也（この例は邶風、匏有苦葉の一句）

などとあったものと推定される。

なお巻十三の長歌の一節に、「さよは明けこのよは昶《あ》けぬ」（三三一〇）、「ぬばたまのよは昶《あ》けゆきぬ」（三三一二）とある。この「昶《チヤウ》」には、明ける意はない。『万葉集注釈』などに、『正字通』の「日長也、明也、通也」を引いてこれに当てようとするが、この「明也」は「明らかなり」の意、「通也」と共に「明通」の意である。『万象名義』の永部にもこの字があり、「恥両反。通也、達也」ともみえる。夜などが明ける意ではなく、抽象的な意の「通」に当る。万葉人がこの明通の意を夜が「明ける」意に誤解したり、転用させたとすることは考えられることではあるが、『正字通』は後世明代の撰にかかり、ここではやはり適当ではない。「昶」は版本などに「旭」に作るが、むしろ「旭」の異体字として、「昶」に近い字の本もあったものであろう。「昶」に近い字を現行活字に直すために新しく「昶《チヤウ》」の字が原本にあったようにみなされたものであり、むしろこの現行活字の「昶」の字は万葉集にはなかったものとみるべきではなかろうか。ここに「旭」の異体字である「昶に近い字」が復活されるべきで、現行文字の「昶」とは別とみなすべきであろう。

以上、巻十二の訓詁上むつかしい文字を、『玉篇』、その佚文、その推定本文などの訓詁によって、解決しようと試みた。「むつかしい文字」とは、稿者自身の感想であり、なおほかの文字をも考察すべきことは云うまでもないが、ともかくも一応のむつかしい訓詁の例と認めることはできるであろう。これらのうち（括弧の歌番号は一例のみあげる）、

(3)「讒」（二八七一）・(4)「懈」（二八七二）・(5)「憁」（二八七四）・(6)「綏」（二九一八）・(7)「悞」（二九二二）・(9)「羸《やす》」（二九二八）・(11)「班《まとふ》」（二九五五）・(13)「浣」（三〇一九）・(16)「要《いふ》」（三一一三）・(17)「闔」（三一一八）・(18)「綏」（三一一九）・(19)「牒」（三一五一）・(20)「鑼」（三一六八）・(21)「贖」（三二〇一）・(24)「昏」（三二一九）

などは、巻十二の歌にのみみえる文字である。中には、法令にみえる文字もあり、当時の万葉人には普通の文字であったと思われるものもある。しかしこの巻に特有な文字が目立つことは珍しく且つ注意すべきであろう。これは巻十一と共に考察しなければならないが――「姤」はその一例――、それはそれとして、巻十二の文字表記、それにつらなる表記者の問題に関して、何らかの暗示を与えるであろう。

注1　小雅沔水や十月之交などをいうか。
注2　なお羅振玉撰『増訂碑別字』の、「喪」（巻二・下平声七陽韻）、「哭」（巻五・入声一屋韻）の条参照。
注3　「日本書紀の「よみ」――原本系『玉篇』を通して――」参照。
注4　加賀栄治氏『中国古典解釈史――魏晋篇――』（第五章『尚書孔氏伝』の作成とその解釈）参照。
注5　通行本毛詩「飫」を「饇」に作る。

〔附記〕『萬葉集研究 第三集』（昭和四十九年六月、塙書房）所収。末尾に、「昭和四八年十一月二十日」とある。
なお、掲出歌の番号については、㈡～㈣のすべて、㈠の例に従った。便宜をはかってのことである。
この㈡―⑹「綬」については、『國風暗黒時代の文學 中(上)』（第二篇第二章二⑵㈡ 令集解と玉篇）参照（その⑿「帳幕」、九七九頁）。以下、同様の例は参照ページで示す。

㈡―⑼「羸」――九四九頁(へ)、及びその「補注」一一五九頁。

㈡―㉑「贖」――九六六頁。

㈡―⑻「叫」にかかわる「呼《を》」（二五二七）については㈢―⒀、㈡―㉓「歔」については㈣―⒃をそれぞれ参照。

余白を得て、㈡―㉔「旭」について補う。『万象名義』の「旭、詡王反」の「王」は「玉」の誤り。続いて『玉篇』の推定本文が掲げられているが、『六波羅蜜経釈文』（「旭日」）に『玉篇』の佚文がある。「玉、詡玉反。毛詩、伝曰、旭、日始出、大昕之時也」。

なお附言する。『一切経音義』の訓詁と原本系『玉篇』との関係について、㈡―⑷末尾の「別稿を用意する」という「別稿」については、注記がなく定かではない。

ただし、この訓詁の方法については、すでに言及がある。前掲書の「令集解と玉篇 一」において、

㈠ 原本系玉篇（現存残巻）にみえるもの（九二五～九二八頁）
㈡ 原本系玉篇の形式（文体）に従ふもの（九二八～九三七頁）
㈢ 出典書名によつて推定可能のもの（九三七～九六七頁）

と整理されるうちの㈡・㈢が、これに該当する。加えて、「㈣ 種々の学的操作によつて推定可能のもの」

(九六七～九六八頁) などとして括られるはずの例が示されるに至る。委細は、続く「令集解と玉篇 二～三」及び二(3)(一)「原本系玉篇の活用」参照。

さらには、この「万葉用字考証実例(二)」とほぼ同時期に執筆されたと覚しき、本書所収「日本書紀の訓詁をめぐって——原本系『玉篇』との関聯に於いて——」の第二節と末尾の「(補注) 二」が、当該の注記にかかわっていると推測される。

また、佚文拾遺については、『國風暗黑時代の文學 補篇』所収「原本系『玉篇』佚文拾遺の問題に関して」を参照。

万葉用字考証実例 ㈢

――原本系『玉篇』との関聯に於て――

一

さきの㈡に於て、「巻十二」に書記されたかなり「むつかしい文字」の訓詁に関して、原本系『玉篇』及び推定による『玉篇』*の訓詁を適用することによって、その考証を試みた。今回は巻十二に先行する「巻十一」について、同じ方向を行おうとする。

「むつかしい文字」と云うのは、稿者の私からみてそう考えるのであって、万葉人にとっては果して「むつかしい文字」であったかどうかわからない。むしろ常識的な文字であったかも知れない。学《がく》のない稿者にとっては、当時の常識的通用的な文字さえも、むつかしくみえてくるのである。「去来」を例にしよう。これが「イザ」に当ること、木村正辞の『万葉集訓義弁証』に、

天台三大部補注巻八三十一に云、今北地人《ノ》相召多《テク》云二去来一、今詳《ルニ》二斯語《ヲ》一、去《ハ》是往《ノ》義、来《ハ》是召《ノ》義、即令下其《ノ》往《ヲ》二宝所《ニ》一復召《ソ》而進《ミ》発上也、この注、皇国にてイザといふ言に用ゐ来れるによく叶へり、補注は永嘉の沙門従義の著せるなり、仏祖統記を撿《ブ》るに、従義は北宋元祐六年寂せり、但し日本書紀万葉集等に用ゐたれば、彼国にていと古くよりいひ来れることなり。（上巻・去来）

とみえる。この考証は正しいが、右に述べる如く、例は宋代、即ち万葉以後であり、更に古い例がほしい。嘗つ

て「去来」について、かなり詳しく述べたこともあるが（注1）、推定の範囲を脱し得ず、確証は摑んでいない。しかし最近漸くにして、隋の嘉祥大師吉蔵撰の『浄名玄論』に略注を施した、釈智光の『浄名玄論略述』にその例をみることができた。智光は元興寺の僧、八世紀末宝亀年間に歿す（『日本霊異記』中巻第七話参照）。その巻一（本）の注に、

今解云、陪者猶策勧之義。如二経中云一、汝等去来謂請二大師一勧至二長安一、雖レ似二能勧之辞一、只是所勧之言。……

（「陪従二大尉公晉王一」注）

とみえ、「イザイザ」と勧めることばが「去来」に当る。『浄名玄論略述』は、天平十九年を下らぬ撰と推定されるが、その著作のために使用した諸資料は早くからわが国に伝来していた（その序文参照）。淡海三船撰『唐大和上東征伝』や空海の詩文集『性霊集』に「去来」の例がみえることなどより推して（なお注1）、上代人はこの語を仏典系統の書より学び、やがてそれが文字の世界に通行するようになったものであろう。現代人にとってむつかしい文字も、万葉人には常識的なそれであったものが少なくない。

この『浄名玄論略述』には、『玉篇』の佚文をかなり多く載せる――但し、馬渕和夫氏の『玉篇佚文補正』（油印本）には、不載――。一例をあげよう。その巻一（本）の注に、

捃亦攈字。国語（魯語上）、牧攈（収）而承（烝）、賈逵注曰、攈拾レ穂也。方言、攈、取也。説文、拾、掇也、謂以二手指一細之取也。広雅曰、撿、験也。玉篇曰、撿猶レ糺也。左氏伝、退而捜レ乗、杜預注曰、捜、閲也。字書云、捜、求也。……説文曰、擅、専也（「故博二採南北一、捃二拾古今一、復撿二経論一、微加二擅思一者」注）

とみえる（括弧内は私案、以下同じ）。『玉篇』引用の本文は、その前後すべてそれであり、後半の「玉篇曰、……」以下部分のみではない。これについていくばくかの考証を試みよう。『玉篇』の抄出本である『篆隷万象名義』

（以下『万象名義』と仮称する）に、

「攈」（「攈《クン》」に同じ）――居運反。捨（拾）レ穂也、取也。

「拾」――時立反。……掇也。

「掇」――猶活反。拾取也。

「撿」――冀斂反。紏也、……験（也）、掇二之法度一也。

「捜」――所流反。閲也、……求也。

「擅」――視戦反。専也。

とみえ、釈智光の注、即ち『浄名玄論略述』引用の右の訓詁がすべて『玉篇』によることがわかる――「撿」について、『玉篇』佚文に、「玉篇云、法度也、又撿、摂也」（『一切経音義』巻二六「道撿」）とみえるが、『玉篇』には、更にかかる記事もあったと推定される――。このように原本系『玉篇』は、上代人にとって最もよく活用された訓詁の字書であった。その中には『説文』・『広雅』・『字書』（佚書）などを含み、それぞれ現物に当らなくても、『玉篇』がそれらを収集する。手間を省こうとすることは、敢えて現代のみに限らない。

漢字の訓詁を学ぶことは、やがてその利用となる。『万葉集』にみえる所謂「むつかしい文字」も、主として『玉篇』をひもとくことによって、大した労も要せず、あまたの訓詁を知ることができる。ここに『玉篇』によって、『万葉集』の文字、その訓詁を考察することは、万葉人の表記の際の状態に回帰することができるであろう。

二

「巻十一」の然るべき文字を配列順に従って考察しよう。既に他の巻で考察した同じ例は省略に従う。

(1) あめなるひとつたなはしいかにかゆかむ穉くさのつまがりといはばあしかざりせむ　(二三六一)

第四句「穉くさの」は「稚《わか》くさの」(二〇八九・三三三九) などの例に照らして、「ワカくさの」と訓むことは明らかである。この「穉」は『玉篇』に現存しない。しかしその抄出本である『万象名義』に、

除致反。……幼稚也、小(也)、晩也――なお「稚」は「直利反。幼也」とある――。

とみえる。『玉篇』のもとの本文は推定しにくいが、『新訳華厳経音義私記』(小川本) に、

「孩稚」――下与レ穉字同。除致反。小也。

とみえ、更にこの部分に当る『一切経音義』に、

方言曰、稚、年小也。字又作レ穉也 (巻二一「孩稚」)

とみえることは、原本『玉篇』の本文を推定させる凡その方向を示すであろう。なお「穉」の字は、『万葉集』では唯一の例であり、巻十二の文字表記の場合に同じく、特異性の文字をもつ巻といえる。

(2) こころにはちへにおもへどひとにいはぬあがこひ孋をみむよしもがも　(二三七一)

この「孋」は、同じ巻十一に四例ほどみえる (二四二八・二四八〇・二四九七・二五〇九)。巻七・巻十や巻十三などにも例がみえるが、その大半が人麻呂歌集の用字であることは注目に値する。「ツマ (妻)」に当る「孋」は、『玉篇』(『万象名義』も同様) に残らず、増補本である宋本『玉篇』に、「力移反。孋姫、本作レ驪」とみえる。これは、『左伝』(昭公二八年)、『淮南子』(説林訓) など、美女の「孋姫」(或は「驪姫」) をさし、固有名詞である。

美女なるが故に国を亡ぼした彼女を「ツマ」に当てるには、やや距離があろう。この文字については、既に『万葉集文字弁証』（上巻）に詳しい。その説によれば、『後漢書』（曹皇后伝賛）の賢注に、「孋亦儷也、……案㆓字書㆒無㆓孋字㆒」とみえ、「儷」は「偶」、即ち配偶者（「ツマ」）の意、中国人が「儷」の偏旁を変じて、「孋」に作ったものとみなす。万葉人の「孋」もこれに等しいが、これは暗合であり、彼等の製造した文字と説く。また別案として、「麗女の二合字にてもあるべし」とも説く。その証として巻十三の「麗妹」の例、詳しくいえば、

　麗妹《くはしいも》に、あゆををしみ、……またもあはぬものは、孋《つま》にしありけり　（三三三〇）

をあげる。これは万葉人の作る「会意」の文字、「女」と「麗」を合わせた「孋《つま》」の文字であることを示す。前述の如く、賢注に「孋」の字は字書にみえないと云う――この「字書」は、『玉篇』にも引用する佚書『字書』か、それとも普通名詞の小学をさすか、後考を待つ――。しかし敦煌石室遺書には「麗」に通用する「孋」の例も少なくなく（注1）、唐代の俗間では「麗」に「孋」を通用させていたものであろう。しかしこの例では「ツマ」にならない。やはりこれは会意の文字であり、「麗《うるは》しい女性」を「ツマ」とみなす万葉人の発明とみるべきではなかろうか。つまり『万葉集』の、「孋」は、中国の「孋」（「儷《つま》」・「麗《うるはし》」）ではなく、「女」と「麗」の合字とみたい。大伴家持の翻翔する「鴫《しぎ》」を見て作った歌、

　はるまけてものがなしきにさよふけてはぶきなくしぎたが田にかすむ　（四一四一）

にも、上代人の造字、「田」と「鳥」との合字「鴫《しぎ》」に興味を持ったふしがみられる。

(3)　あらたまのいつとせふれどあがこふるあとなきこひのやまなくも恠し　（二三八五）

この「恠」が「怪《あやし》」に同じことは、『万象名義』の、

「怪」――古壊反。異也、恠也（「恠」の項なし）。

によって証明できる。「怪」については、『玉篇』佚文に、

顧野王云、凡奇異非常皆曰レ怪。……或作レ恠、俗字也（『一切経音義』巻九四「可怪」）

とみえ、「或作レ恠」の三字も恐らく『玉篇』の部分であろう。なお『一切経音義』（巻二七）にみえる、

「怪之」――上古壊反。怪、異也、驚怪也。凡奇異非常皆曰レ怪、……。

は、右の『万象名義』、『玉篇』佚文などに照らして、『玉篇』の一部かと推定される。因みに、『一切経音義』は、『玉篇』に基づく部分があっても、なるべくその指摘を省略する態度を採ること、『大乗理趣六波羅蜜経釈文』と比較することによって、容易に知ることができる。

(4) け位べばひとしりぬべしけふのひはちとせのごともありこせぬかも　（二三八七）

「位」については、『代匠記』（精撰本）に、「佀」の誤とし、また『童蒙抄』に「竝」の誤かとする。現代注釈書の多くは後者を採用する。しかし宮地春樹の説や、『私注』・『注釈』などは、版本系の「位」に従う。「位」は、『万象名義』に、「胡愧反。処也、正也、莅也、列也」とみえる。

『令集解』に、

胡愧反。位、処也。位、列也。孝経（士人章）、能保二其禄位一、鄭玄曰、食レ禀曰レ禄、居レ官曰レ位也（巻一、官位令）

とみえるのも――職員令（巻三、式部省卿・「版位」）の「令釈」に、「列、立曰レ位」ともみえる――、『玉篇』の引用であろう。特に佚書となった鄭玄注『孝経』を引用することは、『玉篇』の一般的な態度である。この部分の本文を敦煌出土『孝経』鄭玄注が確証することは（注2）、右の『令集解』の例が『玉篇』によることを裏附け

る。

「位は列なり」の『玉篇』の部分がどの漢籍によるのかよくわからない。試みにいえば、

*説文、列二中庭之左右一、謂二之位一。

或は、「*爾雅、中庭之左右謂二之位一、郭璞曰、群臣之列、位也」などとあったかと推定される。後者の場合の「列」は名詞、前者は動詞「列」（「ナラブ」）である。何れにしても、巻十一の「日位」の「位」は版本のままで「ナラブ」と訓むことができる。「竝」と云う誤字説を採る必要はない。

(5) あらたまのとしは竟つれどしきたへのそでかへしこをわすれておもへや （二四一〇）

「竟」（「ハツ」）の例は、巻七（一一七一）、巻十（一九九六・二〇〇四）にみえるが、巻十の七夕歌の二例は、この歌と共に人麻呂歌集に出処をもつ。「竟」は、『玉篇』に、

羈慶反。毛詩（大雅、瞻卬）、譖始竟背、箋云、竟、終（猶終）也。方言、竟、亘也、秦晉或曰レ亘、或曰レ竟也。説文、楽曲（曲盡為）竟也。広雅、竟、窮也（音部）

とみえ、「終る」の意、「ハツ」（果てること）に当る。

(6) こふること意追かねていでてゆけばやまをかはをもしらずきにけり （二四一四）

くもだにもしるくしたたば意追みつつもをらむただにあふまでに （二四五二）

右二例の「意追」の訓については、「ココロヤリ」、「ナグサメ」などの訓みが通行するが、「追」の訓詁を押さえておけば、あとは歌意に添って訓めばよい。『万葉集古義』に「追」を「遣」（「ヤル」）の誤とする。巻十二に

も、

わするやとものがたりして意遣すぐせどすぎずなほこひにけり　（二八四五）

の例がある。しかし「追」は誤ではなく、「遣」に同じ。この字は、『玉篇』には残らないが、『万象名義』に、

「追」――猪亀反。送也、……。　「送」――蘇頁反。……送遣也。　「遣」――去闡反。送也、……。

とみえ、「追」は、「送」・「遣」と同じ訓詁をもつ。「心ヲ外ニヤル」、「ハナツ」ことが「追」であり、これによって「意追」は「意遣」に同じことがわかる。なお人麻呂の歌「遣レ悶《なぐさもる》」（一九六・二〇七）も同じ。「遣悶」は正倉院御物『杜家立成（雑書要略）』（「雪寒喚二知故一飲書」）の、「望二其遣悶一」によること、既に述べたことがある（注1）。

(7) 縿るみちはいはふむやまはなくもがなあがまつきみがうまつまづくに　（二四二一）

「縿」（「クル」）は万葉集中唯一の例である。『代匠記』に「繰」の誤、『參』を衍字（糸偏を誤って加えたもの）とみなす。しかし『万葉集文字弁証』（上）には、「躁」を「蹃」と書くのと同じく、『広韻』をあげて、「繰」の俗字とする。この「縿」の字は、『玉篇』に、

「縿（「繺」）」――所巌反。爾雅（釈天）、纁帛、縿也。……郭璞曰、衆旒所レ著也。……。

とみえるが、「繰」との関係は明らかではない。他方に於て、「繰」は『玉篇』に、

「繰」――子老反。説文、帛如二紺色一也。……五采之繰為レ繰、為二繅字一。

とみえ、「繅」の字に同じ。この「繅」の字は、『玉篇』に、

「繅」――蘇高反。礼記（祭義）、及二良日（日）一夫人繅、三盆レ手、鄭玄曰、三盆レ手、三淹也、凡繅毎レ淹大総而手振、以出レ絲也。……繰古字也。……野王案、……亦為二縿字一。

とみえる。ここに「繰」を仲介として、「繆」と「繰」とが同じ訓詁をもつことがわかる。右の例は、繭の糸を盆中に置き手を以て三たび糸くり、糸くるごとに手を以てその緒を振り出す意。つまり「糸をくる」ことをいう。ここに、「繰」即ち「繆」が「クル」に当ることになる。図書寮本『類聚名義抄』に、『玉篇』を引き、

玉云、所巌反。於旗（旌）旍。川（順）云、訓久流。

とみえるのも、その例である。但し、この歌の「繆《く》る」は「来《く》る」の借字である。

(8) とほやまにかすみたなびきいや遐にいもがめみねばあれこひにけり　（二四二六）

この「遐」の字は万葉集の中でほかに三例（巻三・三二二、赤人。巻九・一七五五、一八〇九）みえる。そのうち二例は、巻九の高橋虫麻呂歌集に見出される。『玉篇』の佚文に、

顧野王云、遠也（『一切経音義』巻九六「遐迩」）

とみえ、「遐」は「遠」即ち「トホシ」に当る。『万象名義』にも、

「遐」——何加反。遠也、翺也、翔也（翺翔也）、逍遙也、……彷徉也（なお「遠」には「遐也」とある）

とみえる。『玉篇』の原文「遐」は、恐らくその一部に、

*何加反。爾雅、遐、遠也、郭璞曰、遐亦遠也、転相訓……。

とあったものと推定される。なお、『万象名義』にみえる他の訓詁の部分は、『玉篇』佚文に、

野王案云、逍遙猶翺翔也（覚明注『三教指帰』寛永版本第五）

とみえ、『玉篇』にはこの部分は、*「毛詩、河上乎逍遙、野王案、逍遙猶翺翔也」とあったかと推定される——『一切経音義』（巻一〇〇「翺翔」）にみえる、「鄭箋、毛詩云、翺翔、逍遙也」も『玉篇』の部分か——。

⑼　おほぶねのかとりのうみに慍おろしいかなるひとかものおもはざらむ　（二四三六）

「慍」は「イカリ」（碇・重石）にあてたものである。巻十一にはほかに、

はねかづらいまするいもがうらわかみゑみみ慍みつけしひもとく　（二六二七）

の例もある。

この字は、『万象名義』に、

「慍」――於問反。恚也、怨也、恨也。

とみえる。このうち、「恚」が、「於睡反。恨也、怒也」とみえる以上、「慍」は「怒《イカリ》」となる。『玉篇』佚文として、希麟撰『続一切経音義』（巻六「忿怒」の「怒」）に、「玉篇、恚也」とみえるのは、これを立証する。なお『一切経音義』に、

説文、怒也（巻五七「無慍」）　蒼頡篇云、恚、怒也（巻三一「謓恚」）

などとみえるが、原本系『玉篇』には、このたぐいの訓詁もあったものと思われる。

⑽　あふみのうみおきこぐふねにいかりおろし蔵てきみがことまつわれぞ　（二四四〇）

「蔵」については、『万象名義』に、

辞唐反。収也、蓄貯也、深也、匿也。

とみえる。「収也」は「ヲサム」の意。巻九の、

わぎもこがあかもひづちてうゑしたをかりて蔵めむくらなしのはま　（一七一〇）

はその例となる。しかし巻十一の例は、ひそかに隠れて、じっとしのんでの意の方であり、「カクレテ」・「カクリテ」・「コモリテ」・「シノビテ」などの訓に当る。『万象名義』の「匿也」がこの「蔵」の訓詁によく当てはまる。巻七に、

つねはさねおもはぬものをこのつきのすぎ匿《かく》らまくをしきよひかも　（一〇六九）

の例もある。『玉篇』佚文に、「玉篇云、隠也」（『一切経音義』巻二五「不匿」）ともみえる。また「隠」については、『玉篇』に、

於謹反。周易（上経、坤）、天地閉、賢人隠。野王案、隠、不レ見也。論語（述而）、吾无レ隠乎爾《のみ》、苞（包咸）成曰、隠、匿也……（注3）。

とみえ、ここに「蔵」・「匿」・「隠」の同じ訓詁群が成立する。『大乗理趣六波羅蜜経釈文』にみえる『玉篇』佚文の、「玉、女直反。……杜預、匿、蔵也。……広雅、匿、側也、縮也、隠也」（「匿字」）も、それを立証する。

⑾　くもまよりさ径るつきのおほほしくあひみしこらをみむよしもがも　（二四五〇）

この「径」を「ワタル」と訓むことは諸注に問題がない。『玉篇』佚文に、

広雅、径、邪也。径、過也。径、迹也。不レ循二大道一任（枉）曲而行曰レ径。顧野王云、小径路也。説文、歩道也。
（『一切経音義』巻一〇〇「険径」）

とみえる。『玉篇佚文補正』には、「顧野王云」の部分をあげるが、その前半の部分も『玉篇』の部分と推定すべきである。即ち、『万象名義』に「邪也、過也、迹也、……」とみえることは、この傍証となる。「径」に通じる「過」は、『万象名義』に、「古貨反。渡也」とみえ、「径」は「過」即ち「渡」（「ワタル」）となる――原本系『玉篇』には、「*広雅（釈詁）、過、渡也」の訓詁も存在していたであろう――。ここに右の歌の「さ径《わた》る」の訓が立証され

る。なお景行紀（四十年是歳）の、「日本武尊披㆑烟凌㆑霧、遙径㆓大山㆒」（北野本「ワタル」）の「径」もこれに同じ。

⑿　おほのらにたどきもしらずしめゆひてありかつましじあが眷らくは　（二四八一）

さとどほみ眷ひうらぶれぬまそかがみとこのへさらずいめにみえこそ　（二五〇一）

「眷」は「コフ」（「恋フ」）に当る。例はこの巻のみ。『万象名義』に、

「眷」――古媛反。顧也、恋也、向（嚮）也。

とみえ、右の歌に関係するところは、「恋也」の部分である。この訓詁について、原本系『玉篇』の本文を推定することはむつかしいが、『文選』（巻十九）の束広微の「補亡詩」に、「眷㆓恋庭闈㆒、心不㆑遑㆑安」（李善注「眷恋、思慕也」）とみえる。しかし『玉篇』は、『文選』を引用するのは「賦」の部分がたてまえであり、しかも李善注は、梁の顧野王以後の唐代の注である。『玉篇』には、*「野王案、（文選、）眷恋（庭闈）是也」とでもあったものではなかろうか。それとも、*「眷、恋也。野王案、文選、眷恋庭闈是也」とあったかも知れない。

⒀　たれそこのわがやどにきよぶたらちねのははに嘖はえものおもふわれを　（二五二七）

「嘖」が「コロフ」に当ること、神代紀（上）の訓注「嘖譲、此云㆓挙廬毗《ころひ》㆒」によって知られる。巻十一に一例のみの「嘖」も、「譲」とともに、責める、叱る、なじるなどの意。神代紀の例については、拙稿参照（注4）。

「嘖」は、『玉篇』に残らないが、同じ『玉篇』の「謮」の項に、

広雅、謮、怒也、謮、譲也。今並為㆓責字㆒、在㆓貝部㆒。説文、亦謮（謮亦）嘖字也。嘖、呼也、在㆓口部㆒。

とみえる。「嘖」は、「謮」に同じく、また「譲」に通じる。なお右の訓詁に、「嘖、呼也」とみえる如く、「嘖」

は、特に声を出して責めたてることであろう。例歌の第五句「ものおもふわれ呼《を》」と表記するのは、「嘖」の訓詁「呼也」を助詞「呼《を》」に響かせたのかも知れない。「呼」を「ヲ」と訓むこと、『萬葉集研究 第三集』拙稿(二)―(8)参照。

(14) ひとりぬと茭くちめやもあやむしろをになるまでにきみをしまたむ　（二五三八）

「茭」が「コモ」（菰・薦・蒋など）に当ること諸説は一致する。『万葉集』には、一般に「薦」の字を使用し、「茭《こも》」は唯一の例である。これは、『玉篇』に残らず、『万象名義』に、

「茭」――轂希（肴）反。馬芹也。

とみえる。馬芹の実物は寡聞にしてよく知らないが、恐らく芹の一種であろう。しかし同時に、「馬芹」は、『一切経音義』（巻二九「馬芹」）に「子似二蒔羅子一」とみえる。「蒔羅《じら》」（蒔蘿）は一年草で、外国産という。これによれば、芹とは別物かも知れない。『新撰字鏡』に、「茭、古肴反。乾草、己毛《こも》」、また『和名抄』に、

「菰」――本草云、菰一名蔣古毛。弁色立成云、茭草一云、菰蔣草……（箋注巻十、草木部草類）

とみえ、「茭」が「コモ」に当ることは確かであるが、『玉篇』の抄出本『万象名義』ではうまく解けない。後考を待つ。

(15) ひともなきふりにしさとにあるひとを愍くやきみがこひにしなせむ　（二五六〇）

「愍」は、「メグム」意、ここは、「愍《めぐ》く」と訓む。『万象名義』に、

「愍」――眉隕反。傷也、悶也、愛也、乱也。

とみえる。『玉篇』（糸部）に、「慜」について、「字書、古文紛字也」とみえ、更に「紛」について、「紛、乱也」とみえるが、この歌の場合には関係しない。この場合の「慜」は、「愛也」に当る。恐らく『玉篇』には、「広雅、*慜、愛也」（『広雅』は釈詁の部分）とあったであろう。允恭紀（十一年三月）の、「朕心異愛之《メグシトオボス》」（北野本訓）も、その一例。なお巻十九大伴家持の長歌、「怋《めぐみ》賜者」（四二五四）の「怋」は、『万象名義』に、「莫昆反。不レ憭也」、本来は別字の「怟」を、「怟――上支反。愛也」と掲出している。「怟」と「怋」の字形の類似をもって混用に至った可能性があるが、「慜」に同じ。

⒃　ますらをはともの駗になぐさ溢るこころもあるらむわれぞくるしき　（二五七一）

まず「駗」は「サワキ」（騒ぐの名詞）と訓む。この字は、動詞として、巻七に、

とりじものうみにうきゐておきつなみ駗をきけばあまたかなしも　（一一八四）

の例もある。同じ訓詁に当る例として、巻二に人麻呂の長歌「ゆはずの驟」（一九九）の「驟《さわき》」もある。この「驟」は『万象名義』に、「仕赦反。数也、疾也、奔也」とみえる。『玉篇』の本文の推定を試みると、

*仕赦反。左氏伝（文公十四年）、驟施二於国一、杜預曰、驟、数也。国語（晋語）、多而驟立、賈逵曰、驟、疾也。広雅、驟、奔也（注5）。

となる。この訓詁より「サワク」の訓は生れる。しかし「駗」の方は、『万象名義』に、

総含反。駕二三馬一（也）――出典は説文による――。

とみえるのみで、これのみでは「サワク」の訓は生れない。しかし前述の㈢―(7)「繆《くる》みち」（二四二一）が「躁《くる》みち」に通じる如く（『文字弁証』上参照）、旁《つくり》の「參」と「喿」とが通用することを忘れてはならない。『玉篇』に

「⿱穴参」（その異体字「⿱穴祭」）について、「音所令反、在㆓品部㆒」と注するのもその一例である。清人左暄撰『三餘偶筆』にも、「摻即操字」の考証がみえる（巻四「摻」）。『大乗理趣六波羅蜜経釈文』に、「蹘（⿰足祭）動」（「蹘」に『玉篇』佚文「戠告反」）、また「躁動」とみえる。この「躁」については、

玉、子到反。……野王案、躁猶動也。……賈逵曰、躁、擾也。……鄭玄曰、不㆓安静㆒也。謚法、好変㆑民曰躁。説文、為㆓趮字㆒、在㆓走部㆒。

の如く、『玉篇』を引用する（㈣—⑽参照）。この訓詁によって、巻六の「蹘」の例、

やすみしし、わがおほきみの、……あさはふる、なみのおと蹘《さわ》き、……みけむかふ、あぢふのみやは、みれどあかぬかも　（一〇六二）

しほふればあしへに蹘《さわ》くあしたづのつまよぶこゑはみやもとどろに　（一〇六四）

は、解決できる。これらの「蹘」を、

みもろの、かむなびやまに、……あさくもに、たづはみだれ、ゆふぎりに、かはづは驂《さわ》く、みるごとに、ねのみしなかゆ、いにしへおもへば　（三二四）

とりがなく、あづまのくにに、……なみのおとの、驂《さわ》くみなとの、……きのふしも、みけむがごとも、おもほゆるかも　（一八〇七）

の「驂」とくらべることによって、「蹘」（「躁」）は「驂」に通じることがわかる。しかも前述の『玉篇』佚文の「躁」や、推定本文の「驂」の訓詁によって、それが証明できる。しかし「驂」がこれらに通じることは、なお別に考証が必要である。

ここに一案を述べるならば、巻三の大伴家持の長歌の中に、「驂驂《さわく》とねり」（四七八）の例がみえる。「驂驂」は

刊本には「騾騒」とみえ、この本文によれば、「驂」の字はみえず、問題の例とはならない。しかし諸本との校合によって、「騾驂」の本文を採用するのが現行の通説である。この「騾驂」をかりに別の字に改めると、「騾蹘」ともなる。万葉集中には「サワク」に当てられた「騒」の字の例が多く、また「騾」の偏《へん》の「馬」につられるなどして、「蹘」(＝躁＝)の足偏を馬偏に変えて、「驂」の字に代用させたのではなかったか。前述の如く、『万象名義』の例だけでは「驂」を「サワク」という動詞には訓めない。『玉篇』の出現を待つまでのしばしの私案をここに提出する。

次にこの歌の第三句「なぐさ溢《も》る」の「溢」の訓詁は、同じ巻十一の「ハフル」、即ち、

⒄　あしがものすだくいけみづ溢《はふ》るともまけみぞのへにわれこえめやも　（二八三三）

に同じ。「溢」は、巻十一にのみみえる文字である。これは、『玉篇』に、

「溢」――声類、亦洫字也。

「洫」――餘質反。……野王案、爾雅、溢、盈也、孝経、満而不㆑溢、則溢者、謂㆓盈而出㆒也。……説文、器満也、従㆑水従㆑皿。爾雅(釈詁)、溢、静也。広雅(釈詁)溢、盛也、溢、出也。

とみえる。ここに「溢」が「モル」(盛る意)・「ハフル」(あふれる意)に当ることがわかる。なお営繕令(令集解巻三十、近大水条「汎溢」)にみえる「溢」の「古記」の訓詁も『玉篇』(野王案)に基づくことが推定できる。

⒅　あひおもはずきみはあるらしぬばたまのいめにもみえずうけ旱《ひ》てぬれど　（二五八九）

この「旱」については、「うけ日《ひ》つるかも」(二四三三)、「うけ日《ひ》わたりて」(二四七九)に照らして「ヒ」と訓

むべきことは明らかである。『万象名義』に「胡誕反。不レ雨也」とみえることから推して、『玉篇』には、

「旱」――*胡誕反。説文、旱、不レ雨也。

とあったものと思われる。雨の降らぬことは、ひでりすることであり、ひる、かわくなどの意。『類聚名義抄』（仏中）に、「ヒデリ」・「ヒデツス」の訓をみる。安閑紀の、

此田者、天旱《ヒデリスルニ》難レ漑、水潦易レ浸、費レ功極多、収穫甚少（元年七月）

もその例である。この歌の「旱」を「ヒデリ」の「日《ひ》」に当てることは、ここにうべなうことができる。

⒆ 晒はなをぞ嚏つるつるぎたちみにそふいもしおもひけらしも　（二六三七）

第一句「晒（「哂」）」は、『万象名義』に、「式忍反。咲也」とみえ、「咲」は「笑フ」に同じ――『三餘偶筆』（巻三）にもこの考証がみえる――。しかしここは「笑フ」では歌意に添わず、誤字と認めるべきである。これについて、『訓義弁証』（下巻）に、『古葉略類聚鈔』の本文「哂」を採用して詳しい考証をなし、「ウチハナヒ」と訓むのは従うべきである。但し「哂」は『万象名義』に未見、『玉篇』の記事は推定しかねる。次に第二句の「嚏」は「哂」に同じく、「嚏《ひ》ツル」（くしゃみをすること）と訓むこと、諸説は一致する。「嚏」（嚔）は、『玉篇』佚文に、「玉篇云、嚏、噴鼻也」（和名抄巻二）とみえ、これは『万象名義』の、

嚏（嚔）――丁計反。噴鼻也（『玉篇』には、「*蒼頡篇曰、噴鼻也」とあったと推定する）

によって確証される。なお「晒」は「哂」の誤とみる説のほかに、「呬」の誤かと思われる。『万象名義』に、「火利反。息也」とみえ、これは鼻で呼吸する意。一案として提出する。

(20) たまぢはふかみもわれをばうつてこそしゑやいのちの怯しけくもなし (二六六一)

この「怯」(「ヲシ」)の字は、巻九にも、「あまのはらくもなきよひにぬばたまのよわたるつきのいらまく怯しも」(一七一二)とみえるが、その殆んどは、「惜」の文字で代表される。この二例の「怯」の字は、『万象名義』の心部に発見できない。『新撰字鏡』の「怯」の字に、「力進反。惜也」とみえるが、『玉篇』には、「字書、惜也」とでもあったか。後考を待とう。

(21) さくらあさの苧ふのしたくさつゆしあればあかしていゆけはははしるとも (二六八七)

「苧《を》」は、からむしという麻の一種。「紵」に通じる。「紵」は『玉篇』に、除旅反。周礼(天官)典枲、掌二布緦縷紵之麻草之物一、鄭玄曰、……白而細曰レ紵。毛詩(陳風)、可二以漚(漚)レ紵。説文、綮属、細也。草名之紵、或為二苧字一、在二草部一。

とみえる。『玉篇』に、「苧」の字は「紵」の中にしか残らないが、恐らく「苧」の終りの部分は、「或為二紵字一、在二糸部一」とあったものであろう。巻十一の表記者が「紵」を捨てて、「苧」の文字を採用したのは、特に「ヲフ」という麻の草原を意味するためでもあろうか。この文字は万葉集中一例である。

なお「紵」については、営繕令(『令集解』巻三十、錦羅条「紵」)に、詳しい訓詁「令釈」がみえるが、右の『玉篇』の記事に照らして、それも『玉篇』を引用したものといえる。そのうち、国史大系本は「白而細疏曰レ紵」の「疏」を補うが、『玉篇』の孫引きとみなす以上、『周礼』にみえる「疏」の字はここでは不要である。

(22) みさごゐるおきつ麁そによするなみゆくへもしらずあがこふらくは (二七三九)

「麁」は、『万象名義』に、

「麁」——且胡反。不善也、疏也。

とみえ、更に『玉篇』佚文に、

顧野王云、麁、不善也。鄭注礼記、麁猶疏也。広雅、大也。……（『一切経音義』巻二〇「麁穬」）

とみえる。両者を考え合せることによって、『玉篇』の本文「麁」（「麤」に同じ）が推定される。

この歌で必要な訓詁は、「疏也」の部分である。右の『玉篇』佚文の「疏也」は、『玉篇』の原文に、

*礼記（儒行）、麁而翹之、鄭玄曰、麁猶疏也。

とあったものと推定される。この「疏」（「疎」に同じ）は、『類聚名義抄』に、「ウトシ」「オロソカナリ」などの訓がみえる如く、疎《うと》い、荒いなどの意。つまりものの隙間のある「粗」（「アラシ」）に等しい。「粗」については、『万象名義』に、

「粗」——在古反。麁也、……疏也。

とみえる。ここに歌の第二句は、「おきつ麁《あり》そに」と訓める——万葉集中には一般に「荒磯」を使用する——。なお同じ巻に、「アラタマ」に対して、「麁玉」（二三八五）と表記するのもこれに同じ。

(23) あしたづの颯くいりえのしらすげのしらせむためとこちたかるかも　（二七六八）

「颯」を「サワク」と訓むこと現行の諸訓は一致する。この字は、音を示す「なづ颯《さふ》」（巻三・四三〇、人麻呂の例もあるが、「サワク」と訓むのはこの一例のみである。『玉篇』佚文によれば、

顧野王、颯、謂風吹木葉落之声。説文、翔風也（『一切経音義』巻八三「颯至」）

とみえる。物を吹く風の音から――『万象名義』に、「思合反。吹レ物也」とみえる――、ここは葦鶴の「サワク」に当てたものである。

⑷ みちのへのいつしばはらのいつもいつもひとの縦さむことをしまたむ　（二七七〇）

「縦」を「ユルス」と訓むこと、諸訓の一致するところである。万葉集中にも例は少なくない。ゆるい、ゆるむ、はなつ、などからこの「ユルス」の訓は生れる。『玉篇』に詳しい訓詁がみえるが、この場合に必要な部分をあげると、

「縦」――子用反。……左氏伝（文公七年）、而縦尋レ斧焉、杜預曰、縦、放也。……説文、縦、緩也。

となる。

⑸ やまがはに筌をふせてもりもあへずとしのやとせをわがぬすまひし　（二八三二）

漁具の一つである「筌《うへ》」はこの一例のみ。これは、『六波羅蜜経釈文』にみえる『玉篇』佚文に、

玉、早沿反。荘子、筌所二以得一レ魚、魚（得レ魚）而忘レ筌。野王案、捕レ魚竹笱也（「真筌」）

とみえ、『一切経音義』（巻四一「真筌」）の佚文にもほぼ同一の文をあげる――出典の『荘子』は外物篇の部分である――。

三

以上、巻十一にみえる用字に関して、その訓詁のむつかしいと思われる文字を、『玉篇』、その佚文などによって解明しようとしたのである。「姤《ゆゑ》」（二三六五）、「叩《を》」（二六七二）、「燎《たく》・燎《やく》」（二六五一・二七四二）、「旭《あく》」（二八〇七）など、前稿に述べたもの（順に㈡―⑿、㈠―⒁及び㈡―⑻、㈠―⒂、㈡―㉔及び㈡の〈附記〉参照）は、すべて省略、ここに一応の考証を終える。これらを通じて、やはり万葉人が『玉篇』を活用したことは否定できない。従って、『玉篇』を中心としてその追体験を試みたわけである。

『万葉集』の用字は、万葉人のみに限定して考えてはならない。上代人というひろい文字圏に通じる問題をも考える必要があろう。『万葉集』特有と考えられて来た「不知《いさ》」の例、巻十一のそれを例にすれば、

いぬがみのとこのやまなる不知やがは不知とをきこせわがなのらすな　（二七一〇）

などは、実は最近出土した平城宮址の木簡にも、その例をみる。

(16) 6051　不知山里俵五斗八升（第91次出土木簡釈文稿）

この「不知山里」は「イサヤマノサト」と訓むべきであり、しかもその木簡は和銅二年ごろのものと云う。そこに上代を通じて一般的用法の「不知」の例をみる。しかも同時に『万葉集』特有のものもあり、また万葉集中この巻十一のみに表記された文字もあることは忘れてはならない。(1)「稺」・(7)「縿」・(9)「慍」・⑿「眷《コフ》」・⒀「嘖」・⒁「茭」・㉑「苧」・㉓「颯《サワク》」・㉕「筌」などは、この巻に特有の文字である。これは何らかの姿に於て、この巻の表記者、更には編纂問題にも多少のかかわりをもつであろう。しかしこれは本稿をそれる。

注1　拙著『上代日本文学と中国文学　中』（第五篇第四章　万葉集の文字表現）参照。
注2　林秀一氏「補訂敦煌出土孝経鄭注」（「書誌学」第四巻）参照。
注3　「爾」の下の「雅」は衍字、除く。
注4　「日本書紀の『よみ』——原本系『玉篇』を通して——」（「文学」第四一巻八号）参照。
注5　本文の推定は、『一切経音義』を参考にして推定したもの。賈逵注「疾也」は、韋氏解によれば「驟、数也」とみえる。

〔附記〕『萬葉集研究　第四集』（昭和五十年七月、塙書房）所収。末尾に「四九、十二、十二」とある。
(三)—(2)「孋」、(四)—(9)「嫫」の考証については、『萬葉以前—上代びとの表現』（第四章　文字の揺れ——天武飛鳥朝「新字」撰定の周辺——）（昭和六十一年九月、岩波書店）参照。
(二)の〔附記〕の要領に従って注記する。
三—(4)「位」——『國風暗黑時代の文學　中(上)』九八一～九八二頁。(16)「官位」。
(三)—(21)「紵」——九二七頁。
なお、(三)—(10)「蔵」において、この「蔵」は、「匿」「隠」とともに、同じ訓詁群を成すものとして、巻七の「匿」（一〇六九）に言及している。「匿」については、(一)に附した「学事巻七」参照。

万葉用字考証実例㈣

——原本系『玉篇』との関聯に於て——

はしがき

ここに引用する『玉篇』は、梁顧野王撰の系統を引く原本系『玉篇』をさす。以下、すべて宋本など後出の増補本を意味しない。この原本系（古本系）は、清朝の考証学者たちの使用した『玉篇』でもなく、またわが近世以来の学者の云う『玉篇』でもない。この原本系『玉篇』が上代人に甚だよく使用されたことについては、この十数年以来屢々述べて来た。もはやここで繰返すことを避ける。要するに、甚だ多くの佳句佳文の訓詁をもつ『玉篇』が一つの辞書或は字書として、引かれることは勿論のこと、読みものともなり、いきおい上代人の応試のための参考書ともなったものと推定される。ここに前回と同じく、万葉人の文字表現、逆にこれを如何に訓むべきか、主として『玉篇』を利用して、追体験してみたい。今回は、『万葉集』の「巻十」のむつかしい文字を中心として考察する。

(1)　ひさかたのあめのかぐやまこのゆふへかすみ霏霺はるたつらしも　（一八一二）

　　こらがてをまきむくやまにはるされぱこのはしのぎてかすみ霏霺　（一八一五）

この「霏霺」の文字は、春雑歌の他の三首（一八一四・一八一六・一八一七）などにもみえ、何れも「柿本朝臣人麻呂歌集」に現われる特異な用字例である。同じ人麻呂歌集に、「霞多奈引《たなびく》」（一八一八）とみえることから推して、「霏霺」を「タナビク」に当てたことは間違がない。「霏霺」が漢語「霏微」（fēi wēi）に基づくことは、嘗つて述べたところ（注1）、再び詳しくは述べない。漢語「霏微」は、雨・雪・霜などの降る形容。『藝文類聚』所収梁元帝の駢文的散文の、

鮮雲靉靆、暫掩二晨離一、甘雨霏微、猶蔵二宿霧一（巻七七、内典下、寺碑。梁元帝「謝下勅送二斉王瑞像一還上啓」）

は、万葉人の目に触れた一つの例である。また「霏」は、空海撰『篆隷万象名義』（以下略称『万象名義』）に、「孚非反。雨雷貌」とみえる。「雨雪甚貌」の誤写かと思われるが、その原本である『玉篇』には、恐らく、

*孚非反。毛詩、雨雪霏々、伝曰、霏々、甚也。

などとあったものと推定される——右の『毛詩』の例は、その小雅（采薇）による——。「霏微」は、雨雪などのチラチラ降る形容のほかに、嘗つて例を示した如く（なお注1）、雲や靄《もや》の形容にも使用される。近世の詩人入江若水の『西山樵唱』にみえる「客中自攄」の詩の第二句、「西山煙翠転霏微」（山の木の間のもやはいよいよこまやかに降る）は、後世の一例。従って、『万葉集』の字面「霞霏霺」は、かりに中国人の詩文の用例に移しても、彼等に理解可能の例と云えるであろう。問題は日本語の「タナビク」と「霏微」との結びつきである。「タナビク」は『万葉集』に、「軽引《たなびく》」（一八四四など）の例をみる如く、静的であり、漢語「霏微」と云う動的な語感を含まない。動的な天然現象の連続が「霏微」であり——『詩林良材』（巻上）に「雪静カニトブ貌」とみえる——、内容から云って、「タナビク」とは必ずしも結ばれない。唐人選唐詩集『国秀集』（巻中、楼穎「伊水門」）の「霏微傍二青靄一」にならって、かりに「霏微傍二煙霞一」と云った類の表現が詩にあるとするならば、その霞にはやはり多少の動きがある。巻十の「霞タナビク」に当る「霏霺」は、詩の観点よりみれば表記に無理がある。

しかし前述の第二例、「木の葉淩《しの》ぎて霞霏霺《たなびく》」（一八一五）になると、これはやや漢詩的色彩を帯びる。「淩ぐ」は、元暦本・類聚古集などの古写本類は「陵」に作るが、「淩」は「陵」に同じ――図書寮本『類聚名義抄』の、「所陵」の条に、「淩《(ママ)》、侵也、淩也。淩、陵同」――「陵」は、『玉篇』に、

……野王案、広雅、陵、乗也。陵、犯也。又曰（注2）、而不レ陵レ我、杜預曰、陵、侮レ我也。……蒼頡篇、陵、侵レ地。広雅、陵、暴也。陵、馳也……。

とみえる如く――『政事要略』（巻二九、年中行事十二月下、荷前事）の、「陵、力神（「升」の誤）反。爾雅、大阜曰レ陵。広雅、陵、冢也」も、『玉篇』の佚文とみられる――、押しのける、犯すなどの意で代表される「シノグ」の意。右の「野王案」にみえる如く、「乗」もこの意。雄略紀八年二月の条に、

汝以二至弱一、当二至強一。官軍不レ救、必為レ所レ乗――『書紀集解』の指摘する如く、出典は武帝紀（魏志巻一）――。

の文がみえ、その「所レ乗」の古訓に「シノガレ」（一訓「モマレ」）と訓むのは、正しい解釈と云える。前述の『万葉集』の第二例に「淩《しの》ぐ」（陵《しの》ぐ）と云う行動的な語がみえる以上、木の葉を押しわけて、霞が「霏霺」とした様は、詩の用例の如く霞がちらちら動く状景であり、他の歌の如く霞が静かにたなびいているのではない。この第二例の歌の「霏霺」には、他の例とは違って、原義的な意をも含むとみるのは、果して考え過ぎであろうか。この際、この文字が「タナビク」に当てられているために、これにつられて「霏霺」の文字を看過しては、詩的表現をこれに意識した作者の意図を察知しないことにもなろう。

なおこの「霏霺《たなびく》」に関聯して、

うち霏くはるたちぬらしわがかどのやなぎのうれにうぐひすなきつ　（一八一九）

の歌がある。問題は「霏」が果して「ナビク」と訓めるか否かである。『代匠記』に、「霏は靡の誤なり。前後みなしかり」とみえ、現在この誤字説が有力である。また前述の歌群を含む数首に五箇処の「霏霺」があり、この文字に目移りして、「靡《なびく》」と書くべきところを「霏（霺）《たなびく》」の「霏」に誤ったとみることは、理由のあることである。しかし塙書房版『萬葉集 本文篇』に敢えて「霏」を採用したことにも理由はある。即ち「霏霺」にしても

「霏」にしても、元来国語「タナビク」とは必ずしも一致しないが、「タナビク」を「霏霺」に当てた以上は、

「霏」（「ナビク」、「タナビク」）の存在も許されよう。『万葉集私注』に、「『霏』は霏霺のタナビクと同じ心持の用字である」とみえるのは、恐らくこの意味であろう。ここに万葉人の表記「霏」が生れる。もしそうとすれば「霏（霺）《たなびく》」の文字をそのまま利用して、ここに「打霏《うちなびく》」と書記することはあり得るであろう。またかりに「霏」の無意識の誤りとしても、それは後世の書写者のそれではなく、むしろ万葉人のそれ自身の誤ともみられるために、「霏」の本文を存続させたわけである。これは、『日本古典文学全集 萬葉集三』（以下、『古典文学全集』本）の私のみに責任のある私的な頭注ともなるであろう。

(2) はるがすみながるるなへにあをやぎのえだ喙ひもちてうぐひすなくも （一八二一）

この「喙」は、元暦本・類聚古集など古写本の本文によるが、西本願寺本系は「啄」に作る。この「啄」は「クヒ」（「クフ」）に当るが、「喙」の方は如何。二つの文字は、元来それぞれ訓詁を異にし、別の字である。ともに原本系『玉篇』に残らない。しかし幸にも、『大乗理趣六波羅蜜経釈文』（神田本。以下『六波羅蜜経釈文』）に、『玉篇』佚文として、

啄——玉、丁角反。説文、鳥食也。広雅、啄、齧也。（「啄噉」）

が残る。これは『類聚名義抄』の「啄」の訓に、「ツイハム」「ツイクフ」とみえる如く、鳥などがものをついばむ意。右の『広雅』の例については、王念孫の『広雅疏証』（巻三下、釈詁）に、『楚辞』招魂の例、「王逸注、啄、齧也」を引用する。

次に「喙」については、佚文にも残らない。しかし『万象名義』に、「詡穢反。息也」とみえ、原本系『玉篇』には、恐らく、

*詡穢反。広雅、喙、息也

とあったものと推定される（『広雅』釈詁参照）。この「息也」は、「息をする」、「あへぐ」意。これらの訓詁によれば、右の歌の「クフ」（「くはへる」）に当る文字は、「啄」と云うことになる。しかし多くの注釈書がむしろ「喙」の字を採用するのはそれなりに理由があろう。これについては、『万葉集注釈』に詳しく、天治本『新撰字鏡』の、

「喙」――丁角反。食也。歠也、口也、久不《くふ》、又波牟《はむ》、又須不《すふ》。

を採用し、「喙」（音カイ、クヮイ）の本文を採る。しかし右の「喙」の音「丁角反」（タク）は、「啄」のそれであり、「喙」は誤。ここは「啄」（タク）の本文をもつ享和本の方が正しい。ここに「喙」はこの歌に適さない文字と云える。巻十六にも、「クフ」に対して、尼ヶ崎本以下、

いけがみのりきじまひかもしらさぎのほこ啄もちてとびわたるらむ　（三八三一）

の如く、「啄」の字を用い――歌題「詠二白鷺啄レ木飛一歌」――、「喙」の写本は残らない。

然らば果して「喙」の文字は誤であろうか。元暦本・類聚古集「喙」に作ると云っても、現行活字体に改めた場合のことであり、実は「啄」の異体字ともみるべき「㖨」の字体をもつ。一体「彖」（異体「录」を含む）と

「冢」とは通用する。たとえば、羅振玉撰『増訂碑別字』・『碑別字拾遺』の例を示せば、

豙、冢也（巻三、上声四紙韻。周賀屯植墓誌）　篆、篆也（巻三、上声十六銑韻。周曹恪碑）　喙（但し異体字）、

啄也（巻五、入声一屋韻。魏中岳嵩陽寺碑）　渌、涿也（巻五、入声三覚韻。魏高洛周造象記）　琭、琢也（拾遺、

入声三覚韻。魏太常少卿元悛墓誌）

などとみえる。この歌の西本願寺本系「琢」も、原本には「喙」に近い通用字を用いていたかも知れない。つまり現行活字の「喙」はその原義より考えると確かに誤であるにしても、「琢」の異体字とみなす時は正しいと云える。ただ現行活字本テキストの本文としては、やはり「琢」を用いる方が理解しやすい。

(3)　ふゆすぎてはるきたるらしあさひさす滓がのやまにかすみたなびく　（一八四四）

この歌の表記には、「寒《ふゆ》　暖《はる》　朝烏《あさひ》」など漢籍に基づく表記をもつこと、既に『代匠記』の指摘するところである。この歌の中で、春日《かすが》山を意味する「滓《かす》がやま」の表記は珍しく、巻十六の「筑前国志賀白水郎歌十首」の左注「滓《かす》」屋郡を除けば、集中唯一の例である。この「滓」を「カス」と訓むことについては、『玉篇』に訓詁がみえる。

「滓」——壮里反。説文、澱也。声類、羹菜也。或為㆓莘字㆒、在㆓草部㆒。

この「滓」の訓詁「澱」については、更に『玉篇』に、

「澱」——達見反。爾雅、澱謂㆓之垽㆒、郭璞曰、澱、滓也。江東呼㆑垽。……

とみえ、「滓」も「澱」も、沈澱物の「カス」に当る。この文字は集中では珍しい例とは云え、正倉院文書には、例が少なくない。『大日本古文書』（一）の例を示せば、

酒伍斛陸斗清四斛 滓一斛六斗（天平二年、紀伊国正税帳）

酒壹斛柒斗伍升肆合　滓壹斛今醸酒四斛 滓一斛（天平六年、尾張国正税帳）

となる――『医心方』にも、「滓」の字は随処にみえる――。このような酒類に関する文字を歌の中に借訓として挿入したことは、万葉集文字表現の多岐性をものがたる例となろう。

(4)　いまゆきてきくものにもがあすかがははるさめふりてたきつ湍のおとを　（一八七八）

「湍《せ》」は「瀬《せ》」に通じ、この文字にはあまり問題がない。「湍」は「瀬」に比して、その約五分の一の、十例ほどしかみえない。『万象名義』に、「瀬浅」とみえるが、「瀬、浅、」即ち「瀬也、浅也」とあるべきところを誤ったものであろう。『玉篇』には佚するが、恐らく、

*説文、湍、疾瀬也、浅水流二沙上一曰レ湍（「浅」は『漢書』武帝紀注「瀬」に作るが、『一切経音義』巻二一引用『説文』の本文による）

などとあったものと推定される。

なおこの歌の第二句の「きく」に対して、刊本系「耷」に作る。『代匠記』に、「聞の異字なり」と述べる。しかし類聚古集・西本願寺本以下の写本は「聞」に作り、古さから云えば、「聞」に歩《ぶ》がある。然らば「耷」は万葉時代に溯らぬものかどうか、一度、顧みることは必ずしも無駄ではなかろう。唐代文字制定以前、或はそれとは無関係に、古体「耷」を用いる唐写本類が現存する。『尚書』の一例を示そう。敦煌唐写本『古文尚書』（P.2643）の、

予罔耷于行女若不善於所言、則我無聞於所行之事也（説命中第十三商書）　説曰、王、人求多耷（説命下第十四商書）

などは、その一例。更に九条家本の旧鈔本をあげると、

罔聋知主其官、而无聞知於日食之変異、所以罪重也（胤征第四夏書）　予惟聋女衆言（湯誓第一商書）

など、例は少なくない。恐らく万葉時代に於ても、「聞」を「聋」と書くことはあったと思われる。つまり右の孔氏伝の、「聋」に対する「聞」（△印の箇処）にみる如く、規定された文字と然らざる文字との共存は、文字の存続性と云う性格よりみて判断できる。この歌の例は、もと「聋」と書いたと断定するには、『万葉集』の現存写本の状態よりみればむしろ疑わしい。しかしそれはそれとして、かかる古体の文字「聋」も当時使用されたこともあろう。「聋」の文字をみるにつけて、いささかここに感想を加える――当時の古体文字については、他の機会を待つ――。

(5)　うめのはなさきちるそのにわれゆかむきみがつかひをかたまち香《が》花光《てり》　（一九〇〇）

結びの「香花光」について、『代匠記』に、「香花光の花は衍字なるべし」と云う。事実この「ガテリ」について、他にも、

君待香光（三七〇）　片待香光（一二〇〇）　月待香光（三一六九）

とみえ、この「花」を衍字とみる『代匠記』の説に従う注釈書は多い。とは云え、「花」の字を添えたところに、巻十の文字上の表現意識があり、簡単に「花」を衍字とみるのは却って惜しい気もする。万葉人の意識の中には、「香」・「花」・「光」と続く美的聯想もあったのではなかったか。しかもこのような聯想の中には、予想外に詩の表現法を学んだものも少なくない。ここもその例ではなかろうか。「花光」の例は、六朝以来、例は必ずしも少なくない。たとえば、

銅溝飛二柳絮一、金谷落二花光一（陳後主、洛陽道五首・其三）

映レ日花光動、迎レ風香気来（同、梅花落二首・其一）

逐レ舞花光散、臨レ歌扇影飄（初唐李嶠、百二十詠・雪）

は、その一例。「花光」は花のひかり（花の如きひかり）の意。また「花」と「光」とは、よく結ばれる例があり、『玉臺新詠』（巻七）の、

帳褰竹葉帯、鏡転菱花光（梁簡文帝、和二湘東王三韻一二首・冬暁）

も、菱の花の光の意。但しこの歌の「花光」は、照る（輝く）の意。前述の詩の如き花の光と云う名詞の意ではないが、詩の意を体して、花の匂う美しさを念頭に置いた表現とみることも可能かも知れない。「花」の衍字説をそのまま採用するには、いささか躊躇され、ここに一言する。

(6)　あま㫼のくもにたぐひてほととぎすかすがをさしてこゆなきわたる（一九五九）

第一句「雨㫼」の「㫼《はれ》」については、現行字書類に未見。『代匠記』の誤字説「霽」に従うのが通説である。『万象名義』に、「霽」について、「雨止也」とみえることは、『玉篇』に、「説文、雨止也」＊とあったものと推定される。同じ巻の、

おもはぬにしぐれのあめはふりたれどあまぐも霽れてつくよさやけし（二二二七）

も、「霽」の一例である。しかし巻八に大伴家持の「雨㫼れて」（一五六九）の例もみえ、また巻十九（四二一七）に、家持の題詞「霖雨㫼日作歌一首」の例もあり、あながち「㫼」を捨て去るわけにはゆかない。これについて、木村正辞の『万葉集文字弁証』に、

故ㇾ攷ふるに雨止《ヤメ》ばやがて日のさし出る由にて、雨冠を変じ日に从《ヒ》て、皇国古人の製造《ツク》れる文字なるべし（下巻「霽之作ㇾ⿰日齊」）

と述べる。この万葉人の造字説にも一理はあり、また『万葉集私注』の如く、「唐代の俗字かも知れぬ」と云った新しい説もある。

尤もこれに関聯して、別の考え方も生れよう。つまり「霽」の雨冠の下の「齊」は「⿱齊日」とも書く――「齊」の異体字については、『増訂碑別字』（巻一、上平声八齊韻）に十六種を挙げる――。ここに「日」を左の偏《へん》に移動すれば、「⿰日齊」となる。また雨冠を少し上に移動すれば、「雨⿰日齊」の二字が生れ、「アマバレ」の語が生れよう。要するに、「霽」即ち「⿱雨⿰日齊」を分解すれば、「雨⿰日齊」となり、現行本第一句「雨⿰日齊之」（三字）は、「⿱雨⿰日齊之《あまばれの》」*（二字）とあったものと推定が可能となる。これが書写のうちに、「雨⿰日齊之」の三字となり、「⿰日齊」と云う未見の文字となったものではなかったか。これはこの文字に対する一つの私案である。

(7)　かた搓りにいとをぞあが搓るわがせこがはなたちばなをぬかむともひて　（一九八七）

この「搓」の字を、より合わす意として「ヨル」と訓むのは正しい。紀女郎が大伴家持に贈った歌、

たまのををあわをに搓りてむすべらばありてのちにもあはざらめやも　（七六三）

も、その一例。また糸などをより合わすことは、手で「モム」、こすることにもなる。『住吉神代記』の、「田裳《たも》見《み》足尼取ㇾ石搓二御裳一……改ㇾ名手搓《たもみ》宿禰詔賜」は、その一例。さて「搓」の訓詁は、『玉篇』に残らず、その抄出本『万象名義』に、

千何反。挪也、以ㇾ手捫摸也（但し「摸」は異体字）

とみえる。これは、手で撫でる意――『玉篇』佚文に、「捫」について、「毛詩伝、捫、持也。声類、捫、摸也。或曰、以レ手撫也」（『六波羅蜜経釈文』「捫摹」）とみえる――。これは、手でよることとは、現代人の語感からいえば、必ずしも一致しない。しかし『一切経音義』（巻三七）「搓以レ綫」の訓詁に、「広蒼云、以レ手搓レ絲為レ綫」とみえ――『広蒼』は『玉篇』に採用された小学書の一つ――、糸をよる意にも使用することは明らかである。このたぐいの「搓」が『玉篇』にあったか否か未詳であるが、万葉集の用字はそれなりに正しい。なお同じ文字の例に、

ゆくりなくいまもみがほしあきはぎのし搓にあるらむいもがすがたを　（二二八四）

があり、「し搓《なひ》」と訓む。前述の如く、「搓」がものをこする、もむ、より合わすなどの意であり、これはものを「なふ」ことにもなる。ここに国語の「ナフ」を「搓」に当てることもできる。因みに『類聚名義抄』に、「モム・ナツ・ヨル・イトヨル」などのほかに、「ナフ」の訓がある。

なおこの歌の二つの「搓」について、元暦本には、その右に代赭「縒」の書入がある。これは筆者が佚書某本を以て校合したものと推定される。この字は、『玉篇』に、

且各反。説文、参縒也。野王案、今為二錯字一、在二金部一。字書、一曰レ鮮也。

とみえ、右の注のうち、糸に関する訓詁を抽出すると、糸の乱れる様、錯綜することであり、自動的である。これはこの歌の他動的な「ヨル」とはややへだたりがある。元暦本の代赭「縒」は、平安末の挿入書入とみたい。

(8)　よそのみにみ筒こひなむくれなゐのすゑつむはなのいろにいでずとも　（一九九三）

版本、この第二句を「見箇恋牟」に作るが、「箇」は、紀州本・西本願寺本以下「筒《つつ》」に作る。これについて、

『代匠記』（精撰本）に、「箇」を「筒」の誤とし、諸注の多くもこれに従い、「箇」の文字は問題としない。しかし版本のほかに、この歌の最も古い写本元暦本に、「箇」に作ることは無視すべきではない。また同じ巻の、

いもがりとうまにくらおきていこまやまうちこえくればもみちちり筒　（二二〇一）

にしても、類聚古集には、「箇」もしくはそれに近い字体に作る。また巻十一の、

ゆかぬわをこむとかよるもかどささずあはれわぎもがまち筒あるらむ　（二五九四）

の「筒」も、古葉略類聚鈔に「箇」に作る。これは単に誤字とみなすべきであろうか。

最初の歌に戻って、『万葉集注釈』は、珍しくも元暦本の「箇」を採用し、「みつつこひなむ」「みつつかこひむ」などに対して、「みつつ箇《か》こひむ」と訓むが、「箇《か》」の本文によるのは古写本を重要視した態度と云える。しかし契沖の「箇」の誤字説、『万葉集注釈』の「箇《か》」と訓む説は注目すべきものであるにしても、「箇《つ》」と「筒《つ》」の同字であることに意を払わなかったことは、惜しい。これに関して、『万象名義』に、

箇——柯賀反。枚也、筊也、凡也。

とみえる。これは原本系『玉篇』の一部を示すが、幸にもその佚文に（括弧内は私案）、

玉、柯賀反。方言（巻十二）、箇、枚也、璞曰、謂㆓数之一枚㆒也。野王安（案）、儀礼々記、以㆓枚数㆒、皆作㆓今（个）字㆒……（『六波羅蜜経釈文』「竹箇」）

とみえ、また同じく『中論疏記』にみえる『玉篇』佚文に、

玉篇、柯賀反。広雅、箇、凡也。説文、竹筊也。有本作㆓筒字㆒。玉篇、莫耕反、埤蒼、竹也。（巻七末、「所言箇者」の項）

とみえる。これらを通じて、『玉篇』の記事が推定される。右の「有本作㆓筒字㆒」は、野王案の部分ではないか

と思われ、恐らく『玉篇』には、「或為二筒字一」などとあったであろう。ここに、「箇」が古くは「筒」と通用したことが推定できる。『古事記』（上巻）にみえる「底筒之男命」「中筒之男命」「上筒之男命」などの「筒」について、寛永本以下「筒」に作るが、南北朝の古写本真福寺本が「箇」に作るのも、その一例となる。「筒」・「箇」が通用字である以上、もとの巻十の一九九三の歌などの原本に「筒」と書いてあったか、「箇」と書いてあったか、よくわからない。しかし何れにしても「筒《つつ》」は勿論のこと、「箇」の場合も「ツツ」と訓むべきである。「箇」の本文を採る場合にも、『万葉集注釈』の如く、ここでは「カ」と訓むべきではない。

(9)　とほ嫨とたまくらかへてねたるよはとりがねななきあけばあけぬとも　（二〇二一）

「柿本朝臣人麻呂之歌集」にみえる七夕の歌。右の第一句にみえる「嫨」（西本願寺本）を、元暦本・類聚古集などの古写本は「嫫」に作る。何れの本文を採るべきかは別として、『万葉集』中の難字であることは間違いがない。これについて、「嫨」（嫫）をそれぞれ、

「媖」（代匠記）　「媛」（万葉考）　「嬬」（略解）

の誤とするが、何れもそれなりに一理がある――『万葉集文字弁証』（下巻）に、「嫫」を「媖」（女人美称）の俗体とする――。諸注「ツマ」（妻）と訓むことは一致するが、「嫨」にしても、「嫫」にしても、和訓「ツマ」との結びつきを追求することは甚だむつかしい。そこにあまたの誤字説の生れる原因がある。現代の諸注のうち、最も注意すべき説、『日本古典文学大系　萬葉集三』（以下、『古典大系』本）のそれもその一つである。それは意改により、「嫨」（嫫）の本文を作る。その「補注」に、この字を中国古代の伝説中の人物「昌意」の妻の意とし、中国文献を読んだ者がその知識を弄して、「妻《つま》」の意に使用したと云う。しかし黄帝の孫の昌意が伝説中の人物と

しては、それほど名高いとは云えず、むしろ昌意の子の顓頊《センギョク》高陽氏の方が名高い（注3）。ここは異体字の「媄」に近い文字の方に重点を置いて考えるべきであろう。

この字の女偏を除いた「羙」に近い字と云えば、まず思い浮かぶのは、「美」の異体字（古体字）である。手近なところでは、昨年丁巳の秋に飛鳥資料館に陳列された、「伊福吉部《いほきべ》徳足比売骨蔵器」銘文の冒頭の、

因幡国法羙（美）郡伊福吉部徳足比売臣……（『日本古代の墓誌』〈飛鳥資料館刊〉に精巧美麗の写真あり）

の例もその一つである。また敦煌本、馮待徵「怨美《ママ》人怨」の詩（P.3195）の「美」を「羙」に作るのもその一例（追記）。また敦煌本唐写本佚名類書（P.2524）に、「美男」「美女」の項の「美」を、「羙」の字に作る。『増訂碑別字』（巻三、上声四紙韻）にも、「美」の異体字、

美（漢曹全碑）　羙（唐郎官石柱記）

その他を挙げ——印刷の都合上、多くを挙げることの出来ないのを憾みとする——、また『碑別字拾遺』にも、「羙」（唐定襄県令張楚璋墓誌）の例を挙げる。つまり「羙」は、もとは「美」の異体字に属する文字、もしくはその誤写による字と云えるであろう。『万葉集』の原文を現行活字に改めると、女偏に「美」の字、即ち「媄」と云える。「女」に「美」を加えたものを「ツマ」の字に当てたことは、あたかも女偏に「麗」を加えた「孋《つま》」の字の場合に似る（注4）。唐写本『経典釈文』残巻の、『礼記』（大学第四二）にみえる「驪姫」について、「本又作亦麗作、孋同（注5）」とみえる。問題の第一句の「トホヅマ」の「ツマ」は、現行活字に直せば、原本には「媄*」（「美」は異体字であったとみてよい）とあったと推定できる。この字は、『玉篇』の抄出本である『万象名義』に、「善也、色好也」とみえる。恐らく『玉篇』の一部には、

*説文、媄、色好也（『玉篇』の「善」（異体字）に、「吉也」とみえるが、「善也」の出処未詳）

とあったものと推定できる。この文字は、『玉臺新詠』（巻七）、邵陵王綸（梁簡文帝の弟）の詩「車中見㆓美人㆒」にみえる、路傍の女人の美しさを述べた、

語笑能嬌媄（話しかた笑顔はうるはしい）

にもみえ――『箋註』に、「広韻、媄、字様云、顔色姝好也」と云う――、必ずしも使用されない文字ではなかった。

しかし『玉篇』の「媄」の字を学び、これを利用して「遥媄」*と書記したものか否か、必ずしも速断はできない。これに関して、多少遠廻りをして考えてみよう。ここに敦煌出土資料がある。その多くは、中唐晩唐頃の書写と云われるが、唐朝廷に於ける五経文字など基準文字制定以前の古体或は異体を示す文字が多いことは注意すべきである。誤字とみるべき文字が却って古体を示す文字であったり、また同音通借字もあり、後世の所謂誤字とみなされるものが然らぬ場合もあり、校訂には注意を要する。そのうち、敦煌曲子詞「雲謡集」にみえる文字は、その間の消息を示す瓌宝の一つと云えるであろう。たとえば、

孋景紅顔越衆希、素胸連臉柳眉低（浣沙渓 S.1441v。「連」は「蓮」に同じ）

観艶⿰女質語載言軽、玉釵墜素綰烏雲髻（傾盃楽 P.2838）

及時衣著、梳頭京様、素⿰女質艶孋情春（内家嬌 P.2838）

の如き例は、現行文字で云えば、「孋」は「麗」に、「⿰女質」は「質」に同じ。右の第二例の「⿰女質」について、近人潘重規撰『敦煌雲謡集新書』に、

⿰女質即質；艶質指女子、故加女旁。（中華民国六六年刊）

と述べる如く、何れも女人もしくは女人的な意をもつ「質」に「女旁」を加えて意味を強調したものであろう。

「孋」もこれに同じ。しかもこれらの文字が敦煌在住者の造字ではなくて、中国本土に於る、少なくとも唐代頃の俗間ではよく使用された文字ではなかったか。「媄」の字を使用した「トホヅマ」の場合、『玉篇』にみえる文字ではあるものの、それによるとみるほかに、唐代俗間の「女旁」による作字を学んだとみることもできるであろう。つまり「孋」などの応用、或はそれに準じて万葉人の案出した文字とみられないでもない。その受容の原因についての判定は後考を待つとして、この巻十の写本類にみえる「嫫」もしくは「嫫」は、もとは女偏に「美」(或は「美」の異体)を合わせた「媄」が正しい本文であったと推定したい。麗しく美しいことが「孋」でもあり、「媄」でもあることは、元来中国人の造字であるとは云え、これを「ツマ」に当てたのは万葉人の発明である。中国人は、これらの文字には妻の意を当てない。

(10)　あまのがはかはのおときよしひこほしのあきこぐふねのなみの蹘か　(二〇四七)

この「蹘」の字は「躁」に等しい。既に『万葉集文字弁証』(上巻)に、『干禄字書』を挙げてこれを説く。敦煌本『老子』(天宝十載鈔本、P.2417)の「蹘勝レ寒」(下巻第四五章)を刊本「躁」に作るのも、その一例。巻六の通行本「浪之声蹘」(一〇六二)、「葦辺尓蹘」(一〇六四)なども、元暦本「躁」に作る。この「蹘」(躁)については、『一切経音義』所収の『玉篇』佚文に二十数例もみえるが、最も詳しい例は、『六波羅蜜経釈文』にみえるその佚文である。

(一)「蹘動」——上玉哉告反。(但し、流布本『一切経音義』巻四一「蹘」作レ「躁」)

(二)「躁動」——上玉子到反。周易(説卦伝)、震為二決躁一。野王案、躁猶動也、孝子(老)、静為二躁君一是(注6)。国語(斉語)、驕躁淫暴、賈逵曰、躁、擾也。論(語)(季氏篇)侍二君子一有二三儩一、言未レ及レ之而言、謂二之躁一。鄭玄曰、不二安静一也。謚法、好

変民曰レ躁。説文、為ニ趮字一、在ニ走部一。

この佚文の「躁」「蹝」が「動也」「擾也」に当ることは、これに「サワク」（騒く）の訓を充てることができる。「動」を「サワク」に当てた例として、集中に、「あぢむら動《さわ》き」（巻三・二六〇）、「船びと動《さわ》く」（巻七・一二二八）などがある。

⑾　あまのがはせをはやみかもぬばたまのよは闌につつあはぬひこほし　（二〇七六）

この「闌」の字については、元暦本・類聚古集などの古写本類は「開《あけ》」の字に作るが、平安書写者の「闌」の字のよく訓めないままに、誤ったものであろう。紀州本・西本願寺本以下の「闌」の字によるのが今日の一般である。「闌」は集中一例の珍しい文字である。この「闌」は、私の読書範囲で云えば、景行紀（二七年十二月）の条の、日本武尊の熊襲征伐のくだりを思い出す。うたげも半ばを過ぎた頃の描写に、「更深人闌」（更深《よふ》け人闌《うすら》ぐ）とみえる。この文の出典的解釈として、『書紀集解』が『史記』高祖本紀の「酒闌」をあげるのは正しいが、私見によればむしろ同文の『漢書』高帝紀（巻上）をあげた方が適切である。その顔師古注に、

文穎曰、闌、言レ希也。謂飲レ酒者半罷半在謂ニ之闌一。

とみえる。「酒闌」は、酒宴が果てようとすること、酒宴が最中を過ぎることである。この語を応用して生れた景行紀の「人闌」を古訓に「ウスラク」と訓むのは正しい。右の歌もその例であり、「夜は闌《ふけ》につつ」の訓は適切である。つまり酒宴と云い夜と云い、これらの盛りを過ぎることが「闌」である。『万象名義』にみえる、

遮也、閑也、牢也、希閇也（「希也、閇也」の誤）

のうち、「希也」（まばら、まれ）がこの訓詁に当る。『玉篇』の引用書の状態から推して、たとえば、その一部の

「希也」は、

*漢書、酒闌、文穎曰、闌、言レ希也。

などとあったものと推定される――これは、「*史記、……」とあったとみてもよい――。因みに、「遮也」は『蒼頡篇』(もしくは『説文』)に、「閑也」は『説文』に、また「牢也」は『広雅』によるかとも思われるが、この歌の訓詁には関係がないので、詳しくは述べない。

(12) たなばたのこよひあひなばつねのごとあすを阻てとしはながけむ　(二〇八〇)

この「阻」は『万葉集』中あまり使用されず、ほかに大伴家持の「挽歌一首」(巻十九・四二一四)の中に、「山河阻」とみえるに過ぎない。しかし上代散文には必ずしも珍しくなく、『日本書紀』の、

北阻《ヘダテテ》レ海(崇神紀六五年七月)　運輸遥阻《ヘダタレリ》(宣化紀元年五月)

は、その一例である。『万葉集』中には「隔」の字を使用することが多いが、「阻」もともに「ヘダツ」と訓むことには異論がない。試みに『玉篇』引用「阻」の例を示そう。

側於反。尚書(舜典)、黎民但(阻)レ飢、王粛曰、阻、難也。爾雅(釈詁)、亦云、郭璞曰、謂二険難一也。韓詩、阻々、憂也。又曰、道阻且険也。左氏伝(隠公四年)、阻レ岳(兵)而案(安)忍、阻レ兵无レ衆、安忍无レ親、杜預曰、恃レ兵即民々残々、即衆叛也。又曰(閔公二年伝)、是役(服)也、狂夫猶阻々(之)、杜預曰、阻、疑。広雅、阻、難也。

これらの「阻」の訓詁によれば、「阻」は、「悩む」、「憂ふ」、「恃む」、「疑ふ」、などの意を含むが、直接「隔《へだ》る」に当る訓詁はみえない。しかし右の『爾雅』の郭注や、『韓詩』の、「道阻且険也」などは「ヘダタル」に関係ありげにみえる。また『毛詩』(秦風)の「蒹葭」にみえる、

溯洄従レ之、道阻且長。　溯洄従レ之、道阻且躋。　溯洄従レ之、道阻且右。

なども その一例。これは、道が難儀な様を云い、レッグ（J.Legge）の英訳に、それぞれ、

"toilsome"　"rough and steep"　"hard"

とみえる。道などが難儀なことは、「ヘダタル」ことにも関係してくる。しかしこの『玉篇』の訓詁を通じて、直ちに「ヘダツ」に結び付けるわけにはゆかない。『玉篇』の「険」の字の訓詁によれば、「野王案、険、難也」のほかに「野王案、険猶阻也」とみえ、「阻」は「険しい」意ともなる。また『玉篇』に、「広雅、隇、夷、阻、険也」（「隇」）ともみえる。険しいことは困難なことでもあり、障害ともなる。「障」の訓詁に、「野王案、礼記（月令）、開二通道路一、无レ有二障塞一是也」とみえるが、ものをふさぐ、妨害となるものなどが「隔」に当る――大治本新撰字鏡に「障、隔也」（玉篇佚文か）とある――。さらに『玉篇』の「隔」の訓詁に、「隔、塞也」ともみえる。ものを「塞《さ》ふ」ことが「隔」の訓詁であることは、険難なるものもその「塞ふ」の一要素である。ここに「阻」が「隔」と結ばれることにもなる。しかし後出の『広韻』にみる如く、「阻、隔也」と云った訓詁が『玉篇』にみえないのは、何としても隔靴の感がする。

⒀　あきたかる⿱艹店でうごくなりしらつゆしおくほだなしとつげにきぬらし　（二一七六）

この字について、『万葉集文字弁証』（下巻）に、「苫」の字が『和名抄』の舟具部にみえることから、

さればその舟具にわかたむとて、屋广の广を加へ、⿱艹店字を製造して、屋苫の字としたるものにて、これ皇国にて造れる文字なり。

と云う。つまり「苫」を「⿱艹店」としたのは、万葉人の造字と云う。但し紀州本「苫」に作ることは、もとの字は

これであったかも知れない。また造字とみる右の説のほかに、「广」を中に入れた異体字ともみられる。何れにしても「苫」が基本の文字と云える。この字は『玉篇』に残らないが、『万象名義』に、「舒塩反。茀（茅）苫也」とみえる。これによって、『玉篇』の本文を推定すれば、

*爾雅、白蓋謂二之苫一、郭璞曰、白茅苫也、今江東呼為レ蓋（『爾雅』釈器よりの引用）

となる。この「苫」は、茅や草の類を編んで家の「蓋《おほひ》」としたものであり、郝氏『爾雅義疏』に詳しい考証を載せる。従って、「苫」が「トマ」に当ることがわかる。この『万葉集』の歌のもとの文字が「苫」と書いてあったか、異体字らしい「⿱艹店」と書いてあったか未詳であるが、現行活字に書けば、「苫」でよかろう。特に紀州本「苫」によれば問題はなくなる。神代紀「大苫辺尊」、『播磨風土記』（讃容郡中川里）「苫編首」など、何れも古写本に異体字をみない。

なお『万葉集文字弁証』の「苫」の条に、参考として「庵」の字の造字について、

猶いはゞ庵室の庵字ノは、説文には無き字にて、説文巻十下大部に、奄字ノ有て覆也と注せり、これを転じて奄室の字となすなり、しかるを今庵と作《カク》るは、後人广を加へたるものにて、⿱艹店と全く同例なり（下巻）

と述べるが、「庵」は後人の造字ではない。この字は『玉篇』に、

於含反。……謂レ廬也……広雅、庵、舍也。

とみえる。右の『文字弁証』の説は正しくない。

(14)　すみのえのきしをたにはりまきしいね乃而かるまでにあはぬきみかも　（二二四四）

右の秋の相聞歌の切り方、従って訓み方には問題があり、諸訓の一致をみない。西本願寺本系の諸本は、「い

ね乃《ノ》」までを第三句とし、以下第四句を「而《シカモ》かるまで」と訓む。つまり、「……稲乃、而《シカモ》……」と切るわけである。『私注』は「而《シカ》カルマデニ」――その「補正続稿」に「カクカルマデニ」と改訓する――、『古典大系』本は「而《さて》かるまでに」と訓むが、「乃」と「而」とをそれぞれ上下に離すのは、西本願寺本などの古写本類に同じ。『古典大系』本の頭注に、

原文の而は乃と同じく、そこで、すなわちなどの意味がある。

とみえるのは、勿論正しいが、この「而」即ち「乃」と注するのは、前の句の「乃《の》」と関係があるかの如く思わしめ、却って誤解を起させる嫌いがないでもない。何れにしても、「乃」（第三句）と「而」（第四句）とは分けて訓むのが一般の方向とみるべきであろう。

しかし「而」の文字が散文ならばともかくとして、『万葉集』と云う歌の歌句の冒頭に単独に現われることは、奇異である。この歌の、「而《さて》かるまでに」と訓むべき傍証歌となる、

ゆきさむみさきにはさかずうめのはなよしこのころは然而《さて》もあるがね　（一二三九）

にしても、「然而」であり、単独の「而」ではない。むしろ「然而」の如く、「而」の上に一字ほしい。ここに「蒔稲乃、而及レ苅」を、「蒔稲、乃而及レ苅」と区切る本文が顧りみられるであろう。「乃而」の訓詁は如何。

「乃」については、原本系『玉篇』に次の訓詁が残る。ここに必要な部分を示そう。

儀礼、乃歛（飲）二実爵一、鄭玄曰、乃猶レ而也。公羊伝、乃者何、難也。曷為或言レ而、或言レ乃、乃難二乎而一也。

右の『儀礼』は「燕礼」（巻六）の一部分。「（大夫不レ拝、）乃飲二実爵一」の本文が正しく、鄭玄注の如く「乃」は「而」に同じ。鄭玄は、「乃」を「而」とみなす訓詁を他の経書の注にも附する。たとえば、『礼記』（檀弓下）に、孔子が泰山の側を通りかかった時、墓に哭泣する婦人を見て、子貢にその事情を尋ねさせた条に、

使二子貢問一レ之曰、子之哭也、壱似二重有一レ憂者一。而曰、然……（鄭玄注「而、猶レ乃也」）。

とみえるのもその一例。この「而」は、「さて婦人は」と云ったような気持をさすのでもあろう。『玉篇』の後半の部分は、「公羊伝」宣公八年伝の一部分を示したもの、「疏」の部分を訓読によって示せば、次の如くなる。

冬十月己丑、葬二我小君頃熊一。雨不二克葬一。庚寅、日中而克葬。頃熊者何、宣公之母也。而トハ何ゾ、難ケレバナリト。乃トハ何ゾ、難ケレバナリト。曷ニゾ或ハ而ト言ヒ、或ハ乃ト言フ。乃ハ而ヨリモ難ケレバナリト。

右の伝文と疏とを綜合すれば、庚寅の日には「而」と記し、定公十五年九月の戊午の日には「乃」と記し、この「而」と「乃」との助字の用法を問題にする条である。疏によれば、「乃」が「而」よりも雨の難渋の程度の酷いために、これを用いたものであると云う。「乃」は「而」の如く同じたぐいの訓詁をもちながらも、「ヤウヤク」、「ハジメテ」などの訓の用法がほかにも多いことは、「而」とは多少の程度の差がある。しかしそれはそれとして、「乃」と「而」とが同類の助字であることは、『玉篇』の引用する『儀礼』や『公羊伝』の例によって察知できるであろう。

ここに『玉篇』の示す「乃」即ち「而」によって、「乃而」の熟字、重言も生れることになる。つまりこれによれば、巻十の問題の箇処は、「……蒔稲、乃而及レ苅……」と分割することができる。通説の如く、「蒔稲《まきしいね》乃《の》」とわざわざ六言にするには及ばず——たとえ音に同化があるにしても——、ここに『新校万葉集』の分割の仕方が俄かに浮びあがる。『万葉集注釈』もこの説によるが、「乃而《さて》」と訓むことの理由は述べていない。「乃」は、荻生徂徠の『訓訳示蒙』（巻三）に、

継事ノ辞ト云テ、上ニ一埒言シマフテサテ次ニ言タス時ニソノ上ノ文ト下ノ文トノ継目ニヲク文字ナリ。辞

之緩也、難辞也、ト註シタルモ、詞ノウツリメヲユルヤカニヤウ〳〵言出ス意ナリ。サウシテカラニトナリトモ、カウシテカラニトナリトモ、サウシテソコデトナリトモ訳ス。自爾ハサウアツテカラナリ。然後ハサウシテノチニナリ。於是ハソコデナリ。乃字ハサヤウニ埒ノキツトシタルコトバニテハナシ。処ニヨリテヤウ〳〵ト云フ意ニ見テモヨシ。……（句読筆者）

と述べる如く、ゆるやかにことばを起す助字である。「乃而」は「乃」に同じ。もしこれによるとすれば、「乃《さ》＝而て」となる。つまりこの「而」は「て」ではなく、「乃」であり、「て」は読み添えである。しかしここでは、果して「乃」即「而」の漢籍の訓詁によるべきであろうか。「乃《さ》＝而て」ではなく、「而《て》」と訓む或は訓ますために、「乃而《て》」と書記したのではなかったか。つまり「乃而」は重言としての書記ではなく、「乃《□》而《て》」と訓むべき表記法でもあろう。「□而《て》」の例は、巻十にも甚だ多く、

うめのはなまづさくえだをたをり而《て》ばつととなづけ而《て》よそへてむかも　（二三二六）

ゆきさむみさきにはさかずうめのはなよしこのころはさ而《て》（二字、原文「然而」）もあるがね　（二三二九）

は、その一例である。漢字の訓には、徂徠の言の如く、必ずしも定訓と云うべきものはない。『類聚名義抄』などの訓を金科玉条として後世大事に有難がり、漢字の訓に無理に当てようとする傾向は、かえって窮屈になる場合も少なくない。この巻十の歌の場合、「而」を助詞「て」とみなすときは、「乃」の原義を捕えることに重点がある。『玉篇』にみる如く「而」の訓詁や、徂徠の右の説の如き「緩やかな辞」とみなせば、「然而《さて》」（二三二九）と同じく「乃而《さて》」と訓むこともできよう。また桜楓社版『萬葉集』や『古典文学全集』本の如く、「乃而《かくて》」とも訓めよう。「カクテ」の例は、巻十一に、「よしこのころは、如是而《かくて》かよはむ」（二七七八）、巻十二に、「しくしくわびし、如此而《かくて》こじとや」（三〇二六）とみえ、「乃而《かくて》」と訓むことの理由はある。それと同時に、「乃而《さて》」――

「乃」のみで「サテ」と訓めるが、誤解のないように「而《て》」を加えた表記——と訓むことも正しい。「乃」を「サテ」と訓んでも、「カク」と訓んでも、「乃」の原義を離れず、しかも万葉語としても存在する以上、その何れの訓も可能である。

⒂　みちのへのをばながしたのおもひぐさいま更尓何物かおもはむ　（二二七〇）

前述の⒁「すみのえの」（二二四四）の歌について、句切を問題としたが、この歌にも同様な問題がある。これを大別すれば、

㈠　第四句「いま更尓何」・第五句「物かおもはむ」
㈡　第四句「いま更尓」・第五句「何物かおもはむ」

となる。ここで特に問題となるところは、「何」のところで切るか、それとも「何物」のところで切るかである。これについては既に「何物」の文字表現を指摘したことがある（なお注1）。詳しくはそれによるべきであるが、要するに「何物《なに》」は「甚麼東西」（なにもの）ではなく、「甚麼《なに》」の意を示す中国の俗語的表現とみられ、「物」は添え字、助字である。もしそうならば、第五句は「何物《なに》かおもはむ」と訓める。従って第四句は「いま更尓」となるが、これでは字数が足らない。『万葉集注釈』に、「今更々尓」として「々」を加えるのは卓見。また「尓」を「々」の誤とみて、「今更々《いまさらさらに》」（「に」は訓み添え）の本文を作ることも一案。また「今更《さらさら》尓《に》」と訓めば、誤字説を採る必要もなく、これも一案となろう。

なお『万葉集』の文字表現には、中国の俗語表現をそのまま使用する例、たとえば、「サキク」（「マサキク」）に当る「好住」（一〇三一）、「好去」（一一八三）もあり、また「イザ」に当る「去来」（九五七）などもみえ、他に

も例が少なくない（なお注1）。この歌の「何物」もその一例とみたい。

⒃　なにすとかきみを猒はむあきはぎのそのはつはなのうれしきものを　（二二七三）

わざみのみねゆきすぎてふるゆきの猒もなしとまをせそのこに　（二三四八）

この「猒」は元暦本以下の文字であるが、京大本のみが「厭」に作る。また、

ほととぎす厭ふときなしあやめぐさかづらにせむひこゆなきわたれ　（一九五五）

の「厭」は、元暦本以下の文字である。ここに、「猒」即ち「厭」の同字と云う方式が成立する。この「猒」（「イトフ」）については、「厭」と共に、既に本書『萬葉集研究 第三集』に述べた（二―㉓）。しかし『玉篇』に残ることを見落す。ここに改めてその例を加えよう。「猒」は「甘部」に詳しい訓詁がみえる。このうち必要な部分のみを示そう。

於艶反。……野王□猶足而不㆑欲㆑復為也、礼記猶楽㆓其志㆒而猒㆓其道㆒是也。……方言、猒、安也、郭璞曰、足則定(安)也。説文、飽□(也)。……音於開反、為㆓厭字㆒、在㆓厂部㆒。……（台湾版の誤刻を訂す）

右の訓詁にみる如く、「猒」は「飽きたる、飽く」の意――『玉篇』に「広雅、飽、満也」とみえる――。飽満の意から反対に嫌悪すべき方向にこの字を用いたのがこの『万葉集』の歌である。現行古語辞典類に、この語は嫌悪すべきものから避けようとする気持をさすことばと云うが、むしろ万葉人の用字は、その反対である。もとの訓詁の「十分性」をかえって否定する語として登場し、「イトフ」「ウシ」などの方向に「猒」の字を使用する。

⒄　たびにすら襟とくものをことしげみまろねぞわがするながきこのよを　（二三〇五）

この「襟」の字を「ヒモ」（紐）と訓むことは、今日定訓に近い。『代匠記』に、

襟ハコロモノクヒニテ、衿ノ字ト同シ。字書ヲ見ニ、ヒモトヨムヘキ義ナシ。不審ナリ。……（精撰本）

と述べ、「紐」の誤と解する。現行の注釈書は、「襟」の字をそのまま認め、「エリヒモ」の意で「ヒモ」に当てたもの、或は「エリ」のあたりの付け「ヒモ」の意と解し、何れも「ヒモ」と訓もうとする。しかし「襟」に「紐」の訓詁ありやなしや、一応もとに溯って考察する必要がある。

これに関しては、『万葉集訓義弁証』に詳しい見解がみえる。それによれば、「襟」は「紟」の俗字、またこれは「衿」の字に同じ。『広韻』に、「衿《ハ》衣小帯也」とみえ、更に、

玉篇に云、紟《ハ》単衣也、結衣也、亦作レ衿、又云、衿亦作レ紟、褝衣也、綴也、結帯也（下巻）

をあげ、「紟」（衿）即ち「襟」が「ヒモ」と訓めることを証明する。『万葉集注釈』もほぼこれに従う。もしこの『玉篇』が原本系ならば、この訓詁はこれで終了する。しかし『訓義弁証』引用のそれは、後出の宋本『玉篇』よりの引用であり、万葉人の知らぬ訓詁であった。ここに原本系『玉篇』の訓詁を探さねばならぬ。「襟」の字は今日残らない。しかし「紟」が残ることは、まず幸である。その『玉篇』に、

紟――渠禁・渠金二反。儀礼（士喪礼）、絞紟衾、鄭玄曰、紟、単紟単被也。鄭玄注礼記（喪大記）、既斂所用束堅之者也。礼記（内則）、婦事二舅姑一紟レ纓、鄭玄曰、紟、帯也。説文、衣系也。声類、帯綴也。或為レ衿、字在二衣部一。

とみえ、更にこの字が「絵」に同じことをも述べる。右の『礼記』の文中のうち、「婦事二舅姑一」と「紟レ纓」との間には、脱文があるが、「紟」は、陸徳明の『経典釈文』（巻十二、礼記音義）に、

「衿嬰」――本又作レ紟……結也……嬰又作レ纓。

とみえ、「紟」は「衿」に同じ。鄭玄注「帯也」は――但し四部備要本などの現行本鄭玄注には、「衿猶結也。婦

人有レ纓、示繫属也」とみえる——動詞「結也」に同じく、「ムスブ」意。また右の『説文』の「衣系也」は、衣を結ぶ意。この「系」について、『玉篇』に、「爾雅、系、継也。……説文、系、繫也」とみえ、結ぶ、つなぐ、などの意。ここに「紟」即ち「衿」は、結ぶ、つなぐなど衣のひもに関係する語であることがわかる。しかしなお「紟」（「衿」「絵」に同じ）が「襟」に等しいことが証明されねば、問題の歌の「襟《ひも》」が解決できない。ここに『玉篇』の抄出本である『万象名義』の「衣部」の中に、

「裣」（前述の如く「紟」に同じ）——居吟反。衣領也。　「襟」——上字。

とみえ、「紟」・「絵」即ち「衿」・「裣」を通じて、「襟」の字もこれらと同じ訓詁をもつことがわかる。更に云えば、原本系の図書寮本『類聚名義抄』の「衣部」に、『玉篇』佚文として、

「裣」——玉云、居吟反。衣領也。　「匈襟」——玉云、上字。　「衿」——玉云、単被也、結也。

がみえることは、前述の『万象名義』の例が、当然のことながら『玉篇』によることを裏書きする。なお右の佚文のうち、

「匈襟」——玉云、上字。

を、『玉篇佚文補正』に、「勹部」に入れるが、恐らく「胸襟」であり、しかも「上字」とあるのは、「襟」が上の字の「裣」に同じことを示すとみるべきであろう。なお『一切経音義』（巻十三）の「衣襟」の「襟」について、「説文作レ裣」（大宝積経第三七）とみえる。結局のところ、『玉篇』佚文などによって、「襟」は「衿」「紟」（「裣」「絵」）と同じ文字であり、ものを結んだり、つないだりすること、或はその物を云い、ここに「襟《ひも》」の訓詁が生れる。

以上、「巻十」にみえる問題とすべき文字表現とそのヨミについて私見を述べた。その大半は、原本系『玉篇』

によって解決すべき点が多い。逆に考えると、万葉人は他の上代人と同様に、この『玉篇』をよく学んだものと云えよう。『玉篇』は、上代に於て、訓詁の書の花形とみなされる。今回もその一端を述べた次第である。

注1　拙著『上代日本文学と中国文学 中』(第五篇第四章 万葉集の文字表現 (一)文字の文学性)参照。
注2　『左伝』(昭公十六年三月)による引用。
注3　『藝文類聚』(巻十一、帝王部)に、「帝王世紀曰、帝顓頊、高陽氏、黄帝之孫、昌意之子、姫姓也。母曰二景僕一、蜀山氏女、為二昌意正妃一、謂二之女枢一」とみえる。
注4　『萬葉集研究 第四集』所収、拙稿(三)—(2)参照。
注5　「本又作麗、亦作孋同」が正しい本文である。
注6　『老子』(第二六章)の文による。「是」は「是也」とあるのが、『玉篇』の文体である。

〔追記〕　敦煌本『論語』(S.3339)の八佾篇(末二十一行)にみえる「美」は、一般に「羑」と書く。

〔附記〕　『萬葉集研究 第七集』(昭和五十三年九月、塙書房)所収。なお、冒頭部(四)—(1)の「霏霺」については、本書所収の「暮年三省——「霏霺」再考——」、ならびにその〔附記〕参照。
また、掲出歌(四)—(4)の第二句「𦖋《きく》」にかかわって、「当時の古体文字については、他の機会を待つ」とされた論考は、(三)の〔附記〕先掲『萬葉以前』(第四章 文字の揺れ)。初出は、「文学」第四十七巻五号(昭和五十四年五月)である。

万葉語の「語性」

一

本書四冊（『日本古典文学全集　萬葉集一～四』）、ようやくその完結をみようとするこのごろ、顧みれば、その間の下書き原稿は、実に「消《しょう》」と「息《そく》」との相互の連続であった。これは、一つの歌に対する頭注と口語訳は、同一ページに並存すべき原則にできるかぎり従ったためである。はみ出しは許されない。しかしこれは神わざともいうべきであり、自己の思いきった主張もカットせざるを得ない破目《はめ》に遭遇したこと幾たびあったことか。加えて協力者両君のきびしさ、再度にわたる訪欧閑趣も束の間に打ち破られ、帰国すれば私見は頭注のいずこにあるやら、「鬼の居ぬ間に……」の方式が随処に行なわれたかにもみられた。もちろん逆に、カットカットで両君の説をバッサリやった痛快さも二、三に止まらない。三者三様各自の初校書入の「褻《け》」の部分を公開するならば、傍《はた》目《め》にもかなり面白く且《か》つ正しいものがあろう。しかしそれはそれとして、ここで改めて、はみ出た箇処を思いつくままに少し連結しようとする。

思い出すのはまず巻五。本書によって、難しかったこの巻も一応理解しやすくなったものと信ずる。しかしいちいちの「語」の性格、語の生立ち、その発生地などを仮に「語性」と名づけるならば、巻五に表現されたそれぞれのことばが、漢語か和語か、それともその中間語《ニュートラル》か、その性格を明らかにしないかぎりは、万葉語の正確な追求とはいえまい。

一例を挙げよう。巻五の末尾に、

布施《ふせ》置きて我《あれ》は乞《こ》ひ禱《の》むあざむかず直《ただ》に率《ゐ》行《ゆ》きてアマヂ知らしめ（九〇六）

の歌が見える。作者未詳、編纂者は作風が山上憶良の歌調に似るという。右の歌の中の、「アマヂ」（原文「阿麻治」）とは何か。頭注に、「天路――ここは死後行く天への道」という。これは一応あたってはいるが、簡単すぎる。もとに戻って、この「天路」が和語か、あるいは漢語「天路」（tiān lù）に基づくのか、その語性を明確にする必要がある。契沖の『万葉代匠記』に、

アマチハ天路ナリ。シラシメハ、シラシメヨナリ。生天ノ路ヲ知ラセヨトナリ（精撰本）

と注するごとく、「天路」は、生天《しょうてん》の路、すなわち死後極楽に生まれ変わる生天への路をさし、「生天」は仏典語である。釈家である契沖は、生天の路を通じて、「天路」を考えていたのであるが、注としてはやはり引用例がほしい。諸注も本書の頭注もすべて不十分である。用例の有り無しによって、この歌の作者が生天の路を「アマヂ」という和語に変えたかどうかの問題につらなるであろう。

この「天路」は、第一句の「布施置きて」に照らして、仏典語に関係を持つ。これを子《し》部釈家類に属する、唐釈道宣撰『広弘明集』に例を採ろう。この『広弘明集』は、『弘明集』（梁釈僧佑撰）などと共に、正倉院文書にその名を見、一部の万葉人にはかなり親しい渡来書の一つであった。たとえば、天平十一（七三九）年七月十日の条の、「僧上所本経請ヲ二舎人市原王ニ二」の記事の中にも他の渡来書と共にその書名が見える（『大日本古文書』七）。これは万葉歌人市原王がそのころ東大寺写経司の舎人《とねり》という役職を務めていたことを示し、仏典類にはかなり多く接したことが想像される。彼が『法華経』安楽行品の髻中明珠に基づいて、「いなだきにきすめる玉は二つな

し……」（四一二）の歌を生んだのも、その事情がよくわかる。それはそれとして、「天路」の一例は、この『広弘明集』巻二十六（『大正新脩大蔵経』は巻二十三）所収「鳩摩羅什法師誄《るい》并序」（後秦釈僧肇）の「誄《しのびごと》」の部分にも、

先覚登霞《とうか》し、霊風緬邈《はろけ》し。……大人遠く覚《さと》り、幽懐独り悟る。……期《ご》に応じ運に乗じ、翼を天路に翔る（翔二翼天路一）

と見える。さらにまた、

幽里冥《くら》く剋《きび》し、天路誰か通はむ（天路誰通）、三途誰か塞《さ》へむ。嗚呼哀《ああかな》しきかも

とも見える。これらの「天路」は、俗世よりみて生天《しょうてん》への路を意味する。これを上代語に改めると、「アマヂ」となる。つまり「アマヂ」は、仏典語「天路」による万葉人の新しく生んだ翻訳語（翻読語）といえる。多くの注はこの語について、むしろ最初より和語とみなしていたのではなかったか。

実は、それにはそれなりの理由があった。山上憶良の「惑《まと》へる情《こころ》を反《かへ》さしむる歌」（令レ反二惑情一歌）の反歌に、

ひさかたのアマヂは遠しなほなほに家に帰りて業《なり》をしまさに（八〇一）

と見える。この「アマヂ」（天路）は一見前述の「アマヂ」と同一のものとみえるために、両者弁別されることもなく、したがって、前述の「アマヂ」に対して、諸注が用例を挙げなかったのではなかったか。この歌の「アマヂは遠し」は頭注にも示したごとく、長歌（八〇〇）の「天《あめ》へ行かば　汝《な》がまにまに……」を受けて、その不可能を示す語句である。この天路は、遠い天へ至る路を漠然と想像したものであり、前述の「生天」への路といった仏典語的な例ではない。もっともこの長歌の序にあたる漢文の序には、あまたの仏典語をちりばめてはいるが（他日を期す）、この「アマヂは遠し」の「アマヂ」は、天への路、遙かに遠い道程を示す語である。『万葉代匠記』に、

文選曹子建ガ与ヘシ㆓呉季重ニ㆒書ニ云、天路高邈ニシテ良無ニ㆓由縁㆒……今ハ天路高邈ハ古人モ嘆シ事ナレバ、トテモ得昇ラジトナリ（精撰本）

と注するのは、前述の「生天ノ路」と区別した注であることがわかる。さすがに学僧契沖である。右の「天路」は、『文選』巻四十二の李善注に注を見ず、憶良在世の八世紀当時には六臣注はまだ生まれていないが――六臣注「天之高遠、実無㆓由縁㆒」――、憶良の歌の「アマヂ」は、『文選』に見えるこの「天路」の意にあたる。この「アマヂ」は地上より見て縦すなわち上下の関係にある。もっとも、巻五の末尾の「アマヂ知らしめ」（九〇六）も上下の関係にはあるが、意味内容、語の性格の違うこと前述のごとし。

「アマヂ」の例は、七夕歌の中にも、

夕星《ゆふつづ》も通ふアマヂを何時《いつ》までか仰ぎて待たむ月人《つきひと》をとこ（二〇一〇、人麻呂歌集）

と見える。この「アマヂ」（原文「天道」）は、天上に路のあるものとみなした語で、天上の路の意。すなわち縦の関係ではなく、横の関係を示す「アマヂ」である。天体の運行する路で、前述の生天《しょうてん》の路でもなく、遠い天への路でもない。空海の『性霊集』巻十に見える、

虫《むしのこゑ》響悲哀にして草間に愍《あは》れび、雁《かりがね》声断続して天路を疎《おろそ》かにす（「秋日奉㆑賀㆓僧正大師㆒并序」）

は、雁の声が切れたり続いたりして天路（天空）にポツポツ見える意。七夕歌の「アマヂ」もこの天路の意に近い。

これらの「アマヂ」の諸例を眺める時、それぞれの「アマヂ」は、各自誕生の背景を異にする。このように考えると、少なくとも「アマヂ知らしめ」（九〇六）には、仏典語の指摘が必要であった。本書の補入は、機会あらば全体にわたって行なう必要がある。

同じ巻五の「日本挽歌」（七九四）の前に存在する漢文の序は、山上憶良の作とみられる。その中に、女人の逝

去と共に自己の生き方を述べた、

いかにか図《はか》らむ、偕老要期《かいらうえうご》に違《たが》ひ、独飛《どくひ》半路に生《い》かむとは……

の対句が見える。このうち「半路」については、本書の頭注に「一生涯の半ば」と注して置いたが、用例は挙げず、この語の性格については、なんらの暗示も述べてない。岸本由豆流撰『万葉集攷証』に、中唐の文豪韓愈《かんゆ》の詩を挙げるのは、諸注よりも一歩進む。ただし、万葉集叢書本には、その引用例の詩の誤りが一、二に止まらない。ここに正しい本文を示せば、

放朝還不レ報、半路蹋レ泥帰（「雨中寄二張博士籍侯主簿喜一」）

となる。この「半路」は、路の中途の意。憶良の「半路」とは必ずしも一致しない。しかも憶良のそれのほうが先行する。ここにもっと古い例を挙げる必要がある。梁簡文帝の「夜望二単飛鴈一詩」に、

早知半路応二相失一、不レ如従来本独飛（『藝文類聚』鳥部「鴈」）

と見えるのは、その例の一つといえる。この「半路」も憶良のいう人生の半ばの意ではなく、天空の路における中途の意で、横の関係にある語。しかし憶良が「独飛生二於半路一」と述べたのは、「半路」の意を人生の半路へと拡大し、さらに右の唐代類書『藝文類聚』の例によって、一文を案じたのではなかったか。「半路」と共存する「独飛」は、『万葉代匠記』をはじめとして、諸注は、六朝詩人陶淵明《とうえんめい》の「飲酒二十首」其四の、

栖々《せいせい》たる失群《しつぐん》の鳥、日暮れて猶し独り飛ぶ（日暮猶独飛）

を挙げるのが通説であり、これは正しい。しかしこの「独飛」は、淵明のそれが『藝文類聚』の梁簡文帝のそれに先行するにしても、「半路」と結んで考えた場合、むしろ後者のほうが出典としてはやや有利ではなかろうか。

もとに戻って、憶良の「半路」の意は、これらの「半路」の意を拡大し、人生的な匂いがたちこめる。漢語

「半路」に対する彼の応用力は新鮮である。しかし「半路」は前述の詩の諸例とは別の方向も考えられる。それは『広弘明集』にも、

旛華伎楽、非二世間比一、半天而住、一臺已在二半路一、一臺未レ至二半路一、一臺未レ見、但聞有而已（巻二十六、『大正新脩大蔵経』は巻二十三。沈約「南斉禅林寺尼浄秀行状」）

と見える。これは天上伎楽の行なわれる三つの臺《うてな》の状態を述べたものと推測される。そのうち、天より地上へ下る中間に止まっているのが「一臺已《すで》に半路にあり」であり、その中間まで降りていない状態が「一臺未だ半路に至らず」である。この「半路」は、上下という縦の関係にある語。つまり上下関係にある場合の前述の巻末の「アマヂ」（九〇六）と関係づけるならば、仏典語「生天《しょうてん》」への路の中間にあるのが「半路」ということにもなるであろう。つまり通説の「一生涯の半ば」をさらに進めて、「生天《あのよ》への路の半ば（の路）」と解することもできるかもしれない。ただしこれは必ずしも確信を持っていうわけではないが。それにしても、近世以来、「天路」「半路」など諸注は不十分であり、本書頭注も制限下にあるとはいえ、やはり不満が残る。

巻五の冒頭に、凶問に答えた大伴旅人の、「世の中は……」（七九三）の歌があり、その前に漢文の序に近いものが見える。これは「書《しょ》」の文体をなすこと頭注のごとし。この一文の中に、「永く崩心《ほうしん》の悲しびを懐《むだ》き」（永懐二崩心之悲一）云々と見え、ここに「崩心」の語が存在する。この語については、『万葉代匠記』なども用例を挙げない。ただ『万葉集私注』に、「出典があるのかも知れないが不明」というのは、良心的である。「崩心」は「心のくずれ」、つまり「心もくずれんばかりの悲しみ」の意で、「クヅル」という日本語から考えても、和製語ともみなされないでもない。この語例はなかなか見つけにくく、頭注に『東大寺要録』巻八の例をかろうじて挙げることのできたのは、学《がく》のない私どものせいぜいの苦心の結果である。それは天平勝宝八（七五六）年五月二十二

日の「雑格課役巻中文」に見える山陵に関する文である。その中の、

震極に臨みて増レ痛、月殿に対《むか》ひて崩レ心……（原文漢文）

は、天子の御殿に対して悲しみ悼む意が「崩心」である。しかしこれは旅人の用法のほうが古い。「崩心」が和製語か漢語か、もし漢語とすれば、漢籍のどこかにその例が存在するであろう。

実は例がかなり手近なところにあったのである。それは王勃と共に初唐四傑詩人の一人で、しかも上代文学にかなり多くの影響を及ぼした駱賓王《らくひんのう》の作に見える。『駱賓王集』が少なくとも天平年間に伝来していたこと、正倉院文書（『大日本古文書』二十四）にその名を見る。彼の「書」の中に、その老母の孝養に関する心情を吐露した上書「上二吏部裴侍郎一書」がある。その中に、

崩心の痛きこと極《きは》まりなし（崩心之痛罔レ極）

と見える――清人陳熙晉撰『駱臨海集箋注』巻八に、『宋書』巻十六・礼志三「宋孝武大明五年詔」の、「惟懐二永遠一、感二慕崩心一」を引用する――。旅人の文の「崩心」の語が、この駱賓王の上書文の例によるとは断定できない。しかしその冒頭に近い部分に、前述の旅人の例と同じく、『周易』に基づく、「書は言《こと》を尽《つ》くさず、言は意を尽くさず」とも見え――これは「書」の文体によく使用される佳句――、「崩心」の例が少ないだけに、駱賓王の例によることの多少の可能性も推測される。「崩心」は、心の「クヅレ」といった類の和製語によるものではなく、文字どおり漢語そのままの例であった。

こうした私的なメモを挙げるならばいくらも例はある。たとえば、天平二（七三〇）年正月、梅花歌三十二首の序の結び、

宜《よろ》しく園梅を賦《ふ》して、聊《いささ》かに短詠を成すべし（宜下賦二園梅一、聊成中短詠上）

の「園梅」は、その意は明らかであるにしても、和製語か漢語かの「語性」の問題になると、やはり例をさがす必要がある。諸注は「園梅」の例を顧慮しない。しかしこれは六朝語にすでに見え、梁簡文帝の、

園梅新藻（一本「新豔」）を斂《をさ》め、階蕙初芳を結ぶ（「餞㆓廬陵内史王脩㆒応令詩」）

は、稀な一例である。「語性」を追求するためには、用例を必要とする。用例は万葉語の出典となる場合もあり、ならない場合もあるが、語の内容を考察するために必要であることは当然である。それはそれとして、特に漢文の箇処になると、やはり本書はもちろん近世以来の注もまだまだ手落ちが少なくない。

梅花歌三十二首の追和の歌四首の中に、

雪の色を奪《うば》ひて咲ける梅の花今盛りなり見む人もがも（八五〇）

がある。旅人か憶良の作か、その作者は決定できない。このうち「奪ふ」については、この表現が漢詩の表現をまねたものとして、梁簡文帝「梅花賦」の例を頭注に挙げる。この「ウバフ」の例は、『文選』巻十三の名高い謝恵連の「雪賦」にも、「皓鶴奪㆑鮮」と見える。これは、白い鶴が白いといっても、雪に対すると、その鮮美を失うかのようだ、の意。すなわち、雪の白さが白鶴の羽の白さを「奪う」といった趣向である。また『藝文類聚』菓部「奈」に見える「紅紫奪㆓夏藻㆒」（梁楮湮「奈詩」）は、奈（からなし）の紅紫色が夏の藻の色を奪うかのようにあざやかな意。これらはいずれも万葉歌人の目に触れた例である。この「雪の色を奪ひて咲ける梅の花」の「ウバフ」が漢詩に見える「奪」の用法を学び、新しく歌語として生まれたことは、容易に理解されるであろう。しかもこれらの「奪」は色と結ばれる表現を持つことが多い。

次に「雪の色」は、万葉人の案出した語か、それとも漢語「雪色」（xuě sè）の翻訳語か、ことはそう簡単にはゆかない。しかし諸注はこの語を問題としない。漢語の「雪色」は実はあまり多くの例を見ない。盛唐詩人杜

甫はこの語をかなり好んだらしく、その二例を見るが、この「雪の色」とは無関係である。先出の例としては、六朝陳人徐陵の、

風光今旦動き、雪色故年残《そこなは》る（「春情」、『藝文類聚』人部「美婦人」）

が注意される。しかしこの詩は、六朝艶情集『玉臺新詠』や、『初学記』などの「類書」には見あたらず、はたして万葉人が必ずしも例の多くないこの語をどの詩によって学んだかよくわからない。しかし「雪」に関して、「色」を「奪ふ」という例ならば、例は必ずしも少なくない。たとえば、初唐駱賓王の、

色奪二迎仙羽一、花避二犯霜梅一（「寓二居洛浜一、対レ雪憶二謝二兄弟一」）

は、その条件を満たす。これは「色」すなわち「雪の色」が迎仙の皓《しろ》い鳥の羽の色を奪わんばかりの意。歌人は、「雪の色」を漢語「雪色」から学んだのではなく、「色」を「奪ふ」から「色を奪ふ」という歌の表現を生み、さらにその上に「雪」を冠《かぶ》らせたのであろう。この歌の第一・二句は、この関係において眺めるべきであり、「雪の色」は、漢語「雪色」より考えるべきではない。

同じく巻五に、山上憶良の名高い「沈痾自哀文《ぢんあじあいぶん》」がある。「沈痾」は重い病気の意で名詞、「沈」は沈重の意。しかしその文中に「初め痾《やまひ》に沈みしより已来《このかた》」（初沈レ痾已来）と見え、この場合の「沈」は「シヅム」という動詞に読むべきである。巻十六の「沈二臥痾疢一」（三八一三左注）の「沈」も動詞、また巻十七の大伴家持の書簡「忽沈二枉疾一」（三九六五書簡）などの「沈」も同様である。正倉院文書に見える、

沈二重病一（天平宝字二年解）　身沈二瘆病一（同）

も、同じく、「沈」は動詞である。おそらく漢語「沈痾」の「沈」を動詞に転用、あるいは誤読によって上代人の新しく生み出した語とみるべきであろうか。これは「沈」を動詞に解すべき例が漢籍に発見しがたいためであっ

た。しかし最近、弘仁影写本『文館詞林』を開いたところ、西晉潘岳の「贈二王冑一首」の中に、

　此の旧痾に沈みて、敢へて屢《しばしば》辞せず（沈二此旧痾一、不二敢屢辞一）

を発見、つまり「沈」を動詞に解すべき例も漢籍に存在していたのである。さらに手近な例をあれこれと探すうちに、陶淵明の「悲二従弟仲徳一」の詩の中に、「慈母沈二哀疚一」の例を見る。ただし漢籍にはこのような動詞の「沈」は必ずしも多くない。しかし六朝以来このような例が見えることは、憶良の「痾に沈みしより已来」にしても、家持の「枉疾に沈む」にしても、もとは漢籍の例に従ったのであり、彼らの発明した表現ではなかった。万葉人と陶淵明の詩との関係からみれば、「沈む」も淵明詩の例によるとみることも可能性はある。病気に「沈む」という動詞「沈」は和製語ではなく、もともと漢語「沈」（chén）によるものであった。しかし漢語の動詞の場合は、やはり「沈」は「沈重」の意をそれるものではない。ここに和語「シヅム」も新しい意味の「シヅム」の例を増したことになる。漢製か和製か、一語一語の語性の追求は決して容易なものではない。

二

今回の第四冊についても、巻十六・十七・十八など、漢文の多い巻を含むために、頭注紙幅の狭少さについて嘆くことが多い。たとえば、巻十七の、大伴池主の「英霊星気あり」（三九七三〜三九七五の序、書簡）について、「英霊」を、優れた才能をほめていう、「星気」を、文才を星の気調にたとえていう、と注しても、いちいちその注の生まれる根拠を示さねば注としての価値はない。せめて拙著（『上代日本文学と中国文学　中』第五篇第十章　天平期に於ける万葉集の詩文）を参考にしていただくとして——もっとも今から見れば、用例などの点において、未熟

さが目立つ——、ここでは、同じく大伴池主の三月四日の詩（「七言、晩春三日遊覧一首」）に見える、「三清」について述べよう。その一句は、

雲罍《うんらい》に桂《けい》を酌《く》みて三清湛《たた》ひ、羽爵《うしゃく》人を催して九曲を流る

である。「三清」については、頭注に「何度も醸《かも》した清酒（精製した酒）」と見え、おそらく意味内容は正しいであろう。しかし「三清」の例は、『万葉代匠記』などにも何も注しない。ここに思い出されるのは、『周礼』巻五「酒正」に、

弁㆓五斉之名㆒、一曰泛斉……弁㆓三酒之物㆒、一曰事酒、二曰昔酒、三曰清酒。弁㆓四飲之物㆒、一曰清……

と見え、「五斉」「三酒」「四飲」など酒の種類を挙げた記事である。『万葉集私注』に引用する魏人徐幹の斉都賦に、「三清既醇、五斉惟醹」とあるが、『周礼』によれば、「五斉」に対しては「三酒」とあるべきであり、「三清」の出典は明らかでない。右の「三曰清酒」について、鄭玄《じょうげん》注に、「清酒ハ、今中山冬醸《かも》シ、夏ニ接シテ成ル」という——『初学記』の「酒」の文によれば、「中山」を「之」に作る——。しかし「三曰清酒」を省略して、「三清」といったかどうかよくわからない。「三清」も私にとっては、長らく用例を発見し得ない語であった。最近、唐写本敦煌佚名類書（『羅雪堂先生全集』三編八）を見るに及んで、その「宴楽」の条に、

三清 魏文（帝）章詩曰（？）、酒（？）人献㆓三清㆒、絲中列㆓南廂㆒

を見つけた。おそらくこの「類書」は、ペリオ本（P. 2524）であろうが、誤記もあり、写真の本文も不鮮明でよく読めない。しかしいずれにしても、「三清」の語が存在することが明らかになる。つまり「宴楽」に関連する語のうちに、「三清」は、

東閣・西園・置択・瓮間・中山・頽山・到載……阮歩兵・嵆中散・百壺・三雅・千鍾

などと共に酒に関係を持つ語といえる。万葉人も「三清」の語を、何かの「類書」によって学んだのではなかったか。

さらによく調査した結果、手近なところに、例を見た。それは、『藝文類聚』巻三十九、礼部中「燕会」所収、

隋（陳）江総の、

三清伝二旨酒一、柏梁奉二歓宴一（「賦得二置酒殿上一詩」）

である。これならば、池主もこの詩を知ることはそう困難ではなかった。「三清」のありどころは判明したにしても、万葉人はこれをどのように理解したかよくわからない。しばらく、前述のごとく、『周礼』の「三日清酒」によって、「三清」の語を解したとみるよりほかはなく、後考を待つ。しかし『周礼』によるとしても、鄭玄注によるごとき厳密なものではあるまい。頭注に、「何度も醸した清酒」と簡単に説明したのは、当たらずとも遠からずとしてひとまず許されるであろう――なお唐詩の一例として、盛唐崔国輔の「九日侍宴応制」の詩に、「金籙三清降、瓊筵五老巡」がある――。

すでに与えられた紙数を遙かに越えている。残したことははなはだ多い。たとえば、巻十六・三八五四の左注の「仁敬」についても、平城宮址出土の木簡によれば、解決できそうにも思われる。今や残年閑月の日々、将来にかけて、いささか補注を試みたい。

〔附記〕　小島憲之・木下正俊・佐竹昭広　校注・訳『日本古典文学全集　萬葉集四』（昭和五十年十月、小学館）所収「補論」。末尾に「昭和五十年七月尽日」と記す。

末尾の「三清」については、本書所収「漢籍享受の問題に関して」に補考がある。

なお、「雪の色を奪ひて咲ける梅の花」（巻五・八五〇）の解釈は、後に「上代詩歌にみる漢語的表現――「残」を中心として――」（『記紀萬葉論叢』、平成四年、塙書房）において捕訂がなされ、遺著『漢語逍遙』に収録（第二部第一章第一節「残」を中心として）。

漢籍享受の問題に関して

一

上代人の漢籍享受の態度について云えば、令の規定による必須書のほかは、彼等は必ずしもすぐれた作品を取捨選択した上でのことではなかった。これは恐らく明治大正期に於ける西洋文学の摂取の場合にもある程度当はまることであろう。唐代小説『遊仙窟』を例にすれば、それがもとの唐土に残らないのは、週刊誌《ボルノ》的小説であるこの書が夜の「あだ花」として「ケ」の部分にのみ咲き誇り、「ハレ」の世界にその居場所を持たないためでもある。特に経書を古典として儒教的世界に住む中国の知識人にとっては、少なくともおもて立ってこの俗間小説を読むことは、憚られることであった。『遊仙窟』は、「ケ」の世界にのさばる。しかし遣唐使一行の場合はこれと事情を異にする。任務遂行後のうらやすさ、他国のあだ花に心が動揺するのは今も昔も変らぬ異邦遠客びとのならい、ここに『遊仙窟』が盛んに購入されたのは、うべなわれることである。『新唐書』（巻一六一、張薦伝。「祖、鷟、字文成」伝）に、「新羅・日本ノ使至レバ、必ズ金宝ヲ出シテ其ノ文ヲ購フ」と。当時書肆と筆耕者とは密接な関係にあったと云う（注1）。渡唐者は書写を業とする者からひそかに一枚二枚三枚と書いてもらったり、或は書肆の主人に高値を吹きかけられつつもともかくも大金を支払ったりして、成書一巻、心はずませて帰国したのである。奈良京に帰れば、『遊仙窟』は今来《いまき》の舶載書、もはや闇の書ではない。宿痾に悩む山上憶良が、やがて逝くべき病床にありながらも、「遊仙窟ニ曰ク、九泉下ノ人、一銭ニダニ直《あたひ》セズ」（『萬葉集』巻五、沈痾自哀文）と述べて、『遊仙窟』を表面に押し出したのも、『遊仙窟』を経書の類と大差のない位置に考えていた証拠と思われる。中国人が自己の詩賦や散文などに、この下《げ》の下《げ》の『遊仙窟』を利用することはまずあり得ない。盛唐詩人杜甫が作詩に際して「文選語」をよく使用したのは、『文選』の伝統性典故性を重んじたことによる。しかしわが上代人は伝来書の価値その品位如何を問題とはせず、輸入するままに、すぐその書に飛びつき、それを享受する。そこに当然のことながら本場の中国人の対書籍の態度とは著しい差がある。

二

漢籍の伝来するや、その享受のあかしとして、上代作品の中にその語句の姿が現われる。しかもそれぞれの伝来書の語句は、「一度だけ姿を見せ、二度と出現しない」と云うことはない。つまり某伝来書の語句は上代作品の中に少なくとも二、三回は姿を現わす。正倉院御物『杜家立成（雑書要略）』にしても、そこにみられる表現が『萬葉集』の中にボツボツ利用されたこと、嘗つて述べたので、ここでは同じ例は繰返えさない。過去のことになるが、私としてはかなり新しい例、『杜家立成』の指摘は、山上憶良作「貧窮問答歌」の、

甑《こしき》には、蜘蛛《くも》の巣かきて、飯炊《いひかし》く、ことも忘れて、……（八九二）

にも及ぶ。それは、『杜家立成』の「知故ニ就キテ粟麦ヲ乞フ書」の、

芸鋤《うんじょ》術《すべ》寡《な》ク、耕種方《すべ》モ無シ。去《い》ニシ夏麦ハ蝗虫《くわうちゅう》ニ被《おほ》ハレ、今ノ秋粟ハ蜡《さ》ニ遭ヒテ死ヌ。衆諸《もろひと》轗軻《かんか》（注2）、庶事《もろこと》迍邅《ちゅんてん》。早晩ニ苗モ、一《すべ》テ獲《う》ル所無シ。塵《ちり》生ジテ甑《こしき》ニ満チ（「塵生満レ甑」）、貧婦炊《かし》クコト忘ル（「貧婦忘レ

炊」）……（原文漢文、試訓）

である。不作のために粟麦の類を乞うこの書翰例の一部を歌人憶良は抽出改作し、自作の歌句として世間の貧窮性を盛り上げたのである。『杜家立成』は尺牘文例の書、所謂「書儀」の一つ、この書が萬葉人の目に触れ、『萬葉集』の諸処にその姿をみせる。

書簡文範である書儀と云えば、巻五の冒頭の大宰帥大伴旅人の「報二凶問一歌一首」（七九三）の前に附せられた詞書《ことばがき》（或は歌序）が思い出される。この詞書については、すでに書翰の体をまねたかと推定したことがある（注3）。書翰体は王羲之の法帖類にみる如く、その文体は六朝的なコンパクト型を拒否し、また措辞の面から云えば、正統的な漢籍にはあまり使用されない語を含み、特に「俗語」――「珍重《ごきげんよく》」「大都《おほよそ》」などはその一例――の姿が目立つ。旅人の詞書、

禍故重畳、凶問累集。永懐二崩心之悲一、独流二断腸之泣一。……筆不レ尽レ言、古今所レ歎。

の中にみえる「禍故」の如き用例がなかなか発見しがたいのも不思議ではない。この語は恐らく「書儀語」の一つであろう。「禍」は不幸、災難の意、「凶禍」に同じ。「凶禍」は、王羲之の「穆松帖」の一つにも、

七月十六日義之報。凶禍累仍、周嫂棄背、大賢不レ救。哀痛兼傷、切二割心情一、奈何奈何。遣レ書感塞。義之報。

とみえる。この「凶禍累仍」（不幸がしきりに重なる）は、旅人の「禍故重畳、凶問累集」に同じ。「禍故」の「故」は、『周礼』（巻三、宮伯）の「国有レ故、則令レ宿」（「鄭司農云、故謂二禍災一、令レ宿、宿二衛王宮一」）にみえる「故」に同じ。――但し井上通泰説（『萬葉集雑攷』）は、「故は事なり」と云う――。つまり「禍故」は重言であり、人の死をめぐる不幸、「わざはひ」などを示すことば。敦煌出土書儀類の一つに「佚名書儀」（P.3637）がある。これ

は凶事に関する文範であるが、その中に「禍」「凶衰」「凶故」（「凶故無常」「不意凶故」など）などの語が多い。「凶故」は「凶禍」に同じく、従って「禍故」の語も同類と云えるであろう。しかし旅人が「凶禍」「凶故」などの応用として、「禍故」の語を新しく造語したとはまず考えられない。『杜家立成』の類の書儀類に学んだものであろう。しかしやはり今のところ私には「禍故」の例は発見できない。

旅人の右の詞書にみえる「禍故」に対して、「凶問」の語が存在する。「凶問」は夙に井上通泰の説くところ、私もその驥尾に付してかなりの例を加えたことがある。この語は仏典にもみえ、『一切経音義』（巻二五、涅槃経第五巻）の、「卒得二凶問一　問、信也」もその一例、「信」は、「たより」、「しらせ」などの意――「信」については、陳槃『漢晉遺簡識小七種』所収の（一、書啓称『信』）（二、晉人書啓称『信』之一例）参照――、従って「凶問」の意は明らかである。しかも書儀の類にもこの語は少なくない。その一例、

豈図《ランヤ》　凶問　奄《タチマチニ》至、痛惋情深（王羲之、遮何日西帖）

但承二此凶問一、当二復大頓一耳（王献之、授衣帖）

つまり「凶問」の語は、井上通泰指摘の史書類のほかに、小説類、仏典類、更には書儀類にも及び、その範囲は広い。しかし旅人のこの語の使用は、書儀類にみえる例によるとみなすのがより妥当と云えよう。

また右の詞書の中の「崩心」（崩れんばかりの悲しい心）も例に乏しい。私どもの『日本古典文学全集　萬葉集二』の巻五冒頭の注に、『東大寺要録』（巻八）の、「月殿ニ対シテ崩心ス」を辛うじて挙げたのは、その時までに漢籍の例を見付け得なかったためである。しかし最近、初唐四傑の一人駱賓王の「書」の中に次の如き例を発見した。

歳時蒸嘗、崩心之痛罔レ極（上二吏部裴侍郎一書）

この「崩心」について、清人陳熙晉の箋注に、「宋孝武大明五年詔」（『宋書』巻十六）の「惟懐二永遠一、感二慕崩

心」を引く。つまり「崩心」は中世語、六朝以来の語と云える。しかも『駱賓王集』は当時伝来し、「読誦考試歴名」（『大日本古文書』二四）にその姿をみせ、また初唐王勃の詩と共に、『懐風藻』特にその詩序の類に利用されたこと周知の如し。ここも「崩心」の例は、駱賓王の「書」によるとみるべき確率は大きい。「凶問」或は「崩心」など凶事に関する語が何れも書儀類、或は「書」の類にみえることは、「禍故」も凶儀的性格をもつ語とみられる。『杜家立成』的な書が他にも多く伝来し、この「禍故」もその類に属する語であると推定したい。

横道にややそれるが、なお書儀について附言しよう。上代に於ける書儀類の伝来を証する一例として、年月未詳の桑原村主安万呂の試字が残るが（『大日本古文書』十九、一三五頁）、これを書儀と断定した山田英雄氏の論は卓見で新しい（注4）。この書儀は正月の賀状とその答書、及び二月の書状の冒頭を示す。試みに形式を改め、訓読文によってこれを示そう。誤読については、補正を乞う。

三元肇啓《さんげんてうけい》。万福惟新《これあらた》し。伏して惟《おもひみる》に第下《だいか》斯《こ》の吉辰に膺《あた》り、宜疆《よきことかぎり》（底本作「彊」）無し。ム乙《それがし》い預《あらかじ》め朝列《てうれつ》（原文作「例」。「列」に同じ）に在れど、参賀を獲ず。謹みてム人《あるひと》を遣《つか》はし、状を賷《も》ちて奉賀す。悦慶の至りに任《た》へず。謹啓不宣。

年来り流る、元正慶《けい》在り。三初祉《さきはひ》多く、万域賀《よろこび》を同じくす。加《また》投書を承り、更に欣疆《よろこびかぎり》（前述に同じ）無し。但し守職境《さかひ》を分かち、賀新しくあれど処を異にす。而《しか》も景慶湊《あつま》る所、理《ことわり》に何の阻《へだて》か有らむ。仍《よ》りて一行を附す。敬報何具。

二月暖し。寮友追（以下欠。「追尋」などの「尋」が続くか）

なお大伴蓑万呂等の試字（宝亀二年類収）の中にまじり、佚名氏試字が残る。断簡のため何とも云えないが、「恚」「養」「所問」「薬」などの語がみえることから推して、病気を尋ねる書儀的な語をつらねた試字かも知れない。

また楽書《らくがき》とみなされる一文（『大日本古文書』十八、一〇九頁）、

〔中〕冬遽《すみ》やかに（意改。或は「漸」か。原文「遠」に近い字）冷《すさま》じ。惟《おも》ふに玉体平安《さき》くあらむ。冀《ねがは》くは拝礼の日までに、万福日《ひび》に新ならむことを。余《われ》冀はくは光〔沢〕にして日を送ること常の如くならむことを。謹状

（〔　〕中の文字は『大日本古文書』脱）

も、書儀とみなしてよい。これには書儀語が少なくない。「万福」について、敦煌書儀（S.2200）の「与三四海未二相識一書」に例がみえるのもその一例。但し「冀」の二字を二つ続けた点など、某書儀をそのまま楽書したのではなく、書儀をまねて多少改作したものでもあろう。また天平十一年（七三九）「日代国造豊足解」の裏書にみえる（『大日本古文書』七、二二三頁）、

稍《やや》に晴れて風発《おこ》る。家を離《さか》りて数日、粮纔曾賒《かりてひだたそうしゃ》す。毎日《ひごと》に家恋し、人を別れて嗟《なげき》を抱《むだ》く　宅記

日好く鶊《うぐひす》（原文作「鸊」）遊び、家路《いへぢ》看《みすみす》遠し（注5）。更に亦《また》噫《なげき》を懐《むだ》く、何ぞ其の情を述べむ　悦叙

閑居庭を瞻《み》やれば、雀態《じゃくたい》（「佳態」の誤か）春辰《しゅんしん》なり。風気更《なほ》し冬なり、誰か其の由《よし》を知らむ。

も、敦煌出土の「二十四節気詩」（S.3880）や月儀的な点がみられることから推して、このたぐいの書儀を参考にしたのではなかったか。この三つの楽書は春をめぐる書儀、或は月儀的なものをもとにして、更に作者の加筆が行なわれたかとも思われる。特に「毎日家恋」には和習（和臭）が著しい。このような二、三の例によってみても、書儀類は数多く伝来し、その一部として『杜家立成』が残ったものとみなしてよい。

伝来漢籍の享受の場合に、『杜家立成』の如き一巻でさえも、上代文献に投影する場合もあり、また書儀類の如く、類似の文体《ジャンル》のものが上代人によって随処に模倣され、楽書される場合もある。即ち単独と集合体による享

受がみられる。特に前者の場合はその内容如何に拘わらず享受されることが多い。そこに、伝来書の集中的、囲繞的（circulaire）な投射を指摘することができる。従って、伝来書である漢籍の語句に類似する例が、上代詩や歌の中に見出されても、それが単に一箇処のみではやはりおぼつかなく、出典とみるには確証に乏しい場合もある。これに関して、早くも『遊仙窟』一巻の享受を『萬葉集』の中に数多く指摘した学僧契沖の功は甚だ大である。しかもその指摘は更に多く加わり、嘗つて述べた私見のそれもかなりの数にのぼる。たとえば、大伴家持が一娘子に贈る歌、

思はぬに妹が笑《ゑ》まひを夢《いめ》に見て心のうちに燃えつつぞをる（七一八）

や、無名歌人の作、

わぎも子が夜戸出《よとで》の光儀《すがた》見てしより心そらなり地《つち》はふめども（二九五〇）

なども、『遊仙窟』の、

今朝忽見㆓渠《きみ》姿首㆒、不㆑覚慇懃着㆓心口㆒（試訳「思はぬに朝《あした》の姿首《すがた》見てしより慇懃《ねもころ》妹に燃えつつぞをる」）

聞㆑名腸《ちやう》肚《と》已猖狂《しやうきやう》、見㆑面精神更迷惑（試訳「聞きしよりわが胸痛し相見てはいや更にして心迷惑《まとひ》ぬ」）

などに表現内容の暗示、その投影があろう。

なお前者の歌の「燃えつつぞをる」にみる恋い心の「燃え」については、『遊仙窟』の女人の詩、

聞くならく渠《きみ》い火に擲《な》げ入れたりと、定めてこれ相燃《あひも》えむとせしならむ——「定是欲㆓相燃㆒」——

によるとみなすことも必ずしも不当とは云えない。「燃ゆ」は萬葉集中に例が少なくない。憶良の、

打棄《うつ》てては、死には知らず、見つつあれば、心は燃えぬ、……（八九七）

は、家持の恋ごころの場合とは違い、哀情の燃焼の場合であるが、『遊仙窟』に暗示されたこの表現は、憶良が、

流行のもとの目であったかも知れない。それが巻十一（二六九五）や十二（二九三二）にみる如く、恋心の方にも使用され、家持もこの表現を二、三試みるようになったともみられる。心の「燃ゆ」の出生地は遊仙窟語とみたい。

後者の『遊仙窟』の一文、「面《つら》を見るに精神更に迷惑す」の「迷惑」（「マトフ」）は、恋ごころの「迷ひ」、その乱れを云う。「迷」は「惑」に同じ――『万象名義』より推して、原本系『玉篇』に*「説文、迷、惑也」とあったか――。『萬葉集』（巻十六）の竹取翁の長歌の題詞（歌序）の文章が『遊仙窟』の語句をあれこれとちりばめていること、既に諸注の指摘するところ。その中に、ゆくりなくも神仙の女たちに出会って問答する際の翁のことば、「慮《おも》はぬ外《ほか》に、偶《たまさか》に神仙に逢ふ。迷惑《まと》ふ心、敢《あ》へて禁《とど》むる所なし」がある。この「迷惑之心」は、九人の女人たちを見て起きた恋ごころの乱を云う――S. Levy は、"enchantment" と訳する――。この文は、『遊仙窟』の主人公が、たまたま佳人を垣間見て心を乱すあたりの「忽ちに神仙に遇ひ、迷乱に勝《た》へず」の改作である。この「迷乱」を前述の『遊仙窟』にみえる「迷惑」に変えたもの、諸注はこの点を明らかにしない。

この意をもつ「迷惑《まとひ》」の例は、ほかにもみえる。

月よみの光は清く照らせれど惑《まとへる》情《こころ》思ひあへなくに（六七一）

春山の霧に惑《まと》へる鶯も我にまさりてもの思はめやも（一八九二）

についていえば、前者の「惑情」は、「行かうか行くまいかの迷ひ」ではなく、恋のために理性を失った心の「迷ひ」とみなす説（『全註釈』など）によるべきである。後者の歌については、諸注の多くは、上の序の、「霧に迷ふ」と作者の心情との関係を明かにしない。これは、「霧にさまよふ」鶯と「恋に迷ふ」作者の量の比較であり、第二句の「惑ふ」には、方向を見失って「迷ふ」意と同時に、下句の恋の「迷ひ」を予想させる。この「惑ふ」には、恋の乱れ、心の「迷ひ」の意を含むからこそ、その比較も可能となる。『遊仙窟』の、「迷惑」「迷乱」

の語に、右の歌の「惑ふ」の用法は結ばれる。巻十一の、

　夢《いめ》にだに何かも見えぬ見ゆれども我かも迷ふ恋の繁きに（二五九五）

も同様である。なお前述の、「春山の霧に惑へる鶯も」の歌句は、巻五の「梅花歌」序の、

　夕の岫《くき》に霧結び、鳥は縠《うすもの》に封《と》ぢらえて林に迷ふ——「夕岫結レ霧、鳥封レ縠而迷レ林」——

に類似する。この歌句も詩的表現とみなすべきであろう。また『遊仙窟』に引用する俗間の諺として、

㈠心欲レ専、鑿レ石穿（思ふ一念、岩をも穿《うか》つ）

㈡誠能思之、何遠之有（思ふ一念、千里も一里）

などがみえる。無名歌人の、

㈠′隠りどの沢泉《さはいづみ》なる石根《いは》ゆも通して思ふ我が恋ふらくは（二四四三）

　隠りづの沢たつみなる石根ゆも通して思ふ君に逢はまくは（二七九四）

㈡′恋ふること慰めかねて出でて行けば山を川をも知らず来にけり（二四一四）

なども、ことによると、『遊仙窟』の右の俗諺によるかとも考えられる。尤もこれは偶然の類似かも知れず、特に㈡′の歌は、恋心を慰めかねて出て行くと、ふと気付くと山も川も目に入らずやって来ていた、の意で、萬葉人的な心をもつ。これを認めた上で、更に山川を遠い距離にあるものとみれば——『遊仙窟』の、「跋ニ渉山川一」「山川阻隔」はその一例——、『遊仙窟』の㈡の俗諺も㈡′の歌に生きてくるのではなかろうか。

『萬葉集』の一首の歌と『遊仙窟』の語句が類似しても、必ずしも後者によるとは断定し難い。しかし前述の如く、一つの作品が『萬葉集』などに嵩にかかって、集合的囲繞的に投影するならば、その出典には確実性を帯びる。大伴家持は父旅人相伝の『遊仙窟』を所持する。恐らく憶良所持本の転写本であろう。家持の作には、こ

の伝来小説の投影が著しい。嘗て指摘した例は繰返えさないとして、更に同気の一族大伴池主の一例を加えよう。それは天平十九年（七四七）三月二日附の家持宛ての書翰の語である（巻十七）。その中に、「春楽しぶべし、暮春の風景最も怜《あはれ》ぶべし」云々の一節があり――「春可レ楽」は、晋夏侯湛「春可レ楽」の詩（『藝文類聚』春）によるものであろう――、次に、

紅桃灼々《しゃくしゃく》、戯蝶花を廻《めぐ》りて儛《ま》ふ、
翠柳依々《いい》、嬌鶯葉に隠《こも》りて歌ふ。

の対句が続く。このうち○印を附した語は、『遊仙窟』の女人十娘別離の詩の後半の部分、

翠柳眉の色を開き、紅桃臉《まなぶた》の新しきを乱る。此の時に君し在《いま》さずは、嬌鶯人を弄殺《もてあそ》ばむ。

による。また「戯蝶」は、同じく『遊仙窟』の「戯蝶丹蕚《たんがく》に扶《あつま》る」（下官の詩）に、更にしなやかな柳の形容「依々」は、『遊仙窟』の「依々弱柳」（これは女人の腰の形容）による。更にまた右の『遊仙窟』の詩の後半の二句「此時君不レ在、嬌鶯弄二殺人一」は、「柳の眉が開き桃の花が艶をこらすこの春の時に、もし君がいまさないならば、可愛いい鶯もかへつて私の心をもてあそびものにするだらう」（「弄殺」の「殺」は強意の助字）の意であるが、これは同じ池主の書翰の後半の部分にみえる、「空《むな》しく令節を過ぐさば、物色も人《われ》を軽《いるか》せにせむ」――「空過二令節一、物色軽レ人乎」――の句に、かなり内容の類似性をもつ。尤もこの句は、直接初唐詩人王勃の、

相逢ひて今し酔はずは、物色も自《おのづか》らに人を軽せにせむ（林泉独飲）

によると断定してよいが、この句を池主が想起するには、前述『遊仙窟』の「此の時に君在《いま》さずは」云々の句にも、多少の遠因があろう。因みに、『懐風藻』の、

此の時によく賦することなくは、風月自らに余《われ》を軽《いるか》せにせむ（隠士民黒人、独二坐山中一）

も同様に解してよい。伝来書の佳句は、類似句として上代文献にあちこちに散在する。このように、『杜家立成』と云い、『遊仙窟』と云い、或は初唐王勃・駱賓王などの初唐詩集と云い、伝来の確実な漢籍、そこにみえる語句は時折の上代文献の中に姿を現わす。更に例をあげよう。山上憶良の「日本挽歌」の序ともみるべき文の中に、

泉門一たび掩《と》づれば、再び見む由《よし》も無し（巻五）

とみえる。この「泉門」（黄泉《よみち》の門）は、『佩文韻府』に用例をみず、また契沖も適確な例を示さない。これは、駱賓王の詩、

烟晦《くら》く泉門閉ぢ、日尽きて夜台空《むな》し（傷祝阿王明府）

によるとみるべきかも知れない（補注）。また前述天平十九年の家持・池主贈答書翰群にある「晩春三日遊覧詩」の第五句に、

雲罍《うんらい》に桂《けい》を酌みて三清湛《たた》ふ（池主作）

とみえる。これは、雲雷の模様を刻みつけた酒樽に清酒が満ちている形容。しかし「三清」については諸注適切な例をあげない。これに関して唐写本敦煌佚名類書（『羅雪堂先生全集』三編八 P. 2524）の「宴楽」の条に引く、魏文帝の詩にみえる例、及び盛唐詩人崔国輔の「九日侍宴応制」の例を指摘したことがあるが（注6）、上代に於ける駱賓王の詩の享受の問題を考えると、ここもその、

締賞三清満ち、承歓六義通ず（初秋登王司馬楼宴、賦得同字）

によるとみるべきかとも思われる。『駱臨海集箋注』（巻二）に、

「三清既醇」（魏徐幹、斉都賦）「三清既設」（晋潘岳、橘賦）「三清伝旨酒」（陳・隋の江総、賦得置酒殿上詩）

など、六朝中世語を多くあげる。池主は「三清」の語をこれらの例に学んだのではなくて、右の駱賓王の詩例に

直接学んだのではなかったか。なお駱賓王のこの詩及び詩序の語句は、『懐風藻』の「秋日於二長王宅一宴二新羅客一」（下毛野虫麻呂）のそれに採用されたこと、すでに拙著に述べたところである（注7）。

次に唐太宗の詩を例にしよう。太宗の詩は、『太宗文皇帝集』として伝来し（『大日本古文書』三）、上代人の眼にも触れたこと、紀《きの》古麻呂の「望レ雪」の詩を始めとして、その二、三は、『懐風藻』にその姿を投影する（なお注7）。所謂『翰林学士集』残巻（名古屋真福寺蔵）にも、太宗の詩九首を残す（注8）――『全唐詩』本と本文を異にする部分が少なくない――。しかもそれは『懐風藻』を経て、そのまま九世紀初葉平安朝の詩にも及ぶ。一例を示せば、太宗の詩に「詠レ桃」がある。

禁苑春暉《しゅんき》麗《うる》はしく、花蹊綺樹《きじゅ》妝《よそほ》ふ。条《えだ》を綴《つづ》る深浅の色、露を点《つ》く参差《しんし》の光。日に向かひて千笑を分《わ》かち、風を迎へて一香を共《ひと》しくす。如何《いか》なるぞ仙嶺の側に、独《ひと》り秀《ひ》でて遙芳を隠すことは――「禁苑春暉麗、花蹊綺樹妝。綴条深浅色、点露参差光。向日分千笑、迎風共一香。如何仙嶺側、独秀隠遙芳」――

これは、類書『初学記』（果木部、桃）にもみえ、かなり名の聞こえた詩である。唐太宗の詩には数字を対比する詩句がかなり多く、右の詩の「向レ日分二千笑一、迎レ風共二一香一」もその一例。平城天皇の七言律詩「詠二桃花一」（『凌雲集』）の頸聯、

一香同《ひと》しく発《た》ちて朝吹《あさかぜ》に薫《か》り、千笑共《ひと》しく開きて暮煙《ゆふもや》に映《は》ゆ――「一香同発薫朝吹、千笑共開映暮煙」――

は、太宗の「詠レ桃」の詩に基づき、朝風に薫る桃花の香と、夕べのもやに映える桃花の色との対比を示す。また、この太宗の詩の尾聯の句、「如何仙嶺側、独秀隠二遙芳一」は、平城の御製「賦二桜花一」（『凌雲集』）の尾聯、

如何なるぞこの一物《いちぶつ》、美を九春の場《には》に擅《ほしきまま》にすることは――「如何此一物、擅美九春場」――

にも、投影するとみるべきであろう――「一」と「九」の数字の対も、ここは太宗の詩の数対の手法の応用か

――。更にまた皇太子時代の平城の令に応じた賀陽《かや》豊年の七言律詩「賦レ桃」(『経国集』巻十一)の頸聯に、桃花の風に薫る香と露に光る鮮やかな色とを対比的に描くが、その、

風は麗影に翻《ひるがへ》りて遙かに馥《か》を揚《あ》げ、露は鮮光に点《つ》きて更に文《あや》を起す――「風翻麗影遙揚馥、露点鮮光更起文」――

にみえる「露点《つ》く」も、前述の太宗の詩「詠レ桃」の第四句の、露を帯びて鮮やかな光が入りまじる形容の「点レ露参差光」による。このように『太宗文皇帝集』と云う一書の投影は、集合的にわが国の文学へと注ぐ。その享受は一人一箇処に限らない。

三

奈良朝某経師の楽書の一つに(『大日本古文書』十七、四八六頁)、

心明時《めいじ》の為に尽くすも、君が門尚《なほ》し容《い》れず。田薗にして径(原文作「経」)路に迷《まと》ふ、帰去何《いづ》くに従はむとする――「心為明時尽、君門尚不容、田薗迷径路、帰去欲何従」――。

が残る。これが唐人選唐詩集『捜玉小集』によること――この集のもとに、佚書『捜玉集』(十巻本)が存在していたと云う――、嘗って述べたことがある(なお注7)。この総集は、盛唐玄宗開元の頃の選。汲古閣本『捜玉小集』には、劉幽求の「書懐」(「懐《おもひ》を書《しる》す」)と題する詩に、

心為明時尽、君門尚不容。田園迷径路、帰去路何従(尊経閣文庫本も同様)

とみえる。しかし『全唐詩』(巻九九)には、「帰去欲何従」とみえ、右の楽書の本文と一致する。『捜玉小集』、

溯って『捜玉集』の本文も恐らく「欲」であったと思われる。この劉幽求の詩は、開元のころ、左丞相の彼が罪に坐し、その憤懣をこの詩に寄せたものと云う（『全唐詩』に『避暑録話』を引用）。この楽書も、写経生の日ごろの薄い給料に対して、この「書レ懐」の詩にこと寄せて自己の不満を洩らしたのかも知れない。もしそうとすれば、この楽書は単なる習字的楽書以上のものをもち、むしろやるせない思いを抱きながら書いたとも考えられないでもない。しかしそれはそれとして、この楽書の一文をたよりとしただけでは、上代に於ける『捜玉小集』の伝来を決定するにはまだ早過ぎる。特に中国学者伊藤正文氏の詳論は、この楽書は塾か学校かで習得したものであり、本書の伝来を否定する（注9）。これにはやはり他にも本書より採用されたとみなすべき例を指摘することが必要である。

これに関して、天平宝字二年（七五八）の冬、入京した渤海国使一行の一人、副使楊泰師の「夜聴二擣衣《きぬたのおと》一」（『経国集』巻十三）の詩に、『捜玉小集』所収、初唐劉希夷の「擣衣篇」や、これに続く王冷然の「題二河辺枯柳一」の詩句を利用した跡がみえることは、すでに述べたことがある（なお注7）。楊泰師の詩は、霜天の月夜、衣打つ音を聞いて旅愁をかきたてられてものした佳作（群書類従本に錯簡がある）。これは渤海国にも我が国と同様、唐より『捜玉小集』――もしくは『捜玉集』――、が伝来していたことを物語るであろう。また同じ『経国集』（巻十三）にみえる惟氏「奉レ和二擣衣引一」の詩にもその投影がみられる。作者は閨秀詩人惟氏。林鵞峯の『本朝一人一首』（巻三）に、嵯峨帝の宮女、惟良《これなが》春道の一族かと云う――「林子曰ク、惟氏ハ蓋シ嵯峨帝ノ宮女カ。此ノ詞ヲ見ルトキハ則チ殆ド其ノ上官昭容宋尚官ノ徒カ。又疑フラクハ是レ惟良ノ春道ガ族類カ」（原文漢文）――。この詩は、秋夜の月のもと砧《きぬた》を打ち、遥か国境地帯にいる夫に衣を送ろうとする空閨の妻を主人公として詠じた中国的な情景をもつ佳作である。江村北海の『日本詩史』（巻二）に、次に示す彼女の詩句、「芙蓉の杵《きね》」

以下数句を、「婉約」と評し、更に「内庭又惟氏ノ如キ有リ、千歳ノ下ヲシテ嘆称已マザラシム」（原文漢文）と激賞する。その詩は雑言体、底本は群書類従本。諸本によって改めた部分を・印で示す（注10）。

秋欲闌、閨門寒　　秋闌《たけなは》ならむとして、閨門《けいもん》寒し、
風瑟々、露団々　　風瑟々《しつしつ》、露団団《だんだん》。
遙憶仍傷辺戍・事　　遙かに憶ひて仍《より》て傷《いた》む辺戍《へんじゅ》の事を、
征人応苦客衣単　　征人《せいじん》まさに苦しぶべし客衣の単《ひとへ》なることを。
匣中掩鏡休容飾　　匣中《かふちゅう》鏡を掩《おほ》ひて容飾《ようしょく》を休《や》め、
機上停梭裂残織　　機上梭《ひ》を停《や》めて残織裂《さ》く。
借問擣衣何処好　　借問《しゃもん》す衣を擣《う》つは何《いづ》れの処か好《よ》き、
南楼窓下多月色　　南楼の窓下《さうか》月色多し。
芙蓉杵、錦石砧　　芙蓉《ふよう》の杵《きね》、錦石の砧《きぬた》、
出自華陰与鳳林　　華陰《くゎいん》と鳳林《ほうりん》とより出づ。
擣斉紈、擣楚練　　斉紈《せいぐゎん》を擣《う》ち、楚練《それん》を擣つ。
星漢西廻心気倦　　星漢《せいかん》西に廻《めぐ》りて心気倦《う》む。
随風遙颺羅袖香　　風に随ひて遙颺《えうやう》す羅袖の香、
映月高低素手涼　　月に映《は》えて高低す素手の涼《ひえ》。
疎節往還繞長信　　疎節《そせつ》往還して長信を繞《めぐ》り、
清音悽断入昭陽　　清音悽断《せいだん》して昭陽に入る。

就燈影、来玉房　燈影に就《つ》き、玉房に来《きた》り、
刀尺量短長　刀尺《たうせき》短長を量《はか》る。
穿針泣結連枝縷　針に穿《うか》ちて泣くなく結ぶ連枝の縷《いと》、
含怨縫為万里裳　怨を含みて縫ひて為《つく》る万里の裳《ころも》。
莫怪腰囲疇昔異　怪しぶことなかれ腰囲《えうゐ》の疇昔《むかし》に異《ことな》ることを、
昨来入夢君容悴　昨《きそのよ》来り夢に入る君が容《すがた》の悴《やつ》れたることを。

右の詩も『捜玉小集』にみえる、初唐劉希夷の「擣衣篇」に甚だ多くの類似語句を見出す。たとえば、「擣衣篇」の○印及び△印の箇処、

秋天瑟々夜漫々、夜白風清玉露団……秦地佳人閨閣寒、欲レ向二楼中一縈二楚練一、還来機上裂二斉紈一……西北風来吹二細腰一、東南月映浮二繊手一……攢レ眉緝縷思紛々、対レ影穿針魂悄々……夢見形容亦旧日、為許裁縫改二昔時一……。

は、右の惟氏の詩の語句に一致もしくは類似する。また内容的にも類似の少なくないことは、平安初期以前の『捜玉小集』の伝来を裏書するであろう。結局、正倉院文書の楽書もこの詩集によるものとみなして差支えなかろう。つまり奈良朝に伝来した『捜玉小集』或は『捜玉集』は、女人惟氏の詩にみる如く、そのまま平安初期にも利用されたと断じてよい。

この事実は弘仁九年（八一八）成立の『文華秀麗集』にもみられる。それは巨勢識人の、「和下滋内史奉レ使遠行観二野焼一之作上」（巻下）である。滋野貞主の陰暦十二月遠行の途中野火を見て作った詩に唱和したもの、詩に於ける「野焼」と云う新鮮な語は唐代語か。この識人の詩も、『捜玉小集』にみる王冷然の「夜光篇」を参照した

こと、語句の多くの類似によって証明できる。

まず冒頭に近く、暗夜に道に迷ったところ、野を焼く野火が見え、周辺があかるくなった云々と述べるあたりの描写、

疋馬駈馳《ひっぱくち》忽ちに夜に逢ひ、瞑朦《めいもう》なる暗色行く所に迷ふ。誰が村の野火ぞ客行の辺《ほとり》、月暉《げっき》を待たず朗天《らうてん》を見る。

は、王冷然「夜光篇」の冒頭の部分、

遊人夜到汝陽間、夜色冥濛不レ解レ顔。誰家暗起寒山焼、因レ此明中得レ見レ山……。

による。この「誰《たれ》家ぞ暗きに起きて寒山を焼く、此に因りて明中に山を見ること得たり」を、作者識人はさりげなく「誰村野火客行辺、不レ待二月暉一見二朗天一」に改めたなど、さすがである。続いて野火の焔のすさまじさを述べた、

初め孤叢《こそう》に着きて微燎発《びれうおこ》り、須臾《すゆ》にして逆散し万山燃ゆ。炎爓《えんえん》紛飛して暫《しばら》くも断《た》ゆること無く、冬時も寒くあらず還りて暖を生む……色は仙竈《せんさう》に暮煙《ぼえん》満つるが如し。寒氷鎔尽《ようじん》す百谷の中、熱雲蒸落《じょうらく》す九天の空……忽ちに辺風起りて焦声《せうせい》を吹き、雄光列々《れつれつ》看《みすみす》更に明らかなり……。

のあたりも、「夜光篇」の、

山頭山下須臾満、歴レ険縁レ深無二暫断一。焦声散着群樹鳴、炎気傍臨一川暖……吹レ土連レ天光更雄……高焔熱雲紅。初謂錬丹仙竈裏、還疑鋳剣神渓中……。

によることは明らかである（注11）。なお右の「焦声散着群樹鳴」も、省略した識人の詩の部分、「山鳥は巣を構《かま》へし樹を傷つけむことを愁へ」（山鳥愁レ傷二構レ巣樹一）に暗示を与えたかも知れない。また「夜光篇」の、

沸湯空谷（注12）数道水、融尽（注12）陰崖幾年雪（以上二句は前に省略した部分）

にみる如く、空谷に流れる幾筋かの水も湯の如く沸きかえり、陰崖に積る幾年以来の雪も融け尽きるという表現も、識人の「寒氷鎔尽す百谷の中」へと暗示を与えたかも知れない。何れにしても「夜光篇」の語句をあれこれと綴り合わせたことは疑いがない。

以上の諸例は、『捜玉小集』（捜玉集）の享受が単に一、二に止らないことを示す。前述の正倉院に残る楽書は奈良朝末の神護景雲四年（七七〇）を降らないと云う。従って、渤海副使楊泰師がこの詩集を来日当時の天平宝字二年（七五八）に始めてもたらしたと推測しても、日時の点よりみれば矛盾はない。彼はこの詩集を愛用し、その副本をわが国に伝え、それがやがてその詩集に収める劉幽求の「書レ懐」を写した経師の楽書となって出現したと考えることも、あながち不当ではあるまい。しかしそれと同時に、第九・十・十一次などの遣唐使の往復もあり、その直輸入本もわが国にも伝来していたとみなすことも可能である。同じ詩集の伝来は必ずしも一回に限定はできない。伝来の書の佳句は、時と人とを異にして、一回のみか幾たびも上代作品に出現する。漢籍の囲繞的投影はこの『捜玉小集』の場合にも当てはまる。

しばしば述べた如く、たとえば『遊仙窟』と云い、或は総集『捜玉小集』、別集『太宗文皇帝集』と云い、それぞれの伝来書の語句は上代作品のあちこちに現われる。上代人は入手した漢籍を尊重し、これを享受し、その表現へと利用する。『日本書紀』と伝来書との関係についても同様であり、某書一箇処のみと云ったような出典は確実性に乏しい。しかし九世紀の後半承和以降ともなれば、平安人の元・白詩の詩語の享受は著しく、少なくとも島田忠臣の『田氏家集』、菅原道真の『菅家文章』などの詩語の源泉は、まず白居易の詩句との比較によって明らかになる。上代作品については、かかる明瞭な一書よりの享受はまずないと云ってよい。ここに於て、多くの伝来書名をさぐり当て、それぞれをよく味読することにより、それぞれの上代人の表現が更に明らかになり、溯れば彼等の漢籍享受の状態を幾ばくか知ることができるであろう。本稿のささやかな主張は、その享受の問題に関するひとつの指摘にある。

注1　小川環樹氏「書店と筆耕――詩人のくらし――」（『風と雲』所収）参照。
注2　「輒」は意改、「輙」に同じ。
注3　拙稿「大伴淡等謹状」（『萬葉』第七四号）参照。
注4　「書儀について」（森克己博士還暦記念論文集『対外関係と社会経済』所収）参照。
注5　原文「家者路遠」。「家路看遠」の誤とみて訓読する。後考を待つ。
注6　拙稿「万葉語の『語性』」（『日本古典文学全集　萬葉集四』所収）参照。
注7　『上代日本文学と中国文学　下』（第六篇第一章　懐風藻の詩、ならびに第七篇第二章　平安初期に於ける詩）参照。
注8　その中の三首は『全唐詩』に欠く。また「五言、塞外同賦二山夜臨レ秋、以レ臨為レ韻」（五言二十句）は、『全唐詩』に「遼東山夜臨レ秋」（五言四句）と題し、その一部の四句のみが残る。
注9　伊藤正文氏「捜玉小集について」（『中国文学報』第十五冊）参照。
注10　「戌」を底本「戎」に作る。「刀」を底本「力」に作る。
注11　「吹レ土」の「土」は尊経閣文庫本による――汲古閣本「上」に作る――。
注12　「空谷」は『全唐詩』（巻一一五）の「夜光篇」による――汲古閣本、尊経閣文庫本「穹呑」に作る――。「尽」は『全唐詩』の「一作尽」による――汲古閣本、尊経閣文庫本「蓋」に作る――。

（補注）唐写本敦煌佚名類書（P. 2524）の「喪葬」の条に、「夜台」などと共に「泉門」（出典をあげず）の語をあげる。

（附言）

本稿は、大阪市立大学国内研究員として東洋文庫に派遣された間の報告の一部。文庫長榎一雄博士を始めとして、土肥義和氏他当局の方々に謝意を表する。（八月十二日）

〔附記〕「萬葉」第九十二号（昭和五十一年八月）所収。

惟氏の「奉レ和二擣衣引一」（経国集(152)）については、『國風暗黑時代の文學 下Ⅱ』に注釈を収める。本論注10に底本（群書類従本）の「力」を「刀」（慶・三本）に改めるとあるが、詩注の方に＊印と注記を欠く。問題とされた「禍故」については、本書所収「萬葉語をめぐって」とその〔附記〕参照。

漢語享受の問題に関して
――「万葉語」の場合――

一

上代の官人たちは、日本語による場合は当然のこととして除外すれば、彼等の筆の巧拙如何に拘らず、「漢語」を利用することによって、自己の作品を飾る場合が少くない。そこに表現される「あや」のうち、漢語の一つ一つを構成する単位は「語」であり、その際、それを使用することによって表わされる措辞、その中心は漢字二字をつらねた「聯語」である。その用語の性格、その享受の成果とも云うべき「用い様」は、まず後人の知るべき基本的な問題となるであろう。しかも表現された用語の性格、即ち「語性」を追求するには、種々の困難な問題の深く潜在することを予想しなければならない。

思い浮かぶままを列記してみても、課題は甚だ多い。

㈠ まず「漢語か和製語（和製漢語）か」の問題。後者の和製語は所謂「和習」（「和臭」）のことばであり、わが上代人の造語でもある。たとえば、「心緒」は漢語、これを参考にしたかと思われる『万葉集』の「恋緒」は和製語である、と云ったたぐいの問題である（注1）。

㈡ 和製漢語か否かの判定には、その基礎となるもとの「漢語」の語性、その出自如何の問題をまず解決すべきである。これは、中国学側で云う、古代語・中世語・近世語の何れに当るのか――わが上代語の場合は、近世語は殆んど考慮しないでよい――、それとも何れにも共通するのかどうか、その意味内容の時代的変化、「移り」の有無、などを問題とする。これに関しては、近く大儒吉川幸次郎先生の「六朝文学史研究への提議一則」（『小尾博士退休記念中国文学論集』）があり、散文に於ける用語の問題についてのその提議は私ども国文学徒に対しても実にありがたく、深く反省すべきである。しかもこの「漢語」の語性を承知した上で、更に上代人がどのようにこれを享受したか、国文学の研究任務は益々重くのしかかる。

一例として、前述の「心緒」を例にしよう。「心緒」については、『佩文韻府』に、盛唐李白・杜甫、中唐元稹・温庭筠の詩例を挙げる如く、少くとも唐代語と云える。しかしこれでは十分ではなく、古さから云えば、隋孫万壽の詩「心緒乱如レ絲、空懐疇昔時」（遠戍二江南一寄二京邑親友一）の方が先行する。六朝詩にはほかに例を見付けることは今のところできないが、六朝以来の中世語であることは確かである。孫万壽のこの詩は、盛んに当時の都で吟誦された佳作ではあるが――『隋書』（巻七六、文学伝）に、「此詩至レ京、盛為三当時之所二吟誦一、天下好事者、多書レ壁而翫之」とみえる――、この詩の伝来については未詳。また李白・杜甫以下の例も上代人の目に触れたとは云えず、むしろ否定的である。ここにこの「心緒」についての上代人の享受の問題が起る。既に発表した近作の拙稿「漢籍享受の問題に関して」（『萬葉』第九十二号）に示した方法によるならば、まず確実な伝来書の例によることが必要である。恐らくこの語は、万葉人の心を躍らせた唐代小説『遊仙窟』の中の、主人公の答詩、「心緒恰相当、誰能護二短長一」（心の緒《そこ》がピッタリと通じ合うなら、短所長所を何で問題にしよう）の「心緒」によるものではなかろうか。漢語の利用、その享受は用例の多寡によるものではない。むしろ伝来書の漢語による場合が多く、「正述二心緒一」を始めとして、『万葉集』に十例ほどもみえるこの語の出処は唐代語、しかも『遊仙窟』のそれによる蓋然性が高い。

(三) 同じ漢語の使用に於ても、その漢語が、「散文語か韻文語か」、「文語か俗語か」（「文言か白話か」）などの文体の性格の問題も顧慮すべきである。散文語には仏典語をも含む。『古事記』のそれについては嘗て述べたところ。また韻文語には、「作る詩語か」、「歌う詩語」か問題は複雑である。また「俗語」は上代文献にかなりみられるが、『万葉集』にみえる「好去」「好住」などが唐代的な俗語であること、これも再びは繰返えさない。

(四) 上代人の漢語採用に際しては、中国詩人の別集（個人集）、或は一書よりの集中的享受が著しい。前述の『遊仙窟』は後者の一例、正倉院文書にその名を残す初唐詩集『駱賓王（文）集』・『王勃集』（『王子安集』）などは、前者の一例である。これに関して、『万葉集』の「悩」について少し考えてみよう。

「悩」(nǎo) と云う文字、或は語は、『文選』にみえないが、唐詩たとえば、李白・杜甫などその頻度を加へ、しかも六朝散文に於ては、「煩悩」「苦悩」など仏教関係の作にみえること、中国学者の説に詳しい（注2）。なおこれに多少追加すれば、後漢末魏晋の人、建安七子の一人、徐幹の「室思」の詩にも、「時不レ可ニ再得一、何為《スレゾ》自愁悩」（『玉臺新詠』巻一）の例をみる（注3）。

また盛唐詩人王維の「空虚花聚散、煩悩樹稀稠」（与ニ胡居士一皆病、寄ニ此詩一兼示ニ学人一）は、清人趙殿成撰『王右丞集箋注』（巻三）に『涅槃経』などの例をあげる如く、仏教語（仏典語、仏語）。しかも一方、初唐劉孝孫の——盛唐賀朝の作とも云う——、「翅掩飛燕（『全唐詩』賀朝詩、作「鶯」）舞、啼悩婕好悲」（賦得三春鶯送ニ友人一）の如きは、すでに仏教語を離れてしまった語となったものと云えるであろう。『万葉集』に於ても、事情は同じ。山上憶良の「日本挽歌」の前に附せられた歌序の部分にみえる七言四句の詩、

愛河波浪已《すでに》先滅、苦海煩悩亦無レ結（巻五）

の例は仏教語である。しかし、

わたつみの、かしこき道を、安けくも、なく悩み来て……（三六九四、六鯖）

あやめぐさ、玉ぬくまでに、鳴きとよめ、安寝《やすい》ねしめず、君を悩ませ（四一七七、大伴家持）

などになると、もはや仏教語に基づくとは云えない。池主の家持宛の書翰に、「僕作二嘱羅一、且悩二使君一」（巻十八「更来贈歌二首」四一三二～四一三三）とみえる例も、同様である（注4）。この池主の書翰の中に、「使君を悩ます」と表現することは、家持の前述の歌「君を悩ませ」もこれと同じ基盤の上に立つ語とみられる。しかも池主の右の書翰全体に、「遊仙窟語」の散在していることは、この「悩」の語はやはり『遊仙窟』に直接学んだものとみてよかろう。『遊仙窟』には、

無レ事相逢、却交二煩悩一。　少府関二児何事一、五嫂頻頻相悩。　欲レ聞レ此兮腸亦乱、更見レ此今悩二余心一。

などの例をみる。家持の歌の「悩む」も、直接に『遊仙窟』の例によるとみるべきであろう。

もとに戻って、㈣の前者別集の場合は、前述の如く、王勃・駱賓王などの初唐四傑の詩集が上代人の詩に甚だ多く摂取されたことは周知の如くであり、これについては嘗てかなり詳細に論じたことがある。尤もこれらも、平安朝九世紀の後半、承和以来の白居易の詩のように、集中的に平安朝の詩に摂取されたほどの質も量もない。しかしやはり漢語の採用には、伝来した別集、或は一書の影が著しく投射することには変りがない。

右にあげた項目は、すぐ念頭にのぼるものである。ここで特に強調したいことは、㈡の項の「中世語」の問題

にしても、同じ中世語に属しながら更に区分けをして、「六朝語」か「唐代語」か、或は各時代の個人語か通用語か、などの判別も出来得れば望ましいと云うことである——尤も六朝後期に出現する語は唐代語に共通する場合が多いが——。これにはやはり中国学者との協同作業が必要であり、困難なことではあろうが、理想的に云えばそうなるであろう。しかもこれらの各項は、それぞれ単独に独立するのではない。何れも密接に相結ばれて存在し、各項の切断は成立し得ない。なお各項は、当然のことながら、中国学側の専門とする漢語（中国語）そのものの研究ではない。それは飽くまでも国文学側からみた漢語に関する事項であり、「漢語享受」を追求するための上代人の漢語に関する事柄である。これは中国学畑の研究態度の上に、更にわが上代人の漢語享受と云う廻りくどい方法を加えねばならない。たとえて云えば、中国学の「古代語」「中世語」に共通する一つの漢語が意味内容などすべて同じく上代人の作品に現れた場合にも、それが果してどの漢籍によったか、或はどの時代ごろの例によったかなど、その可能性、確率性をも顧慮する必要がある。即ち漢語の直接の出典をさぐることを要する。このような主張態度は行なうことに甚だ困難を伴い、その殆んどは空しく失敗に終ることが多い。しかもこの主張は単に抽象論であってはならない。ここに与えられた紙数に応じて思いつくままに実例をあげよう。

二

『万葉集』巻十九の冒頭に大伴家持の、

天平勝宝二年三月一日之暮、眺㆓矚春苑桃李花㆒作二首

の題詞をもつ歌二首をみる（後述）。この題詞のうちでまず問題となるのは、「春苑」の語である。この語は、す

でに巻十七にみえる天平十九年（七四七）二月二十九日附大伴池主宛の家持の書翰——歌序とみてもよい——にも、

春朝春花流二馥於春苑一（春朝春花馥《か》を春苑に流す）

とみえる。また天平勝宝二年三月二十七日作の題詞「追二和筑紫大宰之時、春苑梅歌一一首」（巻十九・四一七四）も同様の例である。更に溯れば、『懐風藻』所収、大津皇子の、⑷「春苑言宴」（群書類従本「春苑宴」）を始めとして、

(38)「春苑応詔」（田辺百枝）　(40)同題（石川石足）

など、「春苑」の語をみる。大津皇子は周知の如く官家に謀叛し、朱鳥元年（六八六）悲しくも死を賜った宮廷詩人。痛ましい死に対して、当時早くも伝説的要素が彼を取り囲むとは云え（注5）、やはり詩題も彼の作とみなしてよかろう。ここに漢語「春苑」は七世紀末にはわが国に於て使用され始めたものと云える。「苑」は「園」に同じ。右の題詞に対する家持の歌に、

はるの苑くれなゐにほふもものはなしたでるみちにいでたつをとめ（四一三九）
わが園のすももの花かにはにちるはだれのいまだのこりたるかも（四一四〇）

とみえるのは、これを物語る。因みに銭稲孫訳『漢訳万葉集選』にも、それぞれ「春苑」、「吾園」と訳する。

「苑」「園」に関して、『懐風藻』の詩に（○は平、●は仄を示す）

(19)玉管吐二陽気一、春色啓二禁園一（春日応詔、巨勢多益須）
(40)水清瑤池深、花開禁苑新（春苑応詔、石川石足）

の如く、「禁園」「禁苑」の例がみえる。「苑」（yuàn）は仄声、「園」（yuán）は平声であるため、韻字の関係によっ

て、「苑」ともなり、「園」ともなるかと一応考えられはするものの、右に示した『懐風藻』の二例は、盛唐詩に於て完成したと云う平仄の問題には、無関係である。また上代文献に関する限りやはり「苑」・「園」の差は認められない。しかし上代文献に「春苑」の例があるにも拘らず、「春園」の例がみえないのは、『万葉集』・『懐風藻』などにみえる上代人の用字の固定化とも考えられないでもない。

方面を変えて、もとの漢詩の例をみよう。これは上代文献とは逆に、むしろ「春園」の語の方が一般である。「春園」の例は、六朝詩にかなりみられる。たとえば、

春園日応レ好、折レ花望二遠道一（巻五、何遜、学二青々河辺草一）
欲レ道二春園趣一、復憶二春時人一（巻七、梁簡文帝、春日）

などは、『玉臺新詠』（箋註本）にみえる例である——但し前者は、『文苑英華』（巻二〇八）所収の何遜「青々河畔草」の詩によれば、第一句を「春蘭已応レ好」に作り、確実な「春園」の例とはならない——。右の二つの詩は、平仄は無関係であるために、「春苑」に置き換えることも可能ではある。しかしやはり六朝詩の一般的傾向は、「春園」の方である。呉兆宜の『箋註』にも、前者何遜の「春園」の注として、北周庾信の「詠二園花一詩、暫往二春園傍一」をあげるほど（注6）「春園」の例は多くみられる。また庾信には、更に、

春園柳路、変入二禅林一、蚕月桑津、廻成二定水一（陝州弘農郡五張寺経蔵碑）

の如き碑文の例も残る。唐代に入り、初唐王勃「対レ酒春園作」・「春園」の詩を始めとして、初唐陳子良「酬二蕭侍中春園聴レ妓」、盛唐王維「春園即事」などの詩題を見、またたとえば、

総在春園裏、花間語笑声（王維、扶南曲）
晴明寒食好、春園百卉開（韋応物、寒食）

などの詩例もある。前述の北周庾信の詩については、正倉院文書「写章疏目録」（天平二十年）に「庾信集廿巻」とみえ天平二十年（七四八）以前にその伝来が予想される。少くとも天平期の代表歌人家持などは、庾信集の「春園」の語例は知っていたものと推定される。しかし彼は他の上代人と同じく、中世語「春園」は採用しなかったのである。

ただし、漢語には、「春園」の例が優位を占めるとは云え、やはり「春苑」の例もみえる。

春苑月徘徊、竹堂侵夜開（『初学記』春、隋虞世南、春夜詩）

濯龍春苑曙、翠鳳暁旗舒（初唐李嶠、和三周記室従駕発二合璧宮一）

などは、比較的少い「春苑」の一例である。六朝詩の場合は別としても、近体詩（今体詩）の成立した唐詩に於ては、右の二例にみる如く、平仄を守り、平仄を異にする「春苑」を「春園」に置き換えることはできない。つまり、唐詩に於ては、「春園」「春苑」両者の存在を同時に認めねばならない。

それにしても、漢詩に予想外に少い「春苑」の語を、早くも大津皇子がその詩に使用したことは、新鮮と云うべきであろう。皇子の没した朱鳥元年（六八六）と云えば、初唐中宗の嗣聖三年に当る。玄宗開元十五年（七二七）成立の『初学記』（『唐会要』巻三六、修撰）所収の前述虞世南の詩によるのではなくて、この詩そのものを何かの機会に読み、「春苑」の例を皇子が学んだものとすれば、時代的にみて何らの矛盾はない。しかしやはり直接隋人虞世南の詩に直接よるとは断定を躊躇せざるを得ない。或は今日の佚詩のうち、何か有力な「春苑」の例によるとみるべきかも知れない。なお『懐風藻』の他の「春苑」の諸例も、皇子のそれを追うものであろう。

家持の「春苑」の場合になると、類書『初学記』は既に伝来し、彼はこのあたりに「春苑」の例を学んだとみるべきかも知れない。或は初唐李嶠の例も、その頃伝来の予想も必ずしも不可能ではない――李嶠「百二十詠」

はその例——。前述李嶠の「春苑」はその例とみることもできよう——なお平安初期の空海に、「誰可下遊二春苑一而消二愁緒一、戯二秋池一以舒中宴筵上」(『三教指帰』巻下)の例をみる——。しかし上代人の漢語「春苑」の使用については、その享受の所縁は明確ではなく、以上の発言に止めざるを得ない。

次に、家持の「眺二矚春苑桃李花一」の「眺矚」について、考察しよう。「眺矚」は例としては珍しい語ではない。たとえば、梁劉孝標注『世説新語』(下、軽詆篇)に、

桓公入レ洛、過二淮泗一、践二北境一。与二諸僚属一、登二平乗楼一眺二矚中原一。

とみえ、これは中原を遙かに見はるかす、の意。『類聚名義抄』に、「眺」「矚」ともに、「ミル」の訓があるとは云え、単に近くを眺めることではない。初唐詩に例を求めると、

憑二軒俯一蘭閣一、眺矚散二霊襟一(唐太宗、初春登楼即目観作二述懐一)

登臨開二勝託一、眺矚尽二良遊一(武三思、宴二龍泓一)

にしても、また同じく初唐四傑の一人楊炯の詩題「和二鄭讎校内省眺矚思レ郷懐レ友」の詩、

霞文埋二落照一、風物澹二帰煙一。翰墨三餘隙、関山四望懸……雖三欣奉二白雪一、終恨隔二青天一。

にしても、「眺矚」は、何れも遠くを眺めやる意。また初唐張説の詩題「奉レ和下聖製登二驪山一矚眺上」にみる「矚眺」も「眺矚」に同じ。この詩も、

寒山上半空、臨眺尽二寰中一……川明分二滑水一、樹暗辨二新豊一。巌壑清音暮、天歌起二大風一。

の如く、風景を遠く眺める意。「眺める」世界は広い。必ずしも家持の「春苑の桃李の花を眺矚する」ような小景ではない。しかし、やはり家持は、春苑の花を眺めているわけである。ここに漢語「眺矚」の例を適用すれば、そこに距離的にみて、春苑の広さ、遙けさが感じられる。春苑桃李の花の下照る道に出立つ乙女を、作者はま近

かにみるのではなく、かなり離れた位置で彼女をみていると云える。家持の「春苑」の語のもつ場は、漢詩に比して多少の虚構もあろう。春苑乙女を桃李の花と共に一幅の構図にかまえた唐画的な情景は、眼前のそれではない。レンズを通した遠景であり、それは、「眺矚」の語によって知ることができる。この語を考慮しない諸注には、かかる指摘は見あたらない。なお平安初期弘仁五年撰（八一四）の勅撰詩集『凌雲集』にみえる、藤原冬嗣の(30)「神泉苑雨中眺矚応製」の詩も、神泉苑と云う広大な禁苑なればこそ、「眺矚」の語が生きてくる。家持の「眺矚」の語は、どこより学んだものであろうか。この語は、『文選』・『玉臺新詠』にはみえない――但し『文選』（巻二二）には、同類語「於南山往北山経湖中瞻眺一首」（謝霊運）の「瞻眺」の例がある――。しかも前述の如く、「眺矚」の例は他にも例が多く、出処について断定はしがたい。もし可能性から云えば、すでにあげた唐太宗、つまり『太宗文皇帝集』（『大日本古文書』三）の前述の詩例によるとみるべきかも知れない。それはともかくとして、家持の「眺矚」は、六朝以来の中世語のそれと意味内容をよく摑んだ例であり、春苑桃李の眺矚の中に遙けさを想うべきである。

三

『万葉集』巻十八に、越前掾大伴池主と越中国守家持との間にかわされた「針袋」をめぐる戯歌及び書翰の一群がみえる。その一つに、天平勝宝元年（七四九）十二月十五日附の家持宛の池主の書翰がある。その一部に、

乗レ月徘徊、曽無レ所レ為（君をしたう心をもちつつ月明を利用してさまようが、心の中はどうすることもできない）

とみえる。寒月の照らす地上を徘徊しつつ家持を思う描写。ここに「月」と「徘徊」（裴回に同じ）との結び付き

がみられる。このような情景は、『懐風藻』の、

(89)馳レ心悵望白雲天、寄レ語徘徊明月前

にもみられる。これは常陸国守藤原宇合が都の友人倭判官（大倭長岡？）に贈った詩――養老五年（七二一）ごろの作か――。「君に言葉を寄せようとして明月のもとをさまよう」意。但し「徘徊」は、単にさまようと云っても、思いをいだきつつ月下を行きつ戻りつする表現である。また南国土佐に流された石上乙麻呂の銜悲の一聯の詩にも、

(115)遼夐遊二千里一、徘徊惜二寸心一。

(116)弾レ琴顧二落景一、歩レ月誰逢稀。

とみえる。前者は、この詩の第五句「月後桂舒レ陰」（月後の桂《かつら》陰を舒《の》ぶ）によって、自己の胸の中をいとおしみつつ徘徊する背後に、月の光を予想することができるであろう。後者の「月に歩みて」は勿論、月下を徘徊する意。「月」と「徘徊」は、上代詩に於てよく共存する。

この詩的表現は、『万葉集』巻十一の、

木の間よりうつろふ月の影を惜しみ徘徊（「タチモトホル」）にさ夜更けにけり（二八二一）

につらなる。これは問答歌の一首。先行する他の一首は、

かくだにも妹を待ちなむさ夜更けて出でこし月のかたぶくまでに（二八二〇）

である。この歌はともに、月下のもと妹を待つ描写、但し後者の場合、待つ場所は屋外であるとは断定できないが。この二首は、もとは問答歌ではなく、同類の歌をまとめて編者が問答歌としたかも知れない。「木の間より」の歌は、男に答えた女人の作とみるほかに、或はもとはそれ自体男の作とみることもできる。それは別として、

万葉人の書翰、その歌、或は『懐風藻』の詩など、「月」と「徘徊」はよく相結ばれる。しかしこれが中国的表現か否か、検討を要する。

「月」と「徘徊」との結びつきは、漢詩に例が甚だ多い。しかもその多くは、「徘徊」するものは、「人」ではなくて、「月」である。月が急に移動せず静かに空をさまようのである。一例をあげると、

夜移衡漢落、徘徊帷幌中（宋鮑照、翫ㇾ月詩）

可ㇾ憐無二遠近一、光照悉徘徊（梁簡文帝、望ㇾ月詩）

楼上徘徊月、窓中愁思人（梁庾肩吾、和二徐主簿望ㇾ月詩）

など、何れも月が遅々として移らぬ様を云う。右の諸例は、『藝文類聚』（月）にみえる例、上代人熟知の詩例と云える。また『文選』（巻二三）、曹子建「七哀詩」の、

明月照二高楼一、流光正徘徊（高殿を照らすあかるい月、流れる光は正にたゆたう）

も名高い一例。『玉臺新詠』にも、

露彩方泛豔、月華始徘徊（巻五、江淹、休上人怨別）

月中含二桂樹一、流影自徘徊（巻七、簡文帝、傷二別離一）

などとみえ、例は甚だ多い。また六朝末より唐詩を眺めると、やはり例にことかかない。

繁星漸寥落、斜月尚徘徊（隋薛道衡、和二許給事善心戯場一転韻）

杳間花照灼、楼上月裴回（初唐張東之、与二国賢良一夜歌二首）

可ㇾ憐楼上月裴回、応ㇾ照二離人妝鏡台一（盛唐張若虚、春江花月夜）

などは、その一例に過ぎない。右の詩群には、張若虚の詩の如く、背後に「人」が存在するにしても、徘徊する

主体は「月」である。これらは、「人」を主体とする前述の上代の詩や歌の表現とは相違がある。

しかしわが上代詩の如く、月光の中を人が徘徊すると云う、漢詩の例もやはり存在する。それは『文選』（巻二九）の名高い「古詩十九首」の最後の第十九首目の詩、留守居の妻が旅の夫を思う詩、

明月何皎々、照㆓我羅床幃㆒。憂愁不㆑能㆑寐、攬㆑衣起徘徊……。

の「徘徊」は、外の明るい月光に対する女人の動作。但し外でさまようのではなく、室内の動作ともみられる。そこに多少の上代の詩歌との差をみる。『玉臺新詠』（巻一）にも、漢人枚乗「雑詩九首」中、「明月何皎皎」の詩の中にも右の詩はみえる。しかし、

団々素月浄、……披㆑衣出㆓荆戸㆒、躡履歩㆓山楹㆒。……裴徊不㆑能㆑寐、参差幾種情（隋煬帝、月夜観㆑星）

は、空に照る明るい円い月のもとに物思いつつ外に出てさまよう適例と云える。勿論徘徊の主体は人である。時代は中唐に入るが、李賀の、

夜峰何離々、明月落㆓石底㆒。徘徊沿㆑石尋、照出高峰外（長歌続㆓短歌㆒）

もその例である。これらは、月下をさまよう人の動作を「徘徊」として表現する。前述の『万葉集』や『懐風藻』の例も、もとはやはり漢詩の世界を頭に置いたものと云えるであろう。『万葉集』に於ては、「タチモトホル」にはいろいろの表記が可能であるが、前述の月を背景とする『万葉集』の歌（二八二一）に、「徘徊」の文字を使用したのは、やはり詩的なものを狙ったものと云えよう。ここに、「月」と「徘徊」との結びつきを指摘しなければ、万葉人の心に至ったものとは云えまい。

すでに与えられた紙数を越える。以上のわずか一、二の例ではあるが、上代人特に万葉人の漢語の採用、特にその受容の仕方の一端を示そうとした。しかし便宜的にあげた例は、漢籍の用例に数多くみられるもののみであ

る。漢語ならぬ和製漢語の例、或は異訓同字、偶同の例など、その判定処置に困難な例はすべて省略せざるを得なかったのである。冒頭に示した各項の課題《テーマ》は、いくたびも他の機会を待つこととして、上代人の漢語に関して、このような態度が可能であるか否か、大方の御叱正を乞う。

注1　拙稿「語の性格――外来の「俗語」を中心として――」（『境田教授喜寿記念論文集上代の文学と言語』）参照。

注2　田中謙二氏「『文選』に現れない文字」（『全釈漢文大系』月報17）参照。

注3　『藝文類聚』（巻三二、人部、閨情）にも「室思詩」の一部を載せるが、この部分は未収。

注4　「作㆓嘱羅㆒」は難語難文の一つ。しばらく「羅を作嘱す」（うすものを頼む）と訓んで置く。

注5　拙稿「近江朝の文学――その詩と歌――」（「文学」第四三巻四号）参照。

注6　庾信の原詩は、この句の次に「聊過看㆓果行㆒」（第二句）が続く。

〈附記〉「高野山大学国語国文　第三号（昭和五十一年十二月）所収。末尾に「十月十二日」と記す。

なお、本論文第二節における『萬葉集』巻十九の巻頭歌「天平勝宝二年三月一日之暮、眺㆓矚春苑桃李花㆒作二首」の「眺矚」「春苑」などをめぐっての論証は、後年「大伴家持　越中に下向す――わたくしの一つの空想――」にて、「それは未熟であり、不日改稿して」云々との断り書きがある（注17をも参照）。そのことは、「むつかしき哉　萬葉集――春苑桃李女人歌をめぐって――」をもって実現されており、いずれも本書に収める。

萬葉語をめぐって

はしがき

本稿は相も変らぬ見栄えのしない原稿である。新見極めて少く、その大半はこの両三年来述べ続けた方法である。同じたぐいのことを繰り返すおろかさ、いくばくかの暑安の意を汲みたまわらんことを（七月尽日）。

一

ここに云う「萬葉語」は、厳密な意味でのそれではない。『萬葉集』の中にみえる歌は勿論のこと、題詞・左注などにみえる語などすべて「萬葉語」と仮称する。それは、所謂「白詩語《はくしご》」が中唐詩人白居易の表現する特有の語、特色ある語に限定される場合のほかに、『文集』にみえる語すべてを「白詩語」と称する場合に同じ。

このような広義の「萬葉語」は、日本語のほかに「漢語」を含むことは自明である。特に題詞・左注・序などにはそれに満ち溢れる。漢語の一つ一つを構成する単位は「語」、その中心は漢字二字を連ねた「聯語」である。かかる構成語を一律に「漢語」と称するにしても、その漢語のいちいちに亘って、用法・性格・意義その他の上に、おのおの差のあることは特に記憶すべきである。中国文献に於ける古代語・中世語などと云った時代語（個人差をも含めて）の指摘はその一つである。勿論、各時代を通じて、「共有語」の存在がその半ば以上を占めることは云うまでもないが。また各種文体を簡に述べて、「文語」・「白話」（＝俗語）に大別すると云った指摘もその一例――これに就いては、周紹賢教授の『文語与白話』（第一章）参照――。時代語の認定、文体の判別など、かかる複雑性を漢語各自のもつ性格とみなすとき、その「語性」、語の性格が重要な問題となってくる。

「萬葉語」の中に「漢語」を含む以上、まずそのもとの「語性」の追求を行なう必要がある。しかしそれは、中国学専攻ならぬ萬葉学徒にとっては、甚だ困難な作業である。しかもかりにその作業が首尾上々となったとしても、なお更に萬葉学徒には解決を迫られる多くの仕事が控えている。まずそれは、「萬葉語」の中の「漢語」が果して中国人に理解し得る純粋な漢語――むしろ文献上の漢語――であるか否か、つまり逆に云えば、萬葉人の案出した「和製漢語」をどの程度含むかの問題である。和製の漢語は、萬葉人の案出した「漢語らしき語」であり、裏から云えば、「擬似漢語」（pseudo Chinese language）とも云えよう。所謂「和習語」（和臭語）がそれである。「和習」については、近世の漢学者荻生徂徠の『蘐園随筆』（巻五）「文戒」に、

和習トハ、既ニ和字無ク、又和句ニ非レドモ、其ノ語気・声勢、中華ニ純ナラヌ者ヲ謂フナリ。此レ亦病ヲ其ノ幼ヨリ和訓顚倒ノ読ニ習熟スルニ受ケテ、精微ノ間、自ラ其ノ非ヲ覚エヌノミ（＝第三戒＝和習＝」、原文漢文）

とみえ、また神田喜一郎先生の「和習談義」の論文もある（注1）。右の徂徠の「和習」の戒めは、語気や語勢の方向を中心として述べるが、『萬葉集』の和習の問題はむしろ中心が「聯語」にある。つまり題詞・左注などの「文」の流れ、文勢の和習性よりも、文中の語として存在する聯語のそれが中心になる。その和習性の指摘は、やはりもとの一つ一つの「漢語」の考究によって、「和製漢語」（和習語）がおのずから明らかになるであろう。

和習の問題は、本場の中国人には全く不必要なことではあるが、萬葉学徒には、「萬葉語」の中に含まれる「漢語」の摂取、採用など、「受容」の問題が大きくのしかかる。萬葉人が題詞・左注・序などに漢語を使用する場合、そのもとの文献は如何、その受容過程は如何、などを考えることがこの問題の中心である。もしその受容過程が一気に解決できる場合には、その語の「語性」もたやすく指摘できるであろう。

また萬葉びとの「漢語」は、もと「漢語」そのままのほかには、単に和習を帯びる「和製漢語」を生み出すのみとは限らない。中には「和製歌語」をも生み出す。これは「漢語」を和語に飜読することによって新しく誕生するものであり、「飜読語」とも命名できよう。和製語は、「和製漢語」（和習語）と「和製歌語」の共存を意味し、要するに、「萬葉語」の「語性」は複雑である。

以上、「萬葉語」に関するおおよその私見を通じて、嘗つて述べもした「悩す」を再び採り上げてみよう（注2）。

大伴家持の長歌の結句、

あやめぐさ、たまぬくまでに、なきとよめ、やすいねしめず、きみをなやませ（巻十九、四一七七）

は、その一例。この「なやます」が「悩す」に当ることは現行諸注一致する。これは池主の家持宛ての書翰の中にも、

且悩二使君一（巻十八、天平勝宝元年十二月十五日。四一三二～四一三三前）

とみえ、この「悩」を右の歌の「なやます」に当てはめることができる。この萬葉語「なやます」は恐らく「悩」（nǎo）の飜読語であり、漢語「悩」に出自をもつ和製歌語と云えよう。ここに問題は更に「悩」に溯るべきである。「悩」は『文選』に未見であり、立心偏《りっしんべん》の字のかなり多い『楚辞』（王逸注）にもそれを見出せない。『玉臺新詠』には一例。それは魏人徐幹の、

時は再び得べからず、何すれぞ自《みずか》ら愁悩する（巻一、室思一首）

であるが、「愁悩」と云う聯語の中に現われるのみ。ここに単独語の「悩」は六朝時代の詩には一般的でないと云える。しかも「悩」の聯語は、「煩悩」「苦悩」など仏典語として随処に出現する。ここに常識的に云えば、仏典語に出自をもつ「悩」を和製歌語として採用したものと推定することは、あながち不当ではなかろう。

しかし仏典語に出自を求めるよりも、更に適切な例が萬葉人の愛読した唐代小説『遊仙窟』にみえる。この小説には、「煩悩」「相悩」などの聯語のほかに、「他《かれ》を悩し来《きた》る」（「悩レ他来」）や、

これを聞かむと欲《ほ》りするに腸《はらわた》もまた乱れ、更にこれを見て余《わ》が心を悩しむ（「更見レ此兮悩二余心一」）

など、「悩《なやます》」と云うかなり多くの語例をみる。特に「悩二余心一」は、『遊仙窟』の最後を飾る場面、主人公と十娘との別離のそれであり、結びの句である。この「悩」が萬葉人の心に強く印象づけたことは想像に難くない。前述家持の歌の「君を悩せ」（四一七七）も『遊仙窟』の「悩」によるものとみてよかろう。ここに『遊仙窟』の「悩」が飜読されて、和製歌語「悩す」として出現したものと云える。池主の書翰中の「悩二使君一」（巻十八）は、『遊仙窟』と歌語「悩す」の中間を色どる仲介的存在と云えよう。

しかしこのような都合のよい例ばかりがあるとは云えない。むしろうまく解決できるかに思われる「萬葉語」の語性は、それほど多くはなかろう。また中には漢籍に六朝・初唐、盛唐の例がなかなか発見しがたく、中唐ごろに至って漸く例のみられるもの、しかも「萬葉語」の方がこれに先行する場合もある。この「先行」は果して見掛け上なのかどうか、これをどのように理解すべきか、問題が残る。また同文同字の場合、果して「萬葉語」がもとの「漢語」そのままかどうか、その場その場に応じて考察する必要がある。このたぐいの「萬葉語」の考察には、やはりいちいちに当って而も徐々に考えるべきであり、急ぐべきではない。本稿は、そのうちの一、二

に就いて私見を述べてみたい。

二

第三期（天平初期）の代表歌人の一人、山部赤人の佳作の一つに、神岳に登って述懐した長歌があり、それは巻三の「雑歌」の部に属する。

みもろの、かむなびやまに、いほえさし、しじにおひたる、つがのきの、いやつぎつぎに、たまかづら、たゆることなく、ありつつも、やまずかよはむ、あすかの、ふるきみやこは、やまたかみ、かはとほしろし、
｛はるのひは、やましみがほし、｛あさくもに、たづはみだれ、
｛あきのよは、かはしさやけし、｛ゆふぎりに、かはづはさわく、
みるごとに、ねのみしなかゆ、いにしへおもへば（三二四）

この中で問題にしたいのは、対句「旦雲二、多頭羽乱、夕霧丹、河津者騒」の一部をなす「旦雲《あさくも》」即ち「朝雲」の語である。「あさくも」の語性は何か、果して「漢語」の「朝雲」（zhāo yún）に由来する「和製語」か、また漢語の「朝雲」とは何か、このあたりに問題の中心がある。そのためにはやはり迂遠な路を通らねばなるまい。

「朝雲」と云えば、中国人ならば必ず思い出す名高い故事があった。それは、『文選』（巻十九）宋玉「高唐賦」にみえる「朝雲」のことであり、楚の襄王が宋玉と雲夢《うんぼう》台に遊んだ時の賦に由来する。高唐の観《たかどの》を眺めると、その上に雲気があり、高く昇るかと思えば、すぐに形を改め、しばらくの間に変化して窮まるところがない。そこで襄王が「此れ何の気ぞや」と宋玉に尋ねたところ、

玉対へて曰く、「所謂朝雲といふものなり」と。王曰く、「何をか朝雲と謂ふ」と。

云々の問答が交わされ、やがて宋玉の「朝雲」の由来の説明が始まる。先王即ち楚の懐王が高唐に遊んだ時に夢枕に現われた女人があり、寵愛の後、去ろうとする時に、

妾《われ》は巫山の陽《みなみ》、高丘の阻《けはしき》に在り。旦《あした》には朝雲となり、暮《くれ》には行雨となり、朝朝暮暮、陽台の下《もと》にあり

と云う。翌朝これをみたところ、その言葉通りであったので、彼女の廟を立ててここに「朝雲」と命名した云々と説明する。これを聞いた襄王は、更に「朝雲の出始めの状態」を尋ね、宋玉が詳しくこれに答えるわけである。つまり「朝雲」は巫山の神女であり、朝の雲でもある。「朝雲」と云う漢語の中にはこの女人を想起せねばならない。これは文学上の規約である。中国詩賦の「朝雲」のイメージは、単なる「朝の雲」ではなく、その背景に女人を聯想させる。

そのような「朝雲」の例は甚だ多い。『玉臺新詠』の数例のうち、その一、二を示せば、

洛浦疑㆓廻雪㆒、巫山似㆓旦雲㆒（巻六、何思澄、南苑逢㆓美人㆒）

巫山光欲㆑晩、陽台色依依。……朝雲触㆑石起、暮雨潤㆓羅衣㆒（巻六、費昶、鼓吹曲二首、巫山高）

となる。後者の「朝雲」以下二句は、巫山の神女が雲や雨となって往来する様を形容して、「朝の雲は石に触れてたちのぼり、夕べの雨は薄ぎぬの衣をうるおすばかり」と述べたもの。

初唐に入り、依然として巫山朝雲の詩は多い。その例を任意にあげよう。

色荒神女至、魂蕩宮観啓。蔓草今如㆑積、朝雲為㆑誰起（張九齢、登㆓古陽雲台㆒）

豈兹越郷感、憶㆑昔楚襄王。朝雲無㆓処所㆒、荆国亦淪亡（陳子昂、感遇詩三八首、第二七首）

楚王竟何去、独自留㆓巫山㆒。……含㆑笑黙不語、化作㆓朝雲㆒飛（『河嶽英霊集』巻下、祖詠、古意二首）

何れも「朝雲」の背後に巫山の神女が浮かぶ。盛唐詩も同様であり、その代表詩人李白の五例も巫山の神女、もしくはそれに関聯するものである。たとえば、

妾本崇台女、揚蛾入二丹闕一。……一辞玉階下、去如二朝雲一没（邯鄲才人嫁為二廝養卒婦一）

にしても、また、

及レ此北望レ君、相思涙成レ行。朝雲落二夢渚一、瑤草空二高堂一（留二別曹南群官之二江南一）

にしても、『分類補註李太白詩』注に、それぞれ高唐賦の、

旦《あした》には行雲となり、暮には行雨となる（巻五、士贇注）

巫山の神女旦《あした》に朝雲となる云々（巻十五、斉賢注）

を引く如く、神女を一般の女人にたとえるようにもなる。つまり「朝雲」には、巫山の神女は勿論のこと、単に女性をも意味するように展開する。盛唐劉長卿の、

人間驚二早露一、天上失二朝雲一（故女道士婉儀太原郭氏挽歌詞）

も、この「朝雲を失ふ」と云う詩句に、もとの神女の意を越えて、女道士郭氏の死を暗示する。

この事実は唐詩に始るものではない。これを溯って、北周庾信の、

朝雲雖レ可レ望、夜帳定難レ依（仰和二何僕射還レ宅懐レ故、『玉臺新詠』巻八所収）

にしても、清人倪璠撰『庾子山集注』（巻四）に、「宋玉高唐賦云、故為立レ廟、号曰二朝雲一」をあげるが、同時に「朝雲」と云う語の中に、故人となった女人を暗示する。また初唐駱賓王の、名高い「代二女道士王霊妃一贈二道士李栄一」の詩にも、

朝雲旭日照二青楼一、遅暉麗満二皇州一（清人陳熙晉箋注「宋玉高唐賦、旦為二朝雲一、暮為二行雨一」）

とみえる。この「朝雲」も高唐賦を出典としながら、女道士王霊妃の住む高楼に立つ「朝の雲」をさし、更にこの女人をも暗示させる。

　このように眺めてくると、「朝雲」は女人と相結ばれて詩に現われるのが一般である。しかしやはり単なる「朝の雲」を意味する「朝雲」も例外的にはみえる。その古い例として、まず斉人劉繪の、

　江州千里芳、朝雲万里色（餞二謝文学離夜一）

をあげることができよう。河の州のあたり遠くまでも香ぐわしく、朝雲は果てしなく美しい色をみせる、の意（注3）。また梁武帝の、

　夕池出二濠渚一、朝雲出二畳嶂一（直石頭）

は、「夕—朝」の対比として「朝雲」の語が生れたのであり、これは単なる「朝の雲」の意。次に初唐詩の、

　蔚兮朝雲、沛然時雨（張九齢、奉レ和二聖製燭龍斎祭一）

や、盛唐高適《こうせき》の詩、

　帰客留不レ住、朝雲縦復横（別二張少府一）

は、文字通りの「朝の雲」である。

　しかしこのような例は極めて少い。盛唐李頎《りき》の詩、「仙境若レ在レ夢、朝雲如レ可レ親」（寄二焦錬師一）の如きも、高唐賦の巫山に立つ「朝の雲」を聯想したものであろう。つまり「朝雲」に対する中国人の詩は、その殆んどが『文選』の「高唐賦」を踏まえていると云ってよい。わが上代人にも、『文選』を始めとして、『玉臺新詠』、「類書」などによって、これが熟知の故事となっていた。それは、『懐風藻』所収の(34)「詠二美人一」の詩、「巫山行雨下り、洛浦廻雪霏《と》ぶ」云々（荊助仁）によって裏書される。さて問題とする赤人の「旦雲《あさくも》」は、どのように考え

るべきであろうか、「旦雲」を「朝雲」と表記しないところに、「高唐賦」の、「旦為二朝雲一」が自ら表記となって出現したのではなかったか、など一応考えることもできよう。

さて赤人の問題の歌句は、前述の如く、

旦雲にたづは乱れ、夕霧にかはづは騒《さわ》く（三二四）

であるが、その形式的な骨組をなすのは、「あさ」と「ゆふ」との対比であり、漢詩にはこの対比の例が少くない――前述、梁武帝「直石頭」はその一例――。また「たづは乱れ」の「乱る」にしても、中唐韋応物の詩に、

山多煙鳥乱、林清風景飜（林園晩霽）

とみえる如く、鳥の乱れ飛ぶことは、すでに詩的表現である。『萬葉集』に、「乱る」の例が多いにも拘らず、鳥、ここでは鶴の「乱れ飛ぶ」意の「乱」の例がほかにみえないのは、ここに新しく詩的表現を利用したのではなかったか――漢詩にも鳥の動作に対する「乱」の例は必ずしも多くない。もし赤人がこの「乱る」の語を自ら案出したとすれば、極めて新鮮な表現と云えよう――。この歌句の「朝」と「夕」との対比と云い、また「旦雲」（朝雲）・「乱る」・「夕霧」――一例、初唐駱賓王「晩渡二黄河一」の詩の「岸廻秋霞落、漂深夕霧繁」――などの語と云い、この歌句には、詩的なものを含む。

しかし、赤人の「旦雲」（朝雲）は、高唐賦に由来しない例外的な「朝の雲」の意である。この「旦雲」は、巫山の神女とは無関係である。尤も「語」の成立から云えば、やはり漢語「旦雲」「朝雲」の飜読語、和製歌語「あさくも」と云うべきであろう。鶴の「乱る」と同様に、この「あさくも」も赤人の案出した和製歌語とみなしてよかろう。ここで思い出されるのは、『懐風藻』の詩である。大伴王の詩に、

朝雲指二南北一、夕霧正二西東一（(47)従二駕吉野宮一応詔）

とみえる。大伴王は、和銅七年（七一四）正月従五位下となった人、伝未詳——養老七年（七二三）に吉野行幸あり——。しかし恐らくこの詩の方が赤人の歌に先行するとみる可能性が濃い。もしそうとすれば、大伴王の詩句「朝雲—夕霧」より、赤人の歌句「旦雲—夕霧」へと暗示を与えたものとみなすこともかつがつできるであろう。少し窮窟なきらいがあるにしても大伴王のこの詩の「朝雲」も赤人のそれと同じく、巫山の神女を女主人公とする「高唐賦」を背景としない。要するに赤人の「あさくも」の語性は漢語「朝雲」に基づくとは云え、巫山神女の「朝雲」の意を含まず、例外的な「あしたの雲」を意味する漢語「朝雲」の飜読歌語と云うべきであろう。これは歌人赤人の新しい試みと云える。この語が萬葉人の一般通用語とならなかったのは、そこに原因の一つがある。

なおこの問題の二句は、銭稲孫訳『漢訳萬葉集選』に、

鶴羽朝雲翻、蛙鼓夕霧喧（鶴羽朝雲に翻《ひるがへ》り、蛙鼓夕霧に喧《かま》し）

とみえる。歌の「乱る」に対するこの詩の「翻」は、私の語感からみれば、空を悠然とかけめぐる鶴の姿を聯想する。「翻」は韻字に当るとは云え、本歌の「乱る」と云う動的な感じをややそれるようにも思われる。「乱る」は諸注の如く、乱れ飛ぶ意であることは確かである。しかも鶴の翻飛する様の「乱れ」と共に、聴覚的な声の「乱れ」をも含んでいるのではなかろうか。鶴は詩の中に雁などと共にその声が詠まれることが多い。陳後主の「夜亭度雁賦」の、「行雑響時乱、響雑行時散」（『初学記』雁）は、雁の声の一例である。類書『藝文類聚』（鶴にみる鶴声の例は、詩賦に甚だ多く現われる。『萬葉集』に於ても、その声は歌の大半を占め、「飛ぶ」ことと「鳴きわたる」ことは、同時に萬葉人の認識の中にあったのである。乱れ飛ぶ鶴の中に、入り乱れて鳴く鶴の声をも予想することは、次の句の「かはづはさわく」とよく対比する。まずはここに附言する。

三

『萬葉集』は歌を中心とする。しかし天平期ともなれば、初唐詩人王勃・駱賓王などの文学に著しい特色を示すところの、

「詩序」プラス「詩」の文学形態を学んだ、「歌序」（漢文）プラス「歌」の形態を生む。これについては、既に昭和二十七年、旧稿「天平歌壇の流れ」（注4）の中にいささか述べたが、今もまだかなりの利用者をみる。しかしこれは必ずしも厳密ではない。中には、「歌序」プラス「歌」の形の中で、前者「歌序」に当る部分が表面的にみて「書翰」になっている場合もある。たとえば、巻十七・十八などにみる大伴池主と家持の来贈・報贈歌には、歌序に当る部分に「書翰」を載せる。「書翰」の文も一種の文学であり、漢文学で云う「文体」の一つでもある。つまりここに「書翰」プラス「歌」の形態をも認めねばならない。巻十七の家持・池主の贈答歌の「序」が、王勃などの「詩序」の如く美文であるために、すべてに亘って「歌序」プラス「歌」とみなしたのは、自ら素朴すぎる見解であると思う。ここに『萬葉集』の中に「書儀」の問題が浮かび上る。「書儀」については、昭和五十一年、「漢籍享受の問題に関して」（注5）の拙稿の中で、少し触れたが、ここでは書儀語（書翰語）をめぐって、「書翰」プラス「歌」の問題について考えてみたい。

「書儀」とは、書翰類の模範文、その形式などを示す書、尺牘入門書とも云える。わが近世の延宝八年版『尺牘諺解』（三冊本）は私の記憶に残るその一例。明人徐師曾撰『文体明辨』（「書記」の条）に、「書記」の文体を挙げ、

夫書者、舒也。舒二布其言一而陳二之簡牘一也……簡者、略也。言レ陳二大略一也。或曰手簡、或曰小簡、或曰尺牘、皆簡略之称也……。

と述べる。要するに「書儀」は、簡牘類（尺牘、書翰）の文例である。

書儀は必ずしも中国の知識人たちには必要ではなかった。むしろ庶民教育的なものである。従って、幾たびかの消長を経て、今日残る代表的な書儀は、宋人司馬光の『司馬氏書儀』（『温公書儀』）などに過ぎない。その雍正二年汪氏刊本（四冊本）は、

（巻一）　表奏・公文・私書・家書
（巻二）　冠儀
（巻三）　婚儀上
（巻四）　婚儀下
（巻五）　喪儀一
（巻六）　喪儀二
（巻七）　喪儀三
（巻八）　喪儀四
（巻九）　喪儀五
（巻十）　喪儀六

に分類する。しかもこの『書儀』は、

某頓首再拝言、不意凶変　先某位奄弃……訃告驚怛、不能已已、伏惟　孝心純至、思慕号絶、何以堪居

日月流速、遽踰旬朔　哀痛奈何、罔極奈何、不審自罹荼毒　気力何如、伏乞……且位某謹封（巻九、喪儀五、慰人父母亡疏状）

の如く、書儀文の骨組を示す方式を採る。しかしこのような基本線をそれない範囲内に於て、種々の書儀類が民間には存在していた筈である。晉の一大書家王羲之の法帖にみられる夥しい書翰文例もその一つとみなしてよい――この系統を追う敦煌出土書儀に、P.3637, S.2200, S.5636などが残る――。諸書儀のうち、六朝唐代の基本的な集大成が幸いにも司馬光の『書儀』として残ったものと云えよう。

正倉院御物として残る光明皇后筆の『杜家立成雑書要略』も書儀の一つとみられる。これは基本的な書儀語よりも「文《あや》」を中心とする文学的な書翰文の範例である。その一例、「知故成レ礼、不レ得二往看一与書」を試訓によって示そう――『書道芸術』（第十一巻）の訓点には、誤読が一、二に止らない――。

承るに、弟と某氏と好《よしび》を結び、已《すで》に多時に渉《わた》る、日を卜《うら》へて窂（牢《らう》？）（注6）を同じくせむとして、期《とき》を今夕《このゆふべ》に定むと。輙《すなは》ち想ふ、芬芳なる香気、遂に帳前に吹き、照灼《せうしゃく》なる金花、連《しきり》て扇後に披《ひら》く。春桃葉に隠《かく》り、瞼紅《けんこう》に対《むか》ふを訝《いふか》り、秋月雲に蔵《こも》り、眉色に慙《はぢ》なむと為《おも》ふ。親朋揔集し、士友倶《とも》に来る。言笑諠譁《かま》しく、献酬駱駅《つづ》く。某《やつがれ》い止《ただ》に番直に当り、独り公衛（衙？）を守る。事は願《ねがひ》と違《たが》ひ、成（盛？）礼を観むことを闕《か》く。歎望に堪へず、謹謝して諮陳す。追愧の情《こころ》深し、此《ここ》に豈《あ》に能《よ》く述べむや（「答」の部分省略）

この書翰文例は、あやに満ちる。たとえば、右の原文の中の、

春桃隠レ葉、訝レ対二瞼紅一、秋月蔵レ雲、為レ慙二眉色一。

は、美しい対句をなす。春の桃の花はその葉の中に隠れて、美女の紅顔に相対するのをいぶかるばかり、秋の月は雲に隠れて、美女の眉の色に対して恥しく思うばかり、と云った意。紅顔眉色の美しさが桃花や秋色に勝るこ

とを述べたもの。美人の紅臉と桃の花、その眉色と秋月の光との対比は、詩序的な潤色である。この『杜家立成』に含まれるあまたの語彙語句を、憶良・家持などが歌語として採用した例は、屢々述べたので繰返えさないが、これは、『杜家立成』と云う書翰模範文例があやに満ちることにも一因があろう。このように、書儀類には一定の枠があるにしても、それぞれあやの濃淡の差があることが知られよう。

この書儀の類の断片は、中国の辺地にかなり多く残る。それは辺境の庶民教育の一面としてその姿を残したものであろう。敦煌書儀についての詳しい論は、早く故那波《なば》利貞博士の「千仏巌莫高窟と敦煌文書」(注7)がある。敦煌出土『書儀一巻』(P.2505)を例にしよう(東洋文庫所蔵マイクロフィルム複写による、以下同じ)。これは「月儀」的なものであり、「十二月相辯文」と題して、正月孟春・二月仲春・三月季春以下十二月季春までの各月に亘って、書翰文例を示す。それはあやある豊かな例文で成り、辺境敦煌地方より本土を偲び、切々たる情をこめた部分が少くない。四季を通じて、官吏としての旅にある者が故郷へ贈るその文例と云える。そのうち、「二月仲春」の一部を摘出すれば、次の如くなる(理解しやすくするために形式を改める)。


二月仲春上旬云漸暖、中旬云敢(教?)暖、已暖、極暖、夾鍾
(分顔(?)両地、独悽愴於辺城、二処懸心、毎杳嘆於外邑。)(月流光於蓬径、万里相思、星散彩於高蓬、千山起恨。)

且(蘭山四月、由結冷而霜飛、霊武三春、地乏桃花之色。)(蒲開柳媚、躍鯉蓬輝。)

(蜂歌遶翠葉之歓、蝶儛戯紅芳之楽。)愁人対此、倍更相思。

遠念朋友、何時可望　相上官。(P.2505)

右の文例のうち、対句の条に、未熟な部分もあり、また「蓬《よもぎ》」と云うやくざな雑草が三度も現われるのは、「蓬」が辺地の代表的な草であるとは云え、やはり未熟である。しかし全体よりみればコンパクトであり、多少

都ぶりの「詩序」に似通う点もある。また辺地的な創作の書儀であるために、「離家」（家を離る）と云う語が、「二月仲春」「八月仲春」などの条にみられ、故郷を思う描写が多い。天平十一年（七三九）「日代国造豊足解」の裏書にみえる（『大日本古文書』七）、

稍晴発レ風、離レ家数日、粮纔曾賒、毎日家恋、人別抱レ嗟。
日好遊レ鶊（鵬？）、家看路（路看？）遠、更亦懐レ噫、何述二其情一。
閑居瞻レ庭、雀態春辰、風気更冬、誰知二其由一。

なども（試訓、注5参照）、この類のものをまねたものであろう。少くとも前二例は、旅路にある上代人の書儀の一例かと思われる。右の三例とも詩ではなく、散文である。書儀を学び、書翰体の文を試みた、上代人の文の残片と認めたい。

また前述の月儀的な敦煌書儀の「二月仲春」の条の如きにみえる、桃や柳、それにまつわる蜂や蝶を点出する部分は、すでに述べた如く、ややある詩序的な趣を漂わせる。『萬葉集』巻十七に於ける、大伴家持及び池主の書翰（それぞれ三九六五・三九六七の歌の前にみえる）も、同じ池主の「七言晩春三日遊覧一首并序」――「詩序」プラス「七言詩」――とは違って、何れも「書翰」プラス「歌」の形態をもつとみるべきである。上代に於ける書翰の断片は、正倉院文書にみられるところ、あまたの佚名書儀類の伝来と共に、多くの書翰文が試みられたことは想像に難くない――この点に於ても、所謂正倉院仮名文書甲種・乙種の表現が漢文の世界の基盤をもつことを推定した、若い友人奥村悦三君の新見は近ごろの出色と思う（注8）――。ここに『萬葉集』の文学形態の中に、新しく「『書翰』プラス『歌』」の形の登場が認められてくる。

四

巻五に、書翰の一部が残ることは嘗つて指摘したところである（注9）。一例を示せば、「梧桐日本琴一面」以下の内容が、その前の「大伴淡等《たびと》謹状」（巻五の編纂者の附した題詞とみなす）を示す書翰の内容であろう。また巻五の冒頭にみえる「大宰帥大伴卿報二凶問一歌」（七九三）の詞書の文の結びに、書翰文の常套語、

筆の言《こと》を尽くさぬは、古今の歎く所ぞ（「筆不レ尽レ言、古今所レ歎」）

を含むことは、書翰の文体を意識したものであり――「筆不レ尽レ言」は、契沖指摘の如く、もと『周易』（繋辞上）の「書不レ尽レ言、言不レ尽レ意」を借用したもの――、旅人の詞書は、書翰文的であることなども述べたことがある。

しかもこの詞書には、ほかにも書儀語を含むことは注意してよい。まず「報二凶問一」の「凶問」が死亡のしらせの意であることは、早く井上通泰の説くところ。『一切経音義』（巻二五、涅槃経第五巻）にも、「卒得凶問」（「問、信也」）とみえる。「凶問」の語は、六朝以来の散文語として登場し――特に王羲之の書翰文にも著しい――、唐詩などにもその姿をみせる。「賦役令」（『令集解』巻十四、赴役身死条）に、「若無二家人来取一者焼之」とみえるのは、役に赴いた丁匠が死亡し、もし家人が来て受取らぬときは焼け、と云う令文であるが、その注に、

謂、凶問既告、道路有レ程、待二其迎接一、過レ限不レ来者、即於二当所一焼之。

とみえ、右の「凶問」もその意にほかならない。これは、「凶問」が一般人にも理解の可能な日用語となっていたことを思わせる。「問」を「慰問」の意に解する説も嘗つてありはしたが、この法令語よりみても賛成しがた

い。かかる語には萬葉人の私的な転用は許されない。用例は各種諸文献にみられるにしても、「相聞」などと共に、この語を書儀的な文献によって学んだとみるべきであろう。この旅人の「報二凶問一」は、大伴旅人周辺の凶問を聞いて旅人を慰める書翰、悼み状が某人——憶良などその一人か？——によって贈られ、その書状の返事がこれである。つまり、たとえば某人の「*遺《オクル》二知故《ガ》(旅人をさす)凶問一《ニ》書」(「*遺《オクル》」は以下推定文)と云った書翰が旅人に送られ、それに対する旅人の返事が云わば「報二凶問一書」である。「報」は答え、返書の意。王羲之の書翰文、所謂その「法帖」にも「報」の例は多く、

十九日羲之報、近書反至也、得二八日書一……敬文佳不一一、羲之報(敬倫帖)

七月十六日羲之報、凶禍累仍、周嫂棄背、大賢不レ救、哀痛兼傷、切二割心情一、奈何奈何……羲之報(穆松帖)

などは、返書の一例である。逆に、「報」の字をもたない、

庾雖二篤疾謂一、必得二治力一、豈図凶問奄至、痛惋情深、半年之中、禍毒至此、尋念相推……言之酸心、奈何奈何(遮何日西帖)

は、悲しいしらせを聞いて書いた悼みの書状範例であり、返書ではない。旅人の「報二凶問一」に、「報」とある以上、某人への返書である。

大伴旅人の報書《こたえぶみ》(返書)の内容のうち、問題の箇処に立入ろう。それは冒頭の二句、

禍故重畳、凶問累集(「不幸が重なり、凶報が続きます」、『日本古典文学全集3 萬葉集二』の口訳による)

である。これは同じことを二句に表現したもの。諸注の多くは、「重畳」や「累集」がかさなり合う意のために、旅人の妻の死や、その他彼にまつわる不幸が相重なる意に解する。しかし右の二句の表現はあまたの「禍」即ち不幸と云うものが集合して、一つの死と云う不吉をもたらしたことを意味する。云わば漢文的強意的表現に過ぎ

ない。従って事実は旅人の妻の死のみをさすとみるべきである。前述の王羲之の法帖の、「凶禍累仍、周嫂棄背」云々の場合に同じ。この「凶禍累仍《るいじょう》」は――「仍」は、神代紀（下）の古訓に、「仍《シキリニ》遣す」とみえ、動詞で云えば、集る、重なる意。『篆隷万象名義』にも、「因也、厚也、重也、促也、頻也」とみえる――、凶禍が重なり合って嫂《あによめ》周氏の一つの死となったのである。この点に於て、『萬葉集私注』に、「重畳累集は別に他の凶事が存したというよりも表現の強調であろう」と述べるのは、鋭い。

次に「禍故《わざはひ》重畳《たたなは》りて、凶問《かなしきしらせ》累集《つも》る」の、「禍故」が問題である。この語の例については、『私注』に、「淮南子文選等用例多い語である」とみえるが、何かの記憶違いであろう、例はみえない。その語性については私なりに多少述べたこともあるが（なお注5）、微力なために、依然として「禍故」の用例は発見できなかった。しかしこれがやはり書儀関係のことばであることは、おぼろげながら推定していたのであった。「禍故」については、すでに契沖がその『万葉代匠記』（精撰本）に、『文選』（巻三九）司馬相如「諫猟書」の――正しくは司馬長卿「上レ書諫レ猟一首」――、

禍故多蔵二於隠微一而発二於人所一レ忽者也。

をあげる。これは彼が六臣本、なお云えば、和刻本によったものであるが、李善注本によれば、「禍固」とみえ、これは、「禍は固《まことに》……」云々、即ち副詞に訓むべきである。当時の『文選』の伝来は李善注本であり、『史記』（巻一一七）司馬相如伝にも李善注本と同じく「禍固……」とみえる。ここに、「禍故」の例は、『文選』にみえないと云うべきである。しかしなお契沖が渤海国王后の喪を弔う書の中の例（『続日本紀』宝亀八年五月二十三日の条）、

禍故無レ常、賢室殞逝（以下原文は「聞以惻怛、不レ淑如何、雖二松檟未一レ茂、而居諸《ひつき》稍改、吉凶有制、存レ之而已」云々が続く）

をあげるのは（初稿本）、さすが契沖である。しかしこの「禍故」の例は、旅人のそれよりもやや後の例である。とは云え、旅人の「禍故」と合わせて、共に死に関する凶事のことばであり、ひとしく「書儀」に関係する語であることは、この語の方向を示す。これは重要なことである。特に前述の『司馬氏書儀』（巻九）の、

　某啓禍無故常（慰二人父母在祖父母亡一啓状）

が、「某啓禍故無レ常」の誤りと推定され（後述の諸例参照）、右の王后の喪を弔う国書の「禍故無レ常」と一致する。

　しかしやはり盛唐以前の例は、なかなか発見できない。恐らく姿を消した書儀類のゆえでもあろうか。これはしばらく置き、「禍故」の「故」とは如何なる意をもつか。まずこれより考えを進めてみたい。『周礼』（巻三、天官、宮正）に、「国有レ故則令レ宿」の鄭玄注に、「鄭司農云、故謂二禍災一」とみえ、また同じ『周礼』（巻十八、地官、大宗伯）にも、

　国有二大故一、則旅二上帝及四望一（鄭玄注「故、謂二凶災一」）

とみえ、「故」は「禍」に同じく、わざわい、災難など不幸なことを示すことば。これは、『漢書』（巻九四下）匈奴伝に、

　中国輒有二大故一（「師古曰、大故謂二国之大喪一」）

とみえる如く、人の死を示す凶事の意ともなる。用例は発見できぬにしても、ここに聯語「禍故」の意も自ら理解できるであろう。書儀類に目をつけたのもそのためであり、拙稿（なお注5）で示した書儀の例もそれである。これをやや詳しく述べるならば、敦煌佚名書儀の類に、類似する例をみる。たとえば『書儀一巻』（P.3637）には、凶事の文範を載せる。その一例（判読筆者）。

日月名頓首、凶故无常、賢兄傾逝、貫割抜気、哀痛奈何、悲切奈何……（弔兄姉亡書）

月日名頓首、不図凶畳、家兄傾逝、抜気割裂痛深……何図不蒙霊祐、奄遭凶禍、痛切痛深……（答書）

月日頓首、凶故無常……何図忽癭疾痃、遭此凶故、惟（?）痛切奈何奈何……（弔姑亡書）

この「弔答書」のたぐいにみられる書儀語「凶故」・「凶禍」・「凶畳」などより「禍故」の語の存在も予想はされる。しかもやはりその例は発見できない。また「大唐新定吉凶書儀」（S.6537）や、羅振玉の紹介した「書儀断片」・「書儀残葉」（『羅雪堂先生全集』三編冊九）などにも、例をみない。しかし漸くにして二年餘の後の今、「禍故」の例を知ることができたのは、私にとって実に幸である。以下それを。

極暑の今日このごろ、私事に亘ることしばらく御許しを乞う。吉川幸次郎先生の『文明の三極』（筑摩書房刊）が上梓されたのは、この四月、幾日かの後につたない所感一筆呈上する。ゆくりなくも先生の御返書を得た。それによれば、故那波利貞博士の論文に「禍故」の例があるとのこと。この論文は何年か前に確かに読んだ記憶はあるが、写録原型のままに移録されたその飜刻文に「禍故」の語の存在を覚えていることは、愚純な私には到底不可能なことである。御教示を得た吉川先生に感謝しつつ、その論文「『元和新定書儀』と杜有晋の編する『吉凶書儀』とに就いて」（「史林」第四五巻一号、昭和三十七年一月号）を再読。幸にも私の許には、柳田聖山氏将来の「書儀」（P.3442）のコピーを東洋文庫より得ていた。ここに、那波博士の移録文を照合することができる。この博士の移録文の厳正さ、複写を前にしながら三嘆する。

この敦煌文書（P.3442）の、京兆杜友晉撰『書儀』（巻下）には、凶事に関する数多の文例を載せる。前述の敦煌書儀（P.3637）にみえる、「凶禍」・「凶畳」・「凶故」の例も随処にみられる。このうち最も例の多い「凶禍」の一例をあげると、月日耶嬢告、不図凶禍、汝父傾逝妻云、汝母傾逝、悲慕摧割妻云、悲慟摧割、不能自勝……（夫喪妻喪告答児女書）がある。これは前述の書儀の文例と比較して、大差のない文例と云えよう。さて問題の「禍故」は、次の三例。

㈠ 臣名言、不図凶禍、伏承……謹言（皇后遭父母喪奉慰表）

㈡ 月日名言、不図禍故、尊翁婆不終遐寿……名再拝（□妻父母遭父母喪□書）

㈢ 月日名疏妻母云、号疏、禍故無常、尊府君夫人亦云親家翁母、不終遐寿……名疏（弔女聟遭父母喪書）

ここに「禍故」の例が確認される。また「月日名言、不図凶禍」（外族凶書儀）と比較することによって、「禍故」は「凶禍」に同じことがわかる。

この書儀は、中唐ごろのものと云われ、大伴旅人の「禍故重畳」云々よりも時代は降る。しかし上代に於て、『杜家立成雑書要略』（注10）のみならず、多種の書儀類の伝来が予想される。時代は中古に降るが、『三代実録』（元慶元年四月二十一日の条）に、

案㆓諸家書儀㆒、父母与㆑子書、皆云㆓耶告（ママ）嬢告㆒、遂无㆘注㆓其名㆒者㆖……。

とみえる。「耶嬢」は俗語、父母の意。これは、前述の「耶嬢告」（夫喪妻喪告答児女書）や、また「耶嬢告」（□喪答子。この下「書」脱か）の例に照らして考えると、この「諸家の書儀」の中には、内族凶書儀の類を含んでいたものであろう。恐らくこの種の中古に於ける書儀の伝来を、萬葉時代に溯らせることが可能であろう。従って、旅人の使用した凶事に関する語、「禍故」は「凶問」の語と同じく、ひろく萬葉人熟知の語であったであろう。ここに「禍故」の出自、即ちその語性が察知され、同時に旅人のこの詞書風のものが、実はある種の書翰であったと推定できる。しかもその書翰は、某人の旅人への悼み状に対する答書、報書であったと云える。ここに一つの語の「語性」の追求がすべての出発点となることが認められよう。

五

もとに戻って、以上の如き態度によって、「萬葉語」を検討するならば、問題は尽きない。今は、「朝雲」と「禍故」とに限定したが、それぞれの語の背景には、複雑なものの存在することが察知されるであろう。「萬葉語」の語性を尋ねる場合に、萬葉学徒は安易に『佩文韻府』を信頼する。これは語彙の最も豊富な書であり、他書を圧するにしても、その採用にはかなり「かたより」のあることを忘れてはなるまい。同じ巻五の、日本挽歌（七九四）の序とも称すべき山上憶良の詩序にみえる「泉門」を例にしよう。この語は、『佩文韻府』に未見、契沖も岸本由豆流（『萬葉集攷証』）も例をあげない。然らば「黄泉《よみぢ》」に基づく和製漢語であろうか。しかし凶事に関する語である以上、その方面に用例を求むべきである。これに関して、友人芳賀紀雄君が六朝墓誌に多くの例を見付けたのは、正しい（注11）。また当時伝来していた北周庾信の『庾信集』にみえる墓誌銘、また初唐駱賓王の『駱賓王集』の挽歌詩「傷㆓祝阿王明府㆒」などにも、「泉門」の例をみること、嘗って指摘したところである。結局、この語の「語性」は、漢語、しかも凶事的な語であり、憶良が「黄泉」などに暗示を得た和製漢語とみるべきではない。

また別の例をあげると、「春山《はるやま》」・「春風《はるかぜ》」など、『萬葉集』に「歌語」として成立した語もある――「歌語」は、「鶴《たづ》」「雁《かりがね》」などに限定すべきではない――。これらと同字に、「春」（chūn）を語頭にもつ、「春山」・「春風」があり、漢語としてすでに成立する。この漢語の例は、『佩文韻府』・『駢字類編』などにみえるが、萬葉人の「受容」の問題になると、六朝語よりか、唐代語よりか、ことは甚だむつかしい。また果して、「春山《はるやま》」がに、「春風」が「春風《はるかぜ》」に移行され、漢語よりこの和製歌語が生れたのか、その解決には日時を費さねばなるまい。

『萬葉集』の歌は、萬葉語より成る。いちいちの萬葉語を現代語に言い換えただけで安心するならば、萬葉人の歌ごころから遠ざかることにもなろう。本稿はこのような主旨に添って、一、二の例を取上げたに過ぎない。

注1　『墨林閒話』（Ⅱ「藝林閒話」）所収。

注2　拙稿「漢語享受の問題に関して──『万葉語』の場合──」（「高野山大学国語国文」第三号）参照。

注3　但しこの詩の第七句に「不レ見二佳人一」とみえ、ここでは「佳人」は謝朓をさすにしても、高唐賦を作者は思い出したかも知れない。

注4　拙稿「天平歌壇の流れ」（「国語国文」第二一巻一号）参照。

注5　拙稿「漢籍享受の問題に関して」（「萬葉」第九二号）参照。

注6　原文「窂」は「牢」の通用字。「同牢」は『儀礼』（巻十六）「少牢饋食礼」に関係する語で、食事を共にする意か、未詳。後考を待つ。

注7　「千仏巌莫高窟と敦煌文書」（「龍谷大学西域文化研究」第弐所収。昭和三十四年三月）参照。

注8　「仮名文書の成立以前」（『論集日本文学・日本語』1上代）参照。なお乙種文書については、今年度萬葉学会大会で発表される予定。その論文は、「仮名文書の成立以前　続──正倉院仮名文書・乙種をめぐって──」（「萬葉」第九十九号、昭和五十三年十二月）。

注9　『国風暗黒時代の文学　中㊤』（第二章一（3）萬葉集の文章）参照。

注10　『杜家立成』については、西野貞治氏「光明皇后筆の杜家立成をめぐって」（「萬葉」第二六号）に詳しい考証がある。

注11 「憶良の挽歌詩」(「女子大国文」第八三号)参照。

〔附記〕「萬葉」第九十八号(昭和五十三年九月)所収。

本論文の「三」「四」節の部分は、後の「海東と西域——啓蒙期としてみた日本上代の文学一斑——」(「文学」第五十一巻第二号、昭和五十八年十二月)に合わされ、補訂のうえで、『萬葉以前——上代びとの表現』に収められた。その第八章。注(32)に本論文参照とあるのみならず、本論文発表時の重要性に鑑みてここに収めた。

本論文に参照として注記された論文三篇のうち、注4の「天平歌壇の流れ」については、著者の『上代日本文學と中國文學 中』(第五篇第五章(二) 後期萬葉集の歌、ならびに第十章 天平期に於ける萬葉集の詩文)に従って差し支えない。論述に際して初唐の「詩序+詩」に学んだ「歌序+歌群(+追和歌群)」・「書翰+歌」・「歌序+歌」などとして、作品の形式に言及している。注2の「漢語享受の問題に関して——『万葉語』の場合——」と、注5の「漢籍享受の問題に関して」は、本書に収めた。

なお付言しておくべきは、注9の『國風暗黒時代の文學 中(上)』(第二章一(3) 萬葉集の文章)についてである。この節の柱石の一つを成している論文が、同題の「萬葉集の文章」(「國學院雑誌」第七十巻第十一号 萬葉集特輯号 昭和四十四年十一月)である。その冒頭に、

この小稿は、昨年十月十二日静岡に於ける万葉学会全国大会の席上で話した。その一部分を改稿したもの。翌々日の未明黄泉の客となられた澤瀉久孝先生に謹んで捧げる拙い一文である。

と前書きされていることを附記しておく。

語の性格
——万葉語「晩蟬」の場合——

一

この二、三年来、私は漢詩や歌に使用されたことばの性格、つまり「語性」について考えることが少なくない。そのはしりの一つに、「漢語享受の問題に関して——『万葉語』の場合——」（「高野山大学国語国文」第三号）がある。また短歌文芸雑誌「あけぼの」所収の小稿、

「花の色」・「流るる月」（昭和五二年）　「金鏡」・「風動く」（昭和五三年）　「青一髪《せいいつぱつ》」（昭和五四年）

なども、その一例である。これは要するに、詩人歌人たちの表現を後より追求するための作業過程に行なわれるべきことであるが、時には表現追求そのものとなる場合もある。

語性追求の基底には「詩語」が存在する。ここで云う「詩語」は、西洋の学者らの説く厳密な意味での「詩語」（poeticdiction）をさすのではなく、詩歌の中に使用された語をすべて「詩語」とみなす。わが上代文学に於ける一つの「詩語」を取り上げようとする場合には、まずその語の中国に於ける時代性、通時性、即ち語の文学史を考察し、しかも更にわが上代人の「受容」の問題にも及ぶべきである。

語性の問題には、絶えず受容のそれがつきまとう。この受容の問題は、国文学の側がなすべきことであり、中国学の側には不必要である。これに対して、詩語の語史的追求は、中国学者は勿論のこと、中国学者ならぬ国文

学畑の私どもも多少は顧りみる必要がある。しかもそれは甚だ容易ならぬ学的作業である。とは云え、その困難さにも拘らず、語史的な見通しはつけねばならぬ。その見通しが適切な方向に進むならば、その詩語が漢語そのままか、それとも非漢語か、多少の判別は可能となる。漢語ならぬ「非漢語」は、即ち和製漢語、擬似漢語であり、所謂「和習語」（「和臭語」）である。たとえば、『凌雲集』所収、平安初期詩人小野岑守の(56)「雑言、於神泉苑侍讌、賦落花篇應製」にみえる、

衆花咲且散（第二句）　花開花落億萬春（第二六句）

について、この前の例と後の例との何れに和習語がみえるか、また後者の「億萬春」は漢語の句か、それとも和製句であるのか（注1）、多少の時間をかけて追求すべきであろう。

「詩語」は漢語の場合に限らない。歌ことば、つまり「歌語」の場合にも関係する。もしも一つの「歌語」——ここでは、大雑把な意の「歌語」をさす——。「詩語」即ち漢詩語に基づくとの疑があるときは、前述の如き漢詩の場合と同様な手順がまず必要である。ことばはそれぞれその出自の秘密を背負って生れている。たとえば、かりに『万葉集』にみえる「春山《はるやま》」が漢語「春山」（chān shān）とは偶同ではなくして、その翻読語であるにしても、詩に於ける「春山」の概念と歌の「春山《はるやま》」のそれとは、必ずしも等価ではない。これを明らかにすることも、萬葉語ハルヤマを「識《し》る」一つの方法ともなろう。漢製語か和製語か、その中間もあろうが、その指摘には慎重な態度で臨まねばならぬ。

二

『万葉集』の文字表記は、自由で流動的である。勿論、官人を中心とするそれぞれの作歌集団内《サークル》に於ては、多少の偏向を示しはするものの、その表記が固定的でないのは万葉人の一般の仕方であった。音を示す場合、如何なる文字によるべきか、それは恣意的であり、そこに各人の自由が許容される。しかもたとえば、「マシヲ」を「猿尾」と表記しても、それは文字通り「猿の尾」の意を示すわけではない。「猿尾」と云う文字表記が「マシヲ」と云う音を示しさえすれば、ことは十分である。一字一音の「麻之乎《ましを》」、「麻師乎《ましを》」と表記しようが、「中尾《ましを》」、「益乎《ましを》」と書こうが、そこには文字選択の自由の幅があった。この点に於て、中国詩の場合は違う。一つの文字は一定の意味範囲をもつ。「猿尾」とあれば、「猿」と「尾」と云う実字のほかは考えられない。そこに文字表記の上に、片や流動性、片や固定性、と云う大きな相違がみられるであろう。

大伴家持も文字表記をかなり自由にする。その中には、漢語に学ぶ場合もあり、その応用とみなし得るものもあり、他の万葉人と異なる表記も少なくない。たとえば、彼の歌の一つに、「大伴家持晩蟬歌一首」があり、その歌に、

こもりのみ、をればいぶせみ、なぐさむと、いでたちきけば、きなく日晩《ひぐらし》（一四七九）

と書く。蟬の一種である「日晩《ひぐらし》」を題詞の「晩蟬」に当てたことは確かであるが、「晩蟬」と書くこの語の「語性」は何か、まずこれが問題となる。「晩蟬」については、私どもの小学館『日本古典文学全集』本の頭注に、

夕暮れに鳴く蟬の意。また季節後れの蟬の意と考えることも可能。

とみえるが、果して十全であるかどうか。その「語性」については説くところがない。他の諸注も同様。

『万葉集』の題詞には、漢語を使用することが多い。前述家持の歌の題詞にみる「晩蟬」が、漢語「晩蟬」（wǎn chán）に当ることはまず予想して然るべきであろう。契沖の『萬葉代匠記』などには、これについて触れ

るところがないが、『万葉集私注』に漢詩に例のあることを指摘するのはさすがである。しかしせめて一例ほどは、その詩を挙げる配慮が望ましい。

「晩蟬」の例は、六朝詩にみえる。陳張正見の詩に、

上林に早雁賓《やど》り、長楊に晩蟬唱《うた》ふ（御㆓幸楽遊苑㆒侍宴）

寒蟬楊柳に噪《さわ》き、朔吹《さくすい》梧桐を犯す（賦㆓新題㆒得㆓寒樹晩蟬疎㆒）

などの例をみる。右の詩のうち、第二例の「寒蟬噪㆓楊柳㆒」に対して、その詩題中に「晩蟬」とみえるのは、「寒蟬《ひぐらし》」が「晩蟬」に当ることを示し、「晩蟬」の語は「ヒグラシ」の意を示すであろう。なお「晩蟬」の詩の例は、寡聞にしてほかの六朝詩に発見しがたい。

家持の題詞「晩蟬」は、その歌の結句「日晩」（ヒグラシ）に当る。しかも「晩蟬」の例を何によって学んだのであろうか、その間の事情は速断を許さない。張正見作の「釣竿篇」が、『懐風藻』の詩人、判事紀《きの》末茂の[25]「臨㆑水観㆑魚」に盗作されたことは周知の通りであり——但し当時の盗作は、現代人の「盗作」と云う概念とやや次元を異にする——、すでに『張正見集』が伝来していて、家持もこれを学んだとも推測することができないでもない。しかし最も確率性の高いのは「類書」のたぐいによることである。

陳張正見「寒樹晩蟬疎詩」（『藝文類聚』巻九七、蟬）

陳張正見「賦得㆓寒樹晩蟬疎㆒詩」（『初学記』巻三十、蟬）

は、すでに挙げた第二例に当る。家持が六朝語「晩蟬」の語を題詞に使用したのは、彼の造語、和製漢語ではなく、「類書」による詩語の受容、その摂取とみなすことは蓋然性が甚だ高い。

前述の如く、漢語「晩蟬」は「寒蟬《ひぐらし》」に当る。但し両者の間に多少使用上の差がある。「寒蟬」は、『礼記』の

「月令」に、

孟秋の月……涼風至り、白露降り、寒蟬鳴く（鄭玄注「寒蟬、寒蜩」）

とみえる如く、古代語である。使用例が甚だ遠く古く、且つ一般的である。『懐風藻』にも、

玄燕翔《かけ》りて已《すで》に歸り、寒蟬嘯《うそぶ》きて且《か》つ驚く（23 秋宴、紀古麻呂）

寒蟬唱《うた》ひて柳葉飄《ひるがへ》り、霜鴈度《わた》りて蘆花《ろくわ》落つ（52 秋日於㆓長王宅㆒宴㆓新羅客㆒詩序、山田三方）

など、二、三の例をみる。後者の詩の全体は、蟬・柳・雁・蘆花などを詠み込み、更に王勃・駱賓王などの初唐詩の詩序的な部分をもつ。拙書『上代日本文学と中国文学 下』（第六篇第一章㈢—⑴ 長屋王詩苑）参照。その一例、

庭前の柳葉、纔《わづか》に鳴蟬を聴き、野外蘆花、行《ゆくゆく》江上を看る（王勃、秋日宴㆓山庭㆒序）（注2）

蟬は鳴く稲葉の秋、雁は起《た》つ蘆花の晩《くれ》（駱賓王、在㆓江南㆒贈㆓宋五之問㆒）

しかも山田三方がこれらを参考にしながらもとの「蟬」を「寒蟬」に改めた点に、古典的なにおいがする。しかし家持はこの古代語的な常用語を採用せず、ここに例の多くない「晩蟬」を「ヒグラシ」に当てたのは、極めて珍らしい。

「晩蟬」について、少し横道にそれて考えてみよう。この詩語は張正見前後の六朝詩に例を発見することはむつかしい。以後、初唐を経て、盛唐詩人杜甫の詩に、

局促《きよくそく》にして秋燕を看《み》、蕭疎《せうそ》にして晩蟬を聴く（秋日夔府詠懐、奉㆑寄㆓鄭監・李賓客㆒一百韻）

を見出す。この「晩蟬」の語について、『杜少陵集詳註』（巻十九）に注なく、また『杜少陵先生詩分類集註』（巻九）に、明人張翮の渭南詩「蕭索渭南客、馬上聞㆓晩蟬㆒」を挙げるが、用例は新し過ぎる。杜甫はむしろ六朝人張正見の語例を再認識し、自己の詩に復活させた詩人とも云えよう。

中唐に入り、白詩圏の詩人たちの詩にも、例の必ずしも多からぬ「晩蟬」の例をみる。白居易の友人である劉禹錫の詩、

古岸夏花發《ひら》き、遙林晩蟬清し（『全唐詩』巻三五五、和下令狐相公晩泛二漢江一書懐、寄中洋州崔侍郎・閬州高舎人二曹長上）

は、その一例。また同じく白居易の友人元稹の佚詩の詩句（『全唐詩逸』未收）の、

寂寞たる此の心新雨の後、槐花の高樹晩蟬の聲（元・封書詩発句云、毎書題作上都字、恨望関東無限情。）（『千載佳句』上、四時部早秋）

も、その一例である。『千載佳句』の撰者大江維時は、この「晩蟬」を早秋の部に分類し、前述の家持の「晩蟬」は夏の部にみえるが、ともに同じ。現に『万葉集』の巻十には、「ヒグラシ」を夏の部にも秋の部にも挿入する。

『千載佳句』の成立は十世紀に降る。金子彦二郎説によれば、延長三年（九二五）以後数年の間の成立かと云う（注3）。白楽天・元稹・劉禹錫など白詩圏の断片は、九世紀の中頃には伝えられたものと推定できる。確実性を求めるならば、『文徳実録』にみえる、藤原岳守奏上の承和五年（八三八）に溯り、その元年（八三四）を中心として、元・白詩の伝来が実証される（注4）。但しそれは、成立した詩集の中の詩に限定すべきではなく、詩の断片、詩句も多く伝えられたものと思われる。元稹の「白氏長慶集序」に、

揚越の間、楽天及び予が雑詩を作書模勒《もろく》し、市肆の中に賣ること多し（元稹自注）

とみえ、元・白の詩の一部が模勒を経て、市井に多く売られたと云う。これらが唐商人によってもたらされ、或は我が渡航者によって大金を投じて購入されたのである。前述の『文徳実録』にみえる、「元・白詩筆」も、『元氏長慶集』や『白氏長慶集』ではなく、むしろ元稹、白居易の詩の詩句の若干を指すとみるべきであろう。両者の『長慶集』の成立以前に――『白氏長慶集』（五十巻本）の成立は八二三年――、嵯峨帝御製に「欹枕《きちん》」の如き

白詩語が『文華秀麗集』（八一八年撰）にみえるのも、この意味に於て理解できる。前述の元稹の佚句にみえる「晩蟬」の語も、このような事情を経て伝わり、平安の人の眼にも触れるようになったのではあるまいか。

　奈良朝を経て、平安官人として最初に「晩蟬」の語を使用したのは、和気《わけ》真綱であろう。彼の伝記は承和十三年（八四六）九月二十七日の卒伝に詳しい（『続日本後紀』参照）。その作が嵯峨上皇在祚時代の詩宴の際の作品である以上、少なくとも弘仁十四年（八二三）以前の作といえる。その作は、「重陽節神泉苑賦二秋可一レ哀、應制」の中にみえ、嵯峨御製に対する淳和ほか官人七名の応制賦群の一つである。この賦群の一端については、嘗つて説いたところがある。『上代日本文学と中国文学 下』（第七篇第二章四(6)賦の技法）参照。真綱の賦の、第三の「秋可レ哀兮」の部分を訓読すれば、

　秋哀れぶべし、短景の微陽を哀れぶ。火の行を遷《うつ》して分《ぶん》を増し、日の晷《き》を廻《めぐ》らして光を収む。晩蟬疎柳に吟《な》き、夜兎《やと》戸堂に臨む……。

となる。この賦の表現の著しい点は、「類書」の『藝文類聚』（歳時上、秋）の佳句を随処に活用したことである。すでに指摘した如く、『藝文類聚』引用の「晉夏侯湛、秋可レ哀」の

　秋可レ哀兮、哀二秋日之蕭條一。火廻レ景以西流……月延レ路以増レ夜、日遷レ行以収レ暉……。

を真綱は右の冒頭のあたりに利用する。また「短景の微陽」も、同書引用の「晉潘岳、秋興賦序」の「微陽之短《たん》晷《き》」――もしくは直接『文選』（巻十三）「秋興賦」――による。また問題の「晩蟬疎柳に吟き、夜兎戸堂に臨む」の句も、同書引用の、

　時禽鳴二於庭柳一、節蟲吟二於戸堂一（宋蘇彦、秋夜長）

による――『初學記』（秋）にも所収――。真綱の「晩蟬」は、右の「節蟲」、秋と云う季節に鳴く虫を改めたも

のであろう。しかし新しく生れた「晩蟬」の語は、前述の「類書」に引用の張正見の詩語によるとみるべきであろう。時代的に云えば、杜甫の例も、またことによると、元稹の佚文詩も真綱の「晩蟬」へと投影したものとみることも可能ではある。しかしこの応制賦群が『藝文類聚』を中心とする「類書」によること大であるとみなされる以上、やはりそれによるとみなす方が最も確実性を持つものと云えよう。

もとに戻って、家持の題詞「晩蟬」も、「類書」引用の語を学んだものであり、個人詩集である「別集」の『張正見集』をひもといた結果ではなかろう。しかもこの語は、六朝唐詩に於てもかなり稀少な語である。家持の「晩蟬」がこれを単に「類書」によったとは云え、中国の文学史的にみても新鮮な語を使用したものとみなされるであろう。ひとつの「万葉語」もゆめゆめおろそかにすることはできぬ。

注1 「億萬春」の一例、初唐蘇味道「奉㆑和㆑受㆓図温洛㆒詩」に、「預奉咸英奏、長歌億萬春」（『藝文類聚』・『初学記』洛水）とみえる。
注2 本文は正倉院巻子本による。『文苑英華』（巻七〇八）詩題、「秋日宴㆓季処士宅㆒序」）に作る。
注3 金子彦二郎『平安時代文学と白氏文集』（「句題和歌・千載佳句研究篇」）参照。
注4 拙著『国風暗黒時代の文学 中(上)』（第二篇第一章一(2)(三) 白詩伝来の問題）参照。

〔附記〕「美夫君志」第二十三号（昭和五十四年三月）所収。

万葉題詞のことば
――「夜裏」・「留女」考――

一

新春の事始め、清初の学者顧炎武の『日知録』を繙く。その巻二十一（黄汝成の「集釈本」による）の「詩題」の項に、

古人の詩、詩有りて後に題有り、今人の詩、題有りて後に詩有り。詩有りて後に題有るは、其の詩情《こころ》に本づく、題有りて後に詩有るは、其の詩物《もの》に徇《したが》ふと。（原文漢文）

とみえ、「詩」とその「題」の前後関係に二つの場合の存在することを述べる。また博文館「明治百科全書」（第十七編）柳井絅斎『作詩自在』（明治二十九年刊）の中にも、

古人は詩を作るに意《い》なくして詩自《おのづか》ら成りたるがために、題は多くは後より付けたるなり。（作詩纂話の項）

とみえる。両説ともに、「詩」と「題」（題詞）とは必ずしも同時の成立でないことを述べる。

これを『万葉集』に適用するならば、「歌」と「題詞」とは、同時の場合もあり、然らざる場合もあることになる。「歌」はその作歌時には、「題」を伴わないのがその当時の一般の傾向であったと思われる。尤も文学意識が高まり、これを他人に示そうとするとき、歌に対する長い題詞も生れて来よう。「作る」意識の強い大伴家持などになると、その殆んどが「題」を伴い――これは歌の「場」（景況）を示す――、それは本人の加えたもの

といえる。しかし柿本人麻呂などの、天平歌人にとって伝説的な歌人ともなっていた者の歌になると、その題詞もまず疑意を以て考えねばならぬ。編纂者もしくは人麻呂以後の某人の恣意による作題の場合も多く、歌も題詞と矛盾するかにみられるふしもある。すでに万葉学者の指摘も少くない。

本稿で述べようとすることは、「歌」とその「題」即ち「題詞」や「左注」との矛盾、その成立前後関係などの考証的方面のことではない。一つの「題詞」がその歌の中の歌語とどのような関係に立つのか、むしろ「題詞」「左注」などの中の万葉語について、その「語性」のいくばくかを思いつくままに考察しようとする。題詞中の「語」については、現代万葉学のうち今もなおおくれているところ、ここに一得の愚を呈したい。

二

大伴家持の天平勝宝二年（七五〇）三月二日作の歌に、

夜ぐたちに寝覚めて居れば川瀬尋《と》め心もしのに鳴く千鳥かも（四一四六）

夜くたちて鳴く川千鳥うべしこそ昔の人もしのひ来にけれ（四一四七）

がある。これは巻十九の冒頭に属する佳作群の中の歌であり、その題詞に、「夜裏聞二千鳥喧一歌二首」とみえる。この「夜裏」の語性果して如何。家持はこれに先立つ天平十九年（七四七）の作「述二恋緒一歌一首并短歌」（三九七八〜三九八二）の左注にも、

右三月廿日夜裏忽兮起二恋情一作（巻十七）

とみえ、「夜裏」は彼のかなりよく使用した語といえよう。因みに右の歌群の題詞「恋緒」は和製語、左注「恋

情」は漢語。それぞれの語の性格、語の出自を異にする。

題詞及び左注にみえるこの「夜裏」は、『佩文韻府』に、王建「短歌行」の、

百年三万六千朝、夜裏分将強半日。

の一例を挙げるのみ。王建は中唐の詩人、生没未詳。『唐才子伝』（巻四）に、

工為《タクミニツクリ》二楽府歌行一、格幽思遠……建性耽レ酒、放浪無レ拘。宮詞特妙二前古一……談間故多知二禁掖事一。作二宮詩百篇一。

とみえ、宮詞、楽府の詩を以て知られた詩人である。『全唐詩』の伝にも、「宮詩百首、尤伝二誦人口一」（巻二九七）と述べる。王建は中唐大暦十年（七七五）の進士、但し一説には貞元（七八五～八〇四）中期の進士とも云う――中華書局（上海）一九五九年刊『王建詩集』前言参照――。家持のこの作歌年代よりみて、王建の例とは無関係であり、むしろ王建のそれに先行する。しかし中唐の例のみえることは、少なくともこれに溯る唐詩に例のあることはまず予想してよい。

その一つに、平安初期の詩人らのよく利用した唐殷璠撰『河嶽英霊集』（四部叢刊、景明翻宋刊本。三巻本・巻中）の中にも例がみられる。盛唐崔国輔の、

客行貪二利渉一、夜裏渡二湘川一（夜渡二湘江一）

は、その珍らしい一例である。また『全唐詩』（巻一一九）には、彼の「従軍行」の詩、

夜裏偸二道行一、将軍馬亦瘦。

も収める。「唐人選唐詩」である、総集『河嶽英霊集』は、盛唐玄宗の天宝十二載（七五三）ごろの撰と云う。この唐代詩集がかりに平安時代以前に伝来していたと仮定しても、家持の「夜裏」はこれに少し先行する。但し何

らかの機会によって、崔国輔自身の詩に出会い、これを学んだとみることは、かつがつ可能であろう。しかしこれはあまりにも窮屈すぎる。

右の崔国輔の「夜渡㆓湘江㆒」は、倣宋本『河嶽英霊集』（二巻本・下巻）には、盛唐孟浩然（六八九〜七四〇）の詩としてみえ、『文苑英華』（巻二九一）にも孟浩然の作とする――但し「夜裏」を「闇裏」に作る本もあることを指摘、『全唐詩』、游信利『孟浩然集箋注』も同様――。もし孟浩然の詩とすれば、伝来の機に乗じて、家持がこの「夜裏」の語を学んだとみることは、時代的にみれば、多少の可能性はあり得る。しかし「夜裏」と云う、唐詩に於てもあまり使用されない語を家持が使用したことについては、やはり疑問がないでもない。

「夜裏」は、「―裏」系の語に属する。たとえば、六朝艶情詩集である『玉臺新詠』を例にしてみても、

房裏　裳裏　心裏　帳裏　家裏　花裏　窓裏

など、「何裏」の例は二十数例にも及ぶ。また唐代小説『遊仙窟』にも、

内裏　房裏　園裏　箱裏　夢裏　心裏　手裏　腹裏　頬裏　鼻裏

など、十数例をみる。このような「何裏」の例によって、家持の「夜裏」の例も案出されたかも知れぬ。「夜裏」は、『金瓶梅詞話』（第八十六回）や、現代語（yeh・li）にもみえ、俗語的な性格をもつ語であり、そのため古い文献にはあまり見えないといっても必ずしも誤ではなかろう。

題詞に見える家持の「夜裏」は、歌の中の「夜ぐたちに」「夜くたちて」に相当し、夜の範囲内を示す夜のうちに、の意。ここに「何裏」にまつわる語、「―のうち」の意をもつ語の成立が考えられる。同じ巻十九の家持作「追㆓和筑紫大宰之時春苑梅歌㆒」（四一七四）にみえる、

春裏の楽しき終へは梅の花たをり招《を》きつつ遊ぶにあるべし（天平勝宝二年三月二十七日）

の「春裏」もその一例とみられる。漢語「何裏」の応用と日本語「うち」との結合の結果、「春裏《はるのうち》」と云う語が生れたとも云えよう。『日本古典文学全集』の頭注に、「春における遊びはさまざまあるが、その中の、の意か」とみえるが、「春の内の」の意とみるべきであろう。なお「春裏」は、盛唐詩以前に例がなかなか見あたらない。家持の「春裏」は恐らく造語であり、文字表現よりみれば、「何裏」の応用といえよう。因みにこの歌の題詞中の「春苑」は、唐代詩語とみるべきであり、これに対する「春園」は六朝詩に多い語である。詳しくは、拙稿「漢語享受の問題に関して――『万葉語』の場合――」（「高野山大学国語国文」第三号）参照。

「何裏」系語の中に、さらに家持の「内裏」もある。それは、「十二日（天平勝宝五年正月）侍二於内裏一聞二千鳥喧一歌」の題詞をもつ歌であり、

川渚《す》にも雪は降れれし宮裏《みやのうち》に千鳥なくらしゐむ処無み（四二八八）

とみえる。題詞「内裏」は歌語「宮裏」に同じ。この語は、「何裏」の語に属しながら一般にかなり多くみられる。「内裏」は、『遊仙窟』に、

忽聞二内裏調一レ箏之声一（醍醐寺本・真福寺本「ウチツカタ」、陽明文庫本「ウチカタ」）

とみえ、もとは家のうちの意。内裏《だいり》即ち宮中の意は、その特殊な場合であり、ここはそれである。この「内裏」の意味する「宮裏」の例は、『玉臺新詠』の梁簡文帝の詩、

殿上図二神女一、宮裏出二佳人一（巻七、詠二美人観画一）

にもみえる――「宮裡」に作る文化三年の和刻本もある――。家持の歌の「宮裏」はこれに同じく、宮中の意。この「宮裏」に同じ意味をもつ「題詞」の「内裏」は、前述の如く、すでに特殊的に固定化した例であり、『遊仙窟』の例とは意を異にする。

なおこの「何裏」の一群かと思われるものに、大伴書持（流布本「家持」）の、「追㆓和大宰之時梅花㆒新歌六首」中の第五首、天平十二年十一月九日作の、

遊内の楽しき庭に梅柳をりかざしてば思ひなみかも（三九〇五）

がある。この「遊内《あそぶうち》」については、諸注一定しない。『古典文学大系』は、「遊ぶ現《うち》（現在）」と解する。もし「遊内」を「遊裏」とみなすならば、これも漢語の俗語系の「某裏」とこれを訓読化した歌語とによって誕生した新造語ではなかったか。ここにつたない一案を提出する。

同じことを再び繰り返すならば、歌意と比較して、「夜裏」は夜のうち、夜のうちに、の意。この語の出自を、唐人孟浩然や崔国輔の用例などとみなすことは、やはり苦しい。何裏の例は六朝以来甚だ多く、しかもむしろ俗語的方向をもつ語である。このような語性と日本語の「―のうち」と合わせて家持が造語したのかも知れない。尤も、上代詩を集めた『懐風藻』にも「何裏」の例を十数例みるが、その殆んどが漢語に未見。「園裏」（文武天皇、詠雪）のみが『遊仙窟』のそれに一致する。やはりこれは上代人一般の造語法の一つとみられ、家持もその方法に学んだとみるべきであろう。もしそうとすれば、「夜裏」は漢語（中国語）と日本語との混合によるものである。語性、語の出自の指摘は甚だむつかしい。

三

題詞、左注などのうち、「留女」も、私には気にかかる語である。それは、巻十九の「従㆓京師㆒贈来歌」に、

山吹の花取り持ちてつれもなく離れにし妹をしのひつるかも（四一八四）

とみえ、その左注に「右四月五日（天平勝宝二年）、従㆓留女之女郎㆒所㆑送也」と云う。また家持が妻に代って贈る歌二首（四一九七・四一九八）の左注にも、「右為㆑贈㆓留女之女郎㆒所㆑誂㆓家婦㆒作也。女郎者即大伴家持之妹」とみえる。「留女」が誰であるかは別として――誰を当てるべきか、詳しくは山本健吉氏『詩の自覚の歴史――遠き世の詩人《うたびと》たち――』（第十七・十八章）参照――、「留女」自身の語性が気になる。巻四（五〇〇）の題詞「碁檀越往㆓伊勢国㆒時、留妻作歌一首」の「留妻」（家に留る妻、留守居の妻）より推して、「留女」は家に留る女人の意とみるべきであろう。しかし「留女」は和製語か否か、多少考慮すべき語である。この聯語についての諸説は、ともかくとして、本誌「上代文学」（第三十五号）所載、川口常孝氏の「『京の丹比の家』考」の見解は新鮮である。それによれば、『文選』（二十五）謝恵連「西陵遇㆑風献㆓康楽㆒」の其二の詩、

悽悽留子言（悽々《せいせい》たる留子《りうし》が言）、眷眷浮客心（第五・六句）

の「留子」によって、家持が「留女」の語を新造したものと云う。前の句は、あとに「留まる君」は悲しい別離の言葉を述べる、の意、「留」は留まり残る意である。六臣注は当時まだ伝来してはいないが、試みにこれを慶安版本によって示せば、「留子ハ霊運（ノ）住（ヲ）謂フナリ」とみえる。「住」は留まる意。川口説は恐らく妥当であり、納得のゆく見解である。

なお多少参考となるべきものをあげると、万葉人の云う「手師《てし》」、王羲之の書翰類、即ち法帖の中に「留女帖」

吾去日欲㆓留女過㆑吾去㆒、自当㆑送㆑之、想可㆑垂㆑許㆓一出㆒、未㆑知還期……。

（宋人岳珂『宝真斎法書賛』巻七所収）がある。

この「留女帖」は、句読点など私にとって甚だむつかしい。これは『漢魏六朝百三名家集』に「夫人帖」としてみえ、右の試みとは句読点、つまり「よみ」も大分違う。しばらく自信のない試案による。これは、「先日来、

娘を引き留めて私のところにたちよらせたいと思っています。出発の時には私自身で送ってゆくつもりです。おゆるし下さるでしょう。その還る期日はまだわかりませんが……」といった意であろう――「一出」をどの句につけるか、ひろく看官の御教示を待つ――。この「留女」は女《むすめ》を留める意。しかもこれは自他何れにも換わる語であり、やがて「留まる女」の意にも転ずる。家持の左注「留女」はこの意として使用したものであろう。ここで私は、「留女」を王羲之の「留女帖」によるものと断ずるわけではない。しかしこの語の背景には多少の漢語の影が存在し、単なる「留まる女」という日本語そのものとは云えないふしがある。

『万葉集』、その歌は勿論のこと、「集」の中にみえる表記はすべて『万葉集』裏にある。題詞や左注の語も無視すべきではない。特にこれらの中には漢語の表記が多く、家持などは歌に対して、なるべく漢文的に題詞・左注を書こうと意識する。たとえば、家持の題詞中の「晩蟬《バンセン》」（一四七九）は、歌の中の「日晩《ひぐらし》」に同じ。この「晩蟬」は漢語なるか、和製語なるか、これも題詞をめぐる問題の一つとはなろう――拙稿「語の性格――万葉語『晩蟬』の場合――」（「美夫君志」第二十三号）参照――。しかもこのたぐいの問題は、『万葉集』全体に及ぶことを要し、今後残された部分と云えよう。

（あとがき）この稿は、昭和五十四年五月仙台に於ける上代文学会大会第一日に口頭発表すべき一部であったが、当日つまらぬ私の長い前置きのため、言ここに及ばず、初めて起稿するものである。

〔附記〕「上代文学」第四十四号（昭和五十五年四月号）所収。

暮年三省

――「霏霰」再考――

一

私は、最近「私なりのもの学び――漢語表現雑俎――」（「国語と国文学」昭和五十六年七月号）と題する小考、と云うよりは随筆に近いものを書いてみた。それは、要するに、私の残年遅暮に於ける過去の反省の一端であるが、今後も、いくばくかの歳月をこれについて同じく書き続けてゆこうと思う。ともかくもかなり可能性のある書窓生活、反省材料に困ることはまずなかろう。

「反省」には、すでに発表した私見を再び自ら検討する場合と、他人より受けた批判に対する検討の場合とに大別できよう。云わば、それには能動的自律的と受動的他律的との差がある。尤もこれとても、いちいちの場合によっては、反省の仕方も必ずしも同じくはない。たとえば、私見を「誤解」して、堂々と論陣を張られる場合には、如何に対処すべきか、聖人君子ならば黙ってもいよう。しかし愚人のあさはかさ、「よく読んでみて下さい」とばかりに、止めるわけにはゆかぬ場合もときにはある。一例をあげると、六朝詞華集『文選』についての私の無理解さに批判を求める中国学者側の意見は、一、二にとどまらない。これは甚だしい誤解である。一体上代官人の登庸の道に、この『文選』を無視しては生きてゆけないこと、令文法規に示す如くである。いくら何でもこれを無視することがあろうか。しかも開き直るのはやはり大人げないこと。ここでは前者の「反省」、即ち自ら発表した私見の補正の場合に限定して考えてみよう。例は、「柿本人麻呂歌集」にみえる「霏霺」について。これに関しては、『上代日本文學と中國文學 中』・「万葉用字考証実例(四)」(『萬葉集研究 第七集』)にも少しは述べたが、更に再考してみたい。

二

『万葉集』(巻十)の冒頭に「春雑歌」群が配列され、

ひさかたの、あめのかぐやま、このゆふへ、かすみ霏霺《タナビク》、はるたつらしも(一八一二)

のほか、他の四首(一八一四・一八一五・一八一六・一八一七)も、この「霏霺」の字を使用する。「霏霺」は「タナビク」と訓読するよりほかはなかろう。とすれば、人麻呂もしくは人麻呂歌集の撰者がこの二字を「タナビク」に当てたわけであり、まず問題はなかろう。しかし同義の漢語「霏微」(fēi wēi)が日本語の「タナビク」にうまく適合するか否か、考えるにつけて私には納得できたわけではない。戦後の昭和三十四年に刊行された『漢訳万葉集選』がある。これは来日した経験のある中国の学者銭稲孫の抄訳であるが、巻十のこの歌群は遺憾ながら一首も取上げていない。もし彼が漢訳したとすれば、果して「霞」に続くこの「霏霺」をそのまま使用したかどうか切に知りたいところでもある。

漢語の「霏微」の例については、既に十数年前にかなり多くを示したことがある。前述拙著(第五篇第四章(一)文字の文学性)参照。その諸例のうち、六朝詩の数例を、如何にして人麻呂が学んだのか、そのもとの書物は何か、などと疑問をもつ人もあろうし、実は私自身もそうであった。当時の私といえば、『漢魏六朝百三名家集』

などをかなり時間をかけて繙き且つ摘出したのである。暮年の現在ならば、恐らく便利な『佩文韻府』をまず披くことであろう。しかしこれには盛唐杜甫と晩唐徐鉉の詩の一例宛がみえるのみで、これらを人麻呂が学んだとみる可能性はない。『佩文韻府』の語例は、人力の致すところ、必ずしも完全とは云えない。国文学者の中には、これを金科玉条とする人が多いが——中には諸橋氏の『大漢和辞典』をさえも——、「霏微」の例に於てさえも危く、更に古い例を示すべきであろう。用例の検出には、『佩文韻府』を披覧すると共に、なおこれに附加すべきである。このことについては、今後の他の小考に幾たびも繰返そうと思う。「入法外《いりほが》の差出口」としても、許したまえ。『文選』・『玉臺新詠』などには、この語はみえない。

人麻呂がこれを知る便利な書はやはり「類書」であり、その頃すでに伝来していた『藝文類聚』であった。これに気付かなかったのは、実に私の迂闊である。即ち旧著にあげた六朝の四例は、

(1)梁元帝の「謝㆘勅送㆓斉王瑞像㆒還㆖啓」——「鮮雲靉靆、暫掩㆓晨離㆒、甘雨霏微、猶蔵㆓宿霧㆒」（巻七十七、内典下、寺碑）

(2)梁沈約の「見㆓庭雨㆒応㆑詔詩」——なし。但し『初学記』（巻二、天部下、雨）に「霢霂裁欲㆑垂、霏微不㆑能㆑注」とみえる。

(3)梁任昉の「王貴嬪哀策文」——「霜霏微而初被、野空籠而始彫《シボム》」（巻十五、后妃部、后妃）

(4)梁王僧孺の「侍宴詩」——「散漫軽煙転、霏微商雲散」（巻三十九、礼部中、燕会）

の如く、当時将来されていた「類書」に例がみられる。但し(2)は、『初学記』の伝来に照らして、人麻呂の眼には触れなかったものと推定されるが、ともかくも、『藝文類聚』による限り、その二、三の例は人麻呂も知っていたかと思われる。私の嘗ての平生の時、かなり時間を費して探し得た用例も、実は人麻呂にはさほど時間を

要しなかったかも知れぬ。

右の諸例によれば、雨、霜、雲など天然気象現象の状態、その形容にこの「霏微」は使用される。更に例をあげると、隋盧思道「納涼賦」の、

動二颼飀於翠帳一、散二霏微于綺寮一。

は、露の形容。また初唐張九齢「奉レ和二聖製瑞雪篇一」の、

初瑞雪兮霏微、俄同雲兮蒙密。

は、雪のそれである。なお初唐王勃「青苔賦」にも、「霏二微君子之砌一、蔓二延君侯之堂一」（四部叢刊本）とみえ、これは苔の繁くはびこる形容であるべきところ。しかし「霏微」は苔の形容としては疑わしく、清人蔣清翊『王子安集註』の本文「菲」に従うべきであり、旧著の一例は除去すべきである。因みに、「菲微」は、『文選』（巻四）左太沖「蜀都賦」に、

日往菲薇五臣作レ微、月来扶踈（六臣注「菲微扶踈ハ果木茂密貌」）

とみえる如く、草木の繁茂、密生する様を云う。やはり畳韻をもつ「霏微」は、雨雪雲霜などの降る、ちらちらすると云った、動きのある自然現象の形容を示すことになる。

一般に語は元来の意を保ち続けて後代にまで及ぶ場合と共に、更に新しく意を転化する場合もある。「霏微」の語をひろく捕えるには、日時を以てする受容問題とは無関係ではあるが、やはり人麻呂前後、即ち盛唐明皇帝玄宗時代以後の例もひと先ず顧慮する必要がある。今まで私がこの態度を採らなかったのは、やはり未熟であったと云うべきであろう。「唐人選唐詩」にみえる数例をあげると、

「靄」の例——「霏微傍二青靄一、容与随二白鷗一」（樓穎「伊水門」、『国秀集』巻中）

「雨」の例――「廻合雲蔵㆑月、霏微雨帯㆑風」（李端「巫山高」、『御覧詩』）。

「雲」の例――「霏微依㆓碧落㆒、髣髴誤㆓非雲㆒」（盧殷「欲㆑銷雲」、『御覧詩』）

などがみえるが、これらは六朝詩の用例に同じ。盛唐の代表詩人杜甫の詩にもその二例をみる。

苑外江頭坐不㆑帰、水晶宮殿転《ウタタ》霏微（曲江対㆑酒）

に対して、和刻本『杜律集解』（鼇頭増広本）に「霏微ハ烟霧之貌ナリ」とみえ、また

曠望渥洼道、霏微河漢橋（哭㆓王彭州掄㆒）

に対して、和刻本『杜少陵先生詩分類集註』（巻十二）に、「霏微ハ渺茫之貌」とみえるが、これによれば、ボッとかすむ、けむる状態を形容したものである。しかしこの注にも拘わらずやはり「霏微」には動きがあり、静止的ではない。

総じて云えば、「霏微」は雨の形容としてよく使用される。盛唐末中唐詩人銭起の、

江雨正霏微、江村晩渡稀（「江行無題一百首」）

は、その一例。また中唐釈皎然の「微雨」の詩もその例である。この詩は、「唐人選唐詩」の一つ、『極玄集』にみえ、後に南宋周弼編の『三体詩』にも選ばれていることは、それが評価されたことを示すであろう。その「微雨」の詩に、

霏微過㆓麦隴㆒、蕭散傍㆓莎城㆒――『三体詩』には「雨」と題し「蕭散」を「蕭瑟」に作る――

とみえる。雨が「霏微《ひび》として麦隴《ばくろう》を過ぎ」は、『三体詩』の注釈書『素隠抄』（『三体詩素隠抄』）に、

言ハ。此ノ雨ハ。大雨ニテハ。ナフテ。霏微ト。トブコト。スコシキニシテ。麦隴ノ辺リヲ。過ギ。……

（巻三之五）

とみえ、小雨がさらさらとさっと麦畑を通り過ぎる場合に用いる。この反対に、晩唐徐鉉の「九日雨中」にみえる「茱萸房重雨霏微、去国逢レ秋此恨稀」は、重く降りかかる雨の形容である。しかも何れも雨に関係する。しかもこれらの「霏微」は静止的ではない、動きがある。宋代の詩人陸放翁（陸游）は雨の形容にこの語をよく使用する。たとえば、

蕭瑟度二横塘一、霏微映二繚牆一（晩雨）

の例は、恐らく微雨、薄く降りかかる細い雨の形容であろう――この詩は前述皎然の「微雨」に暗示を得たか――。また、

零落野雲寒傍レ水、霏微山雨晩成レ泥（深居）

にしても、かなり動きつつ細やかに降る例であろう。

陸放翁の詩は、近世・明治の文人たちに愛好された。その詩の使用例も一つの原因ではあろうが、明治期には雨に関して使用されることが多い。そのいくばくかを示そう。明治七年の序をもつ『京猫一斑』（『鴨東新誌』）と云う、成島柳北の漢文体雑記、云わば繁昌記ものの中に「東山吟」があり、――明治十年文芸雑誌『花月新誌』に発表――その中に、

東山暮送霏微雨、絲絲《しし》渡レ水《かは》濺《そそぐ》二茅宇一

とみえる。柳北の紀行文「澡泉紀遊」（『熱海文藪』所収、明治十一年）にも、「十一日、雨猶霏微、出遊ス可カラズ」とみえる。また明治思想家中江兆民がその『一年有半』の中で激賞した詩人森槐南、その詩の「南都冶春絶句十二首」（明治二十二年作）にも、

古寺斑鳩啼不レ断、生駒山翠雨霏微（第十首）

とみえる。槐雨の詩の弟子である政治家伊藤春畝博文の詩「恭賦呈二忠正公廟一」の、

寄謝霏微池畔雨、無名野草亦沾レ春（明治三十五年四月十五日作）

も、雨の形容である。また小説の例をあげると、丹羽純一郎訳の小説『花柳春話』（附録、明治十二年）に、

寒雨霏微《ヒビ》トシテ硝窓《セウサウ》ヲ撲《ウ》チ、朔風凛烈《リンレツ》トシテ屋角ニ吼《ホ》エ……（第五章）

とみえる。

これを溯ると、中世五山の僧龍泉令淬『松山集』の、

籔レ寒雪意未レ成レ英、散洒霏微悵二客情一（「寒雨」）

にしても、また近世幕末の詩人高階春帆『春帆樓百絶』の、

霏微春雨暗二江頭一、楊柳風生縷縷柔（「春雨寄二友人一」）

にしても、雨の降る形容である。『詩林良材』（貞享刊行文化校正版）の「雨」の項に、

霏《ヒ》々小雨ノフル貌　霏微《ヒビ》雨細ヤカニフル貌（天文部雨、巻上）

とみえるのは、作詩に使用するためにこの詩語「霏微」の存在を示す。しかし雨の動きつつ降る疊韻の形容詞では、前述の人麻呂歌集の「霞霏霺」への解答とはならない。「霞」の類と結ばれた「霏微」の例を考える必要がある。

三

すでに例を示した如く、「霏微」は、雨のほかに靄や雲の類の形容ともなる。初唐の例を示すと、劉憲「奉レ和レ

幸二白鹿観一応制」の、「玄遊乗二落暉一、仙宇萬霏微」は、建物のあたりが霞んでいる形容。また『全唐詩』欠の詩、八世紀頃かと推定される敦煌出土唐人詩集残巻（P.2555）の「白雲歌」、「展転霏微度二碧空一、碧空不レ見浮雲近。……」は、雲の形容である。また盛唐末高儇の、

杳靄無二定状一、霏微常満レ林（東峯亭各賦二一物一得二林中翠一）

は靄の形容である。盛唐盧鴻の、

霏微陰壑兮気騰レ虹、迤邐危磴兮上凌レ空（「期仙磴」）

も、靄の類がたちこめる形容。しかも動きがある。前述の如く、わが近世・明治の詩に於ても、「雨」の場合が多いにしても、やはり、

一柄蒲葵臥亦揮、西山煙翠転《ウタタ》霏微（入江若水「客中自攄」）
籊々《テキテキ》竹竿垂二石磯一、秋烟秋水晩《クレテ》霏微（「秋江帰魚図」）

など、煙霞の形容としても使用される。

このように、「霏微」の語は、天然気象現象の形容として雨や雪のほかに、雲や霧などとも結ばれる。従って、人麻呂歌集の「霞霏霺」は、例は私には発見できないにしても、表現として必ずしも不合理ではないようにも思われる。

ここに思出すのは、今はなき硯学吉川幸次郎先生及び梅原猛氏、私との三人の鼎談である。時は京洛の晩春、場所は祇園に近い某料亭、速記編集者三名加わる。詳しくは、文芸雑誌「すばる」（昭和五十一年六月）参照。後に梅原氏の『万葉を考える』（昭和五十四年、新潮社刊）にも所収。かなり長い時間をかけて、人麻呂はこの語をどこで知ったか、「タナビク」と訓んでいいのか、など論じ合う。吉川先生の発言として、

気象現象として軽いものが長く伸びているのが日本語の「たなびく」でしょうが、漢語としての「霏微」に私の持つイメージは少しちがう。ぽつぽつとおぼろな点をなして存在しているのであって、必ずしも連続ではない。雨はそうでしょう。雲もそう言い得るはずです。霜は一層そうです。「霏微」は連なる中国の用例は、まず「雨霏微」でしょう。しかし雨は「たなびく」と言いますかね。その辺からいえば、「たなびく」に「霏微」という字をあてたのは拡張解釈ということになりますね。

と、速記録にみえる。更に「木葉凌而《しのぎて》霞霏霺」（一八一五）について、「木の葉を縫って霞がちらちらと散らばってる……」の解を示されたのであった。

「霏微」の意を拡大したと云う「拡張解釈」は誠に至言である。やはり拳々応用すべきであろう。但し、気象現象として煙霧雲煙の形容に「霏微」が使用されることは、これを同じ類の「霞」にも適用できよう。中国の詩にみえる「霞」は、雲（煙雲）をも云い、また夕焼け朝焼けをも云う。従って、霞に対する上代人のイメージと中国人のそれとの間にかなり差がある。とすれば、かりに中国の詩に「霞霏微」とあっても必ずしもわが「カスミ」をさすわけではない。「カスミ」の意はひろい。しかし、万葉人の「霞霏霺」の表記は当然「かすみ」である。「霞」は「タツ」、「タナビク」などと続くのが『万葉集』の常であり、「霞」が三音である以上、「霏霺」は四音、即ち「タナビク」よりほかに訓はなかろう。

その点で幸いにも先年「タナビク」と訓む例が、私の先輩大坪併治氏によって示されたのである。それは、阿形本『大毘盧遮那経義釈』であり、

猶如㆓九重月輪㆒作之、作如㆓霏微白雲霧状㆒而住㆓其中㆒……（唐一行記『大毘盧遮那成仏経疏』巻十二「悉地出現品第六之余」）

の「霏微」の右傍訓に、平安初期と推定される訓「太奈比久」（タナビク）とみえる。詳しくは、『大谷女子大国文』（第九号）「阿形本『大毗盧遮那経義釈』の訓点」参照。大坪氏の訓によれば、「霏微《タナヒ》ク白（き）雲霧（の）状のごとく（して）……」とある。この例にみる如く、気象現象の「雲霧」に続く「霏微」は、日本人ならば「タナビク」と訓むのが一般である。従って『万葉集』（巻十）の「霞霏霺」は、やはり定訓の如く「カスミタナビク」である。中国の詩ならば、「雲霏微」「靄霏微」「煙雲霏微」「煙霞霏微」とあるべきところ。しかもその意には動きがある。しかし万葉人にとっては、むしろ代表的なものは「霞《かすみ》」であり、「霞霏霺」と表記するのは当然である。気象現象ならば「霞霏微」でよいわけではあるが、中国人の表現にはそれが「霞」の意からみてなかったのである。もし前述の如く、銭氏の漢訳があったならば、恐らく「煙雲（煙霧）霏微」とでも表現したであろう。そこに日・中人の間に多少の隔りがある。しかも万葉人には「霞霏霺《たなびく》」といえば、「霞軽引《たなびく》」に同じく、静止的である。万葉人の「霞霏霺」は表記としては、かつがつ中国人にも可能な表記ではあるが、意味の上に、静と動との差がある。むしろ、

こらがてを、まきむくやまに、はるされば、木葉凌而、霞霏霺（一八一五）

ならば、木の葉を縫って霞が「チラチラ」散らばる意として、中国人にもやや首肯されよう。但し「霞」の字がやや不適。「霏霺」が「タナビク」と訓める以上、もはや問題はない、と云うのは、過去の私のみであろうか。やはり「霏微」の「語性」の検討が今の私には必要であり、詩語としての「霏微」の語義の展開はもちろん、わが上代人のその適用の仕方をも考えるべきことを必要とする。前述の如く、吉川・梅原両先生と私との鼎談は何も準備はなかったのである。しかし吉川先生の詩語に対する感覚は、熟読するにつけて益々深い。万葉学者もよく読んで頂きたく思う。永井荷風が自讃した「夜の三味線」（『紅茶の後』所収「冷笑につきて」）の態度の如くに。

なお万葉人の「霞たなびく」、つまり空に静かに軽く「タナビク」意ならば、中国人はどのように表現するであろうか。幸いにも『万葉集』の他の歌について、銭氏の漢訳がある。

かすみたち、はるひかきれる（二九）――→「漂渺如レ流春霞起」（銭氏七言詩訳）

をふのうらに、かすみたなびき（四一八七）――→「遥瞻乎布浦、浦上流二春霞一」（同五言詩訳）

はるののに、かすみたなびき（四二九〇）――→「軽霞遍二春野一」（同五言詩訳）

つまり、静止的、浮遊的な「タナビク」は、「流」、「軽（引）」に漢訳される。つまり巻十の歌の場合の「霞たなびく」ならば、漢訳としては、「霞流」「霞軽」などと表記すべきであろう。これを「霞霏霺」と表記したところに、人麻呂の見解がある。「霏微」は経書のことばではない。一般に詩語であり、仏典にも例があること、前述の如し。

人麻呂はこの語を何によって知ったのであろうか。出典、その受容が問題となる。『藝文類聚』にも例があり、盛唐詩にもかなりみられることは、何れもその範囲内にある。また仏典にも例がある。ほかにも巻十一の人麻呂歌集に仏典語「荘厳」（かざる）（二三六一）を使用する。しかしそれがそのまま「霏微」を仏典語とみなすわけにはゆかない。とすれば、やはりこの語の受容は依然として不明。あるいは既に失われた手近な漢籍に例が多かったかも知れぬ。しかもやはり漢籍には、「霞」と「霏微」と結びついた例は存在しなかったであろう。「霞霏霺」としることは、人麻呂的である。

私は、いちいちの「万葉語」を大切にする。その表記には、万葉びとのいのちがこもる。最近、「語性」、即ち語の性格をよく説くのはそのためでもある。

〔附記〕「美夫君志」第二十六号（昭和五十七年三月）所収。記すべきことは、文中にてすべて語られている。

なお、この「霏霺」についての考察は、著者の念頭から離れなかったと覚しく、遺著『漢語逍遙』（第二部第五章『佩文韻府』・『文選』を読まぬ日はなし）に言及がある（その「二節」）（平成十年三月二十日、岩波書店）。

初出は、「『佩文韻府』を読まぬ日はなし——漢語表現の問題をめぐって——」（「萬葉」第百五十七号。平成八年三月）。

漢語の摂取

――漢語「立春・立秋」と「春立つ・秋立つ」など――

一

モウ五年トモタナイデアロウカラ、今ノウチニアレコレト書キ残シテ欲シイ……云々と、某氏の言を某々氏がそのまま伝えてくれた。昨年の晩秋のこと。然り、わたくしという老措大《ろうしょせい》はいくらいのちを延長しても、十年ともたないであろう。とはいえ、あれもやりたい、これもやりたいといった、一種の焦りか諦めが、現在のわたくしの周辺を襲う。ふと傍の「萬葉語箱」を開くと、その一つに漢語「立春」のカード一片。何かにはなろう。

「立春」といえば、すぐ思出されることばは「春立つ」である。『萬葉集』にも、無名歌人たちの歌、

ひさかたの、あめのかぐやま、このゆふへ、かすみたなびく、春立つらしも（一八一二）

うちなびく、春立ちぬらし、わがかどの、やなぎのうれに、うぐひすなきつ（一八一九）

や、大伴家持の歌、

あらたまの、としゆきがへり、春立たば、まづわがやどに、うぐひすはなけ（四四九〇）

つきよめば、いまだふゆなり、しかすがに、かすみたなびく、春立ちぬとか（四四九二）

などがありはするものの、それほど例は多くはみえない。この「春立つ」が「立春《りっしゅん》」（lì chūn）に基づくことは、

当然の事実として認めたためであろうか、萬葉注釈書のたぐいには改めて解くところが少ない。「萬葉語」の解釈は——ここでは『萬葉集』にみえる語をすべてそのように仮称する——、その注釈書のみにみられるとは限らない。過去の学者たちは、広い立場に立って考察する場合が多かったのである。漢語と和語の間をよく見過したのは、何といっても近世の漢学者、詩人などである。わたくしどもは「萬葉語」をその注釈書のみによって学ぶが、むしろ当時の漢学者の詩論、随筆などをも大いに援用すべきこと、人はいざ知らず、わたくしなりに漸くこのごろさとり始めたのである。

『萬葉集』の「霞《かすみ》」にしても、漢語の「霞」（xiá）とは相異なること、学徒ならば誰でも知っているところ。しかもその差を懇切に説いたのは近世の学者たちであった。最近読んだ雨森芳洲《あめのもり》の漢文随筆『橘牕茶話《きっそう》』（天明六年一七八六刊）にも、

日本所謂加須美《カスミ》当レ用二靄《ノ》字一。用《ルモ》二烟字一亦可《ナリ》。如《ク》二烟花・烟波等類一、皆氤氳冥濛之状也。霞者保天利《ホデリ》一名野気《ヤケ》、非二加須美《カスミ》一也。嘗観二朗詠集一、載二田子浦人歌一云々。由レ是観レ之、当時之人亦知三霞之為二保天利《ホデリ》一。不レ知従二何時一而誤二用《ルヤ》霞字一耶（巻上）

とみえる。かかる強い指摘があるゆえに、それに引かれて、ひとたび上代の詩や歌に出現する「霞」をいちいち取上げてみたのが、第四十二回萬葉学会の公開講演のなかの演題「詩と歌」であった。「立春」「立秋」と「春立つ」「秋立つ」もそのような一例といえよう。要は、先人の見解を批判しつつ尊重する立場にほかならない。

二

「春立つ」は「立春」の飜訳語ではなく、実は「春立《しゅんりつ》」をそのまま日本語に採用したという説が近世の学者間の一部にある。もしこれが正しいとすれば、「春立」より「春立つ」へと、ことは極めて簡単である。しかもその当否を論ずるには、まず「春立」という漢語が有りや無しや、その有無が問題になる。学僧六如《りくによ》上人（釈慈周）の『葛原詩話《かつげんしわ》』（天明七年一七八七）に曰う、

立春ヲ和歌ニ「春立《ツ》ト云ハカリニヤ三芳野」ナドヨム。詩ニ春立《ツ》ト用タルヿ。楊升菴《カ》歳暮ノ詩ニ、村灯社酒簇《ス》二辛盤《ヲ》一。春立《チ》星廻《テ》臘《ニ》已残《ル》トアリ。コレラハ韻府ニモ不レ収《メ》。立秋ヲ秋立ト用ルモ。例シテ亦可ナリ（巻二「春立」）

と。「楊升菴」は明人楊慎、「韻府」は『佩文韻府』。韻府に収めないことは、一般に例が多くないことを意味するが、六如上人の心の裡にはやや得意げな口吻が覗われもしよう。しかし彼にはやや用例に不安があったのか、その『葛原詩話後編』（文化元年一八〇四）に、

前編ニ春立ヲ証ス。楊升菴ヲ引ク。前ニ孟浩然和二張丞相春朝対《ヲ》レ雪詩アリ。曰迎レ気当《リ》二春立《ノツニ》一承レ恩喜二雪来一

（巻二「春立」、句読点筆者）

と述べ、更に盛唐孟浩然の詩の「春立《ノツ》」をあげる。これによれば、「立春」ならぬ「春立」の例も、更に溯っても存在したことになる。

しかしわたくしは古人の説といっても直《ちょく》には従わない癖がついている。まず前者「歳暮」の詩を例にすれば、この詩の如く、平仄は、

村灯社酒簇二辛盤一、春立星廻臘已残

は正しい。もし下句を、「立春星廻臘已残」とするならば、平仄が合わないことになる。即ちもとの「立春」と

あるべきところを韻の関係上「春立」に改めたもので、偶然そこに「春立つ」という和語と一致したことになろう。もしそうならば、「春立」の語の存在を認めるよりも、もとはやはり基本語の「立春」であったといえよう。但し意味の上では大差はない。次に孟浩然の詩については、前述の、「迎気当春立」は、明刊本の本文であり、宋本・全唐詩本・文苑英華本などは「春立」ではなく「春至」となっている。また解放以前に影印され、その印行数が極めて少く、流伝の広くないという宋蜀刻本唐人集叢刊の『孟浩然詩集』（一九八一年刊）にも、

迎気当春至、承恩喜雪来（気を迎へまさに春至るべし、恩を承けて雪の来ることを喜ぶ。巻二）

とみえる。「春立」と「春至」は、諸本の数からいえば、後者「春至」が数において勝るが、これは数の多寡によって決定するわけにはゆかない。また孟浩然のこの詩に関しては、「春立」と「春至」の間には意味の上でそれほど大きな差はない――但し前者「立つ」には四季の各節の出発点としてのきびしさがあるが――。何れを採るにしても、孟浩然の詩句のなかの「春立」の語の存在の確証はない。六如上人のあげた「春立」の例を「春立つ」に適用するにはわたくしにとって大きなためらいがある。『佩文韻府』に「春立」の例をみないのも、このような疑問、よくいえば配慮があったかも知れない。とすれば、やはり「春立つ」は漢語「立春」に関係するという在来の説に従うことになろう。しかし最近読んだ古代語誌刊行会編『古代語誌――古代語を読む――Ⅱ』（桜楓社刊）に、

近年「春立つ」を「立春」の翻訳語とする説が有力であるが、必ずしもそう考える必要はないであろう。これは日本語と中国語との主格と目的格を入れ替えただけの奇しき偶然であって、季節の到来に関し両者の文化が類似していた、というまでである……。

という考え方もある。この見解のうち、「近年」ではなく、すでに萬葉・古今などの古注類の注するところであっ

て、古くからの伝統的な解といえる。また「両者の文化の類似」の問題は、比較文化、比較文学上ではいつも論争になる点である。これは各自の学的態度の差による点が大であり、慎重にいえば、黒白は決めにくいといえよう。時間に関してわが古代語に、「立つ」という語が存在する。一方「春立」ならぬ漢語「立春」がある以上、二つが容易に結びつくこともあろう。「立春」の語より「春立つ」がすぐ生れたわけではなく、両者の啐啄の機が熟した結果である。しかもそれを生み出すためにはやはり漢語「立春」を基本点として考えて然るべきと思う。なお前述の説の別のところに「月たつ」などの「たつ」という古代語の存在を説くが、山田孝雄著『萬葉集講義』によれば（巻一、三八「秋立者」）、

ここにては秋の来るをいへるなれば、「月日のたつ」といふ「たつ」とは意異にして国語の純粋の用法にあらぬを思ふ。恐らくは立春立秋などといふ場合の「立」を直訳せし語にあらざるか。

とみえる。やはりこれは聞くべき説であろう——この説の一部は、『萬葉集注釈』にも受け継がれている——。そののち、『萬葉集全注』（巻第一）の辱知伊藤博君の説に、

この類の表現は中国の「立秋」「立春」から影響を受けたもので、その先駆をなすのがこの「秋立てば」である……人麻呂が天武・持統朝の頃に尖鋭化された四季感覚を先取った人であることを告げる……。

とみえるのは、同じ方向を採る注目に値するものといえる。

「春立つ」・「秋立つ」には、歌句の使用上にかなりの偏倚《かたより》がある。老懶のわが身は、大雑把に例をあげるしかできないが、およそ、

（春立つ）……大伴家持2　巻十無名歌人2

（秋立つ）……柿本人麻呂2　人麻呂歌集（？）1

大伴家持1　安貴王1
巻十無名歌人1

の如くなろう。これは偶然かも知れないが、やはり多少の偏りがある。「用例数」を実証と称して人に押しつけることは昭和二十年以前の諸論文の一般の流行であったが、数の「よみ」は慎重であるべきとひそかに批判の眼をもっていた当時の若い一書生のわたくし。とはいえ、この「立つ」の偏りは認めても宜しかろう。つまり『萬葉集』にみえる「春されば」「秋されば」などの「さる」系の一般化に対して、萬葉びとは、「立つ」系の句については、多少の外来語的なニュアンスをいだいていたのではなかろうか。人麻呂然り、家持然り。「さる」「来る」と「立つ」(開始する)との間には、意味の上で交る点もあり、交らぬ点もある。こうした交錯する点があるにしても、萬葉語として萬葉びとの意識には後者にやや違う語感、換言すれば和漢のうちの「漢語的外来的なもの」を感じていたのではなかったかと思う。要するに、漢語「立春・立秋」と「春立つ・秋立つ」は、いつのまにか萬葉びとの間に結ばれたといえよう。しかも近世びとの指摘した、「立春」ならぬ「春立」は存在せず、従ってこれによって「春立つ」は生れなかったわけである。

三

この漢語摂取の一例はこれで終るが、「立春」を肯定し、「春立」にみる六如上人の説を否定したわたくしの仕方には、唐詩の本文《テキスト》を検討した結果による。国文学徒にとっても漢籍の異文《バリアント》の追求は必要である。出来得る限りの本文を披覧することによって起る結果は、盛唐孟浩然の「春立」の語においても覗うことができる。理想をいえば、本文の準備は国文学徒側においてもすべきであり、その用意ができないなどとは泣き言に過ぎない。
　そのような一例を更にあげて置こう。『経国集』（巻十一）に、紀《きの》長江の(136)「七言、賜レ看二紅梅一、探得二争字一、応令一首」がある。これは、宮中（皇太子仁明の御殿）の紅梅を観ることを許されてという題で作った詩で、仁明の命によるもの。官人同席のこの詩会で作者に「争」という韻字（下平声八庚韻）が当って、この韻字によって作詩したものである。その冒頭に、

　二月寒除春欲暖　　二月寒《かん》除《さ》りて春暖くならむとし、
　搖山花樹梅先驚　　搖山《えうざん》の花樹《くわじゅ》梅先づ驚く。

とみえ、梅の咲き始める季節についてまず述べる。問題は第二句の「搖山」である。この語例は容易に見出せない。「搖」は「瑤」に通じることもあるゆえに、すぐ思い出される例に、穆天子が西王母に逢った神仙の池「瑤池」がある。『文選』（巻十四）鮑明遠「舞鶴賦」にも、

　朝戯二於芝田一、夕飲二乎瑤池一（李善注「穆天子伝曰、天子觴二王母于瑤池之上一」）

とみえ、更にこの「瑤池」は宮中の池にもたとえられる。箋註本『玉臺新詠』（巻五）所収、沈約「塘上行」の、「幸逢二瑤池曠一、得二与金芝叢一」は、その一例。しかもこの語は『懐風藻』にも数例みえ、

　水清くして瑤池深く、花開きて禁苑新し（石川石足「春苑応詔一首」）

はその一例であるが、これは禁苑の池をさすにほかならない。この「瑤池」に因んで、作者は「瑤山」、つまり「搖山」という語を案出したかも知れない。もしそうだとすれば東宮仁明の住む築山を指すことになろう。
　しかしわたくしの披覧した二十本あまりの『経国集』の写本はすべて「搖山」とあり、まずこのままの本文に従うべきである。そのうち数年前の某日、若い友人の乾善彦君が「搖山」の例を発見、『初学記』（巻十儲宮部

「皇太子」）にあることを教示されたのである。しかしわたくしの所持する『初学記』の例を示すと、

瑤山　山海経曰、西海之外有二瑤山一。其上有レ人、各曰二太子長琴一……。（古香斎鑒賞袖珍初学記）

とみえ、また入手容易な中華書局版も同様に「瑤山」とある——なお類書『淵鑑類函』（殿版影印本・光緒石印本）はすべて「瑤山」（巻五十九）に作る——。袖珍本に引用する『山海経』の例を明成化庚寅刊本（四部叢刊本）によって探すと、その「大荒西経」（第十六）に、

西北海之外、赤水之西有二先民之国一……始均生二北狄一。有二芒山一、有二桂山一、有二搖山一……其上有レ人、号曰二太子長一……。

とあり、袖珍本の「瑤山」は「搖山」とみえる。つまりここに「瑤山」ならぬ「搖山」の語をみる。『山海経』のテキストはこの一本のみしか所持しないので、何ともいえないが——求恕斎叢書『山海経地理今釈』には、何ら説く処がない——、『初学記』は前述二本のほかに、明嘉靖辛卯（一五三一年）錫山安国重刊本（各大書局版）をも所持する。その『初学記』（巻十）によれば、事対「搖山　伊水」とみえ、『山海経』の引用文も「搖山」であることがわかる。恐らくこの系統の『初学記』によって、作者は「搖山」の語を学び、この「搖山」を皇太子仁明の庭へと移行させたのであろう。つまり詩の第二句「搖山の花樹梅先づ驚く」は、「搖山ともいうべき皇太子の築山の花咲く樹のうちでまず梅が春の到来にハッと驚いて咲くけわいをみせはじめる」、の意となろう。

この「搖山」にしても、前述の「立春」と同じく、やはりテキストの問題がからむ。そのためには出来得る限りの漢籍類のテキストを披く必要があり、国文学徒といっても、やはり諸本の本文に意を払わねばなるまい。唐詩を引用する場合においても、『全唐詩』という基本書のみにあぐらをかいてばかりいるわけにはゆかず、時には別集をも披く必要が起る。

漢語の摂取、その受容の問題に関しては、わが国の文献と同様に、漢語には異本が存在する。「西は西」「東は東」式に、相手の文献を安易に取扱うならば、摂取受容の問題の考究は安直に過ぎるというよりほかはない。これは国文学側だけの責任ではない。たとえば、中国学側の「比較文学」と称して、わが平安漢詩を取扱う論文も時折り見かける。しかしその本文は群書類従本によるのが一般であり――これは国文学側の責任でもあるが――、そのまま本文を採用して、中国学者らしからぬ誤訳をほどこす論も少ないとはいえない。詩の専門家ならば、一応本文に疑いをもつべきであろう。こうしたテキストに関する反省は、今のわたくしには甚だ大である。これを他人に押付けることはよからぬこととしても、これも一つの態度とはなろう。ここで示した「立春」更に「揺山」へ及ぶなど、その一例に過ぎない。なお最初の主題「立春」「立秋」など、わが上代より平安中古に定着するまでのことは何ら触れてはいない。また「立春」より始まり、春のつごもり即ち「尽日」へ至るの哀感なども少しも述べてはいない。こうした課題は若い諸子に一任し、今は基礎的な態度のみを述べて置く。

〔追記〕校正後、新井栄蔵氏「万葉集季節観攷――漢語〈立春〉と和語〈ハルタツ〉――」(『萬葉集研究 第五集』所収)を想起した。読者子の乞披閲。

〔附記〕「萬葉」第百三十五号(平成二年三月)所収。(追記)の末尾に前年の「一九八九年・十二月十五日」と記す。

「萬葉」の「黄葉片々」欄に収められた一篇ではあるが、副題の「立春・立秋」と「春立つ・秋立つ」についでは、『國風暗黑時代の文學 補篇』所収「四季語を通して――「尽日」の誕生――」参照。

なお、著者の意向に従って、『山海経』の本文について簡単に補う。清の郝懿行『山海経箋疏』に拠れば、当該の「大荒西経」の本文は「有二桂山一、有二榣山一」（郭璞注「此山多二桂及榣木一、因名云耳」）、疏に「懿行案、初学記引二此経一作二搖山一、餘同」とある。

同一文字の場合

「熱けれども木の陰に息《いこ》はず」とは、古人の謂《いい》である。この夏は、挨拶語「あつい、あつい」の連発ではあったが、熱暑も物かは、ともかくも始終机に相対した。暑気に強く拍車をかける筈の蟬の声、却って今年のそのかぼそさに幾ばくかの不満をいだきつつ、時の流れは早くも十月の季節に入ってしまった。慌《あわ》てるのは、黄昏の淵に臨むわれひとり。

『萬葉集』の歌の如く、和語で表現された同じ文字が漢詩に表現されていたとき、換言すれば漢語と一致するとき、漢詩を学んだものか、或いは偶然一致したのか、このあたりの判断は、いちいちに当って考えてみる必要がある。『萬葉集』（巻七）の旋頭歌の一つ、

江林にふせるししやも求むるによき、白栲の袖まきあげてしし待つわがせ（一二九二）

に、「江林《えばやし》」の語がみえる。民謡的な歌であるために漢語「江林《かうりん》」を導入したとは思われない。しかし「江林」と書いた萬葉表記者の心底は如何、あらぬことを考えてもみる。

この歌の「江林《えばやし》」は、入江のそばの林の意であろう。漢語の「江林《かうりん》」については、『駢字類編』（『佩文韻府』欠）を参考にしたと思われる諸橋『大漢和辞典』に、「河のほとりにある林」と注し、二例をあげる。訓読によって示そう。

一《ひと》たび江南の守《かみ》となり、江林三四の春（初唐張九齢「戯題二春意一」）

月は江林の西に出づ、江林寂寂城《じやう》鴉啼《あ》く（中唐顧況「烏啼曲」）

なおそれ以外に見つけた一例に、前者に同じ張九齢の「春江晩景」に、「江林多秀発、雲日復相鮮」とみえる。『大漢和』の注と萬葉の歌の意とは差はない。これによれば、歌の表記は漢詩と同一文字といえよう。しかし果たして『大漢和』の注のままで満足してよいのか、問題は更に次へと移る。

前述の張九齢の詩の一つ、「一たび江南の守となり……」の詩は、江南の役人の時の作といえる。『新唐書』（巻一二六、列伝五十一）に、江西省（洪州）都督となったことは、江南の守と何らかの関係が推定されるが、『旧唐書』にも江南の守の記事はない。それはともかくとして、江南地方は揚子江の流域に臨む物の豊かな地域であり、「江」といえば、「河」（黄河）ならぬ「揚子江」（長江）を意味する。その揚子江のほとりにある林が張九齢の歌う「江林」の意であろう。『大漢和』の注にみえる「河」は黄河ではなくて、単なる「河《かは》」の意であるかも知れぬが、「揚子江ぞいの林」の意が張九齢の用いた「江林」の意であろう。前述の中唐詩人顧況の詩の「江林」も同様であって、顧況の詩には江南に関する詩がかなりみえる。蘇州生れの人として当然のことであろう（『旧唐書』一百三十、列伝八十）。ここに歌の「江林《えばやし》」と漢詩の「江林」とは、実態を異にする。この語の文字の一致は、偶同に過ぎないといえよう。

同一文字の場合、受容によるときは当然文字は同じ。巻十の人麻呂歌集の春雑歌群の「霏霺」はその例である。

久方之、天芳山、此夕、霞霏霺《かすみたなびく》、春立下（一八一二）

は、冒頭の例であるが、漢語「霏微」によることは明らかである。その用例はわたくしの雑文に幾度となく示したのでここではあげないが、若い時に用例さがしにかなり時間をかけたことを思い出す。さて「霏微」は、『大漢和』に、「雨雪などの細やかに降るさま。」とみえ、中国の『漢語大詞典』にも、「蒙蒙細雨。雨雪細小貌。」その他がみえ、意は同じ。しかし人麻呂が「霞たなびく」という静止した「たなびく」に当てたことは、漢語の「霏微」には適合しない。「霏微」には、「チラチラ」と動きがある。上代びと人麻呂が十分に検討を経ないで用いた漢語といえる。

ついでに、人麻呂の表記について考えてみよう。それは、「讃岐狭岑《さみねのしま》嶋視二石中死人一柿本人麻呂作歌」の中の、「行船乃、梶引折而」（巻二、二二〇）にみえる「行船《ゆくふね》」が漢語「行船《カウセン》」と等価か否かの問題である。「行船」の意は、『大漢和』によれば、「船を出す」と注し、『史記』（「河渠書」）の一例のみをあげる。しかし果して他の意はないのかどうか。『経国集』（巻十四）に、嵯峨帝の(208)「雑言、清涼殿画壁山水歌」（二十四句）がみえるが、この詩は、わたくしにとっては甚だむつかしい。その中に、

淼漫《ベウマン》濤如二随レ風忽一、行船何事往復来（第九句・第十句）

とみえる。これは「行く船」という名詞であり、『大漢和』の「船を出す」のみでは不十分である。漢詩の例を示すと、

裂紈依二岸草一、斜桂逐二行船一（『藝文類聚』天部「月」所収、梁孝元帝「望二江中月影一詩」）

とみえ、後の句は「斜に傾く月が行く船を逐う」の意で、行く船の上に斜月がかかる情景である。中唐顧況の「五湖の秋葉行船に満ち、八月の霊槎天に上らむとす」も、名詞「行く船」の意。『文選』には、「行船」の例がみえないが、それは脚韻の関係で「行舟」（「舟」は下平声尤韻）と表現したものであろう。その一例、

（巻二十五）謝恵連「西陵遇レ風献二康樂一」――「曲汜薄《トマリ》二停旅一、通川絶二行舟一」――（脚韻、疇《チウ》・舟）

（巻二十七）魏文帝「樂府二首」（「善哉行」）――「湯々川流、中有二行舟一」――（同、流・舟）

嵯峨帝の「行船」は脚韻に無関係の箇所であるが、意味は「船を出す」のではなく「行く船」の意、『大漢和』

は不十分である。

人麻呂の歌に戻り、その一部をあげよう。

玉藻よし、讃岐の国は、国からか、見れども飽かぬ……なかのみなとゆ、船浮けて、わがこぎ来れば、時《ときつ》風《かぜ》、雲ゐに吹くに……辺みれば、白浪散動《さわく》、鯨魚取《いさなとり》、海をかしこみ、行船《ゆくふね》の、梶ひき折りて……浪の音の、しげき浜辺を、しきたへの、枕になして、あら床と、ころ伏す君が、家知らば、往きても告げむ……玉ほこの、道だに知らず、欝悒《おほほ》しく、待ちか恋ふらむ、はしき妻らは。

この長歌を節略しながらも、ともかくも全体を示したのは、「行船」のほかに、長歌全体の中に散在する表記を眺めてみたいためである。まず「白浪散動」の「散動《さわく》」は、例は多くみえないが、漢語にも「散動」の語がある。たとえば、陳後主叔宝の「採蓮曲」に、「波文樴《かぢ》を散動し、茭花航《かうくわふね》を拂度す」とみえる。『日本書紀』の撰者が活用した『金光明最勝王経』（巻二 分別三身品第三）にも、

心常在レ定、無レ有二散動一。　狂心散動顛倒難。

とみえるのは、わたくしの記憶裡にある「散動」の例である。「時風《ときつかぜ》」に対する「時風」は、『文選』（巻五十五）陸士衡「演連珠五十首」に、「時風夕べに灑《そそ》げば、程レ形賦レ音」とみえるが、李善の注なし。『尚書』（「洪範」）「曰く聖なるときは、時風若《したが》ふ」の「孔安国伝《グアンゴクデン》」に「君能通レ理、則時風順レ之」とみえ、時節に応じて吹く風が漢語の「時風」であり、歌の例も同じ。「欝悒《おほほし》」は、『文選』（巻四十一）司馬子長「報二任少卿一書」に、

是以独欝悒、而与レ誰語　（李善注「欝悒、不レ通也。楚辞曰、独欝結其誰語」）

とみえ、「欝悒《ウツイツ》」は心のふさぐこと。人麻呂の「おほほし」の意と大きな差はない。このように眺めてくると、この長歌全体に漢語らしい文字が散在する。問題の「行船《ゆくふね》」も、漢語「行船」によるかも知れず、確実性は半ば

を越えるであろう。要するに、漢語と同じ文字を使用する歌のことばには、同不同があり、むつかしい。その判定には、もとの「漢語」の語義をよく見極めることを要し、現行の辞典類はその通過点の一つの道しるべに過ぎない。

〔附記〕「かづらき」第二十七巻　第一・二号（平成八年三月）所収。末尾に前年「十月六日」と記す。「かづらき」については、『國風暗黑時代の文學　補篇』所収「学説のゆらぎ」〔附記〕参照。

流るる月光

中国詩にしろ、わが国のそれにしろ、漢詩を引用したり、繙いたりするとき、詩を構成する一つ一つの語について、とかく粗略に取扱うことが少なくない。平常使用する漢字という日・中両国の同字に胡座《あぐら》をかいていることも、その大きな理由の一つであろう。詩語のいちいちの追求は、決して軽々しく考えるべきではない。これは自戒の言葉でもある。

周知の如く、『懐風藻』は、七・八世紀の上代人の詩を某官人が編集した漢詩集である。その詩の大凡はまず訓めてはいる現状にあるが、詩語の「語性」、受容の問題などの点からみれば、未だ十分とはいい難い。頭注という幅の枠があるにしても、『日本古典文学大系69』の私の校注もその例に洩れない。巻末の詩、葛井広成の「月夜坐二河浜一絶」を例にしよう。訓読によって示せば、

雲飛びて玉柯《ぎょくか》に低《た》る、月上りて金波を動かす。落照曹王が苑、流光織女が河。（一二〇）

となる。字の配列形式からみれば、かなり整然とした絶句といえよう。この詩は一見理解し易いようにみえる。しかし実は作者の「場」がなかなか捕えにくい。第一句の「雲飛びて」を、諸注の多くは詩題に添って、河辺の作者の周辺の景とみるが、天上の桂《かつら》に低く垂れる雲、つまり天上の景とも解することができる。この際、第二句の「金波」も、天上の河のそれともみられよう。これは月夜の河辺の感想をそのまま天上に反映させた作者の「虚構」の世界ともみられる。現実の地上河辺の景は天漢のそれでもある。これは地上の男女の恋をそのまま天

上の男星女星の恋へと反映させ、七月七日の夜を偲んだことと同じ方式ともいえる。

しかしそれはそれとして、ここでは結句の「流光」即ち「流るる月の光」の「流」とは何か、これを問題としたい。『日本古典文学大系』本の頭注に、

流光は移りゆく月光、流れる如く早く移動する月光。

と注し、『文選』（巻二三）曹子建「七哀詩」の例をあげた。これは『玉臺新詠』（巻二）にも、曹植「雑詩五首」の一つとしてみえる。注の用例は、語句・文脈などを理解するための補助物である。この詩の第三句「曹王が苑」が、六朝建安文学の代表的文学者曹子建（陳思王曹植）の西園月下の清宴を意味する以上、「流光」の出典も彼の詩によるものと断じてよい。その「七哀詩」の冒頭に、

明月高楼を照らし、流光正に徘徊す。（明月照高楼、流光正徘徊）

とみえる。「徘徊す」は、月光がたゆたう意、月の動作として六朝以来詩に例が多い。これについては、拙稿「漢語享受の問題に関して――『万葉語』の場合――」（「高野山大学国語国文」第三号）参照。この「七哀詩」にみえる「流光」については、『文選』に初唐の李善注がある。李善はいう、

夫レ皎月輝輪ヲ流シテ、照ルコトヲ輟《や》ムルコト無シ。以テ其ノ餘光未ダ没セズ、徘徊スルガ若《ごと》キニ似タリ。

（なるべく寛文版本に添って訓んだもの）

と。つまり李善注は落ちゆく月を意味するが、「流」を必ずしも移動するとは解していない。前半の注にみる如く、明い月が輝く月の輪を流して照りわたる意に解する。「流」は、月光の照りわたることで、移りゆくことを意味しない。語感として輝く明るさをもつ語であり、同じ『文選』の、

灼《しゃく》たること明月の流光の若《ごと》し（巻十一、何平叔「景福殿賦」）

流光の照灼に対す（巻十四、鮑明遠「舞鶴賦」）

も、その一例。また『玉臺新詠』（巻七）梁簡文帝「賦得二当壚一」の、「十五正団々、流光満二上蘭一」にしても、また梁劉孝綽「望月」の、「流光照二漭瀁《まうやう》一、波動映二淪漣《りんれん》一」しても、それぞれ流れわたる光が上蘭殿のあたりに満ち輝き、またそれが広く水面を照らす意である。初唐張九齢「清迥江城月、流光万里同」も同じ。動詞の「流」も同様である。『文選』（巻十三）謝希逸「月賦」の、

白露空に曖《くら》く、素月天に流る。

にしても、初唐四傑の一人盧照鄰の、

明月客思に流れ、白雲故郷に迷ふ。（「贈二益府美官一」）

にしても、月の「流る」は、流れわたる意で、特に移動をさすわけではない。「流月」もこれに同じ。斉人王倹「後園餞二従兄豫章一」の詩の「光風蘭蕙を転《うご》かし、流月虚園に汎《う》かぶ」や、奈良朝伝来の唐人選唐詩集『捜玉小集』所収、初唐宋之問の「已《すで》に能く舒巻して浮雲に任《まか》せ、光輝の流月に譲るを惜まず」（「明河篇」）などは、その一例。もとに戻って、葛井広成の詩は、夕映えの光が曹植の西園に落ち、明るい月光が天の河に流れわたる意であり、「流」を移動の方向に解した拙注は、改めるべきである。

この意をもつ「流」については、平安朝九世紀の漢詩集にもみられる。その一例を示すと、

唯有り天に流るる月、相憶ひて秋宵に寄せむ。（『凌雲集』、賀陽豊年「留二別故一」）

唯餘《のこ》す天際に孤《ひと》り懸かる月、萬里の流光遠く君を送るのみ。（『文華秀麗集』上、巨勢識人「秋日別二友人一」）

皎潔なる関山の月、流光万里明らけし。（『経国集』巻十、公主有智子「奉レ和二関山月一」）

となる。結局、詩の世界に於ては、月光は照り渡るものとして把握される。

しかし「七哀詩」の「流光」については、別の解をした唐人もある。それは盛唐玄宗開元六年（七一八）の六臣注『文選』に、

向《(呂向)》曰ク、謂ハ月ノ行クコト　疾クシテ、其ノ光流ノ如キナリ。……徘徊ハ謂《いは》ユル終夜ニシテ月光廻転シテ四面ニ遷照ス、故ニ徘徊ト云フナリ。

とみえ、また前述「舞鶴賦」の注に、「向曰ク、……流光ハ月光ノ流下ヲ謂フナリ」とみえ、この「流」は、月の移動の早さのために光が流れる如きだという。移りゆく月光を「流光」とみなす、この意をもつ「流」は、北周庾信《ユシン》「望月」の、「夜光流れて未だ曙《あ》けず、金波の影尚《なほ》し賒《おそ》し」にもみられる。このように唐人にも「流」に関して二つの説が併存するが、わが国の九世紀ごろの詩は、移動よりも、むしろ照りわたる意を語感としてもつ。

しかし歌の方は如何。月光の「流る」という表現は、元来中国的なものであるだけに、『万葉集』にはみえない。続いて『古今集』にもなく、粗い調査によれば、漸く『後撰集』のあたりにみえ始める。『後撰集』の、

天の河水まさるらし夏の夜は流るる月のよどむまもなし（天福本二一〇、巻四、夏）

天の河しがらみかけて止めなむあかず流るる月やよどむと（同三二九、巻六、秋中）

秋風に浪や立つらむ天の河渡る瀬もなく月の流るる（同三三〇、巻六、秋中）

などは、その一例。「よどむ」に対するものは「流る」であり、川の「流れ」も月の「流れ」も「流る」ことについては同一である。つまり月の移りゆく語として「流る」の語が存在する。この語は恐らく紀貫之が用いはじめたともみられよう。『土佐日記』に、

こよひ、月は海にぞ入る……ある人の詠めりける、「照る月の流るる見れば天の河出づるみなとは海にざりける」とや。（一月八日の条）

とみえ、これは月が流れる如く動く意の「流る」であり、むしろ六臣注的な意をもつ。

私はここで貫之という大御所が六臣注にみる呂向の説によって、この語の意を知り、それが『後撰集』の「読み人知らず」の歌人たちの間にも広がったと言おうとするのではない。ただ確実なことは、歌にみる月の「流る」がもとは詩的表現にもとづくことが指摘できるだけである。しかも前述の歌群が水の「流れ」に関係することは、月の場合も同じく流れゆく意に解したものとみられよう。貫之の歌語は、白楽天の詩の受容期の影響を受けたものが少なくない。この「流る」もそうかとの疑いをいだき、早急の調べを試みたが、白詩には月に関してそのような表現は見あたらない。要するに、歌の「流るる月」「月流る」は、流れ動き移動する月である。これに対して、九世紀ごろの平安朝の詩は、流れる如く照り渡る月の意をもち、それは六朝以来の「流光」「流月」などの「流」と同じ方向をもつ。平安人は、「詩」と「歌」の表現に於て、二つの「流る」をそれぞれもっていたのである。『懐風藻』や『文華秀麗集』などの漢詩集にみる「流光」が、歌の場合と異る意をもつことは、かつての注を訂正すべき必要に迫られている。

〔附記〕「あけぼの」第十巻第六号（昭和五十二年十二月）所収。末尾に「九月五日」とある。

「あけぼの」は、編集・宗政五十緒、指導・佐藤美知子として、両氏を中心に結社された「あけぼの社」（龍谷大学文学部内）の隔月刊短歌文藝誌。

詩語一つ二つ
――石上乙麻呂の場合――

はしがき

古稀を迎え且つ送り、人は漸く反省期に入る。三十年ほど前にものした、日本古典文学大系69『懐風藻』の注は色あせてしまい、あまたの不備を如何に改稿すべきか、絶えず顧みる日々である。「反省」とは、ある意味では「前進」でもあろうか。かかる反省の一、二を筆にしてみたのがこの小稿。ひろく読者子のご叱正を乞う（十月三日）。

一

日本文学における一つのことばaがある漢語Aを摂取し受容したものと判定するとき、その漢語Aが文献的にみてaに先行することを必須条件とする。これは最も常識的で確かな方法といえよう。その反対に、aに後出する漢語Bが存在するとき、日本文学にみえるaは一般に「和製漢語」とみなされるのが通常である。ときにはaが海を越えてBへと採用されたものとみなすことも或いはできよう。近世、幕末明治期ならば、aよりBへの可能性はあり得る。東海散士の政治小説『佳人之奇遇』というaが殆んどそのまま漢訳されて清人梁啓超『佳人奇遇』のBとなったのは、その一例。この際、東海散士の和製漢語は、そのままの姿で中国人の漢語として採用されたものが多い。また日清外交時代に於いては、必ずしもa・Bは文献によらない。従ってaとBとの受容関係は速断しにくい。しかし時代を溯る場合に、文献的にみてaがBに先行するとみなされるとき、漢語Bよりわが漢語aへの導入は、一般に成立しない。しかもここで注意すべきことは、現存する中国文献、所謂「漢籍」の散佚は当然のことであり、もともとBに先行する散佚語(B)の存在をも考えるべきである。つまり佚語となった(B)よりaが生れることを思いめぐらす必要がある。一例を示そう。『懐風藻』に、石上乙麻呂作の詩(115)「飄二寓南荒一贈二在レ京故友一」がある。その中に、

斜雁雲を凌《しの》ぎて響《とよも》し、軽蟬樹を抱きて吟《な》く（第五・六句）

とみえ、まず「斜雁」が問題の漢語である。「斜雁」はななめに飛びゆく雁の意であろうが、寡聞にして盛唐詩までの例を検出し得ない。『佩文韻府』に、李群玉「九日詩」――『全唐詩』（巻五六九）作「九日陪三崔大夫讌二清河亭一」――の、

晴山低画の浦、斜雁遠書の天（『全唐詩』、「晴」一作「青」）

をあげるが、作者李群玉（八一三〜八六〇?）は晩唐の詩人であり（『唐才子伝』巻七）、乙麻呂（?〜七五〇）に遙かに後れる。李群玉は、自作の中に好んで「斜何」の語を使用する。即ちこの「斜雁」のほかに、

虚窓流螢度《わた》り、斜月幽蛩《いうきょう》啼く（「秋怨」（一作「秋悲」））

斜雪北風何処《いづく》にか宿らむ、江南一路酒旗多し（「江南」）

南村小路桃花落ち、細雨斜風独《ひと》り帰る（「南荘春晩二首」第一首）

など、名詞の例をみる。また「感興四首」（第三首）の「美人雲和を抱き、斜倚す紗窓の月」は、動詞の例である。

晩唐の李群玉がこのように「斜何」の語を使用したことは、「斜雁」の例も、先行する誰かの詩語を利用したというよりは、自ら案出した語とみなす方がよいかも知れぬ。とすれば、乙麻呂の例とは偶同というよりほかはない。しかし乙麻呂の「斜雁」の場合、自ら案出した詩語とみなすには、わが上代詩の有りようとして少し無理ではなかろうか、そこに疑問が残る。

ここでわたくしは、漸くにして李群玉に先行する中唐李賀（七九一～八一七）の詩に一例を見出すことができた。それは、「公《われ》を悩す」の詩の、

臉《けん》を匂《にほ》はして斜雁を安みし、燈を移して夢熊を想ふ（『昌谷集』巻二）

である。但しこの「斜雁」の意は難語と云うべく、諸説一致しない。『李長吉歌詩王琦彙解』に、

斜雁、呉正子以テ醫花ノ類ト為シ、曽益以テ首飾ト為ス。孰レガ是ナルカヲ知ラズ（巻二、原文漢文）

と述べるのは、それである。また故鈴木虎雄先生注釈『李長吉歌詩集』（岩波文庫）に、「上類《うわぼお》のお化粧なおしをしてはおだやかに斜雁の形をこしらえ」と訳する。ここは化粧飾りの一種の意であろうが、何れにしても「斜雁」の形をしていることは間違いがなかろう。つまり李賀の「斜雁」を通じて、斜に飛びゆく雁を意味する「斜雁」の語の存在を逆に中唐以前に推定することが可能である。それにしても現在では乙麻呂の「斜雁」が最も古いかと思われる。しかしこの語の存在を中唐以前に推定し得るとすれば、前述の(B)とaとの関係、即ち(B)よりaへの方式を推定することができよう。(B)と云う中唐以前の文献にはわたくしとしては「斜雁」の例を発見し得ない。しかし(B)――複数を示すこともある――と云う文献には、「斜雁」の例が存在し、その受容が乙麻呂のaへと至ったものであろう。この方式と思われる例はほかにもある。今も人の心を打つ大津皇子の刑死、その「臨終」の絶句は五代後周や明人などの「臨刑詩」に同想の詩をみるが（大系補注参照）、これも、aより(B)へではなく、(B)よ

りａへとみるべきであろう。つまり現存同想の詩群に先行する(B)が嘗つて存在し、この推定上の(B)が大津皇子のａへと受容されたものとみたい。但しやはり皇子の「臨終」の詩が中国大陸に渡り、喧伝されて多くの同想の詩を生んだとみる説もある（福田俊昭氏「大津皇子の『臨終』詩の系譜」（『日本文学研究』第十八号）参照）。これはわたくしの説への批判でもあるが、なお結論としての私見を今も改めるわけにはゆかぬ。

二

石上乙麻呂の「斜雁」を含む前述の詩のほかに、彼は三首を残すが、何れも佳作といえよう。『懐風藻』の伝記に、

嘗て朝譴有りて、南荒に飄寓す。淵に臨み沢に吟《によ》びて、心を文藻に写す。遂に『銜悲藻』両巻《ふたまき》有り、今し世に伝はる。……（原文漢文）

とみえ、南荒土佐への配流が特に彼の心情を揺らがす。その一つに、五言詩(118)「秋夜閨情」がある。「閨情」の語は、『藝文類聚』（巻三十二、人部「閨情」）にみえ、上代人の誰もが知る。「秋夜閨情《あきのよのねやのおもひ》」と云う詩題に類似する例は、六朝以来みえ、艶情詞華集『玉臺新詠』にも、

王僧孺「秋閨怨」（巻六）　梁簡文帝「秋閨夜思」（巻七）
劉邈「秋閨」（巻八）　何遜「秋閨怨」（巻十）

などの類似題の詩をみる。詩題は必ずしも一定しない場合が多く、右のたぐいの詩題のほかにも例はみられよう。これらにみる「閨《ねや》」は女人の寝室である。作者が男性であっても、その内容は女人を主人公としてその思いを代っ

て歌いあげる。男性の秋の夜の思いについては、決して「秋閨」とは云わぬ。しかもこの詩を読んでゆくうちに、乙麻呂自身のことを歌っていることに気付く。

他郷《たきゃう》頻《しき》に夜夢《よるいめ》み、談《かた》らふこと麗人《れいじん》と同じ。寝裏《しんり》歓《よろこ》ぶること実《まこと》の如く、驚前《きゃうぜん》恨《うら》みて空《むなごと》に泣く。空《むな》しく思ひて桂影《けいえい》に向かひ、独《ひと》り坐《ゐ》て松風を聴く。山川嶮易《さんせんけんい》の路《みち》、展転閨中《てんてんけいちゅう》を憶《おも》ふ。

他郷頻夜夢。談与麗人同。寝裏歓如実。驚前恨泣空。
空思向桂影。独坐聴松風。山川嶮易路。展転憶閨中。

まず冒頭の「他郷」云々は他郷土佐《ひとぐに》にある乙麻呂のこと。続いて夢の中で麗人若売《わかめ》と語る主語も乙麻呂である。以下「歓ぶ」（第三句）、「泣く」（第四句）、「空しく思ふ」（第五句）、「独り坐る」（第六句）、の主語もすべて乙麻呂。結びの「山川嶮易の路、展転閨中を憶ふ」（第七・八句）は、「幾山河《いくやまかは》遠ざかり嶮しくまた平坦な路が続く、この地でねもやらず思ふは閨中の人」の意。「閨中を憶ふ」は、閨の中の彼女のことを思い起すこと。「閨中」の例は、『玉臺新詠』に七例ばかりみえ、

閨中初めて別離す、許《ゆる》さず新知を覓むることを（巻五、王枢「至㆓鳥林村㆒見㆓采桑者㆒聊以贈㆑之」）
言を寄す閨中の愛、此の心詎《なん》ぞ能く知らむ（巻七、梁武帝「古意二首」第一首「飛鳥起離離」）
直に閨中の人たり、故《ふる》きを守《も》りて新《あらた》しきを要《もと》めず（巻八、劉孝威「郡《じゃく》県遇見㆓人織㆒率爾寄㆑婦」）

などは、その例である。これらの「閨中」は閨の中の女人の意、愛人でもあり妻でもある。乙麻呂の詩の「閨中」も閨の中の若売をさす。ねがえりをうちつつ眠られず、共寝をした閨の彼女のことを憶うと云う結びは、あく迄も乙麻呂の側のことである。「秋夜閨情」と云う詩題は、中国詩の場合と全く反対であり、中国人ならば、この詩を読むにつけ、異様な感想をいだくであろう。むしろ内容からみて、「秋夜述㆑懐」、「秋夜言㆑思」とでもある

べきところ。さすがの詩人乙麻呂もやはり上代人、詩題と詩の内容との間に矛盾を犯したのである。これは、中国側よりみて、「和習」的表現を行なったことになる——和習的表現については、拙稿「日本文学における漢語的表現Ⅰ——和習的なるもの——」(「文学」昭和五十九年十二月号)参照——。和習的表現を最も嫌悪したのは、わが近世人である。林鵞峯撰の『本朝一人一首』に、乙麻呂の前述の(115)の詩を採用して、この詩を不採用にしたのは、このあたりに原因があるかも知れぬ。

この詩は確かに和習味を帯び、「閨情」の意の誤解より出発する。この和習の点に限定して云えば、乙麻呂のこの詩を含むわが国の漢詩、その半数近くは和習を帯びると云えよう。それは中国語の語順は勿論のこと、語彙の適切ならぬ表現にもつらなる。しかも和習的表現の詩を認めない以上は、漢詩は日本文学史の一端より除外されることになろう。ここに和習をわが詩の大きな特色と認めるならば、これを潮時として乙麻呂の詩も佳作とみなし得るであろう。事実、他郷の秋の夜を背景として都のねやの彼女を憶う情は、十分にこの作に表現されているのである。

三

漢詩に於ける和習の指摘は、詩を読む出発点であるが、和習的要素を含む詩も文学上無意味のゼロと云うわけにはゆかない。和習の指摘より進んでゆけば、更に作者の表現意図を正しく理解することが次の問題となる。正しく理解するとは、作者の心情表現に迫ろうとする努力である。乙麻呂の詩の中で問題とされない語がある。それは前述の詩の第三句の、寝裏歓ぶること実《まこと》の如く――「寝裏歓如レ実」――

にみえる、上二段活用の「歓ぶ」の意である。嘗つてわたくしの注した日本古典文学大系69『懐風藻』に、「喜び合う」と述べるが、先行する諸注も大同小異である。この「歓」について、単なる喜び、嬉しさと解し、何らの疑問をもたなかったのは、やはり若げの至りであった。ここにこの語に関する中国詩を顧みる必要がある。まず『玉臺新詠』に「歓」に関する聯語を示そう。

歓愛枕席に在り、宿昔衣衾《いきん》を同《ひと》しくす（巻二、曹植「種葛篇」）

手を携へて歓愛を等しくし、宿昔《よる》は衾裳《きんしゃう》を同じくす（同、阮籍「詠懐詩」）

などの「歓愛」は、その一例である。これは、喜び愛すること、睦び愛する喜びである。単なる喜びではなく、ねやの中の歓愛の意である。「古絶句」（巻十）の、

千年長《とこし》へに頭を交《まじ》へ、歓愛相忘れず（第四首「南山一樹桂」）

も、この意である。乙麻呂の「歓ぶること」も、うれしくいつくしみあうことである。即ち「歓ぶる」は、歓愛の意に解すべきである。後漢の秦嘉の「贈レ婦詩」の「憂艱常に早く至り、歓会常に晩《おそ》きに苦しぶ」の「歓会」の意も同様である。乙麻呂の「歓ぶること」の「歓」には、男女間の「愛する」意を伴う。万葉歌人紀女郎がねむの花にそえて大伴家持に贈った歌の一つに、

昼は咲き夜は恋ひ寝《ぬ》る合歓木花《ねぶのはな》君のみ見めやわけさへにみよ（一四六一）

とみえる、このざれ歌は、合歓木の「合歓」に男女の睦び合いの意を含めて詠じたこと、拙稿「ねむの花――万葉集の戯歌をめぐって――」（「人文研究」第十四巻四号）参照。この「合歓」は勿論漢籍に基づく。最近読んだ和訳本『通俗隋煬帝外史』（宝暦十年刊）の巻八（第三十六回）に、隋煬帝が愛人呉絳仙に贈った「合歓水果」と名付けた

雙葉が砕けていたため、「名ハ合歓ト云ヘドモ、実ハ合歓ナラズ。皇爺コレヲ以テ妾ニ賜フハ、明ニ妾ヲ弃テ玉フナリト」と怨み言を述べてさめざめと泣くのは、「合歓」のもつ語感を、よく示す一例となろう。

このような「歓」の例は、ほかにもある。『万葉集』巻十の「秋相聞」の一つに、

こほろぎの待ち歓ぶる秋の夜を寝《ぬ》るしるしなし枕とわれは（二二六四）

の歌がみえる。第二句の原文「待歓」は、秋を待って心にかなうと云う意が現行の通説であり、諸注は疑問をいだかない。「心にかなふ」ことが「歓ぶ」の意にしても、これに対する独りねの作者自身との対比がしっくりしないように思われる。やはり蟋蟀《こおろぎ》の「歓び」と独り身のわびしさとの対比がなくては、歌意が十分とは思われない。やはりこれには「待歓」の「歓ぶ」の解釈に問題があろう。蟋蟀が待ち得て喜ぶ——人の如く相手を待ち得て歓愛する——その秋の夜を、独り者の自分には歓愛の喜びもなく、ただ枕とのみ過すわびしい我よ、といったわびしい相聞歌とみたい。この「歓」は、もと詩に根ざす表現ではなかったか。もとに戻って、乙麻呂の夢の中の「歓」も、単なる嬉しさよりも一歩入った男女の歓愛的な「睦び」のよろこびと解すべきであろう。

日本文学にこのような「歓」の例がほかにあるか如何。恐らく近代文学の小説には例がありげに思われもするが、わたくしにはそれをひもとく余裕がない。ここに、ゆくりなくも手にした、岩波文庫『土屋文明歌集』の一冊。その中にもと『続々青南集』（昭和四十八年七月刊）所収の「伯耆国庁裏社」二十八首がみえる。それは、山上憶良の在任した伯耆の国庁趾附近を作者が訪れたときの歌群である。伯耆《はうき》（ホーキ）は、山陰道に属する貧しい国である今の鳥取県の西半部に位置し、わたくしの生れた一小寒県でもある。最近のテレビその他で文化果つるところの県として、東北地方の諸県以上にしきりに揶揄される。これは筆の滑りとして読者のおゆるしを得ることとして、この県には、『万葉集』の終尾の歌を飾る大伴家持がその東部の因幡《いなば》国司として着任し、また憶良

がこれに先立って西部の伯耆国司となり、それぞれ数年をこの波荒く雪深い国に過したことは、わたくしをして満足せしめる。憶良が晩年にものした名高い「貧窮問答歌」（巻五）の詩心は、すでにこの伯耆守時代にはぐくまれる。土屋文明氏の二十八首には、万葉学者としての見解が彷彿とし、何れも興味深い連作といえる。その中に足痛の病気に悩む憶良が登場する。

時雨《しぐれ》早きこの丘のいづちに足の痛み知り始めしや六十に近づく憶良《おくら》
民掠《かす》むることを為得《なしえ》ざる守《かみ》憶良みぞれ降る夜の病む足思ほゆ
人に読めぬ遊仙《いうせん》の文字も老《おい》早き一人の守を慰むべしや
神経痛《しんけいつう》雪の降る夜に相歓ぶをみなの友のある筈《はず》もなし
糟湯酒《かすゆざけ》わづかに体あたためてまだ六十にならぬ憶良か

このうち、注意すべきは、第四首の「相歓ぶ」である。神経痛のために悩む六十路に近い伯耆の国守憶良、吹きすさぶ日本海岸に近い国府の夜の風雪のさわぎ、かかる夜に「相歓ぶ」、即ち睦び合う女人のある筈もない、と詠んだのは作者の感想。この「歓ぶ」も、前述の系統のことばとみなすことは、果して「深読み」であり、わたくしの誤解であろうか。この歌のひとつ前の歌の「遊仙」は、仙界に遊ぶ意もあり、また仙人たちを意味する例もある――『文選』（巻二十八）陸士衡「前緩声歌」の「遊仙は霊族を聚め、曽城の阿《くま》に高会す」は、その一例――。ここは憶良の愛読した道教的丹経的な『抱朴子』を背後に意味するかも知れぬ。しかもまた更に現実的なことを考えるならば、「遊仙」といえば、憶良ら万葉歌人の愛読した中国小説『遊仙窟』を意味すると考えられなくもない。前の歌を、この小説も老いの早い憶良を慰める種とはならない、と解するとき、これに続く「相歓ぶ」の歌の「歓ぶ」の意がますます生きて来よう。乙麻呂の「歓」と土屋氏の「歓」とは、ともに相通じるものを含むのではなかろうか。

以上は、最近披いてみた『懐風藻』の注に対する私見の一、二である。こうした解釈上の問題はなおほかにも存在しよう。常に述べる如く、詩の一語一語の追求はそのまま詩人の意図につながる。最近わたくしが一書の編纂成立、撰者など所謂文献学的研究を避けようとするのは、遠い作者の一首一首の「あや」に接近したいがためである。即ち個人の文学表現をとくと眺めたいためである。たとえば佳作と云われ、清人兪樾《ゆえつ》撰『東瀛詩選』（巻四十二）にも選ばれた大友皇子の⑵「述懐」の絶句に、

道徳天訓を承《う》け、塩梅真宰《しんさい》に寄す（第一・二句）

とみえる。この「道徳」は、今日一般に云う「道徳」ではない。日本古典文学大系の注に、「人として守るべき道」と解したのは、現代的な「道徳」の意に同じとみなした未熟な注である。ここにみる「道徳」は、「東宮職員令」にみえるそれであり、天子の補佐役である皇太子のもつべき「道徳」である。これを理解しなかったわたくしの注は、諸注をも含めて全く不備と云うほかはない。これについては更に詳しいコメントを要する。今はただ文学はよく「読むこと」より出発すべしと云う、平凡なことばを結びとしよう。

〔附記〕「国文学論叢」第三十輯（昭和六十年三月）所収。
「東宮職員令」に見える「道徳」については、本書所収「歌はぬ憶良――「令レ侍二東宮一」の解釈――」参照。

「竹溪の山は冲冲」續貂

ここに「續貂《ぞくちょう》」というのは、日本歴史学会編集『日本歴史』（本年一九九一年二月号『歴史手帖』）所収、井上薫博士「竹溪の山は冲冲」という論考、これは主としてわたくしの過去の『懐風藻』の注に対する批判であるが、今般これをあらたに検討してみたつたない考を意味する。「續貂」といった古めかしい漢語をわざわざ用いてみたのは、この語を誤解して自分自身の論文の続考の意に使用し、蔭で失笑を買った大学先生三名が存在することを思い出したからである。この語は机に向うわたくしのいつもの緊張度をかえって緩めもする。

問題とする点は、釈道慈の語句、

桃花雪冷冷、竹溪山冲冲（五言。第十一・十二句）

の中の「冲冲《ちゅうちゅう》」である。長屋王宅址から出土した木簡墨書銘「都祁氷室」（つげのひむろ）、この木簡から都祁すなわち竹溪《つげ》に氷室が営まれていたとする考古学・民俗学的な知見を踏まえ、更に諸橋『大漢和辞典』にみえる「氷を割る音」の音を勘案し、「冲冲」は氷に関する語とみなすのが井上説である。こうした木簡類が出土すると、その方向に文献を考えてゆこうとするのが世のならい、もはや異見を挟む餘地がないように思われる。更にいえば、多くの古代史学者は、「物《ぶつ》」と「文《あや》」の鮮やかな結び付きによって、この「冲冲」説に拍手をおくることであろう。しかし飜って思えば、何ゆえに、在来残る数本の『懐風藻』注のすべてが『毛詩』の「冲冲」を採用しなかったのであろうか。すでに白雲郷の人になった懐風藻注者の先輩たちを致し方なく除くとして、暮年裡にあるわたくしは、その代弁の筆を採るべきであろう。その正否の判断はすべて読者諸子に一任して。

「沖沖」が「沖沖」に同じことは、誰もが知る訓詁であり、げんに天理図書館本（江戸中期書写、旦那会寄贈本）も「沖沖」に作る。この「沖沖」（「沖沖」）について、わたくしの所持する注釈書の注を時代順に列挙すれば、左の如し。

(一)釈清潭『懐風藻新釈』（昭和二年刊）――「而して山は沖沖として深し」――。

(二)沢田總清『懐風藻註釈』（昭和八年刊）――「空虚なこと。又垂るゝ貌。老子『太盈若レ沖』、詩、小雅『鞗革沖沖』。（通解）「竹溪の間は沖々として誠に深い」――。

(三)世良亮一『懐風藻詳釈』（昭和十三年刊）――「沖々と同じ、深い貌」。（通釈）「山が深々としてゐる」――。

(四)杉本行夫『懐風藻』（昭和十八年刊）――「沖一字の深しの義より深き貌と見るべし」。（通釈）「山の中の谷川のほとりには竹が茂つて深くこんもりとしてゐる」――。

(五)林古溪『懐風藻新註』（昭和三十三年刊）――「竹のある溪は奥深く、気はやわらいでをる。……沖沖は、和融淡白。……眼前の景をのべて、山中の清潔寂静を示す。但し、竹溪は元來は地名『つげ』の音訳。

（解）「山も深い」――。

ほかにも旧注があろうが、わたくしの貧しい書斎にはこれ以上のことは望めない。なお後述(六)以後に上梓された『和訳詩集懐風藻』（椚沢《くるみざわ》龍吉訳、昭和四十七年刊）に、

はだれ雪降り桃の花　竹溪《つげ》の山中しづかなり

の流麗な訳のあることを添えて置く。これらの諸先輩の旧注の跡を襲って、(六)『日本古典文学大系69』（昭和三十

九年刊）に、当時四十代のわたくしの校注がある（以下「大系本注」と略称）。自他ともに煩わしいことではあるが、ことの成り行き上、この「大系本注」を挙げて置く。

（頭注）「つげの（ただし文字通りの竹の渓の意をも含む）山々は人の気がない（清閑である）」。（補注）「毛詩、豳風、七月『二之日鑿レ氷冲冲（冲冲）』の例は氷を割る音、ここではそのままあてはまらない、清冷で空虚な様をいう」。

井上説は、この補注に述べた『毛詩』の例を逆に援用して、「氷を割る音」を採用すること、前述の如し。しかしこれが妥当であるか否かは、この詩句の文脈を眺めることがまず第一である。その文脈は、

（第十一句）桃花雪　冷冷（或いは「桃花　雪冷冷」）

（第十二句）竹渓山　冲冲（或いは「竹渓　山冲冲」）

である。「雪が冷冷」に対して「山が冲冲」であって、山の状態、山のかもす情景が、「冲冲」でなくてはならない。もし後者に『毛詩』の例を適用すれば、「竹渓の山にはチュウチュウ氷を割る音がする、聞える」とでも解しなくてはなるまい。げんに『毛詩』（豳風「七月」）にも、

二の日には氷を鑿《うが》つこと冲冲たり（「二之日鑿レ氷冲冲」）

とみえ（毛伝「鑿レ氷之意」）、氷を割る際に起る擬音が「冲冲」であり、主語が「山」の場合には当てはまらない。「冲冲」（「冲冲」）について、更にいえば、「冷冷」（「冷」に同じ）の対として、「冲冲」と語を重ねたものであり、もとの基本は「冲」（「冲」）である。「冲冲」と続けたために、『毛詩』の「冲冲」に偶然一致したものであって、「山冲冲」は「山は冲なり」によって解すべきである。『懐風藻』の注釈家は釈清潭以来すべて漢文学者であり、わたくしの如き国文学畑の者とは専門を異にする。それらの学者が一言も、『毛詩』の「冲冲」に触れなかった

のは、毛伝がその文脈に当てはまらないことをよく承知していたためであろう。このように解するとき、問題は自ら「沖」（沖）の訓詁へと進む。

「沖」を基本とする『文選』にみえる語は、固有名詞を除いても十数例をみる（以下、便宜上、「沖」の字を用いる場合が多い）。中には「沖レ天」の如く飛び上る意、「幼沖」の如く幼童の意もあり、或いは「謙沖」の如く自謙の意もあるが、一般に「沖」は、他の語と接して用いられる場合が多い。その中にあって、李善注には「虚也」の訓詁を採用することが目立つ。たとえば、左太沖「魏都賦」（巻六）の「皇恩綽矣、帝徳沖矣」について、李善注に、

老子曰、大満若レ沖。字書曰、沖虚《ハ》也。

とみえ、また陸士衡「皇太子宴二玄圃宣猷堂一有レ令賦レ詩」（巻二十）の「茂徳淵沖、天姿玉裕」について、「字書曰、沖虚《ハ》也」と注する——『続日本紀』（天平宝字八年九月）詔勅の中にも「沖虚」という語がみえる——。前者の李善注の引く『老子』（河上公本洪徳第四十五・王弼本第四十五章）の「大満（大盈《だいえい》）沖なるが如し」とは、「充実しているものも、一見して中が空《くう》である（空虚である、むなしいもの）ようにみえる」の意であろう。わが上代人の利用した河上公本には、これを「如レ沖者、貴不二敢驕一也、富不二敢奢一也」と注する。李善はこれを「虚也」とみなしたものであるが、要するに「沖」の意の「虚《むな》し」は見掛け上のことで、「盈満」にほかならないことを示す。また「むなしい」ことは混沌とした状態でもある。『老子』（道元第四十二・第四十二章）の「沖気以為レ和」などになると、混沌とした陰陽の気によって調和されることにもなり、この際「沖気」の「沖」を「和なり、深なり」（小川環樹氏訳注『老子』、中公文庫）と注することもできよう。

再び『文選』の「魏都賦」に戻ると、慶安版『六臣註文選』に、「帝徳沖《フカシ》矣」とみえ、これは恐らく六臣注の

「帝徳沖深」によるものであろう――　「景印本宋本五臣集注本」も同様――。また前述の陸士衡の詩を慶安版本に、

茂徳淵《ノ如(ク)ニ》沖《ムナシク》《フカク》、天姿玉裕（「銑曰、沖《ハ》深也。言《ハ》茂盛之徳如二淵之深一」）

と両様に訓む例もある。「ムナシ」（虚）といっても、一般にいう何もない意ではなく、『老子』にみえる如く充実充満と同じ方向をもつ「沖」であり、それはやがて深さを示すことにもなろう。

更に「沖」の一連の例を求めてゆくと、『文選』（巻十二）「海賦」の、「沖瀜沆瀁」について、李善注に「深広之貌」とみえる。この深い様を示す「沖」は、晉湛方生「廬山神仙詩幷序」の、

尋陽有二廬山者一、……若乃絶阻重險、非二人跡之所一レ遊、窈窕沖深、常含レ霞而貯レ気……（『藝文類聚』巻七十八、霊異部上「仙道」）

につらなり、「沖」は「深」と相俟ってその内容を構成する。また中唐宣宗の「幸二華厳寺一」に、「雲散晴山幾万重、煙收春色更沖融」とみえるのは、前述『老子』の「沖気」の意に近く、和気、融和した気の意である。前述の如く、この「沖」は、「沖深」「沖融」の例にみるように、他の語と結合して連語となることが多く、問題の「沖沖」も「沖」を重ねたその一例といえる。このように「沖」「沖」を検討してゆくと、諸注が「深い」意の方向をとることは誤りではない。その中で、林古溪注が「山も深い」としながら、和融淡白、清潔寂静などとするのは一見矛盾にみえるが、『老子』の「沖」の例によればこれも可能性のある注といえる。これらの後塵を拝した「大系本注」に、「人の気《け》がない、清閑である、清冷で空虚な様」などと解したのは、「沖《ハ》虚也」にこだわった注であろうが、それなりに「沖」の意を理解しようと苦心したわたくしの壮年期の汗の跡が感じられ、今もあの当時を懐しむ。但し「空虚な様」といってもすべての人に正しく読み取られる注ではなかろう。やはり「雪冷冷」

という雪の清冷な感じをもつ語に対して、「山沖沖」は山が空虚で人けのなくガランとし、更にその深さを兼ね合わせた感じに解すべきであろう。慶安版本の左右訓「ムナシク、フカク」の如き両面をもつ意と解したい——『類聚名義抄』（観智院本・法上）にも、「沖。ムナシ・フカシ」などの訓がみえる——。

なお井上説の中に、「大系本」の小島注は、『大漢和辞典』にみえない注をほどこしたという批判を受ける。これは遺憾ながらこの辞典を金科玉条とみなす一般の人々の陥りやすい思考と毫もそれていない。辞典類は「人の作るもの」、完全性を求める方がむしろ無理である。それは各人めいめいの努力によって絶えず改訂されるべきである。この辞典の不備については、最近講演会に出席するごとに「まくら」として語るのがわたくしの常である。しかしここではこと新しい例はあげない。問題の「沖沖」についていえば、『大漢和辞典』に三つの項目をあげ、その㈠の、

㈠垂れさがるさま。〔詩、小雅、蓼蕭〕既見㆓君子㆒、鞗革沖沖。〔伝〕沖沖、重㆑飾貌。

に続いて、㈡に「氷を割る音……」（㈢は省略）をあげる——『初学記』（「冬」）「鑿氷」にも、この『毛詩』の例を所収——。同じ文字の訓詁は何らかの関聯をもつのが一般である。㈠「垂れさがる様」と㈡「氷を割る音」とは、表面上没交渉の関係にあるやにみえる。㈠の訓詁は毛伝の説であり、不動の注である。しかもこの小雅（南有嘉魚之什）の「蓼蕭《リクシヨウ》」をよくよめば、「垂㆑飾貌」を敷衍した『毛詩正義』に、「……革垂之沖沖然……」云々とみえ、くつわの「飾りが垂れ」、それが揺れつつ「チュウチュウ」とさやかな音をたてる意になろう。とすれば、全く無関係にみえる㈠も㈡も擬音の点で結ばれてこよう。従って㈠は、「垂れさがるさま。飾りが垂れて音をたてるさま。」とでもすれば、読者に理解しやすくなる——わたくしの希望からいえば、「擬音の一つ」といった大項目の下に、小項目の㈠・㈡を付した方を好む、通行の国語辞典の如く——。また『大漢和辞典』に、「沖

默」の語がある。陶潜の「孟府君嘉伝」（正しくは「晉故征西大将軍長史孟府君伝」）の「沖默有二遠意一」をあげ、「静かに和ぐ、静穆」とする。これは『高僧伝』巻六（釈慧持伝）にも同文がみえるが、もの静かで默してあまりしゃべらない（口かずの少ない）ことであり、「静かに和ぐ」とは少しおかしい。こうしたことは随処に例をみる。

ことのついでに、木簡学者の誰もが知る詩語「漢月」に一言を。この語は平城宮址出土木簡にみえ、これをめぐる詩的な八字の残片については、既に書いたことがあるので、詳しくは述べない。拙著『萬葉以前―上代びとの表現』（第八章　海東と西域）参照。もし『大漢和辞典』の「天の川と月」の意のみに従うとするならば、この出土木簡の「憶漢月　萬里望向関」はよく理解できないことになる。「漢」は中国本土を意味し、国境地帯の征人、或いは辺境にある旅客が本土の空にかかる「月」をさして歌う場合に多い。辺塞の詩をよく歌った盛唐詩人岑參《シンジン》の詩に、

蒸沙爍石虜雲燃え、沸浪炎波漢月を煎《い》る（「熱海行送二崔侍御還一レ京」）
漢月郷涙を垂れ、胡沙馬蹄を費す（「磧石頭送二李判官入一レ京」）

などとみえる「漢月」もその例であり、木簡の例と同様に、『大漢和辞典』のままではうまく解けない。「解けない」ということは、万全でないことを意味する。辞典類が万全でないのは人為的にみて当然のことであり、示された用例と語義を照合し、批判するのは利用者の側にまかされているのである。『大漢和辞典』を参照しながらも、是是非非を貫くことが学徒の道であろう。なお付言すれば、この辞典は、経書の語義に比して詩語の面に不備が多く、項目にも必要な語を落している例も多い。さすがこの辞典の姉妹篇である『廣漢和辞典』には、新しく詩語の項目も加わるが、その用例たるや、わが『懐風藻』や平安初頭詩集のものが多く、もとの中国の例を摘出しないといった憾みがある。こうしたことは当然のことながら各自承知すべき事であり、『大漢和辞典』に

「見えない」云々は、多少控え目に考えるべきであろう。

なおこの詩のもつ序、すなわち(104)「初春在二竹溪《つげ》山寺一、於二長王宅一宴、追致レ辞」の「序」の本文批評が「大系本注」をはじめ諸注に如何に不備が多いか、基本を怠っている部分が少なくない。これはいまのわたくしもよく承知している処である。その一部は「漢語あそび――『懐風藻』仏家伝をめぐって――」(『文学』第五十七巻一号)参照。機会あらば、すみやかに私見を述べたいという願いをいだく今日このごろである。

〔附記〕「萬葉」第百三十九号(平成三年七月)所収。末尾に三月十三日とある。「黄葉片々」として執筆された論。

なお、末尾の参照論文は、後に『漢語逍遙』(平成十年三月、岩波書店)に収められている。

反省一則
——『懐風藻』の詩——

この題目の「一則」とは、「私の反省を一つ」といった意で、一つの方法、法則といった大それた意味ではない。宋人洪邁の『容齋隨筆』の例に倣ったこと、読者諸子周知のことであろう。私の癖として、ふと思いついた時に、今まで書いたなにがしかの印刷物に多少の書入れをするが、書入れたものを再び発表するわけにはゆかぬ。中には、『萬葉以前』（一九八六年、岩波書店）の如く、出版と同時に「補説」九ページを加えたこともあり、その不体裁の為体《ていたらく》、今も顔がほてる。しかも所持本にはなお新しい追加を見る。書入れは、一見良心的なあかしとみられることもあるが、一方では却って自信のなさを物語る。なぜ一度にかつがつながらも安定したものが書けぬのか、人知れず自問自答も試みる。

『懐風藻』（日本古典文学大系69）を注したのは、三十余年前のこと、やっと校注を試みた程度のものであった。やがて門外不出の書入れ本のほかに、その後の研究らしいものも加わる。雑誌『文学』（第五十七巻一号「漢語あそび——『懐風藻』仏家伝をめぐって——」）参照。それは、昭和六十四年一月のこと。『懐風藻』で最も重要と私が思うのは、そこに表現された「漢語的なるもの」の検討である。それによって、詩の表現のどこが巧みなのか、どこが拙なるかなど、在来よりも「語注」——辞書的な語注を意味しない——を越えた、自由なものの仕業も必要ではなかろうか。こんなことをやっと気付いたのは、三年ほど前のこと。「漸クソンナ事ヲ……」と一笑されるのが「落ちゆく先」と、覚悟はしているものの、やはりやっと思いついた感想である。私にとっては、鬱陶しい梅雨ぞらを穿つ偽らぬ本気を語っているのである。

『懐風藻』の問題となっている詩の一つに、文武帝の⒂「五言、詠レ月一首」がある。その冒頭の二句に、

月舟移二霧渚一　　月舟《げっしう》霧渚《むしょ》に移り、
楓檝泛二霞濱一　　楓檝《ふうしふ》霞濱《かひん》に泛《う》かぶ。

とみえる。この詩については、中国学者前野直彬氏の「不隨園詩話」(一〇)(『中国古典研究』第三十九号)があり、「よみ」の面白さ、わが意を得たり、と思う点が少なくない。しかしそれはそれとして、まず問題の「月舟」については、現在のところ、漢籍の例がないこと、通説となっている。これについては、私の友人佐藤美知子(「月の船」・「桂梶」考――その発想と周辺――」「萬葉」第九十八号)・井手至(「巻七訓詁私按(五月船)」『萬葉集研究 第七集』)両君の卓見に譲る。特に前者の説には、漢籍にみえる類似語句を渉猟し、餘すところがない。この「月舟」は、『萬葉集』巻七の人麻呂歌集にみえる「月船《つきのふね》」(一〇六八)に同じく、流れゆく「天《あめ》の月《つき》」を「舟」(「船」)に見立てたこと周知の如し。ただひとつ気にかかることは、『懐風藻』の「舟」と『萬葉集』の「船」の表記のことである。私の如き大正生まれの老体は、「舟」は小ぶね、「船」は大ぶねと教えられて来た。この差は上代においては如何、少し遠回りをしよう。幸いにも、原本系『玉篇』に、かなり詳しい記事がみえる。その一部を示そう(カッコ内の記事は筆者)。

「舟」　之由反。……毛詩(邶《はい》風「谷風」)、就二其深一矣、方レ之舟レ之。伝曰、舟《ハ》船也。又曰(同「匏有苦葉」)、招々舟子、伝曰、舟人主二済渡一者也……方言(巻九)、自レ関而西、或謂二之舟一……。

「船」　時専反。……方言(巻九)自レ関而西、謂レ舟為レ船……。

この「舟《シウ》」と「船《セン》」とは訓詁的にみて同じことがわかる。『萬葉集』の表記に、「フネ」に当る例は「船」の字

の方が「舟」よりも多いようだが、萬葉びと、広くいって上代びとは、「舟」即ち「船」の同字意識を心得ていたはずである。なお『李嶠百二十詠』（唐張庭芳注、斯道文庫本）の、「舟」の条にも、

器物叢話、以二周流一曰レ舟、以二其修水一而行曰レ船、皆以済《ワタス》レ不レ通也……方言云、関東謂二之舟一、関西謂二之船一……（天理図書館本と多少の異同あり）。

とみえる。つまり「舟」は「船」に同じ。更にいえば、孔潁達疏即ち前述邶風（「谷風」）に、「正義曰、舟者古名也。今名レ船」とみえる。

もとに戻ろう。「月舟」は月を舟にたとえた和製漢語であるが、実は漢籍の例もあることが既に中国学者によって指摘されている。早稲田大学の故大野実之助博士「初唐の応制詩と人麿」（『国文学研究』第五〇集、昭和四十八年六月号）参照。その説によれば、「月を船と観ることは、唐詩の中にも随所に見えており……」云々と。そこに示された例をあげると（本文など多少便宜的に改める）、まず、

雲物開二千里一、天行乗二九月一（初唐韋元旦「奉下和九日幸二臨渭亭一登高上応制、得二月字一」）

は、その一つ。「乗二九月一」の句がそれに当たるのであろうか。しかし「九月に乗ず」は重陽の九月九日を意味し、「月《ムーン》」ではない——下句は、天の運行は九月九日の重陽節に乗っかかって、の意であろう——。何れにしてもこの「月」（Moon, Mond）と解したのは、実に不審なことである。

次に李暇（『全唐詩』巻七七三、晩唐の人か）の「怨詩三首」の、

相憶不レ可レ見、且復乗レ月還（第二首）

は、帰りゆく男を見送る女人の情景を歌ったものであり、「月に乗じて還る」の主語はその情夫である。第一首にも「月落ち始めて船に帰る」（「月落始帰レ船」）とみえるが、「月」を「舟」（「船」）にたとえた例とは考えられな

い。なお「乗レ月」の例は、『文選』（巻二十六）の謝霊運の詩にみえる。

乗レ月聴二哀狖《アイイウ》一、浥レ露馥二芳蓀一（「入二彭蠡《ハウレイ》湖口一」）

且申二独往意一、乗レ月弄二潺湲一（「入二華子崗一、是麻源第三谷」）

これらの「月に乗ず」は、月光をシノグ、積極的に月光を浴びる動作とでもいえようか、要するに月光のもとの行動を意味しよう——盛唐劉長卿「帰人乗二野艇一、帯レ月過二江林一」（「送二張十八帰二桐廬一」）の「月を帯ぶ」と比較することによって、「月に乗ず」の詩意の行動性を知ることができよう——。以上の例について、私の誤解がなければ、やはり大野説の例は、「月の舟」の例とすることはできない。

なお私の思い起す一例に、盛唐孟浩然「秘登二蘭山一寄二張五一」の、

天辺樹若レ薺《ナツナ》、江畔舟如レ月（全唐詩本）

がある。問題の下句は、四部備要本・宋蜀刻本など私の手にする本文は「江畔洲如レ月」とみえ問題はなくなるが、しばらく全唐詩本による。これについて、李景白校注『孟浩然詩集校注』（一九八八年）に、「以レ『舟』為レ是。且時当二重陽一、新月初懸、故言二舟如レ月也」と注し、これによれば、「月の舟」（「月舟」）の語は生まれまい。「月」を「舟」に見立てることは、漢籍には今のところやはり例をみない。但し「月」や「星」を他の物にたとえることは、中国の詩に多く、初唐の宋之問の「星槎」「月宇」（「宴二安樂公主宅一、得二空字一」）、李嶠の「月宇」「雲窓」（「甘露殿侍宴応制」）など例は幾らでも見出される。こうした文献的なものを読んだ結果が、陰に陽に「月」を「舟」にたとえることとなったのではなかろうか。

次に「月舟霧渚に移り」の「霧渚」は、第二句の「霞濱」と共に、「中国の詩ではお目にかかりそうもない」とやわらかに前野説はいう。然り、『佩文韻府』に、中唐楊衡「採蓮曲」の「凝鮮霧渚夕、陽艷緑波風」の一例

をあげるのみ。文武御製が初唐に当たるとすれば、中唐の一例は偶然の類似という他はない。しかしこれは文献上の論で、「霧渚」の例が中唐以前に存在していたかも知れぬ——空海の「僧人」の語が文献的には中国よりも古いといった現象も考慮してみる必要がある——。しかし御製の「霞濱」の「霞《カ》」が朝やけ夕やけなどをもつ漢語である以上、文武御製の「霞濱《かすみのはま》」は、日本的な用法であろう。なおこれについては、前述『李嶠百二十詠』の「張庭芳注」を参照すべきである。ともかくも私の『懐風藻』の注は若い頃のものとはいえ、なってない。わが身の反省一則、気がつけばはやくも秋七月に入る。

〔附記〕「かづらき」第二十七巻第三号（平成八年十一月）所収。「七月一日」との附記がある。
なお、本書所収「中国文学と万葉集」参照。

歌はぬ憶良

――「令㆑侍㆓東宮㆒」の解釈――

はしがき

所謂第三期の代表歌人、山上憶良については、既に数多の諸家によって、在来から論じ尽くされている。一片のことばすらもさし挟むことは、もはやおもはゆい。しかもなお高年七四歳（天平五年、七三三）の生涯のうち、彼が不惑四十歳ごろを過ぎるまでも歌らしい歌を殆んど残さないことを思えば、一体万葉歌人としての彼を何と評すべきであろうか。その後半期、特に晩年の十年前後を飾る輝かしい「筑紫歌壇」の歌や散文の成果にくらべて、それ以前の六十数年にも亘る長年月の、その前半期を眺めると、むしろ歌歴は「無《む》」と云っても過言ではなかろう。少なくともその前半期については、万葉代表歌人と認めるには、あまりにも平凡な作品が少ししか残らない。しかしこの「無」であるその前半期、即ち筑紫在官以前を考察することによって、おのずから以後の在官時代との「かかはり合ひ」を多少なりとも看取できるかも知れない。しかもその間の鍵を握るものの一つに養老五年の「令㆑侍㆓東宮㆒」の記事が存在する。これについて諸注一般の方向は憶良の「東宮侍講」と解する。これは必ずしも誤ではなかろう。しかし東宮の侍講とは何か、ことは明瞭性を欠く。このような点を中心として思いを巡らすならば、前半期の「歌はぬ憶良」のことが、幾ばくか明らかになるかも知れない。「蛇におぢない」発言はここに生れる。但し公務多端、これに関する諸説すでにありやなしや、不安ながらもこれを顧りみるゆとりの少ないことを深き憾みとする。

一

養老五年（七二一）正月五日、山上憶良は諸官人と共に、東宮、後の聖武天皇の宮に侍せしめられた。時に六二歳（以下、年齢は土屋文明氏著『旅人と憶良』所収の年譜による）。続日本紀によれば、左の十六名が「退朝」の後、東宮にはべったと云う（注1）。

五位	（正・上）	紀男人
		日下部老
	（従・上）	佐為王
		山田三（御）方
	（従・下）	伊部王
		山上憶良
		朝来加須夜
		紀清人
六位	（正・上）	越智広江
		船大魚
		山口田主
	（正・下）	楽浪河内
	（従・下）	大宅兼麻呂
七位	（正・上）	土師百村
	（従・下）	塩屋吉（古）麻呂
		刀利宣令

養老五年と云えば、東宮聖武は二一歳である。この青年東宮に対して、以上の十六名が「退朝之後、令㆑侍㆓東宮㆒焉」とみえるが、これはどのようなことを意味するのか、実は明らかではない。常識的にみれば、東宮の侍

講と限定するよりも、むしろ東宮の職員になったとみる方が無難かも知れない。尤も一時の東宮参候と云うことも考えられ、やはり問題は残る。ここにまず東宮職員令の編成を参照する必要がある。これによれば、

傅《ふ》一人掌下以二道徳一輔中導東宮上。

学士二人掌二執レ経奉説一。

とみえ、更に監三（舎人監・主膳監・主蔵監）及び署六（主殿署・主書署・主漿署・主工署・主兵署・主馬署）を司る春宮坊（東宮坊）に、

大夫一人掌下吐二納啓令一、宮人名張・考叙・宿直事上　亮一人　大進一人、小進二人　大属一人、小属二人

使部三十人　直丁三人

の編成をみ、東宮傅（官位令では「皇太子傅」）以下三監六署の職員合計一〇一四名を含む（東野治之学士の計算による）。憶良など十六名が東宮職員であった場合を考えると、各自どの職に任ぜられていたのか、問題はここより出発する。

まず官位令を当てはめると、次の如くなる。

皇太子傅（正四位）

皇太子学士（従五位）

（春宮坊――管二監三・署六一――）

春宮大夫（従四位）

春宮亮（従五位）

春宮大進（従六位）・少進（従六位）
春宮大属（正八位）・少属（従八位）
（監三）
舎人正（従六位）　舎人佑（正八位）　舎人令史（少初位）
主膳正（従六位）　主膳佑（正八位）　主膳令史（少初位）
主蔵正（従六位）　主蔵佑（正八位）　主蔵令史（少初位）
（署六）
主殿首（従六位）　主殿令史（少初位）
主書首（従六位）　主書令史（少初位）
主漿首（従六位）　主漿令史（少初位）
主工首（従六位）　主工令史（少初位）
主兵首（従六位）　主兵令史（少初位）
主馬首（従六位）　主馬令史（少初位）

前述の東宮に侍した憶良らは、何れも右の官位令の規定に照らして、皇太子傅《ふ》及び春宮大夫には値いせず、皇太子（東宮）学士以下がこれに該当することがわかる（以下、「春宮」を便宜上「東宮」に統一する）。この官位令の規定を更に確かめるために、実地に二、三の例を挙げよう。

㈠宝亀二年一月（光仁天皇・皇太子は後の桓武天皇）
宮傅　大納言正三位（大中臣清麻呂）

東宮学士　従五位上（日置嚢麻呂?）（注2）
東宮大夫　従三位（藤原蔵下麻呂）
東宮亮　従四位下（大伴伯麻呂）
東宮員外亮　従五位上（石上家成）
東宮員外大進　従五位下（河内三立麻呂?）（注3）
(二)延暦十六年二月及び三月（桓武天皇・皇太子は後の平城天皇）
東宮傅　大納言正三位（紀古佐美）
東宮学士　正四以下（菅原真道）・外従五位下（賀陽《かや》豊年）
東宮大夫　従四位下（藤原葛野麻呂）
東宮大進　従五位下（大伴大関）
(三)貞観十一年二月（清和天皇・皇太子は後の陽成天皇）
東宮傅　大納言正三位（藤原氏宗）
東宮学士　従五位下（橘広相）
東宮大夫　正四位下（南淵年名）
東宮亮　従五位下（藤原門宗）
東宮大進　従五位下（藤原清経）

これらは、何れも官位令の規定を十分に満たす。更に溯れば、天平末の或る時期に於ては（東宮は後の孝謙天皇）、次に示す表のような例もみえる。これらによってみても、官位令と何ら牴触しない。

天平	東宮学士	東宮大夫	東宮亮	東宮少属
13年7月	正五位下（下道真備）→	従四位上（巨勢奈氏麻呂）		
15年6月		従四位下（下道真備）	正五位下（背奈王福信）	
18年9月			（員外）正五位上（石川年足）	
19年3月		従四位下（石川年足）		?
19年10月				従八位上（御方大野）
19年11月	←	?	? ?	?

（備考）十九年三月より同年十一月までは、東宮大夫（定員一名）重複する。記事の不備か。

東宮傅（皇太子傅）は、皇太子の師傅《しふ》の官。『大唐六典』（近衛本巻二六）の、太子三師（太師・太傅・太保）・太子三少（少師・少傅・少保）を適用したものである。この唐制の、

太子三師、以二道徳一輔二教太子一者也。至二於動静起居言語視聴一、皆有二以師一焉。

太子三少、掌下奉二皇太子一以観二三師之道徳一、而教諭上焉。

によって、前述の如く、東宮職員令の「道徳を以って東宮を輔導すること」がその役務となる。令集解（巻六、職員令）所収の天平十年前後の撰にかかる「古記」に、「傅、以二道徳一輔導也。立二太師・太傅・太保一也」とみえ、更に、

天子の傅である三公は、その師となり、傅相（お守り役）ともなり、また天子を保安し、しかも「徳」に於て美なる者でなくてはならない。天子を輔佐し、「道」を論じ、国事を経《たていと》とし緯《よこいと》とし、陰陽を和《やわら》げ理《おさ》め、有徳の者を云う。皇太子の傅もこれと同じだ……。

と述べる。これによれば、東宮傅は皇太子輔佐のほかに有徳者であることが要求される。「道徳」とは何か。まず東宮職員令に、「道」について、隋人劉炫撰『孝経述義』（巻二、開宗名義章）を引用して説明する（拙著の引用箇処をここで多少訂正する。）（注4）。

道《ハ》六合之内、无レ所レ非レ道。聴而弗レ聞、輔之不レ得、不レ虚不レ溢、非二有無一*（「非レ有非レ無」）随レ時斟酌、信レ意舒巻、謂二之道一也。釈詁云、訓《ハ》道也。言道可二以訓レ人也。道猶二道路一也（以下、注4に譲る）……此皆同源異流、枝流別名耳（巻六東宮職員令）

六合之内、無レ処レ非レ道。聴而弗レ聞、△搏レ之不レ得、不レ虚不レ溢、非レ有△非レ無、随レ時斟酌、信レ意舒巻……。道猶二道路一也……此等皆同源異流、而枝流別名耳（林秀一氏の「孝経述義復原本」による。△印は上段の本文に対して特記すべき箇処を示す）

右の職員令の本文のうち、「釈詁云」以下十三字は現存推定テキストにみえないが（注5）、『孝経述義』に「釈詁」引用の箇処が他の部分（巻四父母生続章・紀孝行章など）にみえることから推して、この部分も原本『孝経述

義』の本文と推定できる。述義の引用を要約すれば、

「道は六合の内にどこにもある。人はその時その場に応じて、手加減し（「斟酌」）、進んだり退いたりする（「舒巻」）。『釈詁』に、訓は道なりと云うが、道は人を数え導くことが可能なものである。道路は誰もがあゆむもの、抽象的な道もこの道路のようなものである。出あるくごとに道路をあゆむ如く、道は誰もが行なうものである。道を離れると悪く、道に従えば善く、足のゆく所、心のよる所、これはすべて道である。具体的に云えば、孝弟仁義礼智信（仁義以下は所謂五常の道）がこれである。云々。

と云うことになるであろう。次に、

「徳」とは「得」を意味する――ここは、論語為政篇「為レ政以レ徳」、皇侃疏「徳者得也。言《ハ》人君為レ政、当レ得二万物之性一、故云レ以レ徳也」、或は孝経述義（開宗明義章）の「徳者得也」によるであろう――。内では心に得たもの（外では物に得たもの）である。心が内側で動いて、外部に現れるのは「道」による。従って「道」と「徳」、即ち「道徳」の文字は常に相伴うわけである（「文恒相将」）。

と述べ、前述の「道」を具体化した五常の道を、論語為政篇「子曰、殷因二於夏礼一、所二損益一可レ知也」云々の、何晏《かあん》集解にみえる「馬融曰、所レ因謂二三綱五常一也」の皇侃疏を引用して説明し、「これ五常の道、変革すべからざるなり」（「是五常之道、不レ可二変革一也」）と述べる。つまり「徳」とは生れつき得た「道」であり、仁義礼智信の「道」を得たものがそれである。ここに「道」と「徳」とが相結ばれて、「道徳」が成立する、云々と述べる――なお考課令（令集解巻十九）の「徳義」の条の「徳」に関して、同様の注がみえる。更に「徳」の訓詁について、『釈名』（釈言語）の、「徳《ハ》得也、得二事宜一」ほか諸例を豊富に引用する――。

この意味をもつ「道徳」によって、東宮を輔導することは、儒教的な思想によると共に、輔導者自身も「美な

る徳」をもつ有徳の人でなくてはならない。ここにこれに相当する官人のうち、正四位を降らぬ者が選ばれたのであり、官位令の東宮傅、「正四位」は、その限界を示すものである。前述の如く、大中臣清麻呂・紀古佐美などの高官は正三位大納言であった。山上憶良らの東宮に侍した養老五年の記事にはこれに当る者はない。公卿補任によれば（養老五年の条）、

従三位多治比池守・巨勢祖父・大伴旅人・藤原武智麻呂・従三位藤原房前・正四位上多治比三宅麻呂

が三位、四位の公卿であり、何れも東宮傅の役を務める可能性がある。しかし僧延慶撰『藤原武智麻呂伝』（『家伝』下）によれば、武智麻呂は養老三年七月（七一九）東宮傅を拝命し、五年正月従三位、中納言に遷っていることから推して、憶良らが「侍㆓東宮㆒」した同年同月には少なくとも旧職のままであったと考えても誤ではなかろう。武智麻呂伝に

三年（養老）正月、叙㆓正四位下㆒。於㆑是儲君（聖武）始加㆓元服㆒、血気漸壮。師傅之重、其人為㆑善。故其七月、拝㆓東宮傅㆒。公出㆓入春宮㆒、賛㆓衛副君（聖武）㆒。勧㆑之以㆓文学㆒、匡㆑之以㆓淳風㆒。太子（聖武）爰廃㆓田猟之遊㆒、終趣《オモブク》㆓文教之善㆒。由㆑是即位已後、常施㆓善政㆒。矜㆓愍百姓㆒。崇㆓重仏法㆒也。五年（養老）正月叙㆓従三位㆒、遷㆓中納言㆒。

とみえるが、「これに勧むるに文学を以《も》ちてし、これを匡《ただ》すに淳風を以ちてす」とは、東宮傅は、単に道徳の面のみならず、「文」の面にも秀でなくてはならないことを意味する。彼が既に大宝四年（慶雲元年）大学助、慶雲三年（七〇六）大学頭、和銅元年（七〇八）図書頭に任命され、その職を経たのも、「文」の能力をもち、経学の学識を有していたためでもある。

次に「春宮坊」の大夫について考察を加えよう。春宮は「古記」にみえる如く、「東宮」に同じく、東宮の内政に関する事を行なう、「東宮職員の内宮の名」である。「伴説」は原本系『玉篇』を引用して、

野王案、秦漢宮閣各有二九子坊一。晉宮閣各有二顕昌等坊一。坊乖二省名一也（令集解職員令巻六）と述べる——現存玉篇残巻にはこの部分は残らないが、藝文類聚に、「漢宮闕名曰、洛陽故北宮、有二九子坊一。晉宮闕名曰、洛陽宮有二顕昌坊……藝文坊一」（居処部坊）とみえ、「閤各」は「闕名」の誤であろう——。春宮坊即ち東宮坊の長官は東宮大夫。啓令の吐納《だしいれ》（臣下より皇太子に言上する「啓」と、皇太子の仰せ即ち「令」を伝えること）、東宮の宮人（女孺）の名帳、考叙（考第、叙位）、宿直などに関する諸事を掌るのがその役目である。前述の如く、大夫は東宮傅より一つ官位の低い従四位に相当し、前者に比して、人格学識よりもむしろ管理能力をより一層必要とする。尤も学識を必要とする東宮学士を経て東宮大夫に栄転した下道真備、後の吉備真備《きびのまきび》の如きは、珍らしい例である。養老五年に東宮大夫であった者は誰か、実はよくわからない。霊亀元年（七一五）従四位下、翌年遣唐押使、養老三年正月藤原武智麻呂（前述、七月東宮傅となる）と共に皇太子聖武を賛引教導した多治比県守（養老五年正四位上）は、その候補者の一名とはなるであろうが、養老四年征夷大将軍に任命されたことは、兼職は別として、やはり推測の域を脱しきれない。勿論更に官位の低い養老五年の、憶良らの「侍二東宮一」のグループはこれに相当しない。

東宮傅の許に於て、実地に学問を教える官人は皇太子学士、即ち「東宮学士」二名である。「掌二執レ経奉説一」のがその任務であり、それを具体的に云えば、「先聖の典籍を教える」、即ち経典の類を教授することである。これは官位令や、前述の実例によって五位のあたりがこれに相当する。東宮学士は、東宮傅や東宮大夫など高位の管理職とは違って、中国の学問、つまり経学に精通することを要する。云わば、学者であり文人でなくてはならない——大宝三年（七〇三）以前に歿した皇太子学士伊余《(与)》部馬養も、律令撰定に参加した学者であり、また懐風藻詩人（詩一首）、或は『浦島子伝』（逸文丹後風土記）の撰など、当時の文人でもあった——。五位の官人と云えば、養老五年の例については、紀男人・山上憶良など八名が東宮学士の可能性をもつ。このうち、日下部老（正五位上）と朝来《あさご》加須夜（従五以下）に関しては、続日本紀など詳しい記事が残らず、また佐為王（従五位上）・伊部王（従五位下）の二王と共に一応除外してもよかろう。従って四名が問題となる。

東宮学士の定員二名のうち、この四名の候補者はしばらく置き、他に問題とすべき一名がある。それは、懐風藻にみえる「皇太子学士正六位上調忌寸《つき》古麻呂」である。彼の詩には、(62)「初秋於㆓長王宅㆒宴㆓新羅客㆒」と題する一首、

一面金蘭席、三秋風月時。琴罇叶㆓幽賞㆒、文華叙㆓離思㆒。人含㆓大王徳㆒、地若㆓小山基《ふもと》㆒。江海波潮静、披㆑霧豈難㆑期。

が残る（律詩のリズムを考慮しない）。この詩は、新羅の使節を送る長屋王宅の詩宴の詩群十首の一つである。これらの詩は、中には養老三年の秋に溯る詩もあり（(52)山田三方作・(65)下毛野虫麻呂作）、類似題とは云え、同時の作と考えるべきではない（拙著、注6）。右の詩は、養老三年（七一九）・同七年（七二三）・神亀三年（七二六）、何れも可能性がある。しかも懐風藻の作者名「皇太子学士正六位上」は、懐風藻編纂者の編纂の際の標記であり、作詩時の官職をさすのではない。調古麻呂は、養老五年正月二七日の詔勅にみえる如く、各種の師範者である官人らと共に賞賜を受けた中の一人であり、当時明経博士正七位上であった。彼の正七位上（続日本紀）より正六位上（懐風藻）の昇位の期間や、彼の詩の懐風藻の配列位置などより考えて、少なくとも神亀末年、天平の始め頃までには経学者として東宮学士となっていたものと推定される——神亀五年九月夭折した皇太子以前の東宮学士か——。しかし山上憶良らの養老五年「侍㆓東宮㆒」の時点に於ては、やはり続日本紀の記載通り「明経学士正七位上」であり、調古麻呂は東宮学士ではなかったと推定すべきであろう。

さて「従五位」を降らぬ官位が東宮学士に当る以上、残る四名について官位順に挙げると、

紀男人（正五位上）

山田三方（従五位上）

山上憶良・紀清人（従五位下）

となり、何れもその候補者となる。紀男人について云えば、十年ほど後に大宰大弐となり、当時の筑前守山上憶良と共に大宰府長官大伴旅人邸に於ける梅花宴に参加したかと云われる。時に天平二年（七三〇）正月十三日。もし彼の作とすれば、

むつき立ち春の来たらばかくしこそ梅を招《を》きつつ楽しき終へめ（八一五）

のこの歌は、宴歌の冒頭に位置する。儀礼的な挨拶歌ではあるが、旅人を除いて、最高位にあるため当然の配列順序であろう。しかし万葉集にこの一首のみであることは——それも別人との説もある——歌はあまり得意であったとは云えない——なお少しわきにそれるが、この歌会について、友人伊藤博《ひろし》（筆名博《はく》）氏の理に満ち満ちた優れた新見があるが（注7）、この梅花の歌三二首が同日同席で作られたものか、編輯《アレンジ》の問題を考慮するならば、多少ゆるめて、別の面から眺めることも可能であろう。編輯は一種の虚構《フィクション》でもある——。やはり彼の力量は詩にある。彼の作品は懐風藻に三首。そのうち、

(73) 嘯レ谷将レ孫語、攀レ藤共レ許親（「扈二従吉野宮一」）。孫綽・許詢の故事）

(74) 犢鼻標レ竿日、隆腹曬レ書秋……月斜孫岳嶺、波激子池流（「七夕」）。阮咸・郝隆の故事。後二句は、孫綽・鍾子期の故事か）

など、故事を詠み込むことに特色がある。拙著『日本古典文学大系69』（以下、古典大系本）に指摘した如く、こ

れらは文選・藝文類聚などにみえる故事で、必ずしも稀な例とは云えない。しかし他の一首（72「遊二吉野川一」）の第三句「欲レ訪二鍾池越潭跡一」は難解であり、定説をみない。これは平凡ならざる故事を詠んだことにもなり、そこに漢籍の智識の豊富さを示すかとも思われる。しかし彼が東宮学士であると断定するには資料の不足を遺憾とする。

次に従五位上山田三方については、養老五年の賞賜の際に、「文章従五位上山田史御方」とみえるが（養老四年従五位上）、懐風藻には、「大学頭従五位下山田史三方」とある。この官位の記載にそれぞれ誤謬がないとすれば、彼の詩三首のうち、(52)「秋日於二長王宅一宴二新羅客一」（詩序を含む）が前述の如く、養老三年の秋の作と推定される以上（注6）、五年の官位と比較して、少なくとも三年の頃には大学長官であったとみなすことができる。養老五年の賞賜の際の「文章」云々は、文章博士ではなく（朝日新聞社版頭注）、単に「文章」方面に優れた者の意に解すべきではなかろうか。藤原武智麻呂伝に「文雅」とみえるのは、その傍証となるであろう。彼が周防守在職中（和銅三年任命）、管理物品を盗み、しかも恩寵によって赦罪されたのは、文に優れていたためである。続日本紀に、

朕念へらく、御方は笈を遠方《をちかた》に負ひて、蕃国《とつくに》に遊学す。帰朝の後に、生徒に伝授し、文館の学士、頗《すこぶ》るに属文を解《し》る。誠に以ちて若《かくのごとき》人を矜《あは》れびずあれば、蓋し斯《こ》の道を堕《おと》さむか云々（養老六年四月二十日の詔勅）

とみえるのは、文章道の権威者であることを物語る。前述の(52)詩序は、初唐四傑の王勃・駱賓王などの初唐詩人の詩序の構成法を学んだ佳作である。詩序は懐風藻の特色の一つをなすが、盛唐に遊学した彼が最初の試作者ではなかったか。それは文章文雅の官人の作に値する。更に彼の(53)「七夕」の詩は、隋（陳）人江総の「七夕詩」を活用するが——恐らく藝文類聚（歳時部七月七日）所収の詩によるか——、これも佳作とみてよかろう。その詩、

金漢星《せい》楡《ゆ》冷《すず》しく、銀河月桂秋さぶ。霊姿雲鬟を理《をさ》め、仙駕潢流《くわうりう》を渡る。窈窕《えうてう》に衣玉を鳴らし、玲瓏に彩舟に映ゆ。悲しきことは明日の夜《よひ》、誰か別離の憂《うれへ》を慰めむ（訓読）

次の(54)「三月三日曲水宴」は、神亀年間の曲水宴（神亀三年及び五年）の作と推定したが（拙著、古典大系本頭注）、養老五年以前の作とみるべきであろう。彼は大学に関係はするが、東宮学士であったとは云えない。なお慶雲四年（七〇七）四月、物を賜り、「学士」として優待（ニギホフ）されたが、この「学士」も文の道のゆえであり、「東宮学士」を意味するのではない。

次に従五位下紀清人については如何。彼も霊亀元年（七一五）七月、及び養老元年（七一七）、穀物百斛を賜っているが、後者にみえる「学士」は、やはり東宮学士ではない。和銅七年（七一四）国史の撰修を命ぜられ、前述の如く養老五年山田御方と共に「文章」即ち文雅の道の人として賞賜を受けたことは、文の道に優れていた官人を意味する。但し懐風藻に詩を収めないのは、その編纂者の採詩範囲の問題によるものであろう。天平四年（七三二）十月右京亮、十三年（七四一）七月治部大輔兼文章博士などの歴任も、やはりその間の東宮学士の問題に何らの有力な資料を提供しない。

最後に残るのは、従五位下山上憶良である。憶良が続日本紀の「侍二東宮一」は別としても、東宮聖武に侍したことは、周知の如く、万葉集巻八の七夕歌十二首中の冒頭の、

天漢《あまのがは》　相向き立ちて（一云「河に向かひて」）あが恋ひし君来ますなり紐解き設《ま》けな（一五一八）

の左注に、「右養老八年七月七日応レ令」と注することによって知られる。養老八年二月以降は神亀元年（七二四）に当るため、次の歌、

ひさかたの天の川瀬に船泛《う》けて今宵か君がわがり来まさむ（一五一九）

の左注「右神亀元年七月七日夜左大臣《(長屋王)》宅」に照らして、養老「八年」は「六年」(七二二)の誤とみる説が有力である(七年説もある)。尤も改元後もそのまま元のままの年号を用いた例もみえ——ここも巻八の撰者の不手際か——、また前の歌を記載通りに「七月七日応レ令」の作とし、後者を長屋王宅の「七月七日夜」の歌会とすれば、必ずしも「養老八年」を誤と断ずるわけにはゆくまい。七日の当日と七日の夜とは差があり、そのため後者の左注には、「七月七日夜」と注したのでもあろう。類聚国史(巻七三、歳時部七月七日)にも、わざわざ「是夕」と注した記事もみえる(天平六年の条)。それはそれとして、かりに通説の「養老六年」の誤記に従うとすれば、東宮に侍した続日本紀の記事の翌年となり、両々相待って、憶良が東宮に侍したことは推定してよい。懐風藻の詩の収集には一種の偏在がある。長屋王をめぐる詩群はかなり詳細であるのに、その中に憶良の詩がみえないのは一体何が原因であろうか。養老五年東宮に侍した、山田三《(御)》方・紀男人(以上五位)・越智広江(六位)・塩屋吉《(古)》麻呂・刀利宣令(以上七位)などの中にあって、彼の詩が一首もみえないことは、彼の文人としての地位を判断する一例とみられはしないか。前述の二首の歌にしても平板である。また天平元年七月七日夜の長歌にしても(一五二〇)、詩の対偶表現や先行歌謡の表現を利用したなど、むしろ智識人なればこそ誕生した歌のようにも思われる。

……いなむしろ　川に向き立ち
思ふ空　安けなくに
嘆く空　安けなくに
青波に　望はたえぬ
白雲に　涙はつきぬ
かくのみや　息づき居らむ
かくのみや　恋ひつつあらむ
さにぬりの　小舟もがも
たままきの　ま櫂《かい》もがも　……(一五二〇)

も、用語の上からみて、詩や文章に書き改めることも可能であり、青と白の色対の条の、「望断於青波、涙尽於白雲」はその一例。また七夕の歌の一つ、

　風雲は二つの岸に通へどもわが遠妻の（一云「はし妻の」）言ぞ通はぬ（一五二一、天平元年作）

にしても、風雲をたより（音信）にすることは、中国的表現である。時代は更に降るが、平安人の例を示せば、一条御製の「七夕佳会風為レ便」（以レ和為レ韻）にも、

　霊匹の佳期素《もと》より斯《かく》あり、涼風使となる去来の儀。感《おもひ》は鵲翅《じゃくし》に通ひて橋路を成し、韻《ひびき》は竜蹄を訪《と》ひて駕崖を促《うなが》す。しばらく歓情を託するに飄至りて報《つ》げ、追ひて別恨を伝ふるに咽《のみど》の中に知る。一たび蘋末に従ひ秋を迎へて起り、念化(?)自ら慙《は》づいまだ移すことえぬを（試訓。本朝麗藻巻上）

とみえる。大伴池主の「今勅二風雲一、発二遣徴使一」（巻十八・四一二八～四一三一前）の消息文、家持の「挽歌」の「風雲に　言は通へど……」（巻十九・四二一四）など、風や雲を音信とする中国的表現の利用である。彼はこのように智識人としての漢才《からざえ》をもつ。憶良が『類聚歌林』を編纂したのも、歌人としてと云うよりは、むしろ渡唐し、多少の漢籍読破の力を身につけたための述作物とみることもできるであろう。これらの歌には漢才がつきまとう。彼の万葉歌人としての地位は、やはり筑紫下降以後がその中心である。

　東宮学士二名のうち、恐らく一名は経学、一名は文章道に通じた官人であろう。官位令の規定「従五位」からみれば憶良は有力な候補者ではあるが、少なくとも漢才によって、あやを表現すべき後者の道は養老五年頃の彼には必ずしもふさわしいとは思えない。前述の歌も、流れるところが少なく、漢籍の力を利用したものに過ぎない。しかもまた前者経学方面の東宮学士に憶良を当てることも困難である。経学にすぐれた官人として賞賜を受け、しかも養老五年東宮に侍したものは、明経第一博士越智広江（正六位上）、第二博士塩屋吉《古》麻呂（従七位下）

に限定されるが、両人とも当時、規定の従五位に達していない。以上の私案が正しいとすれば、従五位にして且つ東宮学士にふさわしい学識（経学或は文章）をもち、その条件を充たすものは、前述の四名の内には発見できず、その一名である山上憶良もそれに洩れない。なお続日本紀や万葉集（巻八）の記事より推して、憶良が東宮の侍講であったとみる説があり、これは通説に近く、有力である。しかし、吉備真備が皇太子（後の高野天皇）に『礼記』『漢書』を侍講したのも大学助、東宮学士であったためである。また『政事要略』（巻九五、至要雑事、学校事）の大蔵善行の例にみる如く、彼が東宮学士であったために、

以二漢書一授二皇太子（朱雀）一。毎朝侍講、無レ有二休仮一、天下無レ不二歎異一。

の如く、侍講したわけである。憶良が東宮学士であるとの結論が出ない以上は、やはり憶良の侍講説は常識の域を脱しないものとみるべきであろう。

然らば、東宮に侍した山上憶良の役職は何であったか。当時従五位下、六二歳の老人の役としては、東宮大夫の指揮下にある「東宮亮」（東宮大進・少進はともに従六位）ならば、その官位に相当する。かりにこれに当るとすれば、所謂管理職である。養老五年（正月二七日）賞賜の際に、明経・文章・算術・陰陽・医術その他の師範者として、その何れにも彼の名前がみえないことは、多少なりともその根拠を与えるかも知れない。或は舎人監の正、即ち「舎人名帳・礼儀・分番事」を掌る役（従六位）とすれば、それも管理職である。しかし漢才のある憶良としては、これに関係のある役としては、東宮坊主書署の、

首一人掌二供進書・薬・筆研之属一。

などをも挙げることも可能であろう。これは東宮御用の書籍・医薬品・筆墨紙硯などを管理運営する主任である。その一例として、大日本古文書所収（巻二四―二六五）の「筆墨進送并充用注文」に、写経所から東宮坊少属三形

（御方）大野が筆墨を取寄せた記事がみえ、また写経所に『最勝王経』書写を依頼した記事もみえる（巻八―三七〇「間写経疏目録」。巻二四―一七二にみえる「春宮坊政所宣、所写如レ件」も同様）。このようにして、朝廷の図書寮とは別に、東宮坊の書物は書写購入によって次第に増加したものと思われる。漢籍の出納役は、これをひもとく機会をもつことにもなる。後に天平五年のころ、名高い「沈痾自哀文」の生れたことを思えば、その文中にみえる、必ずしも正統的《オーソドックス》ならざる漢籍、特に佚名書・偽経類、或は医薬養生神仙などに関する記事を含む『抱朴子』（子部道家類）の引用など、彼が主書署の役人であった名残を示すものではなかろうか。しかしこれも想像に留まり、多少の蓋然性を述べたものに過ぎない。彼の東宮に仕えたその職名はやはり疑問のままである。しかし東宮傅・東宮大夫・皇太子学士でなかったことは、断定してよかろう。

主書署の役割にみる如く、書物の出納は、これに関する漢学の力を必要とする。ここに憶良の得た知識の「源泉」を漢籍に求めねばならない。それは遣唐少録としての渡唐に深い関係がある。遣唐執節使粟田真人の一行に加わった无位の憶良は当時四三歳、在唐期間は一年余、その前後に渡唐（大宝二年）と帰朝（慶雲元年？）との期間がある――この遣唐使の出発、帰国の有様については、中西進氏の考証参照――（注8）。「少録」とは何か、これに関して、令集解（職員令巻三「大録」）に、延暦年間成立の「令釈」を挙げ、

釈云、録、具也、第也、猶レ記也。音力属反也。

とみえる。これは中務省の「大録」（或は「少録」）に関しての注ではあるが、遣唐少録の場合にも適用できる。空海撰『篆隷《テンレイ》万象名義』に、「刀《（力）》属反、具也」（「録」）とみえることから推定して、右の令釈の訓詁は、原本系『玉篇』によることは疑いなく、その原形を推定すれば、

「録」――*力属反。広雅《（釈詁）》、録具也。国語《（呉語）》、今大国越録、賈逵曰、録、第也。野王案、録猶レ記也、或禄字、在二

示部㆒。
に近い本文であったものと推定される。「少録」の場合の訓詁は「記也」に当り、大録と同じく記録を司る役がこれである。无位の憶良がこれに選ばれたのは、やはり渡唐以前の当時に於て既に多少の漢才のあったことを意味する。特に、彼が当世ばやりの言葉で云って、「帰化人系」の出身であるとすれば、記録係を以って少録に選ばれたことは有力であり、他の帰化人系の錦部《にしごりべ》道麻呂（大録）、白猪阿麻留《あまる》（少録）と共に記録官として渡唐に加わったことは大いに理由がある――延暦二一年遣唐大使藤原葛野一行の小官「録事」「准録事」はこれに相当するか――。試みに白猪史一族について云えば、白猪骨《ほね》が律令撰定に参加し（文武天皇四年）、また養老三年白猪広成が遣新羅使に任命されたなど（懐風藻に詩二首、経国集に対策文二首がみえる）、文筆の道に名を残す。憶良もこれに類する帰化人系の出身者として、年齢不惑を越える頃までの訓練のたまものが遣唐少録として実現したのであろう。しかし少録に選ばれたことについては新しい確証はない。追加任命者となった伊吉古麻呂にしても、また前述の白猪阿麻留にしても、もしそれぞれ伊吉博徳・白猪骨の同族とするならば、この両名は、後の遣唐執節使粟田真人と共に律令撰定に参加した同席の人であり、それぞれ同族の古麻呂や阿麻留を遣唐使の小官として、遣唐使真人に推薦することも多少の可能性はあろう。憶良もこのような類似のことがあったかも知れないが、依然として憶良関係の資料を欠く。

　在唐期間中、少録として憶良は何をしたか。公的な記録係の役を務めたことには間違がないが、これも資料不足である。旧唐書（巻一九九上、東夷日本）に、玄宗開元の初めに入朝した遣唐使について（養老元年、多治比県守の一行をさす）、「請㆓儒士授㆑経」とみえることは、同じく粟田真人らの一行の中には嘗つて修めた経学をここで新しく実地に学んだ者もあったことを推測させる。また、「所㆑得錫賚、尽市㆓文籍㆒、泛㆑海而還」とみえることは、漢籍の購入に力を注いだことがわかる。その購入書籍は、たとえば、『慈覚大師在唐送進録』（大正新脩大蔵経第五五巻目録部二一六六）に、将来した数多の内典のほかに、「外書」として、

杭越寄和詩幷序一帖　沙門清江新詩一帖　判一百条別二道一帖（駱賓王撰）　祗対儀一帖　任氏怨歌行一帖白居易　寒菊一帖　攬楽天書一帖　歎徳文一帖　雑詩一帖　祝元膺詩一帖　雑詩一帖　前進士弛（施）肩吾一巻　漢語長言一巻　波斯国人形一巻（注9）

の十四部の書名がみえることから推して、逆にこの遣唐使一行は、外書外典を中心として、漢訳仏典など多少の内典をも購入したものと思われる。購入に際しては、記録を司る薄官の大録や少録の憶良らがこれに当ったものとみてよかろう。前述の「尽く文籍を市《か》ひ」云々の記事と表裏一体をなす例に、新唐書（巻一六一張薦伝）の、「新羅日本使至、必出二金宝一購二其文一」がある。これは盛唐の人、張文成の述作物を高価な値で求める意で、その作の一つ、伝奇小説『遊仙窟』もその中にあったことは疑いがない。桂林風土記（叢書集成本）にも、

新羅日本国、前後遣レ使入貢。多求二文成（張文成）文集一、帰二本国一。其為二声名一、遠播如レ此。著二雕竜策・帝王亀鑑・朝野僉載二百巻一（張鷟）

とみえる。遊仙窟を始めとして、その作品は少録憶良らの仲介によって、遣唐使がもたらしたとみてよい。そのうち遊仙窟が中国に現存しないのは、内容の艶情性に浮かれて、新羅人・日本人が「鵜の目鷹の目」でこれを書写させ買いあさったためではなかったか。鶯鶯伝（会真記）・霍小玉伝・李娃伝・柳氏伝（章台柳伝）など、艶情伝奇小説が本土に現存するのに対して、遊仙窟のみが日本に残ったことは、これに原因の一つがあろう。同時に、伝統的に経書を重んずる唐人としては、かかる子部の小説類を軽視し、自ら進んで渡唐者外国人に売りつけたことにも原因があるかも知れない。他方に於て渡唐者にとっては、『遊仙窟』と云う涎の垂れるほどの艶情本、そ

こに相互間に啐啄同時の行為が行なわれたものと思われる。遊仙窟は日蔭に咲く小説である。将来されたこの小説が万葉人によって、歌や散文に堂々と利用されたことは、中国の知識の側からみれば愚人のしわざであり、彼等には鼻もちのならないことであった。国を異にすれば、一書の取扱も変ってくる。遊仙窟は、中国学者の説く如く（注10）、韻文（詩）と散文（小説）の抱着した典型的なものであり、特に当時の口語即ち「俗語」を豊富に持つ点に特色がある。俗語を含む『遊仙窟』がどの程度万葉人に理解できたか、我々にとって甚だ知りたい点であるが、万葉集に応用した語句によって推定する限りでは、やはりかなり訓めたものと思われる。俗語は一行の在唐期間に多少なりとも実地に学んだものであろう。憶良が在唐の時に故郷を思って作った歌「去来こども」（六三）にしても、巻五の「好去好来歌」（さよならまたの歌、八九四）にしても、恐らく唐土で学んだ日常の俗語ではなかったか。

漢才を身につけた一行は、此等の漢籍を将来し、まずそれらは図書寮に所蔵されたものと思われる。そのうち更に書写され、東宮坊主書署にも納められたものもあろう。前述の如く、十数年後の養老五年、もし憶良がこの職にあったとすれば、ここに主書署所蔵の将来書を書写研究する機会があったであろう。不足を補い、足るを複写し、内典なども読むことも十分可能であろう。ここに彼の出自による文筆の素養、渡唐の経験、東宮坊出仕など、内外典を問わず漢籍の素養は益々深くなったものと思われる。

もとに戻って、再び続日本紀にみえる、

退朝之後、令レ侍二東宮一焉（養老五年正月二三日）

について、考えてみなければならない。「退朝」は、官人にとっては、単に普通名詞以上の重要な意味をもつ。憲法十七条の第八条にも（推古紀）、「早朝晏退」についてのさとしがある。「退朝」とは、令の規定によれば、午後を意味する。宮衛令（開閉門条。令集解巻二四）に、「退朝鼓撃訖、即閉二大門一。昼漏尽（「古記伝、昼漏尽、謂以二日入一為レ限也」）、閉門鼓撃訖、即閉二諸門一」とみえ、また公式令（京官上下条。令集解巻三五）にも、「凡京官、皆開門前上リ、閉門後下レ（「義云、謂退朝鼓後也」）」とみえる。（延喜式巻十六陰陽寮式によれば、正月には午刻が退朝時に当る）午後の「退朝」の鼓の打ち終わって後に、東宮に侍したことを意味する。これは、京官としての一日の任務を終え、その後に「東宮に侍し」たことなり、当日の午後と云うことになる。「侍す」ことは、当日限りのことをさすかも知れない。憶良が養老八年（？）東宮聖武の「応令」によって七夕歌をものしたことは（万葉集巻八・一五一八）、従五位上佐為王以下も東宮にそのまま仕えたと云う通説を生んでいるが、憶良以外は東宮に関するその類の記事はみえない。政事要略（巻二二、年中行事八月）に、

貞観二年八月、釈奠。外従五位下行助教布瑠《ふる》宿禰清野講二尚書一。文章生等賦レ詩如レ常。明日明経博士等参二詣東宮一。不レ召二御前一、賜レ禄而罷。

の記事もあり、佐為王以下、十六名の場合も、単に「参二詣東宮一」程度に考えて然るべきかも知れない。むしろ何かの理由のために、明経・明法・文章など各道に明るい十六名が、当日東宮に参候させられたのではなかったか。四日後の二七日に、十六名のうち、

越智広江（明経）　塩屋吉（古）麻呂（明法）　山田御（三）方（文章）　紀清人（文章）　楽浪河内（文章）　山口田主（竿術）

の六名が天下の師範者として天子の賞賜を受けたのは、参候した十六名についての、東宮の面接、云わばテスト的引見が、多少なりとも裏で働いたのではなかったか。憶良はこれらの人々に比して、師範者となるにはやはり能力が劣っていたものであろう。ここに賞賜を受けることもなく、面接の結果、やがて東宮勤務となったのではなかったか。もし「退朝の後に、東宮に侍らしむ」をこのように解するならば、前に挙げたどの職を誰に当てる

かは、無用のこととなる。しかしこれと違って、通説の如く、十六名がそのまま東宮に仕えたとすれば、前述の如く、誰がどの役にふさわしいか、多少の可能性を追求することもできる。しかも何れに解する場合にしても、憶良が東宮に侍したことは、万葉集（巻八）の左注で明らかである。しかも東宮傅、東宮大夫は勿論のこと、東宮学士、東宮侍講などではないことが判明すれば――せいぜい主書署あたりの長か――、このささやかな拙稿の目的は達する。それはそれとして、既に六十の坂を越えて、持病をもち、しかもこの東宮に侍した数年間は、在来の彼の学問の実力を更に増した期間と云える。神亀三年（七二六）筑前守として筑紫に下降し、これより以後、文字通り憶良は「歌ふ人」となる。漢籍の語句を歌の中に採用してこれを馴化させ、更に数多の「文《ぶん》」を作るなど、筑紫歌壇のみならず、万葉歌人の屈指の人ともなる。その文や歌の中に、漢籍特に在来の指摘をみないほど著しく仏典語の多いことは――その一端は、小学館『日本古典文学全集　萬葉集二』所収「月報17」の拙稿「巻五往来」参照――、やはりこれを耽読した東宮勤務在任中のたまものではなかろうか。この点に関して、万葉集巻五を中心とする「歌ふ憶良」の表現、その手法は、なほ今後追求すべき数多の問題をはらむ。後日を期す。

注1　「(正・上)」と略称したのは、たとえば、紀男人の場合は、正五位上を示す。また、「(従・上)」の佐為王の場合は、従五位上を示す。以下これに準ずる。
注2　続日本紀宝亀五年三月の記事によって推定する。
注3　宝亀五年九月の記事によって推定する。
注4　『国風暗黒時代の文学　上』（第一篇第二章一(2)論語・孝経）参照。
注5　林秀一氏『孝経述義復原に関する研究』参照。

注6　『国風暗黒時代の文学　上』（第一篇第二章三　上代詩の表現）参照。
注7　伊藤博氏「園梅の賦――独り見つつや春日暮さむ――」（「日本文学」昭和四六年十一月号）参照。
注8　中西進氏「憶良の渡唐」（「成城国文学論集」第二輯）参照。
注9　此等の考証については、神田喜一郎氏『東洋学文献叢説』（「慈覚大師将来外典攷証」）参照。
注10　たとえば、香坂順一氏「『遊仙窟』の俗語と現代中国語」油印版（『中国語学研究論集』）などその一例。

（本稿に関して、友人東野治之学士への質問による点があり、同君に対して感謝する次第である）

〔附記〕「国語と国文学」昭和四十七年十月特集号所収。

憶良の「經紀」再々考

一

再考再々考といえば、聞えはよいが、それなら何故に再考不要というほどまで、最初から徹底を期さなかったのか、いつも後悔するのがわたくしの習い。その一つに漢語「経紀《けいき》」がある。それは、『万葉集』巻五の山上憶良の「俗道は仮合即離《けがふそくり》し、去り易く留《とど》み難きことを悲歎す」の詩序をもつ詩、その去声四寘韻の詩の第一・二句、

俗道の変化は撃目の猶《ごと》く、人事の経紀は申臂《しんぴ》の如し。

にみえる「経紀」である。もはやこの漢語は検討済みと万葉専家は断ずるであろう。しかしやはりわたくしなりの覚書《メモ》はまだ終焉を告げてはいない。このメモを片手にしながらいくばくかを述べてみることは、老残生のみに許された特権、いわば一種の安堵感というべきか。

「経紀」については、嘗つて二度ほど書いたことがある。最初は『上代日本文学と中国文学 中』(注1)、次は『国風暗黒時代の文学 上』(注2)に。前者において、糸の如く縦や横に織りなす意として、入り乱れた方向に解する(一〇〇九ページ)。しかしこれは逆であって、織りなして整理する、すべ収める意でなくてはならない。従って、後者において、

憶良はやはり第二案の、普通一般の用法の「経紀」をこの詩の中に挿入したのではなかったか。前著の私見

は訂正しなければなるまい。（四八五ページ）と述べるのは、当然のことである。右の「普通一般の用法」とは、人事に関する「筋、筋道、常道、常理」などの意。ともかくも一応このあたりで安心したのは、あたかも二十年前の昭和四十三年（一九六八）の晩冬のころであった。

しかしそのうち、友人蔵中進君の労作『唐大和上東征伝の研究』（昭和五十一年）の出版をみる。その第六章に、『東征伝』にみえる、「経紀の人」の考証がある。続いて憶良の「経紀」にも及び、「経過」「通過」など意に解し、憶良の「俗道の変化」に対するものとして「人事の経紀」があると論じ、わたくしの前者の説を否定する。否定は当然のこと、しかし蔵中説はわたくしの再考案、つまり後者の説についてはなんら説くところがない。「俗道の変化」の句が「人事の経紀」と対をなすのは対偶の一般ではあるが、「変化」と「経紀」とが必ずしも同一の方向をもたなくても、対句にはなり得る。蔵中説はそれとして、わたくし自身には後者第二案の「経紀」の再検討が必要である。たまった幾ばくかの覚書の整理公表は、「腹ふくるるわざ」を消すためにもなお更に試みなければなるまい。

二

漢語「経」及び「紀」の訓詁は、上代びとにとってすぐ知ることのできる範囲内にあった。すなわち当時よく使用された原本系『玉篇』に、詳細な訓詁をみる。その一部を示すと、左の如し。

括弧内の記事、及び補足した〔　〕内の記事は、すべて筆者による。

「経」――雞庭反。……又曰、(尚書、大禹謨)寧失ニ不経一、孔安国曰、経ハ常也。……。(上経、頤)周易、顚頤、払レ経、于レ丘〔頤〕、王弼曰、経猶レ義也。……説文、経ハ織〔従(縦)糸〕也。広雅、経ハ径也。……(糸部)

「紀」――居擬反。……毛詩(大雅、棫樸)、維ニ紀四方一、(注3)箋云、以ニ又(罔)罟一喩為レ政、張レ之謂レ維、理レ之為レ紀……。(礼記、楽記)又曰、中和之紀、鄭玄曰、紀ハ総要之名也。……白虎通、紀者理也。所下〔以〕張ニ理上下一、整中斉人道上也。是以維紀為レ化首(注4)。……(糸部)

ここに抽出した「経」・「紀」ともに語義は多様ではあるが、「経」は縦糸、糸筋、道理、常道の意をもち、「紀」は糸筋を理《おさ》める意でもある――右の「紀」にみえる『毛詩』について、『毛詩正義』に、「紀は糸縷《いとすぢ》を別理す」とみえる――。しかし「経」・「紀」それぞれの訓詁が明かになったとしても、原本系『玉篇』には熟合した「経紀」の語はない。「経紀」の例は、まず『萬葉集』のほかに、『令集解』(巻一)の「官位令」にもみえる。それは「法」という語義に関して、『管子』の例を引用する条にみえる。

法者法ニ天地之位一、象ニ四時之行一。所三以治ニ天下一。四時之行、有レ寒有レ温、聖人之法、故有レ文有レ武。天地之位、有レ前有レ後、有レ左有レ右、聖人法レ之、以建ニ経紀一……。(国史大系本)

これは、『管子』(巻二十一、版法解)の文であり、法の権威を「天」にかりた部分である。やや主題をそれるが、国史大系本は「所」の字を「管子に拠《よ》りて補う」(頭注)というが、明刊本を覆刻した宝暦六年版(一七五六)の和刻本には、「所」の字はない。また右の一文が対句的表現をなす以上、「聖人之法」は和訓本「聖人法レ之」によって改めなければ、よく訓めていないことになる。現在最も信用すべき律令研究会編『訳註日本律令』に、国史大系本のままに「聖人之法」の本文を採用するのは、ここをどのように訓んだというのであろうか。なお『令集解』の「官位令」の引用文の記事の多くは、『藝文類聚』(刑法部刑法など)や原本系『玉篇』の記事の孫引きが多い。従ってこれらの二書も「官位令」の引用文の校訂に役立つ。『藝文類聚』には、「所」の字はなく、また「聖人之法」は「聖人法之」（聖人之に法《のりと》る）とみえるが、何れにしても国史大系本の「聖人之法」の本文のままでは誤解を引き起すであろう。

さて『管子』の引用文の、「聖人之に法《のりと》りて、経紀《けいき》を建《た》つ」の「経紀」は、前述の『玉篇』の訓詁によって、正しい筋道（常道）を理《おさ》めることになろう。また『晏子春秋』（巻三、内篇、問上）にみえる景公の質問に対する晏子の答えの中に、「国無㆓常法㆒、民無㆓経紀㆒」云々とみえるが、この「経紀」も、この意にほかならない。

「経紀」に関聯して、『文選』（巻三十四）曹子建「七啓八首」に、「紀経」の語があり、

今し吾子《ごし》道藝の華を棄て、仁義の英《はなぶさ》を遺《す》つ。精神を虚廓に耗し、人事の紀経を廃す。

とみえる。これについて、李善注に、

史記太史公曰く、春秋は上は三王の道を明らかにし、下は人事の経紀を辨ずと。

とみえるのは、「紀経」の語が「経紀」に同じことを示すであろう。なお六臣注に「紀経は常理也」とみえ、宋本五臣集注『文選』（巻十七）もこれに同じ。ここに「紀経」も「経紀」も、人間世界の常理、筋みちの意となる。李善注引用の「太史公曰く」云々は、現存本『史記』（巻百三十）には、「人事之経紀」ではなく、「道藝之華」「仁義之英」の四言と同じく、四言の「人事之紀」（人事の紀綱、紀《のり》）とみえる。『史記』の文を唐人李善が「経」を加えて「人事之経紀」としたのかも知れない。それはともかくとして、「紀経」は「経紀」に同じ語といえる。なお『史記』の「太史公自序」には、ほかに「礼は人倫を経紀す、故に行《おこなひ》に長ず」の例もある。この「経紀す」については、「紀律を論じる」（野口定男訳『史記 下』、平凡社『中国古典文学全集』5）、「あみの目のように規定する」（小川環樹他訳『史記列伝五』、岩波文庫）などの訳注がみえるが、何れも前述の名詞「経紀」を動詞化した意に

解したものである。動詞「経紀す」の例は、『文選』にもみえる。

その郭景純「江賦」(巻十二)は、長江を讃美する賦であるが、江水の霊妙な力を論じた、

其の譎変《けっぺん》倏恍《しゅくきゃう》に及びては、符祥一《いつ》に非ず。動応方無《つね》く、事に感じて出づ。経二紀天地一、錯二綜人術一。妙なること之を言《こと》に尽くすべからず、事《わざ》の之を筆に窮むべからず。

の中に、「天地を経紀す」とみえる。これについては李善注に、

言以レ綜為レ喩也。符祥上則《ハ》経二紀天地一、下則錯二綜人術一。漢書五行志曰、厥風絶二経紀一、如淳曰、壊二絶匹帛之属一。……

とみえる。李善注に『漢書』の如淳注を引用する如く、「経紀」について、「匹帛之属」とするのは、絹糸を織り成す意に解したらしく、また六臣注の「天地を経紀すとは、広大にして万物を利育することを謂ふ」は、その内容を説明したことになる。しかも「経二紀天地一」に対して「錯二綜人術一」——李善注「周易曰、錯二綜群数一、王粛曰、錯《ハ》交也、綜《ハ》理《ヲサムル》レ事也」——が続くことは、「経紀す」は、絹糸類を織り成し、それを綜《す》べ収める意になろう。名詞の「経紀」は、それと同じ方向をもち、綜べ収める結果が常の道、正しい筋道の意に展開したものといえよう。但しこの語の名詞も動詞も同時発生であろう。

少し方面を変えて、中国医学書を眺めてみたい。時代不明ではあるが、まず中国最古の医書といわれる『黄帝内経素問』を例にしよう——正倉院文書にみえる『黄帝針経』もその一類か——。その「皮部論」(巻十五)に、

英帝間曰、余聞《ク》皮有二分部一、脈有二経紀一、筋有二結絡一。

あるいは、「外無レ期、内無レ正、不レ中二経紀一、診無二上下一」(巻二十三、著至教論)ともみえ、後者の注(原注か?)に、「経紀」を「経脈綱紀」云々と注する。また『霊樞経』(巻一、九針十一原第一法天)の、経脈に針を以てする

条にも、「易レ用難レ忘、為二之経紀一」とみえるが、これらは肉体内の経脈、「すじ」である。しかもすでにあげた抽象的な筋道の例も同時に存在する。『黄帝内経素問』に、

帝曰、余聞《ク》上古聖人、論二理人形一、列二別蔵府一、端二絡経脈一、会二通六合一。……四時陰陽、尽有二経紀一、外内之応、皆有二表裏一。其然乎。（巻二、陰陽応象大論）

とみえるのは、その例である。わが国の平安の大医丹波康頼撰『医心方』（巻二十八、和志）にみえる、黄帝の質問に答える素女のことばとして、

帝之所レ問、衆人所レ有。凡欲レ接レ女、固有二経紀一……

とみえるが、この「固《もと》より経紀有り」とは、「元来一定の経紀《きまり》がある」の意。この「経紀」も常道の常理にほかならない。

しかしこれらの「経紀」に対して、やや別の意をもつ例もある。それは、『淮南子』にみえる、馮夷《ふうい》・大丙の両者が乗車して出掛る場合の描写の、

抱二羊角一而上、経二紀山川一、蹈二騰崑崙一、排二閶闔《ヒラキシヤウカフ》一、淪《イル》二天門一。（原道訓）

である。この「経紀」は、高誘注に「経《ハ》行也、紀《ハ》通也」とみえる如く、行き通る、行き通じる意。具体的にいえば、山を越え川を渡る、山川を跋渉し終えることになる。「紀は通なり」の訓詁は何に基づくのか、わたくしにはよくわからないが、試みにいえば、原本系『玉篇』の「紀」の訓詁のうちの、「又曰、不知二紀極一（左氏伝、文公十八年）、野王案、紀極猶二終極一」に当り、ものの果て、きわみなどの意からも考えられるかも知れない。それはそれとして、『淮南子』の「経紀」の訓詁「行也、通也」について、嘗つて通行通過、経過する（Pass の意）と解したのは（前述注1）、不十分である。しかも「変化」という動きのことばと対をなすなどと述べたのは、顧みればやはり未熟で

あった。このたぐいの「経紀」は行き通る、行き尽くすの意で、単に通過することではない。また『淮南子』の「俶真訓」（巻二）には、

夫れ道は経紀条貫有り、一の道を得れば、千枝万葉を連《つら》ぬ。

万物百族を枝解葉貫し、各《おのおの》をして経紀条貫有らしむ。

とみえるが（二例ともに高誘注なし）、この「経紀」は前述の諸例の如く、一貫した正しい筋道、秩序、常理などの意である。

なお「経紀」のみでは、憶良の詩はわからない。まず対句の「俗道の変化」の「俗道」は、憶良の歌う「世間《よのなか》之道《のみち》」（九〇四）、「俗なる道」に当るかと思われるが、中国語史でいう「古代語」「中世語」などを含む一般の漢籍の用例を今のわたくしは遺憾ながら検出しえない。尤も仏典語であることは、友人芳賀紀雄君の指摘するところであるが（注5）、それは憶良の詩の文脈に必ずしもよく合わない。あるいは憶良の仏典語の拡大解釈か、それとも単なる造語か、諸君子のご教示を乞う。

この「俗道」に対する「人事」については、用例は甚だ多い。特に最近出版された『漢語大詞典』（一九八六年）の漢語「人事」については、十項目に分類し、それぞれ例を示すなど実に詳細である。しかしいかに多くの項目に分類されたとしても、要するに「人の事」、人間に関する事柄がその基本線であろう——辞典類の分類の方法に対するわたくしの見解については、『日本文学における漢語表現』参照——。すでに示した『文選』の「七啓八首」にみる「人事之紀経」、李善注の引用する『史記』の「人事の経紀」にしても、その例である。特に「人事は、人間社会の交渉、人間同士の間に起るうるさい事柄（交渉、かかわり）」を意味することが多い。陶淵明の、

野外人事罕《まれ》らにして、窮巷輪鞅《りんわう》寡《すくな》し（帰二園田居一、其二）

少年人事罕らにして、游好六経《りくけい》に在り（飲酒二十首、其十六）は、その例である。「人事」は、人間世界、人間社会、特に人間《ひと》に重点があると考えてよかろう。

三

漢語「経紀」について、わたくしの述べようとすることは、ほぼ以上に尽きる。しかし憶良の詩の文脈にこの「経紀」を組み込もうとするとき、なかなかうまくゆかない。すでに示した、

俗道の変化は撃目《げきもく》の猶《ごと》く、人事の経紀は申臂《しんぴ》の如し（第一・二句）

については、わたくしどもの『完訳日本の古典3　萬葉集二』（小学館刊、昭和五十九年）に、

世の中の変転は瞬《また》きをするほど短い間であり、人間界の常道は肘《ひじ》を伸ばすほど短い間である。

と訳する。このうち前の句の意にはあまり問題はなかろうが、後の句の「人間界の常道が短い間」とは、少し言葉を補足しないとよくわからない。しかし幸いにもこの詩の序の部分に、憶良は散文によって二句の大意を述べているのである。これを理解しやすくするために、本文の形式を変えて示すと、

但以（㈠世無二恒質一、所以陵谷更変、㈡人無二定期一、所以寿夭不レ同。）（㈠撃目之間、百齢已尽、㈡申臂之頃、千代亦空。）

となる。つまり憶良はこの対句的な文によって、詩の二句を生んだともいえるし、あるいは逆にこの詩句をパラフレーズしたのが右の文ともいえる。これを参考にして、詩の第二句「人事経紀如二申臂一」を解するとすれば、右の㈡の「人に定まれる期《ご》なし、所以に寿夭《じゅえう》も同じからず。申臂の頃《あひだ》に、千代も亦空《むな》し」のあたりがこれに当る

であろう。人には一定した期《さだめ》もなくて長生きする者もあり、若死する者もあるといった人間関係の道理があって、それは肘を伸ばすほどの短時間である、といった意になる。つまり「人事の経紀」に説明を加えなければ、「申臂の如し」とはうまくつながりにくい。『増訂萬葉集全註釈』に、

経紀は、常の理法の意の字だが、経過の意に使つているのだろう。

というのは、こうした理由もあろう。この憶良の詩の表現の足らぬ部分はやはり詩序の前述の部分にまかせたともいえよう。

以上が「経紀」に関するわたくしの再々考である。しかもなお『新潮日本古典集成　萬葉集二』（以下、新潮古典集成本と略称する）の頭注の「人事の経紀」について、「人間の一生の生活」とあるのは、わたくしの気にかかることであり、無視しがたく、再々考はなお続く。

四

新潮古典集成本に、「経紀」について、

綾糸を織りなしたものの意で、生の営みをいう。

とみえる。しかもこれと、口語訳の「（人間の一生の）生活（は）……」とある「生活」の意との結び付きはすぐには納得できない。これはわたくしのみであろうか。とはいえ、「経紀」は、糸を織りなす意から、経営する意が生れる。げんに原本系『玉篇』の「経」に、

又曰（尚書、召誥）、厥既得㆑下（卜）則経営、孔安国曰、則経営軌度之也（注6）。

とみえ、建築について、土地などを設計し測量する意。これは更に、『玉篇』の、

毛詩（大雅、霊台）、経レ之営レ之、伝曰、経《ハ》度也。

にみる「度」（はかる）の意にもつながる。『尚書』といい、『毛詩』といい、これらの「経」は中国古代の例、いわゆる「古代語」に当るが、人間の生活のいとなみに関して、管理する、切り回す、処理するの方向にまでは至っていない。しかしこれが時代と共にその方向に進むことは自然の成行きであろう。このような例を指摘した書に、中国学者ならばよく熟知する明人陶宗儀『輟畊録《てっかう》』がある。
和訓本を書下すと、左の如くなる。

今人善ク営生ヲ能クスル者ヲ以テ、経紀ト為ス。唐ノ滕王元嬰ト蔣王ト皆聚斂ヲ好ム。太宗嘗テ諸王ニ帛ヲ賜フ。勅シテ曰ク、滕叔・蔣兄自ヲ能ク経紀ス。物ヲ賜フベカラズト。韓昌黎柳子厚ガ墓誌ヲ作リテ云フ、舅弟盧遵又将ニ其家ヲ経紀セムトストイフ。則チ唐自《よ》リ已ニ此ノ言有リ（巻十九「経紀」）。

この唐滕王云々の説話は、『朝野僉載』にみえ、『遊仙窟』の作者張文成の撰といわれる。しかし現存本には本文の問題もあり、後人の附加の部分もある（注7）。現に『唐人説薈』（一名『唐代叢書』）第一集にみえるその本文と右の文とはその間に随処に差がみえ、たとえば、「自能二経紀一」を『唐人説薈』に「自解二経紀一」とする。しかし「経紀」については、異同がなく、唐代語の「営生すること」、つまり生計をよく営むことの意となる。また韓昌黎すなわち中唐の韓愈の「柳子厚墓誌銘」（巻三十二）の「将三経二紀其家一」の「経紀」は、「営生」の意を具体化させたものであって、故柳宗元の一家の「世話をする」意となろう。なお『輟畊録』の右の文は、ほとんど同じものが明人周啓明の『営談考誤』（巻三）、更に清人翟灝《てきこう》の『通俗編』（巻二十一）にもみえ（注8）、また清の学者郝懿行《かくいこう》『証俗文』にもほぼ同文がみえ、中国人の文献引用態度をよく伺うことができる。なおこのたぐいの

「経紀」の例は、吐魯番《トルファン》出土文書の書翰の中にもみえる。「唐貞観二十年（六四六）趙義深自二洛州一致二西州阿婆一家書」（アスターナ二四号墓文書）の中にも、

雖レ然此処経紀微薄、亦得二衣食一。阿婆・大兄不レ須二愁慮一、奉拝末期、唯増二涕結一……。

とみえるが、この「経紀微薄」は、生計（世すぎ）が貧弱な状態をいうのであろうか。

このように考えてくると、新潮古典集成本の「経紀」を「生の営み」と解することは、まず可能といえる。この俗語的唐代語的な意をもつ「経紀」という漢語を憶良がかりにここで用いたとしても、渡唐者として不思議はない。特に彼が「去来」（巻一、六三）「好去好来」（巻五、八九四）など中国の日常語を使用している以上、この「経紀」を用いたとしても自然のことともいえよう。しかしそれはそれとして、生活を営むことに関する意をもつ俗語的な「経紀」を憶良がこの詩の中に用いたか否か、やはり振出しに戻ることになる。生活《よすぎ》に関する俗語的な意か、それとも古代語の常理常道の意か、結局は詩の文脈によらざるを得ない。これはすでに述べた如く、詩序の文と関係をもち、これがある限りは、「人事の経紀」云々は舌たらずの感をやっと免れることができよう。この句は、うるさい人間社会の常理として一定の命数はなく——中には若死もある——、それは肘を伸ばすほどの早さ短かさである、の意。世間の変移《うつり》の早さに対する、人の命の早さを述べたものといえる——「傍目《あからめ》する間よ！　世間《よのなか》の変化《うつろひ》、臂伸《ひぢの》ぶる間よ！　生きる死ぬるの人の常理《みち》」——。

憶良の詩に適用できない俗語的な「経紀」は、唐代を過ぎて宋・明・清のあたりには例が多い。これらは、商売する、きりもりをする、管理する、世話をするなど生活の実践面のことばとして登場することが多い。これらの意をもつ「近世語」については、わたくしに多少の準備がある。しかし万葉学徒には恐らく無縁のこと、紙数を越えた一片の稿をここで止める。

注1　第五篇第六章（山上憶良の述作㈣沈痾自哀文の述作）参照。
注2　第一篇第二章㈢上代に於ける詩歌の表現⑵参照。
注3　「維紀」を、現存本「綱紀」に作る。
注4　「化首」は「化者」の誤か。漢魏叢書本『白虎通徳論』に「首」（「者」？）を欠く。
注5　「理と情――憶良の相剋」（『萬葉集研究』第二集）参照。
注6　「軌度之也」は、「規㆓度城郭郊廟朝市之位處㆒」を節略したもの。
注7　福田俊昭「朝野僉載校勘記」（「大東文化大学紀要〈人文科学〉」第十六号）参照。
注8　商務印書館刊『通俗編』の「按」に、「経紀、及幹運之謂、故世謂㆓商販㆒曰㆑作㆓経紀㆒」とみえる（「商販」は商売をする意）。

〔附記〕「萬葉」第百三十号（昭和六十三年十二月）所収。「黄葉片々」として執筆された論。
本論の末尾に「多少の準備がある」と言うのは、翌年の「漢語あそび――「経紀の人」の場合――」（「文学」第五十七巻第五号、平成元年五月）の準備を指している。後に『漢語逍遙』（第一部第三章「経紀の人」――山上憶良・淡海三船から中村正直へ――）に収められた。

辞書の適用

いわゆる「漢和辞典」は、漢語もしくは漢語的なるものを、日本語で説明する辞典である。それは、それぞれの漢語に、「語義」（或いは「意味」）を付与する。これを披覧し利用する側からいえば、自身の解明しようとする語に対して、辞典にみえる意味内容を分類した、㈠・㈡……の何れを適用すべきか、まずしばしの「ためらい」が何人にも起るはずである。しかもやがては自己の判定へと落着する。

すでに本誌「かづらき」（第二十三巻、一・二号）に述べた、「漢語あそび——『函館繁昌記』の漢語一つ——」は、注者（『日本近代思想大系』23）の適用不備を指摘した一例である。「群峯秀媚、晴霞離披」とあれば、「花が十分に開くこと」と注するのは、対句を無視したといえる。諸橋『大漢和辞典』の「はなれ開く。又、花が十分に開く」を参照したものかと思われるが、「はなれ開く」の「開く」は分散の意と解すべきである。なおこの「分散」の意の「離披」は、人事に関する場合の例もある。盛唐賈至の、

我有㆓同懐㆒㆑友、各在㆓天一方㆒。離披不㆓相見㆒、浩蕩隔㆓両郷㆒（「閒居秋懐、寄㆓陽翟陸賛府・封丘高少府㆒」）

は、珍らしい一例といえよう。また同じく『函館繁昌記』に、種樹師の翁の住居を描いて、

翁ノ居、坐ヲ繞リテ皆花ナリ……薔薇ノ深紅、色猩血ノ如ク、酴醿ノ淡黄、瀟洒愛スベシ（原文漢文）

とみえるが、この「酴醿《とび》」に対して、「濁り酒。どぶろく」を当てるのもここでは誤解。山吹《やまぶき》の花の意であることは、元和三年板『下学集』（草木門）に詳しい。

しかし辞典の語義の中のどれを適用させるかは容易ではない。わたくしも幾たびか恥ずかしい目に出会っている。一例をあげよう。それは、『萬葉集』巻五にみえる山上憶良の「俗道は仮合即離《けがふそくり》し、去り易く留《とど》み難きことを悲歎す」の詩序をもつ詩の第一・二句、

俗道の変化は撃目《げきもく》の猶《ごと》く、人事の経紀は申臂《しんぴ》の如し。

にみえる「経紀《けいき》」である。この「経紀」については、嘗って二度ほど書き改めたことがあり、雑誌『萬葉』(第百三十号、昭和六十三年十二月)の「憶良の『経紀』再々考」はわたくしなりの一応の結論である。その小文に関しては同誌参照。

但し一言未解決のことがある。それは、「経紀」について、『新潮日本古典集成 萬葉集二』(新潮古典集成本と略称)の頭注「人事経紀」に、「人間の一生の生活」とみえ、また「経紀」を、詳しくいえば、「綾糸を織りなしたものの意で、生の営みをいう」とみえることである。これは恐らく『大漢和辞典』の㈣にみえる、

生活上の世話をする。始末をする。又、商賣する。

に暗示をえたかも知れないが、『大漢和』の重点は、「世話をする」方にあろう——因みに『角川大字源』の㊂には「筋道を立てて治める。よく一家の暮らしを立てる」とみえる——。只今刊行中の『漢語大詞典』に、(5)「管理照料《せわをする》」、(6)「指㆓對(?)産業的経営管理㆒」とみえるのも、この方向を取る。新潮古典集成本の意味する処は必ずしも誤とはいえない。この種の意味をもつ「経紀」については、前稿雑誌『萬葉』に示したので再言はしない。しかし辞典類の語義が憶良の例に当てはまるか否かは別問題である。とすれば、「経紀」の語の中の「生の営み」の意をもつ場合を遠まきに眺めてみよう。語には時代的意味内容の「移ろい」がある。その「移ろい」より逆に八世紀の歌人山上憶良の詩的表現に及ぼして考えることは、いささか何らかの学的態度ともいえようか。

唐代を過ぎると、文献に残る作品の中で、俗語的（口語的）なスタイルをもつものが甚だ多く、宋・元・明・清などのそれは一般に「近世語」といわれる。これは六朝・唐代のいわゆる「中世語」と峻別される。但し「中世語」に見えないといっても、たまたま文献に現れないだけであって、「近世語」として突如出現したわけではなく、底流の口頭の世界においては、俗語として六朝唐代ころにはすでに用いられていたと推定される語もある。たとえば、『経国集』（巻十）にみえる、釈空海の詩の結句、

経行《きやうぎやう》観礼《くわんらい》自心感、一両僧人不ㇾ審ㇾ名 (60)「七言、過㆓金心寺㆒一首」）

にみえる「僧人《そうじん》」の語は、敦煌書牘資料に多くみられ、一般の文献にはなかなかみつからない。むしろ空海のこの詩が他の唐詩に先行するかに思われもする。しかしこれは入唐した空海が唐僧などの口頭語より学び、それが『経国集』という勅撰集に残ったままでであろう。げんに中国の「近世語」の文体中には出現することが少なくない。嘗つて森鷗外が「語彙材料」として抄出した、宋代小説の洪邁撰『夷堅志』（辛巻第四「邛州僧《キヨウシウ》」）にも、

我聞僧人死必有㆓偈頌㆒、少寛頃刻之期可乎（試訳「僧家《ぼうさん》が死ぬときは必ず偈頌《げじゅ》をものするそうだ、少しばかり時期をのばしてもらえぬか」）

とみえる。また元の雑劇『西廂記』（第二本第一折）や『水滸伝』（第四回）その他にも、この「僧人」の語は多い。つまりハレならぬケ的な語として、少なくとも唐代ごろの俗間にはそれが通行していたといえよう。

もとに戻って、世過ぎ、世渡り、生計をたてる意の中国の「近世語」は、「活計」「生理」などがあるが、江戸の文人たちに影響を及ぼした明末の天啓年間の白話短篇小説集に、『喩世明言』『警世通言』『醒世恒言』のいわゆる「三言」があり、以上の例もこの書にみえる。これに施訳した『小説精言』『小説奇言』『小説粋言』のいわゆる「和訓三言」があるが、岡白駒《はくく》訳の前二書は名高い。白駒訳の『小説精言』（寛保三年一七四三）を例にすれ

ば、「生理」「活計」（スギハイ、トセイ）の一類に、問題の「経紀」の語がみえる。

那人也要レ做二経紀《スギハイ》一的人《ナレバ》……（巻一）　做二個《サバ》小小経紀《スギハイ》一、也《マタ》得ヨ過《セン》　養レ身活レ命（同）

すなわち「経紀」も、世過ぎ、生計をたてる意。岡白駒は、これについて、「○経紀《スギワイ》營生ヲ云。唐ノ時ヨリノ俗語也」とみえる。「營生」の意をもつ唐代の俗語については、すでに雑誌『萬葉』の中に述べたので繰返さない。つまり唐代以降この語の使用が多くなり、中国近世において、俗語白話小説には普通の語として通行したものであろう。なお『日葡辞書』に「スギハイ」について、「すぎはひ、稼ぐやり方、すなわち、生活をするやり方」とみえる。また幕末明治物にみえる、「生意《スギハヒ》」（寺門静軒『新斥富史《にいがた》』）、「過活《スギハヒ》」（『西国立志編』）も、これらの同類語である。

このように眺めてくると、「経紀」には新潮古典集成本の如く、生の営みの意はあるが、「人事の経紀」となると、うまく続かない。『遊仙窟』の作者張文成の『朝野僉載』に、「自能二経紀一」とあったにしても、即坐に憶良の「経紀」とは結びつかない。やはり明人陶宗儀『輟畊録《てっこうろく》』や周啓明『常談考誤』、清人翟灝《てきこう》『通俗編』などにみる如く、生活の営み、その才覚の意、時には商売上の営みの方向を意味する「近世語」を中心とする語である。憶良の「人事の経紀」には当てはめることはできまい。この「経紀」はやはり縦糸横糸を以て構成するもの、筋道、秩序、常理の意とみるのがこの稿の結びである。

〔附記〕「かづらき」第二十五巻第四号（平成六年八月）所収。末尾に「蟬の初声に驚く七月十一日」とある。

同類語単一ならず
――「二親」をめぐって――

一

ごく最近のこと、季刊「文学」（第四巻第三号、一九九三夏号。岩波書店）を読み終わろうとしたところ、「書評」欄の、

谷川恵一『言葉のゆくえ　明治二〇年代の文学』――宗像和重氏評――が眼の中に入る。しかもその「書評」の中に、思いがけなくも、今から十年ほど前の小著『ことばの重み』（新潮選書）を比較の対象にもたらす。評者宗像氏曰わく、

「組織片を切り取って顕微鏡でのぞきみるような」「用例学派」の仕事だといえばいえるかもしれない。これらの評語が、「函嶺以東の学者たちが、西の京都の学問を捕えて、ある種の嘲笑をもってしたことば」であったと語ったのは、小島憲之氏で……

「いかにも瑣末な」と見られるかもしれない自己の方法への矜持として、語られていたことを思い出す……。

云々と。これは長らくかかずらって来た上代文学のわたくしの方法、即ちまず用語例を渉猟する仕方を鷗外文学に適用したまでであって、別に新しいことではない。但し近現代の専攻学者には用例的な仕方が多少は珍らしいらしく、今も時々好意的な挨拶をうけることがある。

用例主義は確かに田舎者的であり、函嶺以東風のスマートさは毫もない。しかも「かくかくしかじかの例はない」などといった他人の説をみると、一旦は引きさがるよりほかはない。とはいえ、「例はない」といった説を検討することによって、わたくしの道は前途にあかるく開けてくる。「例はない」といっても、それに反する例があるならば、前者の説は空しい机上の楼閣に過ぎまい。たとえば、越中の国司大伴家持の歌序の一句「独り帷幄の裏に臥す」（『万葉集』巻十七）に対して、病床に軍幕の意の「帷幄《とばり》」を用いる例はないといった中国の学者の説、それをそのまま信用して論を進める二、三の万葉学者の説は、用例を無視した、というよりも用語例を徹底的に追求しない説といえる——これについては、平成五年七月「美夫君志会全国大会」において、多少述べた次第——。泥臭さは飽くまでも当方のこと、形振《なり》り構わぬのはわたくし自身のもつささやかな学問の一つの道。

二

漢語を表現する同じ文字の場合、たとえば、「春山《シュンザン》」（chūn shān）と「春山《はるやま》」を比べるとき、「春山」という共通する文字が日・中両国文学においてみられる。但し両者が等価であるか否か、甚だ疑問である。文字の奥にひそむ内容を検討せず、同一文字が両国に存在するといった形式的なことを調査したところで、それは一つの報告に過ぎない。中国学者ならば、「春山《はるやま》」については無関心であってよい。しかし日本文学においてはやはり「受容」の問題がからむ。それは中国より日本へといった縦の関係にあるのか、それとも並列する横の関係にあるのか、そこに問題の一つが存在する。すなわち同一文字のもつ内容や形が漢語に由来するのか、それとも日本人の案出によるのか、文字表記のなかの内容の追求を試みることが必要である。それは漢語の性格——わたくしのいう「語性」——を明らかにすることにもなろう。

この同一文字の場合は別として、更に類似語の場合をも顧みることも課題の一つである。類似語AとBの差など如何に解すべきか、これも恰好の問題を提出する。「同字必ずしも単一ならず、類字に単一もあらんか」。今その一つとして、「二親」の語をいささか考察してみよう。この語は、実はわたくしにとって、でたらめな抽出語ではない。以下の遠廻りの結末がそれを物語ってくれよう。

いわゆる文豪森鷗外の小説類に、「二親」という語がかなりみられる。用例の傍訓は、岩波版三十八巻本『鷗外全集』による。一体、明治物でわたくしどもを悩ませるのは、編輯者が勝手に付訓していることである。二年前、偶然入手した、幸徳秋水著『兆民先生』（明治三十五年、博文館）がすべて無訓であることを知って、傍訓の多い岩波文庫本（昭和三十五年一九六〇版）をすでに読んでいたわたくしは、大いに驚いたことがある。しかし作品は原本尊重主義の学徒のみの専用物ではない。訓《よみ》を問題にする者は、広い世間という砂漠の一握の砂に過ぎまい。原作者の原稿がみられない現在のわたくしなどは、遺憾ながらもろもろの全集本を信ずるよりほかはない。

前述のごとく、鷗外の小説類には、「二親」の語例がみられる。その二、三の例を示そう（○印稿者）。

元気よく帰つて行つた僕は拍子抜がして、暫く二親の顔を見競べてゐた。（明治四十二年『ヰタ・セクスアリス』）

怜悧な玉ちやんは……可哀い大い目を睜つて、二親を見比べてゐる。（同『半日』）

これには「二親」の訓みがない。しかし、

さういふ時は、先づ故郷で待つてゐる二親《ふたおや》がどんなに歎くだらうと思ふ。（中略）小さい時二親《ふたおや》が、侍の家に生れたのだから、切腹といふことが出來なくてはならないと度々諭したことを思ひ出す。（明治四十四年『妄想』）

「分からねえ。二親《ふたおや》揃つて附いてゐるから、継子なんぞにはならない筈だ。」（同『雁』）

わたくしは小さい時に二親《ふたおや》が時疫で亡くなりまして、弟と二人跡に残りました。（大正五年『高瀬舟』）

などには、もとの出版社などの関係もあるが、「二親《ふたおや》」を前述二例の無訓「二親」に及ぼすことが出来よう。

これらの「二親」に対して、「ふた親」の例もみえる。

(一)六つ七つのときの時疫にふた親みなゝくなりしに、缺脣にていと醜かりければ、かへりみるものなくほほと饑に迫りしが、ある日麵包の乾きたるやあると、此城へもとめに來ぬ。（明治二十四年『文づかひ』）

(二)ふた親のゆるし、交際の表、かひな借さるゝこともあれど、唯二人なるときは、……かしら熱くなるまで忍びがたうなりぬ。（同）

全集本の右の『文づかひ』の部分には、訓はない。しかし鷗外自筆原稿本複製（大阪樟蔭女子大学三五〇部限定本）には処々に訓がある。必要な部分を示せば、

(一)時疫《じえき》　(二)ふた親《おや》　交際の表《おもて》

などとみえ、「ふた親《おや》」とある以上、当然のことながら「二親」は訓でよむべきである。『文づかひ』といえば、その舞台はエルベ河畔のドレスデン（徳停府）を中心とする。この小説は、彼が明治十八年（一八八五）五月、ライプチッヒ（来責府）より東へとエルベの鉄橋を渡り、ドイツの軍事演習を見学したときの情景に暗示をえた作品といえよう。この町には、彼が訪れた一世紀近く後の、昭和五十五年（一九八〇）の夏に訪れたことがある。当時D・D・Rというドイツ民主共和国に属していたが、この小説に出現する、

王都の中央にてエルベ河を横ぎる鉄橋の上より望めば、シユロス、ガツセに跨りたる王宮の窓、こよひは殊更にひかりかがやきたり。

のあたりは、修復され往時を彷彿させる状態にあった。「シユロス、ガッセ」といえば「王城通り」とでもいうべきであろうか。ここを通ってゆけば、鷗外の夢にも現われたラファエルの「童貞女」を陳列する美術館が立つ。

「二親」は、以上の如く、鷗外の小説の「二親《ふたおや》」であったにしても、この語が漢詩漢文などに出現するときは、まず音読である。従って、この際、この語のもとの性格、その「語性」は漢語であったかも知れぬという疑問が起る。鷗外の先輩西周《にしあまね》の詩の一例はそれを示す。彼の『雞肋《けいろく》草稿』の「賣薪郎」の詩はその例となるが、それは薪賣《まきうり》の身上に同情した奇抜な詩。十六句（下平豪韻四句・上声紙韻十句・下平陽韻二句）より成る長い詩句をもち、冒頭に、

薪賣よ薪賣よ、何んと苦勞《いたづ》くことか。肩には贅疣《さがりこぶ》、脛《すね》は無毛《かはらけ》。なぜにいつも苦しむぞ。晝は城中《まちなか》、声はりあげて叫《おら》ぶとは。

の問いで始まる（以上、意訳）。これに対して、薪賣の答えが続く。

即云吾家某縣市。二親一妻有二三子一。七口吃々不レ得レ存。子賣爲レ奴妻爲レ婢……（わしの家は某《なにがし》の縣市《まち》。二親《ふたおや》に妻に三人の子せがれ。七人の口過生《くちすぎ》きられぬ。子は下僕《しもべ》に妻は下女《おさんどん》……。）

この縷々とした語りが終わると、「われ聞きて心に悲しみつ。茫然《ほれうつけ》て声なく岡前《をかざき》に対《むか》ふ。」と、作者は結ぶ。詩の配列順序よりみて、外国船入港で騒がしい幕末嘉永四年（一八五一）を降らぬ頃の作であろう。この詩を読むと、中唐詩人白楽天の「賣炭翁」（新楽府32・0156）、これにヒントを得た三宮輔仁親王の「見二賣炭婦一」（『本朝無題詩』巻二）などを思い出す。詩である限り、この「二親」は漢語である。前述の如く、鷗外の小説が「二親《ふたおや》」であったにしても、西周の詩の場合に同じく鷗外も漢語「二親」を承知していた筈である。それは鷗外の愛読していた、南曲の元祖といわれる『琵琶記』にも、

唯念《フ》二二親一寒無レ衣、饑無レ食、喪二溝渠一。（第十六齣）

急煎々《ギテ》不二耐煩一的二親、軟怯々《ク》不レ済レ事的孤身己。（第二十一齣））

とみえる。なお彼の『琵琶記』の語彙の摘出については、拙著『日本文学における漢語表現』（第四章）に詳しい。

この『琵琶記』には、「二親」と同じ意の「雙親《サウシン》」がみえる。たとえば、前述第十六齣の中に、

伏望《ラク》、陛下特憫二微臣之志一、遣下臣帰得上侍二雙親一、隆恩無レ比。

或いは、「雙親的、雙親的、死生未レ保」など、例は少なくない（「的」は助字）。鷗外は詩に「二親」を用いなかったが、「雙親」の方を用いる。

火後寒郷転《うたた》寂寥、今宵始覚《しる》故園遥。雙親此際《このさい》眠《ねむり》安らかなりや否や、兒也《われまた》天涯に臥して潮《しほさゐ》を聴く（『後北遊日乗』明治十五年十月三日）

これは青森大火後の旅の作。またドイツ留学を終えて帰国の作にも、漢語「雙親」がみえる。

著作等身伝誦喧、羨君家学溯二淵源一。帰東豈啻《あにただ》明主に酬いるのみならんや、又雙親有りて日《ひび》に門に倚《よ》らん（『還東日乗』明治二十一年八月九日）

漢語「二親」・「雙親」は、「二」「雙」の平仄の差はあるが、鷗外のこれらの詩に関しては韻には無関係のところ、恐らく「二親」・「雙親」の採不採は偶然に近かろう。

また明治民権運動に関係し、女性解放に力をそそいだ京都の出身、岸田俊子（一八六三〜一九〇一）、その『獄の奇談』所収の詩（『日本近代思想大系22』）の中に、詩七首がみえる。その中に、

榮辱由來吾豈意《われあにおも》はんや、悲歡終始《しゅうし》雙親を奈《いか》にせん（「凝香花妹月姉岸《きし》湘烟獄中作」）

とみえるのは、獄中で両親を思った七言二十二句の詩。また獄中作の「眕察」（診察の意）と題する七言八句の詩

にも、

　吾に一罪も無く言那《げんなん》ぞ屈せん、家に雙親有り涙始めて垂る。

とみえる。この「雙親」は、彼女の散文の部分に「両親ノ膝下ニ居ルハ」とみえるのに照らして、漢語とみなしていたものと思われる。鷗外の「雙親」、岸田俊子のそれは、漢語として、それぞれの詩の中にみえる。しかしこの語は、散文の中にも、たとえばアメリカに留学した新島襄の書翰の中に、父民治宛の例がみえる。

　右に付決して家郷に在らるゝ雙親を忘れ難く、私儀出奔の後定めて私の爲め色々御心配遊ばされ候ひし事と山々御察し、実に御気の毒千万、言語に堪えず。然し兒の脱奔せしは雙親を忘却するに非ず……少年の狂気、何分壓へ難く、遥かに海外に跋渉し、遂に雙親の意を勞するに至る。……頓首百拝（明治五年一八七二、四月七日）

この手紙は、全体が候文で作られているために、文語体である。つまり漢語として通用していたことがわかる。しかも尾崎紅葉の小説『不言不語《いはずかたらず》』（明治二十八年）に、「両親《ふたおや》」（第一）・「雙親」（第三）が共存することは、漢語「雙親《サウシン》」を離れて、フタオヤと訓ませたかも知れぬ。但し他方においては、紅葉が、

　這般《かく》、這箇《かかる》・渠《かれ》・有恁《かかる》・手帕《ハンケチ》・什麼《いかなる》・箇抑什麼《こはそもいかに》・娓々《くどくど》……（ほぼこの小説の本文の順序による）

の如く、宋代以来の中国俗語小説の語彙を――厳密ではないが――使用していたことから判断して、「雙親」を音読したとも考えられぬことはなかろう。要するに、「二親」も「雙親」も、元来漢語ではあるが、幕末明治においては、もとの語性を利用して、「ふたおや」という日本語としても通用していたといえる。

　少し時代を溯って眺めてみよう。たとえば、長崎の人、天文歴算の大家西川如見（慶安元年一六四八～享保九年一七二四）の『長崎夜話草』を例にすれば、

父いまだながらへし時より、父のしわざをつぎて、二親をねんごろに養ひつかへぬ。(巻四「長崎孝子六人」)

いかなるよしありてや、人の妻と成て磨屋町に住侍りぬ。夫《おっと》の二親あるにつかふる事念頃なり。おとこは本性《ほんしゃう》よからぬものにて、身のたゝずまひくるしき事共ありけるにや、二親と妻とを捨て、いづくともなく立出て二たび帰もせず……。(同)

などは、「二親」の例である。この「二親」は、前述の如く漢語ではあるが、「ふた親」と訓んだかも知れぬ。また方面をかえると、西鶴の『好色五人女』(『定本西鶴全集』)に、

二親は此行方たづね佗《わび》しにやう〳〵さがし出してよろこふ事のかづ〳〵菟角《とかく》娘のすける男なればひとつになして……。(巻五)

とみえるが、「二親」の訓はない。しかしこれに先立つ部分の、「八十郎親《おや》もとにしらせければ、二親のなげきかぎりなし」の「二親」について、「二親《おや》」とある以上、和語として訓じたものといえる。尤も貞享二年(一六八五)西村孫右衛門板行の『本朝孝子伝』によれば、

二‐親在レ堂、……堀尾公具聞ニ二渠《カレガ》之孝行一、深嘉レ之、數《シバシバ》賜二珍餌一、使三以進二於二‐親一、士民皆言フ 国中非レ无二孝子一、唯无二伊達一。(下巻「雲州伊達氏」)

とみえ(訓は稿者)、「二親」は音読符号をもつ以上、「二親《にしん》」と訓むべきことがわかる。即ち近世においては、「二親」という語は、漢語とそれを訓じた「二親《ふたおや》」も同時に誕生していたことがわかる。

少し方面を変えて辞書類を眺めてみよう。しかしわたくしの手の届く範囲は、制限された書斎という小空間に過ぎず、資料に偏りのあることは否めない。まず天文十七年本(一五四八)『運歩色葉集』に、「二親父母」(丹《に》部)とみえ、これと相前後する伊路波《いろは》分類体辞書、清原宣賢自筆本『塵芥』に、

二親《ニシン》（下巻、數量門、二部。京都大学蔵）

の例がみえる。また『書言字考節用集』（享保二年一七一七刊）にも、

二親《ニシン》。双親。両親。並同。父母。（數量門）

とあり、もと「二親」は漢語であり、それが訓読語として「二親《ふたおや》」ともなったことがわかる。明人璩崑玉・朝聘甫纂集の『古今類書纂要』は、わが近世びとによく利用されたが、その中に「二親父母」（巻四、人道部）とみえる。これを参考にした京都の儒者、伊藤東涯の『名物六帖』にも、

二親類書纂要。二親ハ父母。（第二帖人品箋、同姓尊属）

とみえ、漢語「二親」に付訓して「二親《フタオヤ》」とよむ。やはり辞書類も、前述の諸例と同じく、「二親」の語性には変りがないが、近世ごろには、「ニシン」と共にすでに「フタオヤ」（父母の意）という訓もあり得たことがわかる。

これらを調べてゆくうちに、突然わたくしの脳裡をかすめたのは、『万葉集』にみえる山上憶良の「二親」という語であった。万葉諸注を開いてみたものの、用例などあげたものは見当らない。語義に問題がない以上、例を示さないのは、当然といえば当然のことであろう。以下憶良の「二親」について、多少のコメントを加えてみたいと思うが、鷗外物から何ゆえに大転回したのか、今だにその理由はわからない。ただし憶良語の解明は後であったことは確かである。

三

『万葉集』（巻五）に、筑前国守山上憶良作の「敬下和爲《タメニ》二熊凝一述二其志一歌上六首幷序」がみえる。これは、肥後の国の十八歳の青年、大伴熊凝が相撲使の某国司の従者となって上京の途中、安藝国の高庭駅家で病死。それを悼む歌六首（八八六〜八九一）の序の中に、この「二親」の語がみえる。なおこの歌序には、難解の語句「爲レ天不レ幸」があるが――これについては、前述の、同じく「美夫君志会全国大会」で述べた、――ここでは省略。

「二親」の条は、

哀哉我父、不レ患二一身向レ死之途一、
痛哉我母、唯悲二二親在レ生之苦一。

である。「二親」の語の出自は何処に求むべきであろうか。まず思い出すことは、「高僧伝」などにみる仏教語である。嘗つて、『懐風藻』の後半の僧家伝の表現が「高僧伝」のたぐいによる虚構的な部分によることを考証したことがある。「漢語あそび――『懐風藻』仏家伝をめぐって――」（『文学』第五十七巻一号）参照。憶良の歌序が全体として仏典語を随所に使用することは、或いは「高僧伝」など仏教関係の類によるのではなかろうか。わたくしの空想の糸はしきりに広がる。まず『続高僧伝』（大唐西明寺沙門釈道宣撰）を開けば、三十例近くもこの「二親」の語をみる。特に「二親」があれこれと心配する場面によく出現する。たとえば、

釈曇蔵、姓楊氏、弘農華陰人。家世望門、清心自遠。年十五、占者謂爲二壽短一。二親哀レ之、即爲二姻媾一。既本非レ情、慮レ有二推逼一、遂逃二亡山沢一。（巻十三）

釈慧滿、姓梁氏、雍州長安人也。……年甫七歳、即樂《コノム》二出家一。二親素奉二仏宗一、不レ違二其志一。（巻二十二）

は、その一例に過ぎない。しかし「二親」は、例が多いとはいえ、『続高僧伝』（「唐高僧伝」）の専用語ではない。これに先立つ梁会稽嘉祥寺沙門釋慧皎撰『高僧伝』（「梁高僧伝」）にも、二、三の例をみる。その一例、

釈智秀、本姓裘、京兆人。寓二居建業一。幼而頴悟、早有二出家之心一。二親愛而不レ許。密爲レ求レ婚、將レ剋《サダメ》二娶日一。秀乃間行避走、投《イタリ》二蔣山霊耀寺一、剃髪出家。（巻八）

釈法期、姓向、蜀都陴人。早喪二二親一、事レ兄如レ父。十四出家。（巻十一）

つまり仏典の史伝類に多く使用される語で、大まかにいって、「仏典語」の一つといえよう。更にいえば『続高僧伝』の同じく撰者である釈道宣撰の『広弘明集』所収の「通極論」（隋沙門釈彦琮）の、「先生」と「公子」の対話にみえる公子の発言、

空知二高心於百姓一、背二礼於二親一、非三所二以自榮一。（巻四）

も、その一例である。また『広弘明集』に溯る梁釈僧祐撰『弘明集』にも、劉勰「滅惑論」の、「遺二棄二親一、孝道頓絶、憂娯各異、歌哭不レ同」（巻八）をみる。こうした「二親」の例は、天平ごろともなれば仏典書写の奥書などにも現われる。たとえば、『大般若経』（三重県常楽寺蔵）巻九一の沙弥道行の願文奥書に、「次願、天朝聖主、比二壽南山一、天長地久。次願、二親眷属、万福日新、千慶月來……」（天平宝字二年十一月）とみえる（『寧樂遺文』下巻所収）。

ここで注意すべきは、この「二親」の語は凡そ「父母」という漢語と共存することである。すなわち、

在家則有二二親之愛一。……若辞二父母一而長往者、蓋欲レ去二此煩悩一（『弘明集』巻八、釈僧順「答道士仮称張融三破論」）

由《ヤ》事二二親一之時、常食二藜藿之食一。……父母之恩、云何《ナンソ》可レ報（『広弘明集』巻二十九、「梁高祖孝思賦」序）

などは、その一例。つまり同じ文章の中に二語「二親」と「父母」が共存し、そこに二語の間に時代の差がないことがわかる。『大蔵経』史伝部にみえる両書が奈良朝に伝来していたことは、明かであるが、なお正倉院御物

の聖武天皇宸翰『雑集』にも例をみる。その「迦毗羅王讃一首并序」の部分に、越州参軍事が親に孝行を尽し、「敬爲二二親一畫二迦毗羅王一鋪一」云々とみえる。同時に、「爲二人父母一忌斎文」に、

造成者、寔《マコトニ》荷二於天地一、鞠育者、莫レ先レ於二父母一。

ともみえる。また天平十五年（七四三）五月十一日、二親のために一切経の一部を敬写した、「光明皇后願経」の「雑阿含経」巻第三十九（高野山金剛峯寺蔵）

奉二爲二親魂路一、敬寫二一切経一部一。……仰資二二親尊霊一、帰二依浄域一、……。次願七世《クハ》父母、六親眷属、契二会眞如一、……並出二塵区一、倶登二彼岸一。（高野山龍光院「放光般若波羅蜜経」巻第九もこれに同じ）

も、その一例。また珍らしい例としては、碑銘「龍頭山龍壽寺開刱（創）記」（天理図書館今西龍文庫旧拓、黄壽永編著『韓国金石遺文』所収）にみえる、

公俗姓元氏、名釈胤、北原人也。……年甫十三、洒然有二出世之志一、以告二二親一。二親以前夢。……父母以二百計一引還、卒不可。

などの例も、前述の高僧伝のたぐいを読む思いがする。なお「二親」が仏教関係の語として罷り通る例として、弘法大師『性霊集』の例をあげることができる。その『補闕鈔巻八』の「林学生先考先妣忌日造レ仏飯レ僧願文」に、「伏惟先考先妣、……生レ我育レ我。罪鬼業魔、一奪二二親一」とみえ、『便蒙』の題注に、二親である今はなき父母が同時になくなった意――「先考妣忌日、按章中言三一奪二二親一、……。知父母同日逝矣」――とする。

とはいえ、「二親」は仏教関係専用語とは断定できない点もある。たとえば、家訓の最も優れたものとして名高い六朝北斉の学者顔氏推の『顔氏家訓』にも、「二親」の数例をみる。

二親既歿、兄弟相顧、当如下形之与レ影、声之与上レ響（兄弟篇）

南北風俗、言㆓其祖及二親㆒、無㆑云㆓家者㆒。田里猥人、方有㆓此言㆒耳……凡与㆑人言、称㆓彼祖父母、世父母、父母、及長姑㆒、皆加㆓尊字㆒（風操篇）

なおこの「文章篇」に、「詩云『父母 孔邇《ハナハダチカシ》』、而呼㆓二親㆒爲㆓孔邇㆒、於㆑義通乎」とみえる。これは、『毛詩』（周南「汝墳」）に、「父母《ちちはは》甚だ近し」の詩句がある。いまかりに「二親《ふたおや》」を「孔邇《はなはだちかし》」と呼ぶこととし

て、果して意味が通じようか。

の意。この『家訓』は意味が通じないと説くが、それはそれとして、「父母」と「二親」とは同じ意を示す例となろう。この例に関して、漢韓嬰撰『韓詩外伝』に、

二親之壽、忽如㆑過㆑隙（注1）。樹木欲㆑茂、霜露不㆑凋。使㆘賢士欲㆖㆑成㆓其名㆒、二親不㆑待。家貧親㆑老、不㆑擇㆑官而仕。詩曰、雖㆓即如㆑燬《ヤク》、父母孔邇、此之謂也（巻一）

ともみえる。『顔氏家訓』がこの『韓詩外伝』を下に置くかも知れないが、やはり「二親」と「父母」が共存することは否めない。

なお西域文書の例としては、敦煌書儀類にも例がみえる。『万葉集』の中にも、書儀語を使用していることは、すでに述べた如くであり、ここでは繰返さない。拙著『萬葉以前―上代びとの表現』（第八章 海東と西域）参照。ここに示す例は、張敖撰『吉凶書儀』の断片である。

如㆓彼此㆒有㆓二親㆒、云経㆓改年㆒、……如㆓彼此㆒無㆓父母㆒（P.2646）

内奉㆓二親㆒、胡《ソ》爲㆓不天㆒（P.2622）

これは、前者が滅亡した唐の年号でいえば天復八年（後梁開平二年、九〇八）、後者が中唐大中十三年（八五九）の書写ではあるが、書儀のモデルを編集したものであり、この種の原型は更に溯るであろう。しかし右の返点など

わたしの付したもの、誤あらば訂正を乞う。なお、晉唐小説類にもみえる。その一つ『靈鬼志』（『龍威秘書』第四集）にも、商人鄭紹が旅中で、侍婢に守られた女人に出逢い、彼女の語ることばとして、

妾是故皇公之幼女也。少喪二二親一。厭二居城郭一、故止二于此一。

などともみえる。すなわち「二親」の語は、仏典類のみならず、あらゆる部門にみえるということであり、これ以上の紙幅を占めることは遠慮すべきであろう。

四

前節に少し述べた、憶良の歌序にみえる「二親」の語については、なお後述することとして、その前に、上代文献を少し眺めてみよう。徹底的ではないこと、老懶の身をあわれんでお許しあれ。例は早くも応神紀（二十二年三月の条）にみえる。それは高台に登って西の方を遠く見晴かしたまう際のこと、侍る女人は皇后兄媛《えひめ》。応神は皇后に問う、「爾《そなた》はどうしてひどく嘆くのか」。皇后答えて、「このごろ妾《わたし》は父母をしきりに慕う気持ちがあります。つまり西のかたふるさとを眺めていますと自然に嘆かれてしまいます。しばらく帰って親をとぶらうことをお許しくださいませんでしょうか」という。そこで応神は彼女が親を思う情の深いことにうたれて、「そなたは二親を尋ねないで、多くの年がたった。帰って親を尋ねたいと思うのは、明らかな道理だ」と仰せられ、すぐお許しになった。

つたない口訳ではあるが、大意は右の通りになろう。兄媛の「親に孝行」という儒教的な話の一部であり、原文中の「省レ親」「温凊之情」など、『礼記』（「曲礼」上）の、

凡爲二人子之礼一、冬温而夏凊、昏定而晨省

による。両親に対して、「冬には暖かくし、夏には涼しく過せるようにし……朝にはご気嫌を伺う」ことが『礼記』の意であり、古訓に「温凊之情《オヤヲオモフ》」とあるのは正しい。「二親」「父母」の語については、ともに古訓「カゾイロハ」と訓むが、意味は同じ。ただ現代人のわたくしのもつニュアンスからいえば、「二親《にしん》」は大上段にかまえた口吻、「父母《ふぼ》」はその下位に属する具体性を感じさせる。但し書紀の優れた注釈書の、谷川士清『日本書紀通證』にしても、河村秀根『書紀集解』にしても、更に幕末明治の飯田武郷『日本書紀通釈』を加えても、「二親」の用例にコメントのないのは、わたくしと違って、近世幕末ごろの日常の平板な語のゆえであろうか。

前述の如く、「孝」といえば、「定省温凊」の語が存在する。『続日本後紀』（巻十六）にみえる散位正三位藤原吉野の薨伝に、

尊二事二親一、在レ堂定省温凊、造次無レ虧（承和十三年八月）

とみえるのも、その一例である。

応神紀の次にあげるのは、『釈日本紀』（巻十二）引用の逸文『丹後国風土記』の中の、「浦嶼子伝《うらのしまこでん》」（仮称）である。その文章は中国の俗語小説的な表現を学んだものであろう。その中に、海宮に行った島子が帰国を乞う場面がある――「既逕二三歳一。忽起二懐レ土之心一、独恋二二親一」――。なお彼の言葉として、「所レ望蹔《シバシ》還二本俗一、奉レ拝二二親一」といい、海宮の人たちは、「於レ是女娘父母親族、但悲レ別送レ之」といった場面となる。ここにも「二親」と「父母」が併用されているが、前者はやはり裃《かみしも》的な感を与える。

しかし両語がすべて作者にとってそのような感を与えたか否かはわからない。ここに中世弘安二年（一二七九）の墨書銘を例にしよう。それは大阪府河内長野の天野山金剛寺の立像胎内の銘である（注2）。新聞記事は、本文

全文をあげてはいるものの、興味のある部分を抽出し、「父母が『勉強に励め』と」しているが、発見の当事者が銘文をどのように読んだか不明。我々に必要なのは、どのように解読すべきかである。問題の部分に試みに読点を付すると、次の如く、

右意趣者、祈[8]二七世四恩之成仏一、殊[9]為二修学繁昌之因縁一、
願[8]二二親父母之得道一、且[9]為二福徳円満之根源一

云々となろう。つまり「七世四恩」に対して、数対「二親□□」とあるべきことは、「二親」に近い二語を加える必要がある。従って、この墨書銘は「二親父母」としたまでであり、この場合、「二親」と「父母」との間には、前述の如きニュアンスの差はなく、むしろ形式的といえよう。

五

三節に述べた『万葉集』にみえる歌序に再度もどろう。そこにみる「唯悲二二親在レ生之苦一」の「二親」については、前述の如く、わが仏典類の奥書類や聖武天皇宸翰『雑集』などと共に、この仏教的な傾向をもつ「歌序」の中の語としても、一応そのような性格の語とみなすことができよう。しかし語の出典というものは簡単にはゆかぬ。最近ブームを起している中国の釈家王梵志の語例によるとの見方もある。これは、王梵志の詩が憶良の「貧窮問答歌」に影響したという史学者菊池英夫氏の説を参考にした上での発言であろう。菊池説については、昭和六十年（一九八五）に萬葉学会で紹介したことがある。特に当日出席の身﨑壽氏よりやがて菊池氏の詳しい英文プリントを恵まれたのである（注3）。以後わたくしの王梵志関係の中国資料もかなりたまったが、最近、

張錫厚輯『王梵志研究彙録』（一九九〇年刊）
項楚校注『王梵志詩校注』（一九九一年刊）

によって、誰でも彼の詩に接することがたやすくなったのである——その他『敦煌学』（第九輯・第十三輯）などにも、彼の詩についての論がある——。菊池氏の最近の説は、『東アジア古文書の史的研究』（唐代史研究会報告第Ⅶ集、一九九〇年）に詳しく、王梵志集諸系統の中で、第〔Ⅱ〕—〔A〕系統のテクストのみが「貧窮問答歌」に関係があるという。こうした配慮がある以上、この歌序にみる「二親」が王梵志の詩、

天下浮逃人……不レ愁レ応二戸役一、無レ心レ念二親一……（校注本、二七八）

によるとみなすことは、安易な考えでよくいえば、一つの説というよりほかはない。王梵志の詩には、「父母」の語が多い。これは「二親」の出典に見掛け上は、拍車をかけよう。但し同一の詩の中に共存しない。やはりわたくしのあげた語例の多くは、仏典関係の書にみえ、その「二親」と「父母」は同一の土俵の中にある。憶良の「歌序」の漢文体には「父母」はみえない。しかし歌の中には「ちちはは」（八九〇・八九一）の語句を含み、詩文の「二親」と歌の「父母《ちちはは》」とは一体をなしている。『万葉集』には「おもちち」（母父）の語が数例もある——民俗学者は母系制の名残という——。しかし憶良のこの歌においては、「ちちはは」（父母）でなくては、「二親」と揃い踏みとはならない。この際、憶良の「二親」は「父母」と強くかかわる。

以上、ながながと諸例をあげ、漢語「二親」、それにつらなる同類語「父母」についての感想をつらねて来た。しかもここでは「二親」の語史を述べたわけではない。同じ語といっても、やはりその「場」によって、受容の仕方が違う。語としてのニュアンスもそれぞれの表現の場によって違う。要はそれぞれの漢語の使用をその場面場面において考えてゆくことが、文学の「解釈」というものではなかろうか。「二親」の語、つまりわたくしの

「二親語筥《ごばこ》」を披けば、もっと多くの例を示すことができる。しかし暮途にあるわたくしには、それは無駄なことだと思っている。

注1　影宋蜀本『孔子家語』巻二「観思」（四部叢刊本「致思」）にも、同じ句がみえる。

注2　平成四年（一九九二）二月十五日、「朝日新聞」朝刊発表。金剛寺は学問寺として発展した寺という（河内長野市天野町）。

注3　kikuchi Hideo : On the Wáng-fàn-zhì（王梵志詩集）and Yamanoue-no-Okura's "Bin-qu-mon-dō ka"（山上憶良〝貧窮問答歌〟）。

〔附記〕「文学史研究34」（一九九三年十二月）所収。本文末尾に「敬老という日了る」とある。

第一節の「帷握」については、本書所収「大伴家持　越中に下向す——わたくしの一つの空想——」参照。

憶良の漢語表現

――「為レ天不レ幸」――

はしがき

平成五年（一九九三）七月二十五日、美夫君志会全国大会「招待研究発表会」に参加。それは、発表時間四十分、質疑二十分、并せて一時間の持ち時間である。この発表に関しては、昭和五十八年（一九八三）「美夫君志会全国大会」公開講演会後の晩餐会の席で、故松田好夫会長及び加藤静雄氏に、「私が壇上ニ立テル内ニ、モウ一度ダケ話ヲサセテ下サイ」と申入れをする。平成五年の今年が潮時であると思い、許可を得て参加した次第。その六月末日に八百字以内のレジメ提出の要求があった。私は万葉専門にはやっていないので、今や「万葉袋」はからっぽ。何とかなろう、何とかなる、ともかくもレジメを送ったのである。その要旨左の如し。

憶良の漢語表現

「漢語」か「和製漢語」（和習語）か、その判定は甚だむつかしい。特に坊間の漢和辞典類をそのまま鵜呑みにするならば、字義の誤を犯しやすい。「辞典は信ずべし、且つ信ずべからず」とは、一老書生の漸く辿り得たささやかな学業である。その一例を……（十分余）。

憶良の漢語にみられる「二親」（巻五）については、私の知る限り、万葉学者の誰人も説いたことを知らぬ。ひろく明治文献のあたりから逆に溯りつつ、この語の「語性」について考察してみたい（二十分余）。

更に「二親」の語を含む「熊凝のために憶良の心のうちを述べた序文」の中の一文について、その意味を述べてみたい（十分余）。もし時間内で終らぬ場合は、質問の部で多少付言するかも知れない。

この要旨に関して、一ヶ月ほど憶良の作に集中した結果、「二親」を説くには時間がかかる、それでは別の語を、といったわけで、レジメとは違うことをお許しを乞う。但し「憶良の漢語表現」には間違がないと思う。

『万葉集』（巻五・八八六）筑前国守山上憶良「敬下和為二熊凝一述二其志一歌上六首并序」の中に、相撲使某の従者となって上京中に、病死した大伴熊凝の心情を歌った憶良の歌序、

……参二向京師一。為天不幸、在レ路獲レ病。即於二安芸国佐伯郡高庭駅家一身故也……。

がある。この序については、友人芳賀紀雄君の「憶良の熊凝哀悼歌」（『万葉』第百十七号）が私の記憶裡にあり、詳しくはその論考に譲る。問題は右の「為レ天不レ幸」の一句である。これについては、時間の関係上、最近容易に入手できる坊間の注釈書を引用しよう。

(一)「天に幸《さきはひ》あらず」――天運（運命）に幸が与えられない。原文「為」は受身を示す助詞。（小学館『日本古典文学全集』）

(二)「天に幸《さき》はひせらえず」――天運に恵まれず。（新潮社『新潮日本古典集成』）

(三)「天さきはひせず」――今、助辞として……「天サキハヒセズ」と訓んでおく。口語訳「不幸なことに」（有斐閣『万葉集全注　巻第五』）

などとみえるが、何れも方向は同じ。即ち「天」が主役であり、「為」は、不読の助字ということになろう。しかし私も著者の一人である小学館本は今や餘りにも古臭い。むしろ誤読ではなかろうか、絶えず思い続けたのは、

「為」と「天」の関連であった。

一体、人の死に関してとむらう際には、「某の為《ため》に……す」というのが中国の喪服の方式である。『礼記』(「喪服小記」)をみれば、随処にその例をみる。一例をあげると、

為二父母長子一稽顙《ケイサウ》……。

為二父母喪一、未レ練而出、則三年。

為二慈母之父母一無レ服。

などであるが、例はほかにもあって、枚挙に遑がないほどである。わが国の「喪葬令」にも、

凡服紀者、為二君・父母・及夫・本主一一年……。

とみえ、喪に服することは、「某の為《ため》に」することである。この「為」をほかの意に解した万葉集の諸注はすべて誤である。然らば、「為《ために》レ天不レ幸」の「天」をどのように解するか、これが次の問題になる。

仲哀紀(巻八)元年閏十一月の条に、父王日本武尊を偲ぶ仲哀帝の飼う白鳥を異母弟蒲見《かまみ》別王が奪う、仲哀は蒲見別王を誅するといった、骨肉相争う記事がみえる。これを批判した時人のことばとして、

父は是《これ》天なり、兄も亦君なり、其れ天を慢《あなど》り君に違《たが》ひなば、何ぞ誅《つみ》を免るること得む。

とみえる。この「父是天也」は、河村秀根父子撰『書紀集解』が、「儀礼喪服伝曰、父者子之天也」を例証としてあげる。さすがは秀根であるが、少し加筆する必要がある。

この「天」とは何か。私ども万葉学徒は、とかく「天」を天命、天運などと解して来たが、「天」とは何ぞ、問題の点はこの「天」の意であり、更に「天」に関する例証がほしい。思い付くのは、『毛詩』(鄘風「柏舟」)の、

母也天只、不レ諒レ人只(「只《シ》」は助字)

である。これについては、現代のわが中国学者の注解は必ずしも一致しない。その一、二を要約して左に示そう。

(目加田注)「母よ天よ」。朱子『詩経集伝』「母之於レ我、覆育之恩、如二天罔レ極一」を否定し、字の如く、母を呼び、又蒼天に訴えることと解する。境武男『詩経全釈』も「ああ母ぎみよ、あまつ神」と解する。

(吉川注)朱子の説に従い、「かあさんは天のような方なのに……」と解する。

(白川注)「わが母は心広きも……」とよむ。これは「天」を「天の如し」の意と解したものである。

これらの説は、「毛伝」という古注によらないが、上代人にとっては、この注は金科玉条であった。「毛伝」によれば、

母也天也、尚不レ信レ我。天謂《ハ》レ父也。

とみえる。更に「正義」によれば、「序云、父母欲レ奪而嫁レ之、故知、天謂レ父也。先レ母後レ天者、取二其韻句一耳」とみえ、この古注によれば、「母も天」、「父も天」ということになろう。前述の仲哀紀に「父是《カツ》天也」とみえるのはこれによる。「毛伝」は、前述の如く、現代の代表的な注には用いられていないが、中世の学者清原宣賢講述の、岩波文庫本『毛詩抄』(巻三)によれば(昭和十五年刊)、「毛伝」という古注を出発点とする。

母――序に父母欲奪――と書た程に、父母の事で有うと云心に、天と云字を父とよませたぞ。又天を以て父とするにも叶たぞ。共姜が一端はかう云へ共、一人はえゐまいと、父母が信ぜぬぞ。正義にもかうぞ。通釈もかうぞ。一義に天を父とよみ事がいやぢや、母は天也とよまうぞ。面白《オモシロイ》ぞ。母は子の為には天也。……天を父とよまうならば、母也天也とかゝう、只の於《オキ》字が心得ぬぞ。去程に、はゝ、ちゝとはよまれぬぞ。父と云ぬが面白ぞ。……序になぜに父母とは書たぞと云に、父母と云は、必ずしも二人の事には限るまいぞ。熟語までぞ。鄭風の将仲子の詩に仲可懐也、父母之言、亦可畏也、とあるは、父は死して母ばかりある処に、父

母と云た証拠ぞ、熟語までぞ。（巻三）

とみえる。宣賢が古注より出発したのは当然の事として、なお朱子の新注をも顧慮しながら、家学の方向を定めたのは、正しい態度であろう。但し「天は母なり」を主張するあまり、「父母」の中に「父」を含ませたとみなすのは、多少の疑問を残す。これは毛詩注釈史のことであり、上代人はやはり「毛伝」（或いは「鄭箋」）によって『毛詩』を学んだものといえる。前述の如く、「毛伝」の「母也天也……天ハ父ヲ謂フナリ」や、『儀礼』の「父ハ子ノ天」によって、まず「父」は「天」をさし、「母也天也」は、「母」をもさすことになろう。

ここでもとに戻って、憶良の歌序中の「為レ天不レ幸、在レ路獲レ疾」は「天《ちちはは》の為には不幸なことが起り、道中で病気にかかった」の意となろう。なお時代は降るが、明代の璩崑玉・朝聘甫纂集『古今類書纂要』（巻四）に、

所天 婦以レ夫為レ天、子以レ父為レ天、臣以レ君為レ天。故妻称レ夫曰二所天一。（「人道部」）

とみえるのは、何らかの参考となろう。『里見八犬伝』（第四十八回）に、「所天《つま》も叔々も」とみえるのは、『古今類書纂要』の「所天」によるものではなかろうか。

（平成五年原案、執筆八年八月十三日）

（余論）

余白を借りて、右の小論に多少のコメントを加えるならば、平成七年（一九九五）刊の『新編日本古典文学全集 万葉集②』（小学館）の頭注に、以上の趣旨が殆んど加えてある。なお憶良の用いた「二親」は、「父母」の語と共に同一線上、同一点にあって、二つの「語性」は、共に元来「仏典語」とみなし得る。詳しくは、拙稿「同類語単一ならず——二親をめぐって——」（『文学史研究』第三十四号）参照。

〔附記〕「美夫君志」第五十三号（平成八年十月）所収。参照論文は本書に収めた。

なお、憶良の漢詩文については、『國風暗黑時代の文學　補篇』所収「空海の「あや」以前——素材史の一面——」をも参照。

春の雁

一

ガンも冬にくる鳥である。この鳥も近頃だんだんすくなくなってきた。ガンはまたカリとも呼ばれている……。よく晴れた夕方の空をガンが一列にならんで渡ってゆくようすは、まことに美しいながめである。そういうところをみて、「ガンガン渡れ、さおになって渡れ、かぎになって渡れ」と少年のころわたしも歌ったが、君たちも歌っているだろう。

この鳥も夏はシベリア地方で過し、そこで子を育てて、九月のころになってわが国に渡ってくるのである……。明月《めいげつ》の夜などに、鳴きながら列をつくって飛び渡るすがたは優美なもので、昔から人々の詩情をそそった。

（内田清之助『渡り鳥』）

昨年三月四日、「日米渡り鳥保護条約」によって、白鳥、雁など百八十九種の渡り鳥を保護する条約が結ばれたという（朝日新聞）。このうち雁に限定していえば、秋空に飛来する「来雁《らいがん》」のことは、一般の現代人もかなり承知はしている。しかし「春の雁」、すなわち春とともに北方へ帰る「帰雁《きがん》」のことは、ほとんどといってよいほど認識されていない状態にある。春は花や鶯《うぐいす》へと人の心をさそい、春にそむいて去りゆく「春の雁」にはおのずから目をそらせるのかもしれない。これに対して、「来雁」は、秋のあわれを背景とし、空の風物詩として登場する。

『萬葉集』に見える雁の歌を巻八・十に限定して摘出してみても、五十首近くも秋の来雁は現われるが、その反対に、「春の雁」は皆無である。しかし『萬葉集』全体を眺《なが》めると、例外的な後者「春の雁」の例として、大伴家持の二首と、作者未詳の長歌（巻六）の中にその姿を見せるのは、実に珍重すべきである。長歌の例は、神亀四（七二七）年正月、春日野の打毬《だきゆう》の日に、外出を禁止された憤懣《ふんまん》を長歌にした官人某の作。その前半に、

ま葛延《くずは》ふ　春日の山は　うちなびく　春さり行くと　山峡《がひ》に　霞たなびき　高円《たかまと》に　うぐひす鳴きぬ　もののふの　八十伴《やそとも》の緒《を》は　雁がねの　来継《きつ》ぐこのころ　かく継ぎて　常にありせば……（九四八）

と見える。春正月の春雁は、現代人の一般の意識にはもはやのぼらない。『増訂萬葉集全註釈』に、「雁のくるのは、秋であるのに、来継グコノ頃というは、不審であるが……」と述べるのは、これを裏書きする。しかしこの句は、北方へ帰る「帰雁」が都の空を覆う状態を述べたものであり、この「雁がね」は、「春の雁」にほかならない。しかしこの帰雁がほとんど万葉人に詠《よ》まれなかったことは、北方から渡ってくる「秋雁」によりいっそうの詩情を感じたためであろう。『懐風藻』にも、「新雁」「霜雁」「朔雁」「斜雁」など数例を見るが、いずれも秋の来雁をさす。

この長歌を除く他の二例は、いずれも大伴家持の作に見られる。巻十九の「帰雁を見る歌二首」はそれであって、「帰雁《きがん》」は、北方へ去りゆく「春の雁」である。

燕《つばめ》来る時になりぬと雁がねは本郷《くに》しのひつつ雲隠り鳴く（四一四四）

春まけてかく帰るとも秋風にもみたむ山を越え来ざらめや〈一に云ふ、「春されば帰るこの雁」〉（四一四五）

この二首は、天平勝宝二（七五〇）年三月の作。越《こし》の国、越中にあって、この北の空を通過してさらに北方の

空の彼方《かなた》へと群れをなして帰ってゆく「春の雁」の群れを見て、このような歌を詠んだものであろう。しかし題詞の「帰雁」といい、「本郷《くに》」といい、なにか表記の上からしても詩的なにおいがする。いったい、巻十九には、詩的な歌題を持つ歌が多く、特にこの二首をも含む冒頭十数首の歌群には、その趣が感じられる。たとえば、「眺《てう》㆓矚《しょく》春苑桃李花㆒作」の、

春の苑《その》くれなゐにほふ桃の花した照る道に出《で》で立つ𡢳嬬《をとめ》（四一三九）

わが園《その》の李《すもも》の花か庭に散るはだれのいまだ残りたるかも（四一四〇）

や、あるいは、「攀《よぢ》テ㆓柳黛《りうたい》ヲ㆒思㆓京師《みやこ》㆒歌」の、

春の日に張れる柳を取り持ちて見れば都の大路《おほち》し思ほゆ（四一四二）

にしても、家持の歌のこころは、歌題と共に中国詩的世界を頭に描いていたものではなかったか。巻二十に見える彼の作、

見渡せば向《むか》つ峰《を》の上《へ》の花にほひ照りて立てるは愛《は》しき誰が妻（四三九七）

なども、歌そのものからみれば、なんらの詩的世界も感じられない。しかし題詞に「在㆓舘門《むろつみのかど》㆒見㆓江南美女㆒作歌」と見えることは、揚子江の南の国、江南地方の美女を連想させる。魏《ぎ》の曹植《そうしょく》（曹子建）の「雑詩」（『文選』巻二十九）の中にも、

南国《みなみのくに》に佳人《かほよきひと》あり、容華《はなのすがた》桃李《もももすもも》のごとし〈李善注「南国は江南を謂《い》ふ」〉

と見えるが、家持の頭の中には、難波《なにわ》の堀江にたたずむ美女を見て、右の詩のごとき温暖の国、江南の中国美人を連想したものであろう。そういえば、前述の「春の苑《その》」の歌にしても、庭に散る李《すもも》の花を雪とみるなども中国詩的色彩が濃い。

このように考えると、家持の春の帰雁の歌も、春の空にその群影を実際に観察すると同時に、「帰雁」という詩的素材と相結ばれた結果ではなかったか。それを傍証する例として、天平十九（七四七）年三月五日の彼の七言詩を挙げることができる（巻十七）。その第四句に、

帰る鴻《かり》は蘆《あし》を引きて迴《はろ》かに瀛《おき》へ赴《おもぶ》く。

と見える。北へ帰る鴻《かり》（「雁」に同じ）が蘆を口にくわえて水辺から遙か沖の方へ飛び去る情景。これは第三句の春の到来とともにやって来る燕と対比する。家持の帰雁の歌の素材は、やはり詩によってうながされたものと推定される。天平二（七三〇）年正月、大宰府大伴旅人の官邸で行なわれた梅花の宴の歌序（巻五）にも、

庭に新蝶《しんてふ》舞ひ、空に故雁帰る。

と見える。「春の雁」に対する文学への認識は、むしろ詩によって刺激され、その代表者は天平後期の歌人、大伴家持であった。しかも万葉人一般は、秋の来雁に興味を示し、帰りゆく「春の雁」には関心を持たなかったのである。詩に対する知識の有無がこの問題の鍵をにぎる。

二

春の花をよそに北へ帰る雁については、六朝《りくちょう》以来例は少なくない。家持の目に触れたと思われる例（『藝文類聚』鳥部中「鴈」所収）に、

白水春塘《しゅんたう》に満ち、旅鴈毎《つね》に迴翔《くわいしゃう》す（梁沈約《しんやく》「詠二湖中鴈一詩」）

洞庭《どうてい》の春水緑にして、衡陽《かうやう》の旅鴈帰る（梁劉孝綽「賦シテ得二始帰鴈一詩」）

をはじめとして、初唐詩の、

岸に照らひて花は彩《いろ》を分かち、雲に迷ひて雁は行《つら》を断《た》つ（唐太宗「春日望レ海」）

春暉《しゅんき》朔方《さくはう》に満ち、帰雁衡陽《かうやう》を発つ（初唐李嶠「雁」）

など、例にはことかかない。詩の「帰雁」は、わが平安初期のそれにつらなる。漢風を讃美した弘仁期のパトロン嵯峨天皇の佳作「春江賦」の一句、「帰雁汀州を辞《さ》りて去《い》なむとす」（『経国集』）や、

烟霞曙《あ》けむとして雞潮《けいてう》落ち、帰雁群れ鳴き起《た》ちて汀《なぎさ》を廻る（『凌雲集』東宮淳和「奉レ和二江亭晩興一（群書類従本「廻」を鷹司本「迵」に作る。これに従って「迵汀《けいてい》を起つ」と訓むべきか。）」）

長天の去雁帰思《きし》を催《うなが》し、幽谷の来鶯客啼《かくてい》を助く（『文華秀麗集』坂上今継「和二渤海大使見レ寄之作一」）

など、例は他にもあり、これらはいずれも春の帰雁をさす。

春の帰雁は、秋の来雁と共に中国詩の素材である。平安詩人もこれをよくまなぶ。漢風讃美時代を経過した「春の雁」の詩は、やがて国風の復活とともに、歌の中にも生きる。古い部に属する例を二つ挙げよう。

春の日に霞かきわけ飛ぶ雁は見えず見えずみ雲がくれゆく（皇太夫人班子女王歌合）

春霞立ちて雲路に鳴き帰る雁のたむけと花の散るかも（『新撰萬葉集』上巻、春歌）

去りゆく春雁を見て、秋雁の飛来を望むことは人情の常である。後者『新撰萬葉集』の歌に付せられた詩に、

霞天の帰雁翼《つばさ》遙々《はるけ》し、雲路に行《つら》をなして文字昭《あき》らけし。もし汝《いまし》花の時に去《い》ぬる意《こころ》を知らば、三秋に札《ふみ》を係《か》けて早く朝《きた》るべし。

とあるのは、詩と歌との差はあるといえ、前述の家持の「帰雁を見る歌」（四一四五）に心は類似する。いずれも「春の雁」を見ては、秋に来る「来雁」に思いをはせた例である。

『萬葉集』にほとんど詠まれなかった帰雁の歌も、漢風讃美の作詩時代の成果によって、平安和歌の公的な世界に現われはじめる。勅撰歌集『古今集』の歌にも、秋雁にまじって「春の雁」の歌が堂々と姿を見せる。この点において、家持を除けば、萬葉人が去りゆく「春の雁」の歌を試みることにほとんど無関心であるのに対して、平安人がこれに目を向けるのは、やはり詩の摂取の問題に大きな原因がある。この意味において、家持の「帰雁」すなわち「春の雁を見る歌」は、素材史上はなはだ注意すべきであり、同時にまた「歌」と「詩」との接点に位置する作としても、貴重というべきである。

〔附記〕『日本古典文学全集 萬葉集三』（昭和四十八年十二月、小学館）所収「補論」。末尾に「昭和四十八年四月二日」と記す。著者には、ほとんど同時期の「万葉集から古今集へ」（『萬葉集講座』第四巻。昭和四十八年十二月、有精堂）があるが、用例などが当該の補論と重なるため、割愛した。講座の古今集にかかわる論述は、『古今集以前——詩と歌の交流——』（昭和五十一年二月、塙書房）参照。

本文校訂をめぐって

——家持の蒼鷹の歌を中心として——

はしがき

旧友津之地直一教授古稀記念号と聞けば、われとわが身の老いを益々催さしめる。昭和十一年のころ、共に澤《おも》瀉《だか》杏壇に侍った青春学生の思い出、今もなお往事彷彿として眼前に浮かぶ。君は『萬葉集』の忠実な信奉者、われは異端の者。しかも等しく実証の道を是としたこと、その門下に在ることのあかしといえよう。こうした往事を思い浮かべつつ、久しく披かぬ『萬葉集』、その漢語表現をめぐる思わくを一つ。

一

萬葉後期の代表歌人大伴家持について、わたくしの読んだ終戦後の単行本家持論は数種にも及ぶ。それらは何れも詳細を極めた研究書ばかり、もはやかりそめの私見などを挟む余地はない。

ただここで一言いうべきことは、家持の越中国守時代の文筆、すなわち「あや」の生活に関してである。嘗つて、家持などが大部の漢籍、たとえば類書の『藝文類聚』百巻を所持して地方に下向する筈はない、といった日本の中国学者の強い批判が加えられたことがある。しかし最近地方出土木簡類に、『千字文』『論語』など大部ならぬものは当然のこととして、『文選』(李善注本は六十巻)などの習書(手習い、すさび書きなど)の痕がたどられることは、地方国府における『文選』の存在を推測せしめ、わたくしの持論に有利な歩《ぶ》が加わったとみてよい。秋田城跡、岩手胆沢《いざわ》城跡出土の木簡類に『文選』の名をみるのはその一例。なおこれらの城跡は、第二国府的な性格が強く、胆沢城跡出土漆紙文書には、奈良朝中期ごろの『古文孝経』の断簡も出土する。詳しくは、平川南氏の諸報告、特に「胆沢城跡第四十三次調査出土漆紙文書」参照。

国府の構成などに関しては、古代史家の見解に従うべきであろう。その中で注意すべきことは、その大部分の人員は中央派遣の官人である。彼等は都の中央官庁の機構を小規模ながら出来る限り充実させようとし、上級官吏は文書の取扱を日々のわざとし、下級の者はまず字を覚えることを試みたのである。字を覚えるためには、漢籍という基本図書が必要である。そこには国府における蔵書の存在が推定される。ここに風塵の歳月を席も暖まらず、「王事盬《もろき》きことなく」、東奔西走した藤原宇合がいる。彼は養老五年(七二一)のころ常陸国守となって下向する。三年以上も辺地に在留するわびしさは、都の友人倭《やまとの》判官大和長岡へ贈る詩序と詩となってあらわれる。『懐風藻』にみる、その作(89)「倭判官が留りて京《みやこ》に在《いま》すに贈る」を検討するにつけて、少なくとも、「刺史」「朋友」など人事に関する「類書」のたぐい、その他を表現の場に所持せぬ限りは、宇合がすぐれた詩人であり、詩語をよく記憶していたにしても、傍に漢籍がなくては、その詩作はやはり無理であろう。「二毛已《すで》に富めりと雖も、万巻徒然《いたづら》に貧し」(91)「不遇を悲しぶ」)の「万巻」所蔵は多少過大《オーバー》な表現ではあろうが、少なくとも三年間の常陸在留には、かなりの漢籍を所持して下向した筈である。その表現語句の出典などのおおよそは『日本古典文学大系69』の『懐風藻』の頭注に示して置いたが、なお附加すべき故事出典もあり(『萬葉以前』第七章　上代官人の「あや」その二——「類書」をめぐって——)、益々その感を深うする。また大宰帥となった大伴旅人が筑紫の大宰府において、『文選』のほかに、唐代小説『遊仙窟』などをも使用したことは周知の如し。大伴家持の越中下向に際しても同様なことがいえよう。尤も『文選』や「類書」その他の漢籍がすでに越中国府に所蔵されていた場合もあり、或いは彼が所持して行き、そのまま当地に保存される場合もあろう。何れにしても地方国府に所蔵する漢籍は、下級官吏の習書の種ともなり、また文学的興味をもつ官人はこれらを表現の種としたものと推定される。都の文化が地方の文化へと流入移植されることは、わたくしだけの思いつきではない。それは出土の木簡類があかしとなって物語ってくれる故に。

家持の越中時代の諸作には、題詞左注などに中国的なものを多く含み、大伴池主との書翰の往復、その中には漢詩も含まれる。また現代のわれわれにとって、訓詁を必要とするむつかしい文字が存在するのも不思議ではない。漢籍を多く収蔵する都の図書寮の書に比すると、ものの数にもならない少数の漢籍とはいえ、手近に表現しようとする程度の書ならばまず国府にあったといえよう。越中在留の数年は家持にとって表現というあやの道よりいえば、無駄な歳月ではなかった。

二

巻十七に、天平十九年九月二十六日の家持の作「放逸せる鷹を思ひ、夢に見て感悦して作る歌一首并びに短歌」（四〇一一〜四〇一五）がみえる。試みに、小学館『日本古典文学全集』――以下「小学館本」と略称する――の訓読を参考しつつその歌の内容を示す左注の文をあげてみよう。

右、射水郡の旧江村にして蒼鷹を取獲《と》る。形容美麗《かたちうるは》しく、鷙雄《しいう》群に秀《すぐ》れたり。於《こ》レ時《こ》に、養吏山田史君麻呂、

（調試失レ節、野獦乖レ候。（搏風之翮、高翔匿レ雲、腐鼠之餌、呼留靡レ驗。於レ是《ここ》に、（張二設羅網一、窺二乎非常一、奉二幣神祇一、恃二乎不虞一也。粤《ここに》以夢の裏《うち》に娘子《をとめ》あり。喩《をし》へて曰く、「使君勿《しくんまな》苦念を作《な》して、空しく精神《たましひ》を費やすこと。放逸せる彼《そ》の鷹《たか》は獲得《と》らむこと、幾《いく》だもあらじ」といふ。須臾《しゅゆ》にして覚《おどろ》き寤《さ》め、懐《こころ》に悦《よろこ》びあり。因《よ》りて恨《うらみ》を却《す》つる歌を作り、式《もち》て感信を旌《あらは》す。守大伴宿祢家持　九月廿六日作也。

右の一文について、少し考察を試みると、「搏風《はくふう》の翮《つばさ》……」「腐鼠《ふそ》の餌……」などは『荘子』のことば、「空しく精神を費やす……」などは『遊仙窟』のことばに基づくなど、すでに小学館本の頭注の示す通りである。尤も「苦念」「感信」などわたくしにとって未だ検出しえない語もあり、家持の和製漢語も当然あろう。しかし全体として眺めてみると、六朝駢儷風とは違って、裃《かみしも》を着ない文章内容の中に、「粤《ここに》」（音ヱツ）の如き『文選』の散文にみる如き古めかしい助字、すなわち中国語史でいう「中世語」や、或いは『毛詩』に多くみられる「式《もちて》」の如き「古代語」の助字を用いるなど、全体の文体の調和《バランス》を破るやに思われるものをも含む。同じ中国学者の間に賛否両論の対立をみる、山上憶良の「沈痾自哀文」さえも然り。しかしこれは本場ならぬ奈良朝びととして致し方のない運命でもあり、許容すべきものといえよう。中国人からみれば「ちぐはぐ」といおうとも、未だ低度の文学期にある上代、敢えて非難するには当るまい。

さて問題の部分に入ると、まず主題の「蒼鷹」については、『藝文類聚』（巻九十一、鳥部中「鷹」）に、

広志曰、有二雉鷹一、有二菟鷹一。一歳為二黄鷹一、二歳撫鷹、三歳青鷹、胡鷹獲レ麞。

とみえる。『箋注倭名類聚抄』（巻七、羽族部）の狩谷棭斎の考証によれば、三歳の雌は「於保太加《おほたか》」と呼ぶが、「青鷹《おほたか》」が家持の「蒼鷹《さうよう》」に当り、これは、三歳の雌鷹をいうことになる。なお『初学記』（巻三十、鳥部鷹）にも、

類似の記事、

　広志曰、鷹一歳為レ黄、二歳為レ撫、三歳為レ青。

がみえ、更に傅玄《ふげん》「長歌行」の「蒼鷹厲爪の翼、燕雀と遊ぶことを恥づ……」の例をも載せる。「蒼鷹」の概念は、これらの類書によって知られるが、『文選』（巻十三）張茂先「鷦鷯賦《みそさざい》」にも、

　蒼鷹鷙《シニシテ》而受《ク》レ緤《ツナカレヲ》（訓は慶安版）

とみえ、蒼鷹は猛くしてつながれるの意。家持の用いた「蒼鷹」の語は、彼の周辺の文献にみえることになろう。なお盛唐岑参《しんじん》の「衛節度赤驃馬歌」に、「草頭一点疾きこと飛ぶが如く、却《かへ》りて蒼鷹をして翻りて後へに向はしむ」とみえ、近人阮廷瑜の『岑嘉州詩校注』に、「三歳而色始蒼矣、故曰二蒼鷹一」という。ここで問題とする箇所は、

　形容美麗、鷙雄秀レ群也（その形姿はみごとで、荒々しく雄々しいことは抜群である）。

この「鷙雄」の本文は『新校萬葉集』（初版）の脱字説による。最近の注釈書に限定していえば、これに従ったのが「小学館本」、続いて「新潮日本古典集成本」などがあり、いずれも「鷙雄」の本文を採用する。

　しかし「雄」の文字は誤字説であり、およそ諸本は「雉」とあることを忘れてはならない。『日本古典文学大系萬葉集四』（以下、「古典大系本」と略称する）、『萬葉集注釈』などは「雉」を採用する。特に『新校萬葉集』（昭和五十二年版）は現在「雄」から「雉」に改訂する。最近刊行の『萬葉集全注　巻第十七』も「雉」の本文を採り、「鷙雉」を「雉《きざし》を鷙《と》ること」と訓む。しかし諸注にみる「鷙」の意は必ずしも明らかではない。「古典大系本」の頭注にみる如く、「鷙」が鷙猛、鷙強の意から「ここでは荒々しくつかみ捕えること」と解し、また『萬葉集注釈』に「荒々しく捕へること」と注するのは、次に「雉」の字が続くためであり、少し無理である。前述の「鶻

鵜賦」の慶安版訓「鷙《シ》ニシテ」の如く、「荒々しく猛く」の意のあることは勿論のことではあるが、更にこれに「つかみ捕る」「捕える」の意を附加することは、やや飛躍がある。とはいっても諸本の「鷙雉」の本文は採用すべきであろう。これについては、他の方面からも考えてみよう。

「鷹」と「雉」との関係については、時代は降るが、類書『淵鑑類函』に、

春秋考異郵曰、金伐レ木、故鷹撃レ雉（鳥部五、鷹）

とみえ、鷹が雉をつかみ捕える生態は、これによって明らかである。やはり「鷙雉」の「雉」の文字は生かすべきであり、誤字説の「雄」の文字は採用すべきではない。また「鷙」の訓詁については、前述の如く、鷙猛、鷙強の意から「荒々しくつかむ」の意に解する説は不十分であり、改めて「鷙」の訓詁について考察する必要がある。

上代人の最もよく利用した小学書は、『説文』・『爾雅』よりもむしろ梁顧野王撰『玉篇』、いわゆる原本系（古本系）『玉篇』であった。これについては、幾たびとなく雑誌「文学」などに書いたことがあるので、ここでは繰返えさない。この『玉篇』は、訓詁と共に出典原文を載せ、その出典文には佳句佳文が多い。佳句とその訓詁を併記するこの小学書、いわば一石二鳥の利益をもつ辞書であった。しかし遺憾ながら『玉篇』は断簡のみ残存し、そのほかはこの抄出本である空海撰『篆隷《てんれい》万象名義』や、諸書に残る佚文によってもとの『玉篇』の本文の姿を知るよりほかはない。この「鷙」については、原本系『玉篇』には残らない。しかし高山寺本『万象名義』に、「諸利反。猛獣也。執也」とみえ、この中の動詞「執也」が注意される。恐らく原本系『玉篇』の「執也」については、わたくし流の方法から復元すれば、

*廣雅、鷙《ハ》執也、謂三能執二服衆鳥一也。

などの部分があったと推定される。この推定本文は『一切経音義』（巻三十三）「月光童子経」（玄応音）の「鷙鳥」の訓詁を応用したものであるが、それまでに机上であれこれと思いめぐらした結果であり、恐らく誤ではなかろう。なお現行本『広雅』（巻五、釈言）に、「竦・鷙、執也」――王念孫の『広雅疏証』に、『楚辞』九歌の王逸注を引き「竦、執也」をあげ、更に「玉篇作レ攫同」と述べる。また『離騒』の「鷙鳥之不レ群兮、注云、鷙、執也、謂能執二伏衆鳥一、鷹鸇之類也」をあげ、更に「説文、摯、握持也。義亦与レ鷙同」と述べる――とみえる。わが国の古辞書類をみると、たとえば、天治本『新撰字鏡』（巻八、鳥部）に、『万象名義』とほぼ同文の「諸利反。猛鳥也、執也、至也」とみえる。また「執」については、観智院本『類聚名義抄』に、「トル　トラフ」（仏下末）の訓がある。これらを綜合すれば、「鷙」は「捕える」ことになり、「鷙レ雉」の意は、蒼鷹が雉をつかまえる意となる。結論は「古典大系本」や『萬葉集注釈』と同じことになるが、この際の「鷙」は動詞の「執」の意に解すべきである。もちろん「鷙」には前述の如く「猛鳥」の意もあって、家持はこの訓詁を脳中に思いつつ、「執《トル》」ならぬ「鷙《トル》」という猛鳥にふさわしい鷹に関係する文学的用字をここに用いたのではなかったか。ともかくもこの場合の「鷙」の意は、「執」すなわち「とる、捕える」の方向をもつ。なおいえば、前述の王念孫の『広雅疏証』に示す如く『楚辞』にみえ、『文選』（巻三十二）にも屈平「離騒経」（王逸注「鷙ハ執ナリ」）として収められており、家持がこれらを学んだ結果かも知れぬ。つまるところ、家持の一文は、蒼鷹が「雉をとらえること抜群である」（「鷙レ雉抜レ群」）という意になる。「雉」を「雄」の誤とみる説はもちろん、また「雉」とみる説も、「鷙」の訓詁が不十分であるといえよう。

ここに一応の解決が得られたものと思われる。なお最近朝鮮の金石文、黄壽永氏編著『韓国金石遺文』（一九七六年刊）を読むうちに、「新羅皇龍寺九層木塔刹柱本記」の中に、

昔有善宗郎真骨貴人也。少好二殺生一、放レ鷹摯レ雉、雉出レ涙而泣感……（第一板、内面）

とみえる記事を発見。これは「鷹を放ちて雉を摯《と》る」と訓めよう。「摯」は、

トル　ウツ　ニキル　ツカム（『類聚名義抄』僧下本。要を取る）

の意、「鷙」は「摯」と同じ訓詁になる。もしそうとすれば、「摯」の字の誤写が「鷙」となったとも考えられよう。「執」の下の「鳥」の草体と「執」の下の「手」とはよく誤られる。同じ誤字説を採るならば「摯レ雉抜レ群」*ともなろう。一案としてここに提出する。

以上述べたところをまとめるならば、家持の左注にみる文中の「鷙レ雉抜レ群」の「鷙」は、動詞、原本系『玉篇』の推定本文「執也」はそれを示す。なおすでに述べた一案を加えるならば、「鷙レ雉」は、「摯レ雉」*であったとも考えられる。この際、「鷙」は「摯」の誤字とみるほかに、『一切経音義』などにみる「鷙」を「摯」に作る本もある以上、通用かともみられる。何れにしても「鷙」「摯」の二字ともに「雉をトル、トラフ」ことになる。

三

『萬葉集』の本文批評について、わたくしども戦前の学生は、誤字説を強く避けることを教えられて来た。井上通泰の『萬葉集新考』の随所に漲る誤字による本文改変の態度は殆んど採用されず、かえって本文をそのまま解しようとする木村正辞のいわゆる『三弁証』（『萬葉集文字弁証』・『字音弁証』・『訓義弁証』）の説が盛んに採用されたのであった。正辞の態度は実事求是をスローガンとする清朝訓詁学のそれを学んだものであり、特に現代でいう誤字らしいものも、大半は通用字として処置されたのであった。当時の若いわたくしは誤字説を忌み嫌いは

するものの、同時に文献の通用性が果して『萬葉集』に適用し得るや否や、澤瀉杏壇で称揚される木村正辞の態度にも何とはなしに満足しえない気持を懐いていたのであった。しかし後年に至って漸く知り得たことは、これは実に「若気のきわみ」であり、木村考証学の不理解ともいえよう。

その頃より五十年後の現在、敦煌文書・吐魯番《トルファン》文書などの辺境文書、詳しくいえば、『毛詩』・『論語』など通行本のほかに現存するもの、また通行本もない書翰類、その他の文書類を、複製その他によって多少勉強するにつけて——あまたの研究報告書のほかに、わたくしの実物を調査し得た龍谷大学蔵「大谷（西域《さいいき》）文書」の文学資料の一部を含む——如何に誤字が多いことか、しかもまた現代では「竟」・「鏡」など別の字でありながら、かえって通用字であるなど、現代一般に通じる偏《へん》や旁《つくり》の感覚によって誤字と断ずることのこわさを知る。つまり萬葉人の書いた文字を現代的文字感覚より眺めることの適当ならぬことを知った次第である。文字の通用、正誤など萬葉当時に溯ることを切に感じているわたくしの現在である。

敦煌文書などはともかくとして、上代に伝来した四書五経は、「古文」すなわち「古字」を含む本文《テキスト》が少なくなかったものと推定される。唐太宗によって定められたという『五経正義』のテキスト、それ以前においては、文字「古字」が唐代通用の「今字」と共存していたのである。太宗の顧問的地位にあった初唐顔師古の注する『漢書』の中にも、今字に対する古字を随所に指摘する。「今字」制定の太宗時代といっても、わが国に伝来した古字はなお文字の性格上その命脈を保つものもあったわけである。萬葉時代は初唐盛唐の時期に当るとはいえ、古字の多い六朝の漢籍も伝来していたのである。こうした古字も今字も、或いは偏旁を異にする通用字などをも伝来書によって知っていた萬葉人は、歌の表記にこれらを思いつくままに用いたことであろう。

現代のわれわれは刊本活字本、或いは西本願寺本などの古写本の文字を眺め、その疑わしい点を正しつつもとの本文を知ろうとする。しかも古写本といっても溯り得るのは平安朝ごろまでであって、原本はもちろん残らない。当時の『萬葉集』は、古字・今字（新字）など入り乱れて書いてあったものと考えてよかろう、現代人の中にも旧字体を使用する人のある如く。澤瀉久孝先生が『萬葉集』の本文は草書で多くは書かれていたか、と夙に述べられたのは、実に卓見である。しかもなおいえば、その文字たるや、「古字」も多少は含まれていたのではなかったか。欽明紀二年の条にみえる、「帝王本紀、多《さは》に古字あり」云々は、すでに述べた顔師古の、『漢書』（叙例）の、「漢書旧文、多有二古字一」云々によることは定説となっているが、この古字は『古文尚書』などにみる字体の文字であった。『新撰萬葉集』の序文にみる如く、平安当時伝写された『萬葉集』について、

字対雑糅《ざつじう》、入ること難《かた》く悟《さと》ること難し（原文漢文）

とみえるが、これには文字の字体をも暗示するやに思われる。巻十の七夕歌の一つに、「遙《とほ》ヅマ」（二〇二一）の「ツマ」に当る文字が諸本間によって乱れをみるが、恐らく「美」の古字体「羑」が書かれていたために、後の書写者たちが不明のまま字体の似たような字を書き、伝写のうちにますます乱れが生じたのではなかろうか。つまりこのツマを現行活字に改めると「遙媄《とほづま》」となろう。げんに「媄」の字は、『玉臺新詠』（巻七、邵陵王綸「車中見二美人一」）にも、

語笑能《よ》く嬌媄、行歩絶《はなはだ》逶迤《ゐい》（「媄」は顔色の美しい意）

とみえる。こうしたことを思えば、草体の文字の中に唐代以前の古字をも含み、萬葉人はこの字体を含む文字をも伝来書によって学び、本文として使用したこともあろう。今字ならぬ古字による『萬葉集』を試みに書くとするならば、恐らく当時の文字に溯りえよう。現行文字による本文によって『萬葉集』の誤字を考える一般のやり方はむしろ理想的とはいえまい。真福寺本『古事記』（上巻）にみる古字の残存なども指摘される現今、『萬葉集』

にも多少の古字体の存在を推定しつつ誤字の問題、通用字の問題などを考える時期が到来しているのではなかろうか――このためには、古文体を含む漢籍の複製本を随時勉強することが第一歩である。学問をするには、余計なことも必要であると婆心をひとこと――。すでに述べた、家持の「鷙レ雉」には古字の問題は含まない。しかし韓国金石文を参照して、一説としてあげた、*「摯レ雉」をかりに推定すれば、現代的にいえばもとの「鷙」は誤字ともなるが、萬葉当時では「鷙」「摯」の二つは通用字であったともいえるかも知れない。要するに、本文校訂は『萬葉集』の原典に「戻る」必要があり、六朝・唐代の写本類に姿を残す「古字」或いは通用字に、眼を向ける必要がある。現行文字と草体の類似などによる誤記の問題のみでは、もはや本文校訂はあまり進歩をみないであろう。

以上、同学津之地教授を祝賀するつたないこの一片、更には萬葉学者の御叱正を乞う。

〔附記〕「美夫君志」第三十四号（昭和六十二年四月）所収。末尾に前年の「九月十五日」と記す。

大伴家持のある一文

この餘暑九月の一箇月間、『萬葉集』をやむなく披く羽目《はめ》に追い込まれた。それは北陸高岡市における第四十五回萬葉学会全国大会の第一日の公開講演会に参加するためであった。演題は、

家持の「学《がく》」——越中在任中の詩歌をめぐって——

であり、越中国司大伴家持の詩歌の一端を考えてみようとしたのである。七月に送った要旨凡そ左の如し。

学び得た中国の「学《がく》」は、やがて上代びとの表現の糧《かて》へとつらなる。諸国に下向した国司のいくたりかがどのようにして詩歌の表現につとめたか、よくわからない。私なりに推測に推測を重ねて、ひとまず推定したところを語ろう。

次に越中国司大伴家持の詩歌の表現については、昭和四十年以後、屋上に屋を架する現況、もはや付加すべきことは私には殆んどない。但し、『大漢和辞典』などを金科玉条とする学界の趨勢を顧みれば、いくばくかの感想なきにしもあらず。ここに家持の越中在任中の作をめぐって、しばし秋の一日を消し尽くそうとする。（後で、一、二の語句を改める）

家持に関する雑誌論文、単行本類は未だ尽きない。一箇月あまりの勉強で、何か新しい見解を発表しようとするのは虫がよすぎる。しかし時は迫る。老態は日々に加わり、黒い花は眼《ま》なかいに飛び、随処に起るからだの痛み。惨急たるあがきの中にあって、ともかくも二、三の見解へと何とか漕ぎつける。但し、北海の果てに新見と

いう旗をたてて快哉を叫んでみたところ、煙霧の晴れるにつれて、すでに一本の旗が靡いていた、といったような次第で、発表してみたら少しも新しくなかったということもありかねない。ともあれ、家持のある一文ひとつをあげ、それが文として合格か否かを考えてみよう。合格とは、和習味を帯びず、中国人からみてもかつがつ良好（passable）の謂いである。

巻十八に、

ぬばたまの、夜度《わた》る月を、幾夜経《ふ》と、よみつつ妹は、我《われ》待つらむぞ（四〇七二）

の歌がみえ、左注に、

右、此夕、月光遅流、和風稍扇。（即因二属目一、聊作二此歌一也。）

とある。実はこの歌の配列順序、作者など不明の点が多いが、作者を家持に擬するのが通説である。ここでは文献学的な考証を一切省略し、この左注がいわゆる漢文に即した文体をもつか否かを問題とする。手近かにいえば、左注を織成す主な漢語が、すべて和製ならぬ漢語であるならば、かつがつ合格点を与えてもよかろう。あらかじめこの左注は和習を含むものと予想していた。しかもこうした直観に近いものは見事に裏切られたのである。

まず、「此夕《このゆふへ》」については、わたくしの記憶裡には類似語「今夕《コンセキ》」という中国古代語がある。『毛詩』（唐風「綢繆」）の、

今夕何夕、見二此良人《ヨキヒトヲ》一……今夕何夕、見二此邂逅《タマサカナルヲ》一……今夕何夕、見二此粲者《カホヨキヒトヲ》一（藤原惺窩点）

は、その名高い語句である。諸説のうち、宋人朱子説によれば、新婚の喜びを述べた歌謡という。『文選』（巻四）「蜀都賦」の「楽二飲今夕一、一酔累レ月」の李善注に、「毛詩曰、今夕何夕」（今宵は何というれしい夕べ）を引くのは、この「今夕」の語の古さ、伝統性を物語る。『文選』には、「今夕」のほかに、「此夜《このよ》」もみえる。

独鶴は方《まさ》に朝唳《な》き、飢鼯《きご》此夜に啼く（巻二七、謝玄暉「敬亭山詩」）

即ち、「今夕」「此夜」が六朝詩の一般といえよう。六朝艶情詩集『玉臺新詠』には、更に「今夜」が加わるが、家持の「此夕」は現われない。『佩文韻府』、わが漢和辞典類などに未見の「此夕」は果して和習語か。漸く探り得たのは、『藝文類聚』（巻三二、閨情部）にみえる、六朝梁人鄧鏗《トウカウ》の、

誰能當二此夕一、独処類二倡家一（「月夜閨中詩」）

であり、この詩は箋註本『玉臺新詠』（巻八）にもみえる。しかしこれは珍らしい例であり、これによって家持が「此夕」の語を使用したとは、今のわたくしは断じかねる。

しかし、「此夕」は、初唐に入るや、甚だ例が多くなる。たとえば、鄭世翼「看二新婚一」の「姮娥此夕に対す、何ぞ用ゐむ久しく裴回することを」、陳子良「酬二蕭侍中春園聴レ妓」の「愁人当二此夕一、羞見二落花飛一」などなど。また崔顥《サイカウ》の「七夕」には、

家々此夜持二針線一……班姫此夕愁無レ限、河漢三更看二斗牛一

とみえ、「此夕」と「此夜」が同時に出現する。初唐李乂《リガイ》の「奉レ和二七夕両儀殿会宴一応制」の「雲漢弥年阻、星筵此夕同」も七夕詩の一例である。「此夕」が初唐詩以来多く出現することは、家持が何かの機会に初唐詩に接したものといえる。しかも妹を思う歌に対する「此夕」には特定の当夜の嘆息《なげき》があろう——大津皇子の「臨終」の詩の「此夕誰家向」については、時代的には矛盾がない——。

次に「月光遅流」の「流る」は中国的表現である。『文選』（巻十三）「月賦」の「素月流レ天」や、曹子建「七哀詩」（巻二三）の「流光正徘徊」など、その佳句の例である。後者の「流光」については、李善注に、

夫レ皎月輝輪ヲ流シテ、照ルコト輟《や》ムルコト無シ。以テ其ノ餘光未ダ没セズ、徘徊スルガ若《ごと》キニ似タリ。

とみえる。落ちゆく月を意味するとはいえ、同時に照りわたりつつ空を度りゆくことを意味しよう――詳しくは、拙稿「流るる月光」（「あけぼの」第十巻六号）参照――。家持が「流る」に「遅く」という限定をつけたのは、月の移動を早めず、ゆるやかに光を放ちつつ移りゆく様を暗示するのかも知れぬ。なお左注の「流る」を歌に翻訳すれば、「流る」のほかに「度《わた》る」もその一例になる。初唐沈佺期の「玉流含レ吹《かぜ》動、金魄《つき》度レ雲来」（「和二元舎人萬頃臨レ池玩レ月、戯為二新体一」）は動詞の場合、初唐武三思「月下分行似二度雲一、風前颺影疑二廻雪一」（「仙鶴篇」）は「度《わた》る雲」という名詞の場合である。

次に「和風稍に扇《あふ》ぐ」の「和風」については、「のどかな風。春風」（大漢和）、「のどかな春風」（角川大字源）、「のどかな風。おだやかな風。春風」（広漢和）などとみえ、共通するものは、春の風である。しかし家持の左注「和風」には、春風といった気持はわたくしには感じられない。むしろこの歌が前の歌群につながるものとすれば、従僧清見が都に帰る宴の初夏四月の作ともみられ、彼に託そうとした歌と左注ではなかったか。これは推測に過ぎようとも、「和風」に「のどかに吹く風」の意があればことは足る。『文選』（巻五六）潘安仁「楊荊州誄《ルイ》」に「苛匿《カトク》作《おこ》らず、穆たること和風の如し」は、柔らかに吹く和風であり、春風とは無関係である。初唐蔡希周の「紗窓宛転和風閉づ」（「奉レ和下扈二従温泉宮一承レ恩賜上浴」）も、それであろう。なお玄宗の温泉宮行幸は、春ならぬ冬の場合が殆んどを占める（『旧唐書』「玄宗紀」）。

以上の如くみれば、前述の家持の一文は、語の選択に和製語はなく、何れも漢語に根ざし、やはり合格的といえよう。越中の家持は池主と共に、「越中詩歌の集《つど》い」を指導したのであるが、同時に正しい漢語を自ら勉強したといえる。これはこの一文のみで断じたわけではない。

〔附記〕「かづらき」第二十四巻第三号（平成四年十二月）所収。末尾に「平成四年十月二十日」とある。冒頭部の、平成四年度萬葉学会全国大会の公開講演会（十月三日）要旨以下、本書所収「大伴家持　越中に下向す――わたくしの一つの空想――」参照。

なお、「流るる月光」は本書所収。

再び家持の歌を

前回に述べた、北陸高岡市における第四十五回萬葉学会全国大会での、「家持の『学《がく》』」の発表は、例によってあらぬ脱線をしたために、時間の関係上、割愛した部分が甚だ多い。あと三〇分もあればと思ったものの、ともかくにも非情（？）なる司会者の厳命には従わねばならぬ。とはいえ、最近の私の心の中には、今後幾たび壇上に立てるのか、といった気持が絶えずつきまとう。むしろ脱線の部分に、広く訴えんとする何かが少しでもチラつくならば、演題の内容などどうでもよいとも思う。牛のよだれの脱線するもよし、すべては、「己れの為」を中心とする。

　その中で、まじめに語った一〇分余りの歌に、

　朝床に聞けば遙けし射水《いみづ》川あさこぎしつつ唱ふ船人《ふなびと》（巻十九、四一五〇）

がある。その題詞にいう、「遙聞㆓泝㆑江船人之唱㆒歌一首」と。凡そ巻十九の家持の歌群は、題詞と歌とがよく調和し、不即不離の関係にある。歌の内容は題詞を助け、題詞は歌の内容を総《す》べる。これらの題詞中の語句は重要な位置を占めるが、現代の諸注はあまりこれを重視しない傾向にある。冒頭歌の「春の苑《その》」の歌（四一三九）を例にすれば、その題詞中の「眺㆓矚春苑桃李花㆒……」の部分、「眺矚《てうしょく》」にしても、「春苑《しゅんゑん》」にしても、それぞれの「漢語」――此等は「和製の漢語」ならず――の意味の追求によって、始めて歌意が明らかになろう。詳しくは、「漢語享受の問題に関して――『万葉語』の場合――」（「高野山大学国語国文」第三号）参照。越中の家持の題詞

には、漢語的な「にほひ」がする。その香は家持の描く詩歌の世界の「にほひ」でもある。

まず題詞の「泝レ江」（「泝」は音ソ）は、「流れに逆って上る、さかのぼる」の意であることは、当時の基本的な小学『爾雅』に、

逆レ流而上曰ル二泝洄一、順レ流下曰ル二泝遊一（「釈水」）

とみえる。この語は『文選』その他に多くみられ、特に珍らしい語とはいえない。『文選』（巻五）左太沖「呉都賦」の、「泝洄順レ流……」（慶安版本「泝洄トシテ流ニ順《したが》フ」）も、その一例。これは、大河に住む魚類の動作として、流れを上下する様を描く。李善注は、この語の出典を『毛詩』（秦風「蒹葭《ケンカ》」）に求め、「善曰、毛詩曰、泝洄従之、道阻且長」をあげる。郭景純「江賦」（巻十二）は更に詳しく、「泝洄沿《シタガフ》レ流」の李善注に、

毛詩曰、……毛萇曰、逆レ流而上曰二遡洄一。孔安国尚書伝曰、順レ流而下曰レ沿。

とみえる。家持の第四句の「あさこぎしつつ」は、射水川を漕ぎつつ泝《さかのぼ》る動作であって、越《こし》の海へと川を下ってゆくのではない。「泝る」ことは、家持の朝床を次第に「遠退《とほそ》く」わけであり、ここに第一句の「聞けば遙けし」が生きてくる。

次に、題詞の「船人之唱」は、歌に改めると、結句第五句の「唱ふ船人」そのものとなる。「船人《ふなびと》」は「舟人」でもあるが、表面上は漢語の「舟人」（舟子）に同じ。『文選』（巻十二）木玄虚「海賦」の「舟人漁子、徂《ユキ》レ南極《イタル》レ東」は、その一例。すなわち、家持の「船人」は漢語かという疑いも起るが、速断はできぬ。わが古語「フナビト」と漢語「船人」（舟人）とのめぐりあいは、日中両国それぞれに同時の存在が予想される限り、中国より日本上代へといった図式は必ずしも成立しない。この際、受容の問題はやはりむつかしく、この「船人」についての語性は、私にとっては未解決の域にある。

一体、舟歌は旅をゆく中国詩人たちの聴視に止まったことであろう。『藝文類聚』（人部「行旅」）の、

幸息《ヤミ》二榜人唱一、聊望二高帆開一……将下与二図南一競上、誰云労二泝洄一（梁劉孝威「帆渡二吉陽洲一詩」）

榜歌唱将レ夕、商子処方昏（同虞騫「尋二沈剡一夕至二嵊亭一詩」）

などは、その例。右の「榜人唱」や「榜歌唱」は船を榜《こ》ぐ船人の歌をいう。「船人の唱」は、恐らく北越地方の長い旅にある家持にとって、珍らしい風景の中の音であろう。しかも今の高岡市伏木にあった国司館付近は湾に注ぐ水路を広く豊かに眺望し得ることが復原できよう。私は国府附近の地勢を机上で思いめぐらし、更には学会当日の午前、そのあたりの逍遙を試みてもみたのである。ここに思い出すのは、『文選』（巻五）左太沖「呉都賦」の描写である。それは、山川の険阻と物産の豊富を誇る「蜀都賦」（巻四）の「蜀都」に対して、後漢の末に孫権の都した「呉都」（建業、今の南京）を比較し、後者の都の山海の豊饒をあらゆる角度よりはやす。水路よりまた陸路より呉都に入る描写に、

(a)水浮陸行、方《ナラベ》レ舟結レ駟、唱レ櫂転レ轂、昧旦永日（胡刻本）

とみえる。四方の国々より、水路を取る時は、舟を並べ、船唱を歌い、また陸路を取る時は、馬車を並べ、轂《こしき》の音を高らかに都大路に響かせて、早朝より夕暮に至るまでこれが続く、という水陸の呉都の賑わいを描く――六臣注「言帝都《ハ》殷盛而四遠之人皆来至也」――。「唱レ櫂」は、宋本「五臣集注本」に、「唱レ棹」に作り、「向曰、……唱レ棹鼓レ棹行而歌也」（慶安版本も同じ）と注する。「唱レ櫂」は「唱レ棹」でもあり、慶安版本の訓に「唱《ウタヒ》レ棹《サヲウタヲ》」（棹歌《さをうた》を歌ひ）とみえる。

また呉都の船遊びの条に、(b)「櫂謳唱、簫籟鳴《ル》」とみえ、船歌が起り、笛の音が聞える様を描く。前の句「櫂謳唱」を慶安版本「櫂《サホノ》棹謳《ウタトナヘテ》唱」と訓むが、棹歌即ち船歌を歌う意。なお「唱」の訓について、「トナフ」の訓も

みえる。既に示した(a)・(b)の二つの例には、慶安版本は無造作に訓を異にする。その加点法は文字それ自体の付訓であり、全体の句意による付訓は厳密に考慮してはいない。『日本書紀』のいわゆる「古訓」が今もなお如何に訓読の世界を毒しているか、反省すべき時に至っている。家持の歌の場合は、通説の如く、「ウタフ」の方に従うべきである。但し記紀の「岐美二神のかけあひの詞」にみえる「唱」と「歌」の間には、「ウタフ」の一訓で律せられないこと、故五味智英氏の卓論参照（『論集上代文学』第三冊、第五～第七冊）。なお原本系『玉篇』に、「諨、……字書或唱字也。唱ハ導也、発㆓歌句㆒也」とみえるのは、何らかの参考になろう。

以上、家持の「朝床に聞けば遙けし」の歌と題詞に関して、その文字面を通じて、私なりに『文選』所収の「呉都賦」に思いをはせてみた次第。しかしこの賦が下敷きになったとは断言できない。確率度は甲ならぬ乙であろうか。ただ『文選』の賦群、「呉都賦」その他の諸賦の語句が、『日本書紀』、常陸・出雲などの『風土記』、或いは『萬葉集』の文字表記の上にかなりの影を投げかけていることは、屢々説いたところ。特に巻十九の家持の冒頭歌群にその影の著しいことは、ここ三十年以来の私の持論である。国衙旧趾の高台より見おろす滔々たる幻の射水川、そこに漁撈、交通の生活などを営む庶民たち。国司家持の文学の世界に、「呉都賦」の語句を導入したかと想像することは、必ずしも否定はできないであろう。

前述の如く、家持の巻十九の歌と題詞は強く結ばれている。清初の学者顧炎武『日知録』に、

古人ノ詩、詩有リテ後ニ題有リ。今人ノ詩、題有リテ後ニ詩有リ。詩有リテ後ニ題有ルハ、其ノ詩情《こころ》ニ本ヅク。題有リテ後ニ詩有ルハ其ノ詩物《もの》ニ徇フト（巻二十一「詩題」。原文漢文）

とあるが、家持の場合はこれにはまらない。かりに、題が後からつけられたにしても、それは殆んど同時に近かろう。萬葉初期の古歌と題詞の関係とは違うわけであり、こうした観点、即ち題詞にも重みをかけるならば、家

持の歌日記の巻が更に明らかになろう。

〔附記〕「かづらき」第二十四巻第四号（平成五年四月）所収。末尾に「二月十五日」とある。

大伴家持　越中に下向す

——わたくしの一つの空想——

はしがき

平成四（一九九二）年十月三日土曜、国立高岡短期大学講堂での「萬葉学会全国大会」に於いて、「家持の『学《がく》』——越中在任中の詩歌をめぐって——」と題する公開講演会の壇上に立つ。澤瀉久孝先生のあとを継いでの学会代表、そこばくの年月を経て今こそ辞任と心にきめた席、よもや壇上でころぶことはあるまい。とはいえ、我と我が足取りの覚束なさ、知る人ぞ知る。配布した要旨に、

学び得た中国の「学《がく》」は、やがて上代びとの糧《かて》となる。諸国に下向した国司のいくたりがどのようにして詩歌の表現につとめたか、むしろ霧中裡にあるといえよう。わたくしなりに推測を重ねて、ひとまず推定したところを語ろう。

越中国司大伴家持の詩歌の表現に関しては、昭和四十年前後、屋上に屋を架する盛況、もはやわたくしには新しく付加すべきことは殆どない。但し『大漢和辞典』などを金科玉条とする学界の趨勢を顧みれば、いくばくかの感想なきにしもあらず。ここに『萬葉集』、主として家持の作をめぐって、しばし時を消し尽くそうとする。

とみえる。終ってみれば、前半は「牛の涎」の長《なが》々しさ、与えられた時間に食い込んだ部分は飛ばし飛ばしの

駅伝《はゆま》の馬。今般その当時のメモをたよりにバランスを採りながら筆を下そうとする。もしわたくしが春秋に富む場合ならば、躊躇するほどの拙いしろ物であるが、やはり今という暮歯の切迫は致し方がない。読者諸子のお許しを乞う次第である。なお筆にするに際して、足かけ二年も経過、その間に学ぶべき諸説もあり、新しく付加した部分もあること、ご承知の程を。もとの演題を変えて「大伴家持　越中に下向す」という。

一

さて、昭和十三（一九三八）年の晩夏、当地の湾に近接する氷見町《ひみ》（今の氷見市）に起った大火、そのむごさを経験された若い方々も、少なくとも今や古稀を迎えられていることと思う。高台を除いて全町廃墟と化した焼跡、中には土蔵暮らしの有様をこの眼で一瞥したわたくし一学生も、傘《さん》の歳に近い。ご来場の高岡・伏木・氷見のどなたも家持のことは詳しかろうと思う。今日の午前、手に取ってみた高岡市編の出版物の中にも、『大伴家持と越中萬葉の世界』もあり、また市街の随処に、「萬葉何」、「何萬葉」などの看板もみえる。この萬葉都市において、今さら家持のことなど聞くのも煩わしい、また夜は萬葉集全二十巻の朗唱の会も行なわれている。家持についてあまり発言したことのない講演者《おまえ》は、全国大会とはいえ、新しいことなど発表もできまい云々の蔭の声。目をそばめつつ侮蔑されるのは篤と承知の上である。だが、この地方への萬葉の旅に参加した嘗っての青春時代を思うとき、越中の国に在留した国守歌人の家持のことを除いては、ほかに語ることはない。演題中にみる、家持の「学《がく》」とは、漢詩に関する彼の学び方、その成果を意味する。しかしそこに至るまでに、長い道を迂回しなければならない。どうかご辛抱を。

昭和四十（一九六五）年十月、月刊雑誌『文学』特輯号「日本文学の形成と漢学」（第三十三巻十号）の中に、或る中国学者の発言がある、家持の越中下向に際して、『文選』六十巻、『藝文類聚』百巻といった大量の巻子本を持参して行ったはずがない云々と。試みに『萬葉集』残存本一巻分の巻子本をひろげてみたところ、凡そ長い巻は二十メートル、短い巻は八メートルほどに達する。『文選』六十巻、『藝文類聚』百巻などの巻子本が、果してどの程度の厚みになり、多くの公用荷物の中に交って運搬し得たかどうか、確かに疑問も起ろう。但し家持がこれらの浩瀚の書籍を越中まで馬に積載したなどとは、わたくしはどこにも書いてはいない。ただ越中での家持に漢詩的表現の濃いことを述べているので、かかる発言がでたのであろう。ともあれ、これに対しては受けて立たねばならぬと息まくのは人間の悲しさか。しかしそれ以来、二十数年に亘る長年月をそのまま沈黙を続けていたのは、隠忍自重というよりは、ひとえにわたくし自身の怠惰のゆえである。発言を逆にとって初めてお答えするのは、わたくしにとって、今日の只今である。そのためには、推測憶測を積み重ねねばならぬ。ご来場の皆様が首肯されるか否かは、まず以下に述べる前半の部分に中心点がある。

家持の越中国守任命は、天平十八（七四六）年六月二十一日。『続日本紀』に、「従五位下大伴宿祢家持為二越中守一」とみえ、同時に式家出身の藤原宿奈麻呂は越前守に任命。家持のこの任命については、『萬葉集』（巻十七）に、日時を異にする「大伴宿祢家持、以二天平十八年閏七月一、被レ任二越中国守一。即取二七月一赴二任所一」とみえ、これについては、諸注の解釈は一致しないが、七月の某日到着したことになる。これを「仮寧令」に照らして考えると、赴任までに身仕度を整える「装束の仮《け》」があり、「中国《ちゅうごく》」である越前・越中は三十日の期間が許されている。但し「若《モシ》有レ事須二早遣一者、不《ザレ》レ用二此令一」との規定がある。越中の国側の要望、家持の下向へのはやる心情などの諸事情に加えて、『延喜式』（「雑式」）の「国司新《アラタニ》向レ国乗《ノレ》二伝馬一」の如き式が溯って適用できるとするならば、琵琶湖西岸沿いに北方へ向かい、早ければ七月の上旬、遅くともその中旬を降らぬ頃には着任したものと思われる。なお平安時代の国司の進発、着館については、吉凶を占うこともあるというが（『朝野群載』「陰陽道」）、これを考えると、着任問題は益々むつかしくなろう。やはり前述の『萬葉集』にみる如く、「七月を取りて任所に赴《おもぶ》く」によるよりほかはない。とはいえ、七月上旬の可能性はあろう。

越中の国の所属は絶えず変動している。『延喜式』（「民部」上）に、

能登国中　管　羽咋　能登　鳳至　珠洲

越中国上　管　礪波　射水　婦負　新川

とみえるが、家持の頃は、二国の各郡は彼の支配下「越中国」にあり、何れも『萬葉集』の地名として現われる。越中の国の役人の数は、『令義解』・『延喜式』などによって、それを知ることができるが、この国の等級については、問題があるという説もある（注1）。ここで観点をかえて、諸国田券関係の資料に目を向けてみよう。竹内理三氏編『寧楽遺文』（「経済篇」）によって整理して示せば、

	（天平宝字三年 七五九）	（天平神護三年 七六七）	（神護景雲元年 七六七）
守	1	1	1
介	1	1	1
介員外	1（在京）	1	1
掾	1	1	1
掾員外		1	1
目	1	1	1

員外目　1　1（在京）

となり――上段より順次、「越中国諸郡庄園惣券第一」「越中国司解、揀挍墾田地事」「越中国諸郡庄園惣券第三」の資料による――、これに「史生 3」を加えて、その年時の国庁の人数が推定できる。但しこれらの資料は、何れも家持国守時代のやや後のことであり、これらの数や『延喜式』の数を、家持国守の越中の国にそのまま当てはめるにはいささか躊躇される。やはり『萬葉集』（巻十七）の例をみる方が確かであろう。

家持の越中入りの翌月の八月七日、彼のやかたで宴会が設けられた――「八月七日夜、集㆓于守大伴宿祢家持館《むろつみ》㆒宴歌」――。その宴の参加者は、

守　大伴家持
介　（内蔵《くらの》縄麻呂）
掾　大伴池主（後に久米広縄）
大目　秦《はだ》八千島
少目　（秦石竹《いわたけ》）
史生　土師《はにし》道良（他に二名の史生がいたか、尾張小咋もその中の一名）

であり、それに国僧玄勝参加。括弧内は稿者のコメントを示す。その不参加者を加えると、越中の国は、守・介・掾・大目・少目・史生の人数構成かと推定される。

都より下向した国守以下の官人のもつ豊潤な教養は別として、地方官人への道を開くために、「国学生」の学ぶべき規定がすでに存在する。「学令」（『令集解』巻十五）に、

(a)国学生《ニハ》、取㆓郡司子弟㆒為《セヨ》之（国学生《ハ》国司補《セヨ》）。並取㆓年十三以上十六以下聡令者㆒為之。

(b)若《モシ》国学生雖㆑通㆓二経㆒、猶情㆓願学㆒者、申㆓送式《レ》部㆒。考練得㆑第者、進㆓補《セヨ》大学生㆒。

とみえるのはその一例。これによれば、「大学生」に比して、「国学生」に対する規定はやや緩やかではあるが、少なくとも「二経」には通じる必要がある。二経に通じるためには、

大経（『礼記』・『左伝』）の内の一経、小経（『周易』・『尚書』）の内の一経、併せて二経。中経（『毛詩』・『周礼』・『儀礼』）ならば、その内の二経（「学令」）

を習得する規定がある。諸国と同じく、越中の国府にも、これらの経書を必要とし、その不足は国学生の養成を妨げることになる。更に国学生のうち、大学生に補せられようと「情願する者」のためには、更に多く経書を準備しなければならない。すなわち都の図書寮的なもの、小図書館《ミニ》の存在を家持入国以前に認めねばならぬ。奈良朝も神護景雲三（七六九）年十月に降るが、大宰府の言上に、

此府人物《ひと》殷繁、天下之一都会也。子弟之徒、学者《まなぶひと》稍衆。而府庫但《ただ》蓄㆓五経㆒、未㆑有㆓三史正本㆒……。

云々とあり、その言上の結果は、史書を賜ることになる。『続日本紀』参照。「三史」が越中の国府にあったとは思われないにしても、少なくとも「五経」は、大宰府なみに、蓄えられていたとみたい。それは前述の如く、国学生の養成に必要欠くべからざる基本書のゆえである。これは諸国の国学生の場合にも適用可能であり、遠のみかどの大宰府のみに、「蓄㆓五経㆒」であったと解すべきではない。筑紫大宰府の如き「書殿《ふみどの》」（もと初唐語）には、北陸地方の諸国のそれは劣るであろう。しかし国学生がやがて地方の小官人に登用される教育のためにも、一通りの経書は各国に保管されていた筈である。「五経」は、中国において、時代によって多少の差がある。唐代の五経博士の問題より推して、わが上代の五経も、『周易』『尚書』『毛詩』『左伝（春秋）』『礼記』の五書とみるべきである。これらの五経の教授は、越中においては「国博士」であるが、郡司の中にもこれらの経書に通じた官

人は、教授を許される場合もある。すなわち「学令」によれば、

凡国郡司、有ㇾ解二経義一者、即令三兼加二教授一謂、国博士外、兼令二教授一也。

とみえる。越中国の諸郡の郡司の子弟たちも、国博士のほかに、経書の義を解する官人の指導を受けた場合もあろう。ことに国博士は、神亀五（七二八）年八月の太政官議奏によって、「三、四国に一人」であり（『続日本紀』「補二博士一者、惣二三四国一而一人」）、国博士の制度に変遷があるにしても（注2）、家持在任中にはまだ変更はなかったとみなされる。その当時、越前・越中・越後の三国に一名と仮定すれば、「凡国郡司」云々の「学令」は、益々重くなろう。郡衙の諸役人は、大領・小領・主政・主帳であるが（「選叙令」）、これらの子弟は、やがて郡衙に仕える役人の卵でもある。『萬葉集』（巻十八）にみえる宴会に、国守家持の「しなざかる」の歌があり、その左注に、

郡司已下子弟已上ノ諸人、多集二此会一（四〇七一）

とみえる。これは子弟たちの優遇された位置が推測されるであろう。都のあまたの「大学生」に対して、越中の「国学生」の稀少価値は高い。

「学令」によれば、「通二五経一者」云々の条文につながって、「『孝経』・『論語』、皆須二兼通一」とみえる。これは大学生のみならず、国学生にも通じる条文と解してよかろう。前者『孝経』を例にすれば、「孝経ハ、孔安国・鄭玄注」とみえ、これについては、拙著『国風暗黒時代の文学 上』（第二章）にかなり詳しく述べたのでここでは繰返しをしない。家持の越中時代前後は、「孔安国注」、すなわち「孔安国伝」（『古文孝経』）が学習されたものといえよう。尤も鄭玄注は、敦煌残簡もあり、すでに故林秀一博士の精緻な研究がある（注3）。しかし「学令」の規定は、中国のそれを学んだものであり、規定は規定としても、鄭玄注のわが上代への伝来の跡は辿ることが

できない。また家持時代を降って、天平宝字元（七五七）年四月孝謙帝の詔により、盛唐玄宗制定の『御注孝経』を家ごとに一本蔵して、誦習すべきことになるが（『続日本紀』）、玄宗御注本は時代が降り、ここでは無関係である。なおこの御注本の日時などに疑問の多いこと、前述林説参照（注3）。

越中国衙跡には——国庁・国衙・国府の概念規定は、史家の間に異論がある（注4）——木簡学会編『木簡研究』によれば、現在のところ、発掘遺物類に『孝経』などの書名のたぐいは残らない。幼童書ともいうべき『孝経』は必須書ではあるがその姿は見えず、如何ともしがたい。この会場で配布した「要旨」に、「推測に推測を重ねて……」云々と書いたが、わたくしとしては、他の国衙跡の出土文書によって、越中国の情況を漠然と推測するよりほかはない。すなわち平城の都ならぬ鄙という諸国の出土文書を比較の場にもたらすことによって、越中国の状態を知ろうと思い立った次第である。この「仕方」、まだ「方法」「方法論」の域には達していないこの仕方が、たとえ学問としてゼロであるにしても、わたくしとしては致しかたのないことである。推測を重ねて、やがて「推定」となることを夢みつつ、遠廻りの道をあゆんで行こうと思う。

二

昭和五十九（一九八四）年三月十八日の朝日新聞（大阪）は、

「『孝経』最古の写本　奈良時代の教科書　漆紙に4章220字」

の大見出しで、刺激的に岩手県水沢市胆沢《いざわ》城跡出土の漆紙断簡『孝経』の発見を告げた。発見者は現国立歴史民俗博物館の平川南《みなみ》氏である。氏は宮城学院女子大学における「昭和六十二年度萬葉学会全国大会」第三日に、

「東北歴史資料館」で会員一同がお世話になった学者、漆紙文書研究の第一人者として名高い。以来わたくし自身学恩を辱うしている。胆沢城は、陸奥の国府多賀城と並存し、言わば「第二国府的性格」をもち、多賀城で書写された推定上の『孝経』は胆沢城で再書写されたかという(注5)。「東大寺献物帳」(天平勝宝八(七五六)年)の中に、「孝経一巻」とみえ、時代からみて『(玄宗)御注孝経』の可能性も絶えて無いとはいえないが、これは恐らく無理かと思われる。『孝経』は他の典籍と同様に、宮中関係の独専物ではない。正倉院御物のいわゆる「樹下美人図」も、類似のものが奈良の都の官人たちの間に摸写され、それの一つが御物に残ったものとみたい。現在、奈良朝書写の『古文孝経』零巻が残り(注6)、東北胆沢城跡の漆書文書の中にも『古文孝経』が発見されたことは、諸国においても、これが書写、保存されたことであろう。この幼童書の書写が東北地方に限らないと推測することは、それが基本書であり、儒教国家のゆえでもある。家持の越中入りに先立って、特に国学生のために必須の漢籍は越中においても整備されていたとは、わたくしの推論である。これは東北地方に限定できない。たとえば、静岡県浜名郡可美村の「城山遺跡調査報告書」(昭和五七(一九八二)年二月)によれば、木簡第20号に、『尚書』という文字や「尚」の字の習書がみられることは、駿河国における『尚書』の存在を知ることができる。また第14号に『論(語?)』すなわち『論語』かと思われるものがみられるが、この方は疑わしい。

官人の習書の跡が木簡にみられるのは当然のこととして、諸国の幼童たちの文字の習得は如何、わたくしの空想をまた述べてみよう。習書のはじまりは『千字文』である。平城宮跡出土の木簡類のうち、『千字文』のそれは夥しい。これは中国を中心とする西方の西域出土文書も同様であり、文字を覚えるという共通性が東西を無関係に存立させる。後者の例を示すと、京都の龍谷大学にトルファン文書が所蔵されている。わたくし個人として、昭和五十一年以後二年間に亘って調査を許されたが、その中に当時「不明文書」と称せられる断片の文書類があり、これに研究の重点を置く。一例をあげると、かなり多くの『千字文』習書の存在が認められる。これに関しては、拙著『萬葉以前―上代びとの表現』に報告、第八章中の写真など参照。トルファン関係のことは、ここでは除くことにして、文字なくしては、地方官人道に就くことはできない。国学生となる以前の萌生児たちはまず文字を知ることが必要である。官人とは全く無関係の明治・大正期の東北遠野地方の童児たちは、「山伏《やまぶし》先生に字を教えられた」という。伊丹政太郎氏『遠野のわらべ唄―聞き書き 菊池カメの伝えたこと―』（一九九二年、岩波書店）参照。翻って、越中国の童児たちは「読み書き」をまず何処で覚えたのであろうか。

ここで思い起すことは、上代の「学問寺」「学生寺」のことである。わたくしの記憶によれば、今はなき古代史学者岸俊男氏の示された、天平勝宝九（七五七）年正月二十一日の「法隆寺文書」（『法隆寺大鏡』所収第二十五集）にみえる「法隆学問寺」がある(注7)。また平川南氏報告「仙台市郡山遺跡の木簡」には、「学生寺」がみえる（一九八二年、『郡山遺跡Ⅱ』）。前者の「法隆学問寺」については、コメントはないが、後者の仙台市郡山遺跡の木簡にみる「学生寺」（第二号）の「学生」については、「寺院にあって学問を修めた僧の意であろう」とみえる。出土地区が寺域と想定されているために、前者「学問寺」との関係からもそのようにいえよう。但しなおわたくしの空想を述べるならば、目的は僧侶ばかりではなく、地域の寺で文字を習い、やがて国学生へと進むための初等教育的なねらいもあったかも知れぬ。平たくいえば、寺の塾の如き初等教育的な点もあったかとも思われないでもない。

ここでなぜ学業の厳密さに悖りつつ、単なる感想に走ったかといえば、あの十二歳の卜天寿のことを想起するからである。一九六九年トルファンのアスターナ墓地より出土した唐抄本『鄭氏注論語』は、この卜少年の初唐景龍四（七一〇）年の書写による。彼は開覚寺という仏教寺に設けられた塾に入学した私学生、塾生であり、ここで『千字文』『論語』などの基本書を学んだという（注8）。木簡にみる「学生寺」も、その一面にかかる性格を持っていたのではなかろうか。更に連想の糸を延ばすと、中国庶民教育資料ともいうべき唐鈔本『雑抄』（P.2721）が残る。これは東洋史学者故那波《なば》利貞先生の発見されたこの方面の不朽の論文中にみえ（「唐鈔本雑抄攷――唐代庶民教育史研究の一資料――」、「支那学」第十巻特別号、昭和十七年）、わたくしの特別研究生の頃に幾たび読んだか知れない。このような幼童教育が上代の諸国に私的に行なわれたこと、資料を越えて、わたくしには想像されて仕方がない。すなわち、木簡にみる「学生寺」は、僧侶への教育寺を意味するにしても、「読《よみ》・書《かき》（・算《かぞえ》）」も僧侶ならぬ幼い子弟に対しても、施されたのではなかったか。

いま講演メモを片手にしながら、この小稿をものしているうちに、大阪府河内長野市天野町にある天野山金剛寺楼門の木像胎内の墨書銘を想起する。もと名僧行基が聖武帝の勅願によって開いた寺と伝えられ、以後中世頃に「学問寺」として発展し、南北朝両朝の諸帝の行宮でもあったという。弘安二（一二七九）年四月の墨書銘の一部に（形式は稿者）、

右意趣者、祈二七世四恩之成仏一、殊為二修学繁昌之因縁一、
　　　　　願二二親父母之得道一、且為二福徳円満之根源一、
……（平成四年二月十五日朝日新聞大阪朝刊）

とみえる。新聞解説に、専門家の見解として、「三人の親が子供の勉強にハッパをかける意味で寄進したか」をあげるが、「二親父母」を三人の親と解するのは誤である。「二親《ちちはは》」と「父母《ちちはは》」とは、「七世四恩」の対句のため「二親父母」とつらねたわけであって、四字で「父母」の意である（注9）。修学の繁昌を願うのは、寄進者自身の願いであり、この学問寺は僧の学問をする寺と解すべきであろうが、一方では、識字のための幼童教育も行なわれたかも知れない。要するに、郡山遺跡にみる「学生寺」を通じて、諸国にそれなりの教育設備があったとみた

い。越中の幼童教育の資料は今のところ何も残らない。しかし「山伏先生」ならぬ「寺」が幼童のためにささや

かな務めをも行なっていたものと思う。

「読み書き」を終えた幼童、特に各郡の子弟たちは、国学生へと進む者も多かろう。しかも彼等の前には、「学令」による指定図書はすでに揃っていたのである。但し「学令」に定められた国学生への規定は規定としても、どの程度の確実性があったのか、多少の疑がある。中国王朝の学令方式をそのまま摸し、空洞化された部分もあるかも知れない。「国学生」の問題についても、古代史家がこれを深く追求しなかったのも、疑問が多いためかも知れぬ。しかし試みに大胆な推測を重ねてゆくと、前述の如く、家持の越中国下向までに、その国府に指定図書は存在していたと思われる。しかし文学関係の書籍のありや無しやは次の問題である。「選叙令」に、

進士《ニハ》、取《レ》下明閑《ナラヒ》二時務一、并読二文選・爾雅一者《ヒトヲ》上。

とみえる。しかしこれは都の進士に関することであり、『文選』の越中国への流入が推定されるかどうかは、問題となる。『文選』は梁の昭明太子撰の一大詩文の「総集」、唐人李善注六十巻がわが上代では通行する。昭和五十四（一九七九）年、雑誌『考古学ジャーナル』（No.160）に、平川氏の「秋田城跡出土の木簡」が新しく紹介、その中の第六号文書に不明書物の習書らしい例が発表された。「灼」「芙蕖」「渌」「波」などの文字が続けば、『文選』（巻十九）曹子建「洛神賦」の習書であることは、『文選』の賦を多少でも繙いた経験のある者には容易なことである。これに関する平川氏とわたくしの書翰のやりとりは、氏の「習書の問いかけ」（『歴博』第五号、昭和五十九年六月）の中にみえる。「洛神賦」の習書の部分は、簡単に記憶できそうにもない箇処である。恐らくこの賦の写本によりながら習書したものであろう。更に想像をめぐらせば、『文選』六十巻の地方への流入、少なくとも「賦」の部分——巻一賦「甲」より巻十九賦「癸」——の分置を意味しよう。国衙多賀城より鎮守府胆沢城・

秋田城へは、その書写流伝をひとしくするであろう。胆沢城漆書文書にも「文選巻第二」（漆紙第二号）とあるのは、その裏書となる。「洛神賦」は、洛水の名高い神女を思い出し、これを曹子建（曹植）が筆にのせた作、その美辞麗句は人をして夢の世界へと誘う。辺地の秋田城跡木簡の『文選』は、その存在を確認することができる。尤も越中国も然りとは断言できない。しかし「家持が六十巻の巻子本を越中にもたらす筈がない」とは、これまた言いきれまい。類書を代表する『藝文類聚』百巻も「越中に持参する筈がない」という。その百巻にしても、よく利用される諸巻は、天部・歳時部・地部など冒頭の諸巻、及び菓部・木部・鳥部などであり、これくらいの巻子本なら馬の背にも乗せられよう。また抄出した『藝文類聚』の家持私家版も予想できる。ほかに書写していた愛読書を持参したいならば、越中へと持参もできよう。巻数の多いことはそれほど問題にはなるまい。

　わたくしの空想にも多少の傍証もある。ここに養老三（七一九）年、大国常陸の国守として下向した藤原宇合の例をあげることができる。宇合作の「在㆓常陸㆒贈㆓倭判官留在㆑京一首并序」（『懐風藻』(89)）をよく検討すれば、初唐の四傑の一人駱賓王の詩文の語句や、「類書」のたぐいを直に参照した痕が随処にみられる。嘗て刊行された『日本古典文学大系69』の『懐風藻』（以下、古典大系本）の頭注は、三十年も前のわたくしの仕業、その改稿訂正は、前述の拙著『萬葉以前』（第七章　上代官人の『あや』その二）に示した。『駱賓王(文)集』などは、宇合の愛読書として常陸の国に持参したのであろう。越中入り以後の家持の詩や歌は、『萬葉集』三巻（巻十七・十八・十九）に集中する。その詩歌、題詞左注は、以前奈良に住む頃とは違い、漢籍的表現の匂いが濃厚であり、自ら持参した漢籍類によって、歌の表現を漸次高揚した風がみられる。

　天平十一（七三九）年、久米連若売を奸した罪によって、土佐の国に流人の身となった石上乙麻呂、彼の「別集」に、佚書『銜悲藻』*両巻があった。『懐風藻』所収の五言詩四首(115)〜(118)は、江戸の幕儒大学頭林鵞峰撰の

『本朝一人一首』(63)に、「此ノ詩（115の詩）亦其ノ中ニ在ル者カ」（原文漢文）と指摘するが、他の三首も、『銜悲藻』の佳作より選んだものであろう。その四首の詩句に、前述駱賓王の詩句や同じく初唐四傑の一人王勃のそれを使用した跡がみられることは、これらの詩集或いはその抄出本を土佐に運び、やるせない日夜の慰めの友としたのであろう。『懐風藻』の(118)「秋夜閨情」の詩も、『銜悲藻』所収の詩であったと推定される。その中に、

　寝裏《しんり》　歓《よろこ》ぶること実《まこと》の如く、驚前《きゃうぜん》　恨みて空《うそ》に泣く（第三・四句）

とみえる。これは周知の如く、唐代小説『遊仙窟』の、「少時坐睡、則夢見二十娘一。驚覚攬レ之、忽然空手」、「夢中疑二是実一、覚後忽非レ真」などを踏まえよう。尤も『萬葉集』にも、「うつくしと思ふわぎもを夢《いめ》に見て起きて探《さ》ぐるに無きがさぶしさ」（巻十二、二九一四）など、同想の歌が一、二に止まらず、当時の歌人の誰もが知る遊仙窟語句である。乙麻呂の前述の詩も暗記によるかも知れず、『遊仙窟』の写しを持参したとは断言できない。そうはいっても「持参せず」とは必ずしもいえず、結論は、『荘子』（山木篇）の寓話にいう「雁木《がんぼく》の間」にある。なお「歓ぶること」の「歓」は、古典大系本に「彼女と語って喜び合う」と注したが、これは未熟な注である。『遊仙窟』の「邂逅新交、未レ尽二歓娯一」にみえる「歓娯」の意に解すべきであろう。大正五（一九一六）年、岸《きし》春風楼訳『新訳遊仙窟』の「例言」に、

　時代の道徳の標準は、訳本をして、数箇所を削るの止むなきに至らしめたり……。

というが、戦後すべて解放された昭和二十三（一九四八）年刊の、『紅閨記・遊仙窟』にみえる米田祐太郎訳に従えば、この末尾に近いあたりの意訳を「愛欲無限……歓楽快気」云々とある（三一「うつろの心地」）。米田訳を多少薄めてやや上品に解すれば、「歓娯」の本義に近かろう。但し今村与志雄氏訳「存分楽しい思い」（岩波文庫）は、少し薄目に過ぎようか。因みに「歓」についていえば、六朝艶情詩集である『玉臺新詠』にも、棄てられた

女人の心を述べた曹植「種葛篇」（巻二）に、「歓愛在二枕席一、宿昔同二衣衾《ジウス》一」の如き例もある。こうした六朝詩的な艶情の語が伝統となり、「ケ」の世界を漂いつつ、唐代の『遊仙窟』的な小説類へとそそいだことも考えられないこともなかろうか。しかしこれはわたくしの専門外のこと、これ以上は口を慎みたい。

　前述の「歓」に関連して、ゆくりなくも山上憶良の伯耆の国への下向を思い出す。霊亀二（七一六）年四月、伯耆守に任命された憶良は、丹波・但馬・因幡を経て、伯耆国府に到着したものと推定されるが、現在の地勢より推定して、但馬国以降は恐らく日本海の海岸線に沿って奇岩の迫る崖みちを取ったことであろう——但馬（兵庫県浜坂町諸寄《もろよせ》）より因幡国府（鳥取市の東方国府町《こくぶ》）への海岸道は、わたくしも若い時には徒歩で、老いては車中の人ともなって再び通過した経験をもつ——。延喜式（「主計」上）によれば、因幡国への下りは六日、そこより伯耆の国府へは平坦な一日の行程である。因幡・伯耆はわたくしの郷里、現在人口の最も少ない鳥取県に属する。伯耆国府は、県の中西部に位置する東伯郡倉吉市《くらよし》を中心とする平野地帯にあって後方は山なみ、市の西方にある歴史公園付近に国庁、国分寺跡が残る（注10）。伯耆国に在留した憶良に歌一首も残らず、四年間あまりどのような生活をしていたのであろうか、思えば不審極まる。後に筑前国守になるまで、余暇を得て歌作に励み、「貧窮問答歌」（巻五）の素材を蓄えたことも推測できようか。しかしその文献は皆無であり、例の空想に耽るよりほかはない。もしわたくしのあらぬ空想をさらけ出せば、冷笑の的となること必定である。ここで肩代りとして、問題の「歓」やその生活をめぐる想像の歌を、百歳の天寿を全うされた歌人土屋文明氏の『続々青南集』の「伯耆国庁裏社」（岩波文庫本）より抽出してみよう。歌は「あや」であり、空想でもある。これによるならば、誰も冷笑する人はなかろう。

　牛飼へば飼葉《かひば》みだれて牛くさし家々は貧《ひん》とも窮《きゅう》とも見えず

わが嫗《おうな》早くも着たる布肩衣《ぬのかたぎぬ》紕《まよひ》もしるく草わけてゆく
時雨《しぐれ》早きこの丘のいづちに足の痛み知り始しや六十に近づく憶良《おくら》
民掠《かす》むることを為得《なしえ》ざる守《かみ》憶良みぞれ降る夜の病む足思ほゆ
糟湯酒《かすゆざけ》わづかに体あたためてまだ六十にならぬ憶良か

などの歌は、作者文明が憶良の「貧窮問答歌」を思い出しての作。この伯耆時代にその素材を案出したものとして考えていたのではなかったか。次は問題の「歓」に関する歌。

人に読めぬ遊仙《いうせん》の文字も老《おい》早き一人の守を慰むべしや
神経痛《しんけいつう》雪の降る夜に相歓ぶをみなの友のある筈《はず》もなし

の二首は、「遊仙の文字」といい、「相歓ぶをみなの友」といい、それは『遊仙窟』の文学につらなる。『遊仙窟』という艶情小説も老いの早い憶良を慰めることはできない、また日本海の風に雑って降り来る夜半の雪、そこには「相歓ぶ」共寝の女人の友もいない、索莫たる国守のやかた。つまるところ、歌人文明の歌う如く、「歌一つ残ることなく此の国に四年の憶良さまざまに思ふ」「憶良《おくら》伯耆に守《かみ》たりし四年万葉集空白に等しきかへりみて知る」ということになるが、憶良は愛読書『遊仙窟』を傍に置き、天神川の河口の砂丘より吹きつける冬の風に足痛になやみつつ、余暇あるときは歌稿を案じていたのではなかったか。伯耆の冬は今もわびしい。文明の歌はもちろん虚構《フィクション》である。しかし歌人的直感は重んじなければならぬ。同じ文献資料一つについてさえも、学説区々の場合が多い。ましてや文献の「無」は如何ともしがたい。文明のこの直感は、わたくしにとって貴重な一説に値するものとして高く評価したい。

よろめきつつも、家持の越中の国入りに関しては可能性の稀薄なことを、なぜながながと述べ続けて来たのか。

それは冒頭に述べた如く、中国学者の批判に対する解答のためであった。しかし批判に耐え得る確実な資料はない。『文選』六十巻くらいなら国守の公用荷物として十分積める筈だ、などといってしまえば、単なる水掛け論、少しも解答にはならぬ。解答を準備するために、発掘の進んだ東北地方の木簡類や漆書文書などにみえる漢籍名を拠りどころとして、家持持参の漢籍問題にあれこれと思いめぐらしもしたのであった。しかもこの問題は越中国の国学生の養成、郡衙の子弟教育に必要な書名の問題とからみあう。経書はもちろん、『文選』などの習書も、越中の国府の場合にも当て嵌まろう。すなわち、家持下向までには、必要な漢籍はすでに越中国府に蓄えられ、「小図書寮《ミニふみどの》」風の体を成していたものと思う。家持の入国に際しては、都の私邸に所蔵していた漢籍の一部を運んだこともあろうが、「学令《がくりょう》的経書」の主なものはすでに越中国に存在していた筈である。このような空想を頭に描いたのが以上のながながしき夢想の重なりであった。家持の越中在留時代はあまり不便をしない程度の表現材に恵まれていた。『萬葉集』巻十七以下の三巻にみられる歌と詩の表現は、都城奈良時代のそれを優に越える。越中という北陸の風土と詩的表現の素材である写本類の融合のゆえである。ここにわたくしどもは、かなり安心してその表現を眺めることができよう。

本稿の「大伴家持　越中に下向す」の題に対しては、なお付言すべきことが残る。越中国は蝦夷に対する前線基地、北辺都督の意識を以て赴任、それと歩調を揃える漢語として、「帷幄」「蓬体」などの語がみえると解する説がある（注11）。わたくしは、「前線基地」云々などの古代史については専門外であり、発言することは不可能であるが、張庸吾氏、それにつながるわが学徒たちの「帷幄」の語の把握には不十分な点を今も感じている。これについては、嘗つて少し述べたことがある（注12）。問題とする点はまず、天平十九（七四七）年二月、劇務の疲労か、病床に臥す家持の越中掾大伴池主宛の歌序中にみえる、

独臥二帷幄之裏一、聊作二寸分之歌一（『萬葉集』巻十七）

の「帷幄」である。「帷幄《キアク》」といえば、軍陣の「とばり」の中にあって、勝利を千里の外に決した張良を思い出すのが一般であり（『漢書』巻四十「張良伝」など）、一見家持の病室のとばりに「帷幄」の語を用いることは、違和感を与えたり、これに因んで、単に「とばり」と解することの軽率さを詰る説も生まれた。しかし「帷幄」の語に関して、軍中の「とばり」を意味する同類の例を幾ら示してもあまり進展はない。別の使用例を求める必要があろう。手近な例が『文選』にみえる。それは司馬長卿「長門賦」（巻十六）に収める「帷幄」の例である。この賦は、漢の武帝の寵愛を失い長門宮内に深く退き、晴れやらぬ心の日々を送っていた陳皇后が――「別在二長門宮一、愁悶悲思」――、自らの憂いを払うために司馬相如に依頼した賦という――「聞二蜀郡成都司馬相如、天下工為レ文、奉二黄金百斤一……因于《ツクラシム》下解二悲愁一之辞上」――。みかどの虚言《いつわり》を信じて待ってはいるが、お出でにならぬ、天は昼なお暗く、とどろくは雷《なるかみ》の音、それは宛もみ車の音にも似る。つむじ風は妾《わたし》の閨《ねや》に舞いあがり、「帷幄《とばり》」をひらひらと吹きあげる。その原文に、

飄風迴而起レ閨兮、挙二帷幄一之襜々（飄風迴《めぐ》りて閨に起り、帷幄を挙げて襜《せん》々。李善注「楚辞曰、裳襜々以含レ風。王逸曰、襜々ハ揺貌」）

とみえる。この「帷幄」は、軍幕ではなく、彼女ひとり住むねやの帳《とばり》である。更に『文選』（巻三十五）の張景陽「七命八首」の中にも、

乃ち目は常玩を厭《いと》ひ、体は帷幄に倦《う》むが若《ごと》き、公子を携へて双びて遊び、時に林麓に娯観す。

とみえる。これは奥深い宮殿にこもる公子を説得して出遊させようとする大夫のさそいの一部で、「体倦二帷幄一」の「帷幄」も、ここは宮中のとばりであって、軍営のとばりではない。『文選』の二例は偶然宮殿に住む人のと

ばりの意であるが、単なる家のとばりの意にも適用できる。越中国守のやかたの病室の「帷幄」もこの意である。前述の家持の一文「帷幄之裏」の句と「寸分之歌」の句とは対句をなし、「とばり」は二字でなくてはならない。とばり関係の語として、家持が「帷幄」としたため、却って多くの学徒を誤解の道に陥らせたのである。家持はこの「帷幄」が対句でなければ、「幄裏」（巻十八、四〇八九の題詞）の如く、「帷」と「幄」とを分けたかも知れない。またかりに今のわたくしならば、対句の場合、誤解を避けて、『玉臺新詠』にみる、

跱躇還入レ房、粛々帷幕声。搴レ帷更摂レ衣、撫レ絃弾二素箏一（巻二、曹植「棄婦篇」）

飄飄帷帳、熒々華燭。爾《ナンヂ》不二是居一、帷帳焉《ンゾ》施《サム》（巻九、秦嘉「贈レ婦詩」）

の如く、「帷幕」や「帷帳」を使用したかとも思う。これらの語は、へやのとばりであり、軍幕ならぬ「帷幄」の意である。なお「とばり」に関する部は地方官に関係する語であることを想起すべきであろう。それは冀州刺史となった『後漢書』（巻六十一）にみえる賈琮の故事であり、彼は地方官として帷《とばり》を垂れて自身を隠すべきではないと公言した「帷《とばり》を褰《かか》げる」の主人公である。前述常陸国守藤原宇合の詩に、「帷を褰げて独り坐す辺亭の夕」（『懐風藻』(89)）とみえるのも、この故事を踏まえる。これは『藝文類聚』（職官部六「刺史」）にもみえるが、敦煌類書の一つ『略出籯金《えいきん》』（P.2537）にも、

「褰帷」―後漢、賈琮為二太守一。不レ置二屏障一、大開二帷幄一……（「刺史篇」）

とみえ、ここにも「帷幄」の語をみる（注13）。国守家持が「帷幄」の中に、この故事を意識して用いたのかどうか、俄かには断言できないが、彼の病床の「帷幄の裏」の表現は決して誤りのない用いざまである。漢語の用例は、片よらずなるべく多くを眺めるべきとの教訓になろうか。

家持は病床のとばりの内を、「帷幄の裏」と表現するが、部屋のとばりの周辺はどのような構造になっていた

のであろう。これに関しては、胡徳生氏の『中国古代家具』（一九九二年刊、上海文化出版社）が参考になる。これに挿入された多くの図をみると、休息したり客を接待するために、「床榻」があり、長い寝台には五、六人は坐ることができる。「榻《タフ》」（「しぢ」）は長い腰かけ、とこの意であり、『初学記』（器物部「牀」）に「服虔通俗文曰、牀三尺五曰二榻板一」とみえる。五代の「韓熙載『夜宴図』」をみると、床《ベット》に坐したり榻に酒肴を置いたりして夜宴を楽しむ様が描かれ、その床榻の傍に寝室の臥床がみえ、幃帷《とばり》が掛けてある。家持の病室にもこのようなとばりがあり、しかも病床の広さは、東晉顧愷之の「女史箴図」にみる如く、長く幅もあり、筆硯を振うこともできたであろうと推測する。同じ「とばり」ながら軍幕の中の世界とは全く別のものであり、病気のやや快方に向かったとばりの中で、家持は「あや」の世界に没入していたわけである。その歌序の文は初唐の詩序的であり、表現力はかなり巧みである。

　家持の掾大伴池主への返信第二信は同じ年（七四七）の三月三日付である。冒頭に、

　含弘の徳、思を蓬体に垂れ、
　不貲の恩、慰を陋心に報ふ。

とみえる。この「蓬体《ホウタイ》」について、「蓬」は転蓬の意、風に蓬の根が吹きとばされて転がってゆく、そのような北の辺塞越中へゆく人、家持の身をさすとの説がある。つまり軍幕の「帷幄」と共に、辺塞思想を示す語とみなす説である（前述注11参照）。ここで少し脱線しよう。嘗つて故吉川幸次郎先生を中心とする「小読杜《とくと》会」の席上で、「転蓬」の実体を知らないと質問したところ、先生はすかさずのたまわく、

　映画『モロッコ』ノ最後ノシーン、部隊中ノ或ル兵士ヲ追ッテ行ク乱レ髪ノ女ノ姿、風ニ蓬《よもぎ》ガ根ゴメニ引キ飛バサレル荒涼タル沙漠、アノ場面ガソレダ、入矢君（稿者云、入矢義高教授）ガヨク言ウトッタ。

云々と（文責稿者）。先生の仙化後の某年、衛星放送の映画でこのシーンを確認したが、それはそれとして、「蓬」は雑草、よもぎの類で、いやしいものの形容となる。しかも右の一文は対句、「蓬体」は「陋心」（卑しい心、謙遜語）と対比する。従ってこの「蓬体」の「蓬」は、「転蓬」の意はもたない。『萬葉集』巻五にみる「蓬身」（八一二）も「蓬客」（八五五）も、「蓬何」の構造をもつ。この「蓬体」もその一つであり、辺塞越中の国に転び行く蓬草のような身の意ではない。辺塞の地の「帷幄の裏」に居る節度使とも無関係の語である。またこの「蓬体」の語には家持の辺塞志向は流れていない。この付言はここで終わり、わたくしの述べようとする「家持の下向」のことはここで尽きる。

三

時計をみると、あと時間は二十分も残らぬ。以下、家持を中心とする詩歌、その漢語的表現について一気に疾走して「一《ひと》檝《かち》七《なな》浪《なみ》」や「一越三千」を試みてみよう。越中守大伴家持の詩歌の文学性については、雑誌論文、単行本類は山をなし、わたくしの如き、このごろ『萬葉集』を披かない者には、もはやむだ口を挟む餘地は毫もない。かつがつできることといえば、家持の歌序、題詞左注などにみる「漢語的な語」に関してである。「漢語的」とは、本来の「漢語」と「和製漢語」の判別の不明な語が随処に存在するために、かりに「漢語的」と称する。おしなべて無神経にいえば、「漢語」の謂である。すでに幾たびとなく念を押した通り、家持の越中入国以前に、郡衙などの官人、特に養成すべき国学生のために必須の漢籍は一応整えられ、また国守家持は別に読むべき文学書の手沢本を持参して行った筈である。従って書物の問題については、もはや云々する必要はなく、心おきなく

「越中国の文学」を眺めることができよう。この際、注意すべきは、今日最も重んじられている『大漢和辞典』（通称『大漢和』）さえも、詩語に関しては、かなり不備がみられることである。一例をあげると、「孤亭」について、「ただ一つのあづまや。離れ座敷。」とあるのは正しい。しかし例として、「木華、海賦。峌峴孤亭」をあげたのは全くのあやまりである。この「海賦」は『文選』（巻十二）にみえ、李善注に「峌峴《テツゲツハ》高貌」とみえ、また「孤亭」の「亭」も、高くそびえる意、「孤亭」はひとり高くそびえる意である。慶安版本の訓に、「峌峴《タカウシテ》 孤《ヒトリ》亭《タカシ》《タテリ》」と付する。『大漢和』の「海賦」の用例に不備がある以上、これは捨てるべきである。また次にあげた宋人梅尭臣、金人元好問の例は、時代が降りすぎる。わたくしならば、せめて盛唐詩人常建「夢二太白西峯一」の「時往青渓間、孤亭昼仍曛」（『河嶽英霊集』）をあげるであろう。因みに現行の中国の辞典で最も用例の多い『漢語大詞典』（注14）の「孤亭」に、「孤立的亭子」と注して、前述の「海賦」の例をあげるのは、「弘法も筆のあやまり」を犯したものといえよう。『大漢和辞典』といい、『漢語大詞典』といい、日中の両書ともに誤るのは偶然であろうか、如何。「辞典は信ずべし、且つ信ずべからず」といった心境はわたくしが漸く辿りついた現時点である。

すでに皆様の前に印刷配布したプリントは、実は一箇月前に刷って頂いたものである。時間もないので省略することもあろうし、突然頭に浮かぶことを語ることもあろう。プリントはあまり役に立たぬ。このような一種のスリルを楽しむことは豈に若者に限ろうか。まず家持の用いた「漢語的なるもの」の、プリントにない例をあげることから始めよう。それは、「ぬばたまの夜渡る月を幾夜経《ふ》とよみつつ妹《いも》はわれ待つらむぞ」（巻十八）の左注、

右、此夕月光遅流、和風稍扇……（四〇七二）

とみえる、「此夕」の語である。実はわたくしは、『懐風藻』所収の、大津皇子の(7)「臨終」の詩の結句「此夕誰家向」（一本「此夕離レ家向」）の「此夕」は和習であると断じたことがある（注15）。これによって、家持の左注の

「此夕」も同様であろうと高を括っていたのであった。しかし『佩文韻府』や中国の漢語辞典類、またわが漢和辞典類などに未見の「此夕」は果して和習語であろうか、更にひろく例をさがす必要がある。漸く探り得たのは、『藝文類聚』（巻三十二、人部「閨情」）の梁人鄧鏗《トウカウ》の詩の結びに、

誰能当二此夕一、独処類二倡家一（「月夜閨中詩」）

とみえる例である。但し『毛詩』（唐風「綢繆」）にみえる「今夕《コンセキ》」は伝統的な古代語であるが、もしこの語を使用すれば、「誰能当二今夕一」となり、平仄を誤ることになり、止むなく「誰能当二此夕一」に改めたかも知れぬ。この梁詩「月夜閨中詩」は月夜のねやの詩、家持の歌も月光の流れる夜に妹を思う情景を歌ったもので、両者は共通する点をもつ。しかし左注「此夕」が梁詩の例を学んだことは断定を避けるべきである。然らば「此夕」の語はほかに例がないのか。実は「此夕」の例は、初唐詩に多くみえはじめるのである。

姮娥対二此夕一、何用《ヰム》久裴回（鄭世翼「看二新婚一」）
愁人当二此夕一、羞見二落花飛一（陳子良「酬二蕭侍中春園聴レ妓一」）
雲漢彌年阻、星筵此夕同（李乂《リガイ》「奉レ和二七夕両儀殿会宴一応制」）
班姫此夕愁無レ限、河漢三更看二斗牛一（崔顥《サイカウ》「七夕」）

などはその例。これらの「此夕」は、前述の如く平仄に関係があり、意味は古語的な「今夕」と大差はなかろう。それにしても、初唐詩には「此夕」が著しくみえ、家持の「此夕」も和習語ではなく、漢語である。なお「此夕」に続く「月光遅流、和風稍扇」なども、合格点を与えることが可能であることは、講演以後に発表した小稿「大伴家持のある一文」参照（「かづらき」第二十四巻三号）。これらの家持の左注の一文は漢語のえらび方に和製的な面はない。中国側よりみてもかつがつ良好（passable）といえよう。やはり自ら漢語を学び、大伴池主と共に

「越中国の文学」、換言すれば「越中の国の詩歌《うた》の集会《つどひ》」の主人公役、指導者となったのである。

前述の左注「月光遅流」は、歌の中の「夜渡る月」の言い換えであり、「流るる月光」の意を追求すれば同じ方向を取る（注16）。用いた漢語を歌の中で説明するといった手法は、ほかにもみられる。プリントに示した「詠二霍公鳥幷時花一歌」の「時花」もその一例である。天平勝宝二（七五〇）年三月二十日の歌群の、

時ごとに、いやめづらしく、八千種に、草木花咲き……（四一六六、長歌）

時ごとにいやめづらしく咲く花を折りも折らずも見らくしよしも（四一六七）

などは、題詞の「時花」の意が示されている。季節という時ごとに咲く花が「時花」の意であるが、この語は一体「漢語」か家持の造語か、その「語性」が問題となる。『佩文韻府』や『大漢和』にはみえない。しかしあきらめるには早い。やっと探し得た例に、平安勅撰第一詩集『凌雲集』に、

瓶口挿二時花一、瓷《シ》心《シン》盛二野芋一（仲雄王(35)「謁二海上人一」）

とみえる。これは仲雄王が空海上人に拝謁したときの詩で、瓶に四季折々の花をさし、磁器に野の芋を盛った清浄な日常生活の一端を描く。また空海の詩文集『性霊集』「山中有二何楽一」にも、

時花一掬、讃一句。頭面一礼、報二丹宸一（巻二）

とみえる。この前二句は、ひとにぎりの時花をそなえ、仏讃の一句を作る、の意。但しこれらの例はいずれも家持以後のものである。中国で目下刊行中の『漢語大詞典』に、「時花」（「応季節而開放的花卉」）の例をあげるのは珍しいが、用例として示す宋人梅尭臣・清人韓泰華の例も遙か後の例である。しかしかりに「時花」が中国に遅く出現すると仮定しても——その用例は摸索中——、家持のこの例が一番古いなどとはいえない。中国文献に出現しない語も底流には——たとえば俗語（口語）など——、存在する場合も多く、後代に出現することは、逆に

唐代ごろにも存在すると推定することも可能の場合が多かろう。家持の「時花」の場合、自身で案出し、そのため歌のなかで説明したのかも知れない。しかし当時伝来していた文献によってこれを使用したともいえる。とすれば、この際、その「語性」を判定することはむつかしい。但し空海の詩に使用した「時花《ジゲ》」、それにつながる仲雄王のそれは、恐らく渡唐した空海が唐国本土で知った仏教語であろう。家持と空海の「時花」は、それぞれ出自を異にし、無関係とみたい。中国文献の現われ方については、なお研究すべき問題が残る。

題詞中の「時花」の語の語性はその判別を決しがたいにしても、歌の語句と結ばれて、その意を示すが、同様の例がほかにも少なくない。プリントの例を示すと、天平勝宝三（七五一）年八月家持は少納言に任ぜられて帰途につく。その時の歌に、「向レ京路上依レ興預作侍宴応詔歌」二首がある。その長歌の終末に、

やすみしし、わが大皇、秋の花、しが色々に、見《め》し賜ひ、明らめたまひ、酒みづき、栄ゆる今日の、あやに貴さ（巻十九、四二五四）

とみえ、反歌に、

秋時花種《くさぐさ》にあれど色ごとに見し明らむる今日の貴さ（四二五五）

とみえる。岩波「日本古典文学大系本」に「秋の時、花種《くさ》にありと、色毎《いろごと》に……」と訓むが、右の訓に従う。つまり第一句「秋時花」を「秋時《あき》の花」と訓む。この「秋時」は、『佩文韻府』に、晩唐雍陶《ヨウトウ》「懐二無可上人一」の冒頭の句、「山寺秋時後、僧家夏満時」をあげるが、これは家持未見の詩である。「秋時」の手近な例は、『駢字類編』の示す如く、「宋子侯董《ガ》嬌嬈（饒）詩」にみえる。これは、家持愛読書の一つ、『玉臺新詠』（巻一）の桑摘む女との問答体の民謡的な詩である。

秋時自零落、春月復芬芳（秋ともなれば自然に花は落ちてしまうが、春ともなればまたフンプンと匂うものだ）

この詩は、『藝文類聚』（木部上「桑」）に「後漢宋子侯董嬌饒詩」としてもみえ、家持の「秋時《あき》」の語は、少なくともこの二書で知ったことが推定される。漢語「秋時」を使用し、「秋時花」と漢字を続けることは、いくら萬葉びとといっても、少しはどぎまぎすることであろう。しかし家持は覚えたてのこの漢語、「秋時」が使用したかったのかも知れぬ。そのため予め先行する長歌に「秋の花、しが色々に……」云々と歌い、誤読を起さぬような表現を試みたのではなかったか。題詞「時花」とその歌、「秋の花」の長歌と短歌「秋時花」、それぞれ一つの体をなし、誰にもわかる表現としたのである。これは家持の「気くばり」「やさしい心やり」ともいえよう。即ち自身の表現を越中の官人たちにも知ってもらおうとする態度でもある。これは家持の詩文学の一つの特色でもある。

家持の歌をめぐる題詞左注は、すべて歌と同じ範囲内に包まれている。換言すれば「不離」の関係にある。巻十九の冒頭の名歌、

春の苑《その》紅にほふ桃の花下照る道にいでたつをとめ（四一三九）

にしても、題詞「天平勝宝二年三月一日之暮、眺㆓矚春苑桃李花㆒作」の「眺矚」「春苑」の語義を追求しない限りは、歌意を誤ることになろう。その大要は、十五年ほど前に発表したことがあるが（注17）、それは未熟であり、不日改稿して、高岡市の皆様にも読んで戴きたく思う。詩と題詞の関係について、清初の学者顧炎武の『日知録』にいう、

古人ノ詩、詩有リテ後ニ題有リ。今人ノ詩、題有リテ後ニ詩有リ。詩有リテ後ニ題有ルハ、其ノ詩情《こころ》ニ本ヅク。題有リテ後ニ詩有ルハ、其ノ詩物《もの》ニ徇フ（巻二十一「詩題」。原文漢文）

と。しかしこれは一般論であって、家持の場合はこの論には当てはまらない。たとえ、題が後から加えられたに

しても、それは殆んど同時といってよかろう。いわば、禅語の「啐啄《そったく》同時」に近い関係にある。この語句を始めて知ったのは、故幸田文《あや》女史の初期の随筆の中であったように思う。以来そのファンとなり、単行本の十冊余を今も所持しているが、これは少し脱線し過ぎた。また聴衆の皆様のお耳を汚した、お許しあれ。「啐啄同時」とは、雛が卵の中から外に向かって突くと同時に、母雞も口ばしでつつくといった状態をいうが、題詞も左注もすべて包まれて一つの歌を形成する。これは家持の詩文学の特色を如実に示す例といえる。

個々のことばが集って一つの作品を成すということは、形態を異にする「詩」と「歌」のことばが融合することでもある。前述の「ぬばたまの、夜渡る月」と「此夕月光遅流」はその一例である。また病室の帷幄《とばり》の中で、春の花が咲き鶯が囀る外界の情景を思いやった歌序の一部に、

方今（春朝春花、流㆓馥於春苑㆒
　　　春暮春鸎、囀㆓声於春林㆒。

の対句をみる。この「春花」の句及び「春鸎」の句は、続く二首の歌、

はるのはな、いまはさかりに、にほふらむ……（三九六五）

うぐひすの、なきちらすらむ、春花……（三九六六）

へと、形態を変えて出現する。歌序の句を歌は拡充し、逆に歌は歌序を引き締める。しかも歌序の「春花」（chūn huā）は、歌語「春花《はるのはな》」を生む。「春花」は、六朝詩に多くの例をみる。『玉臺新詠』の例を示せば、

芳草生未㆑積、春花落如㆑霰（巻五、柳惲《ウン》「独不見」）

春花競㆓玉顔㆒、倶折復倶攀（巻八、庾肩吾「南苑看㆓人還㆒」）

など、他にも例がある。家持は漢語「春花」を採用し、それが歌語として新しく「春の花」を生む。

右の例は、漢文体の歌序と歌の場合であるが、なお詩序と詩の場合もある。それは、天平十九（七四七）年三月四日の掾大伴池主の作「七言、晩春三日遊覧一首并序」と、これに答えた家持の三月五日の作である。まず池主の作についていえば、その詩序の冒頭に、「上巳名辰、暮春麗景」云々とみえ、これに対する自身の詩の第一句は「餘春媚日宜二怜賞一」である。「暮春」の語は六朝唐代の詩に多くみえ、類書『初学記』（歳時部）にも、佚書『梁元帝纂要』を引用し、

三月《ハ》季春、亦曰二暮春・末春・晩春一（「春」）

とみえるが、同じ意の「餘春」（のこりの春）の例はみえない。先行する『藝文類聚』にも未見。但し『佩文韻府』には、梁簡文帝「晩春賦」の、「侍二餘春於北閣一、藉《シク》二高讌於南陂一」など、二、三の例を示す。しかし池主が知っている詩例といえば、恐らく初唐李嶠の、

笛梅含二晩吹一、営柳帯二餘春一（「送二駱奉礼従軍一」）

などがその候補にのぼろうか。当時伝来していた『庾信集』――北周庾信「和三人日晩景宴二昆明池一」に、「春餘足二光景一」を『文苑英華』「餘春」に作る――、すなわち家持と同様に、池主も中国詩文を読み、多くの漢語を知っているために、詩序の「暮春」を、詩の方では「餘春」へと言い換えを試みる。次に「暮春麗景」の「麗景」の語を考えてみよう。

「麗景」は、『大漢和』に未見。その姉妹篇の『広漢和』はこの語に気付いたか、池主のこの語句を引用するが、漢和辞典としての体をなさず、やはり中国の詩例をまず示すべきである。『佩文韻府』に、散文の例や唐以後の詩を示すが、池主以前の詩としては、斉人謝朓「侍宴曲水詩」のみ。この詩は、「三日侍宴曲水代レ人応詔詩」（「九章」）といい、その第四首に、「麗景則春、儀方在レ震」とみえる。しかしわたくしの探した例はむしろ初唐詩

に多くみえる。

麗景光二朝彩一、軽霞散二夕陰一（唐太宗「賦得レ李」）

辰旂《シンキ》翻二麗景一、星蓋曳二雕虹一（許敬宗「奉レ和レ登二陝州城樓一応制」）

暮春三月、遅遅麗景（王勃「三月上巳祓禊序」）

これらの例は、当時伝来していた詩文集所収の例と推定され、特に王勃の例によったのではないかと思われる。四部叢刊本『王子安集』には「麗景」（正倉院本）を「風景」に作るが、池主は正倉院本系の本文によったものであろう。池主の詩序「暮春麗景」に対して、自身の詩は「餘春媚日」とつくる。この「媚日」は、うららかな日、日光の意、「麗景」（うるわしい景色、光）と同類語である。前述の『梁元帝纂要』（『初学記』「春」引用）に、「景曰二媚景・和景・韶景一」とみえ、池主は、春に関係する「媚」を用いながらも「餘春媚景」とせず、「餘春媚日」としたのである。「媚景」も「媚日」も同類語である。あるいは、前述正倉院本の「暮春三月、遅遅麗景、出没媚二郊原一、片片仙雲、遠近生二林薄一……」によって、「媚日」の語を案出したかも知れぬ。「媚日」の例は、『佩文韻府』に晩唐杜牧の一例「川光初媚日、山色正矜秋」（「秋晩与二沈十七舎人一期レ遊二樊川一不レ至」）の例をあげるが、これは「矜レ秋」に対して、「媚レ日」と訓むべきであろう。もし然りとすれば、池主の名詞「媚日」は、彼の案出とも思われる。後考を俟つべきか。ともあれ池主が自身の詩序の句を詩において言い換えをした手法は、前述の家持の場合に同じ。

さて池主より前述の詩序と詩を贈られた家持はこれにどのように酬いたか。池主の「暮春麗景」（詩序）、「餘春媚日」（詩）に対して、家持は、

杪春餘日媚景麗（「杪春《べうしゅん》の餘日《よじつ》媚景《びけい》麗《うるは》し」第一句）

と、類似の表現を以てする。「媚景」は前述、問題は「杪春」である。これは春の末、「暮春」「餘春」に同じ。但し例の検出は容易ではないが、中唐李渉の詩題「杪春再二遊廬山一」（『全唐詩外編』）は、その例。尤も『佩文韻府』にみえる李端「送二友人遊二江東一」の、

　江上花開尽、南行見二杪春一（一本「南行少レ見レ春」）

も、中唐の詩である――修訂本『辞源』・『漢語大詞典』も、この一例のみ――。いずれにしても家持の方が先行するやに思われるが、中唐の詩に例をみることは、中国の何かの文献にあったかも知れぬ。或いは「杪秋」（『楚辞』九弁）や「杪冬」（初唐李嶠）の語がある以上（注18）、家持が「杪プラス四季語」によって、自ら考案したかも知れないが、ともかく漢語として使用したものといえる。要するに、池主の語句に対して、家持は類似する語句を用いたもので、返しの詩は唱和的な語句をはらむといえる。ここにお互いの技を競いあったわけであり、両者は「越中国の文学」を益々豊かにして行く。この両者の文学表現の優劣はここでは述べない。

　家持は歌の中に詩想を盛る。しかも歌題は歌の内容と不離の関係にあって、特に巻十九の冒頭の佳作群はそのあらわれである。こうした問題はいちいちの歌について考察すべきであるが（注19）、与えられた時間を越えてしまった。ただ今回は、前半を、当時の越中国の情況について空想を重ねつつ述べ、後半を、家持を中心とする「越中国の文学」入門の一端をわたくしなりに述べた次第、ご清聴を感謝するばかりである。

注1　山田英雄『日本古代史攷』（「国の等級について」）その他。

注2　宝亀十（七七九）年閏五月廿七日の太政官の奏により、国ごとに一人の国博士を置くように改める――「毎レ国各置二一人一」（『続日本紀』）――。

注3 林秀一『孝経学論攷』、「補訂敦煌出土孝経鄭注」（「書誌学」三の一・二）など。
注4 山中敏史『古代地方官衙遺跡の研究』（第二章 国府の構造と機能）。
注5 平川南『漆紙文書の研究』（第三章 古文孝経写本――胆沢城跡第二六号文書――）参照。
注6 阿部隆一「天理図書館蔵奈良朝旧鈔古文孝経零巻について」（「書誌学」第四巻）。
注7 岸俊男『日本古代籍帳の研究』（「賃租二題」）参照（一九七三年、塙書房）。
注8 金谷治編『唐抄本鄭氏注論語集成』（第一部）参照（一九七八年、平凡社）。
注9 拙稿「同類語単一ならず――『二親』をめぐって――」（「文学史研究」第三十四号）参照。
注10 平成六年（一九九四）一月二十日の朝日新聞（大阪）によれば、国庁跡に近い不入岡《ふにおか》に、長大な建物十棟の遺構が発見され、国庁に所属する倉庫とも、節度使の鎮守府、軍団の兵舎ともいう。
注11 山口博「帷幄の裏――北塞の家持――」（「和漢比較文学叢書」第八巻）参照。
注12 拙著『日本文学における漢語表現』（第二章二 異国人のいだく違和感）参照（一九八八年、岩波書店）。及び拙稿「帷幄の裏に臥す」（「かづらき」第十八巻二号）参照。
注13 敦煌古類書（P.2524）にも賈琮の「褰帷」の故事（「刺史」）を載せる。
注14 修訂本『辞源』・『漢語大字典』には「孤亭」の項はない。
注15 拙著『萬葉以前』（第三章 近江朝前後の文学その二――大津皇子の臨終詩を中心として――）参照。
注16 拙稿「流るる月光」（「あけぼの」第十巻六号）参照。
注17 その大要は、拙稿「漢語享受の問題に関して――『万葉語』の場合――」（「高野山大学国語国文」第三号）参照。なお近く発表する「むつかしき哉 萬葉集」（「文学史研究」第三十五号）は、この改稿加筆である。
注18 九辯「靚《ナル》杪秋之遙夜兮、心《ハ》繚悷而有レ哀」。李嶠「杪冬厳二殺気一、窮紀送二頽光一」（奉レ和二杜員外扈従教閲一）。
注19 その一部の四一五〇歌については、すでに「再び家持の歌を」（「かづらき」第二十四巻四号）の中で発表した。

追記　本稿に関して、史学者平川南、東野治之両氏の学恩を感謝する。

〔附記〕「萬葉」第百五十二号（平成六年十二月）所収。注は末尾に一括した。

なお、注12の「帷幄の裏に臥す」（「かづらき」第十八巻第二号。昭和六十一年五月）は、内容上、本論と重なるため、割愛した。

むつかしき哉 萬葉集

――春苑桃李女人歌をめぐって――

この稿のもとになるものとして、すでに拙稿、「漢語享受の問題に関して――『万葉語』の場合――」(「高野山大学国語国文」第三号、昭和五十一年十二月)の中に、その一部を発表したことがある。しかし今からみれば不備のそしりは免れえない。時あたかも十四年後の昭和六十四年(一九八九)二月二十七日、「開講二十五周年朝日カルチャーセンター記念講演」(名古屋、栄教室)に出席することになり、「萬葉集はむつかしい」と題する一時間半の感想を語る機会をえた。この稿は、そのメモを基にして、かなり多く筆を加えたものである。こうした二番煎じ的なるものをものすることは、わたくしとして実に心苦しい。だが、晩年を急ぐ者にとって、お寛容を乞う次第。(一九九四年盛夏)

一

われわれは、二十世紀末という現代に生きている。ここで『萬葉集』を中心とする八世紀の古典を読もうとするならば、その間に大きな時代の「へだたり」の存在することを忘れてはならない。しかもその距離には、それぞれの時代の人間の思考、文化などの差の問題がからむ。この「へだたり」を埋めようとする努力が学問の道である。しかもその努力をどの点に向けるべきか、各人各個にとって、一生の課題でもあろう。

現今の学界において、学徒の間には、速成を好み、先人の説を無視し、或いは顧りみず、現代的な自己の感覚によって、詩歌を理解しようとする風潮の流れがある。これは一点でも多く論文の数を増やそうとする、終戦後の所謂「点数主義」の時代のなせる流れに沿うものであり、早く成果を揚げようとすることにほかならない。これに月刊の商業雑誌が拍車をかける。しかもそれは与えられた題に従った学徒の、一種の「きたなさ」、軽薄さもあり、本格的な「さわやかな」論文は、それぞれの月刊誌に数篇あるか無しかである。現今はあまりにも偬々として忙しい。契沖・真淵その他の卓説をあまり披くことのないのも、多忙の環境に支配された一例といえようか。

これらの思いつきの説を読み、また聞く側の読者も、予想外にそのまま信用する場合が多い。特に諸処で行なわれている教養講座のことを仄聞するに、講師の身振り手振りのパフォーマンス的な講座が——或いは大学でのそれも——特に人気を集めていると聞く。教養講座はそれなりに有意義ではあるが、「学《がく》」の側から『萬葉集』という古典を眺めるとき、予想外に新鮮味は少なく、いわゆる「教養文化」が鼻につく。元来『萬葉集』は現代の聴衆をおもしろおかしく感じさせるようには作られてはいない。教養講座の流行は一国の文化のレベルを揚げることに大きな役割を演じてはいるものの、問題はむしろ講師側にあろう。かかる講座にどれほどの新説が生れるであろうか。とつおいつ思うとき、局外者のわたくしはいささか感慨なきを得ない。「むつかしき哉 萬葉集」。このゆえにこそ聴衆に語るべき人は絶えず錬磨すべきである。聴衆を見下ろしてはならぬ。これはわたくしへの自誡でもある。

二

世間には「流行」ということがある。あるときは甲が流行し、あるときは乙が流行し、更にいつの間にか甲へ戻ることもあり、絶えず流行は環《みみわ》の如く繰返される、あるいは少しずつ進んでゆく。これを古典の解釈の場にもたらすと、環の如き場合は稀であり、絶えず前進するのが一般である。前進は有力な説となることを意味し、甲・乙に続く丙説といえる。丙の場合にも直ちに認められるわけではない。すなわち正しい新説と本人自身は思っていても、無視される場合が多い。この無視は、

本人の説が正しくないのか、それとも他人に理解できないのか、などなど。

と、いろいろの理由があろう。私事に亘って失礼ではあるが、初唐の人歐陽詢ら撰の一大類書『藝文類聚』が如何に豊かにわが上代人の表現の種となったか、その投影を国文学界に認めてもらう迄には、昭和二十一年以来――更に溯れば、昭和十九年冬――、凡そ十五年餘を経過していた。これも朝日新聞連載小説、松本清張の『火の器』の中の一言がその導火線となったのかとも思う。

人生の歳暮にあるわたくしは、暇をみては今まで発表したものが、果して正しいのか、それとも無視されることの方が正しかったのか、こうした繰返しを試みる場合が多い。また発表した過去の自説を更に進展させる見解が果してありやなしや、われとわが周辺を今も巡り回っている。やはり「萬葉集のむつかしさ」を感じながら自ら反省することが少なくない。以下、具体的な一例をあげよう。

誰でもよく知っているのは、天平の代表歌人大伴家持の歌の一つに「春苑をとめ」の歌がある。周知の如く、

家持は天平十八年（七四六）越中守に着任、以後五年間の在職期間を経て、天平勝宝三年（七五一）帰京――この年に『懐風藻』の成立をみる――。越中の国、今の高岡在任中の歌は二百首あまり、佳作が少なくない。その一つをここで取り上げよう。

天平勝宝二年三月一日の暮《ゆふへ》に、春苑《しゅんゑん》の桃李《たうり》の花を眺矚《てうしょく》して作る二首

春の苑《その》、紅にほふ、桃の花、下照《したで》る道に、出でたつをとめ（巻十九、四一三九）

我が園《その》の、李《すもも》の花か、庭に落《ち》る、はだれの未《いま》だ、残りたるかも（同、四一四〇）

この二首の歌意については、あまたの萬葉学者に一任。ここで問題とするのは、題詞にみえる漢語の一、二についてである。題詞は、「詠何」や平安朝の「奉試」の詩など与えられた題のときは別として、「歌」の後に付けられるのが一般である。明の学者顧炎武の『日知録』に、

古人の詩は、「詩」有りて後に「題」有り。今人の詩は、「題」有りて後に「詩」有り。「詩」有りて後に「題」有るは、其の詩、情に本づく。「題」有りて後に「詩」有るは、其の詩、物に徇《したが》ふ。

（巻二十一「詩題」、原文漢文）

とみえるのは、「詩題」の「詩」と「題」の前後の場合について、述べたものである。

家持のこの歌の場合、「題詞」を後より付加した虚構《フィクション》説を採る説もある。その裏付けとして、記紀は、その散文の中に流伝の歌謡を導入して一つの物語としたものとみなす、津田左右吉の大正当時の斬新な説を恐らく知らず知らずに援用したのであろうか――なお津田の新説は、『左伝』の中に引用する『詩』（『毛詩』）の場合などにヒントを得たものであろうと思う――。なお少し横すべりをすれば、津田の諸書は戦時中禁書となっていたが、教務嘱託という職を利用して、大学の暗い地下の書庫で読み耽ったことを思い出す。終戦後、「長年渇望せしこ

の書わが手に入る、昭和二十一年七月十九日」と本の扉に書いたのは、その『古事記及び日本書紀の新研究』（大正八年、洛陽堂）であった。今から思えば、ほぼ五十年近くも前のことである。また『神代史の研究』（大正十三年再版、岩波書店）を入手したのは、昭和二十二年五月二十八日、当時は大枚の定価四百円。この定価のほかに、古本屋の主人にぼられて、他の本を要求される。

島木赤彦『氷魚』、中村憲吉『しがらみ』、結城哀草果『すだま』、斎藤茂吉『短歌写生の説』、木下杢太郎『東西南北記』と交換して手に入れる。

と、いまも墨痕鮮やかに残る書入れ。入手した渇望書の嬉しさと同時に、質草《しちぐさ》ならぬ交換草を手放すべく強引に要求された悔しさ、今でも忘れられぬ戦後の青春の日の思い出である。

もとに戻って、前掲の題詞は歌のあととはいえ、雛が卵の中から殻をつつくと同時に親鳥が外からつついてこれをやぶるという、「啐啄同時」に近い状態であろう。つまり、第一首の「春の苑」「桃の花」、第二首の「李の花」は、題詞の「春苑桃李花」に包摂される。時間を置いて題詞と歌が結ばれたのではない。

こうした手法は他にも例がある。家持の歌序（巻十七）のひとはし、「春朝春花、流二馥ヲ於春苑一、春暮春鸎、囀二声ヲ於春林一……。」は、歌の、

春の花、いまは盛りに、にほふらむ……（三九六五）

鸎の、鳴き散らすらむ、春の花……（三九六六）

の中に姿を変える。即ち、題詞と歌は不離の関係にあって、かりに前者が後出としても、その関係は殆んど同時とみられる。また『萬葉集』という歌集が成立した暁においては、研究者はまずそのままにそれを考えるべきことは、古典に対する一つの態度といえる。森鷗外のひそみに倣えば、「歌離れ」ではなく、「歌そのまま」にまず

解すべきであろう。

問題とする「眺二矚春苑桃李花一」のうち、まず「眺矚《てうしょく》」を諸注「眺矚《ながめて》」と訓むのは誤りではない。辞書類をひもとけば、「眺」は『万象名義』に「望也、察視也」――『一切経音義』（巻二十八）「説文、眺ハ視也、亦望察也」――、また「矚」は『説文』に「視也」とみえ、両者を訓読して、「ナガメテ」と訓むことは可能である。巻十九の題詞「矚二芽子花一」（四二五二、久米広縄）、「矚二梨黄葉一」（四二五九、家持）の「矚」のみでは単に「ミル」でよかろう。しかし家持の「眺」「矚」をつらねての聯語、つまり漢語を形成したか、それとも最初から「眺矚」という漢語によったか、どちらも考えられるとはいえ、この漢語が存在する以上、後者によるとみる方に歩《ぶ》がある。

この「眺矚」は、中国語史でいえば、六朝・唐代を含む「中世語」の一つに当る。『佩文韻府』の指摘する例に、多少のコメントを加えて示すと、

㈠『晋書』（巻九十八、桓温伝）――於レ是過二淮泗一、践二北土一、与二諸僚属一登二平乗楼一（大船之楼也）、眺二矚中原一…（三径蔵書本）

とみえる。なお『世説新語』（軽詆篇）に、ほぼ同文の「桓公入洛。過二淮泗一、践二北境一、与二諸僚属一、登二平乗楼一、眺二矚中原一……」も存在する。これは高処より遠望する意。次に『文選』の撰者梁昭明太子の、

㈡「答二湘東王求二文集及詩苑英華一書」――陶二嘉月一ヲ而嬉遊、藉《シキ》二芳草一而眺矚。

の「眺矚」は必ずしも高処とは限らないが、遠望する意であることにはまちがいはない。つまり㈠・㈡を通じて、この漢語は「見はるかす」ことを共通とし、単に「眺」・「矚」のもつそれぞれ「見る」意とは差がある。

これらの文章にみる例を家持が読んだか否かは甚だ疑わしく、『文選』・『玉臺新詠』には語例をみない。しか

し『大日本古文書』（第三巻）の天平二十年の条にその書名をみせる『太宗文皇帝集』にその語例を示すことは、このあたりに源泉の存在する可能性が大である。この「別集」は現存せず、現存のその詩によるほかはない。まず太宗の「初春登楼即目観作二述懐一」に、

　憑レ軒俯二蘭閣一、眺矚散二霊襟一（第一・二句）

とみえる。これは「楼台に登って遠くを見はるかしわが心のうさをはらす」、の意。太宗の「眺矚」は初唐当時の流行語の一つであったかも知れない。すなわち初唐の詩人たちの例を示すと、楼台から遠望する詩を詠んだ、楊炯の詩題「和二鄭讎校内省眺矚思《シ》レ郷懐一レ友」がみえる。また武三思「宴二龍泓《リョウワウ》一」にも、

　登臨開二勝託一、眺矚尽二良遊一（第一・二句）

とみえる。「登臨」は「眺矚」の意を限定する。

もし家持が漢語「眺矚」の意を自身で学び、その意を把握していたとするならば、「春苑の桃李の花を眺矚して」は、眼前ではなくて遠望する意となる。また「高処より見はるかす」意を適用するならば、偶然かも知れぬが、当時の「布師《ふし》郷」（伏木町、今の高岡市、高台にある勝興寺付近）の国守のやかたで眺めやる夕暮の光景も想像されよう。遠く眺めやることは「春苑」との距離はかなりある。薄い暮光の中の遠景。しかもこの「園《その》」ならぬ「苑《えん》」がこの景を助けてくれる。

三

さて題詞の「春苑」は、歌の第一句の「春苑《はるのその》」と等価である。またすでにあげた家持の大伴池主への書翰的

な歌序にみえる「馥を春苑に流す」（天平十九年二月二十九日、巻十七）の「春苑《しゅんえん》」とも等しい。まず「春苑」の例をあげよう。

春苑月徘徊（全唐詩作「裴回」）、竹堂侵レ夜開。驚鳥排レ林度、風花隔レ水来。（『初学記』歳時部「春」引用、虞世南「春夜詩」）

は、隋・唐二朝に仕えた虞世南の詩。この「春苑」は、宮中の「春のその」であろう。またわが詩人たちが重んじた『李嶠百（二十）詠』で名高い初唐李嶠の「和三周記室従駕暁《シテ》発二合壁宮一」の中の、

濯龍春苑曙、翠鳳暁旗舒《ノブ》……珠履陪二仙駕一、金声振二属車一。

は、その上にかぶらせた「濯龍《タクリョウ》」が苑名である以上、「春苑」もそれであり、春の禁苑を示すことになる。更に晩唐の例をあげると、李商隠「柳」に、

曾逐二東風一払二舞筵一、楽遊春苑断腸天。

とみえる。これについて、『李商隠詩歌集解』に、「按、二句謂昔日楽遊苑中、銷二魂芳春一」とみえ、この「春苑」も「樂遊苑」という春の禁苑を意味する。「春苑」の散文の例としては、『佩文韻府』に、『宣和画譜』の例をあげるが、その基の『旧唐書』（巻七十七）「閻立本伝」によれば、「太宗嘗与二侍臣学士一泛二舟於春苑一、池中有二異鳥一、随レ波容与。太宗撃賞数賜。詔、坐者為レ詠、召二立本一令レ写焉」とみえ、「春苑」は禁苑を意味すること、詩例に同じ――『新唐書』（巻一百）によれば、「泛二舟春苑池一、見三異鳥容二与波上一」とみえるが、「春苑池」は禁苑の池の意――。

この「春苑」に対する「春園」は如何。「春苑」（仄声）の例よりも「春園」（平声）のそれは多い。上代に伝来していた漢籍の例をまずあげると、

欲レ道《イフ》二春園趣一、復憶春時人（『藝文類聚』歳時部「春」引用、梁元帝「春日詩」）

暫《タマタマ》往春園傍、聊過看果行（北周庾信「詠二園花一」）

山泉両処晩、花柳一園春（初唐王勃「春園」）

などの例をみる。また『新撰類林抄 本文と索引』（栗城順子君校訂本）にも、盛唐王維「春園即事」の詩「宿雨乗二軽屐一、春寒著二弊袍一……」をあげる。これらの「春園」の実体はよくわからない。しかし庾信、王勃、王維などの例は、禁苑の春の「その」即ち「春苑」に比して、やや小規模の「その」を感じさせる――梁元帝の前述の例は、禁苑を思わせるが、平仄の関係で「春園」となったか――。中唐韋応物の「清明寒食好、春園百卉開」（「寒食」）も、ひろい禁苑の意ではない。これは「秋苑」「秋園」の場合にも適用できる。初唐儲光羲の、

秋苑故二池田一、宮門新二柳杞一（「貽二余処士一」）

と、中唐韋応物の、

秋園雨中緑、幽居塵事違（「題二鄭拾遺草堂一」）

と比較するとき、前者「秋苑」は対句「宮門」を含み、「秋の禁苑」の意、後者「秋園」は、「秋の個人の庭」の意となろう。

このようにみてくると、漢詩の世界の「春苑」は、宮中関係の庭園《その》を意味することが多く、禁苑である以上、「春園」よりも広い地域をもつといえよう。「家園」（初唐楊炯）、「故園」（同、張九齢）、「小園」（晩唐李商隠）などの諸例があるにしても、これらを「家苑」「故苑」「小苑」とはいわない。逆に禁苑である名高い「上林苑」も、「上林園」とはいわない。卑近な例ではあるが、「新宿御苑」と隅田川畔に近い「百花園」も、何か基づくところがあったかも知れぬ。空海の詩文集『性霊集』（巻一）に、雑言体「入レ山興」がみえるが、その中に、

君不レ見、君不レ見、京城御苑桃李紅……飄レ上飄レ下落二園中一……。

とみえる「御苑」は禁苑の「神泉苑」、「園中」の「園」は、御苑中の一部分、小地域をさす。

中国における「春苑」と「春園」の内容の差は、以上の語例より考えて、わたくしには前述の如く思われる。念のために、『駢字類編』所収の例を抜いてみたが、大体それに準じる。しかし中国の辞典類に両者の差を詳しく書いてはいない――この講座の二年後の一九九〇（平成二年）に、「春」の部を刊行した『漢語大詞典』には、両者の例をすべてあげない。更に遡ると『修訂本辞源』（一九八四年刊）には、「春苑」（「春天的林園」）はみえるが、「春園」は未収――。それならば、『萬葉集』とほぼ同時代の詩集『懐風藻』の語例を考えてみる方が得策である。この詩集にみえる「春苑」の例は三例。まず朱鳥元年（六八六）、死に赴いた悲劇の主人公大津皇子作の (4)「春苑宴」（群書類従本）がある。その冒頭の、

開レ衿臨二霊沼一、遊レ目歩二金苑一（第一・二句）

は、「春苑」が禁苑であることを示す。また田辺百枝作 (38)「春苑応詔」の、

琴酒開二芳苑一、丹墨点二英人一。適遇上林会、忝寿萬年春（第七句～第十句）

の「春苑」は、「上林苑」の宴会になぞらえた春の禁苑をさす。石川石足の同題の詩、(40)「春苑応詔」も、

水清瑤池深、花開禁苑新（第五・六句）

に照らして、「春苑」が春の禁苑をさすことは明白である。更に安倍広庭の (70)「春日侍宴」にしても、「花舒桃苑香、草秀蘭筵新」（第五・六句）の、「桃苑」が「桃園」でないことは、この、桃の花さく「その」が禁苑をさすこと、題の「春日侍宴」によく叶う。また藤原万里《まろ》の (94)「暮春於弟園池置酒」に、「城市元無レ好、林園賞有レ餘」（第一・二句）とみえるのは、「園池」「林園」が禁苑の「苑」と違うことを示すであろう。

しかし、例外らしい例もある。文武帝の⒄「詠レ雪」の、「園裏看二花李一、冬条尚帯レ春」（第七・八句）の「園裏」は「苑裏」でもよかろう。また釆女《うねめの》比良夫の㊷「春日侍宴、応詔」の「葉緑園柳月、花紅山桜春」（第七・八句）は、題詞からみれば、むしろ「苑柳」の方がふさわしい。但し前述空海の神泉苑にみる「園中」の如く、広い「苑内」の一部の「園」の李や柳は、それぞれ「園」でも誤りではない。また紀《きの》麻呂の⒁「春日応詔」の、

恵気四望浮、重光一園春（第一・二句）

にみる「一園春」は、初唐詩をまねたものであり、すでに示した王勃「春園」の「花柳一園春」のほかにも、盧照隣の、

田家無二四隣一、独坐一園春（「春晩山荘率題二首」第二首）

などが参考になり、そのまま紀麻呂の「重光一園春」となったものであろう。しかし一般の傾向として、上代人は漢語の「苑」と「園」の区別は知っていたものといえよう。

前述の如く、「春苑」と「春園」との間には、差のあることを幾度となく述べてきたが、これには基本的に「苑」と「園」の問題がからむ。まず「苑」についていえば、『説文』に、

「苑」——所二以養二禽獣一（段注「『周礼』地官囿人注、囿今之苑是。古謂二之囿一、漢謂二之苑一也。西都賦上囿禁苑、西京賦作二上林禁苑一」）

とみえる。簡単にいえば、禽獣を飼養する禁苑の意で、広大な地域をもつ。また「園」については、

「園」——所二以樹《ウウル》レ果也（段注「鄭風、伝曰、園所二以樹レ木也。鄭風「将仲子」篇に見える）

とみえ、植込みのある小さいその（J.Legge 訳 “garden”）とみてよかろう。従って、『藝文類聚』（人部「別」）所収、梁簡文帝の、

園梅斂二新哀一、階蕙結二初芳一（「餞二盧陵内史王脩一応令詩」）

にみる「園梅」は、「苑梅」ではない。もし「苑」と「園」が同時にみえるとき、「苑」の中には「園」もあり、矛盾しない。たとえば、陳人陽縉「侠客控二絶影一詩」の、

青門小苑物華新……園中追尋桃李径（『藝文類聚』人部「遊侠」）

も、「小苑」は「園」でもあり、そこには桃李が樹《う》えてある。また初唐李嶠「春日遊苑喜雨、応詔」の、「園楼春正帰、入レ苑弄二芳菲一」にして、広い「苑」内の一部の「園」に立つ楼台が「園楼」である。

溯って『文選』（巻二十三）に、役所にいた魏の人劉公幹が友人徐幹に贈った五言詩「贈二徐幹一」の中に、

歩二出北寺門一、遙望二西苑園一。細柳夾レ道生、方塘含二清源一（第九～十二句）

とみえ、「西苑の園」とは、広い西苑という御苑の中の園の意であろう。但し『文選』にみえる、

清夜遊二西園一、飛蓋相追随（巻二十、曹子建「公讌詩」）

乗レ輦夜行遊、逍遙歩二西園一（巻二十二、魏文帝「芙蓉池作」）

は、名高い鄴都の庭園、固有名詞である——但し前者の「西園」については、李善注・六臣注など無注——。この「西園」は、前述魏の人劉公幹の「西苑」という御苑、つまりこの鄴都の「西園」に等しいかも知れぬ。このようにみれば、山上憶良の「沈痾自哀文」（巻五）に引用する、

魏文惜二時賢一詩曰、「未レ尽二西苑夜一、劇作二北邙塵一」也。

は、所謂「西園」を「西苑」と書くこともあったかも知れない。後考をまつとしても、もとの「苑」と「園」の間に訓詁に差のあることは否定できない。『令集解』（職員令「園池司」）にも、

正一人、掌下諸苑池、種二殖蔬菜・樹菓一等事上（伴云、雑説云、有レ木曰レ苑。蒼頡篇、養二牛馬一曰レ園、養二禽獣一曰レ

苑。「伴云」は、伴良田連宗の説かという）

とみえ、「伴云」は、前述の如く『説文』などによる点が推測されるが、ともかくも上代の官人は「苑」・「園」の差はよく承知していたものと思われる。

天平二年正月十三日大宰帥大伴旅人邸に梅花の宴が設けられ、歌序として「梅花歌卅二首」の序がある（巻五）。その結びに、

宜下賦二園梅一聊成中短詠上（そのの梅を題としてともかくも短歌を作りたまえ）

とみえる。この「園梅」も前述の梁簡文帝の詩にみる如く、「苑」の中の「園」であろう。後に越中在住の国守大伴家持は、この宴の追和の歌として、「追二和筑紫大宰之時春苑梅歌一」（巻十九、四一七四。天平勝宝二年三月）の題詞をつくる。この場合、「春苑」の中の一部が「春園」である。一方「春園」は、一般には個人的な庭の意をもつこと、屢々のべたところである。朝廷にしろ、大宰府、国府にしろ「苑《その》」という語の性格は、「園《その》」や「庭」よりも広い。「春苑」の語は、広く大きな「その」と理解してよい。

再び家持の歌に戻る。其の題詞にみられる「春苑」は、中国及び上代の『懐風藻』の語例にみる如く、広い禁苑の意。これを、「国府の春の広いその」にあてはめたことは許されよう。「春苑《はるのその》、紅尓《くれなゐに》保《ほ》布《ふ》、桃花《もものはな》……」（四一三九）はその例である。次の第二首の、

吾園之、李花可、庭尓落……（四一四〇）

は、「吾園《わがその》」すなわち「園」である。この「園」の表記こそ、小園ともいうべき「園」であった。第一首の「春苑」の「苑」との書き分けの差は、単なる通用的な任意の表記ではなかろう。『令集解』にみる「苑」と「園」の差は、国守家持の篤と承知のことであった。つまり「園」の文字は、家持の「わが屋どの、いささむら竹、ふ

く風の……」（四二九一）にみる「やど」をやや広くしたものであり、しかも「苑」に対して、やや狭い範囲の「その」といえるであろう。高台にあった越中国府附近、湾岸までなだらかに傾く「春の苑」が国府の「苑」であった。文芸評論家にして且つ国文学者の故山本健吉氏の『大伴家持』（『日本詩人選』5）によれば——氏との交遊については「中京の一夜」（『山本健吉全集』第七巻、月報十二所収）参照——、

春の苑は家の裏などにある桃畠で、この字面は中国風の風景を想像させる……。

とみえるが、この前半にある「家の裏などにある桃畠」とは、わたくしは賛成しかねる。むしろ第二首の「吾園の」方に、この「家の裏などにある桃畠」を応用したい。「春苑」の地域は広い。遠く広い「その」の桃花を眺めることは、「眺矚」の語とここにうまく「つながる」。家持は文字遣に慎重で、よく勉学していた筈である。

家持の「春の苑の桃李の花を眺矚する」ことを、漢語の用例に照らしてみると、家持の眼というレンズはやや高処よりみた遠景であり、桃花の如くあかるく輝く彼女の容姿は暮れ方のレンズの中には遠く小さく淡く写っていた筈である。しかしそれを花の如く美しく描写したのは、彼の歌という「あや」の力である。しかし題詞による限り、正倉院御物として残る「鳥毛立女屏風《とりげりつじょのびょうぶ》」の「樹下美人図」が彼の頭にあったという現行の通説はあやしくなる。この樹下美人図は、講演の前年、過ぐる昭和六十三年十月の「正倉院展」において、修理後の第六扇までを同時に拝観することができた。第五扇の下貼文書よりみて、天平勝宝四年六月頃のものかという——なおこの「鳥毛立女屏風」は日本で描かれたとの説が、平成二年六月二日の朝日新聞にみえる——。この歌に樹下美人図を持ち出すことは萬葉学の常識であるにしても、家持がこれをみたことは疑わしい。樹下美人図の美人たちは丸顔で豊かにふくよかな女人である。しかしこの美人をこの歌に想像することは、あまりにも、正倉院もしくはその類のものを家持が見たかの感を与える。この種のものは、友人東野治之君著『正倉院文書と木簡の研究』

（第三部）にみえる如く、中国、西域地方に多く残る。正倉院の樹下美人図は家持の歌には必ずしも取上げる必要はなかろう。なお金子民雄氏の随筆「トルファン出土美人図」（「学鐙」一八八九年五月号）がある。それによれば、八世紀の唐時代のもので、探検者ヘディン・コレクションの一つという。左向きの豊満な顔は、正倉院の第三・六扇の左向きの図に似る。但し図面に、珍しくも

九娘語　四姉児初学画、(?)四姉憶念児、即看（「四姉憶念児」は「四姉児憶念」か。読点筆者）

の文字をみる。内容はよく訓めないにしても、中国の俗語的な文であり、『遊仙窟』的なものを感じさせる。唐代小説『遊仙窟』の原点はこのたぐいのものであったかも知れない。

家持の題詞及び歌が正倉院の樹下美人図と関係ないとすれば、やはり家持の歌袋の中には六朝以来の詩が存在していたことを認めねばならない。まず桃李の花と女人の関係は、周知の如く、『毛詩』（周南「桃夭」）の、

桃の夭夭《えうえう》たる、灼灼《しやくしやく》たる其の華《はな》、之子《このこ》于帰《ゆきとつ》がば、其の室家《しつか》に宜《よろ》しからむ。

を基本とする。桃夭はわかわかしい桃の木の花、結婚しようとするむすめを祝福する歌という。また「召南」（「何彼襛矣」）の、「何んぞ彼の襛《しげ》き、華は桃李の如し」も、桃や李の華にも似た美しい姫君をさす。これらに基づいて、女人を桃李にたとえることは、六朝詩に少なくない。たとえば、『文選』（巻二十九）曹子建「雑詩六首」の、

南国有二佳人一、容華若二桃李一（第四首）

も、その一例である。李善注にいう、

楚辞曰、受レ命不レ遷、生二南国一、謂二江南一也……毛詩曰、何彼襛矣、華如二桃李一。

と。『玉臺新詠』（巻十）の梁蕭子顕「詠二苑中遊人一」の、「二月春心動、遊望桃花初」も、広い苑中で遠く桃花

を眺める女人を述べたものである。

家持は天平勝宝七年（七五五）、交替する防人を検閲する公務のため、兵部少輔として難波に降る。その際、

「在二舘門一見二江南美女一作歌」、

見わたせば、むかつをのへの、花にほひ、照りてたてるは、はしきたがつま（四三九七）

をよむ。法制学者瀧川政次郎氏の『萬葉律令考』（第六部第三章）に説く如く、「江南」は、難波の堀江の南（地名）の意であることは専家ならぬわたくしは疑をもつ筈はないが、なお家持の脳中の詩心は、前述の李善注にみる如く、中国江南の美女を描いている。「見わたせば……」の歌は、難波堀江の「江の南」より、更に中国の佳人へと空想の糸をひろげた歌とみたい。なお「江南美女」を揚子江岸の美女と解したのは小島の失考であると瀧川説にみえるが、それは氏の「よみ」が不十分であり、「江南美女」は、家持の空想の世界のことであることはいうまでもない。これと同じく、問題の歌の「春苑」を遠くより眺めた女人の美しい姿容は、現実的な風景に重ね合わせた家持の「あやの世界」であった。それは、漢語「春苑」「眺矚」の考証によって、彼の「あや」を読みとることができるわけである。なおこの歌を漢訳した中国銭稲孫訳に、

春苑嬌顔色、灼灼桃花紅。少女立二樹下一、窈窕映二和風一（『漢訳萬葉集選』、昭和三十四年）

とみえるのは、基底に前述の『毛詩』を踏む。さすがの漢訳といえよう。

家持が越中の辺地にあって、漢文的な詩序や題詞をもつ歌を作ったことに対して、漢籍類の持ち運びなどの関係上、『文選』（李善注）六十巻、『藝文類聚』百巻などが手許にはなかったとみなす中国学者の説がある。これについての反論は、近刊予定の雑誌「萬葉」（第百五十二号）参照。家持国司下向以前に、国府に経書のほか、いくばくかの詩歌類の所蔵されていたことは、他の諸国の国府の場合に準じて推定できる。しかも家持は、常陸国司

の藤原宇合と同様に、自己の読もうとする詩集類は、何書であったにしても、馬の背にのせて行ったものと推定してよい。たとえば、九割以上が『萬葉集』の来雁（秋の雁）の歌であるが、珍らしい「帰雁」（帰りゆく春の雁）の歌「見㆓帰雁㆒歌二首」（巻十九）が、

燕来る、時になりぬと、雁がねは、くにしのひつつ、雲隠りなく（四一四四）

春まけて、かく帰るとも（一云、春されば、帰るこの雁）、秋風に、もみたむ山を、越え来ざらめや（四一四五）

などとみえることは、漢詩の「帰雁」と越中の空を飛んで帰る春の雁の風景とを合わせて、表現したものであろう。彼の傍にはやはり持参した漢詩集があった。『藝文類聚』（鳥部中「鴈」）にみえる、

白水満㆓春塘㆒旅鴈毎迴翔（梁沈約「詠㆓湖中鴈㆒詩」）

洞庭春水緑、衡陽旅鴈帰（梁劉孝綽「賦得㆓始帰鴈㆒詩」）

などは、その一例。なお中唐銭起の春雁の詩には、

坐嘯看㆓潮起㆒、行春送㆓雁帰㆒（「寄㆓郢州郎士元使君㆒」）

上林春更好、賓雁不㆑知㆑帰（「見㆔上林春雁翔㆓青雲㆒、因寄㆓楊起居李員外㆒」）

などとみえる。また在越中の天平十九年三月五日の大伴池主宛の手紙の中の七言詩に、「来燕銜㆑泥賀㆑宇入、帰鴻引㆑蘆迴赴㆑瀛」とみえる「帰鴻」も、「帰雁」の類である。これも、銭起の一例に、「春鴻刷㆓帰翼㆒、一寄杜蘅枝」（「送㆓包何東遊㆒」）とみえ、家持は国守激務の餘暇には、詩集類をひもとき、北陸の風土的な歌材を求めたものと思われる。しかも都の官人以上に中国的な匂いを放つのは、やはり漢籍の投射である。家持の歌を促す裏面には、漢籍の力が強く働いたものとみなさざるを得ない。

巻十九の終り三首は彼の絶唱と評価されている。しかも最後の、

うらうらに、照れる春日に、ひばりあがり、情悲しも、ひとりしおもへば（四二九二）

に続いて、「春日遅々、鶬鶊正啼」とみえ、「鶬鶊」は、「ひばり」の意と注する注釈がかなり多く、その証として平安時代の『和名抄』をあげる。その巻七（羽族部「雲雀」）に、「漢語抄云、鶬鶊」とみえる。しかし「春日遅々」云々は、『毛詩』の句であり、雲雀ではない。家持が「ひばり」に誤ったわけではない。絶唱三首の総括として「鶬鶊」を用いる。やはり「鶬鶊」は鶯（ウグヒス）であり、家持は巻尾三首の雰囲気として、「毛詩語」、毛詩的表現を使用したまでである。彼の結びの句には、ゆくりなくも『毛詩』の語句が口をついて出たわけである。昭和二十一年の昔、わたくしの青春時代に書いた「上代文献解釈への小さき径」（「国語・国文」第十五巻十号）のこの説は、現在も改めようとは思わない。

なお萬葉集中に「みそのふ」の語が数例ある。しかも「み」は敬語を示す助詞、従って屡々述べた如く、「園」ではなく、「苑」（禁苑）の筈である。巻五の八六四の「みそのふの、うめのはなにも……」は、仮名書であるが、吉田宜の書翰の「梅苑芳席」によって、作者は「み苑ふの」の如く「苑」の字を頭に描いていたであろう。巻十一の歌（二七八四）の「三苑原之《みそのふの》」は問題がない。また大伴書持の巻十七の「御苑布能《みそのふの》」（三九〇六）の歌は、題詞「追二和大宰之時梅花一新歌六首」の一つであるが、これも「苑」の字は正しい。また巻十九の家持の歌「御苑《みその》布能《ふの》」（四二八六）は、前の歌が「大宮の」云々とあるために、「苑」の字は当然である。問題は、

恋ふる日の、け長くしあれば、三苑圃能《みそのふの》、辛藍の花の、色に出にけり（二二七八）

の「三苑圃能」の文字である。元暦校本などに「吾苑囿能」（わがそのの）とあるが、「吾《わが》」と「苑《その》」との並存は具合がわるい。やはり「三苑圃」であり、――或いは原本は「三苑囿」とも――、私どもの小学館本頭注に、「ミは尊称の接頭語」と注しながら、訓読文に「み園生《そのふ》の」とするのは、上代的ではない。

以上、家持の「春苑桃李花」の歌についてながながと私見を述べた。これに関して、題詞の「眺矚」及び「春苑」の語を検討することによって、彼の歌がどのような方向を指向していたか、私見を述べて来たわけである。しかも正倉院の「樹下美人図」をこの「場」にもたらすことは必ずしも賛成できない。それはやはり家持は漢籍の表現を頭に描きながら自ら歌を生んだものと思う。この題詞と歌は不離の関係にある。春の日の夕暮れの淡い光の中に樹下にいで立つ女人の姿、これについては、北海道大学の身﨑壽氏の説に聴くべきものが多い（『論集〈題〉の和歌空間』所収「万葉集の題詞とうたと――巻一九巻頭歌群のばあい――」）。また単に「樹下美人図を思わせる故に傑作である」などという坊間の説には従えない。やはりいちいちことばを追求するうちに、歌の本意は明らかになろう。教養講座の講師の話を鵜呑みにして、「萬葉集はやさしい」などと思うのは、とんでもないことである。古典の解釈、つまり萬葉びとの「あや」に接するためには、現代人の感覚のみでは解決できない、ということをここでの結びとしたい。

〔附記〕「文学史研究」第三十五号（一九九四年十二月）所収。末尾に「一九九四、九月十三日」と記す。
本論文の末尾近くに、
昭和二十一年の昔、わたくしの青春時代に書いた「上代文献解釈への小さき径」
とあり、この一文に微笑みを返しつつ、すべての〔附記〕を終える。

小島憲之《こじまのりゆき》
大正二年（一九一三）生。
平成十年（一九九八）二月十一日没。

上代日本文學と中國文學　補篇

令和元年九月一日　第一版第一刷

著者　小島憲之
発行者　白石タイ
整版者　小又和巳　東京都千代田区神田司町二—一四
製本者　鈴木雅弘　東京都新宿区早稲田三五

発行所　株式会社　塙書房
〒一一三—〇〇三三　東京都文京区本郷六丁目八—一六
電話　〇三（三八一二）五八二一
FAX　〇三（三八一一）〇六一七
振替　〇〇一〇〇—六—八七八二

定価はケースに表示してあります。落丁本・乱丁本はお取替えいたします。
 ISBN978-4-8273-0013-0　C3091